Elfriede Brüning

Und außerdem war es mein Leben

Elfriede Brüning

Und außerdem war es mein Leben

Bekenntnisse einer Zeitzeugin

neues leben

*Ich danke meiner Enkelin Jasmina,
die mir sehr engagiert mit klugem Rat,
mit Einwänden und Vorschlägen beim
Schreiben dieses Buches zur Seite stand.*

Vorwort

Der Verlag hatte mich gebeten, ein Interview mit meiner Mutter zu führen, das der Neuauflage ihrer Autobiografie vorangestellt werden sollte. Ich fand die Idee gut und war mir sicher, dass ich diesen Wunsch erfüllen und das Interview sozusagen »mit links« zustande bringen würde. Aber meine Mutter machte mir und dem Verlag einen Strich durch die Rechnung. Mehrmals rief sie mich an und klagte: Sie könne nachts nicht schlafen, weil sie der Gedanke an das geplante Interview zu sehr belaste. Sie hatte Angst davor, sich zu wiederholen.

»Ich erzähle doch immer dasselbe, und außerdem steht alles, was für mich wichtig ist, im Buch.«

Mir war klar, dass alle meine Überredungskünste in diesem Fall versagen würden. Aber meine Mutter hatte eine Lösung parat. Ich hätte doch, sagte sie, zu ihrem 85. Geburtstag einen Beitrag geschrieben und bei der Feier verlesen; der sei doch sehr interessant, und er habe auch noch heute seine Gültigkeit ... Ich solle doch mal mit dem Verlag sprechen ... man könnte doch ...

Ja, man kann, und so wird ihre Autobiografie also nicht mit einem Interview beginnen, sondern mit einem Text, den ich vor fünfzehn Jahren niedergeschrieben habe und der ursprünglich nur für einen kleinen, engen Freundeskreis gedacht war.

Auch ich sehe nun, im Spiegel, meine Mutter
Zum 85. Geburtstag von Elfriede Brüning, 8.11.1995

Immer öfter passiert es jetzt, dass mir gesagt wird: »Das sieht man aber gleich, dass Sie die Tochter von Elfriede Brüning sind ...« Wo ist die Zeit geblieben, da es hieß, ich sei meinem Vater wie aus dem Gesicht geschnitten? Was ist da, unmerklich – für mich zumindest – geschehen? Haben sich die Gene meiner Mutter durchgesetzt, oder sind wir einander einfach deshalb ähnlicher, weil wir nun beide zu den ›Senioren‹ gehören?

Tochter sein – das ist etwas, an das ich kaum je einen Gedanken verschwendet habe. Ich war es einfach, von Geburt an. Und seit ich denken kann, verbindet sich für mich mit dem Wort ›Mutter‹ das Wort ›Arbeit‹. Muttis Zimmertür in Birkenwerder war meist geschlossen; durch die Ritze unter der Tür sah man einen Lichtschimmer, und man hörte das Klappern der Schreibmaschine, die sie ihr Leben lang begleitet hat, bei allen ihren zahlreichen Umzügen und fast wie eine Waffe gegen den technischen Fortschritt.

Was sie schrieb, war nicht für ein Kind wie mich gedacht, aber ich las es doch, und zwar so: Papier war damals knapp und Toilettenpapier sowieso, und so wurden die Manuskriptseiten, die sie verworfen hatte oder die mit Einschüben, Streichungen oder Redaktionszeichen übersät waren, säuberlich in vier Teile geteilt und in der Toilette gestapelt oder an einen Haken gehängt. Wenn ich diese Manuskript-Entsorgungsstätte benutzte, dauerte es meist eine halbe Stunde und länger, denn ich setzte die geviertelten Seiten mühselig wieder zusammen und las sie mit dem Gefühl, etwas Verbotenes zu tun oder zumindest etwas Unerwünschtes. Aber es war ein tolles Gefühl und etwas sehr Lehrreiches, zu erkennen, wie viel Arbeit es machte, ein Buch zu schreiben. Darum wohl habe ich als Kind nie, wie mein Enkel es heute tut, gesagt: »Ich werde auch mal Bücher schreiben.«

Natürlich war es in meiner Kindheit völlig klar, dass ich mit einer Schramme im Gesicht oder mit einem aufgeschlagenen Knie nicht zu Mutti ging, sondern zu Omi. Die hatte ja immer Zeit, die arbeitete ja nicht. Die machte den Haushalt. Nie habe ich gehört, Omi müsse arbeiten. Und vielleicht ist das der Grund dafür, dass Hausarbeit in meinem Leben eine so absolut untergeordnete Rolle spielt.

Mutti wurde angesprochen, wenn es um wirklich wichtige Dinge im Leben ging, um Entscheidungen wie Umzug, Berufswahl, Wahl der Männer … wobei wir da gar nicht oft einer Meinung waren. Wenn sie etwas gegen meine Männer hatte, dann war das wohl, vielleicht unbewusst, eine späte Rache dafür, dass Omi und ich uns einst verbündet hatten, um Mutti die Männer zu vergraulen. Ich kann heute nicht sagen, ob ich es bewusst tat, aber diese egoistische Haltung, dieser Anspruch, Mutti ganz für mich zu haben, ist der Grund für das permanent schlechte

Gewissen, das ich meiner Mutter gegenüber habe und das es mir nie möglich machte, mich ganz abzunabeln.

Ganz sicher lagen die Dinge anders, ganz sicher hatte meine Mutter ihre eigenen Gründe, nach der Scheidung von meinem Vater nicht wieder mit einem Mann zusammenzuleben, aber als Heranwachsende und noch als erwachsene Frau hatte ich immer das Gefühl, dass ich an ihrem Alleinsein schuld sei und dass ich deshalb bei allen Lebensplanungen mit ihr zu rechnen hatte. Übrigens ein eigenartiger Komplex für eine Frau, die das Leben als »Single« nicht als Unglück betrachtet.

Dass es diese zärtliche, körperliche Mutter-Tochter-Beziehung zwischen uns in meiner Kindheit und später nur selten gab, empfinde ich auch im Nachhinein nicht als Verlust, denn da war ja noch, für lange Zeit, die Omi. Was mich mit meiner Mutter verbindet, seit ich für sie eine vollwertige Gesprächspartnerin bin – und das ist nun schon der erheblich längere Abschnitt in unserem Zusammenleben –, sind Diskussionen über Arbeit, Politik, Gesellschaft, Werte, Utopien. Und dabei überwiegen die gemeinsamen Anschauungen und Haltungen.

Dass Arbeit, schöpferische Arbeit, so etwas wie eine Therapie sein kann in den schwierigsten Augenblicken des Lebens – das habe ich von ihr gelernt, und dafür bin ich ihr dankbar. Darüber hat es zwischen uns nie ein Gespräch gegeben; sie hat es mir einfach vorgelebt.

Nicht einmal ein fünfundachtzigster Geburtstag ist ein Grund dafür, eine so lange, enge Beziehung zu idealisieren. Natürlich gab es zwischen uns auch Spannungen und Verstimmungen, aber wir haben auch miteinander gelernt, damit umzugehen. Irgendwie haben wir gemeinsam entdeckt, dass mit etwas Witz, Humor und Selbstironie jedes Problem bewältigt werden kann. Wenn ich sagen soll, wann wir einander einmal wirklich wehgetan haben, dann fallen mir sofort zwei Szenen ein. Die Reihenfolge ist chronologisch, nicht von der Wertigkeit bestimmt.

Als ich dreizehn war, waren wir zusammen in Warschau, und zufällig war es die Zeit der Weltfestspiele. Ich war von dem Treiben in den Straßen und auf den Plätzen so beeindruckt, so aufgedreht, dass Mutti mir für den letzten Tag der Spiele eine Mittagsruhe verordnete, wobei sie so entschlossen wirkte, dass ich begriff, dass meine übliche Strategie des Diskutierens bis zum Umfallen – und bis zum Sieg – nicht greifen würde. Also gab ich mich geschlagen, denn sie hatte mir versprochen, dass wir uns das Feuerwerk am Abend gemeinsam ansehen würden. Aber es kam anders: Ich erwachte am nächsten Morgen, als alles vorbei war. Es ist bezeichnend, dass ich diese Szene, dieses Erwachen am Morgen nach dem Festival, nie vergessen habe. Ich hatte mich gegen den Mittagsschlaf gewehrt, so lange ich konnte, aber dann gab ich nach, weil ich ihr letztlich blind vertraute … dieses Grundvertrauen war nun, wie ich damals dachte, ein für alle Mal erschüttert worden.

Was Mutti nie vergessen – und auch nie weggeworfen – hat, ist der Abschiedsbrief, den ich ihr an meinem sechzehnten Geburtstag schrieb, morgens, bevor ich das Haus verließ und anstatt zur Schule nach Westberlin zu meinem Vater ging. An diesen Brief möchte ich nie erinnert werden, zumindest nicht an den genauen Wortlaut.

Es ist bezeichnend für unser Verhältnis, dass wir nie wirklich ausführlich über die Verletzungen sprechen, die wir einander zugefügt haben. Oder wenn sie zur Sprache kommen, dann im Beisein anderer, vertrauter Personen und in einem Ton, der andere glauben macht, es handle sich dabei um einen »Schwank aus der Jugendzeit«. Es ist ein gutes Gefühl, eine Mutter zu haben, die nicht nachtragend ist, es gibt mir diese Grund-Sicherheit, diese Ur-Sicherheit im Umgang mit ihr, von der die Psychologen sagen, man bekomme sie dank einer langen Stillzeit oder einer besonderen körperlichen Nähe in den ersten Lebensjahren.

Wenn Mutti und ich über intime Dinge nicht so offen reden, wie es meine Tochter mit mir tut, dann hat das etwas mit den Generationen zu tun, denen wir angehören. Als meine Mutter an ihrer Autobiografie schrieb, bereitete Jasmina das Manuskript im Computer auf und kam eines Tages ganz außer sich zu mir: »Warum hast du mir nie erzählt, dass Omi als junges Mädchen missbraucht wurde?«, fragte sie, und ich antwortete wahrheitsgemäß: »Weil ich nichts davon wusste und bis jetzt nichts davon weiß.« Jasmina zeigte mir die Stelle im Manuskript und fragte am Abend desselben Tages ihre Großmutter, warum sie es mir, ihrer Tochter, nie erzählt hätte. »So intim sind wir nicht«, war Muttis Antwort, und es war die reine Wahrheit. Vieles, was ich von ihr weiß, habe ich ihren Büchern entnommen, und das macht diese Dinge nicht um einen Deut weniger wichtig und wertvoll.

Und jetzt fällt mir eine andere Szene ein. Es ist Anfang Juli 1989; ich sitze in meiner Wohnung in der Wallstraße. Muttis Wohnung, gleich gegenüber auf demselben Treppenabsatz, ist verwaist. Ich bin gerade aus Stuttgart gekommen, wo mein Mann Dario sich vor wenigen Tagen das Leben genommen hat. Mutti weiß noch nichts davon, sie muss jeden Augenblick vom Rostocker Buchbasar zurückkommen, wo sie mich vergeblich erwartet hat. Ich werde fast wahnsinnig in dieser Wohnung, in der mich alles an Dario erinnert; ich habe in den letzten Tagen beinahe ununterbrochen geweint und dabei in Gedanken oftmals gerufen »Mutti, Mutti, hilf mir!« Jasmina, gerade erst Mutter geworden, hat mir in den schweren Tagen in Stuttgart zur Seite gestanden, und wir sind uns sehr nahe gekommen. Aber ich habe bei allem Schmerz immer noch versucht, das Weinen zu unterdrücken. Jetzt aber sitze ich allein in dieser Wohnung, und die Stunden vergehen, und der Druck in meiner Brust lässt auch nicht nach, wenn ich weine. Und dann höre ich, wie sie ihre Wohnungstür aufschließt, und ich stürze zu ihr, die sich gerade auf das Sofa fallen lässt, um die Korrespondenz zu sichten, die sich angehäuft hat. Ich falle vor ihr auf den Boden und klammere mich an ihre Beine und sage ihr, dass Dario tot ist. Und als sie mich umarmt, spüre ich körperlich den Schmerz in ihrem Innern. Wir sind wie ein Körper, und dieses Gefühl macht mich plötzlich ruhiger.

Als Kind habe ich meine Mutter nie mit einer solchen Verzweiflung umklammert, nie zuvor habe ich dieses Bedürfnis verspürt, von ihr in die Arme genommen zu werden. Meine Mutter war und ist nicht die Frau, zu der ich wegen einer Schramme oder eines aufgeschlagenen Knies oder wegen anderer äußerlicher Verletzungen und Krankheiten gehe. Zu ihr gehe ich, wenn es innen weh tut und auch Arbeiten nicht mehr hilft.

Christiane Barckhausen-Canale Dezember 2009

Zur Einstimmung

Ich will alles so aufschreiben, wie es in meiner Erinnerung lebt. Vielleicht hat sich nicht jede Begebenheit so abgespielt, wie ich sie in diesem Buch schildern werde. Ich bin Romanautorin und oft geht meine Fantasie mit mir durch. Aber ich werde mich bemühen, nahe an der Wahrheit zu bleiben. Ich habe vier Staatsformen durchlebt: Als Kind noch das Kaiserreich, als Halbwüchsige die Weimarer Republik, als Erwachsene den Faschismus und danach den versuchten Sozialismus in der DDR. In meiner Jugend träumte ich vom Sozialismus, dessen weltweiten Zusammenbruch ich jetzt im Alter erlebe; und ich finde mich wieder in den Kapitalismus zurückgeworfen. Habe ich meine Träume für immer ausgeträumt? Nein, denn ich weiß, dass die Menschen niemals aufhören werden, nach Mustern zu suchen, die es ermöglichen, die Güter der Erde gerecht zu verteilen. Sie werden immer nach Veränderung streben, nur dass ich die Realisierung ihrer Hoffnungen nicht mehr erleben werde. Auch unsere Kinder nicht, denke ich. Vielleicht die Enkel oder mein Urenkel, der gerade seine ersten Schritte auf den eigenen Beinen macht.

Wenn man so alt ist wie ich, bleibt es nicht aus, dass viele, die meinen Weg gekreuzt haben, nicht mehr am Leben sind. Ihr Tod gibt mir das Recht, offen über sie zu schreiben. Dagegen werden Freunde, die ich noch im Alter gefunden habe, in diesen Seiten keine Erwähnung finden. Sie sind mir noch zu nahe; wie unter einer Lupe erkenne ich an ihnen jede Charakterschwäche, jede Unebenheit, die erst der zeitliche Abstand allmählich zu glätten vermag. Aber ich möchte sie in meiner Umgebung nicht missen. Sie geben mir Trost und Geborgenheit.

In der Liebe habe ich nicht viel Glück gehabt, die »große Leidenschaft« blieb mir versagt. Habe ich viel im Leben versäumt? Sollten mich junge Leute fragen, was meiner Meinung nach das Wichtigste im Leben ist, so würde ich ihnen antworten: Das Wertvollste ist, neben einem gesunden Körper, eine

Arbeit, die Befriedigung gibt. Sie kann beglückender sein als die Liebe, ist beständiger als die Leidenschaft und niemals so quälend wie die Eifersucht. Das ist die Erfahrung meines Lebens, das nun schon über achtzig Jahre zählt.

Woher ich gekommen bin

Mein Vater hatte acht Geschwister, meine Mutter fünfzehn, von denen nur die vier ältesten am Leben blieben. Wahrscheinlich hat sich meine Großmutter von ihrem fünften Ehejahr an gegen die unerwünschten Schwangerschaften so beharrlich zur Wehr gesetzt, dass die armseligen Geschöpfe, die sie zur Welt brachte, ihr Leben bald wieder verhauchten. Jahr für Jahr, erzählte meine Mutter, stand der ausrangierte Kinderwagen mit ein oder sogar zwei Leichen – meine Großmutter neigte zu Zwillingsgeburten – in der guten Stube, ehe ihr Vater sich die Zeit nahm, das Bündel in Zeitungspapier zu wickeln und auf den Friedhof zu tragen, wo der Totengräber es ganz unzeremoniell irgendwo verscharrte. Über den ganzen Friedhof hin waren diese kleinen Gräber verteilt, die niemals jemand aufgesucht hat; keiner brachte den Toten, die nur wenige Stunden geatmet hatten, einen Blumengruß. Das Leben zu Hause nahm seinen gewohnten Verlauf, mit neuen Schwangerschaften, mit einer weiteren Niederkunft. Bei der Geburt des sechzehnten Kindes starb meine Großmutter, noch nicht einmal vierzig Jahre alt. Der Pastor pries am offenen Grabe ihr »erfülltes Leben« und die Güte des Herrgotts, der sie mit so ungewöhnlichem Kinderreichtum gesegnet habe. Nur meine damals noch gläubige Mutter und ihre jüngere Schwester Lene waren zu Tränen gerührt. Der Witwer starrte unbeeindruckt in die schwarze Gruft, während die vierzehnjährige Auguste und ihr Bruder Ludwig einander in die Seite knufften. Abends klärten sie auch die beiden Jüngeren darüber auf, dass allein Vater die Mutter auf dem Gewissen habe, was meine Mutter damals als grobe Lästerung empfand und empört bestritt.

Tote altern bekanntlich nicht. So ist mir auch meine früh verstorbene Großmutter immer als eine fröhliche und temperamentvolle, wenn auch durch die ständigen Schwangerschaften übernervöse und leicht reizbare Frau geschildert worden, als die sie in der Erinnerung der anderen weiterlebte; eine resolute Person, die ihre vier am Leben gebliebenen Kinder allein durch Blicke in Schach hielt. Schlugen diese doch einmal über die Stränge, so drosch sie drauflos, ohne erst lange nach dem Urheber des Streites zu fragen, und die Kinder zitterten vor Angst, wenn sie nur die Stube betrat. Dabei hat sie ihre Kinder geliebt, wenn auch auf ihre Art. Allzu gern hätte sie in der kleinen Garnisonsstadt etwas dargestellt. Sonntags steckte sie die drei Mädels in selbst geschneiderte Kleider, die einander bis aufs i-Tüpfelchen glichen, den Jungen in einen frisch gebügelten Anzug und trat mit ihnen auf die Straße hinaus. Es bereitete ihr eine seltsame Genugtuung zu wissen, dass die Nachbarn ihre Nasen an die Fensterscheiben pressten und ihnen teils bewundernde, teils neidische Blicke nachsandten. »Da geht Frau Lorenz mit ihren Kindern«, hieß es. »Alle fünf wieder wie aus dem Ei gepellt!« – Der Spaziergang verlief immer nach dem gleichen Ritus: zuerst am Seeufer entlang bis zum Elisabethgarten, wo die »Spitzen« der kleinstädtischen Gesellschaft bei Kaffee und Kuchen saßen, und zurück an der »Schnelle« vorbei bis zum Schützenplatz, wo Großvater im Sommer sein Karussell aufstellte; im Winter drückte er den Schusterschemel. Die Lorenzschen Kinder trabten im Gänsemarsch hinter ihrer Mutter her. Am Karussell angelangt, blickten sie sehnsüchtig den anderen Kindern zu, die auf Pferden ritten und deren Mähnen zausten, oder die sich schwungvoll, Kreis im Kreis mit dem Kreisel drehten. Den Kindern des Karussellbesitzers waren so vulgäre Vergnügungen streng untersagt – die frisch gestärkten Kleider oder der piekfeine Anzug könnten Schaden nehmen. Von einem Spaß konnte bei diesen Spaziergängen kaum die Rede sein. Da sie jedoch nur selten unternommen wurden – Großmutter ließ sich in schwangerem Zustand nie unter Menschen sehen –, lebten sie in der Erinnerung meiner Mutter dennoch als lichte Punkte fort, als freundliche Unterbrechungen des Einerleis, das ihr Dasein im Allgemeinen bestimmte.

Mein Großvater heiratete bald zum zweiten Mal. Die Verbindung war durch Vermittlung zustande gekommen; Liebe oder auch nur Zuneigung zu dieser Frau, die schon äußerlich das krasse Gegenteil meiner Großmutter war, hatten wohl kaum eine Rolle gespielt, praktische Fragen umso mehr. Wenn Großvater mit dem Karussell unterwegs war, musste jemand zu Hause die Kinder versorgen. Doch bald zeigte sich, dass er sich verrechnet hatte. Mit einer Zielstrebigkeit, die man der blassen, dürren Person gar nicht zugetraut hätte, begann sie sehr schnell, vor allem aber nach der Geburt ihres »Paulchen«, ihre vier Stiefkinder aus dem Hause zu ekeln. Am meisten hat wohl meine Mutter unter den veränderten Verhältnissen gelitten. Als Klassenbeste hatte sie bisher unter ihren Altersgefährten eine bevorzugte Stellung eingenommen. Jeder nahm an, dass sie weiterlernte, wenn auch nicht auf der »Höheren Töchterschule«, die Kindern ihres Standes verschlossen war, sondern auf der sogenannten Handelsschule; zu Lebzeiten der Mutter war oft davon die Rede gewesen. Die Stiefmutter aber schickte sie wie ihre beiden Schwestern sofort »in Stellung«, während Ludwig auswärts in die Lehre gegeben wurde.

Mutter war vierzehn, als sie ihr Elternhaus verlassen musste. Sie war einen Meter fünfzig »groß«. Ihr Gepäck bestand aus zwei Garnituren, also Hemd und Schlüpfer und Untertaille, aus einem Rock und einer Bluse sowie einem Unterkleid. Ihr Lohn betrug achtzehn Taler im Jahr, wovon sie fünfzehn Taler nach Ablauf des ersten Jahres nach Hause schickte.

Etwa dreißig Kilometer östlich von dem bisherigen Handlungsort stand um dieselbe Zeit – um die Jahrhundertwende – ein schmächtiger Jüngling auf einer Oderbrücke, fest entschlossen, seinem verpfuschten Leben ein Ende zu machen. Er war von der Lehrstelle ausgerückt und musste vom Vater, bei dem er sich über seinen Lehrmeister beschwerte, zusätzlich zwei Ohrfeigen einstecken. Sein Selbstmord wurde zum Glück vereitelt. Er ging »auf Walze« und kam einige Jahre später nach Berlin, wo er meine Mutter kennenlernte. Sie war schon vor geraumer Zeit nach Berlin übergesiedelt und arbeitete bei einem Mützenmacher als Näherin. Ihr Wochenlohn musste jetzt für zwei herhalten, denn Mutter bestand darauf, dass mein Vater die Tischlerschule besuchte, um seine recht lückenhaften Kenntnisse zu erweitern. Die beiden heirateten und führten eine fünfundvierzig Jahre währende Ehe miteinander, die im landläufigen Sinne glücklich zu nennen war. Im Allgemeinen unterwarf sich mein Vater den Weisungen meiner unternehmungslustigen und vitalen Mutter, denn er wusste, dass er nicht schlecht dabei fuhr.

Für mich als Kind war Tante Auguste, Mutters ältere Schwester, die schon mit zweiunddreißig Jahren an der »galoppierenden Schwindsucht« starb, von jeher von einem gewissen Nimbus umgeben. Die Erwachsenen sprachen von ihr nur im Flüsterton. Auguste war Näherin, genau wie meine Mutter. Da sie bildhübsch war, erregte sie schnell die Aufmerksamkeit ihres Chefs und wurde seine Geliebte. Sie hatte einen Sohn von ihm, den meine Eltern eine Zeit lang in Pflege nahmen, da sie selbst keine Zeit für ihn hatte. Doch immer, wenn sich Tante Auguste über ihren fast siebzigjährigen Liebhaber, dessen Kinder aus erster Ehe älter waren als sie, geärgert hatte, holte sie ihren Jungen von meinen Eltern weg und zerrte ihn als lebendige Anklage vor seinen Vater hin, der sich hartnäckig weigerte, sie zu heiraten. Erst kurz vor ihrem Tode erlebte Tante Auguste den Triumph, zur rechtmäßigen Gattin des greisen Geschäftsmannes aufzurücken, der sie um fast ein Jahrzehnt überlebt hat. Mein Vetter Heinz, ihr Sohn, der bis dahin von einer Pflegestelle zur anderen hatte wechseln müssen, wanderte mit achtzehn Jahren nach Amerika aus.

Mutters jüngere Schwester Lene wurde schon mit achtundzwanzig Kriegerwitwe. Ich erinnere mich noch deutlich an einen bestimmten Tag … Ich muss damals acht Jahre alt gewesen sein. Wir lebten im vierten Kriegsjahr, ich war acht Jahre alt. Mein Bruder, 1915 geboren und rachitisch wie die meisten Kriegskinder, machte auf krummen Beinen seine ersten Gehversuche. Vater arbeitete in einer Metallbude und war reklamiert. Mutter hatte »auf Uniformen« umlernen müssen, sie arbeitete neuerdings zu Hause; bis in die Nacht hinein ratterte ihre Nähmaschine. Jeden Freitag packte sie den Dreijährigen in den Kinderwagen, legte das Lieferbündel obenauf und fuhr mit uns durch die Schönhauser Allee bis nach Pankow zu ihrem Arbeitgeber. Ich stakste mit dürren Beinen neben der Fuhre her. Nach drei Kohlrübenwintern war ich blass und unterernährt, dazu übersensibel. An dem bewussten Tag hatte ich lange vor dem Fleischerladen angestanden. Ich war fast an der Reihe, als ein Mann neben mir plötzlich umfiel wie ein gefällter Baum. Sekundenlang sah ich sein verzerrtes Gesicht, den Schaum vor seinem Mund, seine zuckenden Glieder, hörte wie aus weiter Ferne, wie jemand sagte: »Armer Kerl! Sicher verschüttet gewesen …« – dann drehte ich mich um und rannte nach Hause. Mutter schimpfte mit mir, weil ich ohne das Knochenfleisch ankam. Noch jetzt, auf dem Weg zur Lieferfirma, lamentierte sie: Sie wisse nicht mehr, was sie auf den Tisch bringen solle …

Plötzlich stockte sie mitten im Satz. Sie starrte auf die andere Straßenseite, wo soeben eine Frau ganz in Schwarz um die Ecke bog. Aufgeregt fasste sie nach meiner Hand. »Lauf hin zu ihr«, sagte sie. »Sag ihr, sag ihr … sie möchte mal zu deiner Mutti kommen.« Sie gab mir einen gelinden Rippenstoß. Ich erreichte die Frau gerade noch, bevor sie in einer Seitenstraße in einen Hausflur trat. Langsam, automatenhaft, drehte sie sich zu mir um. »Ja? Wer ist denn deine Mutti?«, fragte sie teilnahmslos. Beim Sprechen hatte sie den Schleier angehoben und ich sah ihr nacktes Gesicht, das mich undeutlich an das Bild meiner Tante Lene erinnerte, das bei uns zu Hause auf dem Vertiko stand. Aber auf dem Bild war Tante Lene als Braut zu sehen, mit einem glücklichen Lächeln, die Augen auf einen Herrn gerichtet, der in steifer Haltung, den Zylinderhut unterm Arm, neben ihr stand. Von Tante Lenes Scheitel aus fiel ein weißer Schleier bis auf ihre Füße herab. Jetzt ging Tante Lene in Schwarz. Aus ihrem hageren Gesicht ragten die Backenknochen wie zwei Höcker hervor. Die Augen lagen in tiefen Höhlen. Ich fürchtete mich vor ihr. Ich war froh, als sie endlich den Schleier, wie ein Rollo, wieder fallen ließ und mir zu meiner Mutter folgte.

Die beiden Schwestern, die sich vor Jahren wegen irgendwas zerstritten hatten, umarmten sich. Tante Lene war nur ein Jahr verheiratet gewesen. Es musste noch etwas Geheimnisvolles um sie sein, denn Mutter redete mit anderen auch über Tante Lene immer nur im Flüsterton und wenn ich zufällig hinzukam, hielt sie sich die Hand vor den Mund. »Ofen im Zimmer!«, sagte sie zu ihrem Gesprächspartner und blickte ihn bedeutungsvoll an, wenn ich allzu sehr spannte. Ich sah Tante Lene nun oft. Da sie arbeiten musste, saß sie tagsüber mit drei oder vier anderen Frauen in einer zur »Volksküche« umfunktionierten Turnhalle an einem langen Tisch und gab Essenmarken an »besonders Bedürftige« aus. Manchmal fiel auch für uns eine Marke ab. Dann ging ich zu den Frauen am Eingang und ließ mir aus einem der Bottiche, aus denen es immer nach Kohlrüben stank, meinen Essnapf füllen. Überall erledigten jetzt Frauen die Arbeiten. Der einzige Mann, der noch zu Hause am Arbeitsplatz stand, schien mein Vater zu sein. Er war kurze Zeit beim Landsturm gewesen und dann von dem Rüstungsbetrieb reklamiert worden. Bei zwölfstündiger Arbeitszeit und magerer Marmeladenkost wurde er von Tag zu Tag winziger. Als ich einmal wieder die Suppe aus der Volksküche für ihn holen wollte, war Tante Lenes Platz leer. Mutter erzählte mir später, Tante Lene hätte ein kleines Mädchen bekommen. Obwohl sie jetzt Mutter war, ist mir meine Tante dadurch nicht vertrauter geworden. Sie kleidete sich immer in düstere Farben und sah stets vorwurfsvoll drein, als wolle sie alle Welt für ihr Witwendasein verantwortlich machen. Auch ihr Verhältnis zu meinen Eltern blieb gespannt, sei es nun, dass sie meiner Mutter ihr Familienglück geneidet hat, oder sei es, dass meine Eltern, wie alle Ehepaare, für die Sorgen einer alleinstehenden Frau nie das rechte Verständnis aufbrachten, so sehr sie sich auch bemüht haben, Tante Lene in unsere Familie mit einzubeziehen.

Verkörperte meine Mutter mit ihren Geschwistern das typische Kleinbürgertum, so brachte Vaters Familie mehr das proletarische Element hinein. Alle seine sieben Schwestern hatten Arbeiter geheiratet. Doch alle Schwäger, einschließlich des sogenannten »roten« Willi, der hin und wieder einen sozialdemokratischen Zirkel besuchte, waren politisch indifferent und wurden später eine leichte Beute des Nationalsozialismus. Willi starb an einer Blutvergiftung und Vaters Schwester Martha, die in Willis viel zu frühem Tod eine verdiente Heimsuchung sah, begann seitdem zu frömmeln. Von allen Angehörigen meines Vaters war sie uns die unangenehmste, wenn sie in regelmäßigen Abständen auftauchte und in eintönigem Singsang über die Abwesenden herzuziehen begann. Zwar standen ihr die Betroffenen im Klatsch nicht nach. Sie revanchierten sich kräftig, mit Ausnahme meiner Mutter, die nie etwas zu Gesprächen von dieser Art beitrug und deshalb als Außenseiterin galt, der man stets mit Misstrauen begegnete. Und als Tante Emma unsere Mutter einmal dabei überraschte, wie sie hingegeben in ein Buch vertieft war, während sich auf dem Tisch der Abwasch türmte, war sie fortan bei ihren Schwägerinnen als Schlampe verschrien! Mutter nahm solche Diffamierung gelassen hin. Die Verwandtenbesuche waren ihr von jeher ein Gräuel gewesen. Sonntag für Sonntag sowie an allen Festtagen pflegte man zusammenzuhocken, aß den »drögen« Streuselkuchen, klopfte Skat, aß aufs Neue, diesmal die Stullen, die jeder mitgebracht hatte, trank Bier dazu und hinterher lauschte man – als Krönung des Ganzen! – den Liebes- und Wanderliedern, die meine Cousinen auf ihren Mandolinen zupften. Selbst sonnabends waren wir nie vor überraschenden Besuchen sicher. So manches Mal hat mein Vater das Guckloch in unserer Korridortür mit Pappe verklebt und Mutter schraubte in der Küche das Gaslicht klein, so dass kein Lichtschein mehr nach draußen fiel und unsere Besucher, nach mehrmaligem heftigen Läuten, schließlich resigniert das Weite suchten. Jetzt erst war unser Samstagabend gerettet und wir konnten ihn auf unsere Weise verbringen, meist mit einem Buch.

Mutter hat auch unseren Vater zum Lesen erzogen. Vater hatte nur eine einklassige Dorfschule besucht und konnte, als die beiden sich kennenlernten, allenfalls die Zeitung mühselig buchstabieren. Doch für Mutter war ein Mann, der keine Bücher las, einfach unvorstellbar. Ganze Nächte hat sie daher zugebracht, indem sie ihm, neben ihm am Kopfende des Bettes hockend und den Rücken mit Kissen gestützt, aus den Büchern vorlas, bis der Morgen graute und ihre Kehle bereits heiser vom Sprechen war. Aber ihre Methode hatte Erfolg. In den späteren Jahren habe ich meinen Vater kaum mehr ohne ein Buch gesehen. Immer trug er einen dicken Wälzer mit sich herum. Störte man ihn beim Lesen, so hob er bedächtig den Kopf, holte mit seinen langsamen Bewegungen ein Streichholz hervor und klemmte es zwischen die Seiten, bevor er das Buch beinahe feierlich zuklappte und beiseite legte.

Je älter ich wurde, umso mehr gewann ich auch den Schwestern meines Vaters liebenswerte Seiten ab. Sie alle führten ein hartes Proletarierleben. Jede hatte ihre eigene Geschichte, die Geschichte von kleinen Leuten, die am Rande lebten, scheinbar unberührt von den großen Ereignissen, die unser aller Wohl und Wehe bestimmen. Da war Tante Klärchen mit ihrem Mann, der nach einem Unfall jahrelang prozessierte, bis er der Versicherungsgesellschaft endlich einen Betrag abgetrotzt hatte, den er zum Bau eines Einfamilienhauses verwandte. Er selber konnte sich nicht allzu lange an dem Häuschen freuen, da die vorangegangenen Aufregungen seine Kräfte frühzeitig aufgezehrt hatten. Nach seinem Tode trat Tante Klärchen ihr »Alleinerbe« an, das sie nun eifrig dazu benutzte, ihre vier Kinder zu tyrannisieren, indem sie ihnen für den Fall, dass sie nicht nach ihrer Pfeife tanzten, ständig mit »Enterbung« drohte. In ihren letzten Jahren lebte Tante Klärchen völlig allein, verfeindet mit allen vier Kindern, die ihrer Wege gingen, und misstrauisch gegenüber jedem, der sich ihr etwa aus Mitleid hätte nähern wollen, da sie in jedem den vermeintlichen »Erbschleicher« sah, der nach ihrem Eigentum trachtete.

Tante Emma hat zeitlebens um den Bestand ihrer Ehe gekämpft. Ihr Mann Gustav war ein Trinker und Schürzenjäger. Erst in reiferen Jahren wurde er ruhiger, und vielleicht hätten die zwei noch ein paar harmonische Jahre zusammen verbringen können – doch Onkel Gustav hat das Ende des Zweiten Weltkrieges nicht mehr erlebt. Eine Granate zerriss ihn, als er Ende April 1945 bei Fliegeralarm noch mal aus dem Keller kroch, um seine Pfeife aus der Wohnung zu holen. Tante Emma packte das, was von Onkel Gustav noch übrig war, auf eine Schubkarre und fuhr damit unter fortwährendem Artilleriebeschuss sinn- und ziellos durch die Straßen Berlins. Endlich besann sie sich, holte ihr bestes Laken aus dem Luftschutzkoffer, wickelte ihren Gustav hinein und karrte ihn auf den Friedhof, wo sie ihm mit eigenen Händen eine Grube grub. Särge und Totengräber kannte man im letzten Kriegsjahr nur noch vom Hörensagen.

Von einer politischen Erziehung konnte in meinem Elternhaus keine Rede sein. Unsere Gespräche drehten sich stets um ganz andere Dinge; politische Ereignisse wurden kaum je gestreift, geschweige denn kommentiert oder vom parteilichen Standpunkt aus untersucht. So war die achtzehner Revolution, waren Streik und Kapp-Putsch an mir vorübergegangen, ohne dass ich viel davon begriff. Auch von der Inflation blieben wir verhältnismäßig unberührt, da meine Eltern Ersparnisse, die sie hätten verlieren können, nie besessen hatten. Wir lebten, wie man zu sagen pflegt, von der Hand in den Mund, von irgendwelchen Rücklagen konnte nicht die Rede sein. Wenn mein Vater, der sich 1918 selbständig gemacht hatte, wirklich mal eine unvorhergesehene Einnahme hatte, so verwandte meine Mutter sie bestimmt für uns Kinder, da sie immer darauf bedacht war, uns nichts entbehren zu lassen. Auf ihre Initiative hin besuchten wir die »hohe Schule«, und genau wie die Bürgerkinder mussten wir sogar Klavierspielen lernen. Erst viel später ging mir auf, dass meine Mutter seit Jahren denselben Pullover trug und dass Vater wie Mutter sonntags nie aus dem Hause gingen, da sie sich in ihrem Alltagsanzug nicht unter die Leute wagten. Doch als ich dies wirklich begriff, hatte ich schon angefangen, die Welt mit schärferen Augen zu sehen. Den Anstoß dazu gab mir merkwürdigerweise eine alte Frau.

Meine Eltern hatten schon im letzten Kriegsjahr ein Laubengrundstück gepachtet, wo wir etwas Gemüse zogen und sogar Hühner und Gänse hielten. Hier in der Laube war es auch, wo Vater eine Hobelbank aufstellte und zum ersten Mal auf eigene Rechnung einen Küchenschrank baute, der den Grundstock zu seiner Selbständigkeit bildete. Unsere Grundstücksnachbarin war eine alte Frau, die sich mutterseelenallein mit ihrem Stück Land abplagte: Man sah eigentlich immer nur ihren gebeugten Rücken. Mal grub sie die Erde um oder steckte akkurat die Beete ab, setzte die kleinen Pflänzchen, schleppte die Gießkanne oder zupfte unverdrossen das Unkraut aus. Hin und wieder warf sie mir, die ihr träge von der Schaukel aus bei der Arbeit zusah, ein Scherzwort zu, oder sie neckte mich mit meinem Spitznamen »Prinzesschen«. Doch ein einziges Mal habe ich die alte Frau wirklich zornig gesehen. Sie war Zeugin gewesen, wie ich eine Schulkameradin, die eigens den weiten Weg bis in die Laubenkolonie zurückgelegt hatte, um mich zu besuchen, hochmütig stehen ließ, so dass sie enttäuscht wieder umkehren musste. »Was hast du gegen das nette Mädchen?«, fragte die Alte empört. Ich faselte irgendeine Erklärung zusammen. Ich glaube, mir gefiel nicht, dass die Mutter dieses Mädchens Toilettenfrau war. »Und was ist deine Mutter?«, fragte die alte Frau spöttisch. »Sie näht Flicken zusammen. Die andere wischt Toilettendeckel. Wo ist der Unterschied? Beide sind Arbeiterinnen.« Ich war noch ganz verblüfft, als die Nachbarin fortfuhr: »Wenn die Menschen geboren werden, sind sie alle gleich. Keiner kommt mit einem Spitzenhemd auf die Welt.« Wir sprachen noch eine ganze Weile zusammen und ich glaube, ich habe an jenem Tag etwas Wichtiges hinzugelernt. Dass es nicht so sehr darauf ankomme, sagte sie beispielsweise, was einer tue, sondern dass er überhaupt etwas tue und dass er nicht als Schmarotzer auf Kosten anderer lebe. Ich war kleinlaut geworden. Lebte ich nicht auf Kosten meiner Eltern, die sich hart schinden mussten? Noch am selben Nachmittag plünderte ich unseren Holunderbaum, der gerade in voller Blüte stand, band eilig ein paar Sträuße zusammen und stellte mich an die Landstraße nach Berlin. Die Großstädter, die auf den ersten Blick die Blumen für Flieder hielten, der gerade erst aufzublühen begann, rissen mir meine Ware fast aus der Hand, so dass ich gar nicht dazu kam, den Irrtum aufzuklären. Vielleicht wollte ich es auch gar nicht. Mein Triumph über das erste und so leicht verdiente Geld war so groß, dass dahinter mein sonst ziemlich ausgeprägtes Gefühl für Ehrlichkeit völlig in den Schatten trat. Von Reue konnte keine Rede sein. Als ich abends meinen Eltern die Tageseinnahme – drei oder vier Mark – übergeben konnte und ihre zunächst verblüfften, dann erfreuten Mienen sah, kannte mein Stolz keine Grenzen mehr.

Zehn Jahre später wurde ich Mitglied der kommunistischen Partei. Der Weg von der zehnjährigen Blumenverkäuferin, die durchaus das Ihre zum Lebensunterhalt der Familie beitragen wollte, bis zu der Genossin, die in der Wohngruppenzelle die kritische Wirtschaftslage erörterte und den Text zu einem Flugblatt verfasste, war beschwerlich und ist durchaus nicht immer geradlinig verlaufen. Heute scheint es mir, als seien es die wichtigsten Jahre meines Lebens gewesen. Was war das auch für eine Zeit! Sieben Millionen Arbeitslose! Mein Bruder gehörte dazu, später auch mein Vater. Als kleiner selbständiger Handwerksmeister, der außer seinen zwei Händen kein Betriebskapital besaß, hatte er die Auswirkung der schlechten Wirtschaftslage bald zu spüren bekommen. Längst hatte er die zwei Gesellen aus den Konjunkturjahren wieder entlassen müssen. Später musste er sogar seine Werkstatt aufgeben; er verkaufte die Maschinen und richtete sich mit der letzten Hobelbank im Keller des Ladens ein, in dem meine immer auf Auswege sinnende Mutter eine Leihbücherei betrieb.

Der Gedanke mit der Leihbücherei kam meiner Mutter, der Büchernärrin, nicht von ungefähr. Es war eine Zeit, in der Unternehmungen dieser Art wie Pilze aus der Erde schossen. Wer hatte schon das Geld, sich ein Buch zu kaufen? In den Büchereien konnte man für zwanzig Pfennig ein oder zwei Stück entleihen. Doch wie eröffnet man eine Leihbibliothek ohne einen Pfennig Kapital? Wir verkauften zunächst alles Entbehrliche aus unserer Wohnungseinrichtung. Mein Vater zimmerte die Regale, mein Bruder malte das Schild und ich verpfändete meine achtzig Mark Monatsgehalt an die Firma, die uns die Bibliothek »komplett und wohlassortiert« gegen Ratenzahlungen zu liefern versprach. Doch wie sah diese Bibliothek bei genauerem Hinsehen aus! Sie bestand größtenteils aus Taschenbuchausgaben und aus Ladenhütern, während gefragte Titel nur wie seltene Rosinen dazwischen gestreut waren. Was konnten wir tun? Am nächsten Tag sollte eröffnet werden. Wenn wir protestierten, hätte die Firma vielleicht die ganze Sendung wieder abgeholt! Wir hüllten also die Bändchen in blaue Buchumschläge, versahen sie mit Nummern und stellten sie, um sie gewichtiger erscheinen zu lassen, mit der Titelseite zum Beschauer ins Regal. Dort standen sie nun wie verloren auf den klobigen Brettern, die sie trotz all unserer Anstrengungen, sie günstig zu platzieren, nicht zu füllen vermochten, und erinnerten in ihrer blauen Einheitstracht an Waisenkinder, die in viel zu großen, auf Zuwachs berechneten Kleidern steckten.

Wir waren auf ein Schwindelunternehmen hereingefallen. Die Einnahmen waren entsprechend. Mit den paar Büchern konnten wir nicht einmal unsere Unkosten decken; die Ladenmiete war hoch, die Schuldenlast drückte uns fast zu Boden. Dennoch möchte ich die Erinnerung an jene Zeit nicht missen, war es doch gerade unsere Leihbücherei, die entscheidend meine politische Entwicklung – und die meiner Eltern – beeinflusst hat. Unser Laden lag im Wedding, viele klassenbewusste Arbeiter gingen bei uns ein und aus. Sie äußerten offen ihre Unzufriedenheit mit unserem Sortiment, rieten uns, andere Bücher anzuschaffen. Damals erschienen gerade die ersten Bücher von Arbeiterschriftstellern; Grünbergs »Brennende Ruhr« war herausgekommen, »Ein Prolet erzählt« von Ludwig Turek, von Willi Bredel »Maschinenfabrik N. & K.« sowie »Das Mädchen an der Orga Privat« von Rudolf Braune. Wir kauften auch die Übersetzungen sowjetischer Bücher an, Gladkows »Zement« vor allem und viele andere, die aus dem ersten sozialistischen Land damals zu uns kamen. Bevor wir diese Bücher in die Ausleihe gaben, lasen wir sie erst selbst. Eine ganz neue Welt tat sich vor uns auf, die Welt von Arbeitern, die wir in den bisherigen Büchern nicht hatten finden können und die der unseren in vielem doch so ähnlich war.

Noch ein anderes Erlebnis hat mich stark beeindruckt. Es betraf in erster Linie meine Eltern. Von Monat zu Monat wuchs ihr Schuldenberg und trotz aller Anstrengungen sahen sie keine Möglichkeit, ihn abzutragen. Sie waren verzweifelt. Ich glaube, damals dämmerte in ihnen die Erkenntnis, dass alles, was sie auch anpacken mochten, immer schlecht auslaufen würde, weil sie als Kapital weiter nichts besaßen als ihren ehrlichen Willen zur Arbeit und der stand in jener Zeit nicht hoch im Kurs.

Ich besuchte seit kurzem die Marxistische Arbeiterschule; ein Freund hatte mich mitgenommen, er war Kommunist. Einmal erzählte ich ihm von unseren drückenden wirtschaftlichen Sorgen. Der Wirt hatte uns bereits einen Räumungsbefehl zustellen lassen. Wir befürchteten, dass er sich unsere letzten Habseligkeiten aneignen würde … Der Genosse sah mich aufmerksam an: »Könnt ihr gar nichts bezahlen?« Ich zuckte die Achseln, der Wirt war auf unseren Vorschlag, die Schulden ratenweise zu tilgen, nicht eingegangen. »Gut, dann kommen wir ihm zuvor«, bestimmte der Genosse kurz. »Sag deinen Eltern, wir lassen sie nicht im Stich.« Er hat Wort gehalten. Mein Vater, der nach 1945 der SED beitrat und seinen Entschluss in einem Lebenslauf begründete, schilderte darin diesen Vorfall so: »Eines Abends«, schrieb er, »rückten zehn kräftige Männer an. In wenigen Minuten waren alle unsere Möbel draußen, alles lief wie am Schnürchen. Ich danke heute noch allen, die uns damals geholfen haben. Alle Möbel standen auf der Straße verstreut und die Männer traten an mich heran. ›Du, ich nehme die Lampe mit nach Hause.‹ ›Ich den Waschkorb.‹ – ›Ich dies und das.‹ Und das alles haben wir später unversehrt zurückbekommen. Damals habe ich erfahren, was Solidarität ist.«

Mein Vater war von diesem Tag an wie umgewandelt. Er, der bisher in eigenbrötlerischem Starrsinn mit seinem Schicksal gehadert hatte, fand plötzlich Freunde, denen er sich anvertraute. Und als sie mit einer Bitte zu ihm kamen, sagte er zu, ohne eine Sekunde zu zögern. Die KPD suchte damals für illegale Zusammenkünfte ihrer führenden Funktionäre einen sicheren Ort. Unsere neue Ladenwohnung war dafür wie geschaffen, weil sie drei Ausgänge hatte. »Ihr habt mir geholfen, also helfe ich euch«, sagte mein Vater. Er war stolz darauf, dass er den Genossen ein Zimmer unserer Wohnung abtreten konnte. Noch viele Monate nach Hitlers Machtantritt hielten die Genossen hier ihre geheimen Sitzungen ab. Wussten wir, worauf wir uns einließen? Ja, wir wussten es. Ich erinnere mich, dass wir in jenem Sommer 1933 Sonntag für Sonntag, wenn es das Wetter zuließ, ins Grüne fuhren in Gesellschaft von Mutters Schwester, meiner Tante Helene. Abends verabschiedete sie sich von uns stets mit den Worten: »Also auf nächsten Sonntag! Um die gleiche Zeit?« – »Ja – wenn nichts dazwischenkommt«, pflegten meine Eltern stereotyp zu erwidern. Im Stillen aber dachten sie: Wenn sie uns nicht vorher verhaftet haben. – Die Gefahr des Entdecktwerdens schwebte ständig über uns. Wir konnten damals nicht alle Genossen, die regelmäßig, in immer kürzeren Abständen bei uns erschienen, identifizieren. Einige kamen aus der Provinz von weit her angereist. Alle hatten sich bürgerlich verkleidet, indem sie die gewohnten Windjacken und Joppen mit schweren Mänteln vertauscht und die »Schiebermütze« durch einen Hut ersetzt hatten, den sie tief in die Stirn gedrückt trugen. »Ich komme auf Ihr Inserat«, sagten sie, wenn sie unseren Laden betraten, in dem oft viele Kunden anwesend waren. »Kann ich den Schreibschrank mal sehen?« Und Mutter geleitete sie dann eiligst durch den Laden nach hinten, wo sie in ihrem Zimmer verschwanden. Einem aufmerksamen Beobachter hätte es leicht auffallen können, dass die angeblichen Kaufinteressenten nach der Besichtigung des Objektes nie wieder zum Vorschein kamen. Einmal sprach eine unserer Kundinnen, eine eifrige Leserin, die das Verschwinden der Männer schon mehrmals bemerkt hatte, offen ihre Verwunderung aus. »Wo bleiben die Männer eigentlich alle, die sich den Schreibschrank ansehen wollten?«, fragte sie Mutter naiv. »Ach, die sind längst wieder weg – durch den Seitenausgang«, erwiderte Mutter forsch. Aber ihr hätten bei der Frage der Kundin die Knie gezittert, gestand sie uns später.

Zu unseren täglichen Besuchern gehörte auch Walter Ulbricht, ihm oblagen offenbar alle organisatorischen Vorbereitungen der Sitzungen. Er war immer in großer Eile, wechselte nie mit uns ein persönliches Wort, begab sich stracks in sein Zimmer und hielt sich meist längere Zeit dort auf, bevor er grußlos wieder verschwand. »Man fröstelt, wenn man ihn nur ansieht«, meinte Mutter.

Ganz anders war dagegen Wilhelm Pieck, damals ein Mann in den besten Jahren. Er wirkte sehr herzlich und jovial. Als er zum ersten Mal kam, musste er einen Augenblick im Laden warten. Gerade da hob sich die Kellerluke, und mein Vater, der unten seine Hobelbank wieder aufgestellt hatte, kletterte über die wackelige Leiter nach oben. Wilhelm Pieck warf einen raschen Blick durch die Luke. »Ein Kollege?«, forschte er. Vater, der ab und zu ein wenig »Schwarzarbeit« machte und stets auf Schnüffler vom Wohlfahrtsamt gefasst war, blinzelte ihn argwöhnisch aus kurzsichtigen Augen an: »Wieso? Bist du auch Tischler?«, fragte er. »Nein, aber gewesen ...«, erwiderte Wilhelm Pieck lachend. »Jetzt bin ich Leimreisender.« – »So?«, fragte mein Vater, immer noch misstrauisch. »Bringt denn das was ein?« – Wir alle grinsten und auch Vater verzog sein Gesicht zu einem Schmunzeln, als er gleich darauf von uns erfuhr, mit welchem »Kollegen« er sich unterhalten hatte ...

Ein einziges Mal haben wir auch Ernst Thälmann beherbergt. Das Treffen mit ihm war kurzfristig angesetzt worden; vielleicht war ein geplanter Treffpunkt gerade geplatzt, und man hatte in letzter Minute auf unser Quartier ausweichen müssen; jedenfalls wurden die notwendigen Sicherheitsmaßnahmen überstürzt und in aller Eile getroffen. Überhaupt hatten wir den Eindruck, dass die KPD nur schlecht auf die Illegalität vorbereitet war. War es nicht unvorsichtig, dass die Genossen immer noch so zahlreich zu ihren geheimen Treffen zusammenkamen? Und am Vormittag des Tages, an dem Ernst Thälmann erwartet wurde, mussten wir erleben, dass mehrere uns unbekannte Genossen bei uns anrückten, die die Isolierung der Verbindungstür zum Sitzungszimmer verstärken sollten. Wie leicht konnte unter ihnen jemand sein, der schon lange von der Gestapo gesucht wurde. Wie leicht konnte auch unter ihnen ein Verräter sein. Man erlebte es damals leider oft, dass Männer, die man noch als Rotfrontkämpfer in Erinnerung hatte, plötzlich in SA-Uniform vorbeimarschierten.

Eine große Gefahr stellte leider auch mein Bruder dar. Der Achtzehnjährige gehörte schon seit langem der Bündischen Jugend an, die nach Hitlers Machtantritt der Hitlerjugend einverleibt werden sollte. Doch die jungen Romantiker, die den Drill der Hitlerjungen verpönten und viel lieber am Lagerfeuer ihre Lönslieder sangen, leisteten Widerstand, so dass es zwischen den beiden Gruppen schon zu heftigen Kämpfen gekommen war. Hitlerjungen überfielen die Bündischen, die letzten Endes unterlagen, da sie meist in der Minderheit waren. Würde auch mein Bruder also in Bälde die HJ-Kluft tragen? Ich hielt es für meine Pflicht, die Genossen behutsam darauf vorzubereiten, dass ihnen eines Tages vielleicht bei ihrem Eintritt ein HJ-Mensch in voller Montur entgegenträte. Sollten sie nicht lieber ihr illegales Quartier wechseln? Doch sie zerstreuten meine

Bedenken. Ihrer Meinung nach war ein Buchladen, in dem ein Hitlerjunge die Bücher ausleiht, die beste Tarnung für sie. Ich war keineswegs dieser Ansicht. Wusste ich denn, ob Wolfgang, in blindem Gehorsam seinem »Bannführer« gegenüber, die Illegalen nicht doch verraten würde?

Ich möchte hier etwas vorwegnehmen, denn es kam anders, als ich befürchtet hatte. Mein Bruder musste nicht in die HJ eintreten, und er ging auch nicht länger mit seinen früheren Gefährten, kurzbehost, auf dem Rücken den schweren »Affen«, wie bisher auf Fahrt. Sein Leben nahm plötzlich eine andere Wendung. Durch meine Tätigkeit bei der »Dacho«, einer Gewerkschaft der Filmschaffenden, bei der ich als Sekretärin angestellt war, hatte ich meinem Bruder schon mehrmals einen Job als Filmkomparse verschaffen können. Einmal lernte er bei dieser Gelegenheit Leni Riefenstahl kennen, die offenbar an dem hübschen Burschen Gefallen fand und ihm in ihrem Filmteam eine Volontärstellung anbot. Der junge Mensch wurde durch die um zwölf Jahre ältere, liebeserfahrene Frau, die auf dem Höhepunkt ihres Erfolges stand, völlig aus der Bahn geworfen. Fortan ließ er sich nur noch selten in der Familie sehen. Auch die Abende verbrachte er mit den Filmleuten, zu denen außer der Diva auch der Kameramann Walter Frentz sowie der Bergsteiger Gustav Lantschner gehörten. Ob die Riefenstahl, eine von höchster Stelle protegierte, von ihren männlichen Berufskollegen hämisch beneidete und im Volksmund lästerlich als »Reichsgletscherspalte« titulierte Person, von der die Mär ging, dass sie neben ihren undurchsichtigen Beziehungen zu Adolf Hitler gern junge Burschen vernasche, auch mit meinem Bruder ihre Nächte zu verbringen geruhte, ist mir verborgen geblieben.

Ich sah nur mit Befremden, wie sich Wolfgangs Charakter unter dem Einfluss seiner neuen Freunde vom Film, die alle gut verdienten und mit dem Gelde um sich warfen, rasch zu ändern begann; wie der Naturbursche plötzlich Allüren entwickelte und Ansprüche ans Leben stellte, die er sich als schlecht bezahlter Volontär nie erfüllen konnte, es sei denn, dass er sich in Schulden stürzte – und genau das betrieb er in hohem Maße. Wollte er mit den anderen mithalten und ebenfalls den Spendierer spielen, so musste er sich das Geld zusammenpumpen – Geld, das er nie zurückzahlen konnte.

Mir bereitete die Entwicklung meines Bruders den größten Kummer. Als Kind hatte ich Wolfgang zärtlich geliebt. Da unsere Mutter in Heimarbeit Mützen nähte und nicht viel Zeit für uns hatte, war ich es, die den um fünf Jahre Jüngeren liebevoll aufzog, an meinem Arm lernte er die ersten Schritte zu tun; ich war es, die notfalls mit ihm zum Arzt ging oder die ihn im Kinderwagen durch die Straßen schob. Wie stolz war ich, wenn Passanten neben uns stehen blieben und mit dem Kleinen scherzten; denn mein Bruder war mit seinen langen blonden Locken und den schwarzen Augen ein ungewöhnlich hübsches Kind, das die Blicke der Vorübergehenden auf sich zog. Und nun war ihm offenbar sein gutes Aussehen zum Verhängnis geworden – denn so sah ich seine Verbindung zu der Riefenstahl. An ihrer Seite, als ihr treuer Begleiter, fuhr er nach Nürnberg, wo der Parteitagsfilm »Sieg des Glaubens« entstand. Auch an dem zweiten Propagandafilm »Triumph des Willens« wirkte er mit, und später arbeitete das Team jahrelang an dem Film über die Olympiade 1936. Wenn Wolfgang, immer nur zur kurzen Stippvisite, mal bei uns hereinschaute, schwärmte er von den riesigen Aufmärschen, die er miterlebt hatte, von der Begeisterung der Massen, von dem Jubel, dem Rausch, mit dem sich Hunderttausende dem »Führer« entgegenwarfen – und erst wenn Vater mit einem barschen Wort seine Tiraden unterbrach und eine nüchterne Frage stellte, etwa nach dem neuesten Stand der Hinrichtungen oder Verhaftungen, schien ihm aufzugehen, dass er hier mit seinen Jubelberichten falsch am Platze war, und er machte sich eiligst davon. Mir aber schnürte die Enttäuschung über die Entfremdung, die sich zwischen uns aufgetan hatte und die sich von Mal zu Mal vertiefte, die Kehle zu. Ich brachte kein Wort hervor.

Meine Entwicklung verlief ja genau entgegengesetzt. Bei meinem Eintritt in die KPD war ich zwanzig Jahre alt. Wenn ich heute darüber nachdenke, was für meinen Entschluss, das Aufnahmeformular einem Genossen in die Hand zu drücken, letzten Endes entscheidend war, so vermag ich es kaum zu sagen. Viele Faktoren haben zusammengewirkt, und immer waren es Menschen, die mich weiterbrachten, die mir die Augen dafür öffneten, dass unsere wirtschaftliche Misere zu Hause kein Einzellos war. Menschen auch, die mich lehrten, wie man schreiben muss. In Zirkeln studierten wir Marx und Engels.

Wir gingen auf die Straße und demonstrierten. Wir verteilten Flugblätter. Abends diskutierten wir uns in der Wohngruppe oder auch zu Hause, im Kreis von Genossen, die Köpfe heiß. Wir wollten die alte verrottete Welt aus den Angeln heben, eine neue gerechte Ordnung errichten, in der unter anderem auch Köchinnen Schulen und Universitäten besuchen können, um Minister zu werden, wie Lenin forderte.

Aber wir mussten erst das Ende des Zweiten Weltkrieges erleben, ehe wir in einem Teil des zerstückelten Landes den Versuch unternehmen konnten unsere Ideale zu verwirklichen. Und wieder vierzig Jahre später ist unser Versuch gescheitert.

Um dahinterzukommen, wie das geschehen konnte, will ich mein Leben durchforschen.

Ich wollte schreiben, immer nur schreiben

Schon als Zehnjährige kritzelte ich ganze Oktavhefte voll. In der Schule war Deutsch mein Lieblingsfach, am liebsten schrieb ich Aufsätze, die ich später in der Klasse vorlesen musste. Und als unsere Klassenlehrerin bei der Schulentlassung nach unseren Berufswünschen fragte – ich ging schon nach der zehnten Klasse, damals sagte man »mit dem Einjährigen«, von der Schule ab, um möglichst bald Geld zu verdienen –, gestand ich ihr errötend meinen geheimsten Wunsch: Ich wollte für mein Leben gern für Zeitungen schreiben, wollte Journalistin werden! Meine Klassengefährtinnen, die angehenden Friseusen, Stenotypistinnen oder Schneiderinnen, lachten und auch um den Mund unserer Lehrerin zuckte es. »Ja, warum nicht gar Schriftstellerin?«, spottete sie, und sie fragte: »Hast du denn schon ein Pseudonym?« Wieder war ich der Gegenstand allgemeinen Gespötts, doch das scherte mich wenig: Umso hartnäckiger verteidigte ich meinen Wunsch. Doch wie wurde man Journalistin (oder Schriftstellerin)? Für ein Mädchen wie mich, das aus dem Kleinbürgertum kam, weder Fürsprache noch Verbindungen hatte, war mein Wunsch vermessen, und bis zu seiner Verwirklichung war es noch ein langer, beschwerlicher Weg.

Zunächst fand ich nicht einmal eine Lehrstelle. Mein sehnlichster Wunsch, als Volontärin an eine Zeitung zu kommen, schien unerfüllbar; meist erhielt ich nicht einmal eine Antwort auf meine Bewerbungen. So musste ich mich nach einem anderen Betätigungsfeld umsehen. Meiner Mutter, die nie in ihrem Leben ein Bankkonto besessen und vermutlich nicht einmal eine Bank von innen gesehen hat, schwebte für ihre Tochter ein Traumberuf vor, den sie mir in den prächtigsten Farben malte. Ich solle mich um einen Lehrvertrag bei einer Bank bewerben, sollte »Beamtin« werden, womöglich mit Pensionsanspruch – ein Ziel, das meiner Mutter in ihrer unsicheren Existenz als der Inbegriff des Erstrebenswerten erschienen sein mag! Ich weiß nicht mehr, welchem gütigen Geschick ich es verdanke, dass mir das Los erspart blieb, bis zu meinem Rentenalter über Zahlen zu brüten oder hinter einem Schalter zu stehen; offenbar waren die Auskünfte, die die Bank über mich und meine »Herkunft« einzog, nicht günstig genug. Auch andere Versuche, zu einer Lehrstelle zu gelangen, so etwa bei »Neumann & Schneider – Blusen und Kleider« oder bei einem anderen der vielen Berliner Konfektionsbetriebe, zerschlugen sich leider – oder wie ich heute weiß: zu meinem Glück. Denn wie hätte ich eine dreijährige monotone Lehrzeit in einem x-beliebigen Büro ertragen sollen, da mein Kopf doch auf Schritt und Tritt Sätze formte; da ich schreiben wollte?

So war es fast zwangsläufig, dass meine Augen eines Tages unter den spärlichen Stellenangeboten in der Zeitung eine bescheidene »Kleine Anzeige« entdeckten, die mein lebhaftes Interesse erregte: die Ausbildung zur »versierten Bürokraft« in einer nur einjährigen Lehrzeit wurde zugesichert. Als Firma zeichnete ein »Pressebüro Kosmos«. Ich bewarb mich und durfte mich vorstellen. Das Büro, das in einem hochherrschaftlichen Haus am Kurfürstendamm untergebracht war, erschien mir und meinen Eltern, die mich dorthin begleiteten, durchaus vertrauenswürdig; ja, es blendete uns durch seine vorgetäuschte Vornehmheit. Was tat es, dass die Lehre, wie der Chef nur beiläufig erwähnte, ohne jede Vergütung erfolgen sollte? Meine Eltern waren freudig bereit, mich noch ein weiteres Jahr durchzubringen. Was bedeutete ein Jahr, wenn ich danach eine perfekte Kontoristin war oder sogar, was mir verlockender schien, eine geschulte Journalistin? Um es kurz zu machen: Das pompöse Büro, das unter verschiedenen Firmennamen florierte, zu dessen »Bürokräften« indes, außer mir, nur noch zwei Lehrlinge zählten, erwies sich als ein groß angelegtes Schwindelunternehmen! Wir drei Lehrlinge waren zu jung und unerfahren, um die Machenschaften unseres Chefs, des vorgeblichen Generalkonsuls, Presse- und Generalvertreters sowie Inhabers einer Treuhandgesellschaft, bis auf den Grund zu durchschauen. Doch es sprach sich auch bis zu uns herum, dass sein jüngerer Bruder, unser »Bürovorsteher«, gerade aus dem Gefängnis gekommen war, wo er eine mehrjährige Haft wegen Betruges hatte absitzen müssen. Um dem Älteren seine Nützlichkeit zu beweisen, befleißigte er sich nun, uns in Windeseile beizubringen, wie man Briefe sauber mit der Maschine tippt oder in Ordner ablegt, kurz, wie wir alle Arbeiten einer teuer zu bezahlenden Bürokraft absolvieren konnten. Ich setzte immer noch meine Hoffnungen auf das Pressebüro, bis ich entdeckte, dass auch dieses Unternehmen lediglich aus einigen Briefbogen mit dazugehörigem Stempel bestand, mit denen unser »Chefredakteur« bei den Theatern um Freikarten schnorrte, die er seltsamerweise auch erhielt, obwohl meines Wissens nie eine Rezension von ihm verfasst worden ist. Ich wusste nun schon, hier war ich fehl am Platze. Doch bevor ich ernstlich daran dachte, mich nach einer anderen Stelle umzusehen, fiel mein Blick eines Tages auf die letzte Seite des »12-Uhr-Blattes«, einer sensationell aufgemachten Mittagszeitung, die erfolglos versuchte, der gut eingeführten »BZ am Mittag« von Ullstein Konkurrenz zu machen. Diesmal waren dort als Blickfang die Fotos mehrerer Mädchen zu sehen, die, wie dem Begleittext zu entnehmen war, an drei Abenden dieser Woche im »Wintergarten« für die Wahl der »Berliner Sommerkönigin 1927« kandidieren würden. Nun, Schönheitswettbewerbe waren damals keine Seltenheit. Zu allen möglichen Gelegenheiten kürte man eine »Miss Germany«, eine »Königin der Nacht« oder auch nur die »Schönste Badenixe« einer Sommersaison. Aber dass die Kandidatinnen zuvor in einer Zeitung vorgestellt wurden, war etwas Besonderes und erschien mir wie eine Herausforderung an mich selbst. Rasch war mein Entschluss gefasst: Auch ich würde im »Wintergarten« auftreten, würde meine Konkurrentinnen kennenlernen und meinen Erlebnisbericht ans »12-Uhr-Blatt« schicken!

So kam es, dass ich bald darauf – zum ersten Mal! – meinen Namen gedruckt unter einem Artikel las, dem der Redakteur den reißerischen Titel »Thronkandidatinnen – Aufmarsch der Schönheiten« gegeben hatte. Und zugleich mit der Belegnummer, die er mir zusandte, forderte er mich brieflich auf, gelegentlich zu ihm in die Redaktion zu kommen, da mein Artikel »Talent verrate«. Noch heute sehe ich das verblüffte Gesicht des schon ältlichen Mannes, als ich mich ihm schüchtern als Verfasserin des Beitrages zu erkennen gab. »Aber Sie sind ja noch so jung!«, rief er aus. »Schade. Ich wollte Sie gerade bitten, uns ein Interview mit der Hilde Scheller zu schreiben … Aber Sie sind ja wohl selber erst sechzehn?«, schloss er mit einem fragenden Blick auf mich. »Fast siebzehn!«, verbesserte ich ihn kleinlaut. Noch nie hatte ich meine Jugend so sehr verwünscht.

Denn nichts erschien mir verlockender, als jene Hilde Scheller kennenzulernen, die die Ursache einer Schülertragödie geworden war, über die die Zeitungen gerade spaltenbreit berichteten; hatte doch ein Primaner aus Eifersucht seinen besten Freund erschossen! Noch hoffte ich, den Redakteur dazu bringen zu können, dass er mich, ungeachtet meiner Jugend und meiner Unerfahrenheit, dennoch das Gespräch mit Hilde Scheller führen ließ; aber er ließ sich nicht umstimmen. Dagegen erteilte er mir in nächster Zeit einige andere Aufträge, die für mich eine gute journalistische Übung waren. Ich interviewte einen »achtjährigen Kraftmenschen von Oranienburg«, der Ketten zu sprengen vermochte und Nägel mit der bloßen Hand in die Wand schlug, und ich besuchte eine Familie, die aus fünf Generationen bestand und einträchtig unter einem Dach zusammenlebte. Ich berichtete für das Blatt über »Die erste große Funkausstellung« und über den »Luna-Park des Ostens« in Berlin-Moabit. Ja, ich ging sogar, angetan mit einem falschen Zopf und dem besten Ballkleid meiner Mutter, in »Klärchens Ballhaus« zum verkehrten Ball – alles aus journalistischem Ehrgeiz.

Inzwischen hatte ich längst meine »Lehre« in dem Schieberbüro aufgegeben und war durch Vermittlung des Redakteurs in die Anzeigenabteilung des »12-Uhr-Blattes« aufgerückt, wo ich indes, abgesehen von einer finanziellen Aufbesserung von null auf fünfzig Mark Monatsgehalt, vom Regen in die Traufe geraten war: Wieder einmal hatte ich keine Gelegenheit, etwas dazuzulernen, weil es für mich absolut keine Arbeit gab – ein Zustand, der einer seelischen Folter gleicht. In den ersten Tagen hatte ich noch die Portokasse führen dürfen, aber auch sie wurde mir wieder entrissen und zwar von dem einzigen männlichen Bürokollegen, einem Jüngling im zartesten Alter, zu dessen Obliegenheiten es gehörte, von den bei uns inserierenden Masseusen die Gebühren für ihre Anzeigen einzutreiben, die offenbar ein Hauptanziehungspunkt für die Abonnenten waren. Allzu harmlos war ich indes, um hinter den Sinn der Bemerkungen zu kommen, die unsere Bürodamen dem jungen Kollegen nachriefen, wenn er sich morgens auf die Reise machte. Und erst allmählich dämmerte mir, welchen körperlichen Leiden die flotten Damen in den Massagesalons zu Leibe rückten. Ich sah, wie der Junge immer blasser wurde, fürchtete schon, dass er ernstlich krank sei und wunderte mich daher auch nicht, als er eines Tages ohne Angabe von Gründen unserem Büro einfach fernblieb und zwar für immer; eine Tatsache, die den beiden Damen wiederum Anlass bot, die verschiedensten Mutmaßungen anzustellen. Mich interessierte das alles wenig, zumal ich auch danach trachtete, dem hiesigen Bürodasein zu entkommen und vor allem der Gemeinschaft mit den beiden Frauen, von denen die Jüngere oft für Stunden ins Privatkontor eines unserer Chefs entschwand, während die andere den Nachmittag vertrödelte, indem sie sich an Kuchen und Schlagsahne schadlos hielt. Ich verachtete alle beide: die eine wegen ihrer Unmoral – Jugend ist immer streng, sofern es um Ältere geht –, die andere wegen ihrer Gefräßigkeit. Und je verlorener ich mir unter ihnen vorkam, umso mehr wuchs mein Verständnis für den jungen Mann, der sich davongemacht hatte und dem ich es so bald wie möglich gleichtun wollte. Wieder studierte ich mit Inbrunst die Stellenanzeigen und wiederum war es das Angebot eines Verlagsunternehmens, das mir am meisten in die Augen stach.

In S. Gerstmanns Verlag, wo ich landete, wehte ein schärferer Wind! Hier wurde forsch gearbeitet, auf Leistung: Vierzig Briefe, zu je dreißig Zeilen auf der Seite, waren mein tägliches Mindestpensum! Heute denke ich oft, es war lehrreich, dass ich den Zwang kennengelernt habe, dem man als Arbeitnehmer auch damals schon im Kapitalismus unterworfen war. Mein Soll erlaubte mir nicht, auch nur sekundenlang von der Arbeit aufzusehen; außerdem wusste ich, dass ich ständig beobachtet wurde. Sowie mein Kollege und ich, die in einem an die Expedition angrenzenden Kabinett ihren Arbeitsplatz hatten, eine nur flüchtige Bemerkung tauschten, erschien am Schiebefenster das drohende Gesicht unseres Chefs, und wir verstummten erschreckt, manchmal mitten im Wort. Streng wurden die Pausen eingehalten: eine Viertelstunde fürs Frühstück, eine halbe zu Mittag – für beides brachten wir unsere Stullenpakete von zu Hause mit. Keine warme Mahlzeit, keine Kantine, kein entspannendes Kollegengespräch; bei Gerstmann herrschte eiserne Disziplin! Abends schmerzte mein Rücken, todmüde fiel ich ins Bett. Aber nicht der Stress war es, der mich bewog, bald wieder nach einer neuen Stellung auszuschauen, sondern allein die Tatsache, dass ich von meinem Ziel zu schreiben weiter entfernt war denn je.

Bei Gerstmann bekam ich weder ein Manuskript zu sehen, das andere, glücklichere als ich, bereits geschrieben hatten, geschweige denn ein fertiges Buch. Man hatte mich in der Werbeabteilung eines Fachblattes untergebracht, eines Traktätchens, das sich vornehmlich an das Beamtentum wandte. Mit Todesverachtung hämmerte ich acht Stunden täglich auf meiner Maschine die abgedroschenen Sätze herunter, mit denen der Werbeleiter gewisse Firmen, die er dem Branchenadressbuch entnahm, zu bewegen suchte, ihre Erzeugnisse gerade in unserem Blatt anzupreisen, womöglich durch ein ganzseitiges Inserat! Mein Vorgesetzter hatte seine besten Zeiten hinter sich. Er quälte sich mit dem Text, der oft sogar grammatikalische Schnitzer enthielt. Versuchte ich aber stillschweigend die Fehler auszumerzen, erboste ihn das erst recht. Hartnäckig bestand er auf seiner Version, verbot mir kategorisch, auch nur ein Komma daran zu ändern, drohte mir bei Nichtbefolgung mit Entlassung! Zunächst versuchte ich noch, mich durchzusetzen, doch schließlich gab ich es auf, ließ die Dinge laufen, denn ich begriff, was den Alten ängstigte. Der Ärmste, der für einen Hungerlohn arbeitete und der, wie jeder im Verlag wusste, die abgelegten Anzüge von Herrn Gerstmann auftrug, zitterte ständig bei dem Gedanken, ein Jüngerer, Vitalerer könnte ihm seinen armseligen Posten streitig machen und womöglich gar ein Grünschnabel wie ich, der vorgab, alles besser zu wissen. Ich fügte mich also und fuhr noch eine Weile fort, seine fehlerhaften Sätze in die Welt hinaus zu entsenden. Doch schon als wir im Branchenadressbuch beim Buchstaben K wie »Krolls Festsäle« angelangt waren, tippte eine neue Kraft den Werbe-Standardtext, und ich saß bereits in einem anderen Büro, das diesmal mehr meinen Erwartungen zu entsprechen schien. Ich war zur Redaktionssekretärin avanciert, erhielt ein Monatsgehalt von hundertfünfzig Mark, was Ende der zwanziger Jahre, zu Beginn der Krise, schon als ein Spitzengehalt gelten konnte – zumindest für eine »Kraft« mit so wenig fundierter Erfahrung, wie ich sie war.

Die neue Stellung hatte ich gleichsam im Sturm genommen. Am selben Tag, als ich mich in der Redaktion der Zeitschrift »Filmtechnik« vorstellte, war im »12-Uhr-Blatt« einer meiner Artikel erschienen. Er hieß »Briefe, die Henny Porten bekommt« und fußte auf Unterlagen, die ich mir bei der

Henny-Porten-Filmgesellschaft beschafft hatte (fast jeder Star hatte damals seine eigene Filmgesellschaft). Nun hielt ich dem überschlanken jungen Mann, dem Chefredakteur, mangels besserer Referenzen meinen Artikel hin – und seltsamerweise führte mein Bluff zum Erfolg. Ich wurde eingestellt, ungeachtet der Tatsache, dass ich bei dem anschließenden Probediktat jämmerlich versagte, weil ich in der Aufregung alle Kürzel, die ich mir in einem Schnellkurs eingeprägt hatte, heillos durcheinanderbrachte. Dass mein neuer Chef Andor Kraszna-Krausz mich dennoch dabehielt, hatte seinen besonderen Grund. Er war Ungar und erst vor kurzem nach Berlin gekommen. Und obwohl er die deutsche Sprache bereits gut beherrschte, legte er Wert darauf, eine Sekretärin zu haben, auf deren Sprachgefühl er sich verlassen konnte. Dass ich schrieb, war ihm wichtiger als die einwandfreie Beherrschung der Stenografie, in der mich andere Bewerberinnen leicht hätten überflügeln können.

An die Zeit in der »Filmtechnik« denke ich gern zurück. Wir zwei waren die einzigen Angestellten in der Berliner Redaktion des großen Foto-Kino-Verlages, der seinen Sitz in Halle hatte: ein junger Redakteur mit seiner noch jüngeren Sekretärin. Denn auch Kraszna-Krausz zählte erst dreiundzwanzig Jahre: erstaunlich, dass ihm schon die Verantwortung eines Chefredakteurs übertragen worden war. Allerdings wirkte er älter, über seine Jahre hinaus gesetzt. Kaum einmal habe ich ihn ausgelassen oder auch nur albern gesehen, wie andere Leute seines Alters. In der Arbeit war er fleißig und zuverlässig, manchmal direkt pedantisch. Dennoch war er kein Bürokrat, eine Tatsache, die sich noch als günstig für mich erweisen sollte. Doch dazu komme ich später.

Wir gaben die »Filmtechnik« heraus, die 14-tägig erschien, und eine den Filmamateuren gewidmete Monatszeitschrift »Film für Alle«, für deren Umbruch ich bald allein verantwortlich war. Mit Arbeit war ich also eingedeckt, aber die Aufgaben hier waren vielseitig und immer interessant. Oft erhielt ich von meinem Chef Karten für eine Filmpremiere, die er selber nicht wahrnehmen konnte, da sie sich mit einer anderen überschnitt. Die Premierenkinos befanden sich am Bahnhof Zoo – ich wohnte mit meinen Eltern im Berliner Norden. Ich sehe mich noch, wie ich damals, meist erst gegen Mitternacht, von der U-Bahn kommend die dunkle, menschenleere Straße hinunterlief, an deren äußerstem Ende unsere Wohnung lag. Ich rannte, um mich warmzulaufen, denn der Winter 1929 war bitterkalt, minus zwanzig Grad zeigte das Thermometer, und meine Füße in dem dünnen Schuhzeug waren steif gefroren. Zu Hause saßen meine Eltern am schon wieder erkalteten Ofen. Sie erwarteten mich, so spät ich auch kam, wussten sie doch, dass ich hungrig war, obendrein angefüllt mit Eindrücken, die ich mitteilen wollte. Während ich erzählte, bestrich mir meine Mutter ein paar Schnitten mit Schmalz, dem einzigen Aufstrich, den wir uns in jenem Winter leisten konnten, denn die Krise begann sich schon empfindlich bemerkbar zu machen. Überall wurde rationalisiert, die Arbeiter flogen auf die Straße, begonnene Bauten wurden liegen gelassen, weil dem Unternehmer das Geld ausging. Wenn das Bauwesen stagniert, bekommen auch alle anderen Handwerker die Flaute zu spüren, und wer von ihnen über keine Reserven verfügte, kämpfte ums Überleben. Täglich las man in der Zeitung von neuen Pleiten, von verzweifelten Selbsthilfe-Aktionen, vorgetäuschten Konkursen, ja, von vielen Selbstmorden. Auch mein Vater klagte darüber, dass niemand mehr das Geld hatte, um Möbel zu kaufen, und Mutter jammerte, weil sie nicht wusste, wie sie uns satt machen sollte. Ich hörte das ständige Lamentieren, aber ich war zu jung, und sowie ich der Stube den Rücken kehrte, stürmten neue Eindrücke auf mich ein, die das häusliche Dilemma in den Hintergrund drängten.

Heute scheint mir, dass in geistiger Hinsicht nie eine Zeit lebendiger war als die der zu Ende gehenden Weimarer Republik. Gerade waren die ersten sowjetischen Filme zu uns gelangt, Meisterwerke wie Pudowkins »Sturm über Asien« oder der »Panzerkreuzer Potemkin« von Eisenstein. Aus Amerika kamen – noch als Stummfilme – die ersten Mickey-Mouse-Streifen Walt Disneys. Von Joseph von Sternberg sah ich »Unterwelt« und als ersten Tonfilm »Der singende Narr« mit Al Jolson, dessen »Sonny Boy«-Schlager man bald von allen Straßenecken pfeifen hörte. Ich sah den Südsee-Film »Tabu« von Frank Murnau sowie viele hervorragende Filme aus den deutschen Studios, von denen mir vor allem »Menschen am Sonntag« von Robert Siodmak nach einem Drehbuch von Billy Wilder sowie die Walter-Ruttmann-Filme noch lebhaft in Erinnerung sind.

Dass es in der jungen Sowjet-Literatur ebenfalls Beachtliches gab, wusste ich damals noch nicht; ich hatte Mühe, aus der verwirrenden Vielfalt deutscher Publikationen das Beste herauszufischen. Ich las »Jahrgang 1902« von Ernst Glaeser, Döblins »Berlin Alexanderplatz«, »Der Fall Mauritius« von Jakob Wassermann und »Der Abituriententag« von Franz Werfel ebenso begierig wie die Knut-Hamsun-Bücher, wie »Knulp« von Herrmann Hesse oder von Manfred Hausmann »Lampioon küßt Birken und junge Mädchen«, dessen Landstreicher-Romantik mich lange Zeit gefangen hielt. So etwas, nahm ich mir vor, wollte ich auch einmal schreiben. Aber wo? Vorläufig hatte ich nicht einmal einen Tisch für mich, geschweige denn einen Raum, in den ich mich allein hätte zurückziehen können. Manchmal setzte ich mich ins »Mokka Efti«, das unserer Redaktion schräg gegenüber lag, leistete mir mit schlechtem Gewissen eine Tasse Kaffee, die damals 30 Pfennige kostete, und schrieb an einem der kleinen Marmortischchen meine Geschichtchen nieder, Glossen oder Feuilletons, von denen ich hoffte, sie bald einmal irgendwo gedruckt zu sehen. Einmal, das war einige Jahre früher, als ich noch im »Pressebüro Kosmos« tätig war, setzte sich ein Mann zu mir, Müller, der mir erzählte, dass er zusammen mit einem Partner eine Presse-Korrespondenz herausgab und im Büro in der Besselstraße im regelmäßigen Turnus Zusammenkünfte mit seinen Autoren veranstaltete. Er lud mich ein, gleichfalls einmal hinzukommen, und auf diese Weise lernte ich Hans Wolfgang Hillers kennen, der in meinem Leben eine wichtige Rolle spielte: Er wurde der erste Mann, mit dem ich in eine intime Beziehung trat. Hillers war ungeheuer faszinierend für mich. Er war zehn Jahre älter, damals also erst Mitte zwanzig, konnte aber als Dramatiker schon etliche Erfolge verbuchen.

Sein Stück »Julchen und Schinderhannes« war an mehreren Provinzbühnen aufgeführt worden. Dass sich in Berlin keine Bühne fand, die es inszenieren wollte, lag allein daran, dass hier der »Schinderhannes« von Carl Zuckmayer auf dem Spielplan stand; Hillers' Stück war zwei Jahre zu spät gekommen. Ein zweites Stück, »Mottentanz, Revue einer Jugend«, hatte er im Selbstverlag herausgebracht, damals für viele junge Autoren die einzige Möglichkeit, sich in der Öffentlichkeit Gehör zu verschaffen.

An diesem ersten Abend in der Besselstraße forderte man auch mich auf, eine Probe meines Könnens zu geben, und ich las eine sentimentale Liebesgeschichte. Das Echo bei den Zuhörern war verhalten. Hillers aber nahm mich beiseite, bestätigte mir mein Talent, warnte mich aber davor, mich allzu früh an Geschichten zu wagen. Er riet mir, zunächst bei Reportagen zu bleiben, die er in seiner Feuilleton-Korrespondenz veröffentlichen wollte. Zuletzt erwähnte er beiläufig, dass er für morgen eine Theaterkarte übrig hätte. Ob ich ihn begleiten wolle? Ich sagte freudig zu, doch als ich am nächsten Abend vor der »Volksbühne« stand, war kein Hans-Wolfgang zu sehen. Schließlich kam er so spät, dass ein Besuch der Vorstellung nicht mehr lohnte. Stattdessen schlug er vor, in seine Wohnung in der Besselstraße zurückzukehren, wo wir am ungestörtesten miteinander reden könnten, und ich war arglos genug, darauf einzugehen. Hillers war für mich eine absolute Autorität, ich bewunderte ihn grenzenlos und wäre bereit gewesen, mit ihm bis ans Ende der Welt zu gehen – wenn er mich nur darum gebeten hätte. Doch so weit reichten seine Absichten nicht. Er investierte nur ein paar Schnäpse und warf mich dann aufs Bett, wo er brutal meine Kleider beiseiteriss und rücksichtslos in mich eindrang, ungeachtet der Tatsache, dass ich noch Jungfrau war – was er hinterher sogar zu leugnen versuchte. »Erzähl keine Märchen«, sagte er. »Ein Mädchen mit siebzehn soll noch unberührt sein?« Ich war noch nicht einmal sechzehn, und er wusste es. Ich war den Tränen nahe. Mein Kleid war zerdrückt, der Schlüpfer von Sperma verklebt, das Laken voller Blut. Gerade wollte ich aufstehen, doch da presste er meinen Kopf zwischen seine Hände wie in einen Schraubstock und drückte ihn hinunter in seinen Schoß. Ich ahnte nicht, was er wollte und drehte mich weg. Aber er ließ mich nicht los. »Nimm ihn!«, keuchte er, »oder soll ich mir von draußen eine Hure holen?« Zusammen mit dem Ekel würgte ich an meiner Scham. In der Straßenbahn duckte ich mich in eine Ecke, weil ich meinte, dass jeder mir mein Erlebnis ansehen müsse. So war das also, so hässlich. Nur ganz allmählich wurde ich ruhiger und jetzt mischte sich in mein Gefühl sogar so etwas wie Trotz: na gut, wenn es nicht anders war … Aber waren alle Männer so grob und brutal? Meine ehemalige Schulfreundin, die sich schon lange mit ihrem Freund, dem Inhaber einer Fahrschule, heimlich traf, weil ihre Eltern nichts von ihm wissen durften, hatte mir den Vorgang anders geschildert. Ihr Freund hatte sie monatelang mit Liebkosungen überschüttet, bevor er sie endlich dazu gebracht hatte, ihm in seine Garage zu folgen, wo sie ungestört zusammen sein konnten. Über das dortige Zusammensein hatte sie sich nur undeutlich ausgesprochen. War auch sie am Ende enttäuscht worden? War sie ähnlich schockiert wie ich?

Ich wollte Hillers nie wiedersehen. Aber als ich eine neue Geschichte geschrieben hatte, wusste ich nicht, wem ich sie anbieten sollte und schickte sie an die Presse-Korrespondenz von Müller und Hillers – und postwendend traf von dort eine Antwort ein: »Einer ihrer Herren« müsse mit mir über die Erzählung sprechen; »Herr Hillers« erwarte mich dann und dann in einem nahen Cafe. Und dort erlebte ich meine zweite Demütigung: kein Hillers ließ sich sehen. Ich hielt es für undenkbar, dass er die Verabredung vergessen hätte, wartete eine Stunde und ging danach entschlossen in die Besselstraße, weil ich fest überzeugt war, dass nur eine Krankheit Hillers von dem Rendezvous hatte abhalten können. Vielleicht brauchte er meine Pflege? Die Besselstraße war ein beliebter Straßenstrich. Vor jedem zweiten Haus bot eine Hure ihre Reize feil, Luden spazierten vorbei und ich stand mit klopfendem Herzen vor dem Haus Nr. sowieso und konnte nicht zu meinem Geliebten hinauf, weil die Tür verschlossen war. Geschimpfe kam auf und es dauerte eine Weile, ehe ich begriff, dass ich der Anlass des Gezeters war, weil die Huren mich für eine unbotmäße Konkurrentin hielten. Die Wohnung von Hillers lag im Hochparterre. Ich sammelte Steinchen und warf sie gegen die Scheiben, wo wirklich nach einiger Zeit ein Kopf erschien, das blasse Gesicht von Hillers mit dem Haar, das wirr zu Berge stand. Er bedeutete mir durch Zeichen, dass er hinunterkomme. Er war in Pantoffeln, die Pyjamajacke hatte er lose über die Hose geworfen; sie sperrte und ließ die buschige Männerbrust frei. Allzu gern hätte ich meinen Kopf in dem Wald verborgen, aber Hillers hielt mich um Handbreite fern von sich. Heute ginge es nicht, sagte er nun doch verlegen; er habe unverhofften Besuch bekommen. Es tue ihm leid, ich solle doch bitte nach Hause gehen. Ich blieb aber stehen, bis er oben angelangt war, sah die zwei Schatten hinter dem Fenster sich zu einem verschmelzen und tat erst ein paar Schritte, als eine der Huren mir einen kräftigen Stoß versetzte und mich anschrie, ich solle mich zum Teufel scheren! Dies hier sei ihr Revier und ich solle ihr nicht das Geschäft vermasseln.

Diesmal ging ich zu Fuß nach Hause. An der Weidendammer Brücke blieb ich stehen und lehnte lange unschlüssig am Geländer. Ich dachte daran, mich einfach fallen zu lassen. Es musste nicht schlimm sein, in den Fluss zu tauchen und mit den kurzen Wellen, die die Oberfläche kräuselten, eins zu werden. Da ich nicht schwimmen konnte, würde der Todeskampf nicht lange währen, und ich konnte allen Schmerz und alle Verzweiflung hinter mir lassen. Aber mir fehlte der Mut, über die Brüstung zu steigen, und schließlich ging ich davon.

Wir sahen uns länger nicht, bis wir doch wieder über irgendeinen Artikel, den ich ihm geschickt hatte, zusammenkamen. Diesmal sagte er, er denke, er müsse mir etwas erklären. Er lebe seit drei Jahren mit einer Frau zusammen. Für kurze Zeit sei sie weg gewesen, doch jetzt sei sie wieder da. Er liebe sie sehr. Das hieße aber nicht, fügte er hinzu, dass er das Interesse an mir verloren habe. Er verfolge meine literarische Entwicklung, und ich könne jederzeit, wenn ich ein Problem hätte, zu ihm kommen.

Daran habe ich mich auch gehalten. Und ich lernte so die positiven Seiten eines Menschen kennen, der ungezügelt in seinem sexuellen Verhalten war. Denn abgesehen von seinen Seitensprüngen, die vor allem für die Frau, mit der er zusammenlebte, zutiefst kränkend sein mussten, erwies er sich als ein zuverlässiger Freund, an dessen Urteil mir viel gelegen war. Mit jeder neuen Arbeit ging ich zu ihm, und Hillers war ein strenger Kritiker. Er gab mir zum Lesen die Bücher des Malik-Verlages, die Romane von Upton Sinclair und die Werke der Alexandra Kollontai. Jedes Mal ging ich mit einem Packen von Büchern von ihm weg. Die »Barrikaden am Wedding« von Klaus Neukranz waren gerade erschienen, von Kurt Kläber die »Passagiere dritter Klasse«, die »Vaterlandslosen Gesellen« von Adam Scharrer und die Bücher Theodor Pliviers: »Des Kaisers Kulis« und »Der Kaiser ging, die Generäle blieben«. »Das alles musst du lesen«, empfahl mir Hillers. »Daran kannst du dich schulen. Das ist wichtig für dich. Ich warte schon ungeduldig auf dein erstes Buch!« Das war das Wichtigste: Hillers nahm mich als Autorin ernst. Immer wieder verstand er es, mir Mut zu machen und mich zum Weiterschreiben anzufeuern, denn nur durch geduldige Übung, meinte er, erlange man Meisterschaft. Und wirklich bin ich stets mit neuem Elan von einem Treffen mit ihm wieder nach Hause gegangen – manchen Misserfolgen zum Trotz, die ich hinnehmen musste und die wohl keinem Anfänger erspart bleiben, der seine Erzeugnisse wahllos an Zeitungen schickt, von wo sie wie ein Bumerang wieder zu ihm zurückkommen, mit vorgedrucktem Absagetext: »Zu unserem Bedauern müssen wir« und so weiter. Aber wenn ich mich durch das alles nicht entmutigen ließ, so hatte ich das zum großen Teil Hillers zu verdanken, der mit immerwährendem Zuspruch nicht geizte. Hillers hat in den folgenden Jahren die »Freie Volksbühne« geleitet, und er schrieb, zusammen mit Johannes R. Becher, »Der große Plan«, der in den Berliner Tennishallen aufgeführt wurde. Später hörte ich das Gerücht, er sei »umgefallen«, er habe mit den Nazis seinen Frieden gemacht. Tatsächlich gelang es ihm, noch während des »Dritten Reiches« als Dramaturg bei der UFA-Filmgesellschaft unterzukommen. Ich wusste auch, dass er Anfang der dreißiger Jahre von einer Delegationsreise in die Sowjetunion enttäuscht zurückgekehrt war. Vielleicht hatte er gehofft, nach der Revolution, fünfzehn Jahre zuvor, dort schon den perfekten Kommunismus zu finden? Dass dies nicht so war, hat ihn deprimiert, ebenso wie das Unvermögen der beiden Arbeiterparteien in Deutschland, der Kommunisten und Sozialdemokraten, die Faschisten doch noch in letzter Minute in die Flucht zu schlagen. Ich sehe uns noch alle zusammen in Hillers' Wohnung sitzen, etwa ein Dutzend Genossen, zu denen auch ich schon gehörte. Die SA hatte an diesem 22. Januar 1933 ihren provokatorischen Marsch zum Bülowplatz, vor das Karl-Liebknecht-Haus, ungehindert durchführen können, obwohl wir Genossen nur auf das Zeichen zum Aufstand gewartet hatten. Das Zeichen erfolgte nicht, weil die Einheitsfront zwischen den beiden Arbeiterparteien nicht zustande gekommen war. Ratlos, bedrückt saßen wir da; wir alle ahnten, was jetzt auf uns zukommen würde. Viele aus der damaligen Runde wurden bald danach verhaftet, andere mussten ins Ausland gehen.

Aber noch saß ich, 1929 und 1930, in der Redaktion der »Filmtechnik«, wo sich gerade Aufregendes ereignete. Die »Dachorganisation der Filmschaffenden« war gegründet worden, eine Gewerkschaft, die die Verbände der Filmautoren,

Kameraleute, Filmarchitekten, Komponisten, Darsteller und Filmregisseure unter einer Leitung vereinen sollte. Zum Präsidenten der »Dacho« wurde Lupu Pick gewählt, zum Sekretär Andor Kraszna-Krausz. Letzterer sollte auch die »Filmkunst« redigieren, das neu gegründete Organ der »Dacho«, dem leider nur ein kurzes Dasein beschieden war. Die »Filmkunst« war eine Zeitschrift von hohem Niveau; zu ihren Mitarbeitern zählten namhafte Filmtheoretiker wie Béla Balázs und Rudolf Arnheim, der uns Vorabdrucke aus seiner Ästhetik »Film als Kunst« zur Verfügung stellte, die zwei Jahre später als Buch erschien. Viele der großen Regisseure gingen bei uns ein und aus: G. W. Pabst, Slatan Dudow, Joris Ivens oder Fritz Lang und vor allem, fast täglich, der kleine, bewegliche Lupu Pick, der uns so plötzlich entrissen wurde durch eine Fischvergiftung, an der er in der Nacht nach einem Gala-Essen verstarb. Für die »Dacho« bedeutete sein Tod einen schweren Verlust, und auch wir im Büro waren fassungslos. Ich hatte unserer Erschütterung in einem Artikel »Büro, am Tage danach« Ausdruck zu verleihen gesucht. Durch Zufall ist mir der Beitrag erhalten geblieben. Er ist heute für mich schwer lesbar, ein manierierter Stil. Doch entsprach er offenbar dem Zeitgeschmack, sonst hätte Kraszna-Krausz ihn in der elitären »Filmkunst« kaum veröffentlicht.

Der Vollständigkeit halber möchte ich hier erwähnen, dass in jenen Jahren auch eine »Neue Filmgruppe« gegründet wurde, eine Vereinigung von Filmschaffenden und Werktätigen aller Schichten, die es sich zur Aufgabe machte, auf die Entwicklung der Filmkunst im proletarischen Sinne hinzuwirken. Dieses Ziel wollte man durch die Schaffung einer eigenen Produktion, durch kollektiven Kinobesuch mit anschließenden Diskussionen sowie durch den Kampf gegen die Filmzensur zu erreichen suchen. Auch die Herausgabe einer eigenen Zeitschrift war geplant. Leider hatte ich zu dieser Filmgruppe keine Verbindung.

Unser Büro war inzwischen vergrößert worden. Zwei neue Schreibkräfte wurden eingestellt, und da auch meine Pflichten gewachsen waren, erhielt ich sogar eine geringe Gehaltserhöhung. Ich nahm jetzt abends – nach meiner Tätigkeit in der Redaktion – an den Sitzungen der einzelnen Verbände teil und führte das Protokoll. Die Sitzungen dauerten meist bis gegen Mitternacht. Da die Zeit zwischen Büroschluss und Sitzung nicht ausreichte, um zwischendurch nach Hause zu fahren, bekam ich nur selten eine warme Mahlzeit, war daher chronisch unterernährt und sicher auch geistig überfordert. Aber in der Jugend verkraftet man viel.

Mein Chef wusste durch meine gelegentliche Mitarbeit, spätestens aber nach meinem Lupu-Pick-Artikel, dass ich weiterhin schrieb. Dennoch zog er mich nie zu weiterer redaktioneller Arbeit heran oder gar zu den Gesprächen, die er mit Autoren führte. Ahnte er gar nicht, wie sehr ich darauf brannte, unsere Mitarbeiter näher kennenzulernen und mich mit ihnen über schöpferische Probleme, die auch mich bedrängten, auszutauschen? Für ihn blieb ich die Sekretärin, die dazu da war, Manuskripte ins Reine zu tippen oder am Telefon lästige Besucher abzuwimmeln. Auf die Dauer konnte mich meine Stellung nicht befriedigen, und ich sehnte mich danach, aus der Enge meiner Vorzimmer-Existenz herauszukommen.

Angeregt durch den Dudow-Film »Kuhle Wampe«, zu dem Bertolt Brecht und Ernst Ottwald den Text verfasst hatten (und der schon 1932, also noch vor der Nazizeit, wieder verboten wurde), hatte ich eine Kurzgeschichte mit ähnlicher Thematik verfasst; sie handelte von zwei jungen Menschen, die das Wochenende zusammen auf ihrem Boot und im Zelt verbringen. Diese Erzählung, der ich den Titel »Über Sonntag« gab, wollte ich dem »Berliner Tageblatt« einreichen. Doch wie kam man als Unbekannte an eine Zeitung heran, die zu ihren Autoren nur Berühmtheiten zählte? Ich fürchtete, dass mein Manuskript ungelesen im Papierkorb landen oder mit einem ablehnenden Standardtext wieder zu mir zurückkehren würde, und suchte daher nach einer Möglichkeit, auf andere Art die Aufmerksamkeit auf mich zu lenken. Ein Zufall schien mir zu Hilfe zu kommen. Fred Hildenbrandt, der Feuilletonchef vom »Berliner Tageblatt«, hatte kürzlich auch für unsere »Filmkunst« einen Artikel geschrieben; ich wusste daher, dass er und Kraszna-Krausz einander kannten. Und sicher hätte mein Chef auch mir die Bekanntschaft mit seinem Mitarbeiter vermittelt, falls ich ihn nur darum hätte bitten können. Aber Kraszna-Krausz war gerade für einige Zeit nach Ungarn gefahren. Sollte ich warten, bis er zurückkam? In meiner Ungeduld wählte ich einen anderen Weg, durch den ich mir leicht einen Prozess oder zumindest meine Entlassung hätte einhandeln können; ich schickte nämlich meine Erzählung an Fred Hildenbrandt mit einer angeblichen Empfehlung von Kraszna-Krausz und mit der Bitte, die Arbeit der jungen Autorin, die er »für sehr begabt« halte, wohlwollend prüfen zu wollen! – Unnötig zu sagen, dass ich mehrere schlaflose Nächte hatte, weil mich nun doch Skrupel zu plagen begannen. Aber Fred Hildenbrandt antwortete umgehend – und zwar erfreut, weil er so unvermutet zu einer neuen Autorin gekommen war, die auch er, wie er ausdrücklich betonte, »für eine ungewöhnliche Begabung« hielt. Meine Erzählung erschien schon in der nächsten Ausgabe, und mein Name prangte, zusammen mit dem von Alfred Polgar und Herrmann Hesse, unter dem Strich im Unterhaltungsteil. War es verwunderlich, dass ich maßlos stolz war? In meiner Euphorie schrieb ich sogleich eine zweite Geschichte: »Geburtstag in einer Großstadt«. Diesmal brachte ich sie selbst in die Redaktion. Fred Hildenbrandt las sie in meiner Gegenwart. »Und was halten Sie selbst davon?«, fragte er mich, nachdem er zu Ende gelesen hatte. Ich schwieg perplex, weil meine Selbstkritik damals noch wenig entwickelt war. Fred Hildenbrandt aber sprang auf, lief ins Nebenzimmer und reichte dem Chef vom Dienst mit den Worten: »Hier Herr Kollege – für die Sonntagsausgabe!« meine Blätter hin. – Ich kann nicht beschreiben, mit welchen Gefühlen ich an diesem Tag aus dem Mossehaus wieder auf die Straße trat. Ich wunderte mich, dass niemand Notiz von mir nahm. Sah man mir meinen Ruhm noch nicht an? Ich flog, nein, ich schwebte wie auf Wolken dahin, zerteilte die unwürdige Menge, die teilnahmslos wie sonst an mir vorüberging. Am nächsten Morgen fand ich einen Brief Fred Hildenbrandts vor, der ganz dazu angetan war, meinen Autorenstolz weiter anzustacheln: »Vielleicht wissen Sie nicht«, schrieb er, »wie selten ich so an meinem Redaktionstisch unmittelbar hingerissen sein kann. Diesmal aber war es so. Wenn es Ihnen Freude macht, es zu hören: Aus Ihnen wird etwas ganz Seltenes, wenn Sie weiter so behutsam das Letzte aus einem Thema herausholen – und Sie unterwegs kein Schicksal stört.«

Die letzten Worte Fred Hildenbrandts waren prophetisch: Denn das Schicksal hat uns tatsächlich gestört, mich und alle aus meiner Generation, die ihren literarischen Weg gerade erst begonnen hatten und die das »Tausendjährige Reich« zum Verstummen zwang. Fred Hildenbrandt dagegen soll sich, wie es hieß, rechtzeitig aus dem jüdischen Mossehaus in ein »Braunes Haus« hinübergerettet haben. Damals aber galt sein Wort etwas in der demokratischen Welt, und seine Empfehlung machte es mir leicht, weitere Arbeiten auch in großbürgerlichen Zeitungen unterzubringen, im »Berliner-Börsen-Courier«, der »Frankfurter Zeitung« oder der »Voss«, deren Feuilleton von Monty Jakobs geleitet wurde. Als ich zum ersten Mal zu ihm in die Redaktion kam, liefen mir von dort Klaus Mann und seine Schwester Erika entgegen; sie hatten gerade bei Monty Jacobs einen Artikel abgeliefert. Der Redakteur machte uns miteinander bekannt, wobei er seine Freude über mein Erscheinen deutlich zum Ausdruck brachte. »Sie hat bisher nur fürs BT geschrieben«, erklärte er dem Geschwisterpaar. »Aber das gönne ich dem ›Tiger Hildenbrandt‹ gar nicht, dass er uns eine Begabung vorenthält. – Und was wollen Sie uns jetzt bringen?«, fragte er mich. Ich war vor Freude über seine Begrüßung über und über errötet; so viel Wohlwollen hatte ich nicht erwartet. Aber dass man den jungen Autoren damals freundlich entgegenkam, habe ich immer wieder erlebt. Einmal durfte ich eine Erzählung, durch Vermittlung Hildenbrandts, auch im Rundfunk lesen, in der »Deutschen Welle«, die noch vom Vox-Haus in der Potsdamer Straße aus gesendet wurde. Vorher aber stand mir die Aussprache mit meinem Chef bevor, der aus seinem Urlaub zurückgekehrt war. Doch alles verlief glimpflich. Ja, als ich Kraszna-Krausz zusammen mit meiner »Beichte« sogleich die inzwischen im »Berliner Tageblatt« erschienenen Beiträge unter die Augen hielt, rief er im ersten Impuls: »So ist es richtig! So muss man es machen, um voranzukommen!« Und tatsächlich hat er mich auch später den Missbrauch, den ich mit seinem Namen getrieben habe, nie entgelten lassen. Die Angelegenheit war für ihn abgetan, wir sprachen nicht mehr darüber. Er war eben wirklich kein Bürokrat.

Die Krise verschärfte sich. Mein Vater hatte sich nach langem Zögern dazu entschließen müssen, sein Tischlergewerbe abzumelden, und so wurde auch mein Bruder, der bei ihm in der Lehre war, arbeitslos. Beide gingen nun stempeln und brachten nur die karge Unterstützung nach Hause. Eine neue Lehrstelle für meinen Bruder fand sich nicht, aber der Sechzehnjährige nahm es nicht schwer. Wir Geschwister waren grundverschieden. Denn während Wolfgang in den Tag hinein lebte, sich nie

Sorgen machte, bedrückten mich die Ungerechtigkeiten, die ich rings um mich sah, und ich sann auf Wege, sie abzuschaffen. »Der Boden soll denen gehören, die ihn bearbeiten«, sagten viele der Arbeiter, die unsere Bibliothek besuchten, und: »Die Maschinen denen, die sie bedienen.« Waren das nicht bestechende Losungen? Ich bejahte sie aus vollem Herzen.

Eines Abends hörte ich in der Humboldt-Universität einen Vortrag von Albert Einstein, und obwohl ich von den Ausführungen des großen Physikers nichts verstand, ist mir der Tag lebhaft in Erinnerung geblieben, weil er mein Leben entscheidend beeinflusst hat. Einer der Roten Studenten nämlich, der mich nach Hause brachte, drückte mir beim Abschied ein Aufnahmeformular für die kommunistische Partei in die Hand. Martin hatte sein Exemplar bereits unterschrieben. Ich tat es ihm nach. Wir gehörten beide derselben Zelle in unserem Wohnbezirk an. Gemeinsam machten wir politische Kleinarbeit. Wir nahmen uns vor, für immer zusammenzubleiben. Daraus wurde nichts. Aber wir sind Freunde fürs Leben geworden.

Zusammen mit Martin besuchte ich damals auch die »MASCH«, die Marxistische Arbeiterschule, wo unter anderen Hermann Duncker seine viel besuchten Vorlesungen hielt. Wir bemühten uns nach Kräften, »Das Kapital« zu verstehen. Wie aber stand es um meine schriftstellerische Entwicklung? Nach wie vor erschienen meine Feuilletons und Stimmungsberichte – wenn auch in immer weiteren Abständen – in den großen bürgerlichen Zeitungen, und auch Verlage begannen sich für meine Arbeiten zu interessieren. Gerade hatte der Lektor der Deutschen Verlagsanstalt Stuttgart, ich glaube, es war W. E. Süskind, bei mir angefragt, ob ich nicht mein »außerordentliches handwerkliches Können« bereits an einer größeren Arbeit erprobt habe? Ich hatte tatsächlich eine längere Erzählung geschrieben; sie lag auf dem Schreibtisch Fred Hildenbrandts, der mir zusagte, sie an Diederichs, Jena, an S. Fischer oder an den Rowohlt-Verlag empfehlend weiterzugeben. Doch bevor er sein Versprechen einlösen konnte, zog ich die Erzählung von ihm zurück. Ich war in eine schöpferische Krise geraten. Was war geschehen?

Ich glaube, es war Walter Schönstedt, ein junger Schriftstellergenosse, den ich in unserer Leihbücherei kennengelernt hatte, der mich 1932 in eine Versammlung vom »Bund proletarisch-revolutionärer Schriftsteller« mitnahm, der vier Jahre zuvor im Oktober 1928, gegründet worden war. Von dieser ersten großen Versammlung, an der ich teilnahm – und ich glaube, es war sogar die einzige –, ist mir nicht mehr viel in Erinnerung. Ich weiß nur noch, dass Johannes R. Becher sprach, und danach ergriff eine schöne junge Frau das Wort, Anna Seghers, von der ich gerade das Buch »Aufstand der Fischer von St. Barbara«, für das sie mit dem Kleist-Preis geehrt worden war, mit Bewunderung und Bewegung gelesen hatte. Anna sprach langsam, in einer wunderbar klaren Sprache, die leicht dialektgefärbt war. Sie wirkte sicher und ungezwungen, so wie man ist, wenn man sich unter guten Freunden weiß. Auch Ludwig Renn sah ich hier wieder; ich kannte ihn schon aus der »MASCH«, wo er seine militärpolitischen Vorträge hielt und wo er dann später, nach dem Reichstagsbrand, von der Stelle weg verhaftet wurde. Sicher bin ich auch Hans Schwalm an diesem Abend begegnet, der sich erst im Exil Jan Petersen nannte, sowie Berta Wiener (später Waterstradt), die satirische Gedichte schrieb und von der es hieß, dass sie auch sonst eine spitze Zunge habe. Neben Autoren, die bereits Bücher vorweisen konnten, gab es andere wie Eugen Binger oder Hans Eckel, die bisher vorwiegend an Betriebs- oder Zellenzeitungen mitgewirkt hatten oder als Arbeiterkorrespondenten zum »Bund« gekommen waren. Sie alle rangen um eine Literatur, die sich deutlich von der bisher bekannten, bürgerlichen abheben sollte. Bücher mit klassenkämpferischem Inhalt wurden gefordert. Kunst müsse Waffe sein!, hieß es hier.

Ich vermag heute nicht mehr zu sagen, ob ich von der Versammlung sonderlich beeindruckt war. Vieles erschien mir fremd, manches sogar absurd. Um Basis und Überbau wurde gestritten, um Inhalt und Form und um die Frage, wem von beiden der Vorrang gebühre. Heiß diskutiert war auch eine Behauptung Andor Gábors (von der er sich dann später distanziert hat), dass nur »der proletarisch geborene Schriftsteller eine wahrhaft proletarische Literatur schaffen« könne. Man stritt im »Bund« über die Rolle des klassischen Erbes, über Wert oder Unwert der literarischen Tagesarbeit, die manche unterschätzten, während andere wiederum die wichtigste Aufgabe der Literatur darin sahen, Reportagen und Glossen für die Tagespresse zu schreiben. Die Ästheten im »Bund« blickten nach dem »großen proletarischen Kunstwerk« aus und übersahen dabei, dass schon etliche Werke erschienen waren, die durchaus als ein Schritt dorthin zu werten waren. Ich erinnere nur an Karl Grünbergs »Brennende Ruhr« oder an Ludwig Tureks »Ein Prolet erzählt«. Aber Hans Marchwitza hatte für sein Buch »Schlacht vor Kohle« in der »Linkskurve« eine vernichtende Kritik einstecken müssen, und der Rezensent Wittvogel ließ, ebenfalls in der »Linkskurve«, auch an Falladas »Bauern, Bonzen, Bomben« kein gutes Haar, wenn er schrieb: »Fallada hat einen faschistischen Kolportage-Roman um das Leben der deutschen Bauern verfasst«: Ich hatte Falladas Buch bisher für gelungen gehalten. Wo lag die Wahrheit? Wer hatte recht?

Verwirrter denn je ging ich zu einer Zusammenkunft der Gruppe Nord im »Bund«, der ich zugeteilt wurde. Eugen Binger las eine Betriebsreportage, Hans Eckel, der Lyriker, rezitierte ein Gedicht und nun sollte auch ich etwas vorlesen. Ich wählte zwei Feuilletons aus, die in der »Frankfurter Zeitung« erschienen waren und die ich bisher für meine besten gehalten hatte. Zu meiner Bestürzung erfuhr ich aber hier nur eisige Ablehnung. »Nabelschau!«, räsonierte einer, und auch alle anderen warfen mir vor, dass ich nur über die »Sonntage des Lebens« geschrieben hätte. Wo aber, fragten sie mich, bliebe der Alltag? Wo sei das »wirkliche Leben«? Warum suchte ich meine Themen nicht auf den Stempelstellen oder den Arbeitsämtern? Verstört ging ich an diesem Abend nach Hause, dachte über das Gehörte nach, ging mit mir zu Gericht. Hatten die Freunde nicht hundertmal recht? Hatte ich mich nicht in eine Welt hineingeträumt, die es nicht gab? Plötzlich konnte ich gar nichts mehr schreiben. Und als eines Tages ein Artikel von Fred Hildenbrandt in der Zeitung stand, »Der künstlerische Mensch in unserer Zeit« oder so ähnlich, in dem er sinngemäß behauptete, dass die wahren Künstler von heute der Welt den Rücken kehren, die Augen schließen und in abgewandter Entrücktheit eine Welt erträumen, die zart und farbig, schön und märchenhaft ist, da war ich so empört, dass ich eine heftige Entgegnung verfasste. »Ich war vielleicht solch ein künstlerischer Mensch, wie Sie ihn sich vorstellen«, schrieb ich dem Feuilletonchef. »Aber jetzt befinde ich mich in einer Krise. Und die wird nicht, wie Sie glauben, mit einem ›milden Lächeln‹ enden, mit der tröstlichen Hoffnung, dass andere, diese ›tüchtigen und praktischen

Leute‹, den Karren schon aus dem Dreck ziehen werden. Nein, es wird so sein, dass wahrscheinlich ein bisschen Fantasie und ein bisschen Träumerei flöten gehen, auch bei mir, weil die Künstler ihren Verstand zu Hilfe holen. Vielleicht ist Ihnen das unsympathisch. Mir nicht und einer Reihe meiner künstlerischen Freunde auch nicht. Denn wir wollen nichts anderes, als dies: die Welt, in der wir leben, ein wenig besser machen!« Mit diesem Brief hatte ich mir den Redakteur für ewig zum Feind gemacht. Doch das kränkte mich nicht mehr. Ich hatte unter einen Abschnitt meines literarischen Weges einen Schlussstrich gezogen.

Nach einiger Zeit begann ich zaghaft wieder zu schreiben. Diesmal waren es meist Betriebsreportagen, die in den Münzenberg-Blättern »Welt am Abend« und »Berlin am Morgen«, aber auch in der »Roten Post« erschienen. In der Redaktion der »BaM« kam ich öfter mit dem klugen, stets vorsichtig abwägenden und behutsamen F. C. Weiskopf zusammen, der das Feuilleton leitete. Und ab Frühjahr 1932 schrieb ich fast ausschließlich für die »Neue Montagszeitung«, in der Heinz Pol Chefredakteur war. Pol war gerade mit großem Aufsehen seines Postens bei der »Vossischen Zeitung« enthoben worden, weil er einen UFA-Film, der im Anzeigenteil ganzseitig propagiert worden war, einer aufrichtigen Kritik unterzogen hatte: Der journalistischen Freiheit waren Grenzen gesetzt. Sein Fall hatte in Journalistenkreisen große Empörung ausgelöst, und viele Kollegen hatten sich mit dem Gemaßregelten solidarisiert. Doch alles hatte nichts genutzt. Pol musste gehen. Ihm selbst kam der Wechsel an ein Münzenberg-Blatt sicher nicht ungelegen, denn er war Kommunist, und seine Stellung in dem bürgerlichen Ullstein-Blatt war schon seit langem prekär, ja unhaltbar geworden.

Mit Heinz Pol machte ich meine zweite Liebeserfahrung. Wir waren uns sofort, als ich Ende Mai zu ihm in die Redaktion kam, sympathisch gewesen. Später erfuhr ich, dass er gerade eine große Enttäuschung in der Liebe hinter sich hatte, die er nur durch eine andere Liebe zu überwinden hoffte. Darum stürzte er sich geradezu in das Abenteuer, das ich ihm zu bieten schien, als ich ihm wie beiläufig erzählte, dass ich die Wochenenden meist mit meinem Boot auf den Seen um Berlin verbrachte. »Kann man sich da vielleicht anschließen?«, fragte er sofort. Und wir verabredeten uns für das nächste Wochenende. Mein Boot lag in Zeuthen. Von da aus tuckerten wir mit dem Außenbordmotor über Königswusterhausen hinaus durch die Schleuse bei »Neue Mühle« und durch das Bindower Fließ bis zum Dolgensee und zur Dubrow, dem ausgedehnten Waldgebiet, in das sich damals kaum einmal ein Mensch verirrte. Auch vom Wasser aus sah man nur wenige Zelte am Ufer liegen. Meist suchten sich die Paddler eine verschwiegene Bucht, in die sie sich in völliger Einsamkeit zurückziehen konnten, und wo auch wir nun nach einem geeigneten Platz Ausschau hielten, um unser Zelt aufzubauen. Heinz Pol war von der Romantik unserer ersten Ausfahrt, die leider auch unsere letzte war, fasziniert. Er hatte bisher nur den Wannsee gekannt, wo die Segel- und Motorjachten einander den Rang abliefen und die Wasserfläche in ständiger Bewegung hielten: Die beschauliche Ruhe der östlichen Seen, die er durch mich erlebte, war für ihn ganz neu und übte, wie alles Neue, seinen Reiz auf ihn aus. Dennoch lehnte er es ab, auch das nächste Wochenende mit mir hinauszufahren: Er müsse Flugblätter verteilen.

Pol war erst kürzlich in die Kommunistische Partei eingetreten und nahm seine Rolle als einfaches Parteimitglied umso ernster, als er den »Makel« einer bürgerlichen Herkunft in sich trug: Er beteiligte sich eifrig an allen Aktivitäten der täglichen Parteiarbeit: Er entwarf und vervielfältigte Flugblätter, nahm an Demonstrationen teil sowie an der »Haus-und-Hof-Propaganda«, zu der wir aufs Land fuhren, um die Bauern zu agitieren. »Wir können uns Romantik heute noch nicht leisten«, sagte er oft zu mir, wenn ich ihn wieder mal zu einem Bootsausflug animieren wollte. Und er hatte ja so recht. Was war das auch für eine Zeit, dieser Sommer 1932, der kein Sommer war, denn die letzten sonnigen Tage hatte es zu Pfingsten gegeben, so dass meine Eltern in ihrer Eisdiele, die sie inzwischen zusätzlich zur Bibliothek eröffnet hatten, verzweifelten: Kein Mensch hatte in diesem Jahr Appetit auf Eis. Aber ich – nie wieder, glaube ich, habe ich so intensiv gelebt wie in diesem halben Jahr, vom Mai bis in den Herbst hinein. Die Regierungskrisen überstürzten sich: Nachdem die Notverordnungsregierung Brünings zurückgetreten war, trat Franz von Papen auf den Plan, der als Reichskommissar für Preußen die verfassungsmäßige Regierung Braun-Severing absetzte, was die beiden Sozialdemokraten widerstandslos geschehen ließen: Sie »beugten sich der Gewalt«. Auf v. Papen folgte nach kurzer Zeit Schleicher, der als gewerkschaftsfreundlicher »sozialer General« gewählt worden war, aber auch er konnte nicht die sieben Millionen Arbeitslosen wieder in Arbeit bringen, und die Krise verschärfte sich. Die Massen formierten sich und demonstrierten, forderten Arbeit und Brot, und SA und SS, die nach einem kurzen Verbot durch die Braun-Severing-Regierung unter v. Papen wieder rehabilitiert worden waren, eroberten von Neuem die Straßen und lieferten sich mit den Kommunisten erbitterte Straßenschlachten. Wahlen folgten auf Wahlen. Bei der ersten konnten die Nationalsozialisten erschreckende Erfolge erringen: Dennoch lehnte Hitler den Vizekanzlerposten, den man ihm anbot, ab: Er war auf Höheres aus, auf die ganze Macht. Aber die Regierungen sahen nicht die Gefahr von rechts, die drohende Diktatur, die auf uns zukam, die schon mit den Händen zu greifen war …

Es war eine unruhige Zeit, auch für Heinz Pol und mich. Privat sahen wir einander nur selten. Ich wusste inzwischen, dass Heinz noch verheiratet war. Er lebte aber von seiner Frau getrennt und bewohnte in Stadtmitte ein möbliertes Zimmer. In seiner Freizeit schrieb er an einem neuen Buch, nachdem sein Erstling. »Patrioten«, erst kürzlich erschienen war. Wenn er gelegentlich eine Arbeitspause einlegen wollte, trafen wir uns in einem nahen Café; manchmal gingen wir sogar tanzen, oder wir sahen uns einen der aufregenden Filme an, die damals gerade liefen: die G.-W.-Pabst-Verfilmung der »Dreigroschenoper«. »Berlin Alexanderplatz« nach dem Buch von Döblin, »Lichter der Großstadt« von Charlie Chaplin und vor allem den Dudow-Film »Kuhle Wampe«, in dem Ernst Busch eine Hauptrolle spielte – Ernst Busch, der »Rote Tauber«, vor dessen Konzerten wir uns stundenlang an der Kasse anstellten, um eine Karte zu ergattern. »Kuhle Wampe«, der Film über die Zeltstadt-Romantik der Arbeitslosen, berührte mich tief. Mir war, als hätte ich diese Geschichte selbst erlebt, selber an ihr teilgenommen. Und war es nicht so? Hatte ich nicht immer wieder das Bedürfnis, in die Natur zu entfliehen, wenn mich die harte Realität allzu sehr bedrückte? Pol tröstete mich, wenn ich darüber klagte, dass wir wieder einen Sonntag in Berlin verbrachten, statt auf dem Wasser zu liegen: »Wir fahren ja im August zusammen in Urlaub.« Das war beschlossene Sache bei ihm – wie aber sollte ich meinen Eltern eine wochenlange Abwesenheit plausibel machen? Ich war jetzt zweiundzwanzig, aber nach damaligen Moralauffassungen war es undenkbar, dass ich allein mit einem jungen Mann auf die Reise ging. Ich musste mir also eine Ausrede einfallen lassen, faselte etwas von einem Kursus, der sogar kostenlos war, und den ich auf keinen Fall versäumen dürfte. Vielleicht hat das »kostenlos« bei meinen Eltern den Ausschlag gegeben, mir die Teilnahme zu erlauben; schließlich konnten sie gegen eine »Weiterbildung« keine Einwände erheben. Fürsorglich brachten sie mich sogar an die Bahn, und ich hatte die größte Schwierigkeit, sie von dem Bahnsteig fernzuhalten, wo ihrer Meinung nach die Kursteilnehmer sich versammeln würden. Ich log, dass die meisten erst in Potsdam zusteigen wollten, und da fügten sie sich und blieben an der Sperre zurück. Ich aber eilte auf dem Bahnsteig Heinz Pol entgegen, der mich schon sehnsüchtig erwartete.

Wir fuhren nach Rantum auf Sylt, das damals ein winziges Fischerdorf war. Pol kannte es schon, aber für mich war die Nordsee mit Ebbe und Flut und mit dem Wattenmeer ein großes Erlebnis. Am liebsten hätte ich den ganzen Tag am Strand verbracht, aber Heinz war zum Dahindösen nicht geschaffen. Er scheuchte mich hoch, und wir pilgerten Tag für Tag nach Westerland, nur um eine Tageszeitung zu kaufen, ohne die mein Freund nicht existieren konnte. Pol war ein durch und durch politischer Mensch, noch dazu Journalist, den die Tagesereignisse bis in den Urlaub verfolgten. Er konnte einfach nicht, wie ich es gern wollte, nur der Natur und der Liebe leben, zumal er als Jude besonders düster in die Zukunft sah, und so blieb es nicht aus, dass wir oft und heftig miteinander stritten. Aber genauso rasch versöhnten wir uns wieder und genossen unser Zusammensein. Wir wetteiferten miteinander um die größte Bräune, wir nahmen unsere Zeitgenossen aufs Korn; wir erheiterten uns über unsere Nachbarin am Nebentisch, die wegen der Nachricht vom plötzlichen Tod ihres Vaters vorzeitig ihren Urlaub abbrechen musste – nach drei Tagen aber fröhlich wieder an unserer Tafel saß, als sei nichts geschehen. Wir lachten über die Arme noch tagelang; wenn sie nur in unsere Nähe kam, brachen wir in Gelächter aus, wie ich überhaupt nie wieder mit einem Mann so viel gelacht habe wie mit Heinz Pol: Wir lachten, bis wir aus dem Bett fielen und uns auf dem Fußboden ineinander verwickelten – wir lachten, und dabei war uns doch immer bewusst, dass wir eigentlich nichts zu lachen hatten, weil die Nazis immer frecher und aggressiver wurden. Einmal erlebten wir es beim Tanzen, dass Pol von einem SA-Mann angepöbelt und unter Bedrohung des Saales verwiesen wurde: Auch ich wurde in die Schmähungen mit einbezogen. Wir hatten nicht gewagt, uns zur Wehr zu setzen. War das erst der Anfang von Drangsalierungen gegen Menschen jüdischer Herkunft? Was hatten wir noch zu erwarten?

Die letzte Urlaubswoche verlebten wir getrennt voneinander. Pol erwartete Bruder und Schwägerin, die nach Palästina auswandern wollten. Er meinte, dass mich das Familienpalaver nicht interessieren würde, drückte mir ein paar Scheine in die Hand und schlug mir vor, für die letzten paar Tage in die Heide zu fahren. Ich zog aber Timmendorf vor, warum weiß ich nicht, vielleicht wollte ich bis zur letzten Minute das Meer genießen. Aber die Ostsee kam mir wie ein kläglicher Abklatsch der Nordsee vor, das Wasser in der Lübecker Bucht war glatt wie ein Tischtuch, der Strand überfüllt. Und trotz der vielen Menschen litt ich unter der Einsamkeit. Mir fehlte der geliebte Gefährte, mein Freund, der mich – gedankenlos? – gerade so schwer beleidigt hatte. Warum hatte ich nicht bis zuletzt bei ihm bleiben dürfen? Passte ich, das Proletariermädchen, nicht in seine erlauchte Familie? Und gerade jetzt hätte ich so dringend mit ihm sprechen müssen. Meine Periode war seit zwei Wochen überfällig. Was sollte werden, wenn ich schwanger war?

In Berlin wusste ich es dann ganz genau: Ich war schon im dritten Monat. Als ich es Pol sagte, meinte er nur seufzend, dass sich der Urlaub eben um weitere Scheinchen verteuern würde, während ich daran dachte, dass ich etwas, was in mir wuchs, würde töten müssen. Doch das verstand er wohl nicht. Um alles andere kümmerte er sich dann vorbildlich, das muss ich schon sagen; er fand einen »Genossen Arzt«, der sich bereit erklärte, »es« wegzumachen, und wie ein Lamm zur Schlachtbank ließ ich mich wenige Tage später zu ihm führen und alles mit mir geschehen, was notwendig war. Zuhause täuschte ich eine schwere Erkältung vor, und Pol erschien sogar ein paarmal an meinem Krankenbett, aber nicht zu oft, damit seine Fürsorge nicht auffiel. Aber ich glaube, meine Mutter hat keinen Verdacht gehegt, oder vielleicht wollte sie ihn absichtlich nicht aufkommen lassen. Genau bin ich mir nie darüber klar geworden.

Nach der Abtreibung begann sich unsere Beziehung zu lockern. Pol schrieb wie besessen an seinem Buch, als ob er schon ahnte, dass er es in Deutschland nicht mehr würde veröffentlichen können. Und auch ich fasste endlich den Mut, mit einem Buch zu beginnen, mit dem ich mich schon so lange geistig beschäftigte. Es sollte den verzweifelten Versuch »kleiner Leute« schildern, sich in der Zeit der Krise über Wasser zu halten. Doch noch war ich vier Stunden täglich an die Redaktion gebunden.

Als mir indes im Herbst 1932 »im Zuge der verschärften Wirtschaftskrise« wiederum das Gehalt gekürzt werden sollte, warf ich kurz entschlossen meine Arbeit hin. Ich wollte frei sein, um endlich schreiben, nur noch schreiben zu können! Meine Eltern billigten meinen Entschluss, der sicherlich leichtfertig war; verzichtete ich doch damit auf eine zwar kleine, aber sichere Einnahmequelle für die ganze Familie. Doch nie habe ich von meinen Eltern einen Vorwurf gehört. Ihr stillschweigendes Einverständnis, ihre Geduld, obwohl ein Erfolg meiner Bemühungen noch in weiter Ferne lag, waren für mich ungemein wichtig und gaben mir die Kraft, nun endlich den Roman zu beginnen, der mich innerlich schon so lange beschäftigte. Einer meiner Freunde bewohnte ein Atelier am Lützow-Ufer. Da er für längere Zeit ins Ausland ging, stellte er es mir zur Verfügung, und dort, in völliger Abgeschiedenheit, schrieb ich in wenigen Monaten das Buch herunter, das die Geschichte meines Vaters, nein, meiner Eltern enthielt. Ich schrieb wie im Fieber, im Wettlauf mit der Zeit. Sowie ein Kapitel fertig war, gab ich es meinen Freunden vom »Bund«, vor allem Hans Schwalm, der mein engster Vertrauter war. Auch er feuerte mich immer wieder an weiterzuschreiben, weil er das Buch für wichtig hielt. Er meinte, es müsse unbedingt bei Malik oder im Internationalen Arbeiterverlag, in der Reihe »Der rote Eine-Mark-Roman«, erscheinen. Und F. C. Weiskopf interessierte sich bereits für den Vorabdruck in der »BaM«. Wir alle blickten – Ende 1932! – wieder optimistischer in die Zukunft, denn hatten die Nazis nicht bei den letzten Wahlen viele Stimmen verloren? Die Kommunisten dagegen zogen mit hundert Sitzen in den Reichstag ein! Noch hofften wir zuversichtlich, die braune Gefahr von uns abzuwenden.

Um so schwerer traf uns dann die Wirklichkeit. Noch ahnten wir nicht, nach dem 30. Januar 1933, wie brutal die Nazis alle ihre Gegner vernichten würden. Nach dem Reichstagsbrand musste auch Heinz Pol emigrieren. Er wusste, dass er gesucht wurde, und er ging heimlich über die grüne Grenze nach Prag, von wo er mir erst nach längerer Zeit eine Nachricht zukommen lassen konnte. Auch unser »Bund« wurde verboten. Als wir noch einmal an unserem üblichen Tagungsort, dem Graphischen Block in der Enckestraße, zusammenkommen wollten, fanden wir das Gebäude von SA umstellt. Verstört liefen wir, plötzlich heimatlos Gewordene, auseinander; nicht einmal einen anderen Treffpunkt hatten wir vereinbaren können. Und kurioserweise hat uns erst der 10. Mai 1933, der Abend, an dem die Nazis auf dem Opernplatz die Bücher unserer Besten verbrannten, wieder zusammengeführt. Denn viele von uns waren gekommen, um dieser Kulturschande beizuwohnen, um Zeuge zu sein. Von da an trafen wir uns wieder regelmäßig, wenn auch, nach dem Verbot des »Bundes«, jetzt illegal und nur noch im kleinen Kreis.

Mein Buch war im Februar 1933 fertig geworden. Ich brachte das Manuskript zu Monty Jacobs, dem Feuilletonleiter der »Vossischen Zeitung«, denn alle linken Verleger waren bereits verhaftet worden oder hatten sich rechtzeitig ins Ausland retten können. Doch auch Monty Jacobs gab mir die Blätter mit Bedauern zurück. Ein Jahr früher, meinte er, hätte ich sie ihm bringen müssen. Aber heute? Zu den Fanfarenklängen der neuen Machthaber passe meine düstere Geschichte schlecht. Ja, wenn ich ein Einzelschicksal geschildert hätte, den Weg eines Mannes, der aus Unfähigkeit ins Elend gerät! Aber meinem Manuskript, meinte der Redakteur, merke man an, dass ich ein typisches Schicksal gestaltet hätte, eben das des gesamten Mittelstandes. Das aber sei in einer Zeit, da die Nazis die »jüdischen Warenhäuser« für den Ruin des Handwerks verantwortlich machten, höchst unzeitgemäß. Ich sah ein, dass er recht hatte, so schwer es mir fiel. Das Buch war um einige Monate zu spät gekommen.

Jetzt hoffte ich noch auf den Malik-Verlag, der in Prag schon wieder Bücher herausgab. Aber auch Wieland Herzfelde konnte sich nicht dazu entschließen, mein Manuskript zu drucken. Viel später erst begriff ich, dass er es sich gar nicht leisten konnte, das Erstlingsbuch einer Autorin herauszubringen: Seine Lage als kommunistischer Verleger im Exil war viel zu prekär, auch er kämpfte um seine Existenz. Und gab es unter den Emigranten nicht weltberühmte Autoren genug, die gedruckt werden wollten? Ich aber war unbekannt, vorläufig auch unbelastet. Für mich war es richtiger, nach Deutschland zurückzukehren und dort an der illegalen Arbeit teilzunehmen. Ich vergrub also mein Manuskript in der untersten Schreibtisch-Schublade, wo es für lange Zeit liegen blieb – und schrieb ein neues Buch. Meine Freunde im »Bund« gaben den Anstoß dazu. »Du kennst das Leben und Treiben auf den märkischen Seen«, sagten sie eines Tages zu mir, »schreib ein unbeschwertes, zeitloses Sommerbuch. Du verdienst damit, was du für deinen Unterhalt brauchst, und tarnst dich gegenüber den Nazis.« In Bezug auf die materielle Ausbeute hatten die Freunde allerdings entschieden zu rosig gesehen. Mein Buch erschien im Frühjahr 1934 unter dem Titel »Und außerdem ist Sommer« bei L. Staackmann in Leipzig. Es wurde zum Ladenpreis von 4,50 Mark verkauft: Ich erhielt 27 Pfennige pro Exemplar, mein Gesamthonorar betrug 1000 Mark. Damit konnte ich nicht lange mein Leben fristen ... Aber vorerst war ich froh. Einige hundert Mark als Vorschuss in Aussicht, reiste ich am ersten Mai wieder nach Prag und kam gerade noch zur Demonstration zurecht. Voller Stolz über mein erstes Buch, das in Deutschland erscheinen sollte, war ich hergekommen. Als ich aber auf dem Wenzelsplatz die tschechischen Werktätigen Schulter an Schulter mit den deutschen Emigranten für Frieden und Freiheit, gegen den verhassten Hitlerfaschismus demonstrieren sah, schwand mein Stolz rasch dahin. Hier waren die Menschen, mit denen ich mich verbunden fühlte. Für sie hätte ich schreiben und ihre Nöte und Schicksale gestalten sollen. Stall dessen hatte ich eine »zarte Liebesgeschichte zwischen einem Mann der Kriegsgeneration und einem Mädchen von heute« geschrieben, wie es im Verlagsprospekt hieß; ein Buch, das die Kritiker damals oft mit dem Bestseller »Dor und der September« von Karl Friedrich Borée verglichen. Wann würde ich je Themen wählen dürfen, die mir am Herzen lagen?

Mein Doppelleben als Illegale

Ich war nun, 1934, arbeitslos. An eine neue Arbeitsstelle war nicht zu denken. Statt dessen drohte mir ein Einsatz zur Landhilfe. Um dem zu entgehen, wandte ich mich an den Leiter der Ullstein-Roman-Abteilung, Dr. Fritz Gaupp, der schon das Entstehen meines Sommerbuches wohlwollend beobachtet hatte, und fragte ihn, ob er mir irgendeinen Auftrag verschaffen könnte? Er überlegte. »Wollen Sie an die Kurische Nehrung fahren?«, fragte er dann. »In Rossitten gibt es ein Segelfliegerlager. Ich weiß, dass die Zeitschrift ›Koralle‹ einen Reporter hinschicken will; sie plant eine Artikelserie über den Segelflug. Trauen Sie sich das zu? Haben Sie Lust hinzufahren?«

Rossitten? Kurische Nehrung? Ich war bisher kaum über die Berliner Umgebung hinausgekommen, und Ostpreußen mit den Masurischen Seen, mit der Samlandküste und dem Kurischen Haff kannte ich bisher allenfalls aus der Literatur. Dorthin zu kommen bedeutete für mich ein Abenteuer, war in meiner Lage ein Rettungsanker, vergleichbar dem Strohhalm, nach dem der Ertrinkende greift. Natürlich sagte ich zu. Die Reise ging zunächst nach Königsberg und dann von Labiau aus per Schiff über das Kurische Haff. In Rossitten gab es eine erste Enttäuschung.

Man war auf mein Kommen nicht vorbereitet und schickte mich weiter die Nehrung hinauf bis in das Grenzdorf Pillkoppen, wo ein Zweiglager der Segelflugschule eingerichtet war. Die Schüler mussten hier die C-Prüfung ablegen, also die Prüfung der Fortgeschrittenen, die zum Tragen des begehrten Abzeichens mit den drei Möwen berechtigte. Hier also nahm man mich auf, wenn auch nicht gerade mit offenen Armen, sondern mit einigem Misstrauen, sogar Spott, weil ich nur passiv, um darüber schreiben zu können, am Leben der Gruppe teilnehmen wollte. Mädchen oder junge Frauen, die vorgaben, einen Beruf zu haben, den sie obendrein ernst nahmen, standen damals nicht hoch im Kurs.

Nur allzu bald wurde mir klar, dass die jungen Leute, die mit fanatischem Eifer schon im Morgengrauen ihre »Kiste« aus dem Schuppen holten, sie den Hang hinauf schleppten und ihre Kurven zogen, sich bereits als die Fliegerhelden des nächsten Krieges sahen. Noch war die allgemeine Wehrpflicht nicht eingeführt, noch hatte Göring seine Luftwaffe nicht aufgebaut. Aber alle sprachen hier offen davon, dass dies bald geschähe, und sie rechneten sich ihre Chancen aus: Als erfolgreichen Absolventen des Segelflugs war ihnen eine Karriere in der zukünftigen deutschen Luftflotte sicher. Ich konnte meine Reportage nicht schreiben und teilte dies auch dem Lektor mit. Der aber meinte, meine Bedenken zerstreuen zu müssen. »Warum wollen Sie den Teufel an die Wand malen?‹, schrieb er zurück. »Vorläufig segelt man doch noch friedlich durch Wind und Wolken, schildern Sie das, schildern Sie die faszinierende Landschaft – das wollen die Leute lesen.« – Mir aber gelang keine Zeile. Sollte ich den militärischen Drill schildern, der hier im Lager herrschte? Den morgendlichen Fahnenappell? Den rüden Landser-Ton? Oder das sentimentale Absingen ihrer Landsknechtlieder und – schlimmer noch! – von unseren Liedern, von »Brüder, zur Sonne, zur Freiheit«, dem sie unverfroren ihren faschistischen Text unterlegten? Mitten unter ihnen sitzend, abends am Lagerfeuer, fühlte ich mich grenzenlos allein. Im Stillen summte ich die Lieder mit unserem Text, dachte an frühere Lagerfeuer, an unsere Sonnenwendfeiern am Schäfersee. Wie viele von denen, die damals dabei waren, wusste ich hinter Gefängnismauern oder im Untergrund! Würde ich sie jemals wiedersehen?

Jetzt, da ich mich meiner journalistischen Pflicht entledigt hatte, unternahm ich weite Streifzüge durch das Land. Seit einer gemeinsamen Wanderung mit einigen Flugschülern, zu der ich mich in den ersten Tagen meines Hierseins hatte überreden lassen, wusste ich, dass die litauische Grenze nahe war. Sie wurde durch einige Pfähle markiert, die im weiten Abstand voneinander, quer zu der einzigen Straße, in die Erde getrieben waren. Obwohl also äußerst bescheiden und nahezu unbedeutend, hatte sie doch den Unwillen meiner Gefährten erregt, den sie durch laute Schmähungen und Pfui-Rufe zu erkennen gaben. Ein Hitzkopf versuchte sogar, die Pfähle herauszureißen, konnte aber gerade noch in letzter Minute daran gehindert werden.

Mich hatte die Begebenheit elektrisiert. Wenn es stimmte, dass die Grenze an der Straße nur schwach bewacht war, dann musste der Übergang am Strand noch leichter zu bewältigen sein, dachte ich mir. Schon an einem der nächsten Tage brach ich auf. Kilometerweit windet sich der Weg immer am Strand entlang, eine anstrengende Wanderung also, die ich später noch oft wiederholte. Ich begegnete unterwegs keinem Menschen. Links neben mir rollte die See, die mit jeder Welle Tang und Muscheln mir zu Füßen spülte, und über mir kreischte der Möwenschwarm, der mich ausdauernd begleitete. Ich weiß noch, dass es an jenem ersten Tag zu regnen begann, aber ich dachte gar nicht daran, auf die Straße zu flüchten und zwischen den niedrig wachsenden Kupsten oder unter den Bäumen Schutz zu suchen. Gegen den Regen angehend, suchte ich immer nur furchtsam den Himmel ab, der aber zum Glück verhangen blieb. Bei Aufklaren hätte die Gefahr bestanden, dass mich ein Segelflieger aufspürte, der meinen vermeintlich unfreiwilligen Grenzübertritt sicherlich vereitelt hätte.

In Nidden stand ich lange vor dem Haus von Thomas Mann. Mir war plötzlich, als sei die Luft um mich klarer geworden, als könne ich freier atmen. Gleichzeitig war ich beklommen. Würde Thomas Mann je sein Haus wiedersehen? Ich wusste, dass er von einer Vortragsreise in der Schweiz nicht zurückgekehrt war. So viele waren schon gegangen, viele gingen noch immer. Um uns Zurückbleibende wurde es immer leerer. Ich weiß nicht mehr, ob ich damals, vielleicht nur sekundenlang, mit dem Gedanken spielte, gleichfalls »draußen« zu bleiben. Von Nidden aus hätte ich nach Prag fahren können. Dort war Heinz Pol. Aber ich schickte ihm nur einen Kartengruß und bat um postlagernde Antwort – nach hier. Was sollte ich in Prag? Er hatte selbst dort kaum Fuß gefasst und würde mich nur als eine Bürde empfinden.

Ich zog bald danach aus dem Lager aus und mietete mir in Pillkoppen ein billiges Zimmer. Die Saison war vorbei, und die Fischersfrauen waren froh über jede Nebeneinnahme. Zumal ihnen der gefürchtete »Schacktarp«, eine Zeit, in der die Männer oft wochenlang nicht fischen können, weil das Eis noch nicht trägt, als Drohung immer vor Augen stand. Noch aber war September, auf der Nehrung die schönste Zeit, bevor schwere Stürme die Landschaft heimsuchen, die Fischernetze zerstören und den Sand der Wanderdünen über die Ortschaft peitschen. Im September ist die Natur hier milde und ausgeglichen. Das Meer, das die sanfte Wärme des Sommers gespeichert hat, liegt in gebändigter Glätte, glasklar bis zum Horizont spannt sich der Himmel, und im Wald verfärben sich die Bäume zu einem ersten goldgelben Schimmer. Am Boden wachsen Pilze, vor allem der Reizker, den ich nur hier, an der schmalsten Stelle der Nehrung, gefunden habe und der, in der Pfanne wie Schnitzel gebraten, meinen Speisezettel wochenlang bereichert hat. Denn ich musste sparen. Ich hatte errechnet, dass ich fürs Essen, für Porto und Toilettenartikel nur zwei Mark täglich aufwenden durfte, wollte ich meine kleine Barschaft, das Resthonorar vom Buch, noch eine Weile strecken. Die Tagesspesen von Ullstein hatte ich inzwischen zurücküberwiesen. Ich lebte äußerst bescheiden, löffelte meinen Linsen- oder Erbseneintopf, den ich einmal für die ganze Woche zu kochen pflegte, wozu ich mich übrigens nicht nur aus Geldmangel, sondern vor allem aus Gründen der Zeitersparnis entschlossen hatte. Denn allmählich sprach es sich im Dorf herum, dass ich mich aufs Schreiben verstand, und nun baten mich die Fischer, die nur ungern zur Feder griffen, öfter um die Gefälligkeit, Schriftliches für sie zu erledigen. Als Lohn winkte mir eine kräftige Fischsuppe oder auch ein Exemplar des hier so beliebten Zanders.

Ich schrieb also Eingaben ans Gemeindeamt, ans Katasteramt nach Rossitten oder sogar ans Gericht in Labiau. Bei den Streitigkeiten ging es stets um die Fischerkähne, um Netze oder sogar um den Fang. Um dessen gerechte Verteilung man sich allein nicht einigen konnte. Den Fischern ging es bei diesen Prozessen immer ums Ganze, um Sein oder Nichtsein, denn sie lebten vom Fischfang. Landwirtschaft kann an dieser schmalsten Stelle der Nehrung, wo man das Land in einer Viertelstunde durchquert, nicht betrieben werden. Ständig drohten die Wanderdünen den Ort unter sich zu begraben, was schon mehrmals geschehen war. Aber nie waren die Fischer gewichen, sondern sie hatten ihre versandeten Häuser immer wieder neu aufgebaut, nicht weitab von der früheren Stelle. Da auch das Weideland knapp war, besaß jede Familie nur eine Kuh, für die das Futter vom Festland herangeholt wurde. Der einzige Reichtum der Fischer lag also im Haff. Und wenn das Fischen wegen der Wetterunbilden nicht täglich war, wie meist im Frühjahr und Herbst, dann waren sie bettelarm und mussten beim einzigen Krämer des Dorfes anschreiben lassen. Oft brauchten sie Monate, bis sie ihre aufgelaufenen Schulden wieder abtragen konnten.

Meine Wanderungen nach Nidden waren mir zur liebsten Gewohnheit geworden. Dort gab es am Zeitungsstand die »Neue Weltbühne«, deren Vorgängerin, die von Carl von Ossietzky geleitete »Weltbühne« mit Beiträgen von Kurt Tucholsky, im Nazireich längst verboten war. Und einmal lagerte auf dem Postamt auch ein Brief aus Prag – ein unvermutetes Geschenk für mich. Aber beim Lesen des Briefes schmolz meine Freude dahin. Er werde nicht in Prag bleiben können, schrieb mir Heinz Pol. Prag quelle über von Exilanten, die einander auf die Füße träten. Die meisten lebten von der Unterstützung und wohnten im Massenquartier, ein Schicksal, das er nicht zu teilen gedenke. Er trage sich daher mit dem Plan, nach Amerika auszuwandern, wo ein Verwandter für ihn bürgen werde. Ob wir uns vorher noch einmal sehen könnten? Der Brief schloss mit einem großen Fragezeichen … Ich las den Brief mehrmals, bis ich ihn auswendig kannte, zerriss ihn dann und ließ die Fetzen aus Vorsicht in den Abfluss gleiten. Ob Prag oder New York, dachte ich dabei, es machte für uns wohl keinen Unterschied – denn dass wir uns in Prag noch öfter treffen sollten, ahnte ich damals noch nicht.

So sparsam ich war, meine Geldmittel schmolzen dahin, und ich musste daran denken, wieder abzureisen. In Deutschland hatten sich die »Bund«-Mitglieder inzwischen auf die Illegalität eingestellt. Wir trafen uns nur noch in Dreiergruppen. Hans Schwalm, der zu uns allen die Verbindung hielt, überbrachte uns auch alle Forderungen und Wünsche der leitenden »Bund«-Mitglieder, die im Ausland lebten. Der Malik-Verlag publizierte seit kurzem eine Zeitschrift, die »Neuen Deutschen Blätter«, die von Grete Weiskopf (Alex Wedding) herausgegeben und redaktionell von Oskar Maria Graf, Wieland Herzfelde und Anna Seghers betreut wurde. Eine ständige Rubrik darin, die »Stimme aus Deutschland«, sollte von uns mit Beiträgen aus Nazideutschland beliefert werden. Natürlich konnten wir keinen Pfennig Honorar erhalten. Man riet uns daher, uns um die Mitgliedschaft in der Reichsschrifttumskammer zu bewerben, ohne die man in der deutschen Presse nichts veröffentlichen konnte. Wir sollten versuchen, uns mit unverfänglichen Beiträgen für bürgerliche Zeitungen über Wasser zu halten. Den wenigsten von uns mag dies gelungen sein. Da ich als Einzige schon auf ein veröffentlichtes Buch verweisen konnte, wurde ich in die Reichsschrifttumskammer aufgenommen. Ich habe sogar noch für Hans Schwalm gebürgt. der sich ebenfalls um die Mitgliedschaft beworben halte.

Ein guter Bekannter von mir, Journalist und Mitarbeiter einer bürgerlichen, aber noch wohlgelittenen Tageszeitung, gehörte zu den »Auserwählten«, die an den regelmäßig stattfindenden Sitzungen im Propagandaministerium teilnehmen durften, in denen der »Propagandaminister« seine geheimen Anordnungen für die gleichgeschaltete Presse erließ. Als ich das Protokoll einer solchen Pressekonferenz zum ersten Mal in Händen hielt, dachte ich sofort, dass man diese wichtigen Materialien unseren Journalistenfreunden in Prag übergeben müsste. Doch wie sie hinüberschaffen? Unsere vom »Bund« mühselig geschaffene Kurierverbindung könne auf keinen Fall durch weitere Aufgaben belastet werden, sagte mir Hans. Aber könne ich nicht selber hinüberfahren? Ich hatte doch noch einen gültigen Pass. Anfang 35 begab ich mich dann wirklich zum ersten Mal auf die nicht ungefährliche Reise, die ich im Laufe des Jahres noch mehrmals wiederholen musste. Jedes Mal klopfte mein Herz zum Zerspringen, je näher wir der Grenze kamen. Würden die Grenzer mir glauben, dass ich zum Besuch meiner todkranken Tante fuhr? Würden sie angesichts der sich mehrenden Ausreisestempel nicht doch einmal misstrauisch werden und mich näher unter die Lupe nehmen? Doch wider Erwarten ging alles gut. Anscheinend verkörperte ich damals mit meinen blonden Haaren so vollkommen den Typ des »deutschen Mädchens«, dass ich in den Augen der Nazis unverdächtig war. Die Grenzer streiften mich jedes Mal nur mit einem flüchtigen Blick – und gaben mir wortlos den Pass zurück. Sie ahnten nicht, dass ich unter dem Schutzumschlag meiner Reiselektüre das wichtige Protokoll verborgen hielt, das meinen Freunden vom »Bund« als Unterlage für ihre in der Emigrantenpresse erscheinenden Glossen und Kommentare dienen sollte.

Natürlich traf ich mich bei diesen Prag-Reisen auch mit Heinz Pol, wohnte zeitweise sogar bei ihm in Prag-Dejvice, einem Vorort, wo ich mich gut verstecken konnte, denn Pol achtete streng darauf, dass ich mich nicht in Emigrantenkreisen sehen ließ. Es liefen überall Nazi-Spitzel herum, warnte er mich, und ich wolle (und müsse) ja nach Berlin zurück. So verliefen unsere Zusammenkünfte kaum je harmonisch, ja oft sogar quälend für mich, denn da Heinz Pol tagsüber in einer Redaktion arbeitete, war ich viel allein, fühlte mich überflüssig und fehl am Platze. Und wenn wir zusammen waren, warf die bevorstehende Trennung schon ihre Schatten voraus und vergiftete uns die Gegenwart. So war ich oft fast erleichtert, wenn ich Prag wieder verlassen konnte, zumal ich wusste, dass ich in Berlin von Hans Schwalm schon erwartet wurde. Ich schlief jetzt mit zwei Männern, hatte aber keinen von beiden ganz. Heinz Pol war weit weg und die meiste Zeit unerreichbar für mich. Hans und mich aber hatte die Enge des Zeltes zusammengeführt. Wenn wir ins Grüne fuhren und über Nacht blieben, richteten es die Freunde so ein, dass für uns nur das Zweierzelt übrig blieb. Vielleicht hatte Hans es heimlich so mit ihnen ausgemacht. Er war ein prosaischer Mensch und selbst in der Leidenschaft noch pedantisch. Er schlief nie mit mir, ohne ein Kondom zu benutzen. Dies tat er nicht wegen AIDS, das es damals noch nicht gab, sondern aus Gründen der Empfängnisverhütung. Wir schwebten ja immer in Ängsten, ein Kind zu machen. Ein Kind wäre für uns die Katastrophe gewesen. Sex durfte für uns, laut Alexandra Kollontai, nicht mehr als das berühmte Glas Wasser bedeuten, nach dem man eben greift, wenn man durstig ist. In Berlin kam ich mit Hans nur in der illegalen Arbeit zusammen. Für die Liebe fehlte uns ein passender Ort. Hans, der immer auf Konspiration bedacht war, hatte noch niemandem von uns seine wahre Adresse genannt, und ich wohnte bei den Eltern, wo Mutter mich ängstlich bewachte, denn ein uneheliches Kind stellte in ihren Augen eine Schande dar. So aufgeschlossen sie sonst war, in dieser Hinsicht ließ sie nicht mit sich reden, und ich glaube, wenn sie von meiner Schwangerschaft erfahren hätte – sie hätte mich vor die Tür gesetzt.

Hans wusste von Pol, und er schäumte vor Eifersucht. Am liebsten hätte er mir die Fahrten nach Prag untersagt, aber er hielt sie doch für zu wichtig, um sie unterbinden zu wollen. So wurde er zwischen seinen Gefühlen und seinem politischen Verstand hin und her gerissen. Übrigens entschieden die Verhältnisse bald für ihn. Pol übersiedelte nach Paris und von dort nach New York, so dass unsere Trennung endgültig war. Ich habe ihn bis zu seinem Tod nicht wiedergesehen, obwohl wir noch lange miteinander korrespondierten und immer wieder an ein Treffen dachten. Aber ich konnte nicht aus der DDR ausreisen, und Pol mit seinen Neigungen zum Trotzkismus hatte keine Lust, in ein Land zu kommen, das von Leuten regiert wurde, die er nicht sonderlich schätzte.

Im Winter trafen wir uns zu unserer illegalen Arbeit in einer Pension nahe des Kurfürstendamms, wo eine Freundin von Werner Ilberg, die tüchtige Rosi, ein Zimmer bewohnte. Hier herrschte ein ständiges Kommen und Gehen, und wir fühlten uns relativ sicher, um unsere Klebezettel zu drucken, die wir auf dem Heimweg an Litfasssäulen oder an Mauern klebten oder einfach in Telefonzellen niederlegten. Einmal aber wurden Werner Ilberg und Walter Stolle, als sie, von der Pension kommend, auf die Straße traten, überraschend verhaftet, in eine SA-Kaserne geschleppt und grausam misshandelt. Zwar ließ man sie bald wieder frei, aber nun bestürmten wir Werner, der als Jude doppelt gefährdet war, sich umgehend in Sicherheit zu bringen, und er ging mit Rosi nach Prag. Hier beteiligte er sich an einem literarischen Wettbewerb und errang sogar den ersten Preis, was ihm aber, außer der Ehre, kaum etwas eingebracht hat, so dass es wiederum Rosi war, die für den Lebensunterhalt beider aufkommen musste. Rosi war so sprachbegabt, dass sie in wenigen Monaten die tschechische Sprache beherrschte und als Verkäuferin in einem Warenhaus angestellt wurde. Es war ihr Stolz, dass sie Werner auf diese Weise den Freiraum für seine schriftstellerische Arbeit verschaffen konnte.

Wir Berliner kamen regelmäßig zur theoretischen Schulung zusammen. Treffpunkt war die Wohnung von Trude Richter im »Afrikanischen Viertel« im Norden Berlins. Trude, die ehemalige Sekretärin vom »Bund proletarisch-revolutionärer Schriftsteller«, leitete unseren marxistischen Zirkel. Eines Tages eröffnete sie uns, dass sie uns bald verlassen würde. Sie wollte ihrem Lebensgefährten Hans Günther, der ihr schon vorausgereist war, in die Sowjetunion folgen. Wir anderen beneideten sie glühend, denn jeder von uns träumte damals davon, in der SU, dem Vaterland des Sozialismus, am Aufbau mitzuwirken. Zum Glück haben wir das Einreisevisum in die Sowjetunion, das damals nur Auserwählten bewilligt wurde, nicht erlangt, sonst hätten wir wahrscheinlich Trudes Schicksal teilen müssen. Sie verschwand für zwanzig Jahre in einem sibirischen Lager. Hans Günther, der ebenso wie sie unter dem Verdacht des Trotzkismus verhaftet worden war, hatte schon den Transport ins Lager nicht überlebt. Trude habe ich erst in den fünfziger Jahren wiedergesehen. Trotz ihrer bitteren Erfahrungen schien sie ungebrochen und stürzte sich sofort wieder in die politische Arbeit. Viele Jahre war sie als Dozentin am Leipziger Literaturinstitut tätig.

Im Sommer 1935 überbrachte mir Hans den Auftrag Johannes R. Bechers, ein Buch über »Die Lage der Frau im dritten Reich« zu schreiben. So sehr mich das Vertrauen freute, das Becher oder Herzfelde in mich setzten, so zögerte ich doch, den Auftrag entgegenzunehmen. Würde ich der Aufgabe schon gewachsen sein? »Wenn ihr mir dabei helfen wollt?«, sagte ich schließlich. Hans sicherte Hilfe zu, so weit es die anderen betraf, denn er selbst war gekommen, um mir zu sagen, dass er sich verabschieden müsse. Er sagte mir nicht, wohin er fuhr, und ich fragte nichts. Es war besser, in der illegalen Arbeit nicht zu viel zu wissen. Würde er wiederkommen? Er hatte kürzlich sein Boot verkauft und das Motorrad seinem Bruder in Verwahrung gegeben. Sollte ich wieder einen Freund verlieren – einen Freund, der mir mehr gewesen war als ein Gesinnungsgenosse? Noch einmal umarmte er mich, bevor er ging. Und keiner von uns ahnte, dass elf Jahre bis zu unserem Wiedersehen vergehen würden. Und erst nach elf Jahren erfuhr ich von ihm, dass er seinerzeit als Vertreter der in Deutschland verbliebenen revolutionären Schriftsteller zum ersten »Internationalen Schriftstellerkongress zur Verteidigung der Kultur« nach Paris gefahren war. Als »Mann mit der schwarzen Maske« berichtete er dort über uns und unsere illegale Arbeit. Hatte er damals schon geplant, draußen zu bleiben? Er sei vor der Rückreise gewarnt worden, erzählte er später. Denn inzwischen stand er bei der Gestapo auf der Fahndungsliste.

Einen weiteren schweren Verlust hatte der »Bund« hinzunehmen, als sich der Leiter der Gruppe West, Anton Kaufmann, ein hochbegabter Literat, in einer depressiven Phase das Leben nahm. An der Trauerzeremonie im Krematorium Wilmersdorf nahmen wir alle teil, nicht ahnend, dass uns die Gestapo bereits auf der Fährte war. Ein Spitzel hatte sich bei uns eingeschlichen. Dieser Felix gehörte zur Gruppe West, genoss das Vertrauen der leitenden Genossen und konnte so alle wichtigen Aktionen vom »Bund«, wie die Herausgabe der illegalen Druckschrift »Stich und Hieb«, an die Gestapo verraten. Dass diese nicht sofort zuschlug, hatte nur einen Grund: Sie fahndete fieberhaft nach Hans, über den sie nähere Angaben von Felix nicht erhalten hatte, sie wusste nur, dass er der Leiter der Berliner Gruppe war. Hans hat auch Felix niemals seine Adresse genannt, geschweige denn ihm anvertraut, dass er in einer Laube am Werbellinsee unter illegalen Bedingungen an seinem Erstlingswerk schrieb, dem Buch »Unsere Straße«, das später unter seinem Pseudonym Jan Petersen in der Sowjetunion erstmalig als Buch erschien, in viele Sprachen übersetzt wurde und ihm große Anerkennung eingebracht hat. Das Manuskript seines Buches hatten Freunde von ihm, in zwei Kuchen eingebacken, illegal über die Grenze nach Prag geschmuggelt.

Die Bedingungen unserer illegalen Arbeit wurden immer schwieriger. Um die künftige Arbeit zu organisieren, planten wir, noch einmal im größeren Kreis zusammenzukommen. Wir trafen uns also eines Mittags im Bahnhof Heerstraße, wanderten zur Havel und lagerten an einer entlegenen Badestelle, wo wir uns vollkommen sicher glaubten. Ich weiß noch, dass bei dieser Begegnung auch über mein geplantes Buch »Die Lage der Frau im dritten Reich« lange und ausführlich gesprochen wurde. Ein kaufmännischer Angestellter namens Felix, der eine dunkle Hornbrille trug, zeigte sich besonders interessiert. Immer wieder drang er mit Fragen in mich. Da ich Felix aber zum ersten Mal bei uns sah, verhielt ich mich reserviert, was sich später als günstig erweisen sollte.

Unser Treffen an der Havel fand am 18. Juni statt. Vier Monate später, am 12. Oktober 1935, wurden wir alle eines Morgens aus den Betten heraus verhaftet und in die Prinz-Albrecht-Straße geschleppt. Mit mir saßen in der »Grünen Minna«, dem Gefängniswagen: Walter Stolle, Kurt Steffen, Eugen Binger, Hans Eckel und Peter Pewas, der Filmemacher, der dem »Bund revolutionärer Künstler« angehörte, und der offenbar an der Gestaltung von »Stich und Hieb« mitgewirkt hatte. Noch heute ist mir seine verstörte Miene mit den großen, erschrocken blickenden Augen darin besonders lebhaft in Erinnerung.

Flankiert von zwei baumlangen SS-Männern, saß er mir in der »Grünen Minna« unmittelbar gegenüber.

Wegen Überfüllung des Untersuchungsgefängnisses am Alexanderplatz brachte man mich ins Frauengefängnis in der Barnimstraße, das nach 1945 abgerissen worden ist. Auf der Rückseite meiner »Visitenkarte«, die man mir in die Hand drückte, stand »Vorbereitung zum Hochverrat« und darunter, mit drei Ausrufungszeichen: »Streng isolieren!!!« Jetzt erst wurde mir der Ernst der Lage bewusst. Ich kam in Einzelhaft. Als ich die Schwelle zur Zelle überschritt, den trostlosen Käfig sah, mit der Pritsche, dem vergitterten Fenster, dem Kübel, konnte ich mich nicht länger beherrschen und brach in Tränen aus. Doch die Beamtin, die mich hergeführt hatte, legte mir die Hand auf den Arm. »Nicht weinen – nur die ersten Tage sind so schwer«, versuchte sie mich zu trösten. »Später gewöhnt man sich.« Sie hatte sich noch etwas Menschlichkeit bewahrt, sah wohl meine große Jugend und hatte Mitleid mit mir. Sie wurde nicht mehr lange auf ihrem Posten belassen. Als sie eines Tages bei ihrem morgendlichen Rundgang einen Häftling am Fensterkreuz hängen sah, erlitt sie einen Weinkrampf und wurde eilig in eine psychiatrische Klinik verbracht. Zartbesaitete Aufseherinnen konnten im nazistischen Strafvollzug nicht geduldet werden.

Als ich, nach mehr als zwei Wochen, zum ersten Mal zum Verhör geführt wurde, lag auf dem Tisch des Gestapo-Beamten mein Sommerbuch. »Die Figuren in Ihrem Buch«, rief er mir entgegen, »die kenne ich. Die sitzen heute alle in Moabit!« – Ich erschrak. War es mir so schlecht gelungen, die Identität meiner Romanfiguren zu verfremden? Ich hatte eine Gruppe von jungen Menschen geschildert, arbeitslos alle, die mit dem Boot oder mit dem Fahrrad Ausflüge in die schöne Umgebung Berlins unternahmen. Das Wesentliche an den Unternehmungen, nämlich die illegale Arbeit, hatte ich natürlich in dem Buch verschweigen müssen. Was also konnte an dem Verhalten der jungen Menschen so strafbar sein? Der Gestapomann schien ebenfalls unsicher geworden, Aber die Zusammenkunft am Havel-Ufer konnte er mir nachweisen. Sie abzuleugnen wäre sinnlos gewesen, da er sich auf Aussagen seines bewährten Spitzels stützen konnte. Als er mir aber vorhielt, dass bei jener Gelegenheit auch von meinem geplanten Buch über »Die Lage der Frau im dritten Reich« die Rede gewesen sei, konterte ich blitzschnell: nein, nicht ein Buch wolle ich schreiben, sondern eine Serie von Frauenporträts. Ich hatte nämlich gerade einen Artikel über eine meiner Freundinnen, eine Architektin, geschrieben, der außer im »Berliner Tageblatt« auch in mehreren Provinzzeitungen erschienen war. Der Artikel über die Architektin, behauptete ich, sei der erste dieser Art, andere würden noch folgen. – Mein Gegenüber stutzte. Offenbar war er aus dem Konzept geraten und wandte sich zunächst seiner Schreibkraft zu. In ihrem leise geführten Zwiegespräch fing mein Ohr plötzlich einen Namen auf: Herta Block. »Die«, sagte der Gestapo-Mann auf eine Frage seiner Sekretärin ärgerlich, »die ist uns doch ins Ausland entwischt. Die sitzt in Kopenhagen!« – Ich lauschte mit allen Sinnen. Herta Block war im Ausland? Mein Gehirn arbeitete fieberhaft: Wenn Herta, die Bibliothekarin, im Ausland war, konnte sie meine Aussage nicht widerlegen. Auf eine neue, schon dringlichere Frage des Kommissars, wen alles aus der Runde ich denn nun kenne, erwiderte ich daher gelassen: »Ich kenne nur Herta Block. Sie ist Bibliothekarin, und ich wollte sie für meine Artikelserie interviewen. Darum hatten wir uns verabredet. Um die andren, die in unserer Nähe waren, haben wir uns nicht gekümmert.«

Ich weiß nicht, ob er mir geglaubt hat. Doch selbst der Vernehmungsrichter, dem wir, wieder nach Wochen, zugeführt wurden, hat sich meine Version zu eigen gemacht und eröffnete mir, dass er gegen mich keine Anklage erheben werde, da ich »nur zufällig in jene Gruppe geraten« sei. Vom Richter war ich also freigesprochen. Die Gestapo behielt mich indes noch länger in Schutzhaft, erlaubte jedoch, dass man mir ein Diarium und Tinte besorgte, und ich durfte schreiben. Doch was war das schon für ein Thema, das ich anpacken konnte, unter den Augen der Gestapo, die jede Zeile mitlas? Denn täglich nach dem Abendbrot musste ich mein Schreibmaterial abliefern. Der kleine Liebesroman, der so entstand, ist später unter dem Titel »Junges Herz muss wandern« im Schützen-Verlag, dem Nachfolger von Mosse, erschienen; der »Weltspiegel« brachte sogar ein Bild von mir. Aber die »junge, verheißungsvolle Autorin«, wie es in der Bildunterschrift hieß, ging ihrer dunkelsten Zeit entgegen. Zweimal in der Woche musste ich mich bei der Gestapo melden, wo man mich langwierigen Verhören unterzog. Immer wieder fragte man mich nach Hans, nach seiner

Augenfarbe, nach besonderen Charakteristiken. Wenn ich mich taub stellte, flachsten sie herum: »Sie haben ihm doch sicher tief in die Augen geblickt.« Sie waren überzeugt davon, dass ich seine Geliebte gewesen war, und ich widersprach ihnen nicht. Inzwischen wusste ich, dass Hans in Sicherheit war.

Doch kurz nach meiner Entlassung geschah etwas, was sich kein Romanautor ausdenken dürfte – wollte er sich nicht dem Vorwurf aussetzen, allzu sorglos den Zufall bemüht zu haben. Ich wollte einen ehemaligen Kollegen besuchen, der im Süden Berlins, in Lichterfelde, wohnte, also in einer Gegend, in die ich noch nie gekommen war. Auf dem Bahnhof Papestraße – den ich auch zum ersten Mal betrat – musste ich umsteigen. Ich stieg die Treppe hinauf, die zum anderen Bahnsteig führte und – lief geradewegs Herta Block in die Arme! Die Bibliothekarin war nur eine kurze Woche in Kopenhagen geblieben – um an einem Sportfest teilzunehmen – und war danach sofort wieder zu ihrem Vater zurückgekehrt, dem sie seit dem Tode ihrer Mutter, wie sie uns oft erzählt hatte, den Haushalt führte. Ich zog sie hastig beiseite: »Um Himmels Willen, Herta ...!« Doch sie wusste schon alles. Ihr Hauswart hatte ihr hinterbracht, dass die Gestapo bei ihr gewesen war, und sie war gefasst darauf, dass man sie ein zweites Mal »besuchen« würde. Dennoch weigerte sie sich, etwa nach Prag zu emigrieren, wohin wir die besten Verbindungen hatten. »Was kann mir die Gestapo schon nachweisen?«, sagte sie sorglos. »Ich bleibe bei deiner Aussage. Sicher sprechen sie mich dann ebenfalls von der Anklage frei.«

Doch darin irrte sie leider. Zu dem Prozess gegen Herta, der sechs Monate später stattfand, war ich als Zeugin geladen. Alles ging gut, solange von der Zusammenkunft an der Havel die Rede war; unsere Aussagen stimmten überein. Aber Herta hatte, ebenso wie der Spitzel Felix, der Gruppe West angehört, so dass die Gestapo ihr mühelos auch weitere Handlungen nachweisen konnte. Herta wurde zu einem Jahr Gefängnis verurteilt.

Ich geriet nochmals in eine heikle Lage, als ich nach einigen Monaten eine Vorladung zum Untersuchungsrichter erhielt. Beklommen betrat ich das Moabiter Gerichtsgebäude. Der Richter empfing mich jedoch freundlich und wiederholte sogar meine der Gestapo gegenüber gemachte Aussage, die er mir also offenbar glaubte. Schon hoffte ich, ungeschoren davonzukommen, da streckte mir der Richter plötzlich über den Tisch hinweg ein Foto entgegen. »Kennen Sie den hier?«, fragte er mich lauernd. Ich hatte sofort auf dem Bild Kurt erkannt, blieb aber dabei, jenem jungen Menschen nie begegnet zu sein. Der Richter fixierte mich lange, beugte sich dann langsam über seinen Schreibtisch und drückte auf einen Knopf, der unter der Schreibtischplatte verborgen war. Gleich darauf öffnete sich die Tür, und Kurt trat ein. Ich erschrak bei seinem Anblick, so sehr hatte sich sein Äußeres bereits verändert. Er war abgemagert, sein Gesicht zeigte schon die graue Gefängnisfarbe. Scheu kam er näher. »Kennen Sie die?«, fragte der Richter, auf mich weisend, und Kurt erwiderte prompt, wie ein Automat: »Ja, das ist …« Und er nannte meinen vollen Namen. Dann wurde er wieder hinausgeführt.

Der Richter sah fragend, etwas spöttisch zu mir herüber, und ich erfasste im selben Augenblick, dass mich nur größte Kaltblütigkeit aus der Situation würde retten können. Daher erwiderte ich mit einer Dreistigkeit, die einem nur in der Jugend zu Gebote steht: Es sei schon möglich, dass jener mich kenne, ich sei schließlich eine nicht unbekannte Journalistin! Ich aber könne mich nicht an ihn erinnern. – Der Richter war offenbar zu perplex, um etwas erwidern zu können. Ich war »in Gnaden« entlassen, er begleitete mich sogar bis zur Tür. Wieder einmal hatte ich den Kopf aus der Schlinge gezogen, die schon für mich geknüpft worden war.

Das klingt heute beinahe unwahrscheinlich, und doch hat es sich genauso abgespielt. Wir schrieben erst 1935. Ein paar Jahre später sind Menschen für kleinere Vergehen als unsere gehängt worden. Doch was heißt »kleinere Vergehen«? In der Nazizeit war es lebensgefährlich, einen fremden Sender zu hören, eine abfällige Bemerkung über den »Führer« zu machen. Doch noch saßen die Nazis nicht lange genug im Sattel, noch waren nicht alle Ämter mit ihren Leuten besetzt. Selbst Verhaftungen wurden manchmal noch – wie zum Beispiel die meine – von Polizisten des zuständigen Reviers vorgenommen. Sie hatten unsere Wohnung nur oberflächlich durchsucht, auch nicht genau hingesehen, als ich versuchte, im letzten Augenblick mein Notizbuch, das belastende Beweisstück, verschwinden zu lassen, in dem ich leichtsinnigerweise sogar einen Treff mit Kurt Steffen angemerkt hatte. Auch meinen Pass fanden sie nicht; die zahlreichen Stempel von Tetschen-Bodenbach zum Übertritt in die Tschechoslowakei hätten mich unweigerlich als Kurier entlarvt. Ich habe meinen Pass im Gefängnis vernichten können, indem ich ihn im Kübel hinunterspülte. Alles in allem hatte ich, wie der Berliner sagt, großen »Dusel« gehabt. Die anderen »Bund«-Mitglieder wurden vor Gericht gestellt und erhielten ein oder zwei Jahre Gefängnishaft. Am härtesten traf es Kurt Steffen, der zu fünf Jahren verurteilt wurde. Und auch das eine Jahr Untersuchungshaft wurde ihm nicht angerechnet.

Heute, nach langem Abstand, wissen wir, dass es andere Widerstandsgruppen gegeben hat, die ungleich Wichtigeres geleistet haben. Aber auch unsere Arbeit, denke ich, ist nicht nutzlos gewesen. Gibt sie doch den nach uns Geborenen Kunde davon, dass es selbst in der finstersten Zeit unserer Vergangenheit Menschen gab, die sich bemühten, die Wahrheit zu schreiben. Oft ist später um die Frage gestritten worden, wer es schwerer hatte, die Schriftsteller der äußeren oder der inneren Emigration. Der Streit ist wohl niemals entschieden worden. Doch mir scheint, dass sich in der äußeren Emigration zahlreiche Schriftsteller zur Reife entwickelt haben, und dass wir ihnen Bücher verdanken, die bleibenden Wert haben werden. Wir aber blieben zwölf Jahre lang von der Weltliteratur abgeschnitten; wir hatten keine Vorbilder, wir vegetierten geistig dahin.

Auch später hatten wir es nicht leicht, uns durchzusetzen. Wenn Literaturwissenschaftler die Angehörigen der inneren Emigration erwähnten, so sprachen sie immer von denen, die schon vor Hitlers Machtantritt einen Namen hatten, also von den Angehörigen älterer Jahrgänge. Wir Jüngeren aber standen am Anfang unserer literarischen Entwicklung, die durch Hitler jäh unterbrochen wurde. Einige von uns haben den Schock nie überwinden können und sind auch später als Schriftsteller nicht mehr in Erscheinung getreten. Andere, wie auch ich, mussten nach 1945 gleichsam noch einmal neu anfangen.

Eine fremde Welt

Nach meiner Entlassung wollte ich zunächst mein im Gefängnis geschriebenes Buch irgendwo unterbringen. Da ich das Mossehaus von früher kannte, war es nahe liegend, mich an den Schützen-Verlag zu wenden, wie sich der gleichgeschaltete Mosse-Verlag seit Neuestem nannte. Der dortige Leiter Georg Jacobi hätte das Buch auch gern veröffentlicht, doch plötzlich gab es unerwartete Schwierigkeiten: Meine Mitgliedschaft in der Reichsschrifttumskammer sollte gelöscht werden. Ich muss es Georg Jacobi zugute halten, dass er mutig um meine Rehabilitierung gekämpft hat; immerhin konnte er ins Treffen führen, dass ich nicht verurteilt worden war. Tatsächlich hat er durchgesetzt, dass mein Buch erschien. Aber Monate gingen hin, bis es so weit war – zu lange Zeit für meine Ungeduld. Eines Tages machte ich mich auf den Weg zum Verlag, um in Erfahrung zu bringen, wie es um meine Aussichten stand. Jacobi war nicht im Hause. Die Sekretärin verriet mir aber, dass er ganz in der Nähe in dem kleinen Café mit einigen Freunden zusammen säße. Ich solle ruhig hingehen, meinte sie.

Ich wurde von der Runde mit Hallo empfangen. Die drei Männer – Jacobi, Werner Eplinius, ein Filmszenarist, und der Lektor Joachim Barckhausen – hatten dem guten Korn schon lebhaft zugesprochen. Sie waren in bester Stimmung und luden mich sofort ein, mich zu ihnen zu setzen, zumal ich allen Grund hätte, mit ihnen zu feiern: Die Erlaubnis zur Drucklegung meines Buches war gerade erteilt worden! Barckhausen kannte mein Manuskript natürlich und hatte es warm empfohlen. Über einige unbedeutende Änderungen, zu denen er mir raten wollte, sprachen wir in der Straßenbahn, mit der er mich nach Hause brachte. Das war im Frühjahr 1936. Anderthalb Jahre später waren wir Mann und Frau.

Doch ehe es soweit war, mussten noch etliche Hürden genommen werden. Barckhausen hatte mir erzählt, dass er vom Lande stamme. Ein Bauernjunge, dachte ich, ein Außenseiter, der sich ausnahmsweise für Literatur interessiert. Gerade war sein erstes Buch erschienen. »Das gelbe Weltreich«, eine Biografie Dschingis Khans, das ihm einen bescheidenen Erfolg verschafft hatte. Er war dreißig beim Erscheinen seines ersten Buches; er hatte sich Zeit gelassen, er hatte zwei Jahre, wie er mir erzählte, an der Côte d'Azur gelebt, in Cagnes sur mer, zusammen mit Peter de Mendelssohn, der später die Schriftstellerin Hilde Spiel geheiratet hat. Ich hatte mein erstes Buch mit zweiundzwanzig geschrieben, mein Sommerbuch war schon 1934 veröffentlicht worden, ich fühlte mich J. B. also als Kollegin völlig ebenbürtig. Doch mein Selbstvertrauen wurde gehörig erschüttert, als ich zum ersten Mal mit Barckhausens Angehörigen in Berührung kam. J. B. hatte mir mehrfach von seinem um drei Jahre jüngeren Bruder erzählt, der mit seiner Frau Helga in Holstein lebte. Dieter sei Landwirt und habe ihn schon oft dringlich eingeladen, ihn zu besuchen; letztlich habe er ausdrücklich erklärt, dass ich mitkommen dürfe, sie würden sich freuen, mich kennenzulernen. Arglos ließ ich mich zu dem Besuch überreden, zumal J. B. immer wieder betonte, dass sein Bruder äußerst bescheiden lebe. Er bezöge »als Verwalter« nur ein Gehalt von zweihundert Mark, wozu ein wenig »Nadelgeld« käme, das seine Frau Helga von ihrer Familie erhalte, um ihre Garderobe etwas aufzubessern.

Nun, ich kam in ein Schloss, ein protziges Haus mit neun Badezimmern, das sich ein Hamburger Großkaufmann hatte bauen lassen und das Barckhausen senior, der ebenfalls Landwirt war, aber auf einer Domäne wirtschaftete, erst kürzlich als seinen zukünftigen Alterssitz erworben hatte. Zu dem Haus gehörten sechzehnhundert Morgen Land, ein Stück Wald und sogar ein Zipfel des benachbarten Wardersees – landschaftlich war das Ganze ein Paradies. Dieter und Helga begrüßten mich freundlich, aber zu meinem Unglück war auch die Mutter zu Besuch gekommen, eine quicklebendige alte Dame, damals schon Anfang Siebzig. die mich mit Eiseskälte empfing und auch in den folgenden Tagen, die wir notgedrungen zusammen verbrachten, kaum Notiz von mir nahm. Sie zeigte mir ihre Missachtung umso deutlicher, als sie ein anderes junges Mädchen, das gerade zu Besuch da war, eine ihrer früheren Haustöchter, ein Fräulein von Soundso, besonders herzlich empfing und mit Aufmerksamkeiten überschüttete. Beide waren wir zum ersten Mal Gast im Haus und sollten herumgeführt werden. Doch während das adelige Fräulein liebevoll durch die Räume geleitet und auf alle Besonderheiten verwiesen wurde – unter anderem gab es in einem der Badezimmer schon einen »Schwitzkasten«, den Vorläufer der heutigen Sauna –, war ich ein lästiges, kaum geduldetes Anhängsel. Ich nahm also schweigend alles Dargebotene zur Kenntnis. Das junge Paar nutzte nur drei der großen Parterre-Zimmer für sich, die es modern möbliert hatte. Die übrigen Räume, mit antiken Möbeln, dienten als Gästezimmer und als ständig verfügbares Quartier für die weitere Familie, also auch für den älteren Sohn, dem das sogenannte Boudoir mit dem Balkon, der auf den Gutshof sah, sowie ein weiteres Zimmer zugedacht war. Im Kellergeschoss lagen Küche und weitere Arbeitsräume, in denen drei Dienstmädchen wirkten, während das Faktotum Otto, ein langer, schlaksiger Kerl, als Gärtner und Kutscher fungierte. Ein kleines Dienstauto stand dem Paar ebenfalls zur Verfügung, um die Waren herbeizuschaffen, die nur in der dreizehn Kilometer entfernten Kleinstadt zu erhalten waren.

Mir erschien das ganze wie ein Märchen. Nie hatte ich gewusst, dass man so leben kann, mitten in der Natur und völlig sorgenfrei. Das Paar lebte bescheiden? Da alle Dienstleistungen, ebenso wie der Lebensunterhalt, auf Betriebskosten verbucht wurden, war das Gehalt wirklich nur da, um sich außergewöhnliche Genüsse, wie Konzerte oder Theaterbesuche, leisten zu können. Mit dem Lebensstandard dieser zwei verglichen, erschien mir die Existenz J. B.s eher kümmerlich. Zwar zahlten seine Eltern ihm die Miete für die Gartenhaus-Wohnung, aber wie schwer wurde es ihm, sich mit den kärglichen Honoraren für Lektorate und Gutachten über Wasser zu halten. Aber ich sagte nichts; was ging es mich an? Ich sah in meiner Beziehung zu J. B. nur eine lose Freundschaft, deren Bestand sich erst noch erweisen musste, zumal J. B. für drei Monate nach Südamerika ging, um dort Verwandte zu besuchen. Wer konnte wissen, wie sich unser Verhältnis nach seiner Rückkehr gestalten würde?

Das einzig Gute für mich war, dass mir J. B. für die Zeit seiner Abwesenheit seine Wohnung zur Verfügung stellte. Ich konnte also endlich – mit fünfundzwanzig Jahren! – selbständig leben, hatte zum ersten Mal in meinem Leben ein Zimmer für mich und – begann ein neues Buch. Die Handlung spielte auf der Kurischen Nehrung und schilderte das Leben der Fischer, die hart um ihre Existenz kämpfen müssen. Wieder schrieb ich wie im Rausch, kannte keinen Feierabend, keine Zerstreuung, träumte sogar nachts von meinen Gestalten, und alles führte schließlich zu dem Ergebnis. dass ich – offensichtlich aus Überarbeitung – schwer erkrankte. Ich war unfähig, weiter zu schreiben, konnte nicht einmal mehr lesen, weil mir die Buchstaben vor den Augen zu flimmern begannen: Meine Nerven versagten. Vermutlich zeigten sich jetzt erst die Folgen der Haft, der übermenschlichen Anstrengung, der Gestapo standzuhalten, sich nichts zu vergeben und sich geschickt zu verteidigen, sowie der Angst, die man immer hatte unterdrücken müssen. um der Gestapo kein Schauspiel zu bieten. In diesem Zustand fand mich J. B. bei seiner Rückkehr vor. Er nahm jedoch von meiner Krankheit nicht viel Notiz, sondern schleppte mich zur Zerstreuung zu einigen Veranstaltungen der Olympiade mit, die uns beide im Grunde nicht interessierte. Aber das bunte Bild, das Berlin in diesem Jahr bot, die vielen bunten Fahnen der Teilnehmerstaaten, die das Hakenkreuz fast zu verdrängen schienen, die vielen Fremden überdeckten doch den düsteren Alltag im Dritten Reich, der auch mein Gemüt verdunkelt hatte, und mein Zustand schien sich ein wenig zu bessern. Allerdings habe ich noch lange unter Platzangst gelitten, hatte Furcht, ohne Begleitung auf die Straße zu gehen, und auch im Kino suchte ich immer einen Platz am äußeren Ende der Bank, um notfalls rasch den Saal verlassen zu können.

Im Herbst überraschte mich J. B. mit dem Vorschlag, mit ihm zu seinen Eltern zu fahren: Es sei allmählich Zeit für mich, auch seinen Vater kennenzulernen. Meine Bedenken, die auf der schlechten Erfahrung mit seiner Mutter beruhten, wusste er zu zerstreuen. Sein Bruder Dieter habe der Mutter inzwischen gehörig ins Gewissen geredet, und sie habe ihr Fehlverhalten wohl eingesehen. Also fuhren wir los. Der D-Zug brachte uns bis Magdeburg, wo wir umsteigen mussten. Aber statt zum Bahnsteig zu gehen, wo die Kleinbahn fuhr, zog mich J. B. zum Bahnhofsausgang, wo ein Mann in taubenblauer Livree uns devot begrüßte, indem er vor uns die Mütze zog, uns die Koffer abnahm und uns voranging über den Bahnhofsvorplatz bis zu dem Parkgelände und auf einen chromblitzenden Mercedes zu. Auch der Mercedes, dessen Schlag er vor uns öffnete, war taubenblau, so dass ich unwillkürlich den Verdacht hegte, das Auto sei zur Uniform des Mannes gemacht und nicht umgekehrt. Ich hob gerade zu einer entsprechenden Bemerkung an, doch J. B. ließ mich gar nicht zu Worte kommen: vielleicht weil er mir über das erste Erstaunen über das vornehme Gefährt hinweghelfen wollte. Er stellte dem Chauffeur ein paar Fragen das Wetter, die Ernte und die Gesundheit betreffend, und sagte dann forsch zu mir: Sein Vater müsse guter Laune sein, weil er uns den »Blauen Engel« an die Bahn geschickt habe. Wenn er allein komme, müsse er immer mit der Kleinbahn fahren, für einen Einzelnen lohne sich der Aufwand nicht.

Der Weg nach Egeln zur Domäne war etwas über zwanzig Kilometer lang. Er führte durch einige Dörfer und an trostlosen Feldern vorbei. Kein Baum weit und breit. Ja, in der Börde, meinte J. B., der mir die Enttäuschung über die eintönige Landschaft vom Gesicht ablas, sei nun mal das Rübenblatt der einzige Schattenspender. Doch müsse man den Boden mit den Augen des Landwirts sehen. Alle kleinen Bauern, die früher hier gesessen hätten, seien durch den Anbau von Zwiebeln und Zuckerrüben schwerreich geworden. Offenbar auch dein Vater, wollte ich einwerfen, verkniff es mir aber, da der Mercedes soeben in die Torfahrt einbog, über den Gutshof rollte, an der Tränke vorbei und an der Remise mit den Ackergeräten, die alle vor Sauberkeit blitzten, und vor dem »Herrenhaus« hielt. Und nun war alles ähnlich wie auf dem Holsteiner Gut, nur noch um Nuancen prächtiger. Ich habe unsere Ankunft in »Marienstuhl« viele Jahre später in meinem Buch »Septemberreise« geschildert: Wie das Hausmädchen im weißen Häubchen vor der Freitreppe stand und knicksend unser Gepäck in Empfang nahm: wie im Hintergrund der Diener »Ludwig« wartete, der später beim Essen servierte. Er musste das schwere Portal offen halten, durch das die »gnädige Frau« und der »gnädige Herr« uns entgegenkamen. J. B. begrüßte seine Mutter durch Handkuss, während er seinem Vater, der ihm nur flüchtig das Gesicht zuwandte, lediglich die Wange streifte. Auch mir nickte Barckhausen senior bloß von ferne zu, bevor er sich an ein junges Mädchen, die Haustochter, wandte, das gleichfalls zu unserem Empfang erschienen war, und ihr auftrug, aus dem Weinkeller eine Flasche des besten Weins zu holen. Die arme Renate war ganz verschreckt, so dass der Hausherr unwirsch hinzufügte: ja, ja, sie habe richtig verstanden. Es gäbe heute Abend noch einen Grund zu feiern, nämlich die Verlobung des »jungen Herrn«!

Ich weiß nicht, ob J. B. heimlich mit seinen Eltern im Komplott war, oder ob er sich ähnlich wie ich von den Ereignissen überrumpelt fühlte. Noch nie hatten wir beide davon gesprochen, dass wir heiraten wollten. Ich war gegen die Ehe, träumte von einer Partnerschaft, die auf gegenseitiger Liebe und Achtung beruhte und keines amtlichen Stempels bedurfte. Wie oft hatte ich in den vergangenen Jahren mit Freunden über dieses Problem gestritten, wie oft hatten wir uns die Köpfe heiß geredet. Freie Liebe, jawohl – aber was sollte werden, wenn Kinder kamen? Darüber waren die Meinungen auseinandergegangen. Musste man nicht der Kinder wegen zu Kreuze kriechen und dennoch aufs Standesamt laufen? Merkwürdigerweise hatte ich mit J. B. nie solche Dinge erörtert. Hatte ich geahnt. dass unsere Meinungen in dieser Frage auseinandergingen? J. B. war kein Kommunist; politisch stand er allenfalls dem »Weltbühnen«-Kreis nahe, was in einer Zeit, da das ganze Land von Uniformträgern beherrscht wurde, immerhin schon bedeutsam war und ihn mir nahe brachte. Außerdem – wen hatte ich denn noch in dieser schrecklichen Zeit? Alle Freunde waren mir verloren gegangen, saßen im Gefängnis oder mussten das Land verlassen. Als J. B. in Südamerika war, hatte ich mich grenzenlos allein gefühlt. Vielleicht war die Einsamkeit auch einer der Gründe für meine Krankheit gewesen, von der ich jetzt langsam zu genesen hoffte. Aber würde ich allein die Kraft dazu finden? Und, so sagte ich mir weiter, wir waren schließlich Kollegen, wir würden uns in der Arbeit ergänzen, vielleicht sogar ein Buch zusammen schreiben können. Dies alles sprach für unsere Verbindung, auch wenn von meiner Seite die große Liebe nicht vorhanden war. Und wie stand es um ihn? Ich glaube, auch für J. B. war die Verbindung zu mir eine Flucht in die Geborgenheit. Er hatte elterliche Liebe kaum kennengelernt, hatte, wie in seinen Kreisen üblich, schon als Zehnjähriger das Elternhaus verlassen müssen, wurde von ältlichen Damen in Pensionaten erzogen, um das städtische Gymnasium besuchen zu können: nur zu den Ferien war er noch nach Hause gekommen. Sein Verhältnis zum Vater war gespannt, seit sich herausgestellt halte, dass er wegen eines Augenleidens als Landwirt nicht tauglich war und literarische Ambitionen hatte. Einige Jahre hindurch hatte er als Theaterdramaturg gewirkt. Aus jener Zeit stammten ein paar Liebesaffären mit Schauspielerinnen, die aber unglücklich verlaufen waren. Wir kannten uns jetzt immerhin fast ein Jahr. Meinte er in mir die richtige Gefährtin fürs Leben gefunden zu haben? Offenbar war es so, denn seit sein Vater mit der überraschenden Nachricht von unsrer Verlobung herausgeplatzt war, bemühte er sich rührend, mich bei Laune zu halten und gute Miene zum bösen Spiel zu machen – das er für so böse nicht zu halten schien.

Wir feierten also Verlobung im Familienkreis. Vor dem Essen, meinte Frau Hete, meine spätere Schwiegermutter, wolle der Sohn mir wohl noch die Wirtschaft zeigen, was dieser jedoch, wie ich wohl bemerkte, nur ungern tat. Es schien ihm peinlich zu sein, dass in der Garage ein zweiter Mercedes stand. ein Sechssitzer sogar, ein Cabriolet genau wie der »Blaue Engel«, den der Chauffeur gerade wieder auf Hochglanz polierte. In den Ställen standen neunzig Kühe und mehrere Reitpferde; von ferne hörte man das Grunzen von Schweinen, und in einem Verschlag hinter dem Gemüsegarten tummelte sich das Federvieh. J. B. hetzte mich im Eiltempo durch die ganze Pracht, wie um zu erkennen zu geben, dass ihn das alles nichts anging, und ich war ihm dankbar dafür. Wir würden ja nicht gezwungen sein, hier oft zu verweilen; allenfalls, sagte J. B., kämen wir mal im Frühjahr her, zur Erdbeer- oder Maibowle, da sei es in »Marienstuhl« besonders schön, und das Haus sei noch nicht voller Gäste wie in den Sommerferien.

Beim Essen drehte sich das Gespräch in Gegenwart des Dieners und der Haustochter um Belanglosigkeiten. Erst beim anschließenden Rundgang durch den Park, den wir zu viert unternahmen, ging der Gutsherr aus sich heraus und kam zum Wesentlichen. »Bestellen Sie Ihren Eltern«, sagte er mir, »dass ich zur Hochzeitsfeier die Getränke beisteuere. Sie müssten also nur für das Übrige sorgen. Und«, fügte er nach einer Pause fast bittend und nun auch zu seinem Sohn gewandt hinzu, »setzt den Termin für die Hochzeit so bald wie möglich an. Mutter und ich wollen uns doch noch zu Lebzeiten an unseren Enkeln freuen.«

Der Wein hatte meine Sinne umnebelt und mein Bewusstsein eingeschläfert, sonst hätte ich spätestens jetzt revoltiert. Das also war des Pudels Kern! Da die Ehe des Lieblingssohnes zum Leidwesen aller bisher kinderlos geblieben war, setzten die Alten ihre Hoffnung auf den ältesten Sohn, und dafür nahmen sie sogar eine Mesalliance in Kauf.

Ich hatte während der ganzen Zeremonie ein schlechtes Gewissen, weil ich an meine Eltern dachte, die völlig ahnungslos waren; sie verdienten es nicht, derart missachtet zu werden; ich schützte daher einen eiligen Auftrag vor, und wir fuhren bald wieder nach Berlin zurück. J. B. verstand mich. Das Taxi fuhr gerade vor dem Laden vor, als meine Mutter aus der Haustür trat. Erfreut kam sie auf uns zu, und J. B., der vorne saß und erst einen Fuß auf dem Bürgersteig hatte, rief ihr schon von Weitem zu, offenbar um jeder Begrüßung von ihrer Seite zuvorzukommen: »Ich bitte Sie um die Hand Ihrer Tochter!« – Passanten drängten sich zwischen uns, ein Bollewagen fuhr rumpelnd vorbei, ein Pärchen verhandelte laut über unsere Köpfe hinweg mit dem Chauffeur wegen der Weiterfahrt – kurz, die Situation war alles andere als feierlich, so wie es sich für eine Verlobung gehört. Aber meine Mutter ließ sich nicht aus der Fassung bringen. Nach der ersten Verblüffung sagte sie gemächlich: »Na Kinder, kommt erst mal rein. Ihr kommt genau im richtigen Augenblick. Mein Gulasch steht auf dem Tisch.«

So saßen wir also wieder um den Esstisch, genau wie kurz zuvor in »Marienstuhl«. Doch ein krasserer Unterschied ist kaum vorstellbar. Meine Eltern hatten erst kürzlich diesen Laden gemietet. Aber nur im Vordergrund standen ein paar Möbelstücke zum Verkauf bereit; der hintere Teil des Ladens, der durch Schränke gegen die Sicht von draußen abgeschirmt war, diente meinen Eltern als Schlafstelle. In einem der beiden kleinen Nebenräume stand Vaters Hobelbank, und in der anderen der Kochherd. Hier gab es auch eine Sitzecke, wo meine Eltern ihre Mahlzeiten einnahmen, und wo sich oft eine ganze Gruppe Gleichgesinnter einfand, Menschen aus der näheren und weiteren Nachbarschaft, verschworene Antifaschisten. So primitiv die Umgebung war, meine Mutter hatte die Gabe, eine angenehme Atmosphäre um sich zu verbreiten, und obgleich sie ihre Gäste nicht großartig bewirten konnte, fühlten sich alle bei ihr wohl und kamen immer wieder. Auch J. B., der es anders gewöhnt war, kam gerne her, lieferte sich mit meinen Eltern, vorwiegend aber mit Mutter, heftige Wortgefechte und ließ sich ihr Essen munden. Er war ein Feinschmecker, und das ungarische Gulasch, Mutters Rotkohl oder ihr knuspriger Gänsebraten galten ihm mehr als die feudalste Umgebung.

Die Hochzeit war im Oktober, wir feierten bei Lutter & Wegener. Das Menü war einfach genug: Suppe, Hauptgericht und ein bescheidener Nachtisch, mehr konnten wir den Gästen nicht bieten. Da aber Wein und Sekt dank Barckhausen senior reichlich floss, hob sich die Stimmung rasch, zumal wir außer den nächsten Verwandten nur Freunde um uns versammelt hatten. Meine Mutter saß zur Rechten meines Schwiegervaters. Sie hatte schon einige Glas Sekt getrunken und war noch redseliger als gewöhnlich. »Prosit, Herr Barckhausen!«, sagte sie fröhlich. »Sehen Sie – auch wenn wir arm sind, und Sie sind reich: Eins haben wir beide gemeinsam, nämlich den Stolz auf unsere Kinder, nicht wahr?« – Der Gutsherr krauste die Stirn. Fast angewidert stellte er sein Glas auf den Tisch zurück. »Stolz?«, wiederholte er gedehnt. Er schüttelte heftig den Kopf. »Ich bin nicht stolz auf meinen Sohn«, erwiderte er. Meine Mutter sah ihn mitleidig an. »Dann, Herr Barckhausen«, sagte sie, »dann sind wir reicher als Sie.«

Punkt Mitternacht verließen meine Schwiegereltern das Fest, nicht ohne uns vorher flüsternd bedeutet zu haben, dass es auch für uns an der Zeit sei, uns zurückzuziehen. Aber mein angetrauter Ehemann war mit einigen Gästen in eine lebhafte Debatte verwickelt, die umso hitziger wurde, je mehr Flaschen er ans Tageslicht zog. Der Morgen graute schon, als ich ihn endlich in ein Taxi bugsieren konnte, das uns in unsere neue Wohnung fuhr. Sie lag in Neu-Westend, nahe dem Olympiastadion, bestand aus drei Zimmern mit Nebengelass und kostete 155 Reichsmark. Die Miete bezahlten meine Schwiegereltern.

Erste Ehejahre

Unsere Ehe hielt genau zehn Jahre, von 1937 bis 1947. Wer diese Zahlen liest, weiß, dass jene Zeiten geprägt waren von der Angst vor dem Krieg, den wir kommen sahen, von den Kriegsereignissen selbst und von den ersten schweren Nachkriegsjahren. In der ersten Zeit lebten wir noch ganz harmonisch zusammen, wenn auch mehr wie Bruder und Schwester denn als ein jungverheiratetes Paar. Die Sexualität hat zwischen uns immer eine untergeordnete Rolle gespielt. Aber wir hatten so viel, was uns geistig verband, vor allem den gleichen Beruf. Ich schrieb zunächst mein Buch zu Ende, das ich wegen der Krankheit hatte unterbrechen müssen; den Roman, der in Pillkoppen spielt und der, neben einer spannenden Handlung, realistisch den schweren Existenzkampf der Fischer schildert. Zu meinem Erstaunen konnte das Buch noch 1938 unter dem Titel »Auf schmalem Land« bei L. Staackmann erscheinen, und Knorr & Hirth, ein Zeitungs-Romanvertrieb in München, verkaufte das Manuskript sogar noch als Nachdruck an mehrere Zeitungen. Viele Zeitungen und Verlage zogen es damals vor, unterhaltsame Romane zu drucken als die Blut-und-Boden-Elaborate, die in der Parteipresse hoch gelobt wurden. Auch in der Filmproduktion gab es noch Unterhaltungsfilme, in denen niemand zum »deutschen Gruß« den Arm vorstreckte und in denen keine SA-Uniform zu erblicken war; noch war die Buch- und Filmproduktion im »Dritten Reich« nicht völlig gleichgeschaltet. Das alles änderte sich erst schlagartig nach Kriegsbeginn, also nach dem Überfall auf Polen, den die Nazis überheblich ihren Blitzkrieg nannten. Von da ab wurde Papier nur noch für Manuskripte bewilligt, die die Nazi-Ideologie verherrlichten, und auf der Leinwand erschienen Hetzfilme wie »Jud Süß«.

Auch ich wurde eines Tages in die Reichsschrifttumskammer beordert, wo man mir vorschlug, ein Buch über ein Arbeitslager für Mädchen zu schreiben – man nannte mir auch gleich einen Verlag – einen Parteiverlag, der bereit war, einen Vorvertrag mit mir abzuschließen. Nur mit Mühe konnte ich mich dem Auftrag entziehen, zog eine Entscheidung hinaus, schützte schließlich eine angebliche Schwangerschaft vor, die mir ein längeres Milieustudium unmöglich machte. Aber nun wusste ich: Ich würde nie mehr ein Thema gestalten können, ohne damit den Nazis Konzessionen zu machen. Ich gab das Schreiben auf. J. B., der auf historische Stoffe auswich, war in einer etwas günstigeren Lage, denn es gab immer noch Verlage, wie den Schützen-Verlag und später Blanvalet, die an Stoffen interessiert waren, mit denen sie die Tabus der Gegenwart zu umgehen hofften. Aber der finanzielle Ertrag seiner Arbeit war minimal, und wir waren nach wie vor auf meinen Zuverdienst angewiesen. Ich war daher froh, als mir mein alter Freund Hillers, der als Dramaturg bei der UFA untergeschlüpft war, eine Arbeit vermittelte: Ich sollte Bücher – meist drei oder vier in der Woche – auf ihre filmische Verwertbarkeit überprüfen. Es war eine harte, unerfreuliche Arbeit, aber ich konnte es mir nicht leisten, sie abzulehnen. Barckhausen verdiente nur ein Taschengeld, und ich war keine Hausfrau, die sparsam wirtschaften konnte. Von etwas mussten wir leben.

Was verband uns außer dem Hang, dem wohl alle Schriftsteller erlegen sind, großartige Projekte zu entwerfen oder Buch- und Filmstoffe zu entwickeln, die allerdings nicht die geringste Chance hatten, realisiert zu werden? Uns einte die gleiche Gesinnung – zumindest glaubte ich das damals noch. Wir hegten den gleichen Hass gegenüber den Nazis, den großsprecherischen Verführungen des »Gröfaz«, des »größten Führers aller Zeiten«, der Demagogie eines Joseph Goebbels, den Uniformträgern, die die Straßen beherrschten, den Pimpfen und BdM-Mädchen, die uns mit ihren Sammelbüchsen belästigten. Wir fühlten uns als Fremde im eigenen Land, nein, wie Leute, die auf eine menschenleere Insel verschlagen wurden. Unsere Wohnung lag in einer vornehmen Gegend, die fast nur von Nazibonzen bevölkert war, mit denen wir jede Berührung scheuten. Erst im Krieg, als die Fliegerangriffe uns im Luftschutzkeller zusammenpferchten, hielten wir losen Kontakt mit unseren Etagennachbarn, einem kinderlosen Ehepaar, Margret und Oskar Rosalsky, die allem Anschein nach keine Nazis waren, wie wir einigen ihrer leichtsinnigen Äußerungen hatten entnehmen können. Beide waren meist schon leicht benebelt, wenn die Sirene zu heulen anfing, sie hielten auch im Keller immer eine Flasche parat, die sie rundum gehen ließen, und nach der Entwarnung luden sie uns ein, den Rest der angebrochenen Nacht bei ihnen zu verbringen, bei Sekt, der stets reichlich vorhanden war. Rosalsky war Patentanwalt bei den Junkerswerken. Jeden Morgen fuhr er mit der Bahn nach Dessau, und abends kam er wieder zurück, da er nicht wagte, seine Frau über Nacht allein zu lassen. Dennoch betrog sie ihn offensichtlich, denn wenn ihr Mann nicht dabei war, sah man sie stets in Begleitung eines hohen Offiziers der Panzerwaffe. Einmal stellte sie uns den als ihren Bruder vor, und ich war harmlos genug, die Ausrede gelten zu lassen. Erst nach dem Krieg, als Rosalsky mitsamt seinen Patenten von den Amis eilig in den Westen geholt wurde und als die Eheleute kurz vor der Scheidung standen, habe ich erfahren, dass sie viele Jahre lang eine Ehe zu dritt geführt hatten. – Doch damals schien ihre Zweier-Ehe noch völlig intakt, Ossy war in seine Frau heftig verliebt und las ihr jeden Wunsch von den Augen ab, und Margret glänzte nicht gerade durch Bescheidenheit. Sie behängte sich mit Pelzen und Schmuck, und da sie die Hausarbeit verachtete, musste auch ein Dienstmädchen her, das Margret, nach Art vieler Leute, die aus kleinen Verhältnissen stammen, rücksichtslos ausbeutete und herumkommandierte. »Klein-Erna« musste mitten in der Nacht aus dem Bett, um Spuren von Erbrochenem, das der Hausherr nicht mehr rechtzeitig hatte zurückhalten können, von den teuren Sitzmöbeln wegzuwischen, oder den Hund Tommy auf die Straße zu führen, wenn der Herr des Hauses dazu nicht mehr fähig war. Ich hasste den Lebensstil dieser Neureichen, die zwar lästerliche Reden über die Regierung führten, aber bedenkenlos von der auf Hochtouren laufenden Aufrüstung von Görings Luftwaffe profitierten; und ich drückte mich vor ihren Sauforgien, so oft es nur ging. J. B. dagegen trank viel zu gern, als dass er auf die Feten verzichtet hätte, zumal sie ihn nichts kosteten. Wie viel ihm das Letztere bedeutete, sollte ich im Laufe unserer Ehe noch oft erfahren.

Wir selbst hatten nur selten Gäste bei uns. In der ersten Zeit kamen wir noch ab und zu mit Freunden zusammen, die J. B. aus seiner Junggesellenzeit hinübergerettet hatte; mit seinem Schriftstellerkollegen Hugo Kritz und dessen Freundin Bubu, die, wie man heute sagen würde, äußerst »sexy« war und der

Eifersucht ihres Partners ständig neue Nahrung bot. Kritz schrieb Illustriertenromane. Er war in der Arbeit sehr diszipliniert, malte täglich seine drei Seiten und endete mitten im Satz, wenn die letzte Seite zu Ende war, um am nächsten Morgen mit dem angefangenen Satz fortzufahren. Seine Romane waren immer nach dem gleichen Muster gestrickt. Schon in der ersten Fortsetzung, erklärte er uns, musste ein Mord geschehen: Die übrigen Folgen dienten dann nur noch dazu, in einer verwickelten Handlung dem Täter auf die Spur zu kommen. Kritz arbeitete mit einem Zeitungsvertrieb zusammen. Die dortigen Lektoren hatten ihm zu einem Einstieg in die Illustrierten verholfen, und aus Bequemlichkeit blieb er dem Unternehmen treu, obwohl er ihm dreißig Prozent seiner Honorare abtreten musste. Phlegma war Hugos hervorstechendste Eigenschaft. Sein Tag verlief in einem genau festgelegten Rhythmus, und er hasste es, wenn irgendein unvermutetes Ereignis diesen Ablauf störte. Er ging nur selten aus – allenfalls bis zum nächsten Kiosk, um eine Zeitung zu kaufen. Und da unsere Wohnung seiner Meinung nach »ganz weit draußen« lag – in Wirklichkeit hätte er sie in fünfzehn Minuten mit der U-Bahn erreichen können –, konnten wir ihn nur ein einziges Mal zu einem Besuch bei uns überreden. Er blieb übrigens, um dem Nazirummel zu entgehen, nicht mehr lange in Berlin, sondern kehrte in seine Heimatstadt Brünn zurück, ohne zu ahnen, dass die Nazis ihn auch dort bald verfolgen würden. Bubu, die zurückblieb, haben wir aus den Augen verloren.

J. B.s zweiter Freund Hans Schoßberger war Architekt. Er hatte ein viel gerühmtes Buch über den Bau von Luftschutzräumen verfasst, das sogar die Aufmerksamkeit von Albert Speer, dem Leibarchitekten von Adolf Hitler, erregte, so dass er Hans für sein Büro engagierte. Schoßberger selbst machte sich stets lustig über das eigene Buch, denn der ganze Luftschutz, meinte er, sei »für die Katz«, und uns würden noch Hören und Sehen vergehen, wenn die feindlichen Bomber erst über uns wären. Hans war ein großer Zyniker und ein Realist; er hat uns den Beginn des Krieges fast auf den Tag genau vorausgesagt. Seine Freundin Lore, die weitsichtiger war als wir alle, war kürzlich nach Chile ausgewandert, und seit Hans allein lebte, hatte er sich von uns zurückgezogen. Erst später lüftete er das Geheimnis, das ihn uns bisher entzogen hatte: Er war seit geraumer Zeit mit einer Jüdin liiert, einer Sternträgerin, die hin und wieder auch, ohne Stern, mit ihm ein Theater oder ein Kino besuchte. Sie riskierte viel dabei, und um das Schicksal nicht unnötig herauszufordern, scheuten sie jede weitere Geselligkeit und lebten still für sich. Das heißt, sie konnten sich immer nur heimlich treffen, die Jüdin und der Favorit von Speer. Aber die Stellung befähigte Hans, materiell für Ellen zu sorgen, die obendrein ihren alten Vater bei sich hatte.

Und meine früheren Freunde vom »Bund«? Fast als einzige von ihnen war mir Berta geblieben. Berta Wiener, verheiratete Waterstradt, die inzwischen aus dem Gefängnis entlassen worden war, wo sie ein volles Jahr hatte bleiben müssen. Berta trug den Stern meist in ihrer Tasche versteckt. »Die können mich mal«, sagte sie. »Schließlich bin ich mit einem ›Arier‹ verheiratet, der mich schützen soll.« Geschützt hat er sie wirklich, der Rudi, zwar nicht mehr vor der späteren Dienstverpflichtung als Arbeiterin bei Siemens, aber vor der Deportation, indem er ihr die Treue hielt. Erst als sie nach 1945, als eine der ersten, in der DDR den Nationalpreis erhielt, konnte er es nicht verkraften, im Schatten ihres Ruhmes zu stehen, und wandte sich einer Jüngeren zu. Berta ist später, genau wie ich, nach ihrer Scheidung allein geblieben.

In der Nazizeit kam ich nur selten mit Berta zusammen. »Hat dich jemand kommen sehen?«, fragte J. B. jedes Mal ängstlich, wenn sie bei uns erschien. Es gefiel ihm weder, wenn sie den Stern am Mantelaufschlag, noch wenn sie ihn unsichtbar trug. War es möglich, dass es ihm peinlich war, als Freund einer Jüdin zu gelten? Damals schlich sich bei mir zum ersten Mal der Verdacht ein, er könne Antisemit sein; doch da er andererseits den offen zur Schau getragenen Antisemitismus seines Vaters missbilligte, schläferte dies meinen Verdacht wieder ein – er schien mir auch allzu absurd. Schließlich liebten wir beide Verse von Heine und die »Lieder ohne Worte« von Mendelssohn, und unzählige Bücher jüdischer Autoren gehörten zu unserer Lieblingslektüre. Dennoch, er erfand immer wieder Ausreden, um einem Rendezvous mit den Waterstradts zu entgehen, und Berta, die intuitiv seine Abneigung spürte, drängte schließlich darauf, dass wir besser im Laden meiner Eltern zusammenkamen, wo Rudi immer auf Leute traf, mit denen er, zumindest theoretisch, das Ende der »Nazibande« heraufbeschwor.

Mir fehlte die Verbindung zu den Genossen. Bei der Olympiade, so ging das Gerücht, sollen Flugblätter vom Himmel geregnet sein: »Die KPD lebt!« Also gab es mutige Leute, die nicht aufgeben wollten. Ich wusste es auch von Martin. Er war eines Tages bei uns aufgetaucht, druckste lange herum, und erst als J. B. für einen Moment hinausging, steckte er mir hastig ein paar Blätter zu. »Versuche, sie weiterzugeben«, flüsterte er, »an Leute, die mit uns sympathisieren. Du kennst doch sicher noch welche?« – »Hast du Verbindungen?«, fragte ich leise zurück. Er konnte gerade noch nicken, bevor J. B. wieder aus der Küche kam und mit einem Blick die Situation erfasste. »Steck die Dinger wieder weg, Martin«, sagte er. »Ich will nicht, dass meine Frau uns in Gefahr bringt. Sie wird noch immer überwacht, wie du weißt.« Das war in der Tat der Fall. Gerade hatte ich in dem Prozess gegen Herta Block als Zeugin aussagen müssen, und J. B., der als Zuhörer der Verhandlung beiwohnte, wusste, wie knapp ich der Gefahr entronnen war, gleichfalls auf der Anklagebank zu landen. Dennoch nahm ich heimlich die Flugblätter an mich und gab sie bei nächster Gelegenheit weiter – an den Kreis von Menschen, die regelmäßig bei meinen Eltern zusammenkamen. Aber genügte es, die bereits Überzeugten überzeugen zu wollen? Das nächste Mal warf ich die Flugblätter in die Hausbriefkästen einiger Nebenstraßen. Aber würde man die, die hier wohnten, durch den Text irgendwie beeinflussen können? Sie waren doch scheinbar alle überzeugte Nationalsozialisten.

Erst viele Jahre später sollte ich erfahren, dass einer der Leiter der größten deutschen Widerstandsgruppe im Dritten Reich, der Luftwaffenoffizier Harro Schulze-Boysen, ganz in unserer Nähe gewohnt hatte. Und auch Ilse Stöbe, eine Frau meines Jahrgangs, die nach Ausbruch des Krieges in Berlin eine eigene Widerstandsgruppe aufgebaut hatte, wohnte vorübergehend in der Ahorn-Allee, gleichfalls in unserer Nähe. Zur Gruppe Schulze-Boysen-Harnack gehörten viele Intellektuelle, darunter Schriftsteller und Dramaturgen. Aber wir kannten sie nicht, wir lebten, als Freischaffende, zu isoliert. Und so richtete ich meine ganze Hoffnung auf Martin, der versprochen hatte, mich mit einem Genossen, zu dem er Verbindung hatte, zusammenzubringen. Doch zwei Ereignisse der nächsten Zeit machten auch diese Hoffnung zunichte.

Martin übergab mir einmal mit besonders geheimnisvoller Miene ein Schriftstück, das ich nur durchlesen und ihm am nächsten Tag wieder zurückgeben sollte, da er es nur leihweise erhalten hatte. Es war der Bericht vom siebten Kongress der Kommunistischen Internationale, der im Sommer 1935 getagt hatte. »Lies ihn, er ist hochinteressant, Dimitroff hat den Vorsitz geführt«, erklärte mir Martin, bevor er ging. Das Heft lag noch auf dem Tisch, als es wiederum an unserer Flurtür läutete. J. B. und ich sahen uns an: Wer konnte das sein? Ein Besucher, der uns unangemeldet überfiel, war ganz ungewöhnlich. Oder hatte man Martin zu uns ins Haus gehen sehen? Wurde er beschattet? Hatte man ihn verhaftet? Diese Gedanken mögen uns beiden durch den Kopf geschossen sein, als J. B., noch ehe ich begriff, was er tat, mit den bedruckten Seiten zur Toilette ging. Gleich darauf hörte ich ihn mehrmals die Spülung ziehen. Dann erst öffnete er die Tür und ließ unseren Hauswart ein, der mit einem der damals üblichen Fragebögen zu uns kam.

Ich wagte Martin danach kaum noch unter die Augen zu treten. Wie sollte ich ihm den Vorgang erklären? Viele Illegale mochten unter Lebensgefahr diese Blätter hergestellt und nach Deutschland geschmuggelt haben, und wir vernichteten sie wie wertlose Fetzen Papier. Ich glaube, wegen dieses Ereignisses hatte ich mit J. B. den ersten ernsthaften Ehestreit, denn plötzlich wurde mir bewusst, wie weit unsere Auffassungen auseinandergingen. J. B. erklärte mir kategorisch, dass er jeden Widerstand gegen die Nazis für sinnlos halte und alle, die dennoch an ihrer konspirativen Spielerei festhielten, für lächerliche Spinner. Jeder müsse sich damit abfinden, dass Hitler fest im Sattel säße, und dass sich keiner, auch nicht die Westmächte, seinen größenwahnsinnigen Expansionsgelüsten entgegenstelle. In der Tat war die Lage verzweifelt. 1938 war die Nazi-Wehrmacht in Wien einmarschiert, und ein Jahr später besetzte sie die Tschechoslowakei.

War dies das Präludium zum Zweiten Weltkrieg? Wer kam als nächster dran? Polen? England und Frankreich hatten sich verpflichtet, Polen im Fall eines Überfalls der Nazi-Wehrmacht Beistand zu leisten. Aber würden sie sich an die Verträge halten? Oder würden sie weiter tatenlos zusehen, wenn Hitler Danzig und den polnischen Korridor »ins Reich zurückholte«, um danach den Krieg gegen die Sowjetunion beginnen zu können? Denn dass dieser Krieg unvermeidlich war, stand für uns Antifaschisten fest.

Verlässliche Nachrichten über die Lage in der Sowjetunion erhielten wir nicht. Die Moskauer Prozesse, von denen der Londoner Sender berichtete, hielten wir für ein Gräuelmärchen oder für antikommunistische Hetze. Und ebenso wenig glaubten wir an die Existenz von sowjetischen Straflagern. Aber warum hörten wir nichts von unseren früheren Freunden, die in die Sowjetunion emigriert waren? Trude Richter hatte uns 1934 verlassen und war seitdem verstummt. Kaum denkbar, dass sie die Verbindung zu uns freiwillig abbrechen ließ. Wir hatten eine unverfängliche Deckadresse vereinbart; eine Angestellte der sowjetischen Botschaft war bereit, unsere Briefe entgegenzunehmen, aber auch bei ihr traf nichts ein. Einmal nutzte ich die Verbindung zu ihr, um einen Brief an die Redaktion der »Internationalen Literatur« auf den Weg zu bringen, die, wie ich wusste, von Johannes R. Becher geleitet wurde. Er musste doch wissen, wie es Trude erging. Aber ich habe auf meine Frage nie eine Antwort erhalten. Auch Sally Gles, ein junger Autor, dem ich in den dreißiger Jahren in den Räumen der Münzenberg-Presse begegnet war, ließ nach seiner Übersiedlung nach Engels, wo er als Deutschlehrer wirken sollte, nichts mehr von sich hören. Ich erklärte mir das Schweigen der Freunde schließlich damit, dass sie ihre ganze Kraft brauchten, um den Aufbau des Landes voranzutreiben und es instand zu setzen, sich der tödlichen Gefahr des Krieges, den sie ebenso wie wir deutlich kommen sahen, erfolgreich entgegenzustemmen.

Und dann erreichte uns im August 1939 die Nachricht vom Hitler-Stalin-Pakt! Ribbentrop und Molotow hatten in Moskau einen Nichtangriffspakt und einen Freundschaftsvertrag unterzeichnet. Die Neuigkeit traf uns wie ein Keulenschlag. Wir waren völlig verwirrt. Wie sollte man jetzt noch mit Sympathisierenden diskutieren? »Pack schlägt sich, Pack verträgt sich«, sagte Margret Rosalsky sarkastisch. Sie war mit der brandneuen Nachricht zu uns gekommen, weil es sie nicht allein in ihrer Wohnung hielt. Nachdem sie gegangen war, sagte J. B. zu mir: »Da siehst du, was eure illegale Spielerei wert ist. Jetzt tauscht sogar Stalin mit Hitler den Bruderkuss.« Ich fuhr nach Moabit zu meinen Eltern, wo wieder die übliche Runde versammelt war und die Meinungen hart aufeinander stießen. Auch Rudi Waterstradt war gekommen. »Na, was sagt ihr jetzt?«, fragte er, noch ehe er sein Rad wie üblich neben der Ladentür abgestellt hatte. »Ick sehe eene Massenamnestie für alle Antifaschisten«, prophezeite er. »Vielleicht lassen se sojar Teddy Thälmann loofen. Det is woll det mindeste, wat Stalin von seinem Busenfreund Hitler verlangen kann.« – Andere waren skeptischer, rätselten herum, was wohl die beiden Großen zu dem Judaskuss bewogen habe – denn dass es ein Judaskuss wár, darüber herrschte Einigkeit; der Sowjetunion läge es wohl vor allem daran, Zeit zu gewinnen, meinten die meisten. »Aber es ist ein Verrat an der internationalen Arbeiterbewegung«, sagte Josef, ein junger Genosse aus der Nachbarschaft, der schon mehrmals im Gefängnis gesessen und sich dort eine unheilbare Lungenkrankheit zugezogen hatte, die ihn für jede Art von Arbeit untauglich machte. Er hatte also viel Zeit und fand sich regelmäßig bei meinen Eltern ein, um besonders Vater seine Meinung über die politische Lage darzulegen. Er stand auch noch in Verbindung mit Kollegen aus seinem früheren Betrieb, die ihn jetzt natürlich mit Fragen bestürmen würden. »Aber was soll ich ihnen antworten?«, sagte er ratlos. »Allenfalls kann man ihnen erklären, dass die Sowjets dringend die Zeit brauchen, um sich auf den kommenden Krieg vorzubereiten. Denn dass der Krieg kommt, ist gewiss.«

Wieder anders reagierte Martin, der noch am selben Abend bei uns erschien, nachdem er die erste Bestürzung über das Abkommen verwunden hatte. »Die Sache hat auch ihre guten Seiten«, erklärte er uns. »Es wird jetzt keine antikommunistische Hetze mehr geben.« Wie recht er hatte, sahen wir bald, als in allen Zeitungen ganzseitige Inserate erschienen, mit der Ankündigung eines Vortrags-Zyklusses über den Alltag oder die ökonomische und soziale Struktur in der Sowjetunion. Ort der Veranstaltungen war die Uni; unter den Referenten konnte man die Namen bekannter Professoren und Historiker lesen. Martin gelang es, uns zur Teilnahme an diesen Vorträgen zu überreden. Selbst J. B. kam mit. Was konnte uns schon passieren, da die Veranstaltungen offiziell genehmigt waren? Und einige Male ging es wirklich gut. Der Saal war überfüllt, und hier und da meinte ich unter den Zuhörern ein Gesicht zu entdecken, dem ich schon in der MASCH begegnet war. Doch während des dritten Vortrags – der Redner berichtete gerade vom Aufbau der Industrie im fernen Sibirien – stieß J. B. mich an. »Gestapo!«, flüsterte er mir lautlos zu. »Komm, wir gehen.« Sobald es ohne Aufsehen möglich war, zwängten wir uns zum Ausgang, und erst jetzt sah ich, dass auch Martin seinen Platz in einer der hinteren Reihen bereits verlassen halte. Mit einem beklommenen Gefühl traten wir ins Freie hinaus, gerade noch rechtzeitig genug, um zu sehen, wie Martin von zwei Männern in langen Trenchcoats in ein Auto gestoßen wurde. Zu seinem Unglück hatte er ein Flugblatt bei sich, das ihm zum Verhängnis wurde. Er erhielt sechs Jahre Zuchthaus, kam nach Brandenburg, von wo er erst nach 1945 befreit worden ist.

J. B. und ich fuhren am Wochenende wieder nach Holstein. Meine Schwägerin hatte uns gebeten zu kommen, weil Dieter zu irgendeiner Übung hatte fahren müssen. Am letzten Sonntag im August kam er zurück, seine Miene war todernst. Auf den Bahnhöfen wimmele es von Uniformen, erzählte er; praktisch ähnele das Ganze schon der Mobilmachung, offenbar stehe der Kriegsausbruch nahe bevor. Der 1. September war wieder ein Sonntag, ein herrlicher Spätsommertag mit tiefblauem Himmel. J. B. und ich machten uns im Garten zu schaffen. Noch heute sehe ich uns vor den Beeten hocken, um irgendwelche Suppenkräuter zu kupieren. Diese Tätigkeit war ungewöhnlich für uns, aber ich glaube, wir suchten eine Beschäftigung, um unsere innere Unruhe zu besänftigen, die zu dem tiefen Frieden um uns her so schlecht zu passen schien. Und dann wurde dieser Friede jäh gestört, denn Dieter kam aufgeregt aus dem Haus gestürzt. »Soeben ist es durch den Rundfunk gekommen«, rief er uns zu. »Ab drei Uhr heute früh wird zurückgeschossen!«

Der Zweite Weltkrieg hatte begonnen.

Krieg

Für uns änderte sich im Alltag zunächst wenig. J. B. wurde wegen seines Augenleidens nicht eingezogen. Er verfügte nur über ein Fünftel der normalen Sehschärfe und galt als d.u. – dienstuntauglich. Auch Dieter war noch zu Hause, musste aber täglich mit seiner Einberufung rechnen, so dass wir eine Zeitlang in Holstein blieben, um notfalls Helga zur Seite zu stehen. Die Arbeit auf den Feldern musste weiterlaufen, und da viele Gutsarbeiter schon ihren Einberufungsbefehl in der Tasche hatten, mussten ihre Frauen in die Bresche springen. Nachmittags fanden sich jetzt oft Gäste ein: Tante Martha kam aus dem benachbarten Travenhorst eigens herübergeritten, um sich mit uns auszusprechen. Ich kannte die Dame bereits flüchtig. Sie stammte aus Hamburg-Harvestehude aus einer Bankiersfamilie, betrieb auf ihrem Landsitz eine Zucht mit Shetlandponys und galt als Gegnerin des Nationalsozialismus. Jetzt bangte sie um ihren Sohn, der als Offizier schon in Polen war. »Was hilft es? Wir müssen mit den Wölfen heulen«, sagte sie zu Helga, die ihr lebhaft beipflichtete. »Nicht auszudenken, wenn wir den Krieg verlören … Wir müssen ihn gewinnen, selbst mit Hitler als Sieger.«

So wie sie dachten viele, auch meine Schwiegereltern, mit denen uns bisher die gemeinsame Ablehnung der Nazis immerhin ein erträgliches Miteinander ermöglicht hatte. Doch jetzt brachen die Widersprüche offen aus. Jeder Sieg der Hitlerarmee, die in sechs Tagen Polen überrannt, danach Dänemark und Norwegen, die Niederlande, Belgien und Luxemburg besetzt und Frankreich fast kampflos in die Knie gezwungen hatte, wurde emphatisch gefeiert. Jetzt sollte es gegen England gehen. Das Lied »Wenn wir fahren gegen Engelland« wurde zum Ohrwurm und Massenschlager. Wetten über den Beginn der Invasion wurden abgeschlossen; Soldaten, die auf Kurzurlaub da waren, rühmten sich, den Termin der Landung genau zu kennen. Aber der Sommer ’40 ging hin, ohne dass sich Entscheidendes ereignet hätte. Die Engländer schickten uns nachts ihre »Moskitos«, und wenn wirklich einmal, eher aus Versehen, eine Bombe fiel, liefen die Berliner tags darauf scharenweise in den betroffenen Stadtteil, um sich die Zerstörungen anzusehen und nach Vergeltung zu rufen. Die Landung wurde offenbar abgesagt, statt dessen vervielfachten sich die Luftangriffe auf die Britischen Inseln, auf London und Coventry, das Mitte November, wie die Zeitungen rühmten, von fünfhundert Bomben in mehreren Wellen angegriffen und »ausradiert« wurde.

Für uns war es äußerst beklemmend, inmitten dieses Siegestaumels zu leben und klaren Kopf zu behalten. Wohin sollte dies alles noch führen?, fragten wir uns. Würde Hitler seine Welteroberungs-Pläne realisieren können, wie er sich halb Europa unterworfen hatte? Mit welcher Grausamkeit in den besetzten Ländern gewütet wurde, erfuhren wir aus den ausländischen Sendern, die wir regelmäßig abhörten. Aber durfte man wünschen, dass wir den Krieg verloren? Nur ein verlorener Krieg, dessen waren wir uns sicher, würde Hitler und seine Horde beseitigen können, denn einen wirksamen inneren Widerstand gab es nicht mehr. Unsere Stimmung sank vollends auf den Nullpunkt, als die Naziarmee im Juni '41 die Sowjetunion überfiel und tief ins Hinterland vorstoßen konnte. »Weihnachten feiern wir in Moskau«, sagte mein Bruder, der als Gefreiter gen Osten mitmarschierte. Tatsächlich sah es so aus, als sei die Sowjetunion, auf den Freundschaftsvertrag vertrauend, von dem Überfall völlig überrumpelt worden; Stalin hatte alle Warnungen, die ihm zugingen, in den Wind geschlagen. Spätere Filme zeigten, wie sowjetische Menschen friedlich in ihren Betten schliefen oder wie Liebespaare ahnungslos Felder und Wälder durchstreiften, während urplötzlich die Flugzeuge über ihnen waren, wie riesige Ungeheuer, die ihre Last auf sie entluden, so dass rings um sie her die Erde auseinanderbarst.

Aber es gab nach Beginn des Russland-Feldzuges auch kritische Stimmen. Verschworene Hitlergegner, wie auch die Runde im Moabiter Lädchen, klammerten sich an die Hoffnung, dass der Rückzug der Sowjets raffinierte Taktik sei, um den Feind tief ins Land zu locken, wo er leichter zu erledigen sei. Und als der Vormarsch vor Moskau zum Stehen kam, meinten sie schon triumphieren zu können. Endlich schien der Mythos von der »Unbesiegbarkeit« der deutschen Armee im Schwinden begriffen! Es war den Nazis nicht gelungen, rechtzeitig in den Häusern Moskaus Schutz zu finden, und der russische Winter stand vor der Tür! Im Reich wurden Pelze und Mäntel gesammelt, die an der Front dringend gebraucht wurden, denn nur jeder fünfte Soldat verfügte über Winterbekleidung. Schon hörte man allenthalben von Erfrierungen. Urlauber, die von der Ostfront kamen, stöhnten unter der Übermacht der »Iwans«, der sie ausgesetzt seien. An einigen Punkten der Front hätte es Gegenoffensiven gegeben, hörte man, vor denen »die Unseren« zurückweichen mussten. Urlauber, die man jetzt zu sehen bekam, erschienen gar nicht mehr als die strahlenden Helden, sondern sie wirkten erschöpft von den vorangegangenen Kämpfen, müde und ausgezehrt.

Auch mein Schwager Dieter war jetzt an der Front. Und aus Marienstuhl kamen beunruhigende Nachrichten. Meine Schwiegermutter schrieb, dass sich der Vater seltsam verändert habe. Seit dem Überfall auf die Sowjetunion sei er tief deprimiert. Er prophezeie Hitlers Niederlage und befürchte das Schlimmste für das ganze Volk. Sich selbst sähe er schon am Scheunentor hängen, wo die »roten Horden« ihn aufknüpfen würden ... Ja, und ob wir nicht kommen könnten? Sie allein sähe sich außerstande, ihn von seinen trüben Gedanken abzulenken, aber unsere Gegenwart könne ihm vielleicht heilsam sein.

Natürlich fuhren wir hin, zumal wir eine erfreuliche Nachricht mitbrachten: Ich war endlich schwanger! Vier Jahre lang hatten die Schwiegereltern uns zu jedem Geburtstag und jedes Weihnachten dringlich nahegelegt, uns auf unsere Pflicht zu besinnen und ihnen den Enkel zu schenken, auf den sie so sehnlich warteten. Jetzt endlich war es so weit: Im Mai sollte unser Kind zur Welt kommen. Mein Schwiegervater war so tief in seine Melancholie versunken, dass er keine Freude über die Nachricht zu erkennen gab. Die Mutter dagegen war wie ausgewechselt. Sie behandelte mich von nun an wie einen kostbaren Gegenstand, den sie vor jedem möglichen Zugriff schützen musste. Sie achtete darauf, dass ich genügend Bewegung hatte, und da ihr Sohn sich nur selten zu einem Spaziergang aufraffen konnte, opferte sie ihren Mittagsschlaf und scheuchte mich aus dem Haus. Natürlich bewachte sie auch meinen übrigen Tagesablauf, sorgte sich um meine gesunde Ernährung und einen ausreichenden Schlaf, und als sie einmal zufällig sah, wie ich mich anschickte, einen bis oben mit Äpfeln gefüllten Eimer vom Boden zu heben, stürzte sie mit einem Schrei auf mich zu und riss ihn mir aus der Hand: »Um Himmels Willen, nur keine Fehlgeburt!« Kurz, ich hatte plötzlich eine um mich tief besorgte, wenn auch durch ihre Fürsorge fast etwas lästige Schwiegermutter. Erst nach der Geburt des Kindes verwandelte sie sich rasch wieder in das Wesen zurück, das mir vertrauter war; denn nun schenkte sie ihre Liebe und Aufmerksamkeit nur noch dem Neugeborenen, nicht aber mir, dem Gefäß, in dem es herangereift war.

Meine Eltern nahmen die Nachricht kritischer auf. Ein Kind – in diesen Zeiten, mitten im Krieg? »Ihr habt Mut«, sagte meine Mutter bewundernd. Andererseits: Ich war über die Dreißig hinaus, also schon eine Spätgebärende; wenn wir überhaupt ein Kind haben wollten, durften wir nicht länger warten. Und lebten wir nicht unter vergleichsweise guten Bedingungen? Ich brauchte nicht, wie die meisten Soldatenfrauen, um das Leben meines Mannes zu bangen, er war hier und konnte mir zur Seite stehen, und er war, genau wie seine Mutter, rührend um mein Wohlergehen besorgt. Wir blieben nicht lange in Marienstuhl. Aus Babelsberg war ein überraschender Brief gekommen, unterschrieben von meinem alten Freund Hillers, dem Dramaturgen: Ob wir ein Szenarium über den ungarischen Arzt Ignaz Semmelweis, der das Kindbettfieber bekämpft hatte, schreiben wollten? Das war ein erfreuliches Angebot! Natürlich sagten wir zu, und da die Sache, wie immer in solchen Fällen, brandeilig war, mussten wir Hals über Kopf nach Wien, um in den Archiven nach Unterlagen zu fahnden. Die Arbeit nahm längere Zeit in Anspruch, als wir anfangs annahmen, und da der Aufenthalt in der Hauptstadt auf die Dauer zu kostspielig wurde, mieteten wir uns in Kefermarkt ein; die Bewohner des dortigen Schlosses hatten inseriert, dass sie »paying guests« – zahlende Gäste – aufnehmen würden. Der Ort lag in Oberösterreich, nördlich von Linz, unweit der tschechischen Grenze. Wien war in wenigen Stunden erreichbar. Den nicht geringen Pensionspreis konnten wir uns jetzt leisten, da wir von der Filmfirma schon einen Vorschuss erhalten hatten.

In Kefermarkt, oder genauer gesagt in dem Schloss, das uns aufnahm, fühlten wir uns in den tiefsten Frieden zurückversetzt. Das Schloss lag anderthalb Kilometer vom Dorf entfernt, und da der Weg dorthin in dem hügeligen Gelände beschwerlich war, schränkten wir die Besuche auf das Äußerste ein und ließen uns Kleinigkeiten, Kosmetika oder Schreibutensilien, die wir dringend brauchten, von den Angestellten des Schlosses mitbringen. Auf diese Weise hatten wir mit der Außenwelt kaum Kontakt; auch Zeitungen lasen wir nur unregelmäßig. Unser Tagesablauf war streng geregelt. Uns Gästen wurden die Mahlzeiten gesondert serviert, so dass wir die Besitzer des Schlosses, die alte Baronin und ihre Tochter, eine verwitwete Gräfin, selten zu Gesicht bekamen. Und als zahlende Gäste waren außer uns nur der Schriftsteller Rolf Reismann, ein Scherl-Autor und seine Begleiterin, eine Dame mittleren Alters, die er uns als seine Schwester vorstellte, sowie seine achtzehnjährige Nichte anwesend. Reismann war ein glänzender Plauderer, sein Fundus an Anekdoten schien unerschöpflich zu sein. Doch mitten im Gespräch konnte er plötzlich verstummen, sein Gesicht verfärbte sich, und er suchte hilflos nach Worten, bevor er eilig aufsprang und nach draußen stürzte. Wenn er zurückkam, war er wieder in Form und setzte seine Erzählung fort, als habe er sie nie unterbrochen. Zwischen den Mahlzeiten blieben wir alle in unseren Zimmern. J. B. und ich arbeiteten am Szenarium, und von nebenan, aus den Räumen von Reismann, hörten wir öfter erregte Stimmen, als ob die Geschwister im heftigen Streit lägen. Doch bei Tisch waren sie wieder äußerst höflich zueinander. Sie spielten uns gekonnt eine Komödie vor, die wir erst zu durchschauen begannen, als Reismann einmal beim Abendbrot jäh zusammensackte, so dass eilig ein Arzt geholt werden musste. Reismann war schon früher manchmal den Mahlzeiten ferngeblieben, und seine Schwester hatte sein Fehlen dann stets damit entschuldigt, dass ihn ein leichtes Unwohlsein zwinge, im Bett zu bleiben. Diesmal aber sagte sie uns die ganze Wahrheit: Reismann sei Morphinist, und sie sei als seine Betreuerin um ihn, die von der Familie dafür bezahlt werde, dass sie ihn Tag und Nacht bewache. Die Familie bezahle hier den Aufenthalt, bewillige Rolf aber nur ein sehr geringes Taschengeld, so dass es ihr schleierhaft sei, woher er immer wieder die Mittel nehme, um sich das Morphium zu beschaffen. Denn Honorare habe er gleichfalls nicht zu erwarten. Er sei gar nicht mehr fähig zur Arbeit.

So sehr uns die Tragik unserer Mitbewohner berührte, so wurden wir doch von unseren eigenen Angelegenheiten so stark in Anspruch genommen, dass wir den raschen Verfall des Morphinisten nur undeutlich wahrnahmen. Hillers telegrafierte uns aus Babelsberg, dass mit dem Szenarium zu Jahresanfang fest gerechnet würde. Das hieß, dass wir unseren Aufenthalt in Kefermarkt verlängern mussten, auch über Weihnachten hinaus; wir konnten uns keine Ablenkung von der Arbeit leisten. Auch verspürten wir wenig Lust, das Fest in Berlin zu verbringen, wo die Luftangriffe heftiger wurden. Aus Holstein schrieb Helga, dass Dieter mit seiner Truppe im Winterquartier läge – bei dreißig bis vierzig Grad minus! Und aus Marienstuhl kamen beängstigende Nachrichten. Der Vater sei, nach dem Eintritt Amerikas in den Krieg, noch depressiver geworden, schrieb Mutter. Zweimal habe er schon einen Suizid-Versuch unternommen, und sie sei gerade noch im letzten Moment dazugekommen, um das Schlimmste zu verhindern. Jetzt denke sie daran, ihren Mann in einem Sanatorium unterzubringen, vielleicht sogar in Berlin-Neuwestend, wo ihr ein Institut empfohlen worden sei, das sie auch für günstig halte, weil Vater sich dann in unserer Nähe befände.

Nach Neujahr musste auch Rolf Reismann zur Entziehungskur in ein Krankenhaus. Seine Betreuerin und ihre Tochter reisten deshalb Hals über Kopf ab, und auch wir waren schon dabei, unsere Koffer zu packen. Die Trennung von Kefermarkt fiel uns nicht schwer. Wir hatten hier ruhige, allzu ruhige Tage verlebt, die wir mit schöpferischer Arbeit hatten ausfüllen können. Aber nun war die Arbeit getan, das Szenarium lag vor, und wir warteten mit Spannung auf den Drehbuchauftrag und auf die Realisierung des Films, an der wir hoffentlich weiter würden teilhaben können. Vor allem aber sahen wir ungeduldig der Geburt unseres Kindes entgegen, die allerdings noch auf sich warten ließ. Ich war erst im fünften Monat.

Auf Wunsch der Schwiegereltern sollte ich in der Privatklinik von Geheimrat Stöckel entbinden, einem der damals wohl berühmtesten Gynäkologen. Schon mehrmals war ich bei ihm zur Untersuchung erschienen. Als die Luftangriffe im Frühjahr häufiger wurden, schlug er mir vor, schon rechtzeitig vor dem Geburtstermin in seine Klinik zu kommen, da ich andernfalls bei Luftalarm am pünktlichen Erscheinen verhindert sein könnte.

Ich übersiedelte also bereits Ende April in das kleine Haus an der Spree, das der Frauenklinik in der Ziegelstraße angegliedert war, wurde wie eine Patientin umsorgt, ohne schon Patientin zu sein, und hatte Gelegenheit, mich gründlich in dem Krankenhaus umzusehen – was mir einige Jahre später, beim Schreiben meines Buches »Ein Kind für mich allein«, das im Arztmilieu spielt, nützlich sein sollte. J. B. kam mich täglich besuchen, und wir entdeckten auf unseren Spaziergängen die Innenstadt. Endlich, an einem Donnerstag, setzten die Wehen ein. Meine Hebamme machte es sich an meinem Bett bequem, eine mütterliche Frau, zu der ich sofort Zutrauen fasste. Wieso nur konnte sie so gelassen bleiben? Sie hatte ein Strickzeug hervorgeholt und begann zu stricken, als ob sie unendlich viel Zeit zu überbrücken hätte. Wirklich verging die Nacht, ohne dass die Wehen häufiger kamen, und gegen Morgen versiegten sie sogar ganz. Die Hebamme untersuchte mich mehrmals und holte schließlich den Professor herbei, mit dem sie sich flüsternd beriet. Ich horchte angestrengt hin. »Eine Querlage?«, fragte ich erschrocken. Ich hatte nicht umsonst an dem Semmelweis-Film mitgearbeitet, hatte medizinische Bücher gewälzt, in denen sämtliche Anomalien ausführlich dargestellt waren. Doch der Professor beruhigte mich: Es sei alles ganz normal.

Zur Vorsicht ordnete er aber doch eine Röntgenaufnahme an. Ich habe das erste Foto meines Kindes, das ich dann in Händen hielt, lange gehütet; in den Wirren des Krieges ist es mir aber verloren gegangen. Damals war die Aufnahme, das Kind im Mutterleib, eine Seltenheit, während es heute gang und gäbe ist, dass die werdende Mutter das Wachsen ihres Kindes bei der Ultraschalluntersuchung beobachten kann. Am Samstag endlich, früh um acht, nach dreiunddreißig Stunden, kam mein Kind zur Welt. Der Arzt hatte mir noch in letzter Minute eine leichte Narkose gegeben. Als ich aus dem Dämmer erwachte, hörte ich von ferne ein leises Greinen. War es möglich …? »Ist das mein Kind?«, fragte ich ungläubig. Die Hebamme beugte sich über mich. »Sie haben ein gesundes Mädchen, Frau B. Ihr Mann hat auch schon eben angerufen. Er nimmt sich ein Taxi und kommt sofort her, zusammen mit seiner Mutter.«

Sie ging von mir weg zum Wickeltisch und manipulierte lange an dem Kind herum, das ich noch keine Sekunde gesehen hatte. Stattdessen machten sich der Arzt und eine Schwester über meinen Unterleib her. Mir war, als würde das Glücksgefühl, das mich soeben noch durchströmt hatte wie noch nie in meinem Leben, langsam aus mir herausgepresst, und zurück blieb eine trostlose Verlassenheit.

Aber plötzlich richtete ich mich halb auf. »Gibt es hier ein Telefon?«, fragte ich. Man reichte mir den Hörer, und ich wählte die Nummer von Moabit. »Mutter? Zieh dich rasch an und komm her. Du sollst die Erste sein, um mein Kind zu sehen.« Vom anderen Ende hörte ich etwas, das wie Jubel klang. Befriedigt legte ich den Hörer auf die Gabel zurück. Erst jetzt konnte ich mich wieder freuen.

Krankheit und Tod

Ich lag noch im Wochenbett, als überraschend eine Kinderschwester in mein Zimmer kam: Sie sei von der gnädigen Frau engagiert worden, um die Säuglingspflege zu übernehmen, erklärte sie mir. Sie sei Schwester Marianne. Die Schwester erwies sich als eine äußerst resolute Person, die eifersüchtig darüber wachte, dass niemand meinem Kind zu nahe kam. Auch ich nicht, denn ich sah mein Kind nur, wenn sie es mir zum Stillen reichte. Vor dem Stillen und nach dem Stillen wurde der Säugling auf die Waage gelegt, jedes Gramm wurde sorgfältig in einer Kladde vermerkt; nachts wurde das Kinderbett aus meinem Zimmer gerollt und, da kein besonderer Raum für die Säuglinge vorhanden war, im Badezimmer abgestellt. Alle meine Bitten, das Kind bei mir zu belassen, fruchteten nichts; Mutter und Kind sollten in der Nacht ihre Ruhe haben. Auch das Baden und Wickeln des Kindes geschah so, dass ich nie etwas davon zu sehen bekam.

Während ich dies hier schreibe, muss ich unwillkürlich an meine Enkelin Jasmina denken, die kürzlich ihr zweites Kind zur Welt gebracht hat. Die Geburt fand zu Hause statt, in der gewohnten Umgebung, in Gegenwart ihres Mannes, einer guten Freundin und, im Augenblick des Durchbruches, sogar in Anwesenheit von Jonas, ihrem ersten Sohn. Es war rührend mitanzusehen, wie zärtlich der Dreijährige seine Mama gestreichelt hat und wie behutsam er sich dem Baby gegenüber benahm. Das Jüngste ist jetzt vier Monate alt. Es ist ein heiteres Kind, das jeden anlacht, und falls es doch einmal unwirsch wird, legt die Mutter es an die Brust, und sofort ist es ruhig und beginnt zufrieden zu saugen. Feste Essenszeiten gibt es nicht. Es wird auch nicht täglich gebadet, aber die Mutter trägt ihr Kind, nach Art der Naturvölker, ständig mit sich herum, was dem Baby offenbar bestens behagt, denn es fühlt die Wärme der Mutter. Nachts schläft es neben der Mutter oder in einer Hängematte, die über der elterlichen Schlafstatt angebracht ist, so dass die Mutter, falls ihr Baby schreit, nur die Hand auszustrecken braucht, um ihr Kind zu sich zu holen. Die meisten jungen Mütter, die ich kenne, pflegen heute diesen innigen Umgang mit ihrem Kind. Sie kaufen kein Laufställchen mehr, in dem sie das Kind gefangen halten, ja, oft haben sie nicht einmal ein Kinderbett oder einen Kinderwagen, in dem das Kind, wie sie sagen, von seiner Umgebung zu sehr abgeschirmt wird. Dies alles mag man als neumodische Erkenntnisse abtun, denen der Skeptiker kritisch gegenübersteht. Auch ich hatte lange befürchtet, dass sich die ausschließliche Fixierung auf die Mutter ungünstig auf das Kind auswirken könnte, musste mich aber vom Gegenteil überzeugen lassen. Der jetzt Dreijährige wusste von allein, wann der Zeitpunkt für ihn gekommen war, sich von der Mutter zu lösen. Er hat viele Kontakte zu Menschen in seiner Umgebung, und er hat sich problemlos in den Tagesablauf in der Kindertagesstätte eingefügt. Werden die heutigen Kleinkinder, die so geborgen aufwachsen, glücklichere Erwachsene werden? Das muss die Zukunft zeigen.

Noch um etwas anderes könnte ich die jungen Frauen von heute beneiden: um die große Offenheit, mit der sie sexuelle Probleme erörtern. In unserer Ehe klappte es damit nach der Geburt des Kindes überhaupt nicht mehr. Ich liebte J. B. wie einen Bruder, freute mich über seine Erfolge, bewunderte seine Klugheit und seinen Esprit – er konnte mit Witzen eine ganze Gesellschaft unterhalten –, aber ich zog mich zurück, sowie er auch nur den Versuch machte, sich mir zärtlich zu nähern. War es Angst vor einer neuen Schwangerschaft? Auch die mag eine Rolle gespielt haben, und ich wusste sehr wohl, dass man in J. B.s Familie als Frau nur anerkannt wurde, wenn man, wie ich es an seinen Cousinen beobachten konnte, immer wieder einen dicken Bauch vorzuweisen vermochte. Es war aber noch etwas anderes. Die Erotik hatte in unserer Ehe nie eine Rolle gespielt. J. B. war kein Mensch, der es verstanden hätte, mich durch kleine Aufmerksamkeiten oder Liebkosungen auf das sexuelle Erlebnis vorzubereiten. Im Bett war er plump, und der Samenerguss erfolgte so rasch, dass ich niemals zu einem Höhepunkt kam. So konnte ich den Beischlaf nur als lästig empfinden und suchte ihn nach Möglichkeit zu vermeiden. J. B. hatte mich während meiner Schwangerschaft nicht angerührt, und ich war ihm für seine Rücksichtnahme dankbar gewesen. Aber auch jetzt vergingen oft Wochen, ehe wir mal wieder miteinander schliefen, und immer endete es für mich mit einer Enttäuschung. Sicher hätten wir leicht etwas ändern können, wenn wir offen über unsere Probleme gesprochen hätten. Vielleicht hätte J. B. zum Arzt gehen sollen. Aber solche Dinge zu erörtern war damals tabu, und so führten wir mehr und mehr eine platonische Ehe. Aus Männergesprächen zwischen J. B. und dem Leiter des Schützen-Verlages, die ich gelegentlich unfreiwillig mitanhörte, konnte ich entnehmen, dass der andere über umfangreiche Erfahrungen in Bordellen verfügte. Mich widerten solche Berichte an. Der Verlagsleiter führte eine landläufig glückliche Ehe, er war ein biederer Familienvater mit festem Einkommen und Eigenheim, aber seine Doppelmoral wies ihn als Spießer aus, wie er im Bilderbuch stand. J. B. war finanziell von ihm abhängig, mochte also gute Miene zu bösem Spiel machen. Oder bestand ein größeres Einverständnis zwischen beiden? Waren sie Kumpane? Suchten sie vielleicht gemeinsam gewisse Häuser auf, wenn sie angeblich zu Verlagsbesprechungen zusammenkamen? Ich wusste es nicht und wollte es auch nicht wissen. Denn schließlich: Was hätte es uns genützt? Unser Verhältnis zueinander hätte sich durch ein offenes Bekenntnis J. B.s zu außerhäusigen Abenteuern nur verschlechtern können. Ich erinnere mich, dass wir damals im Freundeskreis hitzige Diskussionen darüber führten, ob ein Seitensprung in der Ehe oder auch im freien Zusammenleben zweier Menschen verzeihlich sei, oder ob er bereits den Bruch der Beziehung bedeute. Häufiger Partnerwechsel war damals noch nicht so üblich wie in späteren Jahren, als die Pille den Frauen die Angst vor unerwarteter Schwangerschaft nahm und ihnen erlaubte, freier mit ihren Bedürfnissen umzugehen.

Schwester Marianne blieb über einen Monat bei uns. Danach durfte ich endlich meine Tochter Christiane selber versorgen, konnte nach Belieben meinen Tag einteilen, der mir stets nicht lang genug schien, um alle Aufgaben, die auf mich warteten, erfüllen zu können. Denn ich musste auch wieder an das Szenarium gehen. Die Filmfirma, die sich lange in Schweigen gehüllt hatte, äußerte Änderungswünsche, so dass wir viele Stunden an der Schreibmaschine verbringen mussten. Und mehrmals in der Woche gingen wir nachmittags mit dem Kind in das Sanatorium hinüber, wo Schwiegervater seit kurzem untergebracht war. Zum Glück lag das Privatinstitut ganz in unserer Nähe; es war ein Respekt einflößendes, graues Haus, das mit den vielen weißgekleideten Gestalten, die lautlos durch die völlig leeren Gänge huschten oder gerade hinter einer der dick gepolsterten Türen verschwanden, einen beklemmenden Eindruck machte. Unser Vater bewohnte zwei Zimmer; eine Schwester war Tag und Nacht um ihn, durfte ihn nie aus den Augen lassen, denn er hatte auch hier schon versucht, sich aus dem Fenster zu stürzen. Er wirkte ruhelos und tief deprimiert – ein Fleck auf meinem Kleid oder ein fehlender Knopf, den er irgendwo entdeckte, konnte ihn zur Verzweiflung bringen, und nicht einmal die Gegenwart des Enkelkindes, das er so heiß ersehnt hatte, vermochte ihn aufzuheitern. Und sein Zustand schien von Mal zu Mal schlimmer zu werden. Obwohl wir ängstlich darauf bedacht waren, jede ihn beunruhigende Nachricht von ihm fernzuhalten, und obwohl er keine Zeitung zu Gesicht bekam, wusste er doch über den Frontverlauf gut Bescheid, und besonders der kürzliche Vorstoß auf Stalingrad – in seinen Augen ein Unternehmen, dessen Scheitern vorhersehbar war – weckte seine tiefe Besorgnis, die sich allmählich auch auf uns übertrug. Ich brauchte nach einem Besuch bei ihm jedes Mal Stunden, um mein Gleichgewicht wiederzufinden, und Nacht für Nacht zwangen uns die Sirenen, unsere Habseligkeiten zusammenzuraffen und in den Keller zu flüchten. Ich fragte mich, wie lange meine Nerven dies alles noch aushalten würden.

Da kam uns ein Hilferuf der Schwägerin aus Holstein gerade gelegen. Sie warte dringend auf unser Kommen, schrieb sie uns, denn sie käme allein nicht länger zurecht. Von ihrer ständigen Angst um Dieter wolle sie gar nicht reden, aber sie trage schließlich die Verantwortung für den Hof und wolle alles so halten, wie es unter Dieters Leitung gewesen sei. Aber sie würde täglich vor Fragen gestellt, die sie allein nicht entscheiden könne. Und da auf Rat vom Vater leider jetzt nicht zu rechnen sei, appelliere sie an ihren Schwager, ihr beizustehen. Wir sollten nur rasch unsere Koffer packen.

Was hielt uns in Berlin? Am Film würden wir auch in Holstein arbeiten können, und sogar besser als hier, wo wir durch Fliegeralarm und Haushaltsführung ständig abgelenkt wurden. Im Umkreis des Gutes, zwischen Lübeck und Hamburg, war noch keine Bombe gefallen, so dass unsere Nerven sich wieder erholen würden, und auch dem Baby konnten die Ruhe und die reine Landluft nur dienlich sein. Ich freute mich auf den Ortswechsel. Ich habe Holstein mit seinen sanften Hängen, den grünen Wäldern und den Knicks, die Felder und Wege umrahmen, um sie vor den Winden zu schützen, und vor allem mit seinen Rapsfeldern, die zur Blütezeit die Gegend wie in Flammen tauchen, vom ersten Augenblick an in mein Herz geschlossen, und diese Vorliebe habe ich mir bis heute bewahrt. So bin ich auch auf meiner ersten Rentnerreise, viele Jahre später, sogleich nach Holstein gefahren, um die mir vertraute Gegend wiederzusehen. Vieles hatte sich inzwischen verändert. Das Haus mit den vielen Badezimmern hatte man abreißen müssen, weil der Schwamm die Wände zerfraß. Helga hatte sich nach Dieters Tod – er war nur fünfzig geworden – ein neues Haus bauen lassen, in dem sie aber auch nicht mehr lange lebte. Auf dem Hof wirkte neuerdings ihr Bruder, der aus Schlesien hierher übersiedelt war und sich der Pflanzenzucht widmete. Auch das Gut war auf Pflanzenzucht umgestellt worden, und man sah daher auf dem Gelände kein einziges Stück Vieh, weder eine Kuh, noch ein Pferd, und nicht einmal Hühner scharrten herum. Der Hof wirkte tot, wie ausgestorben. Ich ging zum See, den Weg an den Feldern vorbei und über die Wiese, wo früher die Kühe geweidet hatten, die mir, dem Stadtkind, so viel Respekt einflößten, weil ich immer fürchtete, der einzige Bulle, der dabei war, würde mir nach dem Leben trachten. Das kleine Badehaus fand ich nicht mehr. Es war abgebrannt, und der Platz, wo es gestanden hatte, war von Gestrüpp überwuchert. Am anderen Ufer standen Bungalows, dicht bei dicht. Auch ein Zeltplatz musste wohl in der Nähe sein, denn man hörte Geschrei und Gejohle über die Wasserfläche hinüberschallen. Ich ging an den Katen vorbei bis zum »Schlachtberg«, wo damals ein Gasthaus gestanden hatte. Dort hatten wir noch fröhlich den einen Nachmittag verbracht – aber am Abend desselben Tages, kurz vor Mitternacht, mussten wir unser Kind, das lebensgefährlich erkrankt war, ins Krankenhaus bringen.

Unser damaliger Urlaub in Holstein stand unter keinem guten Stern. Mit Helga war schwer auszukommen. So sehr sie unseren Besuch herbeigewünscht hatte, so schien sie es uns doch zu verargen, dass J. B. nicht wie andere an der Front sein musste und dass ich nicht um sein Leben zu bangen brauchte. Sicher war es für sie auch schmerzlich, uns mit dem Kind zu sehen, denn sie war nach sieben Ehejahren, trotz mehrerer Aufenthalte in Sanatorien, noch immer kinderlos. Ihre Angst um Dieter grenzte an Hysterie, und sie rächte sich an allen, die nicht wie er im Schlamm lagen, auf kleinliche Art. So setzte sie uns nur das einfachste Essen vor, und wenn J. B., der auf gutes Essen Wert legte, leise murrte, erhielt er zur Antwort, dass sein Bruder an der Front auch nichts Besseres bekäme. Alle Leckerbissen, die sie sich und uns vom Munde absparte, schickte sie an die Front. Dieter als Vorbild immer vor Augen, musste J. B. mit ihr täglich über die Felder gehen oder zu Hause die Bücher auf dem Laufenden halten. Und merkwürdigerweise schien er daran sogar Gefallen zu finden. Er schlüpfte gleichsam in eine andere Haut, wenn er, angetan mit hohen Stiefeln und Wickelgamaschen, neben Helga durch die Felder stapfte, um die Reife des Korns zu prüfen oder zu entscheiden, welche Fruchtfolge für einen bestimmten Schlag zu empfehlen sei. Abends saßen wir zu dritt vorm Kamin, und während J. B. und Helga kräftig dem Wein zusprachen, saß ich nur dabei, denn ich stillte noch. Helgas Vorrat an Tabak und Alkohol schien unerschöpflich zu sein, denn sie konnte sich beides im Tausch gegen Eier verschaffen. Und obwohl sie sah, dass ihr Schwager, der ebenfalls ein starker Raucher war, aber nur über eine knappe Ration verfügte, nach einer zusätzlichen Zigarette gierte, ließ sie sich nie zu einer Gabe erweichen, denn alles Entbehrliche ging an die Front. So verliefen unsere Abende nicht immer angenehm, zumal wir auch politisch oft aneinandergerieten. Helga reagierte auf jeden Vormarsch der Deutschen als Soldatenfrau, die nach dem Endsieg ihren Mann als Helden empfangen will. Eine Niederlage, das letztendlich Vergebliche aller Strapazen, denen die Frontsoldaten ausgesetzt waren, vermochte sie sich nicht vorzustellen. Da wir aber mit unserer Meinung nicht zurückhielten und ihr Fakten nannten, die einen Endsieg für zweifelhaft, ja, nicht einmal für wünschenswert erscheinen ließen, endete der Abend meist damit, dass Helga in einen Weinkrampf verfiel, und J. B. bemühte sich dann stundenlang, sie wieder zur Ruhe zu bringen.

Als wir eines Abends wie üblich auf der Veranda saßen, hörten wir aus dem angrenzenden Zimmer, wo wir den Wagen mit dem Kind abgestellt hatten, plötzlich einen gellenden

Aufschrei. Ich stürzte hin und sah das Kind sich in Krämpfen winden. Das Gesicht war hochrot, die Händchen fuchtelten unruhig durch die Luft. Der Ausbruch kam völlig unerwartet, denn noch am Nachmittag war unsere Tochter in bester Verfassung gewesen, hatte gejuchzt und gestrampelt, und wir hatten mit ihr unseren Spaß gehabt. Hilflos sah ich jetzt auf das kleine Bündel hinunter. Was mochte ihm fehlen? Ich legte es an die Brust, doch nach wenigen Schlucken kam die Milch sprudelnd wieder aus dem Mund heraus. Ich kochte Fencheltee, der seine beruhigende Wirkung schon öfter bewiesen hatte. Doch auch den Tee behielt das Kind nicht bei sich, sondern er kam in hohem Bogen wieder heraus. Nun telefonierte J. B. nach dem Arzt. Die zwanzig Minuten, die bis zu seiner Ankunft verstrichen, dehnten sich für uns zur Ewigkeit, während wir jede Bewegung des kranken Kindes beobachteten, dessen Weinen vor Erschöpfung schon leiser wurde. Später schälte ich das Kind in Gegenwart des Arztes aus seiner Verpackung und sah zu meinem Entsetzen, was der Arzt wohl längst vermutet hatte: Die Windeln waren in Blut getränkt. Für den Arzt stand die Diagnose fest. Er befürchte, es sei ein Darmverschluss, sagte er; das Kind müsse dringend ins Krankenhaus. Er nahm uns gleich in die dreizehn Kilometer entfernte Kreisstadt im Auto mit. Doch dort zeigte sich zu unserer Bestürzung, dass eine ärztliche Behandlung und die Aufnahme in die Klinik »aus kriegsbedingten Gründen« zurzeit nicht möglich war. Vielleicht war das Krankenhaus längst ein Lazarett geworden? Man sagte es uns nicht, und wir fragten nicht danach, wir wollten nur endlich, dass unserem Kind geholfen wurde! Die anwesende Schwester empfahl uns die Kinderklinik in Kiel, die von dem berühmten Professor Romminger geleitet würde. Ob wir die Möglichkeit hätten, dorthin zu fahren? Mit einem Krankenwagen könne sie uns leider nicht dienen. Ich weiß nicht mehr, wodurch wir einen Taxifahrer überreden konnten, uns im dritten Kriegsjahr seine knappe Benzinration für eine einzige Fahrt zur Verfügung zu stellen. Wahrscheinlich haben wir ihm als Gegengabe eine Dauerwurst versprochen, die wir Helgas Vorratskeller in diesem besonderen Fall hofften entreißen zu können. Doch nie war eine Autofahrt qualvoller für uns verlaufen. Wir hatten das Kind in einem Reisekorb gut gebettet: doch ich musste mich mehrmals zu ihm hinunterbeugen und lauschte, ob noch ein Atem zu spüren war. Die Kranke war jetzt völlig apathisch, vielleicht schon bewusstlos. Und die Fahrt ging so langsam voran! Wir fuhren mit abgedunkelten Scheinwerfern, wie es Vorschrift war, so dass die Wege nur undeutlich zu erkennen waren, und offenbar kannte sich der Fahrer nicht aus, denn es kam uns vor, als ob wir lange Umwege führen. Erst um Mitternacht kamen wir in der Klinik an. Hier ging nun alles sehr schnell, denn der untersuchende Arzt erkannte sofort die Situation und ließ alles für den nötigen Eingriff vorbereiten. Wir erschraken erneut. Eine Operation, bei einem so kleinen Kind, kaum drei Monate alt? War das nicht äußerst gefährlich? Der Arzt nickte ernst. Aber es gäbe keine andere Möglichkeit, sagte er. Wir müssten das Beste hoffen. Und er wandte sich zum Gehen. Ob wir warten dürften?, fragten wir gepresst. Er verhielt den Schritt, drehte sich zu uns um, schien zu überlegen. Dann schüttelte er den Kopf: nein, es sei sinnlos – wir könnten morgen früh in der Klinik anrufen. Und er wiederholte: Wir sollten hoffen.

Ich konnte in der Nacht nicht schlafen. Auch J. B. war wach. Wir lagen in fester Umarmung, wie seit langem nicht, und dachten wohl beide immer dasselbe: Was sollte werden, wenn das Kind starb – das Einzige, das uns noch zusammenhielt? Würden wir ein zweites Kind haben können? Meine erste Geburt war nicht ohne Komplikationen verlaufen: der außergewöhnlich lange Geburtsvorgang, die falsche Kindslage, die sich dann doch, entgegen der Aussage des Professors, bestätigte und die ihn zeitweise hatte erwägen lassen, das Kind mittels Kaiserschnitt ans Licht zu holen ... Dennoch, in dieser Nacht fasste ich den Entschluss, alles zu wagen, notfalls mein Leben auf Spiel zu setzen, denn ich wollte ein Kind, konnte mir mein Leben ohne Kind gar nicht mehr vorstellen. Jetzt erst spürte ich, wie stark ich mich schon an das kleine Wesen gewöhnt hatte, wie sehr es ein Teil von mir selber war. Ob J. B., der Vater, ein Gleiches empfand? In dieser Nacht glaubte ich es, nie waren wir uns so nahe gewesen wie in der gemeinsamen Angst um das Kind, das vielleicht in diesem Augenblick mit dem Tode rang.

Inzwischen graute der Morgen, die Vögel begannen zu zwitschern. Es war ja Sommer, die Nächte waren nur kurz. Aber wir mussten noch weiter ausharren, mussten uns gedulden, denn vor sieben würde der Chefarzt nicht erreichbar sein. Endlich löste sich J. B. von meiner Seite und ging schleppenden Schrittes zum Telefon. Mir stockte der Atem: Was würden uns die nächsten Minuten bringen? Ich ging an die Tür, um zu lauschen, und musste mich dabei am Türrahmen festhalten. Der Schweiß brach mir aus, mir wurde schwarz vor Augen. Doch da hörte ich schon von unten einen erlösten Ausruf. Gleich darauf kam J. B. die Treppe heraufgestürmt. Er schloss mich in die Arme, nickte mir zu. Die Ärzte seien zufrieden, sagte er nur. Er war im Moment nicht fähig, weiter zu sprechen, und ich konnte ihn verstehen. Die Spannung war zu groß gewesen.

Ich fuhr sofort in die Klinik, saß am Bett unseres Kindes, das ganz still und fremd in den Kissen lag. Nur die Ärmchen zuckten von Zeit zu Zeit. Die Haut schimmerte bläulich, die Stirn glänzte nass. Mir schossen die Tränen in die Augen. Würde das Kind überleben? Der Arzt hatte mir erklärt, dass die Operation gut verlaufen sei, dass man aber noch die Entwicklung in den nächsten Tagen abwarten müsse. Erst wenn die Verdauung wieder in Gang sei, könne man klarer sehen. Das Kind durfte nur häppchenweise ernährt werden, vielmals am Tage, in winzigen Rationen. Leider musste auch auf Flaschenmilch umgestellt werden, denn meine Nahrung war durch die Aufregung plötzlich versiegt. Beschämt hatte ich die Milchpumpe, die mir die Schwester tags zuvor zugesteckt hatte, wieder zurückgegeben. Ich konnte meinem Kind nicht mehr helfen, ich konnte nur auf ein Wunder warten. Und das Wunder geschah: Nach drei Wochen durften wir unsere Tochter wieder mit uns nehmen.

Wir blieben noch einen Monat in Holstein. Dann war Christiane so weit gekräftigt, dass wir ihr eine Reise zumuten konnten. Diesmal fuhren wir in die Börde, wo nach Meinung der Schwiegermutter die Pflege des Kindes am besten gewährleistet war. J. B. riefen Lektoratspflichten bald nach Berlin, und da entschloss sich auch seine Mutter, mitzufahren, um ihrem Mann im Sanatorium nahe zu sein. So blieb ich allein auf dem Gut, wo natürlich alles, auch ohne die »Herrschaft«, wie am Schnürchen lief, denn Verwalter wie Buchhalter waren gut eingearbeitet. Außer mir lebten im Haus noch zwei alte Damen, »Tante Hanna« aus Magdeburg und »Tante Rappe«, eine Diplomatenwitwe, die aus Dorpat geflüchtet war, wo, wenn man ihr glauben wollte, die Sowjets unter der einheimischen Bevölkerung »wie die Wölfe« gehaust haben sollen. Ich glaubte ihr nicht, hielt sie für hysterisch; da sie aber sonst im Umgang angenehm war, im Allgemeinen mit ihrer Meinung zurückhielt und meist allein in ihrem Zimmer hockte, kamen wir uns nicht ins Gehege. Tante Rappe war ganz Dame, eine unnahbare »Exzellenz«, das strikte Gegenteil von der bescheidenen, etwas einfältigen Tante Hanna, die ihre Begeisterung für die Nazis offen zur Schau trug und jeden Abend vor dem Radio saß, wo sie mit naiver Gläubigkeit den Kommentaren eines Hans Fritsche lauschte. Tante Hanna war aus Angst vor den Bomben aufs Land geflüchtet. Die Verbindung zur Familie ihres Sohnes schien nur lose zu sein, so dass sie ihre großmütterlichen Gefühle auf unser Kind übertrug. Oft fuhr sie es stundenlang im Kinderwagen durch die Gegend, auch als die Tage bereits kälter wurden. Wir waren nun schon im Oktober.

Mir war es nicht unlieb, zeitweise der Fürsorge um mein Kind enthoben zu sein, denn ich brauchte die Freizeit für anderes. Ich habe ganze Nachmittage damit zugebracht, Pakete zu packen. In die unfreundliche kalte Diele, wohin ich mich dazu zurückzog, verirrte sich um diese Zeit kein Mensch; die Hausmädchen machten Besorgungen, und die Küchenmamsell stellte sich erst gegen Abend ein. So war ich ungestört, denn ich musste das, was ich tat, heimlich tun. Nur der Gärtner war eingeweiht. Er kannte die Ernährungslage in den Großstädten und steckte mir heimlich Gemüse zu, Tomaten, Karotten und alle Arten von Kohl, die im Garten so reichlich vorhanden waren, dass man selbst einen zentnerweisen Schwund hätte verschmerzen können. Schwiegermutter hatte mir aber streng untersagt, Lebensmittel nach Berlin zu schicken, nachdem sie mich einmal dabei erwischt hatte, wie ich ein Päckchen mit Hülsenfrüchten zum Postamt brachte. Ich war mir damals der »Ungehörigkeit« meines Tuns gar nicht bewusst geworden, sondern hatte die gelben Erbsen vom Gärtner, als freundliche Geste von ihm an meine Angehörigen, arglos entgegengenommen. Nun aber hörte ich von meiner Schwiegermutter, dass sie ebenfalls nur über ihre »kargen Rationen« verfüge, was nicht der Wahrheit entsprach, und dass sie nichts an andere verschenken könne. Ich habe mich nicht an ihr Verbot gehalten, denn meine Hilfssendungen waren nicht nur für meine Eltern gedacht. In Vaters Werkstatt arbeitete seit kurzem ein junger Kommunist, Bernhard, der Verbindungen zu untergetauchten Juden hatte, die versorgt werden mussten. Auch Mutter kannte in ihrer Straße viele Juden, die dringend Hilfe brauchten. Sie durften nur noch zu bestimmten Stunden einkaufen gehen, und ihre Rationen wurden ständig gekürzt. Mutter berichtete fast in jedem ihrer Briefe von Judentransporten, die dicht vor ihrem Laden zusammengestellt worden waren. Es hieß, die Juden kämen in ein Arbeitslager. Aber Mutter hat nie wieder ein Lebenszeichen von ihnen bekommen, obwohl sie vorher mit den meisten gut befreundet war.

Ich sehnte mich nach Gesprächen mit Gleichgesinnten, konnte es kaum noch ertragen, dem oberflächlichen Geplapper der beiden alten Damen ausgesetzt zu sein, die jeden Abend mit Spannung den Wehrmachtsbericht verfolgten oder sogar die »Sondermeldungen« bejubelten. Auch den Londoner Sender konnte ich nicht mehr abhören, weil ich ständig von Lauschern umgeben war. Aber warum konnte ich nicht jetzt, da ich hier allein war, meine Eltern einladen? Ich wusste, dass meine Mutter die lange Trennung von ihrem Enkelkind nur schwer ertrug, und der Termin meiner Rückkehr nach Berlin war noch ungewiss. Gleich am selben Abend rief ich meine Eltern an und verabredete mit ihnen den Reisetermin.

In ihrer Freude teilten sie ihren Plan auch dem Schwiegersohn mit, der die Neuigkeit wiederum seiner Mutter erzählte, und die rief telefonisch empört zurück: Ob es wahr sei, dass meine Eltern mich besuchen wollten? Und wie ich mir das denn gedacht hätte, da sie als Hausfrau ja nicht anwesend sei? Ich hatte die Frage erwartet und erwiderte ruhig, dass ich im Gasthaus ein Zimmer bestellt hätte. Das sei unmöglich!, erwiderte meine Schwiegermutter. Denn was sollten dann wohl die Leute sagen? Nein, ich solle umgehend das Gästezimmer herrichten lassen. Der Gärtner solle überallhin frische Blumen stellen. Die Mamsell könne ein Hühnchen schlachten, oder besser ein wildes Karnickel. Und ich solle auf keinen Fall vergessen, den Eltern die Lebensmittelmarken abzunehmen!

Das letzte warf mich um. Meine Eltern wollten nur über Sonntag bleiben, allenfalls noch Montag dranhängen, und die wenigen Tage sollte man sie nicht auf dem Gut beköstigen können? Ich habe ihnen keine Marken abverlangt, und sie sind trotzdem nicht verhungert. Aber ich erbat mir von der Mamsell die Schlüssel zum Vorratskeller und tischte meinen Gästen auf, was ich nur an Köstlichkeiten entdecken konnte. Abends brauten wir uns eine Bowle. Meine Mutter genoss das Zusammensein mit dem Enkelkind, und Vater sah sich draußen in den Ställen um. Er besuchte auch seinen Kollegen aus der Stellmacherei, einen Veteranen aus dem Ersten Weltkrieg, der sich mühselig mit seinem Holzbein fortbewegte; als »Flickschuster«, wie Vater es nannte, zum Ausbessern der Kutsch- und Erntewagen schien er aber noch zu taugen.

Es war sinnlos, die Eltern zum Längerbleiben überreden zu wollen. Sie drängten ungeduldig nach Hause, um nach dem Rechten zu sehen. Moabit wurde fast immer mit Bomben belegt, und etliche Male waren schon Luftminen ganz in der Nähe heruntergegangen. Die Eltern hatten daher kürzlich – als Ausweichquartier – im Norden Berlins ein Grundstück erworben. Es war spottbillig und sogar in Raten zu bezahlen. Dort nun wollte Vater eine Laube bauen. Bernhard hatte versprochen, ihm dabei zu helfen, und die Eltern hofften, schon im Frühjahr da hin und wieder übernachten, vielleicht sogar ganz dorthin übersiedeln zu können.

Mir fiel der Abschied von den Eltern schwer. Sie waren nun beide schon grau, standen aber noch unverdrossen im Lebenskampf und mussten in einem Alter, in dem andere sich zur Ruhe setzen, noch Pläne schmieden, die man gemeinhin in der Jugend verwirklicht und die sicher ihre Kräfte überfordern würden. Dennoch wirkten sie nicht niedergedrückt. Sie waren von Hitlers Untergang fest überzeugt, und die Lage an der Front schien ihnen recht zu geben.

Um Stalingrad tobten schwere Kämpfe, und die ausländischen Sender meldeten, dass sich der Ring um die 6. Armee von General Paulus bald schließen werde. Alle Kriegsgegner hofften außerdem auf die zweite Front, die die Westmächte schon so lange versprochen hatten. War sie erst da, würde Hitler wohl endlich kapitulieren müssen. »Oder die Landser drehen die Waffen um!«, sagte Vater, der noch immer seine Hoffnung auf den Widerstand setzte. Mutter dagegen sorgte sich um meinen Bruder. Er war bei der Propaganda-Kompanie Marine und stand seit kurzem in Holland, wo er an gefährlichen U-Boot-Unternehmungen teilnehmen musste. »Hoffentlich sehen wir uns gesund wieder!« Das war der Stoßseufzer, den man jetzt allenthalben hören konnte, wo Menschen in verschiedene Richtungen auseinandergingen.

Ich kehrte im Herbst in unsere Wohnung zurück und erlebte sogleich einen schweren Luftangriff. Rosalskys hatten uns überredet, statt wie bisher im Keller besser in der U-Bahn-Station Schutz zu suchen, die scheinbar sicherer wäre. Dort unten herrschte eine drangvolle Enge. Aus der ganzen Umgebung schienen die Menschen hierher geflüchtet zu sein. Sie hockten auf Klappstühlen, auf Koffern oder Taschen oder hatten sich einfach auf den Boden gekauert. Kinder schrien. Frauen weinten vor Angst. Dicht neben uns hatte ein Alter einen Herzanfall und rang nach Luft, bevor eine Ärztin zu ihm vordringen konnte und ihn mit Medikamenten versorgte. Wir hatten uns neben dem Häuschen für den Bahnhofsvorsteher einen Platz erkämpft, standen mit dem Rücken zur Wand und zogen jedes Mal die Köpfe ein, wenn das helle Bummern der Flak oder die Detonationen von Bomben, die scheinbar dicht neben uns niedergingen, orkanartig in dem Tunnelschlauch widerhallten. Ich hielt Christianchen fest mit bei den Armen umspannt, drückte sie an die Brust, unglücklich darüber, dass ich sie nicht in meinen Leib zurückpressen konnte, wo ich sie meinem Gefühl nach besser hätte schützen können. Einen Epileptiker und zwei Ohnmächtige trug man an uns vorbei: Luftschutzwarte bellten ihre Befehle, drückten alle, die um Atem ringend zum Ausgang drängten, wieder in den Schlauch zurück, den die Menschenmassen zu sprengen drohten. Ich weiß nicht mehr, wie viele Stunden wir so in der Nacht haben zubringen müssen, J. B. brachte mich später in die Wohnung hinauf, die seltsamerweise noch heil war. Auch Rosalskys zogen sich in ihre Behausung zurück; heute dachte keiner daran, die Nacht mit Sekt zu beschließen.

Unsere Gegend war weitgehend verschont geblieben. Aber andere Stadtteile, auch Moabit, waren verheerend zerstört, man sprach von Hunderten von Obdachlosen und zahllosen Toten – in den Zeitungen stand nichts darüber. Dort las man nur etwas von »gelungenen Abwehrmaßnahmen« und von Aufräumungsarbeiten, die »zügig voran gingen«. Einige Beherzte, die Brandbomben ergriffen und beiseite geschleudert hatten, wurden als Helden gefeiert. Im Moabiter Laden war die Schaufensterscheibe in tausend Stücke zersplittert, und die schwere Eisentür zum Hof war eingedrückt worden, so dass die Wohnung für jedermann zugänglich war und meine Eltern ihre Not hatten, ihre paar Habseligkeiten vor fremdem Zugriff zu schützen. Dennoch waren sie kurz bei uns vorbeigekommen, um Bericht zu erstatten, damit wir uns keine unnötigen Sorgen machten.

Wenige Tage nach diesem Luftangriff kam im Frauengefängnis der Berliner Barnimstraße ein Knabe zur Welt. Seine Mutter Hilde Coppi nannte ihn Hans, nach dem Namen ihres Mannes, der ebenfalls im Gefängnis saß, aber im Gestapo-Gebäude in der Prinz-Albrecht-Straße. Beide waren im September verhaftet worden, zusammen mit hundertunddreißig weiteren Antifaschisten, die Hitler Widerstand geleistet hatten. In allen ihren Aktionen war es ihnen immer darum gegangen, den Krieg abzukürzen oder sogar zu beenden und das Volk aufzurütteln, dem sinnlosen Gemetzel endlich Paroli zu bieten! Die Gestapo brauchte Monate, um den Widerstandskämpfern auf die Spur zu kommen. Dann aber griff sie zu, und seitdem wurden hinter ihren Mauern Menschen verhört, gefoltert und halb zu Tode geprügelt; begingen Verzweifelte Selbstmord, um keinen Verrat zu begehen; wurden Frauen halb wahnsinnig, wenn sie aus dem Nebenraum des Zimmers, in dem sie zu Aussagen erpresst werden sollten, die Rufe und das Weinen ihrer Kinder hörten. Die Bevölkerung – auch ich – ahnte von alledem nichts, denn Hitler hatte befohlen, die »Liquidierung der Verräter« streng geheim zu behandeln; kein Sterbenswort gelangte an die Öffentlichkeit, alles geschah sozusagen unterirdisch. Aber auch oben, also sichtbar für alle, wurde in diesen Zeiten geweint und getrauert; wurde der Tod von Söhnen und Brüdern »in stolzer Trauer« in den Zeitungen bekanntgegeben. Frauen bangten um das Leben ihrer Männer, die vor Stalingrad lagen, flüchteten abends in die Luftschutzkeller; schleppten kaputte Fenster zum Glaser und rannten um neues Verdunklungspapier; Dienstverpflichtete eilten zu ihrer Arbeitsstätte. Jeder hatte mit sich zu tun, hatte seine eigenen Sorgen – ebenso wie ich. Von der Tragödie um die Verfolgung der Gruppe um Harro Schulze-Boysen und Arvid Harnack, zu denen auch die Coppis gehörten, habe ich erst nach 1945 erfahren. Vorher waren meine Sorgen und Gedanken auf anderes, Persönliches, gerichtet.

Meinen Schwiegervater hatten die letzten Kriegsereignisse schwer mitgenommen. Er wollte nicht länger in dem Sanatorium bleiben: Es zog ihn nach Holstein zu seinem Lieblingssitz. Ständig faselte er der Krankenschwester, zu der er Zutrauen gefasst hatte, von seinem »Anwesen« vor, wie er das Millionenobjekt zu nennen pflegte. Sie sollte ihn dorthin begleiten, so dass er sie überall herumführen und ihr alle Schönheiten zeigen könne. Leider widersetzten sich die Ärzte einem sofortigen Ortswechsel, und es wurde kurz vor Weihnachten, bis sie ihm endlich zu reisen erlaubten, in einem Sonderabteil erster Klasse und in Begleitung von zwei Krankenschwestern, von denen die eine sofort wieder zurückfahren sollte. Nur Schwester Lisa sollte in Holstein bleiben, zur Entlastung meiner Schwiegermutter, der die Pflege des Kranken allein zu beschwerlich war.

Wir haben das, was danach geschah, erst nach und nach erfahren. Der Vater war am 18. Dezember in Holstein angekommen. Noch am selben Tag hatte er Schwester Lisa alle Ställe gezeigt und war mit ihr über die Felder gegangen. Er habe außergewöhnlich frisch gewirkt, erzählte die Schwester später. Mit seinem aufrechten Gang, den weit ausholenden Schritten und der vor Kälte geröteten Haut hätte niemand in ihm einen Schwerkranken vermutet. Ihr sei es vorgekommen, sagte sie, als wirke die geliebte Umgebung auf ihn wie eine Wunderdroge, und sie habe wirklich gehofft, dass er hier gesunden werde. Auch in der Nacht habe er gut geschlafen. Morgens habe sie mit ihm gefrühstückt – seine Frau habe noch im Bett gelegen. Dann, nach Verzehr des ersten Brötchens, das er scheinbar mit großem Appetit gegessen habe, sei er aufgestanden und, eine Entschuldigung murmelnd, hinausgegangen. Natürlich habe sie gedacht, dass er zur Toilette wolle – und sei ruhig sitzen geblieben. Erst als er nach fünfzehn, zwanzig Minuten noch immer nicht zurück war, sei sie unruhig geworden und habe die Angehörigen alarmiert. Gemeinsam hätten sie dann überall nach ihm gesucht, zuerst im Haus und schließlich auch außerhalb, obwohl sie daran zweifelten, ihn dort zu finden, denn sein Mantel hing unberührt in der Garderobe, und draußen herrschten Minusgrade. Aber er wäre doch mit der bloßen Jacke nach draußen gegangen, habe man später gesehen, und auch die Jacke habe er dann abgelegt, seinen Stock habe er in die Erde gerammt und daneben die Uhr gelegt, bevor er, nur mit Hemd und Hose bekleidet, in den eiskalten See hinabgetaucht sei …

Wie gesagt, solche Einzelheiten erfuhren wir erst viel später. Als Helga am 19. bei uns anrief, übermittelte sie uns nur die knappe Nachricht, dass Vater sich das Leben genommen hätte. Aber sie hätten ihn noch nicht gefunden; die Leute suchten nach ihm. Sie suchten ihn auch noch, als J. B. oben eintraf; er hatte den nächstmöglichen Zug genommen, um Mutter und Schwägerin zur Seite zu stehen. Ich sollte auf Beschluss der Familie zu Hause bleiben, um mir und dem Kind die Strapazen einer weiten Reise zu ersparen, und ich war erleichtert darüber. Ich hätte nur das allgemeine Durcheinander noch vergrößern können. Man fand den Leichnam erst fünf Tage später, einen Tag vor Heiligabend. Die Beisetzung fand noch vor Neujahr statt. Der Sarg wurde in der Schonung, nahe beim Haus, versenkt. Doch siebzehn Jahre später, nach Dieters Tod, hat Helga die Gebeine umbetten lassen; offenbar hatte das Grab auf dem Gutsgelände ihren Bruder gestört, der nach dem Krieg die Leitung der Wirtschaft übernommen hatte. Der Vater ruht seitdem, neben seinem Sohn, auf dem Friedhof von Warder, dem nächstgelegenen Dorf. Auch Helga wurde einige Jahre später dort beigesetzt, auf dem Erbbegräbnis, wo noch viel Platz für andere ist, die zur Familie gehören. Nur für mich wird dort kein Platz mehr sein.

Und zwei Tage vor Weihnachten, am 22. Dezember 1942, wurden in Berlin-Plötzensee fünf von insgesamt neunundvierzig Mitgliedern der »Roten Kapelle«, die ihr Todesurteil erhalten hatten, durch den Strang vom Leben zum Tode befördert. Unter ihnen war auch Hans Coppi, der Vater des Jungen, der im Gefängnis in der Barnimstraße geboren war und den ich kennenlernen sollte, als er gerade vier Jahre alt war. Damals wusste ich von seinem Schicksal und dem seiner Eltern nichts. Die Gestapo verfügte über Mittel und Wege genug, um Nachrichten zu unterdrücken, die ihrem Ansehen, wie sie meinten, schädlich waren: nämlich die Tatsache, dass es noch im dritten Kriegsjahr Hunderte von Männern und Frauen gegeben hat, die unter Einsatz ihres jungen Lebens danach trachteten, dem verbrecherischen Treiben des Nazistaates ein Ende zu setzen.

Ein »harmloser Bluterguss«

Im Herbst 1944 fuhr J. B. zu Filmbesprechungen nach Prag, die aber ergebnislos verliefen. Auch unser Semmelweis-Film war zurückgestellt worden, nachdem Goebbels die Filmfirma hatte wissen lassen, dass eine Realisierung des Films erst möglich sei, wenn eine Offensive in Aussicht stünde. »Die Offensive kommt nie!«, prophezeite Dramaturg Hillers. »Und Spielfilme können wir auch nicht mehr drehen. Die Hälfte aller Filmschaffenden ist ja schon eingezogen.« J. B. war ebenfalls niedergeschlagen. Er klagte über Sehstörungen, die er schon in Prag bemerkt haben wollte. Er habe ständig gemeint, dass es draußen schneie, erzählte er mir; dabei habe hell die Sonne geschienen. Auch jetzt sähe er ständig Flocken vor den Augen ... Als er bemerkte, dass mich seine Mitteilung erschreckt hatte, schwächte er alles ab. Vielleicht sei er nur übermüdet, meinte er; die Tage in Prag seien anstrengend gewesen.

Wir lebten jetzt ständig in Marienstuhl, waren evakuiert wie so viele, nachdem die Aufforderung an Frauen und Kinder ergangen war, Berlin zu verlassen. Ich wäre lieber nach Holstein ausgewichen, aber dort waren wir im vergangenen Sommer so hart mit Helga aneinandergeraten, dass wir Hals über Kopf hatten abreisen müssen. Seitdem scheuten wir jede Begegnung mit ihr. Wir hatten die schweren Luftangriffe auf Hamburg von ferne miterlebt. Pausenlos waren die Bomber über unsere Köpfe hinweggebraust, hatten dann abgedreht, und kurz darauf war der Horizont ein Flammenmeer. In drei Nächten hintereinander erfolgten die Großangriffe, warfen die Maschinen ihre Spreng-, Brand- und Minenbomben über Hamburg ab und zerstörten durch Flächenbrände ganze Wohnbezirke. Flüchtlinge, die bald scharenweise auf dem Gut eintrafen, erzählten von Phosphorkanistern, die die Menschen in lebende Fackeln verwandelt hätten. Um sich zu retten, seien viele in Panik in die Elbe gerannt und ertrunken. Zu Hunderttausenden waren die Menschen aus der Stadt geflohen. Wir sollten achtzig Flüchtlinge aufnehmen.

Sie kamen nur mit dem, was sie auf dem Leibe trugen; ihren Gesichtern war noch der Schrecken über die kaum überstandenen Ängste und Strapazen deutlich anzusehen. Wir mussten zunächst dafür sorgen, sie irgendwo unterzubringen; mussten Bettgestelle, Bettwäsche und Regale beschaffen, als Aufbewahrungsort für das Nötigste. Helga fuhr unzählige Male zum Einkaufen in die Kreisstadt, während ich mich um die Verpflegung der Flüchtlinge kümmern sollte. J. B. erledigte den bürokratischen Kram; Listen mit Namen und der bisherigen Adresse der Eingetroffenen mussten gefertigt werden. Für die Küche stellten wir weitere Hilfskräfte an. Noch vor Anbruch des Abends waren wir so weit, dass jeder eine provisorische Bleibe hatte. Zum Glück bot das Haus viel Platz, allein in dem großen Esszimmer hatten wir zehn Betten aufstellen können. In den übrigen Zimmern brachten wir die Alten unter und Frauen, die mit Kindern gekommen waren. Für alle übrigen mussten wir die Scheune als Schlafraum herrichten. Gegessen wurde im Freien. Es war erst Juli, die Tage waren noch lang. Unser Faktotum Otto erwies sich wieder mal als äußerst geschickt, weil er aus mehreren Brettern Tische und Bänke zu zimmern verstand, wie wir sie früher bei den Erntefesten aufgestellt hatten. Aber von Picknickstimmung konnte diesmal keine Rede sein. Die heute vor den dampfenden Schüsseln saßen oder gierig über die Suppe herfielen, weil sie lange nichts Warmes gegessen hatten, waren aufgewühlt und verstört. Manche weinten, weil sie alles verloren hatten. Andere beteuerten ihre Genugtuung, wenigstens das Leben gerettet zu haben, und waren unwillig gegenüber solchen, die ihren Verlust beklagten. Andere konnten das Grauenvolle, das sie gesehen hatten – brennende Menschen, geschrumpfte Leichen – nicht verwinden und erzählten davon bis zum Überdruss. Alle aber suchten immer wieder ängstlich den Himmel ab: Würde es wieder Alarm geben? Konnten die Bomber auch hierher kommen? Wenn man ihnen sagte, dass sich noch kein Flugzeug aufs Land verirrt hatte, schüttelten sie ungläubig den Kopf. Hamburg lag nur wenige Kilometer entfernt. Dort waren sie der Hölle entronnen. War es möglich, dass sie im Paradies gelandet waren?

Die Landbewohner, auch wir auf dem Gut, galten ernährungsmäßig als Selbstversorger. Seit wir die Flüchtlinge beköstigten, hatte man unsere Zuteilung, entsprechend der gestiegenen Personenzahl, erhöht und die Hamburger angewiesen, ihre Lebensmittelkarten bei uns abzugeben. Wir durften sie aber nicht behalten, sondern sollten sie beim Ernährungsamt abliefern. An einem der nächsten Tage fahndete ich also im Rathaus der Kreisstadt nach der zuständigen Bearbeiterin, die, wie ich annahm, mir den Erhalt der Karten, die sie entwerten musste, schriftlich bestätigen würde. Doch auf dem Amt herrschte ein unvorstellbares Durcheinander. Die Kreisstadt war ebenfalls bis an den Rand mit Flüchtlingen angefüllt, die offenbar alle irgendein Anliegen hatten. Viele hatten alles verloren und beantragten die sogenannte Punktkarte oder Bezugsscheine für alles Mögliche. Andere hatten noch nicht einmal eine Unterkunft und wussten nicht, wo sie in der nächsten Nacht schlafen konnten. Die Dame am Schreibtisch schien völlig überfordert zu sein. Als ich endlich zu ihr vorgedrungen war, warf sie nur einen flüchtigen Blick auf mich und die Karten in meiner Hand und sagte nervös, auf den Papierkorb weisend: »Alles da hinein, bitte.« Und schon wandte sie sich an die Nächste, die um Hilfe bat. Ich war offensichtlich entlassen. Aber es dauerte etliche Sekunden, bis mir ins Bewusstsein drang, dass ich unermesslichen Reichtum – etwa achtzig Zuteilungen für einen vollen Monat – in meinen Händen hielt. Dann handelte ich blitzschnell. Da ich mir nicht sicher war, ob mich jemand beobachtete, versenkte ich einige Karten wirklich in dem Abfallkorb; den größten Rest aber ließ ich unauffällig in meiner Jackentasche verschwinden. Anschließend brachte ich das Päckchen auf den Weg nach Berlin. Bernhard und Josef, die Genossen aus Moabit, mit denen sich meine Eltern die unvermutete Spende teilen sollten, würden die Marken schon in die richtigen Kanäle leiten.

Sicher wäre es klüger gewesen, ich hätte diese Manipulation für mich behalten. Aber ich war so freudig erregt, weil es mir gelungen war, den Nazi-Ämtern ein Schnippchen zu schlagen, dass ich abends am Familientisch das Geheimnis preisgab. Die Wirkung darauf war bestürzend. J. B. hörte mir schweigend zu, aber ich konnte ihm seine Missbilligung deutlich vom Gesicht ablesen. Für ihn, der so korrekt war, dass er nicht einmal eine Schwarzfahrt mit der Straßenbahn riskiert haben würde, bedeutete meine Handlung eine reine Unterschlagung, die er nicht gutheißen konnte. Helga aber ließ ihrer Empörung freien Lauf. Sie beschuldigte mich des Vertrauensbruchs ihr gegenüber, die für die ordnungsgemäße Versorgung der Flüchtlinge verantwortlich war, aber auch des Betruges am Staat, dem ich zusätzliche und mir nicht zustehende Lebensmittel gestohlen hätte. Sie verstehe nicht, wie ich mich damit noch rühmen könne. Natürlich blieb ich ihr die Antwort nicht schuldig. Ich führte ins Feld, dass ich niemandem geschadet hätte, denn die Hamburger wurden ohnehin bei uns verpflegt. Ihre für sie wertlosen Marken konnten aber anderen sehr nützlich sein, zum Beispiel Menschen, die im Untergrund lebten. Gerade diese Bemerkung goss Wasser auf Helgas Mühlen. Das befürchte sie ja gerade, schrie sie mich an, ich dächte an Juden und an Vaterlandsverräter, während deutsche Männer an der Front verreckten. Aber an die verschwendete ich keinen Gedanken, weil ich nicht selber betroffen sei ... Nun war sie wieder in Fahrt, nicht mehr zu bremsen, denn der Hass, den sie so lange noch, wohlerzogen wie sie war, in sich verschlossen hatte, brach nun offen aus und entlud sich auf uns beide zugleich – bis J. B. die fruchtlose Debatte beendete, indem er abrupt aufstand und mich mit sich nach draußen zog. Wir reisten bald danach ab. Das Zusammenleben war unerträglich geworden.

Tante Hete, wie meine Schwiegermutter von den meisten genannt wurde, war über unsere Übersiedlung zu ihr, hauptsächlich wegen der Gegenwart des Enkelkindes, hocherfreut. Großmütig hatte sie uns im ersten Stockwerk zwei Räume überlassen, ein Wohn- und ein Schlafzimmer, so dass wir uns abends in unsere eigenen vier Wände hätten zurückziehen können. J. B. überredete mich aber immer wieder, unten zu bleiben und seiner Mutter Gesellschaft zu leisten, um ihr über den Tod ihres Mannes hinwegzuhelfen. Ich fand nicht, dass Mutter so einsam war, denn ständig meldeten sich Gäste an, Tante Mieze aus Bremen, Cousine Gertrud aus Halberstadt oder Inge, die Frau des Korvettenkapitäns aus Wilhelmshaven, die mit ihrem Sohn Alwin sogar für Monate bei uns unterschlüpfte. Aber auch die anderen versuchten so oft wie möglich den Fliegerangriffen auf ihre Stadt zu entgehen und bei uns die ländliche Ruhe und den immer noch reich gedeckten Tisch zu genießen. Hier gab es täglich frische Milch, Eier übergenug und selbstgefertigte Leberwurst, also Delikatessen, nach denen man sich in der Stadt sämtliche Finger leckte. Abends versammelten wir uns alle unten im Salon. Waren ausnahmsweise keine Gäste von auswärts da, so saßen immer noch Tante Hanna, »die Rappen« und die Haustochter Renate mit uns am Tisch, da sie sozusagen zur Familie zählten. Mutter legte Patiencen, die beiden Alten strickten, wobei eine die andere mit immer komplizierteren Mustern zu übertreffen suchte, und Renate studierte Kochrezepte. Die Mamsell war kürzlich zu Kriegsdiensten beordert worden, und seitdem hatten wir vereinbart, dass wir abwechselnd unsere Kochkünste präsentieren sollten, wobei wiederum miteinander gewetteifert wurde, wer die feinsten Gerichte mit den wenigsten Zutaten herstellen konnte. Die Gespräche drehten sich nur um Alltägliches, meist um Dienstmädchen-Ärger oder um Leutetratsch. Ich hätte mich gern öfter abgesondert, um in einer Ecke zu lesen, aber das wäre als grobe Unhöflichkeit von allen verurteilt worden. So schleppten sich die Abende hin, bis Mutter plötzlich ihre Patience-Karten, die wieder einmal nicht aufgegangen waren, energisch beiseitefegte und sich darauf besann, dass sie uns ein Abend-Schnäpschen schuldig war. Renate sprang auf, um die Gläser zu holen, und dann stießen wir alle miteinander an, meist »auf unseren Sieg!« J. B. bekam manchmal noch einen zweiten Schnaps, und ich hegte den Verdacht, dass er nur der Schnäpse wegen die Abende im Salon vertat, denn was hätte ihn sonst hier halten können?

Seine Augen waren nicht besser geworden, und schließlich konnte er es nicht länger hinausschieben: Er musste einen Arzt aufsuchen. Doch das war im vierten Kriegsjahr schwierig genug. Alle Adressen von Augenärzten, die wir dem Magdeburger Telefonbuch entnommen hatten oder die wir von Empfehlungen her kannten, stimmten nicht mehr. Meist waren die Praxen geschlossen und die Ärzte eingezogen. Endlich fanden wir einen früheren Oberstabsarzt, der bereit war, uns einen Termin zu geben, allerdings nur nach einigen Wochen. Erst als J. B. erklärte, dass er von Geburt an Schwierigkeiten mit seinen Augen hätte – er war blind geboren, was seine Eltern aber zu spät bemerkt hatten, so dass man erst den Zweijährigen operiert hatte und ihm durch Entfernung der Linsen eine wenn auch geschwächte Sehkraft verschaffen konnte –, ließ er sich herab, ihn zu empfangen. Ich fuhr zur Begleitung mit, musste aber im Wartezimmer zurückbleiben, während der Arzt, ein vierschrötiger Kerl mit Pranken, denen man behutsames Hantieren mit einem so empfindlichen Organ, wie es das Auge ist, gar nicht zutrauen mochte, mit dem Patienten im Behandlungszimmer verschwand. Die Untersuchung war offensichtlich flüchtig, denn schon bald hörte ich seine dröhnende Stimme: »Das ist ein harmloser Bluterguss. Daran werden Sie weder sterben, junger Mann, noch erblinden. Kommen Sie in acht Tagen wieder her. Und ich wette tausend gegen eins: Sie sind dann kerngesund!«

J. B. tappte unsicher auf mich zu. Der Arzt hatte ihm eine sogenannte Lochbrille auf die Nase gesetzt, eine schwarze Binde, die die Augen verdeckte und nur jeweils in der Mitte ein winziges Loch freiließ. Die Augen sollten gezwungen werden, starr geradeaus zu blicken. Etliche Salben und Tropfen unterstützten die Therapie. J. B. sollte sich möglichst wenig bewegen, Erschütterungen vermeiden, am besten die ganze Woche liegend verbringen, und wir hielten uns streng daran. Nicht einmal zu den Mahlzeiten erlaubte ich ihm aufzustehen; ich brachte ihm das Essen aufs Zimmer, wo er den ganzen Tag liegend auf dem Sofa verbrachte. Und wir blieben auch an den Abenden allein für uns, konnten endlich ungestört an unserem Rundfunkgerät die ausländischen Sender abhören. Die Nachrichten bestätigten uns, was wir ohnehin ahnten: Es ging mit Riesenschritten auf das Ende zu, auf die endgültige Niederlage. Die mutigen Männer um Graf Stauffenberg, die Ende Juli das Attentat auf Hitler gewagt hatten, hätten vielleicht noch das Schlimmste verhindern und einen Kompromiss mit den Westmächten aushandeln können. Aber ihr Anschlag war misslungen, die Teilnehmer der Verschwörung, hohe Offiziere der Wehrmacht, waren zum Tode verurteilt worden; viele von ihnen wurden, auf ausdrücklichen Befehl Hitlers, in Plötzensee an Fleischerhaken gehenkt. Der Moskauer Sender berichtete von einer Verhaftungswelle, die nach dem Putsch eingesetzt hätte und der tausende Antifaschisten, vor allem Kommunisten, zum Opfer fielen. Wir hörten die Nachricht und erschauerten. Wann würde das Terrorregime endlich beseitigt werden? Die Soldaten führten einen Zweifrontenkrieg. Im Osten rückte die Rote Armee, nach der Wende bei Stalingrad, zügig voran, hatte Bulgarien besetzt und stieß nach Ungarn vor. Die Westalliierten hatten Paris erreicht. Bald würden die Amerikaner am Rhein stehen, dessen Städte ihre Bombengeschwader schon jetzt in Schutt und Asche legten. Danach würden sie bis zur Elbe vorrücken; oder sogar bis zur Oder – falls ihnen die Russen nicht vorher den Rang abliefen. Die Sowjetunion, die bisher die schwersten Verluste an Material und Menschenleben hatte hinnehmen müssen, würde nicht zulassen, dass sich die Westmächte allein den Kuchen teilten. Man munkelte, es hätte in Moskau zwischen Stalin und Churchill ein Treffen gegeben. Was hatten sie miteinander ausgehandelt? Niemand wusste es, aber umso mehr schwirrten Gerüchte herum. Fanatische oder auch harmlose Nationalsozialisten, wie unsere Tante Hanna, die fromm nachbetete, was im »Völkischen Beobachter« stand, malten unser Schicksal im Falle einer Niederlage (die sie nicht in Betracht zogen) in den schwärzesten Farben. Stalin würde das Volk hinmorden lassen oder nach Sibirien verschicken. Es hieß auch, dass die Sowjets keine Gefangenen machten.

J. B. und ich wussten es besser. Wir hatten durch Radio Moskau von der Gründung eines »Nationalkommitees Freies Deutschland« gehört, zu deren Initiatoren mir so vertraute Namen wie die von Erich Weinert, Friedrich Wolf und Johannes R. Becher zählten. Willi Bredels Stimme hatten wir schon mehrmals durch den Äther vernommen. Er sprach auch durch Lautsprecher über die Gräben hinweg zu den deutschen Soldaten, die er aufforderte, den sinnlosen Kampf einzustellen und das eigene Leben zu retten, da der Krieg bereits verloren sei. In Antifa-Lagern, hörten wir, wurde mit den deutschen Gefangenen, darunter ehemalige Offiziere, darüber diskutiert, wie ein zukünftiges demokratisches Deutschland zu gestalten sei. Auch wir beide redeten uns die Köpfe heiß. Wie würde, nach der Kapitulation, unsere Zukunft aussehen? Würden die »Feindmächte« Deutschland untereinander aufteilen oder würden sie »das Reich« bestehen lassen? Sicher mussten wir mit einer langjährigen militärischen Besetzung rechnen. Und woher sollte die zukünftige deutsche Regierung die Mittel nehmen, um alle Zerstörungen zu beseitigen, Häuser und Fabriken wieder aufzubauen? Unsere Fragen drehten sich im Kreise, wir wussten die Antwort nicht. Und die Mehrheit der Bevölkerung faselte noch immer vom Endsieg, versprach sich eine Wende des Kriegsglückes von der Wirkung der »Wunderwaffen«, V-1 und V-2.

Aber wir sprachen nicht nur vom Krieg und seinem absehbaren Ende. Jetzt, da wir ganze Tage oben für uns allein waren, erörterten wir auch wieder literarische Pläne. J. B. spann an einem alten Vorhaben weiter, einem Bergarbeiterstoff, »Grube Morgenrot«, der davon handelt, wie eine vom Schließen bedrohte Zeche von den Kumpeln in eigener Regie übernommen wird. Er hatte den Film schon der »Tobis« und der »Terra« angeboten, doch beide hatten den Stoff als zu »antikapitalistisch« abgelehnt. Dennoch arbeitete er im Kopf daran weiter: Vielleicht ließ sich der Film nach dem Krieg realisieren. Und ich dachte an einen neuen Roman. Ich war in einem Buch von Sling, einem damals bekannten Gerichtsreporter, auf einen Fall gestoßen, in dem sich eine Krankenschwester wegen Mordes – oder Totschlags – an dem Stationsarzt, der der Vater ihres Kindes ist, vor Gericht verantworten muss. Ich las die Geschichte wieder und wieder. Sie berührte mich, weil darin geschildert wurde, wie die Frau von dem Mann, den sie einst geliebt hatte, mehr und mehr abrückt, weil sie seinen labilen Charakter durchschaut. In der unvermeidlichen Aussprache mit dem Arzt greift sie zum Äußersten. Diese letzte Konsequenz konnte ich nicht nachvollziehen. Aber lag nicht in dem Entschluss einer Frau, mit ihrem Kind allein zu bleiben, weil sie den Vater des Kindes ablehnt, ein gestaltenswürdiges Sujet? Auch konnte mir die genaue Milieukenntnis, die ich vor der Geburt unserer Tochter in der Klinik gewonnen hatte, hilfreich sein. Allmählich formte meine Fantasie die Figur der Schwester Johanna, der Hauptgestalt in meinem Roman »Ein Kind für mich allein«, mit dessen Drucklegung allerdings vor Kriegsende nicht zu rechnen war; kein Verlag erhielt für ein belletristisches Werk zur Zeit noch Papier bewilligt. Aber mich trieb es mit Macht an die Schreibmaschine. Das Schreiben bot mir die einzige Möglichkeit, mich von der Familie zurückzuziehen, dem bloßen Hausfrauendasein ein Ende zu setzen und meinem Leben einen Sinn zu geben. Tatsächlich habe ich bis Kriegsende an dem Roman geschrieben, mit großen Unterbrechungen zwar, denn die Ereignisse in den folgenden Monaten überstürzten sich.

Zunächst mussten wir, nach Ablauf der Woche, wiederum nach Magdeburg fahren. Auch diesmal nahm sich der Arzt wenig Zeit für uns; er behandelte J. B. nicht anders als einen, der sich wegen der Entfernung eines lästigen Gerstenkorns zu ihm bemüht hatte, und nicht wegen eines ernsthaften Augenleidens. Doch der Erfolg schien ihm recht zu geben. Nachdem er die Binde von den Augen gelöst hatte, stellte J. B. zu seiner Erleichterung fest, dass die Sehstörungen verschwunden waren;

mithilfe der gewohnten Brille konnte er wieder genauso gut wie vorher sehen, also war die Diagnose des Arztes wohl richtig gewesen: Ein Bluterguss hatte sich in Wohlgefallen aufgelöst. Glücklich fuhren wir in unseren Ort zurück, feierten die Genesung abends mit einer Flasche Wein, die wir von einer kürzlichen Sonderzuteilung eigens für ähnliche Anlässe aufgespart hatten. Doch unsere Freude sollte sich leider als verfrüht erweisen. Schon am nächsten Morgen musste J. B. berichten, dass wieder die »Flocken« vor seinen Augen flimmerten. Ja, schlimmer, am linken Auge, dem schlechteren, hatte sich neuerdings eine Art Bläschen gebildet, das die Sehkraft einengte und ihn empfindlich behinderte. Wieder zogen wir telefonisch den Arzt zu Rate, der diesmal sogar einen Hausbesuch machte. Nach wie vor strahlte er Optimismus aus. Er habe die Lochbrille offenbar zu früh abgenommen, räumte er ein, so dass wir die Prozedur wiederholen müssten. Aber beim zweiten Mal garantiere er für den Erfolg. Doch auch der zweite Versuch erwies sich als Fehlschlag, und diesmal überwies er J. B. in ein Krankenhaus. Von neuem schöpften wir Hoffnung. Die letzten Erfahrungen hatten deutlich gezeigt, dass J. B. bei dem »Oberstabsarzt« in den falschen Händen war, also mussten wir nach anderen Möglichkeiten Ausschau halten.

Die Klinik in Magdeburg hatte einen guten Ruf; J. B. würde dort eine Zeitlang zur Beobachtung bleiben. Sollte er wirklich, was nicht mehr auszuschließen war, operiert werden müssen, so konnte er später immer noch entscheiden, wo er sie ausführen ließ. Der beste Spezialist der Augenheilkunde sollte dem Vernehmen nach in der Berliner Charité praktizieren. Doch niemand wusste, wie es zurzeit dort aussah; ob die Charité unter der ständigen Bedrohung durch Luftangriffe überhaupt noch Patienten aufnehmen konnte. Eine ebenfalls berühmte Fachkraft, Professor Kraus, sollte in Halle amtieren. Halle lag in der Nähe, dort würde ich J. B. leichter besuchen können, denn selbst Eisenbahnfahrten waren wegen der häufigen Tiefangriffe der Piloten, die sich einen Sport daraus machten, auf nahe Ziele zu feuern, schon problematisch geworden. Doch vielleicht waren alle solche Überlegungen überflüssig, und J. B. würde schon bald gesund entlassen werden. Er scherzte noch, als ich seinen Koffer packte. Endlich werde er sich mal in der Großstadt von seinen fünf Frauen erholen können. Er werde täglich eine andere Bar aufsuchen. Ich solle nur nicht vergessen, seinen »guten Anzug« mit einzupacken. Er nahm sogar die Maschine mit. Das Lesen fiel ihm jetzt schwer, aber die Tasten fanden die Finger wie von selbst. Vielleicht würde er ein paar gescheite Gedanken aufs Papier bringen können.

Er konnte nicht ahnen, dass ich ihn schon zwei Tage später wieder von Magdeburg abholen musste. Die Stadt hatte einen schweren Tagesangriff erlebt. Wir hatten die Bomberverbände über uns hinwegziehen sehen, mit einem Grollen wie von schweren Gewittern, von denen man noch nicht wusste, wo sie sich entladen würden; meistens hatten die Pulks Berlin zum Ziel. Doch schon am Abend berichtete der Londoner Rundfunk, dass Magdeburg schwer heimgesucht worden war, und am Morgen musste auch die Nazipresse die Zerstörungen zugeben. Beunruhigt über die Nachrichten, nahm ich den Frühzug, um an Ort und Stelle Genaueres zu erfahren; die telefonische Verbindung war zusammengebrochen. Der Zug fuhr nur bis in die Vorstadt, weiterhin waren die Gleise zerstört, und die Reisenden wurden aufgefordert, hier auszusteigen. Zu Fuß musste man sich dann durchkämpfen, über Trümmerberge hinweg, an Leichen vorbei, die verkohlt oder in skurrilen Verrenkungen am Wege lagen. Mir wurde übel, aber es wäre sinnlos gewesen, um Hilfe zu rufen. Hier gab es niemanden mehr, der helfen konnte. Ganze Straßenzüge waren verödet, waren tatsächlich ausgestorben; vielleicht lagen die Toten noch unter den Trümmern, aber die Bergungstrupps waren bis hierher noch nicht vorgedrungen. Erst näher zur Stadt hin pulste wieder das Leben, eine Straßenbahn quietschte, und Menschen irrten umher. Es gab Häuser, die in Resten noch vorhanden waren; einigen hatten Bomben nur die Vorderfront aufgerissen, und man sah tief ins Innere hinein, in Wohnstuben mit Tischen und Stühlen und Kommoden, nur die Bewohner fehlten. Mir erschien das Ganze unwirklich, wie in einem Alptraum, als sähe ich alles hinter Glas. Ich erlebte zum ersten Mal eine durch Luftangriffe zerstörte Stadt; eine Stadt, die »ausradiert« worden war, die grausame Vergeltung für Coventry. Ich weiß nicht, was in diesen Augenblicken in meinem Gefühl überwog: Trauer oder Wut oder einfach Verzweiflung darüber, wie ohnmächtig wir alles hatten hinnehmen müssen, was jetzt auf uns zurückschlug, was uns geschah.

Die Klinik war nur wenig beschädigt, musste aber so viele Verwundete aufnehmen, dass die Kranken sämtliche Gänge füllten. Es stank nach Urin und nach Medizin. Alle Zimmer waren überbelegt, auch das von J. B., der unglücklich auf seiner Bettkante saß. Die Erschütterungen durch die nahen Bombeneinschläge, das Beben, das das Haus jedes Mal bis in die Grundmauern hatte erzittern lassen, setzten ihm zu, hatten seine Krankheit verschlimmert. Jetzt bestand kein Zweifel mehr – der Arzt hatte es ihm eben bestätigt –, dass seine Augen, vornehmlich das linke, von einer Netzhautablösung bedroht waren; diese war nur durch eine Operation zu beheben. Hier in der Klinik war der Eingriff nicht möglich, daher hatte er J. B. nahegelegt, wieder nach Hause zu fahren. Nach Lage der Dinge sei sein Bleiben hier sinnlos, in der Stadt herrschte das Chaos, und vielleicht müsse man sogar das Ausbrechen von Seuchen befürchten.

Wir waren also mal wieder so weit wie zuvor; ratlos, wie wir weiter verfahren sollten. Um nicht durch Schreibereien unnötige Zeit zu verlieren – Briefe gingen jetzt oft verloren oder brauchten Wochen, um den Empfänger zu erreichen –, setzten wir uns kurz entschlossen in die Bahn und fuhren nach Halle zu dem berühmten Professor. Wir wollten ihn einfach überrumpeln und ihm einen baldigen Termin abpressen. Wirklich hatten wir Glück, der Professor empfing uns und war sogar zu einer sofortigen Untersuchung bereit, da er wohl sah, in welchem Zustand J. B. sich befand, der auf umständlichem Wege hatte anreisen müssen. Diese Untersuchung war gründlich; das Ergebnis niederschmetternd. Zunächst bestätigte uns der Professor die im Gang befindliche Netzhautablösung zumindest auf dem linken Auge, wobei er aber ein Übergreifen auf das rechte Auge leider nicht ausschließen konnte. Eine Operation, das Wiederanheften der Netzhaut, war jedoch zurzeit nicht möglich, da von dem Eingriff im Kindesalter noch Reste im Auge vorhanden waren, die vorher entfernt werden mussten. Dies könne nicht in Halle geschehen, erklärte er uns. Er empfahl uns einen Kollegen in Wittenberg, der sich sicher zu dieser Operation bereit finden werde; er selbst werde ihn über den Fall informieren. In der Zwischenzeit sollte J. B. sich ruhig verhalten, sich nicht bücken, nichts heben, keine unbedachte Bewegung machen. Zu gegebener Zeit war er, der Professor, gern bereit, J. B. in seiner Klinik aufzunehmen. Bis dahin wünschte er ihm alles Gute – und Mut!

Bedrückt machten wir uns auf den Heimweg. Die Aussicht auf zwei dringend notwendige Operationen konnte uns in der Tat verzweifeln lassen. Sollten wir doch den Professor in der Charité konsultieren? Aber wahrscheinlich würde seine Antwort nicht anders lauten. So schrieb ich noch am selben Abend nach Wittenberg, darauf hoffend, dass J. B. wenigstens die Voroperation noch in diesem Jahr hinter sich brächte. Auch diese Hoffnung zerschlug sich. Weihnachten stand vor der Tür, eine Zeit, in der man in Kliniken meist versucht, sich die Patienten vom Halse zu schaffen. In diesem Sinne war auch die Nachricht, die wir endlich erhielten: J. B. solle sich Mitte Januar in Wittenberg einfinden – zur Voruntersuchung, wie ausdrücklich vermerkt worden war. Für uns hieß das: weiter warten und uns in Geduld üben. J. B. lag die meiste Zeit flach.

Jetzt war nicht mehr die Rede davon, dass wir die Abende unten bei den alten Damen verbrachten. Die obligatorischen zwei Schnäpse – einziger Anziehungspunkt für J. B. – waren ihm streng verboten. Er sollte jede Art von Alkohol meiden, weil erhöhter Blutdruck auch die Gefahr plötzlicher Erblindung heraufbeschwor. Also beschränkten wir uns auf Radiohören und Lesen; das heißt, da J. B. seine Augen schonen sollte, las ich ihm vor. Aber seltsam, wir stellten immer wieder nach wenigen Seiten fest, dass uns der Inhalt nicht zu fesseln vermochte. Diese Erfahrung habe ich oft gemacht, zuletzt wieder 1989: In turbulenten Zeiten, in Umbrüchen, kann uns kein erfundenes Schicksal wirklich berühren. Man giert nach Fakten und Tatsachenberichten, so laienhaft oder sensationell sie auch verfasst sein mögen. Und damals waren auch Fakten nur schwer erreichbar; man konnte sie nur über die ausländischen Sender erhalten, deren Abhören immer gefährlicher wurde. J. B. war übervorsichtig. Ehe wir London oder Moskau hörten, breiteten wir eine wollene Decke über das Radiogerät, und wenn sich zufällig auf dem Gang zu unserem Zimmer jemand zu nähern schien, stellten wir den Großdeutschen Sender ein. Schon die falsch eingestellte Skala auf dem Rundfunkgerät konnte einem zum Verhängnis werden.

Ich hatte Schwiegermutter diesmal dazu bringen können, meine Eltern über Weihnachten zu uns einzuladen. Wieder hatten sie ihr Enkelkind lange nicht gesehen, und ich hoffte auch, dass ihnen einige ruhige Tage, ohne Angst vor den Luftangriffen, gut tun würden. Sie schrieben jedoch, dass sie Weihnachten in Berlin sein müssten, da mein Bruder Wolfgang auf Urlaub käme. Wenn es recht sei, würden sie aber gern eine Woche früher kommen, um ihre Geschenke zu überbringen; vielleicht könnten sie ja auch bei den Festvorbereitungen behilflich sein. Sie wussten nichts von J. B.s Erkrankung, wir hatten sie nicht beunruhigen wollen. Nun kamen sie in ein Haus, wo die Stimmung gedrückt war. Auch J. B. konnte uns seine gespielte Sorglosigkeit nicht glaubhaft machen. Die beiden Tanten waren verstört wegen der allgemeinen Lage. »Werden die Russen kommen?«, fragte die Rappen meinen Vater gleich nach der Begrüßung, als ob der es wissen musste, da er aus der Reichshauptstadt kam. Tante Hanna hatte nach dem Fliegerangriff auf Magdeburg alles verloren; sie war ausgebombt. Sie hoffte jedoch fest, dass »der Führer« ihr den Verlust ersetzen werde; noch sei ja »die Wunderwaffe« nicht zum Einsatz gekommen. »Blöde Pute!«, sagte Vater zu mir, »der ist nicht mehr zu helfen.« Frau Hete aber fragte sofort nach den Lebensmittelkarten, die Mutter diesmal bei sich hatte, und von denen sie Fett- und Fleischmarken sofort abschnippeln musste. »Schneiden Sie nur für fünf Tage ab«, sagte die Hausfrau großmütig. »Aber es ist ja gut möglich, dass Sie länger bleiben ...?« Das Letzte war als Frage gemeint, die Mutter aber klug überhörte. Ihr war nur wichtig das Enkelkind. Christiane, unsere Tochter, war nun anderthalb Jahre alt und tappte schon überall im Hause herum. Als sie die Berliner Großmutter erblickte, lief sie sofort mit ausgebreiteten Armen auf sie zu und fiel ihr um den Hals, so dass die andere Großmutter, die dabeistand, ihr Neidgefühl nur schwer unterdrücken konnte. Das Kind fühlte sich instinktiv zu der mütterlichen Oma hingezogen, die es zwar selten gesehen hatte, die aber immer zu Spielen aufgelegt war und ihm Märchen erzählte, was es sich gut gemerkt hatte. Die »feine Großmutter« dagegen beschränkte ihre Fürsorge darauf, dem Kind mit Kamm und Bürste zu Leibe zu rücken, um die Haare zu ordnen, die Kleider zu richten oder andere anzuweisen, es zu füttern und auf den Topf zu setzen. Sie selbst rührte keine Hand dafür. Schließlich hatte sie auch die eigenen Söhne einer Amme und Erzieherin anvertraut, und sie war gewohnt zu befehlen.

Eins muss ich meiner Schwiegermutter zugute halten: Sie ließ meine Eltern nie die gesellschaftliche Kluft spüren, die sie voneinander trennte. Zu Mutter fühlte sie sich schwesterlich hingezogen; beide waren Köchinnen aus Passion und tauschten untereinander Rezepte aus. Und beide waren Mütter, deren Söhne an der Front waren. Frau Hete beneidete meine Mutter, die bald ihren Sohn würde umarmen können. Sie selbst wusste nur, dass Dieter bei Stalingrad gewesen war. Noch war von ihm keine Nachricht gekommen, und sie konnte nur hoffen, dass er lebend in Gefangenschaft geraten war. An die Gräuelmärchen, die man darüber verbreitete, glaubte sie nicht, und darin war sie sich wiederum mit meinen Eltern einig. An meinem Vater respektierte sie außerdem die Fachkenntnis, mit der er ihre alten Möbel begutachtete, die Intarsien bewunderte und hier und da sogar einige Reparaturen vornahm. Sie wusste, dass er mit dem Stellmacher des Gutes, was handwerkliches Können betraf, nicht in einem Atem zu nennen war, und sie begegnete ihm mit Achtung. Wäre ihr Mann noch am Leben, so hätte sie jedoch den Tischlermeister aus Berlin nie in ihrem Hause empfangen dürfen.

Eines Tages gab uns der Gärtner einen guten Tipp: Bei einem Bauern in Wolmirstedt könnten die Eltern vielleicht eine Gans erstehen; seine Cousine aus Wernigerode sei bereits fündig geworden. Natürlich ließ sich Vater das nicht zweimal sagen. Er machte sich auf den Weg und kam schon bald zurück, im Arm einen Ganter von imposanter Statur, ein mindestens zwölfpfündiges Exemplar. Mutter war überglücklich; nun würde sie ihren Sohn zu Hause würdig empfangen können. Stolz zeigte sie ihre Erwerbung auch Frau Hete, die ihr die Gans abnahm, um sie »für die paar Tage«, die sie noch hier wären, aufzubewahren. Aber die Abreise der Eltern verzögerte sich. Mein Bruder hatte telegrafiert, dass er einen kurzen Abstecher zu seiner Freundin plane, also erst in der Woche nach Weihnachten eintreffen werde. Nun stand dem nichts mehr im Wege, dass die Eltern auch das Fest noch bei uns verlebten. Zwei Abende zuvor wurde der Speisezettel aufgestellt. Mutter hatte sich erboten, in der Küche zu helfen, was Frau Hete freudig zur Kenntnis nahm. Sie habe von Mutters delikatem Rotkohl gehört, sagte sie, den jene ohne Fett, nur mit sehr vielen Äpfeln zubereite. Die Äpfel werde der Gärtner morgen in die Küche bringen. Renate sei gerade dabei, die Gans zu rupfen, die zusätzliche Gans aus Wolmirstedt, die die Eltern nun beisteuern müssten, da die eine Gans, die sie spendiere, leider nicht für alle reiche. Würde Mutter am ersten Feiertag die beiden Gänse braten? Am zweiten Feiertag würde dann sie in der Küche wirken. Nach ihren Worten trat beklemmende Stille ein. Mutter nickte nur statt einer Antwort, und auch den beiden Tanten hatte es die Sprache verschlagen. Nur Vater, der schwer hörte, sah hilflos von einem zum anderen; er hatte nicht mitbekommen, worum es ging. Früher als sonst gingen wir auseinander, und ich machte erst oben bei J. B. meiner Empörung darüber Luft, dass die Eltern ihre mühsam erhamsterte Weihnachtsgans hergeben sollten, obwohl auf dem Gut dutzende schlachtreifer Gänse zur Auswahl standen. Doch J. B. verteidigte seine Mutter. Es sei ein weit verbreiteter Irrtum der Städter, meinte er, anzunehmen, dass wir auf dem Lande in Saus und Braus leben würden. Auch wir seien an die Zuteilungen gebunden. Seine Mutter sei die Hausfrau, und nur sie habe die Übersicht über alle Vorräte. Ich verzichtete auf eine weitere Auseinandersetzung. Wieder einmal befremdete mich, wie ähnlich J. B. seiner Mutter war und wie er stets ihre Meinung zu der seinen machte. Jetzt verteidigte er sogar ihren Geiz. Und war ich nicht oft genug Zeugin seines eigenen Geizes geworden? Als wir vor unserer Hochzeit einige Zeit in einem Wochenendhaus am Rande Berlins verlebten, hatte ich schon die erste Probe seiner Knauserigkeit zu spüren bekommen. Da wir beide wenig verdienten, hatten wir Kassentrennung vereinbart. Aber die Art und Weise, wie er auch den kleinsten Posten auf den Pfennig genau unter uns aufteilte, damit er nur ja nicht übervorteilt würde, hatte mich abgestoßen und irritiert. »Er ist ein Knicker«, sagte mein Bruder von ihm, der allerdings das genaue Gegenteil war, denn er lebte immer über seine Verhältnisse. J. B. hatte als Junggeselle von seinem Vater einen monatlichen Wechsel in Höhe von zweihundert Mark erhalten. Dies waren, wie J. B. mir vorrechnete, sechs Mark pro Tag. Wenn er an einem Tag eine Mark zu viel ausgab, so war ihm schon unbehaglich, und er beeilte sich, die Mark wieder einzusparen. Mir war solch ein Gehabe stets abstrus erschienen, denn in meiner Familie wurde mit dem wenigen Geld, das wir hatten, immer großzügig umgegangen. Hier bei den Reichen lernte ich erst, dass man mit dem Pfennig rechnen musste – falls man darauf aus war, reich zu werden. J. B. passte zu seiner Mutter, er war ihr getreues Abbild, und ich fühlte wieder mal schmerzlich, wie fremd mir die beiden waren, die ihr Besitztum so mitleidlos gegen andere verteidigten.

Im Jahr darauf verließ uns die Haustochter Renate. Sie wollte an ihrem Geburtstag bei ihren Eltern sein, denn sie wollte sich ferntrauen lassen. Wir waren völlig überrascht; nie hatten wir geahnt, dass Renate einen Verlobten hatte, ja, dass sie überhaupt eine Bekanntschaft hatte machen können, die so intensiv war, dass sie zur Heirat führte. Nun gestand uns Renate errötend, dass sie sich mit dem jungen Leutnant, der kürzlich bei uns einquartiert war, verlobt hätte. »Um Himmels Willen, Renate«, rief Tante Hanna, die an jedem Schicksal besonderen Anteil nahm, »kennt ihr euch denn gut genug? Der Leutnant war doch nur zwei Tage hier!« – Aber sie hatten korrespondiert!, verteidigte sich Renate; und der Leutnant schriebe ihr glühende Liebesbriefe. Die Arme! Schon wenige Monate später war sie Kriegerwitwe und hatte Anspruch auf eine Hinterbliebenen-Rente. Das war das Pflästerchen, das man damals den jungen Frauen bot, von denen die meisten dazu verurteilt sein würden, einsam durchs Leben zu gehen, denn der Frauenüberschuss würde nach dem Krieg ein gewaltiges Maß annehmen. Doch daran dachte man jetzt noch nicht. Die Ferntrauungen florierten, die jungen Männer, denen der Pfarrer an der Front das Jawort abnahm, hofften mit dem Leben davonzukommen, und ihre Bräute waren sowieso überzeugt davon, dass der Endsieg zu ihrem Besten alles regeln würde.

Frau Hete musste sich also nach einer neuen Haustochter umsehen. Sie hatte immer »Maiden« gehabt, Töchter aus gutem Hause, die bei ihr lernten, wie man Blumen anmutig auf die Vasen verteilt, wie man den Tisch festlich deckt, Möbel abstaubt oder auch mal bei den Hühnern nach Eiern tastet. Die Maiden lernten unter ihrer Aufsicht auch kochen und backen und wurden überhaupt darauf vorbereitet, einen großen Haushalt zu führen, denn sie waren für eine standesgemäße Ehe vorprogrammiert. Jetzt aber, mitten im Krieg, war es nicht einfach, ein geeignetes Fräulein zu finden; die meisten waren dienstverpflichtet. Aber Schwiegermutter resignierte nicht, sondern fragte bei Bekannten und Verwandten an, ob sie ihr nicht zu einer Haustochter verhelfen könnten.

In der Zwischenzeit holte sie Tanja ins Haus, eine der Ukrainerinnen, die schon seit einiger Zeit als Erntehelferin in der Schnitterkaserne nahe der Zuckerfabrik untergebracht waren. In der ersten Zeit war ich mehrmals um die Kaserne herumgeschlichen in der Hoffnung, mit den Frauen in Kontakt zu kommen, bis mir aufging, dass sie den lieben langen Tag auf den Feldern, zum Teil auf weit entfernten Schlägen, schwere Männerarbeit verrichteten, so dass sie abends froh sein mochten, die Glieder strecken zu können. Und was hätte ich ihnen auch sagen sollen? Dass es mir leid täte, dass sie hier sein mussten? Es hieß, die SS hätte die Frauen und Mädchen von der Straße weg auf Lastautos geladen und »ins Reich« verschleppt. Aber konnte ich ihnen meine Empörung darüber glaubhaft machen? Wieder fühlte ich deutlich das Paradoxe meiner Lage: Ich, eine Kommunistin, wohnte im Schloss, gehörte in ihren Augen zur »herrschenden Klasse«; wie sollte ich ihnen klarmachen, dass ich mich mit ihnen und ihrem Schicksal verbunden fühlte? Und doch war es so; ich hätte alles dafür gegeben, wenn sie mich als eine der ihren und nicht als Feindin betrachtet hätten; uns einte doch die gleiche Gesinnung, und sie kamen aus der Sowjetunion, die endlich, welch ein Triumph auch für die, die hier zur Arbeit gepresst wurden, auf dem besten Wege war, den Faschisten den Todesstoß zu versetzen. Doch gerade der letzte Gedanke lähmte mich wieder. Würde nicht jeder, der sich jetzt ihnen näherte, der Anbiederung verdächtigt werden, der Rückversicherung, um etwaig frühere Untaten in der Erinnerung der Betroffenen auszulöschen?

Ein einziges Mal ging ich dennoch in die Kaserne hinein, und zwar mit J. B., dem man hinterbracht hatte, dass eins der Mädchen in der Nacht ein Kind zur Welt gebracht hatte, und dass es Mutter und Kind am Nötigsten fehlte. Ich hatte eilig aus meinem Vorrat ein Bündel zusammengeschnürt, aus Hemdchen und Jäckchen und Windeln, die wir der Wöchnerin überbringen wollten. Doch schon der Empfang im Schlafsaal war mehr als frostig. Sie ließen uns einfach auf der Schwelle stehen, gingen weiter ihrer Beschäftigung nach, als ob wir gar nicht vorhanden seien. Wahrscheinlich war es befremdlich auch für sie, dass sich jemand vom Gut hier blicken ließ außer dem Vogt, der ihnen jeden Morgen die Arbeit zuwies und dem Aufseher, der sie bei der Arbeit auf Trab bringen musste. Schließlich gelang es mir, eins der Madchen, das mit einem Krug an uns vorbei wollte, am Rock zu fassen. Sie verhielt den Schritt und erkundigte sich zurückhaltend, was uns hergeführt hätte, übrigens in so einwandfreiem Deutsch, fast ohne Akzent, dass J. B. sofort fragte, ob sie ihre Deutschkenntnisse schon hier im Lande erworben hätte? Nein, erwiderte sie gleichmütig, sie habe schon in der Heimat Deutsch gelernt, sie habe Germanistik und Philosophie studiert. Und ehe wir uns noch fassten, fragte sie mich, auf mein Bündel weisend: ob ich das hierlassen wolle? Ich fand die Frage seltsam, ja überflüssig, denn wir waren ja gerade gekommen, um die Sachen hier abzuliefern. Dürften wir das Baby nicht einmal sehen? – Nein, erwiderte sie kurz, das sei nicht möglich. Das Kind sei nämlich schon tot, es sei nur wenige Stunden am Leben geblieben. – Wieder war uns zumute, als seien wir als lästige Eindringlinge hier, die zur Unzeit in ein Trauerhaus gekommen waren. Aber die Wöchnerin, fragte ich dennoch hilflos; können wir ihr irgendwie behilflich sein? – Jetzt auf einmal kam etwas wie Wärme in den Blick der Frau. Doch, sagte sie, das sei wohl möglich. Nina werde nämlich nie mehr auf dem Felde arbeiten können, und sie schwebe in Gefahr, dass man sie »abtransportiere«. Wenn wir aber erreichen könnten, dass sie, anstelle von Tanja, in unserer Küche hülfe? Das wäre für sie die Rettung. Und als habe sie schon zu viel gesagt, brach sie jäh ab, so dass J. B. sich beeilte, ihr zuzusichern, dass er sich bei seiner Mutter in diesem Sinne verwenden werde. Ich hätte dennoch gern ein paar Worte mit Nina gewechselt, doch die andere winkte ab. Nein, sie sei zurzeit gar nicht ansprechbar. Aber die Gefährtinnen bemühten sich sehr um sie. (Sie sagte das deutsche Wort »Gefährtinnen«, nicht »Genossinnen«). Dann ergriff sie von neuem ihren Krug und ging von uns weg, die promovierte Lehrerin oder Dozentin oder was sie nun war; ging davon in ihrem schäbigen Rock, der ihr flatternd um die Hüften hing und bis zu den Fersen reichte, dem dreckigen Kopftuch, das den Staub der Felder für immer in sich aufgesaugt hatte, und den Holzpantinen, die auf den Dielen klapperten. Wir sahen ihr nach – und wir schämten uns.

Im Haus versuchte ich sofort mit Tanja zu sprechen. Sie saß in der Küche beim Gemüseputzen. Ich wollte ihr von unserem Besuch erzählen und von der jungen Mutter, die wir voraussichtlich an ihrer Stelle hier beschäftigen wollten. Es wäre mir wichtig gewesen, ihr Einverständnis dazu zu erlangen. Doch gab es eine Schwierigkeit: Tanja verstand nur ihre Muttersprache, und mit den wenigen deutschen Brocken, die sie aufgeschnappt hatte, konnte sie unmöglich begreifen, worum es mir ging. Sie sah mich nur hilflos und ängstlich an, ihr rundes Kindergesicht rührte mich. Um ihr wenigstens die Angst zu nehmen und mir einen freundlichen Abgang zu verschaffen, hob ich die Rechte zur Faust, sagte verschwörerisch: »Stalin – gut!« und hoffte auf ihre begeisterte Zustimmung. Doch wieder wurde ich bitter enttäuscht; in dem Kindergesicht regte sich kein Muskel, es blieb ausdruckslos und verschlossen, ja, abweisend, nur die Lippen waren fester zusammengepresst. Und plötzlich brach auch aus ihren Augen ein solcher Hass, dass es mich kalt überlief. War es möglich, dass ich eine Feindin der Sowjetunion vor mir hatte, ein Mädchen, bei dem sich allein bei der Erwähnung des Namens Stalin alles zu sträuben schien? Tanja hatte sich inzwischen ruhig wieder abgewandt und senkte den Kopf über der Gemüseschüssel, und ich konnte mich nur davonschleichen, verwirrter als je.

Auf Berlin häuften sich die Fliegerangriffe, und meine Mutter schrieb, dass sie nun auch den Vater »amtlich erfasst«, nämlich zu einer Arbeit verpflichtet hätten. Er war einer Gruppe von französischen »Fremdarbeitern« als Meister, sprich als Aufseher, beigeordnet worden, die Bombenschäden an amtlichen Gebäuden beseitigen sollten; eine Sisyphusarbeit, wie man sich denken könne. Wenn kaum ein Schaden behoben sei, kämen die Flugzeuge und setzten eins drauf, und alles könne von vorn beginnen. Das einzig Erfreuliche an dem Ganzen sei die Arbeitstruppe, schrieb Mutter und setzte hinter den Satz drei Ausrufungszeichen. Ich wusste, was sie bedeuteten, was sie aber dem Brief nicht anvertraute: Sie würden den Kontakt mit den Franzosen dazu benutzen, deren Lage nach Möglichkeit zu verbessern. Ich wusste nun, dass sie mehr Esser zu versorgen hatten und vervielfachte meine Paketaktion – zumal auch mein Urlauber-Bruder noch zu Hause war. Er hätte aber seinen Marschbefehl zur polnischen Halbinsel Heia schon in der Tasche, schrieb Mutter unglücklich. Der Gedanke, ihn jetzt, so kurz vor Kriegsende, wieder an die Front zu entlassen, raube ihr nachts den Schlaf. Am liebsten würde sie ihn dabehalten.

Ich war zu sehr mit eigenen Sorgen beschäftigt, um ihren Worten Bedeutung beizumessen. Ich fand nicht einmal Zeit für einen Antwortbrief. Wir hatten endlich aus Wittenberg grünes Licht bekommen: J. B. sollte anreisen. Nun erhob sich die Frage, wie wir hinkommen konnten. Die Zugverbindung war so ungünstig, dass wir, mit mehrmaligem Umsteigen, den vollen Tag auf der Bahn hätten zubringen müssen. Die beiden Mercedes waren seit langem beschlagnahmt. Jemand, ich glaube die Rappen, schlug uns vor, mit dem Traktor zu fahren. Eine tolle Idee, wir lachten sie aus, bis wir auf einmal befanden, dass der Gedanke gar nicht so abwegig war. Mit dem Trecker waren wir unabhängig, und der Gärtner konnte uns hinfahren; er musste jetzt öfter für den Kutscher einspringen, der ebenfalls längst bei den Soldaten war. Wir starteten also richtig an einem frühen Morgen. Frau Hete hatte für uns Proviant einpacken lassen, sie hüllte uns fürsorglich in warme Decken, steckte unsere Beine in den vorgewärmten Fußsack – ich glaube, auch sie war ehrlich besorgt, wie ihr Sohn wohl die Strapazen der Reise überstehen werde. Es war eine Fahrt, die mir ewig in Erinnerung bleiben wird, eine wahrhafte Angstpartie. Über uns brummten die Tiefflieger, von denen man nie wusste, ob sie nicht plötzlich auf uns herunterstoßen und uns befeuern würden. Ausweichen konnten wir nicht; auf der schnurgeraden Allee, im offenen Gefährt, waren wir ihnen schutzlos ausgeliefert. Und der Traktor holperte über die Landstraße, als bewege er sich auf einem Stoppelfeld, so dass ich ängstlich jedem sich vor uns auftuenden Schlagloch entgegensah: Würden wir das Hindernis überwinden oder mit den Rädern darin stecken bleiben? J. B. saß starr, hielt die Augen geschlossen. Nur seine Hände tasteten nach meinen und drückten sie fest, wenn wieder das Brummen eines sich nähernden Flugzeugs zu hören war.

Nach fünf Stunden endlich waren wir am Ziel. Die »Aufnahme« in der Klinik wusste Bescheid und erledigte flugs alle Formalitäten. Eine Schwester erschien, um J. B. in sein Zimmer zu bringen. Sie richtete ihm aus, dass der Chefarzt ihn noch heute zu sehen wünsche, und verabreichte ihm die ersten Medikamente. Ich kehrte sofort wieder um. Der Ort bot keinerlei Möglichkeit einer Übernachtung an, die Hotels waren entweder geschlossen oder mit Flüchtlingen vollgestopft; nirgends war auch nur ein provisorisches Logis zu haben. Mir war schwer ums Herz. Wie würde ich J. B. vorfinden? Obwohl diese Operation noch nicht die endgültige war, schien sie doch von großer Bedeutung. Sie war die Vorbereitung für den letzten entscheidenden Schritt. Und wie leicht konnte dem Operateur ein Fehler unterlaufen, den die Ärzte dann beschönigend einen »Kunstfehler« nannten. Aber wir hatten uns ihnen nun einmal anvertraut, und nach der schlechten Erfahrung mit dem Oberstabsarzt konnten wir jetzt nur hoffen, dass sie J. B. das Augenlicht erhalten würden. Um auch ihm diese Zuversicht zu vermitteln, zwang ich mich, meine Tränen zurückzudrängen. Aber sie verschleierten mir noch den Blick, als ich zurück an den Traktor ging, den der Gärtner gerade anwarf, um die nicht weniger gefährliche Rückfahrt anzutreten.

In Marienstuhl gab es eine Überraschung: Die neue Haustochter war eingetroffen. Sie hieß Annegret Kühne, war knapp über die zwanzig und stammte vom Rhein, wo ihr Vater ein Internat besaß, in dem vorwiegend Söhne von Großindustriellen oder von Parteispitzen erzogen wurden. Das Milieu hatte das Mädchen geformt, das sich bisher fast nur im Umkreis von Jungen bewegt hatte, mit denen es in der Kindheit, wie sie uns später erzählte, herumgetollt war, die sie aber auch verwöhnt und umschwärmt haben mochten. Dabei war sie alles andere als hübsch zu nennen. Sie war groß und schlank und von kräftiger Gestalt. Ihre unregelmäßigen, etwas groben Züge wurden nur durch die rote Haarpracht gemildert, die in losen Locken das blasse Gesicht wie züngelnde Flammen umstanden. Mir schüttelte sie zum Willkommen so derb die Hand, dass ich meine Finger erschrocken zurückzog. Mit Frau Hete hatte sie sich offenbar bereits angefreundet, denn beide fachsimpelten lebhaft über Haushaltssachen. Ich freute mich, dass meine Schwiegermutter nun wieder eine Vasallin hatte, die ihr ergeben war, alle ihre Wünsche erfüllte und ihr in den Mußestunden die Langeweile vertrieb. Auf den ersten Blick schien es mir, als ob sich die Neue in nichts von dem Typ der »Maiden« unterschied, die ich bisher in diesem Hause kennengelernt hatte; alle kamen aus guten Familien und waren wohlerzogen, aber ganz oberflächlich. Und wenn mir an jenem Abend jemand geweissagt hätte, Annegret würde für mein Leben bald von großer Bedeutung werden, so hätte ich schallend gelacht. Doch wenige Jahre später war sie J. B.s zweite Frau.

Befreiung

Anfang April konnten wir J. B. wieder nach Hause holen. Acht Wochen hatte er in Kliniken zugebracht, in Wittenberg und Halle. Ich hatte ihn mehrmals besucht, hatte tagelang auf der Bahn gelegen, nur um ein Stündchen an seinem Bett zu sitzen, bevor ich wieder aufbrechen musste. Und jedes Mal war ich aufgemuntert, hoffnungsvoll wieder zurückgefahren. J. B. war ein vorbildlicher Patient, der mit großer Ruhe und Gelassenheit alle Manipulationen über sich ergehen ließ und nie die gute Laune verlor, auch wenn er tagelang mit verbundenen Augen unbeweglich im Bett verharren musste. Vor einigen Tagen, als in Halle die Binde wieder entfernt werden sollte, war ich dabei gewesen. Dies war nun der entscheidende Augenblick, dem wir wochenlang entgegengefiebert hatten: Würde J. B. sehen können? Waren die Störungen beseitigt, war die Operation gelungen? Selbst den Ärzten merkte man die Spannung an, als sie, einer weißen Wolke gleich, im Team am Bett erschienen und der Professor sich anschickte, den Verband zu lösen. »Sie werden jetzt noch einen Schleier vor den Augen haben«, sagte er, »aber das ist normal. Wie fühlen Sie sich? Sehen Sie das Licht?« J. B. nickte; doch, er sah es. Er sah auch undeutlich die Gestalten, die sich vor ihm bewegten, allerdings verschwommen. Farben, die einer der Ärzte ihm vorhielt, konnte er nicht unterscheiden; er sah nur schwarz oder weiß, hell oder dunkel, aber der Professor hielt auch das für normal. Er war zufrieden mit dem Ergebnis. »In ein paar Tagen werden alle diese Erscheinungen verschwunden sein«, prophezeite er. »Dann sehen Sie wieder wie früher. Ich wünsche Ihnen viel Glück.« Er hatte es eilig, seinen Patienten loszuwerden. Die Klinik war überfüllt, und die Amerikaner näherten sich Mitteldeutschland mit Riesenschritten. Gerüchte gingen um, dass man, wenn sie erst da wären, vielleicht sämtliche Patienten evakuieren müsste. Da niemand Genaueres wusste, war er froh über jeden, den er reinen Herzens nach Hause zurückschicken konnte, und schon einen Tag später erhielt J. B. seinen Entlassungsschein mit dem Vermerk »Geheilt«.

Marienstuhl hatte sich in den vergangenen Wochen völlig verändert, es glich einem Flüchtlingsheim. Die Trecks kamen jetzt von Ost und von West. Im Norden rückten die Briten auf Bremen vor, und Tante Mieze war angereist und schien entschlossen, das Kriegsende bei uns zu erleben. Wir hatten sie im Haus untergebracht, ebenso wie Cousine Gertrud mit ihren zwei Kindern und einen Rechtsanwalt, der in Magdeburg Haus und Praxis verloren hatte und mit Frau und zwei erwachsenen Töchtern zu uns übergesiedelt war. Sie wohnten in einem von unseren zwei Zimmern, das wir ihnen abgetreten hatten, äußerst beengt, zumal die älteste Tochter an einer Rippenfellentzündung erkrankte und tagelang mit dem Tode rang. Im Inspektorhaus hatten wir das ganze Erdgeschoss mit der Molkerei und der Waschküche für die Flüchtlinge eingerichtet. Auch in der Scheune waren Betten aufgestellt worden, deren Zahl wir ständig erhöhen mussten; denn obwohl der Leutevogt am Tor ein Schild angebracht hatte: »Haus überfüllt. Anfragen um Aufnahme zwecklos«, klopften immer noch aus den Trecks völlig Erschöpfte bei uns an, Mütter mit Babys oder Alte, die man nicht wegschicken konnte.

Von allen unseren Hausbewohnern erwies sich Cousine Gertrud als die einzig umsichtige und couragierte. Gleich nach ihrer Ankunft erklärte sie uns energisch, dass sie sich um die Verpflegung der Flüchtlinge kümmern werde. Sie baute die Waschküche zur Kochstelle um, und die Milchkannen dienten ihr als Suppenbehälter. Jetzt bemühte sie sich, für die vielen Menschen Geschirr zu beschaffen, Teller und Trinkgefäße. Im Haus gab es eine große Vitrine mit Porzellan. die in der Diele ein kaum beachtetes Dasein fristete. Ob Tante Hete ihr das nicht überlassen würde? fragte sie pro forma an, innerlich fest überzeugt, dass ihrer Bitte entsprochen würde. Aber die Hausfrau war anderer Meinung. »Mein schönes Porzellan?«, fragte sie, vor Empörung fast weinend. »Das brauchen wir doch für die Erntefeste. Nein, das gebe ich nicht her.« Und auch Gertruds Einwand, dass in diesem Jahr das Erntefest wohl ausfallen werde, konnte sie nicht umstimmen. »Ihr seid doch Flüchtlinge«, sagte sie, »Ausgebombte, habt also Anspruch auf Ersatz. Sag den Leuten, sie sollen einen Antrag beim Rathaus stellen.«

Und damit ließ sie Gertrud stehen, die ihr fassungslos nachsah. Wusste Tante Hete nicht, wie langsam solche Anträge bearbeitet wurden? Bis zur Bewilligung konnten Wochen vergehen, und hier stand das Benötigte nutzlos herum. Gertrud entschloss sich dann zu einer Bettelaktion bei den Gutsarbeitern, die willig zusammenscharrten, was sie nur entbehren konnten. Jeder sah ja, in welchem jämmerlichen Zustand die Flüchtlinge waren, die oft schon wochenlang auf der Landstraße lagen und nur selten etwas Haushaltsgerät mit sich schleppten. Vielleicht war man morgen schon in der gleichen Lage. Noch war der Wettlauf zwischen den Amerikanern und Russen, die gerade eine Offensive begonnen hatten und über die Oder schwappten, nicht entschieden. Wenn aber die Russen kamen, darin waren sich alle einig, würde man ebenfalls das Weite suchen. Oder wollte man vielleicht in Sibirien landen?

Auch Tante Rappe wurde von Tag zu Tag unruhiger und nervöser. »Wenn die Russen kommen, hänge ich mich auf!«, verkündete sie uns mit Grabesstimme. Einstweilen stahl sie sich, so oft sie konnte, in die Speisekammer, um irgendetwas Herzhaftes vom Eingemachten herauszufischen. Sie habe einen kranken Magen, verteidigte sie sich unschuldsvoll, wenn man sie beim Kauen ertappte, und müsse täglich mehrere Mahlzeiten zu sich nehmen. Auch die übrigen Hausbewohner stahlen ganz ungeniert. Einmal kam ich hinzu, wie die Haustochter Annegret zusammen mit den beiden Hausmädchen abends beim Festschmaus saß; sie hatten heimlich Pfannkuchen gebacken und tranken Rotwein dazu, den sie aus dem Weinkeller heraufgeholt hatten. Angst vor Entdeckung brauchten sie nicht zu haben. Niemand kümmerte sich abends darum, was in der Küche vorging, und wahrscheinlich war solch Festessen keine Seltenheit. Tante Mieze wiederum ging täglich ins Inspektorhaus hinüber. »Mal nach den Flüchtlingen sehen«, erklärte sie uns. In Wahrheit schlich sie sich auf den Hausboden, wo säckeweise die Vorräte standen, Mehl und Grieß und vor allem Mohn, in der fettarmen Zeit eine Kostbarkeit, von dem sie jedes Mal ein Beutelchen voll einsackte und per Post an ihre Lieben nach Bremen verschickte. Neunzig Päckchen hatte sie auf diese Weise auf den Weg gebracht, verriet mir später eine Postangestellte; sie sei sozusagen Stammgast bei der Post gewesen. Was scherte es mich? Ich konnte sie gut verstehen. Gerade war Bremen von den Engländern genommen worden; Schwägerin Helga schrieb, dass die Tommys vor Hamburg-Harburg stünden. Die Amerikaner hatten Hannover besetzt und rollten mit ihren Panzern auf Magdeburg zu. Nur aus Berlin hörte ich nichts. Die Eltern schwiegen, berichteten auch nichts von ihrem Soldatensohn, obwohl der Londoner Rundfunk gemeldet hatte, dass die Halbinsel Heia evakuiert worden war. Hatten sie kein Lebenszeichen von ihm? Und wie erging es ihnen selbst? Es hieß, dass Berlin schon unter Artilleriebeschuss lag.

Als es sich herumsprach, dass die Amerikaner bereits in Magdeburg waren, beschlossen wir, in den Keller zu ziehen und dort alles weitere abzuwarten. Die Hausmädchen mussten Kissen und Decken hinunterschaffen, denn vielleicht würde man auch die Nächte unten zubringen müssen. Frau Hete inspizierte den Vorratskeller, um genügend Essbares heraufzuholen. Dabei machte sie eine für sie verheerende Entdeckung: Viele ihrer vermeintlich gut verwahrten Dauerwürste, Speckseiten und Räucherschinken waren auf die Hälfte zusammengeschrumpft. Von den Würsten waren ganze Stücke frech abgesäbelt, manche Räucherwaren fehlten ganz. Natürlich fiel Frau Hetes Verdacht sofort auf die Ukrainerin Nina. Das Mädchen wurde herbeibefohlen und einem beschämenden Verhör unterzogen: Wo hast du die Lebensmittel hingeschleppt? Wen hast du damit versorgt? Etwa deine Landsleute im Kriegsgefangenenlager? Nina weinte und beteuerte ihre Unschuld: Sie sei überhaupt noch nie in dem Keller gewesen. Frau Hete glaubte ihr nicht, beschuldigte sie weiter des Diebstahls und nun auch noch dreister Lügen, und während des ganzen Disputs standen Tante Hanna, die wirklich unschuldig war, aber auch Tante Rappe und Tante Mieze, Annegret und die Hausmädchen, die nur unschuldig taten, sowie die Rechtsanwaltsfamilie, die der laute Streit herbeigelockt hatte, um die Beschuldigte herum, und keiner brachte zur Verteidigung der Angeklagten auch nur ein Wort hervor. Inzwischen hatte sich J. B. die Treppe heruntergetastet, und er versuchte seine Mutter zu beschwichtigen: Vielleicht sei jemand von draußen hier eingebrochen, einer der Fremdarbeiter oder jemand von den Flüchtlingen … Doch der Rechtsanwalt meinte, vielleicht sei alles das Werk der Mäuse, denn es gäbe viele Mäuse im Haus: sogar oben in seinem Zimmer seien kürzlich zwei Mäuse friedlich hinterm Ofen hervorgekrochen und über die Dielen marschiert – seine Frau hätte bei dem Anblick fast der Schlag getroffen … Wer sich wirklich an den Wurstwaren vergriffen hatte, konnte nie aufgeklärt werden, der Verdacht Frau Hetes blieb an Nina hängen, aber sie sprach ihn nicht mehr laut aus, nachdem J. B. ihr ein paar deutliche Worte ins Ohr geblasen hatte etwa des Inhalts, sie solle mal gefälligst an Wichtigeres denken als an ihre Fressalien, denn die Amerikaner stünden vor der Tür! Schon im nächsten Augenblick könnten sie das Haus besetzen und von jedem Rechenschaft fordern, wie er sich in der Vergangenheit verhalten habe, und vielleicht würden sie Nina sogar als Kronzeugin herbeizitieren …

Aber noch kamen die Amerikaner nicht. Wir hockten im Keller, und Tante Mieze rannte jede Stunde hinauf und lief bis ans Tor, um nach ihnen Ausschau zu halten, aber sie konnte sie doch nicht mit den Augen herbeizwingen, so sehr alle ihre Sinne danach verlangten. Und wenn sie uns bei ihrer Rückkehr nur stumm durch Schulterzucken zu verstehen gab, dass ihre Erkundung wieder mal ergebnislos verlaufen war, dann hängte sich die Rappen an ihren Hals. »Sind sie noch immer nicht da?«, fragte sie außer sich. »Wo bleiben die bloß? Warum lassen sie sich so viel Zeit? Am Ende sind die Russen eher hier, und wir sitzen in der Falle.« Sie war so aufgeregt, dass ihr Blutdruck auf 260 stieg und Cousine Gertrud mit Baldriantropfen herbeieilen musste, um ihre Erregung zu dämpfen.

Eines Tages kam Tante Mieze von ihrem Ausflug überstürzt zurück und verkündete schon von Weitem ihre Freudenbotschaft: »Sie kommen! Sie kommen! Die Panzer sind schon an der Bodebrücke!« Und nun hörten wir schon selbst das Getöse, das ohrenbetäubende Rasseln der Kriegsmaschinerie, mit der die Sieger die menschenleeren Straßen durchpflügten; Straßen, die sich nur langsam wieder mit den Besiegten füllten, denn nun hörte man durch das Klirren der Panzerkellen hindurch auch schon Stimmengewirr und lautes Hoch- und Hurra-Gejohle. Auch wir rannten vom Keller nach oben, vorneweg die Rappen, die gar nicht schnell genug laufen konnte, um ihren Befreiern entgegenzutaumeln, die gerade auf ihren Panzern mit einer eleganten Kurve in unser Tor einschwenkten, den Hof umrundeten und ihre Gefährte endlich wie in einer Wagenburg vor unseren Fenstern zum Stillstand brachten. In die plötzliche

Stille hinein erklangen Kommandorufe, die aber nicht zackig, sondern eher lässig gegeben wurden, woraufhin die Soldaten von ihren Panzern herabsprangen, sich bequem dagegen lehnten und gemächlich aus ihrer Uniformtasche eine Zigarette zogen, die sie langsam und genüsslich in Brand setzten, ungeachtet der zahllosen neidischen Blicke, die aus allen Richtungen jede ihrer Bewegungen wie unter einem Brennglas zu fixieren suchten. Aber nun begaben sich zwei von ihnen, Angehörige einer höheren Charge, so viel wir sahen, zu unserem Haus, wo sie von J. B. empfangen wurden, der offenbar entschlossen war, die Rolle des Hausherrn anzunehmen, denn er war, außer dem ältlichen Rechtsanwalt, unter uns der einzige Mann. »Can we see this house here?«, fragte der eine und bahnte sich bereits mit seinem Begleiter, an J. B. vorbei, den Weg durch die Tür, so dass wir anderen uns beeilten, ihnen hinterher zu laufen, durch sämtliche Räume, die sie mit großen Schritten durchmaßen, wobei sie nicht versäumten, sich mehrmals höflich nach einem Gegenstand umzusehen, um ihre langen Zigarettenkippen darauf abzulegen. Nun aber blieb die Gefolgschaft zurück, um im selben Moment, wenn die Offiziere um eine Ecke verschwunden waren, sich auf die vollen Aschenbecher zu stürzen und gierig die Kippen herauszuklauben. Tante Rappe schoss meist den Vogel ab: sie hatte schon sämtliche Taschen vollgestopft und geriet in Streit mit Frau Hete, die starrköpfig darauf verwies, dass nur sie als Hausfrau berechtigt sei, die Ami-Beute so zu verteilen, dass jeder sein Scherflein davon abbekomme. So geschah es dann auch. Nur J. B. wies die Kippe, die seine Mutter ihm zugedacht hatte, verärgert zurück, was ich ihm nicht hoch genug anrechnen konnte, denn ich wusste, wie süchtig er nach etwas Rauchbarem war. Aber an diesem entwürdigenden Gerangel um Reste, die die Amerikaner großmütig um sich warfen, wollte er nicht beteiligt sein.

Die Besetzer hatten ihren Rundgang inzwischen beendet und verkündeten ihren Entschluss, in längstens einer Stunde mit ihrer Truppe hier einzuziehen; wir hätten also – please – das Haus zu räumen. »Alle?«, fragte Frau Hete entsetzt. »Aber wo sollen wir denn hin?« Das war nicht mehr Sache des Offiziers, der mit einem gemurmelten »sorry« (an die Adresse der alten Damen) und mit einem auffordernden Lächeln, das er für die jüngeren Frauen und Madchen parat hielt, nach draußen entschwand, uns in größter Ratlosigkeit zurücklassend, denn wo sollten wir wirklich in aller Eile einen Unterschlupf finden, hier, wo noch der letzte Winkel von Flüchtlingen okkupiert worden war? Nach langem Hin und Her einigten wir uns auf den Pferdestall. Wenn man die Gäule evakuierte, musste der Raum ganz passabel sein. Er lag gegenüber dem Herrenhaus, hinter der Tränke, und bei offener Stalltür konnten wir die Luft genießen, die linde Frühlingsluft, die gerade in diesen Tagen so betörend war, auch wenn wir nicht in der rechten Stimmung waren, sie wahrzunehmen. In aller Eile musste schon wieder eingepackt werden, mussten Möbel geschleppt und musste Bett und Leibwäsche zusammengerafft werden – etwas Behaglichkeit wollten wir uns selbst im Pferdestall schaffen. Wir waren noch emsig beim Einräumen, als die Amis schon lärmend von unserem Haus Besitz ergriffen. Im Vorgarten hatten sie Lautsprecher aufgestellt, aus denen Jazzmusik nun quietschend und quäkend über die Gegend hallte, so dass selbst das Vieh in den Ställen unruhig wurde, um von uns gar nicht zu reden, die sich nur noch durch Zeichen untereinander verständigen konnten, da man mit dem Wort gegen das Gebrüll aus dem Äther nicht ankommen konnte.

Ich war noch dabei, meine Siebensachen zu ordnen, als ich bemerkte, dass ich das Allerwichtigste, den Packen mit dem Kinderzeug, im Hause vergessen hatte. Ich musste also noch mal zurück ans Tor, vor dem bereits ein Posten stand, der mir nur nach langem Hin und Her unfreundlich Einlass gewährte. Unser Zimmer im ersten Stock war noch unbewohnt, schien aber bereits merklich verändert. Bücher waren aus den Regalen gerissen, Schübe und Fächer standen weit offen, und jetzt sah ich auch auf der Kommode den leeren Fleck, wo bisher unser Radio gestanden hatte. Der »Blaupunkt« war weg, ebenso der Fotoapparat, den J. B. im Schreibtisch verwahrt hatte, und die Schreibmaschine. Weitere Wertsachen hatten die Amis wohl nicht entdecken können. Als ich das Haus wieder verließ, stolperte ich fast über ein Pärchen, einen großen blonden Amerikaner, der mit Inge Haupt, einer unserer Flüchtlinge aus Magdeburg, mit der ich mich ein wenig befreundet hatte, an der Hauswand lehnte. Das heißt, Inge stand an die Wand gepresst, da der Ami ihr immer näher zu Leibe rückte, wobei er vor ihrer Nase eine Tafel Schokolade schwenkte. Jetzt hatte

Inge mich erspäht und winkte mir zu, ihr zu Hilfe zu kommen. »Wir fraternisieren gerade«, rief sie mir zu. »Komm doch ein bisschen näher. Der Ami will mich durchaus in die Büsche locken.« Ich hatte ohnehin die Situation erfasst, sah auch, dass Inge den strammen Kerl, der fast ihr Sohn hätte sein können, nicht erhören wollte, selbst für ein Dutzend »Sarotti« nicht, was dieser schließlich murrend zur Kenntnis nahm. Nun aber verschwendete er seine Gunst an mich, und erst als seine Balz auch bei mir nicht verfing, trollte er sich, wahrscheinlich, um woanders sein Glück zu versuchen. Die Amis waren also auch in Bezug auf Frauen durchaus nicht zimperlich.

Am nächsten Morgen wurden wir durch lauten Geschützdonner aus dem Schlaf geschreckt. Entsetzt fuhren wir in unsere Kleider: Was war los? Nur langsam dämmerte uns, dass der Krieg noch nicht aus war. Immer noch tobten Kämpfe, und man hörte von versprengten SS-Truppen, die sich im Hinterhalt verschanzt hatten und wild um sich schossen, wodurch sie wiederum Repressalien der Siegerarmee heraufbeschworen, unter denen vor allem die Zivilbevölkerung zu leiden hatte. In anderen Gegenden, wie in der Uckermark, leisteten die »Wehrwölfe«, Halbwüchsige, die Hitler noch, zusammen mit den Greisen im »Volkssturm«, als letztes Aufgebot hatte formieren lassen, erbitterten Widerstand gegen die Rote Armee, die dort im Anmarsch war. Und die Rotarmisten übten ihrerseits grausame Rache. In Prenzlau, wo ich noch Verwandte hatte, wurde die halbe Bevölkerung ausgelöscht. Viele, wie auch mein Großvater, sind verhungert und kamen ins Massengrab. Eine meiner Tanten flüchtete mit anderen Frauen aus Angst vor den Repressalien, indem sie in die Ucker rannte und darin ertrank. Aber das alles habe ich erst viel später erfahren. Bei uns, hinter der Elbe, ging es in diesen Wochen vergleichsweise ruhiger zu. Aber bis zur Kapitulation schwebten auch wir in ständiger Furcht, dass die SS uns erneut überrollen und unsere Befreiung noch einmal verzögern würde.

Den 8. Mai erlebten wir noch im Pferdestall, ebenso den darauf folgenden Tag, an dem Christiane drei Jahre alt wurde. Die Amerikaner feierten den Sieg über Hitler bis in die Nacht hinein. Unsere Stimmung war eher gedämpft. Zwar überwog die Freude darüber, dass endlich das Morden aufhören würde. Aber wie sollte es weitergehen in diesem Land, in dem kaum ein Stein auf dem anderen stand und die Menschen im größten Elend dahinvegetierten? Wir hatten von der Konferenz in Jalta gehört; dort hatten sich die Teilnehmer darauf geeinigt, Deutschland in mehrere Besatzungszonen aufzuteilen. Würden wir also unter der Fuchtel der Amerikaner bleiben? »Hoffentlich!«, barmten die Tanten und auch die Mehrheit der Flüchtlinge, die vor »den Russen« davongerannt waren und alles Heil von den Westalliierten, vornehmlich den Amerikanern, erhofften. Nur wenige unter uns waren skeptischer. Warum zögerten unsere Besatzer so lange, die Parteien wieder zuzulassen? Und würden linke Parteien überhaupt eine Chance haben? Von Inge Haupt wusste ich, dass sich im Rathaus ein Antifa-Ausschuss gebildet hatte. Antifaschisten aller Arten und Prägungen, ein ehemaliger Betriebsratsvorsitzender aus Westeregeln, der Tierarzt, ein Lehrer und sogar der einzige Kommunist aus Egeln, der Genosse Heuer, waren in Sorge um die Zukunft des Landes aus ihrer Verpuppung hervorgekrochen und bekannten sich offen zu dem, was sie waren. Aber auch ihnen, klagte Inge, seien die Hände gebunden, und sie vermochten nicht viel mehr, als ihre grundsätzliche Übereinstimmung zu manifestieren. Alle warteten auf die ersten Gesetze der Militärregierung. Doch bevor noch ein solches erlassen werden konnte, rückten die Amerikaner wieder ab, und an ihrer statt zogen die Engländer ein, allerdings viel leiser als ihre Vorgänger und beinahe unmerklich. Sie missachteten auch unser Quartier, so dass wir ins Haus zurückkehren konnten. Das war übrigens das einzige Mal, dass wir mit ihnen in Verbindung kamen. Sie hielten sich vornehm zurück, um nicht zu sagen, hochmütig; es war, als ob wir für sie gar nicht vorhanden wären. Sie blickten durch uns hindurch, als seien wir Luft, wenn man ihnen zufällig auf der Straße begegnete.

Ich war in dieser Zeit durch anderes in Anspruch genommen. Inge Haupt, die frühere Bauhaus-Studentin, die immer voller Ideen steckte, hatte am Markt einen Laden bezogen und eine »Tauschzentrale« eröffnet. Mangel herrschte an allem. Die Menschen brachten ihr, was sie irgend entbehren konnten und tauschten es gegen anderes ein, das sie noch dringender benötigten. So wurden Kleider gegen Schuhe, Kindersandalen gegen Schultaschen, Haarspangen gegen Nähgarn oder eine Sammeltasse gegen Wäschestücke eingetauscht. Das »Geschäft« florierte so gut, dass sie Hilfe brauchte, und ich ergriff freudig die Gelegenheit, mich nützlich zu machen. Zu Hause fühlte ich mich überflüssig. Christiane wurde von den Tanten so wohl versorgt, dass ich sie nur selten für mich alleine hatte; auch fand sie unter den Flüchtlingskindern genügend Spielgefährten. Und auch J. B., dessen Augen sich weiter verschlechtert hatten, brauchte mich nicht, obwohl er mehr und mehr dazu gezwungen war, sich die wichtigsten Nachrichten aus den Zeitungen vorlesen zu lassen – doch dies tat neuerdings Annegret. Frau Hetes Haustochter litt seit kurzem unter einem dubiosen Hautausschlag, dessen Ursache noch niemand hatte feststellen können, der aber ihren Einsatz im Hause unmöglich machte, so dass sie J. B.s Bitte, ihm gelegentlich vorzulesen, wie eine Erlösung empfand. Aus dem »gelegentlich« wurde allmählich ein Dauerzustand. Annegret halte eine angenehm tiefe Stimme, und sie erwies sich als intelligent genug, um auch schwierigere Passagen fehlerlos wiederzugeben und sogar mit J. B. darüber zu diskutieren, so dass er ihr bald Bücher zum Vorlesen gab, selbst solche theoretischen Inhalts, die ihn gerade beschäftigten. Beide saßen oft stundenlang beieinander, eingesponnen in eine Welt, von der ich ausgeschlossen war. Und da auch der Haushalt ohne mich reibungslos lief, erschien mir die »Tauschzentrale«, die mir den engen Kontakt zu den Bewohnern des Städtchens verschaffte, wie ein Rettungsanker, der mir half, diese unruhigen Wochen zu überstehen.

Denn noch immer war unser weiteres Schicksal ungewiss. Gerüchte gingen um, dass auch die Engländer Mitteldeutschland räumen würden, und dass die Sowjets sie ablösen sollten. Das war für die meisten eine Schreckensbotschaft. Fast täglich kamen Frauen zu uns in den Laden, die zwar kein Tauschobjekt zu bieten hatten, die aber dennoch hofften, irgendetwas bei uns billig ergattern zu können. Ihnen fehlte es an allem; sie waren auf der Flucht vor den »Russen« durch die Elbe geschwommen und hatten gerade nur ihr Leben gerettet. Sie erzählten von Vergewaltigungen, bei denen die eigenen Kinder hatten zusehen müssen, und von Männern, die man erschossen hatte, weil sie sich schützend vor ihre Frauen stellten. Ich glaubte ihnen kein Wort, sondern hielt sie für Faschistinnen, die der eigenen Gräuelpropaganda zum Opfer gefallen und aus sinnloser Angst geflohen waren. Bei den anderen fanden sie dagegen eher Gehör. Selbst Inge gab zu bedenken, dass ein Körnchen Wahrheit meist noch in der größten Übertreibung stecke, und sie überlegte bereits, wie sie sich »im Ernstfall« unsichtbar machen oder verkleiden könne, um den Vergewaltigern zu entgehen. Tante Rappe aber konspirierte bereits mit dem Nachbargut, deren Besitzer sich, wie sie uns unter dem Siegel der Verschwiegenheit anvertraute, gen Westen absetzen wollten. Sie wollte auch uns zur Flucht überreden, aber Frau Hete gab sich gelassen. »Ich bin eine alte Frau«, sagte sie, »mich werden sie nicht mehr belästigen. Und warum sollten sie mir sonst etwas antun? Ich habe nichts verbrochen.« Diese Beherrschtheit einer Kapitalistin war bemerkenswert und machte mir meine Schwiegermutter fast sympathisch. Denn überall auf den Nachbargütern, in Wanzleben, Eilsleben und Siegersleben, wo Schwäger und Schwestern Frau Hetes lebten, war man in Aufbruchstimmung. Das große Pflanzen-Saatgut in Kleinwanzleben hatte schon mehrere Lastwagen mit seiner wertvollen Fracht vorausgeschickt, und es hieß, dass die Besitzer weit im Westen schon ein Terrain erworben hätten, um den Betrieb dort im alten Glanz fortzuführen. Bei uns fehlte eines Tages Tante Rappe bei Tisch. Sie hatte bei Nacht und Nebel das Haus verlassen und sich mit den Gutsnachbarn abgesetzt. Wir haben sie nie wiedergesehen.

Und dann waren sie wirklich da, an einem Sonntag im Juli. Ich war mit Inge in die Tauschzentrale gegangen, um Inventur zu machen, was von Zeit zu Zeit dringend erforderlich war, wollten wir nicht in dem überfüllten Lager völlig im Chaos versinken. Gegen Mittag machten wir uns auf den Heimweg, und da sahen wir sie: Die ersten Panjewagen, verstaubt und verdreckt, mit müden Mähren davor, zockelten durch die Kleinstadtstraßen auf den Marktplatz zu und waren schon wieder verschwunden, ehe wir richtig zur Besinnung kamen. Wir rieben uns die Augen, weil wir meinten, einer Fata Morgana erlegen zu sein. Hatten wir richtig gesehen? Diese Männer in ihren farblosen Uniformen, das unkleidsame Käppi steif auf dem Kopf, die ihre lahmen Gäule durch laute Zurufe und Peitschenknallen ergebnislos zur Eile trieben, das waren die Vertreter der ruhmreichen Roten Armee, des siegreichen Heeres, das Tausende von Kilometern kämpfend überwunden hatte? Wir konnten es fast nicht glauben, aber sie waren es, meine Befreier, die ich so lange sehnlichst herbeigewünscht hatte, meine Genossen aus der Sowjetunion, die für mich immer noch das Vaterland der Arbeiter war. Mir wurden die Augen feucht. Diese erschöpft wirkenden Männer, musste ich denken, hatten ja alle die Jahre hindurch die Hauptlast des Krieges getragen. Auf ihrem langen Marsch hierher waren sie durch Hunderte von den Deutschen zerstörte Dörfer gekommen, über verbrannte Erde; millionenfache Blutopfer hatten sie bringen müssen, während die Zweite Front, die sie unterstützen sollte, auf sich warten ließ. Die Westalliierten schickten allenfalls einiges Kriegsmaterial – die Menschen sparten sie auf bis zuletzt, so dass diese schließlich als strahlende Besatzer ihren Jeeps entstiegen: kraftstrotzende, wohlgenährte Gestalten in Uniformen, die nur selten Spuren von Kämpfen aufwiesen.

Ich taumelte nach Hause, noch wie benommen von dem beklemmenden Bild, das die einrückende Rote Armee uns geboten hatte, brachte atemlos, immer noch stockend, meine Nachricht hervor, die nun aber im Haus den größten Wirbel erzeugte. Jetzt wurde auch Frau Hete von der allgemeinen Unruhe angesteckt. In aller Eile ließ sie einige Damastdecken, ihr bestes Porzellan und das Silberzeug in Truhen verpacken, bezweifelte aber gleich darauf, ob sie dort sicher waren, und befahl den Stellmacher zu sich, um ihn anzuweisen, rasch ein paar Kisten zu zimmern, die man später mit den Wertsachen, zu denen sich auch ihr Schmuck gesellte, im Garten vergraben wollte. Die Vorbereitungen waren noch im vollen Gange, als schon die Kunde ging, zwei sowjetische Offiziere seien auf dem Weg zu uns. Sie kamen tatsächlich zu Fuß, zogen artig die Türglocke und wiesen, als J. B. die Tür öffnete, ihren Quartierschein vor, irgendeinen Wisch mit kyrillischen Buchstaben, die wir sowieso nicht entziffern konnten. Aber sie brachten auch noch mündlich, in ziemlich gutem Deutsch, ihr Anliegen vor: ob sie bei uns logieren könnten? Frau Hete hatte sich auf diese Frage bereits vorbereitet und hob bedauernd die Schultern: nirgends Platz – überall Flüchtlinge – Haus voll besetzt! – »Ah – nitschewo«, sagte der Kleinere von beiden, betrat die Diele und breitete auf den Fliesen seinen Mantel aus, worauf der Größere es ihm gleichtat. Hier würden sie schlafen, bedeuteten sie uns, und einer von beiden zog aus seiner Jacke, bevor er sie auszog, eine Flasche Wodka hervor, postierte sie auf dem Boden und sah sich suchend nach Gläsern um. »Hitler – kapuut«, sagte er dabei fröhlich, und mit einer umfassenden Handbewegung: »Wir darauf trinken – alle!« Und er bestand darauf, jedem »Sto Gramm« zu verpassen, die wir möglichst auf einen Hieb durch die Kehle zu jagen hatten.

Am nächsten Morgen war die Diele bereits wieder geräumt; unsere Gäste hatten sich in aller Frühe davongemacht, übrigens ohne einen einzigen Silberlöffel aus dem Silberschatz, der noch immer des Vergrabens harrte, klamm und heimlich in die Tasche gesteckt zu haben. Sogar die Gläser hatten sie in die Küche geschafft, alle Spuren ihres Kampierens beseitigt – bescheidenere Gäste hätten wir uns nicht wünschen können. Das war unsere erste Begegnung mit der sowjetischen Besatzungsmacht; viele sollten noch folgen. Einmal kamen zwei Kulturoffiziere. Als sie hörten, dass wir Schriftsteller sind, schlugen sie uns vor, uns zu einem Gespräch zusammenzusetzen, und Frau Hete spendierte uns eine Flasche aus ihrem Weinvorrat. »Wir wollen aber nicht zu freundlich zu ihnen sein«, wisperte sie J. B. zu, während wir uns an die gemeinsame Tafel setzten. Zu ihrem Schrecken stellte sich bald heraus, dass die Offiziere die deutsche Sprache fließend beherrschten, so dass sie natürlich auch ihre Bemerkung verstanden hatten. Sie waren aber taktvoll genug, sich nichts anmerken zu lassen, sondern verwickelten uns in ein literarisches Gespräch über deutsche Dichter, über die sie bestens Bescheid wussten. Besonders liebten sie Heinrich Heine, der im Dritten Reich zur Unperson erklärt worden war. Jetzt waren es Sowjetmenschen, die seine Verse rezitierten. Wir waren überrascht und beschämt, weil wir mit ähnlichem Wissen über russische Kultur nicht aufwarten konnten. Ich hatte in frühen Jahren zwar Dostojewski gelesen, aber schon Puschkin kannte ich allenfalls dem Namen nach, und ich glaube, dass es J. B. nicht viel besser erging.

Wir hatten auch unerfreuliche Erlebnisse: die Einquartierung von NKWD-Offizieren. Sie verließen immer erst spät abends das Haus und kehrten mitten in der Nacht zurück. Dann mussten wir aufstehen und ihnen das Essen bereiten. Die Zutaten lieferten sie. Doch außer dem Nötigsten richteten sie nie ein Wort an uns. Sie wirkten kalt und unpersönlich und ließen uns spüren, dass sie die Sieger waren, deren Befehle wir zu befolgen hatten. In der ersten Zeit konnten wir uns kaum erklären, welchen Geschäften sie nachgingen, wenn sie sich jedes Mal erst kurz vor Mitternacht zum Gehen anschickten. Was konnten sie in dem verschlafenen Nest zu erledigen haben? Doch dann hörte man am anderen Morgen von Verhaftungen. Der und der, darunter auch unbescholtene Bürger, war aus dem Bett heraus zum Verhör geholt worden. Das Denunziantentum blühte und sorgte dafür, dass die Häscher immer neue Opfer fanden: kleine PGs, Mitläufer, die sich stellvertretend für die Oberen, die sich rechtzeitig aus dem Staub gemacht hatten, für die vergangenen zwölf Jahre verantworten sollten. Mir war nicht ganz wohl, wenn ich unsere Quartiergäste nach getaner Arbeit friedlich am Küchentisch sitzen sah, wo sie sich ihr Schnitzel mit Bratkartoffeln munden ließen. Wen hatten sie diesmal wieder aufgespürt? Wen bezichtigten sie der Kriegsverbrechen? Welchen Hinweisen gingen sie nach? Der frühere Schuldirektor war verhaftet worden, ein Mann von treudeutscher Gesinnung, der seine Antinazi-Haltung jedoch mehrmals mutig unter Beweis gestellt hatte. Ein weiterer Missgriff schien uns die Verhaftung eines Mannes zu sein, der kurze Zeit in unserem Büro als Kontorist gearbeitet hatte. Obwohl Halbjude, war er in die Nazipartei eingetreten, weil nur die Parteizugehörigkeit, wie er meinte, ihn vor weiterem Unheil zu schützen vermochte. Wir versuchten, unseren Gästen die Beweggründe jenes Mannes nahezubringen, aber wir stießen auf so eisige Ablehnung, dass wir erschrocken verstummten. Wir begriffen, dass die Vertreter des sowjetischen Geheimdienstes jedem, der das Dritte Reich lebend überstanden hatte, mit größtem Misstrauen begegneten, und dass auch wir keinerlei Nachsicht von ihrer Seite erwarten durften. Offenbar hatten wir uns doch angepasst; denn hätten wir Widerstand geleistet, so wären wir im KZ oder im Zuchthaus gelandet. Allein die Tatsache, dass wir am Leben waren, stellte in ihren Augen ein Verbrechen dar, das man zu büßen hatte.

J. B. hatte andere Sorgen. Täglich kam der Leutevogt händeringend zu ihm gelaufen und bat ihn um Hilfe und Unterstützung gegen die Anordnungen der sowjetischen Landwirtschaftsexperten, die ihm übergeordnet worden waren. Nichts sollte mehr wie früher gehandhabt werden; die Sowjets, geschult an ihren heimischen Kolchose-Betrieben, hatten grundlegend andere Vorstellungen von der Landbestellung, als sie in unseren Gefilden üblich waren, und suchten sie uns aufzuzwingen ungeachtet der guten Erfahrung, die wir bei der Anwendung unserer Methode ins Feld führen konnten. Der Vogt fühlte sich völlig überfordert, zumal der Inspektor uns verlassen hatte, und sah in J. B. die einzige Respektsperson, die zu Weisungen berechtigt war, und J. B. nahm die Herausforderung willig an. Täglich ging er jetzt früh ins Büro, um sich mit den Sowjets auseinanderzusetzen; er inspizierte mit ihnen die Ställe oder stapfte übers Land, immer begleitet von Annegret, die ihn fest unter dem Arm gefasst hielt und ihn vor jeder Unebenheit des Weges leise aufmerksam machte. So glitt er mehr und mehr wieder in die Rolle eines Landwirts hinein, der seinen Besitz gegenüber den Eroberern zu verteidigen sucht – und entfernte sich von mir, denn mir wurde er von Tag zu Tag fremder. Was hielt uns überhaupt noch hier?, fragte ich mich. Der Krieg war aus, und ich fieberte danach, wieder in Berlin zu leben, in unserer gewohnten Umgebung und uns mit Dingen zu beschäftigen, die uns am Herzen lagen, zum Beispiel Bücher zu schreiben, die wir in den vergangenen zwölf Jahren nicht hatten schreiben können.

Im Radio hieß es, dass in Berlin der Kulturbetrieb wieder in Gang kam. Vertraute Namen tauchten auf: Johannes R. Becher hatte den »Kulturbund zur demokratischen Erneuerung Deutschlands« gegründet, in dem ihm Männer wie Alexander Abusch, Klaus Gysi und Heinz Willmann, der frühere Redakteur der AIZ, zur Seite standen – alles Genossen, die ich zum Teil von früher her kannte. Ich brannte darauf, sie wiederzusehen. Warum zögerte J. B. unsere Übersiedlung immer wieder hinaus? Zwar war vorläufig der Übergang über die Elbe gesperrt, aber wir konnten doch unsere Rückkehr schon vorbereiten, uns zumindest gedanklich mit ihr auseinandersetzen. Wie stellte J. B. sich die Zukunft vor? Nie sprach er mit mir darüber. Nur Schwiegermutter hatte kürzlich zu mir gesagt: »Wenn Jochen blind wird, Elfriede, dann musst du die Familie ernähren. Das weißt du doch sicher?« Ich wunderte mich über die kalte Gelassenheit, mit der sie der möglichen Erblindung ihres Sohnes entgegensah; oder war es anerzogene Beherrschung, die sie zur Schau trug? Ich teilte ihren Pessimismus nicht. Warum sollte J. B., selbst wenn er blind wurde, nicht geistig arbeiten können? Er schrieb historische Romane. Sicher würde er nicht mehr in Bibliotheken sitzen und Quellen studieren können, das müsste wohl ich übernehmen. Vielleicht ergab sich gerade aus der Not heraus eine ganz neue Form von Zusammenarbeit, die uns auch menschlich wieder näher brachte. Nur mussten wir endlich wieder in den eigenen vier Wänden sein. Ich glaubte fest, dass sich unsere Ehe dort wieder einrenken würde, zumal wir das Kind hatten, an dem wir beide mit gleicher Zärtlichkeit hingen. Und Annegret, deren Fürsorge für J. B. mir langsam auf die Nerven ging, würden wir leichten Herzens an Schwiegermutter zurück übergeben. Mochte sie dann ihre mütterliche Betulichkeit auf die alte Frau übertragen. So dachte ich mir unsere Zukunft, und ich ahnte nicht, dass bald alles ganz anders kommen sollte.

Wer einmal lügt ...

Mitte August rollte ein Laster auf unseren Hof, der nach Farbe und Bauart offenbar kein Fahrzeug der Besatzungsmacht war und noch dazu Berliner Kennzeichen trug. Neugierig umringten wir den Mann, der jetzt vom Fahrersitz stieg und sich als Großhändler zu erkennen gab, der gekommen war, um Gemüse einzukaufen. »Um Berlin rum is' ja allet kahljefressen«, sagte er. »Aba inne Börde soll ja woll det Paradies sin, wie man hört. Jibt's hier een' Besitzer? Oder muss ick mit die Iwans verhandeln?« – Ehe wir ihm Bescheid taten, stellten wir ihm Gegenfragen: wie es ihm überhaupt gelungen sei, herzukommen? Sei denn die Brücke über die Elbe nicht mehr gesperrt? – »Nee, seit heute früh nich' mehr«, lachte der Mann. »Und ick lieje mit meene Karre schon seit Tagen drüben am Ufer. Heut war ick der Erste, der rüberjemacht is'.« Auf diese frohe Botschaft hin lud J. B. ihn ein, auf einen Trunk mit ins Haus zu kommen, wo man alles am besten bereden könne. Und wirklich wurden sie rasch handelseinig. Als Herr Schirrmeister, als der er sich inzwischen vorgestellt hatte, – »Schirrmeister aus Charlottenburg, Fuhrbetrieb, kennt dort jedet Kind« – hörte, dass er außer den Mohrrüben, nach denen er gefragt hatte, auch Zwiebeln einladen könne, kannte seine Begeisterung keine Grenzen mehr. »Mann-o-Mann, Bollen!«, rief er entzückt. »Fehlt bloß noch det Fett vor die Bratkartoffeln. Aber damit könn'n Sie wohl ooch nich' rüberlangen?« Nein, das konnten wir nicht, aber alles andere wurde vertraglich festgelegt: Herr Schirrmeister würde mehrmals herkommen müssen, um die ihm zugesagte Menge an Gemüse nach Berlin zu bringen. Befriedigt steckte er das Brieflein ein. »Mein Propusk«, sagte er, »kann ick den Iwans unter die Neese halten. Ejal, wat druffsteht, lesen könn'n die sowieso nich'.«

Ich ärgerte mich über seine Überheblichkeit; dennoch pirschte ich mich an ihn heran: Er kam aus Berlin, meiner Heimatstadt, endlich würde ich erfahren können, wie es dort aussah. Er wohnte in Charlottenburg, also nicht allzu weit entfernt von der Reichsstraße, wo unsere Wohnung lag. »Stehen die Häuser noch«, fragte ich. Der Großhändler grinste. »Stehen tun die noch«, sagte er, »aber rin könn'n Se doch nich. Da ha'm sich die Tommys drin breitjemacht.« Das war neu für uns, eine bedrückende Nachricht. Was war aus unseren Möbeln geworden, die wir hatten dalassen müssen? Würde man mit unseren Büchern sorgsam umgehen? Wie lange sollte die Wohnung beschlagnahmt bleiben? Wie sah es in Moabit aus, wo die Eltern wohnten? So viele Fragen, die mir der Händler auch nicht beantworten konnte. »Am besten, junge Frau«, sagte er. »Sie sehen sich's selber an. Berlin is een einzijer Trümmerhaufen. Aber kommen Se mit – und morjen oder übermorjen bringe ick Ihnen heil wieda zurück. Abjemacht?« Ich nickte lebhaft, das war ein guter Vorschlag, die beste Möglichkeit für mich, schnell nach Berlin zu kommen. Proviant? Natürlich musste ich auch etwas zu essen mitnehmen. »Aber feste, junge Frau«, sagte Schirrmeister. »Am besten een paar Speckseiten für die Herren Eltern. Sie wollen doch bei die nich' mit leere Hände erscheinen?« Ich war schon auf dem Weg zur Küche, als er mir nachrief: »Und verjessen Se Ihr Fahrrad nich', junge Frau. In Berlin sind Se ohne Fahrrad uffjeschmissen. Von Straßenbahn oder so könn'n Se bloß noch träumen!« – Fahrrad? Ich halte kein Fahrrad; aber ich wusste, dass auf dem Boden ein Fahrrad stand, ein altmodisches Gestell, das Frau Hete gehörte. Sie hatte es seit Jahrzehnten nicht mehr angerührt. Sollte ich sie bitten, es mir zu leihen? Aber wenn sie ablehnte? Ich dachte an die Absage, die sie Gertrud hinsichtlich der Tassen und Töpfe erteilt hatte, und ließ den Gedanken fallen. Der Großhändler sollte noch zu Mittag bleiben. Ich wartete, bis Frau Hete sich zu ihrem Mittagsschläfchen hingelegt hatte, holte das Fahrrad vom Boden und warf es auf den Laster, zwischen die Mohrrüben. Kurze Zeit spater fuhren wir los, nachdem J. B. mir noch Verhaltensmaßregeln erteilt hatte für den Fall, dass es mit den Sowjets wegen der Ladung irgendwelche Schwierigkeiten geben sollte.

Berlin sah schlimmer aus, als ich es mir vorgestellt hatte. Ich hatte Magdeburg nach dem schweren Tagesangriff erlebt, als noch die Leichen in den Straßen lagen. Hier gab es keine Leichen, aber die klapperdürren Gestalten, die sich mühselig zwischen den Trümmerbergen fortbewegten, glichen Gespenstern, die ihren Gräbern entstiegen waren. Unser Lastauto kam nur noch schrittweise vorwärts, denn überall, wo es auftauchte, wurde es von hungernden Menschen umringt, die uns um eine Handvoll Mohrrüben anflehten. »Nur eine einzige Mohrrübe – für mein Baby!«, bettelte eine Frau, die ihr Kind mit der einen Hand an die Brust gepresst hielt, während sie sich mit der anderen krampfhaft am Wagen festhielt. Um sie vor einem Sturz zu bewahren, mussten wir stoppen, und ich warf ihr ein paar Rüben in die aufgehaltene Schürze. Dabei stieg es mir heiß in die Augen. Diese Menschen zu sehen, die sich um ein Gemüse balgten, das wir in der Börde als bloße Beilage betrachteten, während es für sie ein lebenserhaltendes Vitamin darstellte, war mir unerträglich, und ich wunderte mich über die Gelassenheit, mit der der Händler sein Lastauto, ständig laut hupend, durch die Menge lenkte, ungerührt von den enttäuschten Gesichtern, die er hinter sich ließ.

Inzwischen waren wir am Steubenplatz angelangt. Das Delikatessengeschäft im Erdgeschoss unseres Wohnhauses war geschlossen. Vor der Haustür stand ein Posten, und ich sah bald, dass ich hier nichts über unsere Wohnung würde erfahren können. Der ganze Wohnblock war abgeriegelt, hier kam kein Zivilist mehr hindurch. Was nun? Natürlich wollte ich zunächst nach meinen Eltern sehen. Der Händler gab mir vorsorglich seine Adresse. Moabit sei ziemlich »im Eimer«, meinte er. und für den Fall, dass ich meine Eltern nicht anträfe ... also ein Bett für mich stünde immer bei ihm parat. Er nahm mich mit bis zum Knie, dem heutigen Ernst-Reuter-Platz, dort griff ich mir mein Fahrrad und radelte los. Ich wollte zur Gotzkowskybrücke, aber schon die vorgelagerte Marchbrücke über das Spreeufer war völlig zerstört, und Passanten belehrten mich, dass ich von hier aus nirgends die Spree überqueren könne; die einzige provisorische Brücke befände sich an der Lessingstraße. Ich musste also umkehren und einen weiten Umweg machen. Auch die Lessingbrücke existierte nicht mehr. Hier hatte man aber einen Behelfssteg aus Holz über die Spree errichtet, lose aneinandergefügte Bretter, auf denen man sich nur Fuß vor Fuß vorwärts bewegen konnte. Als einzigen Halt hatte man Taue über den Fluss gespannt. Wie sollte ich hier mit dem Fahrrad hinüberkommen? Zum Glück kam mir ein Junge zu Hilfe. Gemeinsam schafften wir es, das Fahrrad über der Spree in der Schwebe zu halten, während wir uns rechts an den Strick klammerten und vorsichtig Schritt für Schritt über die Planken balancierten, die unter uns wippten. Drüben angekommen, atmeten wir befreit auf: Das war noch einmal gut gegangen! Der Junge erzählte mir, dass erst gestern ein altes Ehepaar, das sich fest bei den Händen hielt, die Balance verloren hätte und in den Fluss gestürzt sei. Einer hatte den anderen mitgerissen, beide seien ertrunken. Ein sinnloses Opfer mehr, das dieser Krieg gefordert hat, dachte ich bei mir.

Die Wohnung meiner Eltern lag wie ausgestorben. Das Haus war wie durch ein Wunder stehen geblieben, aber sämtliche Fenster bis zum vierten Stock waren mit Pappe verklebt. Auch die große Schaufensterscheibe des Ladens war mit Brettern vernagelt, und den Seiteneingang hatte man mit Holz verschalt. Auf mein energisches Klopfen rührte sich drinnen nichts. Ich ging auf den Hof in der Hoffnung, vom Fenster aus sehen zu können, ob die Räume überhaupt noch bewohnbar waren – aber was ich mühsam erspähte, war das gewohnte Bild: die Hobelbank, der Herd, die bescheidene Sitzecke; aber nirgends ein Zeichen, dass hier noch Bewohner zugange wären. Was war los mit meinen Eltern? Wo lebten sie? Warum hatten sie so lange nichts von sich hören lassen? Der schreckliche Verdacht, dass sie vielleicht bei einem Fliegerangriff in einem fremden Keller verschüttet worden waren und nicht mehr identifiziert werden konnten, hatte sich hartnäckig in mir festgesetzt und vertiefte sich, als ich jetzt ihre verlassene Wohnung sah. Schweren Herzens wollte ich gerade wieder umkehren, als mein Blick im Hausflur auf eine Botschaft traf, die quer über der Tür zum Außenklosett angebracht war; in der Aufregung hatte ich sie vorhin übersehen. In großen Druckbuchstaben stand dort: SIND ALLE GESUND. WOHNEN AUF DEM GRUNDSTÜCK. HERKOMMEN NICHT NÖTIG! VATER, MUTTER UND WOLF – Ich wusste nicht, ob ich lachen oder weinen sollte. Endlich ein Lebenszeichen! An das Grundstück hatte ich überhaupt nicht gedacht. Aber sie hatten gehofft, dass ich sie suchen würde. Und wieso konnte mein Bruder schon bei ihnen sein? Soldaten aus dem Osten waren bisher nur selten entlassen worden. Fragen über Fragen, auf die ich die Antwort nicht wusste. Und wieso: HERKOMMEN NICHT NÖTIG? Natürlich musste ich hinfahren, aber wie? Züge fuhren noch nicht, hatte man mir gesagt. Und das Grundstück lag in Zühlsdorf, dreißig Kilometer entfernt. Vielleicht konnte ich den Gemüsehändler bewegen, auf der Rückfahrt einen Umweg zu ihnen zu machen. Jetzt war ich froh, seine Adresse zu haben. Obdachlos wie ich war, würde ich auf sein Angebot zur Übernachtung zurückkommen müssen.

Der Großhändler wohnte in Lietzensee. Hier standen hochherrschaftliche Häuser, die meisten noch unbeschädigt. Die Fenster blickten auf den Park hinaus. Nach den zerbombten Straßen, die ich durchradelt hatte, an Trümmerbergen vorbei, die immer wieder die Durchfahrt versperrten, so dass man zu weiten Umwegen gezwungen wurde, war es ein Labsal, endlich etwas Grünes zu sehen, uralte Bäume und Rasenflächen, von denen ich mich nur schwer wieder losreißen konnte. Schirrmeisters schienen mich schon erwartet zu haben. Im großen Esszimmer, das einem Saal glich, war der Tisch gedeckt, und ich wurde gegenüber der Hausfrau platziert, einer zarten Blondine mit grell geschminktem Mund, aus dem sie den ganzen Abend über kaum drei Worte entließ. Umso lebhafter redete der Hausherr selbst. »Langen Se zu, langen Se zu!«, sagte er immer wieder, mir die appetitlich angerichteten Schüsseln mit Delikatessen, die ich kaum noch dem Namen nach kannte, herüberreichend. Hier gab es alles, was man sich wünschen konnte: erlesenen Lachsschinken, Hummer und Krabben und Ölsardinen, französischen Käse und ein duftendes Weißbrot, und aus einem Schälchen leuchtete mir sogar echter russischer Kaviar entgegen. »Essen Se nur, genier'n Se sich nich!«, feuerte mich der Hausherr an. »Sie sin' hier nich' bei armen Leuten. Berlin hat nicht umsonst vier Besatzungszonen.« Er lachte meckernd. »Auf'm schwarzen Markt is' allet zu haben.« Aber mir blieb der Bissen in der Kehle stecken. Auch wir auf dem Lande hatten noch nicht gehungert; wir verfügten über ausreichendes Schlachtegut. Aber solche Spezialitäten wie hier konnten sich wohl bloß die Schieber leisten. Die gab es also schon wieder – auf der einen Seite. Und auf der anderen feilschten Hungernde um eine einzige Mohrrübe. Ich fühlte Übelkeit aufsteigen, schützte Kopfschmerzen vor und legte mich bald zu Bett, zumal wir morgen in aller Frühe aufbrechen wollten. Zu dem Abstecher nach Norden hatte sich der Händler leutselig bereiterklärt. Schließlich gehörte ich zu der Familie, mit der er in ersprießliche Geschäftsverbindung getreten war, da wollte er sich erkenntlich zeigen.

Ich kannte Zühlsdorf noch nicht, wusste nur, dass es eine Waldsiedlung war, unweit von Wandlitz gelegen, das wegen seines Strandbades ein beliebter Ausflugsort war. Das Grundstück der Eltern lag aber näher bei Basdorf, nur wenige hundert Meter von dem Gelände entfernt, auf dem die »Brandenburgischen Motorenwerke« unter Görings Schirmherrschaft ihre unterirdische Fabrik errichtet hatten. Im Sommer 1942 hatten die Amerikaner in einem Tagesangriff das Werk bombardiert, und viele Lauben und Holzhäuser der Umgebung waren in Flammen aufgegangen. Noch heute sah man Spuren der Verwüstungen, die die Bewohner in Kriegszeiten nur unvollkommen hatten beseitigen können. Von der Fabrik selbst sah man nichts, nur in der Ferne ein schiefes Tor, hinter dem sich undeutlich mehrere Gestalten bewegten: Angehörige der Sowjetarmee. »Die rabotten schon wieder«, räsonierte Schirrmeister, der ebenso wie ich rübergeäugt hatte. »Un' wat die Iwans nich' demoliern, det hol'n sich nachts unsre Volksjenossen.« – Er musste es wissen. Erst gestern Abend hatte er mir stolz erzählt, dass er sich am Teupitzsee »eene schnuckelije kleene Villa« habe hinbauen lassen, und auf meine erstaunte Frage, wie man denn sowas heute bewältigen könne, hatte er augenzwinkernd erwidert: »Schon mal wat von Demontajen jehört, junge Frau? Man muss bloß den richtigen Riecher ha'm, will sagen: die richtijen Verbindungen. Kapisto, Frau?«

Wir waren inzwischen auf eine ungepflasterte Straße eingebogen; hier, dicht vorm Wald, musste das Grundstück liegen. Mutter hatte es mir so oft geschildert, dass ich gar nicht auf die Hausnummern zu achten brauchte, um es herauszufinden. Dort war die Fliederhecke am Zaun, noch etwas unterentwickelt, dahinter die zwei hohen Birken, das beste Kennzeichen. Vater hatte seine Laube genau dazwischengesetzt, einen erdgeschossigen Bungalow, braun gestrichen. »Halt – hier ist es!«, rief ich Schirrmeister zu, griff nach meinem Rucksack und sprang vom Sitz, um zur Pforte zu rennen, die aber meinem ungeduldigen Rütteln nicht nachgab, sondern, in Ermangelung eines Schlosses, mit einem dichten Geschlinge aus Stricken und Draht fest verriegelt war. Aber es gab eine Klingel; ich läutete Sturm. Warum hörten sie nicht? Warum eilten sie mir noch nicht entgegen? Wussten sie nicht, dass ich keine Minute länger warten konnte, um sie wiederzusehen, um mich davon zu überzeugen, dass sie gesund und am Leben waren? Wieder drückte ich auf die Klingel, ließ sie lange nicht los. Und jetzt endlich wurde drinnen in der Laube die Tür sacht aufgeschoben, aber nur um einen winzigen Spalt und eine Stimme, die mir fremd vorkam, fragte furchtsam: »Wer ist denn da? Wer will was?« Bevor ich noch antworten konnte, schob sich ein Kopf durch den Spalt. und nun sah ich, dass es meine Mutter war und rief eine Begrüßung hinüber. Aber die dürre Gestalt, die mir im nächsten Augenblick entgegenlief, nein, auf mich zutrippelte, auf schwankenden Beinen, weckte doch wieder Zweifel in mir, ob dies wirklich Mutter war. Sie hatte, wohl in der Eile, nur ein Tuch um ihre Schultern geschlungen, das graue Haar war ungekämmt, noch zerlegen, als wäre sie gerade eben aus dem Bett geschlüpft. Aber Mutter war eine Frühaufsteherin, und es war zehn Uhr! Jetzt war sie bis zur Pforte herangekommen, machte aber keine Anstalten, das Drahtgewirr zu entflechten, sondern bedeutete mir durch Zeichen, dass ich am unteren Ende des Grundstücks durch eine Lücke im Zaun schlüpfen sollte, was ich gehorsam auch tat, nachdem ich mich vorher mit dem Händler darauf geeinigt hatte, dass er mich nach einer Stunde wieder abholen sollte.

Jetzt erst hatte ich Muße, Mutter näher zu betrachten und ihr stürmisch um den Hals zu fallen. An ihrem Lachen hatte ich sie wiedererkannt, aber wie hatte sie sich verändert! Die früher runde Gestalt war wie zusammengesunken, die Büste war flach, die Beine ragten wie Stöcke unter dem Rock oder Tuch hervor. Mutter war in diesem Jahr sechzig geworden; nicht einmal aus diesem Anlass hatten wir uns wiedergesehen, ja, ich hatte nicht einmal pünktlich ihres Jubiläums gedacht, alles war in den Wirren der letzten Kriegstage untergegangen. Und jetzt musste ich mir ins Gedächtnis rufen, dass sie erst sechzig war; sie wirkte um viele Jahre älter, wirklich greisenhaft. Nur ihr Mundwerk lief flink wie je. »Du solltest doch nicht herkommen!«, sagte sie vorwurfsvoll. »Hast du unsere Nachricht nicht gelesen? An der Tür vom Klosett? Du solltest bleiben, bis sich alles beruhigt hat …« Während sie so redete, schob sie mich immer näher zum Bungalow, und erst als wir drinnen waren, atmete sie sichtbar auf. Ich verstand das alles nicht. Warum hatte ich nicht herkommen sollen? Freute sie sich nicht, dass ich hier war? Doch, sie freute sich, sie umarmte und streichelte mich; dabei zitterten ihre Lippen. »Weißt du, die Russen«, sagte sie. »Du hast sicher gehört, wie sie hausen. Wie verhalten sie sich denn bei euch? Die Dreizehnjährige von da drüben, die haben sie sich neulich etliche Male vorgenommen, und nicht mal wir Alten werden verschont …« Sie sprach also auch von den Vergewaltigungen, und Mutter glaubte ich aufs Wort.

Wir blickten uns an – uns war zum Heulen zumute. Wir wussten ja, dass sich die deutsche Wehrmacht und vor allem die SS im Sowjetland schwerster Verbrechen schuldig gemacht hatte und dass das, was hier den Frauen geschah, nur die bittere Vergeltung war für das, was Deutsche dem fremden Volk angetan hatten. Aber der Roten Armee, die viele als Befreier begrüßt hatten, hätte es besser zu Gesicht gestanden, wenn sie Disziplin und Zurückhaltung bewahrt hätte, zumal sie gegen Vorurteile ankämpfen musste, die sich durch die antikommunistische Propaganda der Faschisten fest in den deutschen Hirnen verankert hatte. Wenigstens in einem Punkt konnte ich Mutter beruhigen: Bei uns waren solche Übergriffe nicht vorgekommen, oder doch nur in sehr vereinzelten Fällen, und die waren von den Offizieren scharf geahndet worden. Aber jetzt bedrängten mich andere Fragen. Wo war Vater? Und mein Bruder? Und – mein Blick glitt über Mutters Arme, von denen die Haut lappig herunterhing, und ich würgte hervor: »Ihr habt nichts zu essen?« Mutter tätschelte mein Gesicht. »Du staunst, wie ich aussehe?«, fragte sie. »Ich habe in kurzer Zeit vierzig Pfund verloren. Aber jetzt geht es schon wieder. Vater und Wolf arbeiten bei den Russen – unten im Dorf. Da kriegen sie ihr Essen, und manchmal bringen sie noch was mit. Darum sind wir ja hiergeblieben. In Berlin müssten wir wirklich hungern. Hier …« Sie lachte plötzlich auf. »Unser Nachbar ist neulich mit einer lebendigen Kuh angekommen! Die haben wir geschlachtet und das Fleisch verteilt. Wochenlang konnten wir Fettlebe machen, Bouletten und nochmals Bouletten – bis wir alle den Durchmarsch hatten … Soll ich dir einen Muckefuck brühen?«, unterbrach sie sich plötzlich, sich an ihre Pflichten als Hausfrau erinnernd. Aber ich lehnte ab, so viel Zeit hatte ich nicht. »Erzähl, wie es Vater geht«, sagte ich. »Und Wolf – seit wann ist er denn hier?« Wieder zupfte mich Mutter am Kleid, zog mich aus dem einzigen Zimmer, das hinter der Veranda lag, in die Küche hinüber, die offenbar noch im Bau war, denn der Flussboden war erst bis zur Hälfte gedielt. »Da unter den Dielen war dein Bruder versteckt«, sagte sie. »Neun Wochen lang. Du weißt ja, dass er nach Polen sollte. Aber wir haben ihn gar nicht mehr weggelassen. Wer wusste denn, dass sich der Krieg noch so lange hinziehen würde? Die Russen haben ja ewig an der Oder gestanden. Na, aber schließlich ging alles gut.«

Ich war blass geworden. Darum also hatten sich die Eltern so lange in Schweigen gehüllt, sie wollten uns nicht zu Mitwissern machen. Aber sie – sie hatten einen Deserteur versteckt, der sich ihre Liebe und ihre Gutmütigkeit zunutze gemacht hatte. Skrupellos hatte er das Leben seiner Eltern aufs Spiel gesetzt. Eine ungeheure Wut gegen meinen Bruder stieg in mir auf, nicht weil er desertiert war, das fand ich gut, aber nie hätte er auch die Eltern in tödliche Gefahr bringen dürfen. Jetzt wusste ich, warum Mutter so elend war. Sie war nicht nur wegen des Hungerns so abgemagert, auch Ängste und seelischer Kummer führen zum Kräfteverfall. Ich fragte nach Vater. Wie hatte er denn die Hungerzeit überstanden? »Ach der«, sagte Mutter, »du weißt ja, wie bescheiden er ist. Der nahm einen Kanten Brot, streute Salz darauf und sagte: ›Das Schmalz darunter denke ich mir.‹ Und er ist glücklich, dass die Nazibrut endlich hinweggefegt ist.« Mutter hatte mir das Stichwort gegeben: Ich führte eine Büchse Schmalz in meinem Rucksack mit. Viel hatte ich diesmal nicht bringen können, weil mir Frau Hete beim Einpacken streng auf die Finger gesehen hatte. Aber ich würde von jetzt an wieder regelmäßig etwas schicken können. Ich erzählte von unserer Verbindung zum Lebensmittelhändler. Übrigens fuhr er gerade eben mit seinem Laster vor. Ich musste weg, konnte zu Mutters Leidwesen nicht einmal auf »ihre zwei Männer« warten, die meistens gegen Mittag vorbeikamen, um ihr etwas Essbares zuzustecken. Im Hinausgehen fiel mein Blick auf der Veranda auf ein noch ungemachtes Bett. »Wer schläft denn hier?«, fragte ich verwundert. Mutter schien leicht verlegen. »Man hat zwei Russinnen bei uns einquartiert«, erklärte sie mir. »Abends empfangen sie oft ihre Landsleute, und dann geht's hoch her. Wir können dann natürlich nicht schlafen. Darum habe ich ja vorhin noch im Bett gelegen.« Sie strich sich das Haar aus der

Stirn. »Nicht einmal gekämmt habe ich mich heute – zu deinem Empfang«, sagte sie leicht beschämt. Ich drückte sie an mich. »Werd nur bald wieder etwas runder. Das Hagere passt nicht zu dir«, sagte ich liebevoll.

Der Händler hatte sich inzwischen vor Ort umgesehen. Er hatte eine Kneipe entdeckt, in der er sogar ein markenfreies Essen serviert bekam und das übliche Alkolat. Er hatte auch Bekanntschaften angeknüpft: zwei Männer, die von der Gemeinde als Leichenträger angestellt waren, aus Mangel an Masse aber, wie sie sagten, also an Särgen, die meiste Zeit in der Kneipe verdösten. Die »anfallenden Toten« kämen immer noch ins Massengrab. Der Händler erzählte und erzählte, aber ich hörte kaum zu, bis ihm schließlich meine Teilnahmslosigkeit auffiel. »Na, und wie war't bei Ihnen?«, fragte er, sich plötzlich an mich erinnernd. »Sie sehen ja janz käsig aus, junge Frau. Hat's Ärjer jejeben?« – »Nein, alles in Ordnung«, wehrte ich ab. Was sollte ich diesem Schieber erzählen? Was verstand er, der mit seiner Frau in einer Fünfzimmerwohnung residierte, von den Drangsalen rechtschaffener Leute, die man zwang, noch in der engen Laube mit Fremden zusammenzurücken? Ich hatte Mühe, die beklemmenden Eindrücke der letzten Stunde zu verarbeiten, und verfiel in Schweigen, und da auch der Redefluss des Händlers allmählich versiegte, war nur noch das Geräusch des Motors zu hören, der zum Glück gleichmäßig rotierte, bis wir wieder auf unser Gelände rollten.

Schwiegermutter kam uns aufgeregt entgegengelaufen. »Hast du das Rad wieder mit?«, fragte sie, noch ehe sie richtig bei uns angelangt war. Ich erschrak. »Das Rad? Was für ein Rad?«, fragte ich – während ich langsam von meinem Sitz herunterkam. – »Ich spreche von meinem Fahrrad«, sagte Frau Hete mit Betonung. »Ich wollte es Gertrud leihen. Gertrud muss dringend nach Halberstadt radeln, und ihr Rad haben die Russen – zappzarapp. Aber mein Rad ist vom Boden verschwunden. Hast du es genommen?« – »Tut mir leid«, sagte ich kühl, »aber ich weiß davon nichts.« Auf keinen Fall konnte ich den Diebstahl eingestehen. Ich hatte das Rad bei dem Händler untergestellt, für künftige Fälle. Und wie wichtig ein Fahrrad in der zerbombten Stadt war, das war mir schon diesmal klar geworden. Ich wollte ins Haus, aber Frau Hete vertrat mir den Weg. »Mädel, sagst du die Wahrheit?«, fragte sie dringlich.

»Annegret sagt, sie hätte gesehen, wie du mit dem Fahrrad zum Laster gingst. Du hast es also nach Berlin geschafft! Hab wenigstens den Mut, es zuzugeben!« – »Das kann ich nicht – weil es nicht stimmt«, wiederholte ich, während ich im Stillen die Haustochter zum Teufel wünschte. Hatte sie mich wirklich gesehen? Oder wollte man mich bloß bluffen? Wie es auch war, zugeben konnte ich meine Tat nicht mehr, ich hatte mich schon zu sehr in Lügen verstrickt. Dieser Tag wollte scheinbar kein Ende nehmen. Frau Hete lief als lebender Vorwurf herum, und Gertrud ging mir scheu aus dem Weg. Sie tat mir leid, denn sie war die wirklich Geschädigte. Wie sollte sie ohne Fahrrad nach Halberstadt kommen? Gegen Abend machte Frau Hete noch einmal einen Vorstoß: Sie scheuchte uns zu einer Suchaktion auf. »Wenn du das Rad wirklich nicht hast«, sagte sie zu mir, »dann muss es ja irgendwo herumstehen. Vielleicht hat es jemand vom Boden weggeholt, um es besonders gut zu verwahren. Also kommt und helft mir beim Suchen.« In ihrer energischen Art ging sie vor uns her, und wir folgten ihr wie die Küklein ihrer Henne. Tante Hanna und Tante Mieze waren mit von der Partie, ebenso Annegret und Gertrud und natürlich auch ich. Nicht einmal J. B. schloss sich aus. Wenn wir in den Keller stiegen, wartete er oben das Ergebnis ab, und auf ebener Erde tapste er neben uns her. Ich war im Aufspüren vergessener Winkel eine der eifrigsten, steigerte mich so in meine Rolle hinein, dass ich fast selbst daran glaubte, und stachelte die anderen immer wieder an, im Suchen nicht nachzulassen; nur so hoffte ich den Verdacht von mir abzulenken. Schließlich aber wurden wir müde. »Das Rad ist und bleibt verschwunden«, stellte Frau Hete fest. »Aber ich komme noch dahinter, wer es genommen hat!«

In dieser Nacht kam J. B. mal wieder zu mir herübergekrochen. »Strolch«, sagte er zaghaft, »ich hatte Sehnsucht nach dir. Du darfst nie wieder allein wegfahren, versprichst du es mir?« Sein Mund tastete meinen Körper ab, und ich machte mich steif. »Strolch«, sagte er, ein Wort, das ich hasste. Nicht einmal ein richtiges Kosewort hatte er für mich erfunden. Ich scheuchte ihn von mir herunter wie ein lästiges Insekt. Eine Zeitlang lagen wir schweigend. Plötzlich sagte er: »Du hast das Rad doch genommen! Gib's zu!« Einen Moment lang hätte ich ihn erwürgen mögen. Dann zwang ich mich zur Ruhe. »Ja, ja«, sagte ich verhalten, »ich habe es getan. Hätte ich durch Berlin laufen sollen? Und hätte es deine Mutter freiwillig herausgegeben? Sie hätte es nicht getan, und das weißt du auch.« Ich warf mich plötzlich herum, legte den Arm um ihn und zog ihn dicht zu mir heran. »Lass uns von hier wegfahren«, sagte ich flehend. »In Berlin wird alles wieder gut zwischen uns. Ich schwöre es dir! Aber lass uns fahren. Morgen schon, übermorgen. Ich kann hier nicht länger bleiben. Hier werde ich krank.« Wir lagen jetzt so dicht, dass ich deutlich das Pochen seines Herzens spürte; ich hörte den Schlag bis zu meinen Ohren hinauf. Dann drückte er mich sacht von sich weg. »Sie wird dir jetzt überhaupt nie mehr glauben«, sagte er, als hätte er meine Bitte gar nicht gehört. »Du weißt, was das Sprichwort sagt: Wer einmal lügt, dem glaubt man nicht, und wenn er auch ...« – »Willst du mich denn verpetzen?«, fragte ich. – »Ich weiß es nicht«, sagte er gequält. »Ich weiß es nicht. Aber können wir es ihr denn ewig verheimlichen?«

Ich wusste es auch nicht. Ich wusste gar nichts mehr. Ich hoffte nur, mich in den Schlaf zu weinen – in einen Schlaf, in dem ich mich wieder, wie in vielen Nächten davor, in wilden Umschlingungen mit anderen Männern bewegen würde, die alle die seltsamsten Fratzen trugen: die des Gärtners, des Fahrers oder sogar von Fremden, denen ich zufällig auf der Straße begegnet war. Und manchmal verschmolzen ihre Gesichter zu denen von Männern, die ich von früher kannte und mit denen ich geschlafen hatte. Sie alle umringten mich aufs Neue und umarmten mich und warfen sich über mich, und ich ließ es willig geschehen und tat es im Traum mit ihnen allen – nur nicht ein einziges Mal mit J. B., der leibhaftig neben mir lag und tief und gleichmäßig atmete, während ich mich ruhelos in den Kissen herumwarf, weil wieder mal nichts zwischen uns sich entschieden hatte.

Ehebruch

Der Großhändler kam jetzt regelmäßig alle zwei Wochen, und jedes Mal spielte ich mit dem Gedanken, wieder mitzufahren. So viel hätte es in Berlin zu erledigen gegeben. Vor allem mussten wir uns um eine Wohnung bemühen, solange unsere beschlagnahmt war. Die Chancen schienen nicht schlecht zu stehen. Schirrmeister erzählte, dass viele Wohnungen ehemaliger Nazibonzen an Antifaschisten vergeben würden, also an diejenigen, die jetzt aus den KZs und Zuchthäusern entlassen wurden, und an heimkehrende Emigranten. Es sei wichtig, sagte er, jetzt zur Stelle zu sein. Ich brannte darauf hinzufahren, aber jedes Mal, wenn ich mich schon für die Reise gerüstet hatte, kam etwas dazwischen, was mein Vorhaben vereitelte. Einige Male musste ich Inge Haupt, die verhindert war, in der Tauschzentrale vertreten, und das nächste Mal wurde Christiane krank; sie hatte schon in der Nacht gefiebert, und früh stellte der Arzt eine Angina fest. So musste ich mich wieder nur darauf beschränken, dem Händler ein Extrapaket für meine Eltern mit auf den Weg zu geben. Ich schickte ihnen jetzt nicht nur Gemüse, sondern auch gehaltvollere Lebensmittel, die ich offen aus der Vorratskammer an mich nahm. Sollte Frau Hete mich nur deswegen zur Rede stellen! Unser Verhältnis war seit der Fahrradgeschichte äußerst gespannt. Ich wusste noch immer nicht, ob J. B. ihr meine Untat gebeichtet hatte, oder ob sie die Delinquentin in mir nur vermuten konnte. Dass sie es tat, verhehlte sie nicht, und sie ließ mich bei jeder Gelegenheit ihr Misstrauen fühlen. Auch verübelte sie es mir, dass ich so energisch von hier wegstrebte. »Fehlt es dir an etwas?«, fragte sie mich. »Ihr habt euer gutes Essen, und ihr habt eure Bleibe. Dein Kind lebt in guter Luft, und auch dein Mann ist bei Annegret in bester Obhut. Was willst du eigentlich? Ich glaube, es geht dir zu gut.«

Ja, es fehlte mir an nichts, damit hatte sie recht. Nur – ich fühlte mich überflüssig. Ich habe es später oft bedauert, dass ich nicht die Zeit unserer Evakuierung dazu benutzt habe, mich gründlich in der Landwirtschaft umzusehen und mir Kenntnisse zu verschaffen, die ich literarisch hätte verwerten können. Gelegenheit dazu hätte sich mir leicht geboten. Ich hätte beispielsweise den Hauptbuchhalter bitten können, mich in die Praxis der Abschreibungen einzuweihen, die dem Betrieb zu so hohen Profiten verhalfen, oder ich konnte mich dem Leutevogt an die Fersen heften, der die Arbeit unter den Tagelöhnern verteilte und beaufsichtigte. Cousine Gertrud arbeitete sogar oft auf den Feldern mit und befreundete sich mit den Arbeiterinnen, die sie auf diese Weise kennenlernte. Ich bewunderte Gertrud deswegen; unter allen neuen Verwandten, die ich durch meine Heirat gewonnen hatte, war sie mir die liebste geworden, und in der letzten Zeit unseres Zusammenseins schlossen wir uns eng aneinander an. Gertruds Mann war noch nicht aus der Gefangenschaft zurückgekehrt, aber sie jammerte nicht, sondern kümmerte sich um die, denen es noch schlimmer erging, die zu Hause alles verloren hatten und hier nur vegetierten, bevor sie ins Ungewisse weiterzogen. Gertrud, die ebenfalls ausgebombt und bei ihren Verwandten nur untergeschlüpft war, wurde von den Flüchtlingen als Gleiche unter Gleichen behandelt und hatte es leicht, mit jedermann Freundschaften zu schließen. Ich dagegen gehörte »zum Schloss«, genauso wie »die gnädige Frau«, der man sich nur scheu mit einem Anliegen zu nähern wagte. Vielleicht lag es auch an mir, dass sie sich mir gegenüber reserviert verhielten. Ich hatte es immer schwer, mich Fremden gegenüber aufzuschließen. So blieben mir nur wenige Menschen, mit denen ich außerhalb der Familie Umgang hatte: die eine war Inge Haupt, die mir stundenlang vom Bauhaus erzählte und von den interessanten Menschen, die sie dort kennengelernt hatte, und die, alle Antifaschisten, in der Nazizeit hatten emigrieren müssen; und die andere war eben Gertrud. Diese war jedoch von tausend Dingen in Anspruch genommen und nahm sich selten die Zeit zu einem ausführlichen Gespräch mit mir.

Zu Weihnachten kamen wieder meine Eltern nach Marienstuhl. Die Reise per Bahn war beschwerlich; die Züge fuhren unpünktlich und endeten schon in Biederitz, einem Vorort von Magdeburg. Von hier aus mussten sie versuchen weiterzukommen, immer mit großen Unterbrechungen, da die Ackerwagen, die sie mitnahmen, nur kurze Strecken befuhren. Und die letzten zehn Kilometer mussten sie sogar zu Fuß zurücklegen, so dass sie erschöpft bei uns ankamen; vor allem Mutter, die nie besonders gut hatte laufen können, war nahe am Zusammenbrechen. Auch ihre Nerven waren gereizt, und als sie am nächsten Morgen an den Frühstückstisch kam, der friedensmäßig gedeckt war und wo sich die Hausgäste die knusprigen Brötchen mit der selbst gemachten Konfitüre und dem Sirup, den wir aus Zuckerrüben herstellten, bestens munden ließen, verfiel sie in einen Weinkrampf, und sie war lange nicht imstande, auch nur einen Bissen hinunterzuwürgen. Der Unterschied zu den heimischen Zuständen, wo bitterster Hunger herrschte und wo die Frauen sich immer noch vor den sowjetischen Soldaten und vor den ehemaligen polnischen »Fremdarbeitern«, die sich besonders hart für das ihnen zugefügte Unrecht rächten, verstecken mussten, war zu groß. »Bei uns ist es auch nicht mehr so wie früher«, sagte Frau Hete wohl in der Absicht, ihre Berliner Gäste zu trösten, und sie fügte seufzend hinzu: »Vielleicht ist es überhaupt das letzte Mal, dass ich Sie beide hier empfangen kann. Wir sitzen doch alle auf dem Pulverfass.«

Sie spielte auf das Gesetz zur Bodenreform an, das kürzlich erlassen worden war und das alle in meiner Umgebung in größte Schrecken versetzt hatte. Alle großen landwirtschaftlichen Betriebe sollten enteignet und der Boden an landarme Bauern und Flüchtlinge aufgeteilt werden. Wieder gingen unsere Meinungen über diesen Erlass weit auseinander. Ich begrüßte das Gesetz; bedeutete es doch die endliche Erfüllung unserer Forderungen, die wir schon als junge Kommunisten erhoben hatten! Aber J. B. vertrat die Interessen seiner Mutter und kämpfte um den Besitz. »Nur Großbetriebe können erfolgreich wirtschaften«, erklärte er mir. »Die handtuchgroßen Siedlungen sind nicht lebensfähig.« Und er erwog ernsthaft, ob er nicht eine entsprechende Eingabe bei der Kommandantur abgeben sollte. Einige Tage lebten wir alle in größter Spannung. »Wir hätten doch beizeiten weggehen sollen«, sagte Frau Hete. Sie verfolgte mit Fleiß alle Gräuelmärchen, die über die Behandlung von Großgrundbesitzern im Umlauf waren. Einige hatte man wie räudige Hunde von Haus und Hof verjagt; anderen gestattete man dagegen, etwas Kleidung und Haushaltsgerät mitzunehmen. Auch Frau Hete packte vorsorglich einige Koffer. Sie würde notfalls nach Holstein ausweichen können, meinte sie, das glücklicherweise in der britischen Zone lag. Aber die Tage vergingen, und nichts geschah. »Vielleicht werden wir verschont!«, hoffte J. B. Noch war keinem Bericht zu entnehmen gewesen, wie mit den Domänen zu verfahren sei, die, wie auch Marienstuhl, kirchlicher Landbesitz waren. Nur das lebende und das tote Inventar, das Vieh und die Landmaschinen, waren Privateigentum. Tatsächlich wurden die Domänen später in Volksgüter umgewandelt. Marienstuhl wurde sogar Lehrbetrieb mit einem Lehrlingsheim, das neu gebaut werden musste. Der schöne Park mit den alten Bäumen wurde umgepflügt und in eine Weide für die Kühe verwandelt. Unser großes Esszimmer wurde Kulturraum, und im ehemaligen »Herrenzimmer«, das Frau Hete genauso belassen hatte, wie es zu Lebzeiten ihres Mannes war, bemühten sich später drei Büromenschen, eine günstige Bilanz zu erstellen. Aber von alledem konnten wir damals, als wir täglich auf die Nachricht zur Räumung gefasst waren, nicht entfernt etwas ahnen.

Meine Eltern überraschten uns mit einer guten Botschaft: Sie brachten uns die Zusicherung für eine neue Wohnung mit. Sie hatten sogar schon den Einweisungsschein. Wie sie dazu gekommen waren? »Bedank dich bei deinem Bruder Wolf«, sagte Mutter. Wolf war inzwischen, wie ich jetzt hörte, nach Berlin übergesiedelt und hatte im Grunewald eine kleine Wohnung erhalten. Auf dem Wilmersdorfer Amt, wo er sich seine Einweisung abholen musste, saß als Betreuer der Antifaschisten kein anderer als – Rudi Waterstradt, der Mann meiner Genossin im »Bund«. Alles Weitere war nur noch ein Kinderspiel. Denn als mein Bruder erwähnte, dass in unserer Wohnung in der Reichsstraße jetzt die Engländer säßen, zog Rudi sofort aus seiner Kartei eine Karte heraus: »Hier, das Beste, was ich deiner Schwester und deinem Schwager zu bieten habe. Sag ihnen, sie sollen sich endlich von ihrer Klitsche lösen und nach Berlin zurückkommen. Berlin ist hochinteressant geworden. Berta sitzt beim Rundfunk und macht in Literatur. Auch sie lässt euch grüßen.« All das berichtete uns wortgetreu jetzt meine Mutter.

Ich starrte noch immer auf den Einweisungsschein. Hagenstraße im Grunewald, eine piekfeine Gegend musste das sein. »Wolf hat sich die Wohnung angesehen«, erzählte Mutter. »Drei Zimmer in einem Einfamilienhaus. Eins der Zimmer ist ausgebombt, aber euch genügen ja wohl vorerst die beiden anderen

Räume. Eine Terrasse soll dabei sein und ein Stückchen Garten. In den Zimmern stehen noch die Möbel von dem bisherigen Bewohner. Ihr legt euch also sozusagen ins gemachte Bett.«

Auch Mutter sehnte unsere Rückkehr herbei, vor allem wegen Christiane, die ihre Berliner Großmutter wieder völlig vereinnahmt hatte, was wie immer den Groll Frau Hetes erregte, die sich zu Unrecht ins Abseits gedrängt sah, sowie ihre Rivalin in der Nähe war. Der Wettlauf der beiden Großmütter um die Gunst des Enkelkindes war grotesk, hatte aber einen ernsthaften Hintergrund: Meine Schwiegermutter wollte mit aller Macht, die ihr zur Verfügung stand, unsere Rückübersiedlung nach Berlin hintertreiben. Um dieses Ziel zu erreichen, schreckte sie vor nichts zurück. »Ich werde euch nicht mehr unterstützen können«, sagte sie, »und wovon wollt ihr leben? Wer bezahlt eure Miete und euren Unterhalt? Und wenn deine Frau arbeiten geht«, sagte sie zu J. B., »wer versorgt dann das Kind? Und wie willst du allein zurechtkommen?« Das waren alles Fragen, die wir uns insgeheim selber stellten. Aber irgendwie mussten wir doch aus diesem Teufelskreis ausbrechen können. »Ich sehe schon, dass wir Annegret mitnehmen müssen«, sagte J. B. halb im Scherz, aber ich ahnte, dass eine gute Portion Ernst hinter seiner Bemerkung steckte. Die beiden waren gut aufeinander eingearbeitet. Annegret war eine unermüdliche Vorleserin, und ich bewunderte die Geduld, mit der sie auf Passagen, die J. B. wichtig waren, immer wieder zurückkam und sie wiederum vorlas. Ich selber hätte mich kaum so zurückstellen können, wie es dieses Mädchen tat, das mit einem Feingefühl, das für eine Zwanzigjährige beachtlich war, jeden Wunsch ihres Zuhörers instinktiv erriet und sich bemühte, ihm nachzukommen.

Meine Eltern waren gerade wieder abgereist, als ein neuer Besucher bei uns eintraf: Hans Wolfgang Hillers aus Berlin – unser Dramaturg. »Ich will mich ein paar Tage bei euch rausfuttern«, sagte er geradeheraus. »In Berlin schieben wir mächtigen Kohldampf. Die Menschen schlagen sich halbtot, wenn irgendwo ein Gaul verreckt, um ein Stück vom Kadaver abzubekommen. Würdelos, sage ich euch, würdelos. Hoffentlich hält irgendein Filmer das für die Nachwelt fest. Apropos Filmer …« Wir hatten uns nach dem gemeinsamen Mittagessen in unser Zimmer zurückgezogen. J. B. rauchte mit Genuss die eine »Aktive«, die Hillers ihm großmütig als Gastgeschenk mitgebracht halte. »Apropos Filmer«, wiederholte er. »Wir müssen unseren Semmelweis aus der Schublade holen. Die Russen wollen eine Filmfirma lizenzieren. Sie übernehmen das ehemalige Ufa-Gelände in Babelsberg. Die Gründung der Firma steht nahe bevor. Wir müssen jetzt am Ball bleiben, Volksgenossen, sonst schnappen uns andere die besten Happen vor der Nase weg. Bei jedem Umbruch werden die Nichtskönner nach oben gespült, und wer wirklich was kann, guckt in den Rauch. Wie sind denn eure Pläne? Wann kommt ihr zurück?« Das war wieder die heikle Frage. J. B. flüchtete sich in Allgemeinplätze: Er sei hier noch nicht abkömmlich, müsse den Russen, die eifrig mitmischten, auf die Finger sehen … »Mann, du hast doch hier nichts mehr verloren«, unterbrach ihn Hillers. »Über kurz oder lang setzen sie euch auf die Straße, und dann ist der Ofen aus. Hast du denn wenigstens was Handfestes beiseitegeschafft?« – J. B. verstand ihn nicht; es gingen regelmäßig Lebensmittel nach Berlin, berichtete er. – Lebensmittel? Was für Lebensmittel? Gemüse – das sei doch nichts Haltbares. Er sei vorhin an einer Zuckerfabrik vorbeigekommen, gehöre die auch zum Gut? J. B. bejahte: Dort würden Rüben zu Zucker verarbeitet, zu Rohzucker zunächst, zu braunem Zucker, der späterhin … Er wollte noch weiter dozieren, aber Hillers fiel ihm von neuem ins Wort. »Mann, Jochen, ob braun oder weiß, das ist doch scheißegal. Hauptsache, es ist Zucker. Mit einem Sack davon kannst du in Berlin die ganze Kulturszene kaufen. Ist der Zucker transportfähig? In Säcke verpackt?« – Das wusste J. B. nicht; er habe sich lange nicht dort umgesehen. »Dann wird's höchste Zeit, dass wir das nachholen«, sagte Hillers bestimmt.

Noch am selben Nachmittag zogen sie zusammen los; die Zuckerfabrik lag nur wenige hundert Meter entfernt. Das Ergebnis schien befriedigend. Hillers strahlte, als er mir am Abend davon berichtete. »Ich habe deinen Alten überreden können, zehn Sack Zucker nach Berlin zu schaffen«, sagte er. »Mehr haben wir auf die Schnelle nicht loseisen können. Aber für den Anfang ist es besser als nichts. Euer Aufkäufer nimmt die Säcke morgen in seinem Laster mit. Sie sollen zunächst bei ihm gelagert werden. Ich fahre mit – damit der Schieber die wertvolle Fracht nicht etwa unterwegs ›verliert‹.« – Ich hatte nur gehört, dass er morgen schon wieder wegfahren wollte. Wie schade! Seine Gegenwart hatte mich angeregt, mit neuen Impulsen erfüllt; es war, als ob nach einer langen Dürrezeit auf eine trostlose Steppe der erste Regen fällt. Zum Glück blieb uns noch der Abend; wie üblich versammelten sich alle Hausbewohner um den Abendbrottisch. Frau Hete hatte den neuen Gast neben mich platziert, J. B. saß uns gegenüber, neben ihm wie immer Annegret, die ihm die Bissen mundgerecht auf den Teller legte. Das Hausmädchen reichte den Auflauf herum. Hillers packte sich ungeniert seinen Teller voll, aß im Nu alles leer und füllte von neuem nach mit einer Gier, die die anderen mit nachsichtigem Lächeln quittierten. »In Berlin wird wohl sehr gehungert, junger Mann?«, erkundigte sich Tante Hanna teilnehmend. Hillers brauchte eine Weile, um seinen Mund zu räumen, bevor er antworten konnte. »Ach nein, gnädige Frau«, sagte er dann. »Ich gehe zweimal in der Woche ins ›Adlon‹ essen, das hält für die übrigen Tage vor.« – »Ach, Adlon?«, wiederholte das Tantchen verzückt, »da habe ich meine Silberhochzeit gefeiert. Gibt's denn das schon wieder?« – »Das Hinterhaus steht noch«, sagte Hillers knapp. »Auch die Plüschmöbel sind leider erhalten geblieben. Dafür rieselt die Wasserspülung nur stundenweise. Ich weiß nicht, ob sich gnädige Frau vorstellen können, wie peinlich das ist, wenn man, wenn man …« Er machte eine Pause und blickte rundum, als erwarte er von den anderen das erlösende Wort. Alle schwiegen jedoch schockiert, so dass er gelassen fortfuhr: »Wenn man nicht mal die Hand richtig abwaschen kann. Sie verstehen, was ich meine?« – »Ah ja, gewiss«, stotterte Tante Hanna. Sie war bis an die Haarwurzeln rot geworden. Auch ich fühlte, wie ich rot wurde und wie es mich heiß durchrieselte. Das Bein meines Nachbarn hatte sich dicht zu mir herübergeschoben und drückte gegen meinen Oberschenkel.

Frau Hete hob abrupt die Tafel auf. »Sie werden müde sein, Herr Hillers«, sagte sie kühl. »Wir sehen uns ja morgen früh. Hoffentlich schlafen Sie gut bei uns. Gute Nacht.« Das war deutlich. Damit hatte sie ihn aus der Abendrunde ausgeschlossen. Uns Jüngere focht es nicht an, wir waren froh, den Abend für uns zu haben. Ich holte eine Flasche Wein aus dem Keller herauf. »Hat uns die Mutter spendiert?«, fragte J. B. Ich drückte mich um die Antwort. »Was Annegret kann, werde ich wohl ebenfalls dürfen«, hätte ich am liebsten erwidert. Immerhin war ich die Schwiegertochter. Aber ich zog es vor zu schweigen, goss nur die Gläser voll, damit wir anstoßen konnten: »Auf erfolgreiche Zusammenarbeit!« Hillers hatte weitreichende Pläne. Er wollte wieder Stücke schreiben, hoffte, sich diesmal auch in Berlin durchsetzen zu können. Schließlich hatte er vor 1933 zusammen mit Becher den »Großen Plan« zur Aufführung gebracht. Becher war jetzt ein großer Mann, bei den sowjetischen Kulturoffizieren glänzend angeschrieben – bei ihm wollte er sich in Erinnerung bringen. Daneben wollte er Filme betreuen, aber nur solche, die ihm wichtig waren. Er hatte auch zu Filmleuten die besten Verbindungen. »Ich mache euch mit Dudow bekannt«, sagte er. »Ihr wisst doch: der Bulgare, der ›Kuhle Wampe‹ gedreht hat. Er will sich der neuen Filmfirma zur Verfügung stellen, sieht sich schon nach geeigneten Stoffen um. Hattest du nicht noch einiges im Hinterkopf?«, fragte er J. B. Der dachte sofort wieder an »Grube Morgenrot«. »Ein Bergarbeiterfilm? Großartig!«, rief Hillers. »Das wird Dudow bestimmt interessieren. Aber du musst endlich von deiner Scholle weg. Du bist Schriftsteller, Jochen, und kein Bauer!« Er prostete ihm zu, merkte zu spät, dass sein Gegenüber nicht reagierte und stieß klirrend an sein Glas. »Also was ist? Fahrt ihr morgen mit? Wir müssen doch den Zucker gerecht verteilen.« Er blinzelte mir verschwörerisch zu, aber ich wich ihm aus. Ich fand es unfair, in Gegenwart meines halbblinden Mannes mit ihm zu kokettieren, und rannte lieber noch mal in den Keller, um eine zweite Flasche zu holen. Vielleicht konnten wir J. B. doch noch zum Mitfahren überreden. Doch als ich wieder herauf kam, sagte er gerade: »Es geht wirklich nicht, Hillers. Lass uns noch etwas Zeit. Ich kann meine Mutter in diesen Umbruchzeiten nicht schutzlos zurücklassen.«

Es war weit nach Mitternacht, als wir uns endlich trennten. Hillers war in dem sogenannten Atelier untergebracht, das nicht nur vom Flur, sondern auch von dem allgemeinen Badezimmer aus zu erreichen war. Da J. B. unser Privatbad blockierte, um sich für die Nacht zurechtzumachen, ging ich unsicheren Schrittes – wir hatten noch eine dritte Flasche geleert – über den Flur in das größere Bad, schloss automatisch die Tür zum Gang und drehte die Brause auf; doch als ich mich umwandte, um meinen Morgenrock aufzuhängen, fühlte ich mich fest von zwei Armen umspannt. Mein Umhang glitt von den Schultern, ich war splitternackt, und ich fühlte hautnah den Mann, der ebenfalls nackt war, meinen Kopf herrisch zurückbog und mit der Zunge gewaltsam Zugang zu der Höhle meines Mundes suchte, während er seinen Körper immer dichter an mich presste. Mit äußerster Anstrengung stieß ich ihn zurück, aber er ergriff mich von neuem, diesmal aber viel zarter und strich mir das Haar aus der Stirn. »Wie hältst du es nur hier aus?«, fragte er gedämpft. »Du gehörst nicht hierher, zu diesen Mumiengestalten. Komm mit mir nach Berlin, komm morgen mit!« Wieder drückte er mich an sich, hob mich plötzlich empor, trug mich in sein Zimmer hinüber, warf mich auf sein Bett. Doch jetzt war ich plötzlich hellwach. »Hier doch nicht«, sagte ich oder dachte ich nur, ich schubste ihn weg und sprang auf und rannte ins Bad zurück. Hier drehte ich die Brause ab, die immer noch lief, warf den Morgenrock über und taumelte hinaus. Drüben vor unserem Zimmer musste ich einen Augenblick verharren, um langsam zu Atem zu kommen, bevor ich es wagen konnte, hineinzugehen und mich an J. B.s Seite niederzustrecken, als sei nichts geschehen.

Aber ich konnte lange nicht einschlafen. Ich war zu aufgewühlt. Immer wieder versuchte ich, mir das soeben Erlebte ins Gedächtnis zu rufen. Wie hatte ich nur so lasch reagieren können? Was war los mit mir? Dass Hillers mich hier, wo er Gastrecht genoss, unter den Augen meines Ehemannes verführen wollte, war so ungeheuerlich, dass es nur eine Antwort darauf hätte geben dürfen: eine schallende Ohrfeige mitten in sein Gesicht! Aber ich hatte nichts dergleichen getan. Warum nicht? Es heißt, dass Frauen dem ersten Mann, dem sie sich hingegeben haben, ihr Leben lang anhängen. Ich hatte mich Hillers nicht hingegeben. Er hatte mich, die Fünfzehnjährige, brutal vergewaltigt, hatte mich zu Perversionen gezwungen und mir sein ekliges Sperma in den Mund gedrückt. Ich hätte ihn hassen müssen, aber ich tat es nicht. Ich sehnte mich nur danach, mich in seine Arme zu schmiegen, mich an ihn zu pressen, bis auch sein Drängen, mit mir zu verschmelzen, deutlich zu spüren war und seine Erregung steigerte. Ich fühlte, wie seit langem nicht, Feuchte in meinem Schoß, und ich wusste, dass ich meinem Verlangen nachgeben würde. Ich hatte zu lange gedarbt, mich zu lange mit sexuellen Träumen begnügen müssen.

Lange vorm Morgengrauen erhob ich mich, raffte meine Kleider zusammen und nahm sie mit in unser Bad, wo ich mich endlich unter die erfrischende Dusche stellte. Als ich fertig angekleidet in unser Zimmer zurückkam, war auch J. B. schon wach. »Was rumorst du denn in aller Frühe?«, fragte er schläfrig. »Ist dir nicht gut? Ich bin ganz schön verkatert.« Er schlug die Bettdecke zurück, sagte: »Komm, leg dich ein bisschen zu deinem Mann ...« Er hatte sich halb aufgerichtet und tastete suchend mit seinen Händen herum – offenbar wollte er mich zu sich herunterziehen. Dabei streifte er meinen Wollrock. »Du bist schon angezogen?«, fragte er überrascht. »Es hat doch gerade erst sechs geschlagen ...« Jetzt konnte ich ihn nicht länger im Unklaren lassen. Ich sagte, dass ich noch viel zu erledigen hätte, denn ich würde mit Hillers nach Berlin fahren. »Und du willst wirklich nicht mit?«, vergewisserte ich mich noch einmal, aber nur zum Schein, weil ich mir seiner Ablehnung sicher war. Ich wollte mich auch auf keine Debatte mehr einlassen, sondern stürzte mich in die Vorbereitungen, die bis zu unserer Abfahrt noch nötig waren. Vor allem musste ich mich um eine Ersatzmutter für Christiane kümmern. Es gab genug Frauen im Haus, die mit dem Kind spielten und Allotria trieben, aber ich brauchte eine Vertrauensperson, die auch Verantwortung auf sich nahm. Gertrud war von ihren eigenen Kindern in Anspruch genommen, also wandte ich mich mit meiner Bitte an Inge Haupt, die sich auch sofort bereit erklärte, morgens und abends nach dem Rechten zu sehen, damit der gewohnte Tagesablauf nicht beeinträchtigt wurde. Ich wollte mich schon dankend von ihr verabschieden, aber sie hielt mich fest, sah mich forschend an. »Du bist dir sicher, dass es richtig ist, was du tust?«, fragte sie eindringlich. »Was sagt denn dein Mann dazu?« Ich wusste plötzlich, dass mich Inge durchschaute. Gerade hatte ich ihr ausführlich auseinandergesetzt, warum ich mitfahren musste: der neuen Wohnung wegen, die ich noch nicht kannte und die ich für unsere Übersiedlung herrichten wollte; wegen wichtiger Verbindungen, die ich nur mit Hillers' Hilfe anknüpfen konnte; wegen, wegen ... Ich hielt plötzlich inne, sah Inge an und warf mich ihr an den Hals. Auch Inge hat jahrelang eine unerfüllte Ehe geführt. An manchen Abenden hatten wir uns gegenseitig unser Leben erzählt, hatten uns Dinge anvertraut, die man im Allgemeinen in seinem Inneren verschließt – Inge musste ahnen, was mit mir war. Jetzt drückte sie meine Hand. »Bleib nicht zu lange fort«, sagte sie. »Männer vertragen das Alleinsein nicht. Dein Jochen wird darin keine Ausnahme machen.«

J. B. – nie hatte ich daran gedacht, dass ich ihn an eine andere Frau verlieren könnte, ihn, der so ganz von mir abhängig war. Aber war er das wirklich? Hatte er nicht das junge Mädchen zur Seite, seine eifrige und ihm tief ergebene Schülerin? Aber konnte sie ihm geistig gewachsen sein? Vermochte sie mehr, als ihn beim Spaziergang am Arm zu führen und ihm das Gemüse auf den Teller zu legen? Und wenn es so war – konnte sie nicht eines Tages ganz an meine Stelle treten? Zum ersten Mal schlug mir das Gewissen über das, was ich tat: dass ich meiner Wege ging und ihn der Obhut dieses Mädchens überließ. War es nicht, als ob ich ihn ihr wissentlich in die Arme trieb? Aber das sind Hirngespinste, sagte ich mir gleich darauf. Ich war mir J. B.s zu sicher, und auch das Mädchen würde wohl andere Pläne haben, als sich an einen um zwanzig Jahre älteren und behinderten Mann zu hängen. Trotzdem wusste ich, dass ich hierbleiben sollte, dass es Wahnsinn war, was ich tat, dass ich vermutlich einer Katastrophe entgegentrieb. Aber ich konnte nicht mehr zurück. Es war, als sei ich in zwei Teile gespalten, das eine Ich sah verwundert mit an, was das andere tat. Der Vormittag ging mit dem Beladen des Lasters hin. Hillers fuhr mit in die Zuckerfabrik, packte selber mit an, um die Säcke auf den Wagen zu hieven und sachgemäß zu verstauen, »damit es in Berlin beim Entladen keine Probleme gibt«, sagte er zu dem Händler, der sein Hantieren mit zunehmendem Befremden verfolgte. »Kommt doch sowieso alles in mein Lager«, sagte er aufsässig. »Ja, ja, mein Guter«, pflichtete ihm Hillers bei. »Aber man kann nie wissen. Kommt Zeit, kommt Rat.« Dabei warf er mir einen langen Blick zu, einen Blick des Einverständnisses, wie mir schien – das erste Zeichen an diesem Morgen von ihm zu mir, dass uns etwas Gemeinsames verband, ein Schurkenstreich, ein ehebrecherisches Abenteuer, mit dessen Vorbereitung wir beide emsig beschäftigt waren. Ich verstand seine Zeichensprache – und schämte mich.

Und dann war es endlich so weit, dass wir abfahren konnten. Wir hatten auf das Mittagessen verzichtet. Nur weg! Nur weg! Ich stieg auf den Wagen, klammerte mich an die Gemüsesäcke – wir hatten auch Hülsenfrüchte geladen – und zwang mich, mit unbefangener Miene zurückzublicken auf das Haus, vor dem sie alle Aufstellung genommen hatten. J. B. hatte mich noch im letzten Moment zurückhalten wollen. »Warte doch zwei oder drei Wochen«, beschwor er mich, »dann fahren wir beide zusammen. Warum musst du denn durchaus schon heute fahren!« Ich hatte ihn unwillig abgeschüttelt. »Du weißt, warum«, sagte ich kurz und rannte zum Wagen, wo Hillers schon wartete, um mir hinauf zu helfen. Und jetzt standen sie alle da und sahen uns nach: J. B. und seine Mutter, die unser Kind auf dem Arm hielt, Annegret und Inge Haupt und die beiden Tanten, und im letzten Augenblick gesellte sich noch Gertrud zu ihnen, die zu einer kurzen Mittagspause vom Feld kam. Ich sah sie alle wie durch einen Schleier, aber zugleich überdeutlich, als wüsste ich schon, dass sich mir dieses Bild für mein ganzes Leben einprägen würde. Dieses Bild eines Paradieses, so schien es mir jetzt, das aber nicht mehr vollständig war, weil ein Stück aus diesem Puzzlespiel sich herausgelöst hatte – ich selber, die bis eben noch dazugehört hatte, deren Trennung von allem aber schon entschieden war, als der Wagen zum Tor hinausfuhr und den Blicken der Zurückbleibenden entschwand.

Während der Fahrt sprachen wir nur wenig. Die Wege waren schlecht, und das mit Holzkohle angetriebene Gefährt machte ein Riesenspektakel, das jedes vernünftige Wort unmöglich machte. Und was hätten wir uns auch zu sagen gehabt? Hillers warf ab und zu dem Händler ein paar Worte zu, aber meine Gedanken waren nach rückwärts gerichtet, verweilten vor allem bei meinem Kind: Es in den Armen Frau Hetes zurücklassen zu müssen, hatte mir einen Stich versetzt, als sollte mir Christiane für immer entrissen werden. Warum hatte ich mich nicht gewehrt, das Kind einfach mit auf die Reise genommen? Es gehörte doch zu mir, und es hätte mir auch, säße es jetzt neben mir, einen Halt gegeben: Auf eine Mutter mit ihrem Kind musste auch Hillers Rücksicht nehmen. Allein war ich ihm willenlos ausgeliefert. Denn obwohl ich bei klarem Verstand zu ihm in den Wagen gestiegen war, hatte ich doch nur eine unklare Vorstellung davon, was weiter mit uns geschehen würde. Hillers dagegen schien alles genau zu planen. Als wir Berlin näher kamen, wies er den Händler an, zuerst in der Hagenstraße zu halten, wo wir »ein paar Säcke abladen« müssten. »Ihr habt doch hier einen Keller?«, fragte er mich. Ich wusste es nicht, ich wusste nur, dass der Schlüssel zur Wohnung beim Hauswart lag. »Also holen wir uns zuerst mal die Schlüssel«, bestimmte er. »Das Weitere wird sich finden. Schlimmstenfalls müssen wir die Säcke im Zimmer verstauen.«

Der Hauswart entpuppte sich als eine Frau in mittleren Jahren, eine geschiedene Frau Fenske, die uns misstrauisch beäugte. »Sie sind also die neuen Mieter?«, fragte sie, während ihr Blick von einem zum anderen ging. »Zeigen Sie mir erst mal Ihren Einweisungsschein.« Ich tat es, und nun erst fühlte sie sich bemüßigt, den Schlüssel vom Haken zu heben. »Na ja, muss alles seine Ordnung haben«, sagte sie halb und halb entschuldigend. Und wieder maß sie Hillers mit einem langen Blick. »Komisch, der junge Mann, der hier war, Ihr Herr Bruder ja wohl, hat mir Ihren Mann ganz anders beschrieben. Soll er nicht sogar blind sein?« Ich war rot geworden. »Dies hier ist nicht mein Mann«, erklärte ich ihr, »nur ein guter Freund, der mir beim Einzug hilft.« – »Ach so«, sagte sie, »verstehe. Na, dann kommen Sie mal.« Sie ließ sich nicht davon abhalten, uns selbst in die Wohnung zu führen, die, genau wie es mir Mutter geschildert hatte, vollständig möbliert war: ein Schlafzimmer und ein Wohnzimmer, das zur Terrasse hinausging. Dazu ein geräumiges Bad und eine kleine Küche. »So hat Frau Jahn alles hinterlassen«, berichtete Frau Fenske, »bevor sie mit ihrem Ami auf und davon ist. Ihr Mann ahnt noch gar nichts von seinem Glück. Der sitzt in Afrika in Gefangenschaft.« – »Ist denn Herr Jahn ein Faschist?«, erkundigte ich mich. Ich war bisher der festen Überzeugung gewesen, dass wir die Wohnung eines – vielleicht geflohenen? – Nazis übernehmen sollten. Doch Frau Fenske hob abwehrend beide Hände. »Der Herr Jahn doch nicht!«, entrüstete sie sich. »Der ist ein feiner Mann, der Herr Dr. Jahn. Nie ein Nazi gewesen. Eher das Gegenteil.« Dann konnte er also eines Tages zurückkommen? Eine Nachricht, die ich nicht so rasch verwinden konnte. Aber Hillers drängte: Er wollte die Lebensmittel in Sicherheit bringen. Frau Fenske machte runde erstaunte Augen, als sie den Reichtum sah. Sie schlug die Hände zusammen: »Zwei Säcke mit braunem Zucker! Ein Sack mit gelben Erbsen und hier noch Linsen!« Beflissen wies sie uns einen Kellerraum an. Leider war er nicht abzuschließen. »Aber das macht ja nichts«, beruhigte sie uns, »hier kommt außer mir niemand rein. Es sei denn, es wird eingebrochen. Davor kann man ja heute nie sicher sein.« – »Dumme Hexe!«, schimpfte

Hillers hinter ihr her. »Wenn die mal nicht selber bei uns einbricht. Hast du ihre geilen Augen gesehen? Na, ich werde ihr mal ein Zuckerpflästerchen aufs Maul kleben, es ist saukalt hier, nicht wahr? Vielleicht kann sie ein paar Briketts für uns locker machen.« Er kam wirklich mit zehn Kohlen von ihr zurück. Ein paar Stücke Holz zum Anmachen hatte sie auch gleich mitgegeben. Bald flackerte im Öfchen das Feuer, und eine angenehme Wärme durchzog den Raum.

Ich hatte inzwischen eine kleine Mahlzeit vorbereitet – Spiegeleier mit Bratkartoffeln, die Zutaten dazu hatte ich vorsorglich zu Hause eingepackt.

Hillers blieb die Nacht über bei mir, und er blieb auch die übrigen Nächte da, die den Tagen folgten, in denen er emsig bemüht war, unsere Güter gegen andere einzutauschen. So hatten wir bald alles im Überfluss, Essbares und Trinkbares und Zigaretten, und einmal erschien Hillers von einem seiner Ausflüge in völlig neuem Dress; er hatte sich von Kopf bis Fuß neu eingekleidet, und ich beglückwünschte ihn zu seinem guten Geschmack. Und zwischendurch »liebten« wir uns. Aber dieser Vorgang, der uns zueinander trieb, hatte mit Liebe nichts zutun. Nie fiel zwischen uns ein zärtliches Wort, nie sprachen wir von der Zukunft oder auch nur von dem nächsten Tag, der vielleicht schon die Trennung für uns bereithielt, denn unser Vorrat, die Münze, mit der ich seine Liebesdienste bezahlte, schwand beängstigend schnell dahin, zumal wir nicht als die einzigen davon partizipierten. Das erste Mal, als wir den Schwund in den Säcken bemerkten, hatte ich noch den Mut gehabt, Frau Fenske zur Rede zu stellen. Ich fragte sie, wer denn etwa in ihrer Abwesenheit, Zugang zu unserem Keller gehabt haben könne, oder ob sie einen bestimmten Verdacht hege, wer sich hinter unserem Rücken bedient haben könnte? Sie hatte nur abweisend die Schultern gehoben. »Niemand kommt hier herein«, sagte sie schnippisch, »nur icke.« Und dabei sah sie mich so herausfordernd an, dass ich erschrocken verstummte. Ich begriff, dass sie es als ihr gutes Recht ansah, sich ihre Mitwisserschaft bezahlen zu lassen, und dass sie sich auch ihr späteres Stillschweigen nur durch großzügige Zuwendungen unsererseits erkaufen ließ. Denn sie sah ja, was da über ihrem Kopf vor sich ging. Sie begegnete Hillers zu jeder Tages- oder Nachtzeit auf dem Treppenflur, und sie dachte sich ihr Teil, wenn wir am nächsten Tag erst gegen Mittag zum Vorschein kamen. Sie hatte mich in der Hand.

Einmal in diesen Tagen radelte ich in die Schlüterstraße, wo der neu gegründete Kulturbund seine Geschäftsräume hatte. Der pausbackige Heinz Willmann begrüßte mich. Ich streckte ihm erfreut meine Hand entgegen. »Ich kenne dich noch von früher«, sagte ich. »Erinnerst du dich nicht? Ich habe gelegentlich kleinere Beiträge in der AIZ veröffentlicht.« – »So?«, fragte er reserviert. »Und was führt Sie heute zu mir?« Er bemerkte mein Befremden über die ungewohnte Anrede und sagte erklärend: »Ach ja – in der Sowjetunion haben wir Genossen uns alle gesiezt. Schließlich kann man nicht einen Minister, nur weil er Genosse ist, mit Du anreden, nicht wahr?« Um Zustimmung heischend, sah er mich an, aber mir war, als hätte ich eine kalte Dusche bekommen. Gerade das vertraute Du unter Genossen war früher so wichtig gewesen. Mit Neid hatten wir von Schulklassen in der Sowjetunion gehört, in denen die Schüler auch ihren Lehrer duzten, und wir hatten uns eine ähnliche Vertrautheit beider Parteien auch für unsere Schulen gewünscht. Und nun ging man auch dort wieder auf Distanz, indem man das unpersönliche Sie einführte? Auch Heinz Willmann schien mir auf einmal um vieles fremder geworden. Mit kaum einem Wort erwähnte er die Ereignisse der jüngsten Zeit, seine Erlebnisse als Emigrant in der Sowjetunion, und er ließ auch kein Interesse daran erkennen, wie ich die vergangenen Jahre hatte überleben können. Nur einmal fragte er kurz: »Sie waren die ganze Zeit hier?« – Ich begann nun meinen Lebenslauf vor ihm aufzubröseln, erinnerte an meine Mitgliedschaft im »Bund proletarisch-revolutionärer Schriftsteller« und an meine Mitarbeit an den »Neuen Deutschen Blättern« in Prag, und beiläufig erwähnte ich auch meine Bekanntschaft mit Johannes R. Becher, der ja wohl der Präsident vom Kulturbund sei. Nun endlich schien mein Gegenüber aus seiner Lethargie zu erwachen. »Brauchen Sie eine Wohnung?«, fragte er mich, »oder sonstige materielle Hilfe?« – Nein, nein, erwiderte ich irritiert, ich sei wirklich nur gekommen, um von ihm eine Arbeit zu erhalten. Ich sei lange genug zur Untätigkeit verdammt gewesen, und nun wolle ich endlich zupacken, egal wie und wo. Willmann schob mir über den Tisch einen Zettel hin. »Schreiben Sie Ihre Adresse auf«, sagte er. »Wir planen die Herausgabe einer Wochenschrift und sind gerade dabei, die verschiedenen Ressorts zu besetzen. Der Posten des Feuilletonleiters ist noch frei. Könnte Sie das reizen?« Ich war viel zu perplex, um sofort antworten zu können, wollte gerade einwenden, dass ich in der Redaktionsarbeit keinerlei Erfahrung hätte, aber Willmann war bereits aufgestanden. »Ich werde das mit Becher besprechen«, sagte er. »Sie hören von uns.« Damit war ich entlassen.

Ich wusste nicht, ob ich mich freuen oder ärgern sollte. Ich hatte mir die erste Begegnung mit früheren Genossen herzlicher vorgestellt. Dennoch: Sie hatte mich aufgerüttelt, und noch am selben Nachmittag setzte ich mich hin und begann mit der Niederschrift einer Erzählung, die mir schon seit langem im Kopfe saß. Sie hieß »Die Umkehr« und handelte von der langsamen Erblindung eines Mannes und der Reaktion seiner Partnerin auf diesen Schicksalsschlag. Da ich keine Maschine hatte, musste ich mit der Hand schreiben, was mir ganz ungewohnt war. Hillers las das Geschriebene und steckte die Blätter ein. »Ich lasse das abschreiben«, sagte er, »und werde versuchen, es irgendwo unterzubringen. Du hast eine gute Novelle geschrieben. Gratuliere!«

Und dann gingen wir noch ein letztes Mal auf den Schwarzen Markt, um »Aktive«, amerikanische Zigaretten, einzutauschen, die ich J. B. mitbringen wollte. »Die treu sorgende Gattin«, spottete Hillers. »Dein Alter kann sich doch eigentlich nicht beklagen«, sagte er weiter. »Mit Hilfe seines schäbigen Zuckers hast du eure Wohnung fit gemacht, und bald wirst du Arbeit haben und Geld verdienen. Und wenn dein Jochen erst hier ist, werden wir auch für ihn eine Beschäftigung finden. Ich meine, dass eure Zukunft gar nicht so düster ist.« Ich verabscheute ihn für seinen Sarkasmus, und ich hasste mich selbst, weil ich ihn, obwohl ich ihn bis auf den Grund durchschaute, noch immer nicht davongejagt hatte.

In der Nacht schliefen wir wieder miteinander. Es war das letzte Mal, und wir wussten es beide. Der Zuckervorrat war aufgebraucht, und einem kürzlichen Ansinnen Hillers', einen weiteren Sack aus dem Lager des Händlers herbeizuholen, hatte ich mich nun doch widersetzt. Über den noch verbleibenden Vorrat sollte J. B. verfügen. Ich wünschte auch, dass die Episode mit meinem Liebhaber zu Ende ging. Es war eine verrückte Woche gewesen – verrückt wie die ganze verfluchte

Nachkriegszeit, der totale Verfall, die gesamte Umwelt, in der wir uns bewegten, mit den Trümmern auf den Straßen, den hungernden und frierenden Menschen, den zerlumpten Soldaten, denen man hier und da schon begegnen konnte, den Jammergestalten auf dem Schwarzen Markt, die sich zu Rudeln zusammenfanden, die die Polizei vergeblich zu zerstreuen suchte. Kaum hatte sie einen Menschenauflauf aufgelöst, bildete sich, wie ein Krebsgeschwür, schon ein neuer an anderer Stelle. Und überall wurde gefeilscht und gehandelt und getauscht und ersteigert, niemand fragte, woher eine Ware kam oder wohin sie ging, alle früheren Regeln waren außer Kraft gesetzt, nur die rohe Gewalt entschied, wer in diesem Strudel obsiegte oder wer in ihm unterging – und wir, auch wir hatten uns von dem Strudel mitreißen lassen, hatten unseren Vorteil ausgenutzt, um unseren Gelüsten zu frönen; auch ich war ausgeschert aus dem gewohnten Trott, hatte alle Moral missachtet und mich fallen lassen, aber nun war es an der Zeit, damit ein Ende zu machen. Ich war des Ausgeschertseins müde geworden und willig, mich wieder ins Geschirr spannen zu lassen, das mir durch Ehe und Alltagspflichten angepasst war.

Als ich am anderen Morgen erwachte, war das Bett neben mir leer. Auf dem Küchentisch lag ein Zettel. »Der Letzte macht das Licht aus – vergiss es nicht.« Kein weiteres Wort, weder zum Abschied noch ein Dankeschön. Die Mohrin hatte ihre Schuldigkeit getan. Die Mohrin war in Gnaden entlassen.

Und die Mohrin gehorchte und ging.

Ab nach Sibirien?

Diesmal musste ich mit der Bahn zurückfahren. Ich hatte natürlich zuvor bei dem Händler angefragt, ob er nicht gerade eine Fahrt nach Egeln plane, der ich mich anschließen könnte, doch der hatte schroff abgewinkt. »Ejeln? Hat sich ausjeejelt«, sagte er. »Bin jerade jestern von de Börde zurück, aber mit 'ner leeren Fuhre. Die Iwans lassen nischt mehr raus, allet beschlagnahmt. Und wat wollen Sie denn noch da?«, fragte er mich. Nun, mein Mann und mein Kind seien dort, erwiderte ich ihm; die wolle ich nach Berlin holen. – »Na, denn seh'n Se mal zu, wo Se die uffjabeln könn'n«, meinte er bieder. »Im Schloss sind se nich' mehr. Da hausen jetzt dreihundert Iwans drin.« Mir stockte der Herzschlag. Dreihundert Russen – und wo, wo seien die Bewohner hin? »Det weeß ick ooch nich'«, sagte der Händler. »Die alte Jnädije sollte ja woll wohnen bleiben, aber det wollte se nich', und se is' irjendwohin möbliert jezogen. Die alten Damen sin' ja wohl abjereist.«

Die ganze Bahnfahrt hindurch, die ich teils draußen auf dem Trittbrett, teils im Wageninnern in drangvoller Enge durchstehen musste, sann ich über das Vorgefallene nach. Eine kurze Woche nur war ich fort gewesen, und schon war das Unterste zuoberst gekehrt, hatte sich Entscheidendes zugetragen. Ich war kein gläubiger Mensch, aber hier schien es mir doch, als hätte eine göttliche Vergeltung gewaltet und mir für mein Verhalten eine geharnischte Strafe auferlegt. Ich hatte schnöde das Paradies aufs Spiel gesetzt, und jetzt waren die Pforten zum Paradies für immer für mich zugeschlagen. Wo war Christiane? Wo konnte ich sie suchen? Vom Bahnhof aus hetzte ich zum Gutshof, doch schon am Tor hielt ich erschrocken im Laufen inne. Wie hatte sich hier alles verändert! Das schöne barocke Haus war mit grüner Farbe überpinselt. Über dem Portal prangte ein überlebensgroßes Stalinbild, und quer über dem Eingang schaukelten rote Girlanden, unterbrochen von grellen Spruchbändern in kyrillischer Schrift. Solche Buntheit auf einmal hatte ich selten gesehen. Im Vorgarten hatten sich zwei Soldaten platziert, die ihren Handharmonikas schwermütige Melodien entlockten. Das klang schön und war sehr stimmungsvoll, und wäre ich in einer anderen Verfassung gewesen, so hätte ich ihnen gerne gelauscht; aber die Unruhe trieb mich weiter. Doch wohin sollte ich? Konnte ich es überhaupt noch wagen, ins Haus hineinzugehen? Oder war es jetzt für Zivilisten gesperrt? Während ich noch unschlüssig dastand, sah ich Inge Haupt aus dem Inspektorhaus treten – sie wohnte also noch dort, zum Glück. Sie hatte mich vom Fenster aus kommen sehen und eilte auf mich zu. »Wie schön, dass du endlich da bist!«, sagte sie atemlos. Sie legte mir den Arm um die Schulter und zog mich wieder zum Tor. »Was ist hier los?«, fragte ich. »Wo ist Christiane? Ist sie gesund?« – »Deine Tochter ist bei Annegret«, erwiderte Inge, »um sie brauchst du dir keine Sorgen zu machen.« – »Und Jochen?«, fragte ich weiter. Inge schien meine Frage überhört zu haben. »Du siehst ja, was hier inzwischen geschehen ist«, sagte sie. »Das Haus musste Knall auf Fall geräumt werden – Befehl der Kommandantur. Eure Tanten mussten abreisen. Ihr habt eine kleine Wohnung nahe der Zuckerfabrik, und Tante Hete hat beim Tierarzt eine möblierte Bleibe. Es ist ja nur für den Übergang, sie will nach Holstein, das weißt du ja. Ihre Möbel hat sie schon vorausgeschickt.« Mir schwirrte der Kopf von so vielen Neuigkeiten. »Die Möbel? Wieso die Möbel?«, fragte ich hilflos. Inge erzählte nun langsamer der Reihe nach. Der Befehl zur Räumung wurde an einem Montag erlassen. Schon zwei Tage später, also am Mittwoch, sollte die Einheit einrücken. Der Besitzerin wurde es freigestellt, ob sie bleiben wolle; man wollte ihr zwei Zimmer zur Verfügung stellen. Sollte sie ausziehen, so erhielt sie – ausnahmsweise, ein Entgegenkommen der Kommandantur – die Genehmigung, ihren persönlichen Besitz mitzunehmen. »Na, du kannst dir denken, was jetzt los war«, sagte Inge. »Das ganze Haus stand Kopf. Ach was, Haus – alles, was Beine hatte, musste ran. Zunächst musste ja das Wichtigste für eure Wohnung hingebracht werden. Ihr habt es jetzt ganz gemütlich da drüben. Drei Zimmer, klitzeklein natürlich, na, du wirst sie ja bald sehen. Und dann musste Tante Hetes Krempel verpackt werden. Nun mach das mal in anderthalb Tagen – die schönen alten Möbel sorgfältig verpacken, dass möglichst nichts beschädigt wird, und dann noch ihre Kledage, das Porzellan und das Silber und den Schmuck und was weiß ich alles. Also, eure Annegret hat sich bei alldem glänzend bewährt. Alle Achtung, was das Mädel geschafft hat, der wurde nichts zu viel. Wenn sie Annegret nicht gehabt hätte, sagt auch deine Schwiegermutter, dann hätte sie wahrscheinlich die Hälfte zurücklassen müssen. So hat sie noch vieles gerettet, bis auf Kleinigkeiten vielleicht …«

Annegret. Ich hörte nur wieder ein Loblied auf Annegret. Annegret hatte meiner Schwiegermutter zur Seite gestanden, während ich, die Schwiegertochter, abwesend war. Aber wie war es nun weitergegangen? Wer hatte den Umzug vollzogen? Warum war Frau Hete nicht gleich mitübersiedelt? Warum war sie noch hier? Und wo war J. B.? Inge hatte mir auf meine Frage noch keine Antwort gegeben. Auch jetzt redete sie nicht sofort, sondern sah sich um, zog mich schließlich zu einer Bank, die gegenüber von unserem Tor vor einem Kätnerhaus stand. »Komm, beruhige dich mal erst«, sagte sie, »das Schlimmste weißt du nämlich noch nicht.« Wieder machte sie eine Pause, fuhr dann stockend fort: »Also, zwei Tage, nachdem die dreihundert Sowjets bei euch eingezogen sind, haben sie Jochen verhaftet. Nein, bitte, erschrick jetzt nicht. Es kann sich ja nur um einen Irrtum handeln, der sich schnell aufklären wird. Bloß, weißt du – dass es überhaupt dazu gekommen ist, das ist meine Schuld.« Ihrem Gestammel, das nun folgte, konnte ich Folgendes entnehmen: Inge wurde eines Tages zufällig Zeugin davon, wie ein sowjetischer Soldat versuchte, der hiesigen Buchhändlerin einen Packen Bücher zu verkaufen. Sie sei sofort misstrauisch gewesen und habe sich eingeschaltet. Aber das seien ja Bücher aus dem Schloss!, habe sie der Frau Heilmann zugerufen; hier stehe ja sogar noch der Name drin: J. B. … Der Soldat sei daraufhin sehr wütend geworden. Nix Schloss – Faschist!, habe er immer wieder gerufen, und er habe darauf bestanden, dass ihm die Buchhändlerin die Bücher bezahle. Inge hatte daraufhin J. B. von dem Vorgefallenen in Kenntnis gesetzt, und am Tage darauf hätten sie beide zusammen dem Sowjetmenschen aufgelauert, der wirklich wieder, einen Packen Bücher unterm Arm, in die Buchhandlung gekommen sei. Zwischen ihm und J. B. sei es dann zu einem heftigen Disput gekommen, in dem zwar der eine nicht verstand, was der andere schrie, aber J. B.s letzte Drohung, dass er sich bei der Kommandantur über ihn beschweren werde, hätte der Soldat wohl doch begriffen, denn er hätte wütend zurückgebrüllt: »Ich Kommandantur – du Faschist!« Und sei weggelaufen. Am Morgen darauf wurde J. B. verhaftet. »Es ist also eindeutig ein Racheakt«, schloss Inge ihren Bericht. »Der Mann hat ein schlechtes Gewissen und schiebt die Schuld einem anderen zu. Wer weiß, was er deinem Jochen angehängt hat.«

»Habt ihr nicht versucht, etwas darüber in Erfahrung zu bringen?«, fragte ich Inge. Sie schüttelte den Kopf. »Wer denn? Und wo? Tante Hete ist völlig am Ende. Sie weint nur noch. Von dir will sie überhaupt nichts mehr wissen. Wenn man nur deinen Namen nennt, sieht sie rot. ›Das hat sie von ihren Russenfreunden‹, sagt sie, ›jetzt holen sie ihr sogar den Mann weg.‹ Annegret hat versucht, mit dem Kommandanten zu sprechen, aber sie wurde gar nicht zu ihm vorgelassen. Ob sie mit dem Häftling verwandt sei?, hat man sie gefragt. Da musste sie natürlich verneinen …«

Wenigstens in diesem Punkt hatte Annegret mich nicht ersetzen können. Mich als J. B.s Frau würde man in der Kommandantur nicht zurückweisen können. Ich wollte sofort hin, wies Inges Rat, vielleicht erst einmal nach Hause zu gehen, brüsk zurück. So sehr es mich in unsere Wohnung zog, zu meiner Tochter vor allem – erst musste ich die Sache mit J. B. ins Reine bringen. Der Kommandant kannte uns doch, er wusste, dass wir keine Faschisten waren, bisher waren wir immer gut miteinander ausgekommen. Doch heute empfing er mich mit undurchdringlicher Miene. Mein Mann hätte eine Waffe im Haus versteckt, sagte er, einen Revolver. Ich wüsste doch, dass er sich dadurch strafbar gemacht hätte: Alle Waffen hätten längst laut Befehl abgegeben werden müssen … Es nützte nichts, dass ich wieder und wieder betonte, dass eine solche Anschuldigung völlig sinnlos war. J. B. hätte nie einen Revolver besessen, er wüsste gar nicht damit umzugehen, er sei ja fast blind. Es war, als spräche ich zu tauben Ohren. Es sei bewiesen, betonte der Kommandant ungerührt, und es gäbe Zeugen. Die Sache nehme jetzt ihren Lauf. Ich war verzweifelt. Könne ich meinen Mann sehen?, fragte ich nun doch noch. Sei er überhaupt hier am Ort? Und wo könnte ich mich sonst noch beschweren, bei wem eine Eingabe machen? Es musste doch eine Möglichkeit geben, den entsetzlichen Irrtum aufzuklären. Der Offizier schüttelte immer nur stumm den Kopf. Schließlich ging er an seinen Schreibtisch zurück und kritzelte eine Adresse auf ein Stück Papier. »Der Fall liegt längst woanders«, sagte er. »Versuchen Sie dort Ihr Glück. Klein-Wanzleben. Wenn er nicht schon abtransportiert worden ist ...«

Abtransportiert? Wohin? Nach Sibirien? Also stimmte es, was gemunkelt wurde, dass Menschen wegen einer lächerlichen Denunziation verschleppt werden konnten? Ich glaubte es nicht. Ich wollte es nicht glauben. Wieder setzte ich mich auf die Bahn, um nach Klein-Wanzleben zu fahren. Inge, die Gute, begleitete mich. Es tat gut, einen gleichgesinnten Menschen zur Seite zu haben. Klein-Wanzleben war der Sitz der gefürchteten GPU. Ich kannte das ehemalige Pflanzensaatgut und das »Herrenhaus«; nie hatte ich gedacht, dass ich das pompöse Gebäude unter solchen Umständen noch mal würde betreten müssen. Bis vor kurzem hatten hier noch die von Büchtings gewohnt, deren Name in J. B.s Verwandtschaft stets mit großer Ehrfurcht erwähnt worden war. Büchtings galten als mehrfache Millionäre. Ich war dem Ehepaar öfter auf Familienfesten begegnet. Die Dame erschien immer in großer Robe. Ihr geliftetes Gesicht täuschte, trotz maskenhafter Starre, ewige Jugend und Schönheit vor, so dass sie sogar meinen Schwiegervater betörte, der ihr eifrig den Hof gemacht hatte. Als J. B. von seiner Südamerika-Reise zurückgekommen war, hatte ihn Herr von Büchting einmal aufgefordert, in seinem Hause vor geladenen Gästen von der Reise zu erzählen; für interessierte Zuhörer würde er Sorge tragen. J. B. hatte freudig zugesagt, zumal die Einladung auch für mich galt und wir ein Wochenende in dem Hause verleben konnten, wo alles noch viel prunkvoller war als in Marienstuhl, wo bei Festen stets nur die Verwandtschaft zusammenhockte. Hier bei v. Büchtings wimmelte es von Uniformen, von Ritterkreuzträgern und Industriemagnaten, und die zu den Herren gehörenden Damen glänzten in großer Abendrobe. Wir übernachteten in getrennten Zimmern, da wir noch nicht verheiratet waren, und nach dem Frühstück steckte der Hausherr J. B. einen Umschlag zu, in dem ein Hundertmarkschein steckte – als kleine Anerkennung für einen armen Verwandten, der einen hervorragenden Vortrag gehalten hatte. Eine Anerkennung, die einem Almosen glich, das wir dem Herrn am liebsten vor die Füße geworfen hätten. Aber wir brauchten das Geld.

Als ich diesmal mit Inge das Büchting-Haus betrat, war die Mittagszeit eben vorbei, und es war lange nach Mitternacht, als wir es, zusammen mit J. B. endlich verlassen durften. Dazwischen lagen Stunden, die mit zermürbenden Verhören angefüllt waren. Es ging immer um dasselbe, stets um die gleichen Fragen: Wieso hatte J. B. den Revolver versteckt? Aber es sei nicht sein Revolver!, hielt ich dagegen, das Ganze sei eine Verleumdung, ein kleinlicher Racheakt. Dann wies der Vernehmende auf den Koffer, der, mit aufgeklapptem Deckel, mitten im Zimmer stand. Im Koffer befanden sich Kleidungsstücke, die offensichtlich aus unserem Hause stammten; wahrscheinlich hatte man sie aus einem der großen Dielenschränke herausgerissen. Obenauf lag ein Bild. Der Vernehmende ergriff es und hielt es mir vor. »Ihr Mann?«, fragte er schroff. Ich musste zugeben, dass er es war; das Bild hatte immer in J. B.s Zimmer auf dem Regal gestanden. »Na also!«, sagte der Offizier, für den dies alles offenbar beweiskräftig war. Was gab es da noch zu leugnen? »Da – die Anzüge Ihres Mannes, da – sein Bild und da – sein Revolver!«, zählte er auf. Aber wieso sollte er das eigene Foto in den Koffer legen?, fragte ich dagegen. Das sei doch hirnverbrannt. Und auch die Anzüge gehörten nicht ihm, was man leicht an den unstimmigen Maßen feststellen könnte. Nein, das Ganze sei ein Racheakt, und ich erzählte zum wiederholten Mal das Erlebnis mit dem Soldaten, der unter der falschen Anschuldigung, J. B. sei ein Faschist, sich dessen Bücher widerrechtlich angeeignet und an die Buchhandlung weiterverkauft hatte. Der Vernehmende hörte mir zu, ohne im Geringsten zu erkennen zu geben, ob er mir Glauben schenkte. Plötzlich brach er das Verhör ab und ging hinaus. Und wir blieben über zwei Stunden allein, schwankten zwischen Hangen und Bangen, fürchteten schon, dass man uns vergessen hätte und dass wir unverrichteter Sache wieder wegfahren müssten. Niemand kümmerte sich um uns, niemand verirrte sich auch nur zufällig in unsere Nähe. Und dann erschien endlich eine junge Frau in Uniform, eine neue Vernehmerin, und das Frage-und-Antwort-Spiel begann von neuem. Was wollte mein Mann mit dem Revolver? Warum hatte er ihn nicht abgeliefert? Ist er Mitglied einer Nazi-Organisation? Mir wurden die Knie weich.

Erst jetzt dämmerte mir allmählich, in welch gefährliche Nähe man J. B. hier einzuordnen begann, in die Nähe von faschistischen Untergrundkämpfern, Werwölfen oder dergleichen, und ich spürte, wie mir der Schweiß aus allen Poren brach. »Hören Sie, Towaritsch«, begann ich, aber ich wurde brüsk mit einer energischen Handbewegung zum Schweigen gebracht. »Nix Towaritsch – Kommissar!«, verbesserte sie mich, auf ihre Rangabzeichen verweisend, dann aber hörte sie mir geduldig zu, wenn auch mit deutlich zur Schau getragenem Misstrauen, das nur ganz langsam aus ihren Zügen wich, um zuletzt sogar einer Spur von wohlwollendem Interesse Platz zu machen, während ich erzählte und erzählte, als ob es ums Leben ging. Und es ging auch ums Leben, zwar nicht um meins, sondern um das von J. B., denn ich wusste, dass er ein Dasein in einem Lager, einer Kohlengrube oder Ähnlichem, wo härteste Bedingungen herrschten, in seinem Zustand nicht überleben würde. Aber ich wusste auch, dass ihm dieses Schicksal drohte, falls es mir jetzt nicht gelang, die Frau in Uniform davon zu überzeugen, dass weder ich noch J. B. Faschisten waren und dass wir, erbitterte Gegner des Hitlerreiches, die Rote Armee als unsere Befreier herbeigesehnt hatten. Ich erwähnte meine frühe Mitgliedschaft in der KPD und den »Bund« sowie meine illegale Mitarbeit in Emigrantenblättern in Prag, und zuletzt berichtete ich wie beiläufig, dass ich in Kürze zum Redaktionsstab der Wochenzeitung gehören würde, die der »Kulturbund zur demokratischen Erneuerung Deutschlands« unter der Präsidentschaft von Johannes R. Becher herausgeben wollte.

Ich weiß nicht, was für den Gesinnungswechsel der Kommissarin letztlich den Ausschlag gab, die Erwähnung des Namens von Becher oder die Tatsache, dass ich schon seit langem Kommunistin war. Tatsächlich aber wurde sie zunehmend freundlicher, bedeutete uns schließlich, dass wir hier warten sollten, und ließ uns allein. Und wieder wussten wir nicht, ob wir hoffen durften, oder ob uns eine nochmalige und womöglich verschärfte Vernehmung durch eine noch höhere Instanz bevorstehen sollte. Doch dann öffnete sich die Tür, und die Kommissarin kam zurück, J. B., der sich unsicher vorwärts bewegte, am Arm durch den Raum dirigierend. Ich lief auf ihn zu und umarmte ihn, streichelte sein unrasiertes Gesicht, strich ihm das Haar aus der Stirn und versuchte die zerdrückte Kleidung zu glätten, während die Kommissarin uns drängte: »Domoi, domoi – dawai!« Wir sollten uns eilen, nach Haus zu kommen. Doch wie? Mitternacht war vorüber, der letzte Zug war längst weg, und wir mussten auf dem zugigen Bahnsteig warten, bis die erste Kleinbahn nach Magdeburg fuhr, die, wie wir wussten, in Egeln hielt. J. B., den die Kommissarin aus dem ersten Schlummer auf der Pritsche geweckt hatte, erwachte langsam zum Leben und vermochte uns Rede und Antwort zu stehen. Nein, er sei nicht geschlagen worden, erwiderte er auf Inges Frage; man hätte ihn fair behandelt, und er hätte auch zu essen bekommen. Nur Zigaretten, Zigaretten – die letzte hätte er vor fünf Tagen geraucht. Wenigstens darin konnte ich Abhilfe schaffen. Ich zündete eine Zigarette an, steckte sie ihm in den Mund, gierig inhalierte er den Rauch bis tief in die Lungen. »Ah, eine Aktive?«, fragte er erstaunt. »Wo hast du die denn her?« Zum Glück wurde ich der Antwort enthoben, weil wir aussteigen mussten; die Strecke war nur kurz.

Im Triumph führten wir J. B. durch die Straßen von Egeln, am Gut vorbei und auf die Zuckerfabrik zu, wo nach Inges Auskunft unsere neue Unterkunft lag. Aber nun verhielt J. B. ängstlich den Schritt. »Wollen wir uns nicht noch ein Stündchen in die ›Tanne‹ setzen?«, fragte er. »Annegret wird noch schlafen, und wir wollen sie doch nicht erschrecken.« Doch davon wollte Inge nichts wissen, und auch ich fand so viel Rücksichtnahme übertrieben. Ein junges Mädchen würde wohl um fünf aus den Federn können. Wir klingelten also, und wirklich dauerte es eine kleine Ewigkeit, bis sich drinnen etwas rührte und die Tür einen Spaltbreit geöffnet wurde. »Jochen!«, erklang dann Annegrets Stimme, und gleich darauf sagte sie, sich hastig verbessernd: »Der junge Herr! Welche Überraschung! Warten Sie, ich sage nur schnell Ihrer Frau Mutter Bescheid, sie hat heute hier übernachtet. Na, sie wird Augen machen, mein Gott …« Wir waren inzwischen näher getreten, standen in dem schlauchengen Flur, von dem links akkurat drei Zimmer abgingen, während rechts wohl die Küche und der Waschraum lagen. Aus Letzterem kam jetzt Frau Hete herausgestürzt, mit aufgelösten wirren Haaren und im Spitzennachthemd; mit einem Jubelschrei warf sie sich auf ihren Sohn: »Mein Junge, mein Junge, da bist du ja wieder!« Sie streichelte und umarmte ihn, und zwischendurch fragte sie immer wieder, wie es denn komme, dass er plötzlich entlassen sei. Sie hätte ihn schon in Sibirien gesehen, weil sie nicht mehr damit gerechnet hätte, dass die Russen ihn freilassen würden, und wieso hätten sie denn plötzlich …? – »Bedank dich bei ihr«, sagte J. B., während er unsicher mit dem Kopf in meine Richtung wies, Frau Hete aber ging auf Inge zu, die dicht neben mir stand, umarmte auch sie, drückte ihre Hand und bedankte sich, weil sie sich die ganze Nacht um die Ohren geschlagen hätte ihres Sohnes wegen, und weil sie ihn gerettet hätte. Sie könne es sich gut vorstellen, sagte sie, welche Überwindung es Inge gekostet habe, sich in die Höhle des Löwen zu begeben, aber sie habe es getan, und dafür werde sie ihr ewig dankbar sein. Und immerzu streichelte sie Inge und küsste und umarmte sie – nur mich streifte sie mit keinem Blick.

Ich schlich mich dann bald davon. Ich hatte mich den ganzen Tag nach meiner Tochter gesehnt, nun endlich fand ich Muße, nach ihr zu sehen. Christiane schlief in dem hintersten Zimmer. Sie war natürlich von der Unruhe aufgewacht, stand in ihrem Bett und streckte mir beide Arme entgegen. »Kommst du jetzt zu mir, Mami?«, fragte sie. »Sonst schläft hier Annegret, aber ich möchte lieber, dass du hier bist.« Ich hob das Kind aus dem Bett und setzte es auf meinen Schoß, hielt den schlafwarmen Körper dicht an meine Brust gepresst. Wie hatte ich nur so lange – eine ganze Woche – mein Kind entbehren können? Ein Gefühl, mit keinem anderen vergleichbar, durchflutete mich, wenn sich die flaumzarte Wange an meine drückte, wenn ich der Stimme lauschte, die jetzt zu plappern begann, Nichtigkeiten erzählte und, sich immer wieder unterbrechend, ängstlich fragte: »Nicht, Mami, du fährst nicht wieder weg? Du bleibst jetzt bei mir und bei Pappele? Pappele sagt auch, er lässt dich nie mehr weg.« Ich streichelte über das stachelige Haar, das durchaus noch nicht wachsen wollte, beteuerte, dass ich nie mehr wegfahren würde, es sei denn, wir führen alle zusammen nach Berlin zurück, denn hier … »Ins Haus dürfen wir ja nicht mehr«, sagte ich, »weil dort die Russen wohnen.« – »Ja, aber die Russen sind gut«, versicherte Christiane mit Nachdruck. »Boris hat meinen Schlitten aus dem Feuer gerettet, damit ich rodeln kann.« Boris? Wer war Boris? Erst später erfuhr ich von Inge die Vorgeschichte. Die Sowjets hatten an einem der ersten Tage verschiedene Gegenstände, die ihnen verquer waren, einfach aus dem Hause geworfen, auf dem Hof gestapelt und ein Riesenfeuer entfacht. Die Kinder waren von allen Seiten herbei gerannt, auch Christiane, um das Schauspiel zu sehen, bis das Kind plötzlich oben auf dem Scheiterhaufen seinen Rodelschlitten entdeckte, nach dem schon die Flammen fraßen. Sie hatte geweint und geschrien: »Mein Schlitten! Mein schöner Schlitten!« Und da sei einer der Sowjets, eben Boris, beherzt hinzugesprungen, habe den Schlitten unter dem übrigen Krempel hervorgezerrt und ihn unversehrt an unsere Tochter zurückgegeben. »Wieder mal ein Beispiel, dass die Russen sehr kinderlieb sind«, schloss Inge.

Christiane war damals knapp vier Jahre alt. Aber dieses Erlebnis mit Boris hatte sich fest ihrem Kindergedächtnis eingeprägt, und wenn sie in den nächsten Jahren, was oft geschah, Schmähworte über »die Russen« zu hören bekam, so runzelte sie unzufrieden die Stirn und hielt trotzig dagegen: »Das stimmt nicht. Die Russen sind gut. Ich weiß das, denn Boris hat meinen Schlitten aus dem Feuer gerettet.« Und kein Bericht über angebliche Untaten »der Russen« hat sie von ihrer Überzeugung abbringen können.

Ich konnte das Versprechen, das ich Christiane gegeben hatte, nicht einhalten, sondern musste doch noch einmal allein nach Berlin zurück, bevor wir schon alle übersiedeln konnten. Ich hatte einen Eilbrief vom Kulturbund bekommen. Er enthielt die Bestätigung, dass ich ab Sommer '46 als Feuilletonredakteurin bei der Wochenzeitung »Sonntag« angestellt sei und die gleichzeitige Aufforderung, an einer Vorbesprechung der Redakteure teilzunehmen. Dem konnte ich mich nicht entziehen, das sah sogar Frau Hete ein, die übrigens, wie mir schien, höchst zufrieden war, dass ich ihr wieder aus den Augen kam. Nur mir kam der Termin ungelegen. In wenigen Tagen war J. B.s vierzigster Geburtstag, an dem ich nicht fehlen wollte. Ich hoffte daher, dass es mir möglich sein würde, den Termin für die Zusammenkunft um einen Tag vorzuverlegen, was mir nach einigem Hin und Her auch gelang. Doch es war außerdem ein Treffen mit dem Chefredakteur vorgesehen, und das konnte nicht vor dem Siebenten stattfinden und zog sich obendrein bis in den Abend hin, so dass ich gezwungen war, den Nachtzug zu nehmen, um am 8. April pünktlich zur Stelle zu sein.

Ich freute mich auf den Geburtstag. Ich hatte J. B. in aller Eile ein Geschenk besorgt, eine Brieftasche aus echtem Leder, die ich günstig hatte eintauschen können; die Quellen waren mir ja gut bekannt. Außerdem hatte ich für ihn Zigaretten und eine

Flasche Wein, ebenfalls eine Rarität, seitdem uns der Weinkeller im Gutshaus verschlossen war. Die Geschenke unterm Arm, schritt ich rüstig aus, um womöglich noch zu dem gemeinsamen Frühstück zurechtzukommen. Ich musste am Haustor klingeln, und Christiane öffnete mir die Tür. Sie flog erfreut auf mich zu. Aber hinter ihr tauchte Frau Hete auf, ich sah ihr entsetztes Gesicht und hörte ihre Stimme: »Du! Was willst du denn hier? Wir denken, du bist in Berlin?« Mir war zumute, als würde ich in eiskaltes Wasser getaucht. »Es ist doch Jochens Geburtstag«, sagte ich schwach. »Ich habe mich so beeilt, um noch rechtzeitig herzukommen.« Ich ging aufs Wohnzimmer zu. Drinnen war der Tisch festlich gedeckt, Kerzen verbreiteten ihr mattes Licht, und um J. B.s Platz lag eine Girlande aus Frühlingsblumen. J. B. saß auf dem Sofa auf dem Ehrenplatz, und ihm zur Seite saß Annegret, die ihm soeben den Kaffee eingoss und ein Stück Torte auf den Teller legte. Gegenüber von beiden war Frau Hetes Platz, und dort kletterte soeben auch Christiane auf ihr Kinderstühlchen. An mich hatte hier niemand gedacht. Zählte ich gar nicht mehr zur Familie?

Nach einer Weile stand Annegret auf, um den Platz an J. B.s Seite für mich freizumachen, so dass ich wenigstens meinen Glückwunsch an ihn loswerden konnte. Und dann sollten wir die Flasche Wein aufmachen, damit wir anstoßen konnten. »Es ist ja sicher für lange Zeit das letzte Mal, dass wir alle zusammen sind«, sagte J. B. »Mutter hat gerade von der Kommandantur die Genehmigung zur Ausreise erhalten, und Dieter, der aus der Gefangenschaft zurück ist, will sie an der Grenze erwarten. Wir können also hier ruhig unsere Zelte abbrechen und nach Berlin übersiedeln.« – »Und – was wird aus Annegret?«, fragte ich, da von ihr bisher noch nicht die Rede gewesen war. »Fährt sie auch nach Holstein?« – J. B. schüttelte den Kopf. Er tastete mit den Händen nach Annegret und zog sie näher zu sich heran. »Annegret hat mir heute die größte Freude bereitet«, sagte er. »Sie hat eingewilligt, mit uns nach Berlin zu kommen. Ich denke, wir sollten ihr dankbar sein.«

So war es also beschlossen, dass Annegret mit uns kam. Und was hätte ich auch dagegen einwenden sollen? Vielleicht war es wirklich die beste Lösung. J. B. brauchte eine Betreuerin: Ohne Begleitung konnte er keinen Schritt weit gehen. Ich aber würde in Kürze fest angestellt sein, musste tagsüber in der Redaktion sitzen, um Geld zu verdienen, zumal J. B.s Zukunft vorerst noch unsicher war. »Ihr werdet's nicht leicht haben«, sagte auch Frau Hete, und sie wischte mit der Hand ein paar Tränen weg, weil sie an die Trennung von ihrem Enkelkind dachte. »Wollt ihr mir das Kind nicht mitgeben?«, fragte sie. »In Holstein hätte es gute Luft und reichliche Ernährung, und Helga würde ihm eine vorbildliche Mutter sein.« – »Aber ich bin die Mutter«, sagte ich, und ich ging zu Christiane hinüber, hob sie aus ihrem Stühlchen und ging mit ihr in den Nebenraum, weil ich nur noch den Wunsch hatte, allein zu sein. Allein mit mir und dem Kind, aber ohne meine Schwiegermutter und ohne Annegret. Vielleicht sogar ohne J. B.? Nein, ich wusste, dass ich J. B. nie verlassen durfte. Ich musste bei ihm bleiben, solange er mich brauchte. Sicher, wir hatten uns in den letzten Jahren auseinandergelebt. Aber das war den Verhältnissen geschuldet, die uns gezwungen hatten, in J. B.s Familie zu leben, wo wir nicht hingehörten. In Berlin würden wir wieder zueinanderfinden. Das glaubte ich, und das hoffte ich, und ich war fest entschlossen, alles zu tun, um wieder harmonisch mit Mann und Kind zusammenzuleben.

Schreiben oder leben?

Hillers hielt Wort. Er machte J. B. mit Slatan Dudow bekannt, und der Regisseur war von dem Stoff zu dem Bergarbeiterfilm, den J. B. ihm anbot, sehr angetan. Das sei genau das, was er seit langem suche, meinte er. »Kennen Sie den Schriftsteller Alexander Stenbock-Fermor?« – J. B. kannte ihn nicht, und Dudow erzählte ihm nun, dass die kürzlich gegründete »Volkseigene Deutsche Film A.G. (DEFA)« den baltischen Grafen unter Vertrag hätte. Denn der hätte mal einige Zeit »vor Ort« gearbeitet und darüber sogar ein Buch geschrieben: »Mein Leben als Bergarbeiter«, das als Grundlage zu einem Film hätte dienen sollen. Leider hätte aber Stenbock-Fermor noch nie für den Film gearbeitet und auch noch nie ein Drehbuch zu Gesicht bekommen; darum könne J. B. für ihn die richtige Ergänzung sein. »Jetzt haben wir also einen Stoff und die Autoren«, frohlockte Dudow. »Nun brauchen Sie bloß noch an die Arbeit zu gehen.«

Wir wohnten seit dem Sommer 1946 wieder in Berlin, zunächst ohne Annegret, die sich einen kurzen Urlaub erbeten hatte, um zu ihren Eltern ins Rheinland zu fahren. Ich war glücklich, meine kleine Familie nun für mich zu haben, obwohl mir die Organisierung des Haushaltes, ohne jede Hilfe, einiges Kopfzerbrechen bereitete. Wer sollte J. B. und das Kind versorgen, während ich in der Redaktion war? Doch da erhielt ich unerwarteten Beistand von einer Seite, von der ich es am wenigsten erwartet hätte. Eines Tages tauchte Tante Martha, Vaters jüngere Schwester, bei uns auf. Sie war vor kurzem Witwe geworden, fühlte sich sehr allein und »suchte eine Lebensaufgabe«, wie sie mich freimütig wissen ließ. Unsere Adresse hatte sie von meinen Eltern erfahren. Ihnen musste sie auch einiges Wissenswerte über unsere Verhältnisse entlockt haben, denn sie fragte sofort ohne Umschweife, ob wir nicht eine Hilfe gebrauchen könnten? Geld sei ihr nicht wichtig, nur ab und zu ein paar Lebensmittel, zu denen wir durch unsere Verbindung zum Lande ja wohl Zugang hätten. Das Letztere stimmte zwar nicht mehr, dennoch griff ich mit Freuden zu. Diese Tante war ja wirklich wie vom Himmel gefallen! Wir einigten uns darauf, dass Tante Martha gegen ein geringes Entgelt und eine warme Mahlzeit täglich zu uns kam und Kind und Haushalt versorgte, und ich war eine quälende Sorge los. Der Haushalt lief nun auch ohne mich so reibungslos, dass wir es wagen konnten, Stenbock-Fermor zur gemeinsamen Arbeit am Film zu uns einzuladen; so brauchte J. B. nicht aus dem Hause zu gehen. Christiane hatte in der Nachbarschaft schon Spielgefährten gefunden und tobte die meiste Zeit im Garten herum. Außerdem war sie, wie ich meinte, bei Tante Martha in guter Obhut.

Ich konnte mich also voll meiner Redaktionstätigkeit widmen, die ganz neu für mich war. Täglich legte die Sekretärin einen Stoß Manuskripte auf meinen Tisch, die ich lesen, ablehnen oder redigieren sollte. Das war wenig nach meinem Geschmack; ich wollte selber schreiben. Doch mit meinem ersten Feuilleton, das ich verfasste, hatte ich wenig Erfolg. Ich hatte meine Fahrt auf dem Laster nach Berlin geschildert; die hungernden Menschen, die unser Fahrzeug umlagerten und um eine Mohrrübe bettelten – das Erlebnis, das mich tief beeindruckt hatte. Aber Heinz Goeres, der als Erster meinen Artikel las, gab ihn mir mit eisiger Miene zurück. »Den reich mal lieber dem ›Tagesspiegel‹ ein«, sagte er. »Ja, meinst du?«, fragte ich naiv zurück. Sein Gesichtsausdruck wurde womöglich noch frostiger. »Das musst du halten, wie du es für richtig hältst«, sagte er. »Aber dann lass dich hier nicht mehr sehen.« Ich begriff, dass ich einen groben Fehler begangen hatte. Dem »Tagesspiegel« mochte meine Elendsschilderung aus dem Ostsektor willkommen sein, bei uns aber war Optimismus gefragt. Konnte man wieder nicht die Wahrheit schreiben?

Ich fürchtete schon, erneut in eine Krise zu geraten, da mir zum Thema Aufbau absolut nichts einfallen wollte, doch da erhielt ich einen Auftrag, der meinen Ambitionen eher entsprach. Der erste Sonntag im September sollte dem Gedenken antifaschistischer Widerstandskämpfer gewidmet werden; dazu sollte ich einen Beitrag liefern. Man gab mir die Adresse von Frieda Coppi, deren Sohn und Schwiegertochter von den Nazis gehenkt worden waren. Frieda wohnte damals noch in Borsigwalde in Westberlin, in der Gartenkolonie, wo sie auch ihre Eisdiele betrieben hatte, die zur Anlaufsteile für die Widerstandskämpfer geworden war. Die damals Fünfzigjährige, die so schwere Jahre hinter sich hatte, wirkte ungebrochen. Ihre ganze Liebe galt dem Enkelkind, dem kleinen Hans, den ihre Schwiegertochter Hilde im Gefängnis zur Welt gebracht hatte und den sie nun großziehen wollte. Über die Gründe, die zur Verhaftung der Widerstandsgruppe geführt hatten, konnte sie nur wenig sagen. »Ich glaube, sie haben den Code geknackt«, sagte sie vage. »Aber man erfuhr ja immer nur das Notwendigste. Je weniger man wusste, umso weniger konnte man verraten, nicht wahr?« Ihre Kinder seien oft mit dem Segelboot unterwegs gewesen, erzählte sie. Vom Boot aus hätten sie auch den Sender betrieben. »Ja, sie haben Nachrichten nach Moskau gefunkt«, sagte sie. »Der verdammte Krieg sollte doch ein Ende haben. Sie haben ihr Leben aufs Spiel gesetzt, dafür beschimpft man sie jetzt als Landesverräter.« – Als Landesverräter?, fragte ich ungläubig. Ja, hier im Westen würden sie als »Russenfreunde« beschimpft, bekräftigte sie; sie seien täglichen Drangsalierungen ausgesetzt. Darum würden sie auch bald in den Osten umziehen, wo ihr Mann eine Stellung als Heimleiter antreten solle. »Schreiben Sie die Wahrheit über meine Kinder!«, beschwor sie mich. Sie eilte in die Küche und kam mit einigen Briefen zurück – Briefe, die Hans und Hilde miteinander gewechselt hatten, als sie schon in den Fängen der Gestapo waren.

Ich überflog den Inhalt und konnte mich nicht satt lesen daran. Was für wundervolle Menschen traten mir aus den Briefen entgegen! Wie tapfer waren sie bis zuletzt. Hilde vor allem, die schon wusste, dass Hans im Dezember 1942 gehenkt worden war, während sie von den Nazis noch so lange »zum Leben begnadigt« wurde, wie sie ihr Kind nähren konnte. Was musste in einer Frau vorgehen, fragte ich mich, die ihren sicheren Tod vor Augen hatte und damit die Trennung von ihrem Kind, das sie nun anderen überlassen muss? Nur einmal bricht es aus ihr heraus: »Ach, Mama, ich glaube, für eine Mutter kann es keine größere Strafe geben, als sie von ihrem Kind zu trennen. Und wie wollte ich es hegen und pflegen …« Es ist das einzige Mal, dass eine Klage über ihre Lippen kommt. Sonst denkt sie nur an die, die zurückbleiben müssen, denen sie »den großen Kummer nicht ersparen« kann. Ihnen vertraut sie das Kostbarste an, was ihr das Leben gegeben hat, ihren kleinen Hans, »in dem ihr viel von dem großen Hans finden werdet«, schreibt sie in einem Brief, »und auch einiges von mir. Wenn Ihr ihn bei Euch habt, ist immer ein Teil von uns beiden bei Euch und dann noch ein Drittes, ein Neues, das kleine Hänschen, an das Ihr alle Eure Liebe verschwenden könnt.« Aber sie warnt auch davor, ihr Kind zu verwöhnen. »Lasst Hänschen etwas Ordentliches lernen«, bittet sie; »am liebsten wäre mir ein zünftiges Handwerk. Ihr werdet ja sehen, wozu er Neigung hat …« In ihren letzten Briefen ist sie schon allein in der Zelle, das Kind ist bei Frieda, ihrer Schwiegermutter. »Wie freue ich mich, dass Ihr jetzt schon so viel Freude an unserem kleinen Sohn habt«, schreibt sie ihr. Und dann, in ihrem Abschiedsbrief vom 5. August 1943: »Ich gehe jetzt den Weg, den ich mir wünschte, mit meinem großen Hans zusammen gehen zu können. Aber ich hatte ja erst eine Aufgabe zu erfüllen, unser aller Gemeinsames, unseren kleinen Hans in die ersten Lebensmonate zu geleiten …«

Erschüttert legte ich die Briefe beiseite. Ich versagte es mir, an diesem ersten Tag unseres Zusammenseins noch länger an Dinge zu rühren, die alles Schmerzliche in meiner Gesprächspartnerin wieder aufwühlen mussten. Vor uns im Garten spielte ihr Enkelkind. Wusste es schon, dass es keine Eltern mehr hatte? Frieda Coppi nickte. »Ja. Die Blumen, die er da eben auf seinem Beet begießt, hat er im Andenken an seine tote Mutter und seinen toten Vater gepflanzt. Aber seinen kindlichen Frohsinn hat dieses Wissen noch nicht trüben können. Wie sollte es auch? Er ist ein Kind, und wir werden alles tun, damit ihm sein heiterer Sinn erhalten bleibt.« Davon war auch ich überzeugt. Für Frieda Coppi und ihren Mann war das Kind nun der Lebensinhalt. Wir trennten uns, aber ich ahnte schon, dass sich meine Zusammenkünfte mit Frieda Coppi wiederholen würden und dass ich nicht zum letzten Mal in dem kleinen Haus in Borsigwalde gewesen war.

Abends erzählte ich J. B. von meinem Erlebnis. Auch er war tief beeindruckt. Wie hatte es nur geschehen können, fragten wir uns zum wiederholten Mal, dass wir von der Existenz dieser großen Widerstandsgruppe, der hunderte Antifaschisten angehörten, nichts gewusst hatten? Harro Schulze-Boysen, einer der Mentoren, war fast unser Nachbar gewesen, Adam Kuckhoff war Dramaturg. Wie leicht hätten sich unsere Wege kreuzen können, solange wir noch in Berlin gelebt hatten. Aber hätten wir wirklich mitgemacht? Was mich betrifft, so glaubte ich die Frage rückhaltlos bejahen zu können; ich hatte immer die Verbindung zu den Genossen schmerzlich vermisst. Aber J. B.? Wie hastig hatte er die Materialien, die mir Martin zugesteckt hatte, im Klo hinuntergespült, und wie ängstlich war er schon, wenn wir nur den ausländischen Sender abhörten. J. B. hat später in seinem Epilog zu dem Buch von Stenbock-Fermor »Der rote Graf« seine Rolle im Dritten Reich als Intellektueller folgendermaßen beschrieben: »Ich gehörte zu der nicht kleinen Schicht, die das ›Dritte Reich‹ von Anfang an hasste, es aber doch in der Heimat irgendwie überlebte. Wir kämpften ... gegen den Terrorstaat und seine menschenfeindliche Ideologie, ohne dass ihn unser Kampf zu zerschlagen vermochte. Unsere innere Einstellung zum Widerstand war merkwürdig gebrochen und komplex. Wir bewunderten diejenigen, die um ihrer Überzeugung willen in Hitlers Mordmaschine geraten waren. Aber das wussten wir auch: Menschen, die viel weniger als wir getan hatten, waren hingerichtet oder in Konzentrationslagern zu Tode gefoltert worden. Von den sechs Millionen Juden gar nicht zu reden. Mancher hatte nur einen politischen Witz erzählt ... oder sich zu Juden und Zwangsarbeitern menschlich benommen. Wir selber, die glücklich Davongekommenen, kamen uns vor wie Reiter über den Bodensee und schämten uns ein wenig. Nichts lag uns ferner, als aus uns Deutschen plötzlich ein Volk von Widerstandskämpfern zu machen, und auch über unsere eigenen Aktionen zu sprechen, scheuten wir uns.«

»Nichts lag uns ferner ...«, schrieb J. B., und gerade das war es, was er nach dem Krieg der Presse und den Propagandisten bei uns zum Vorwurf machte: Dass sie den Anschein zu erwecken suchten, als sei das deutsche Volk ein Volk von Widerstandskämpfern gewesen. Wir wussten doch, dass das Gros der Bevölkerung bis fünf nach zwölf auf den Endsieg gehofft und den Hitlerfaschismus verteidigt hatte. Der Kreis der Wenigen, die weitsichtig waren und es besser wussten, war winzig klein, und die meisten von ihnen waren in die Zuchthäuser oder Konzentrationslager gewandert, deren Terror nur wenige überlebten. Sollte man deshalb verschweigen, dass es sie gab oder gegeben hatte? Nein, auch J. B. war der Ansicht, dass man von ihnen erzählen müsse, schon um der Nachgeborenen wegen, für die das »Tausendjährige Reich« mit seinen Mitläufern, Verfolgern und Verfolgten einmal nicht mehr als eine Seite im Geschichtsbuch bedeuten würde. »Schreib über Hilde Coppi«, riet er mir. »Aber schreib nicht nur einen Artikel, sondern ein Buch. Da hast du doch den Stoff, nach dem du schon so lange suchst. Ein bewegendes Frauenschicksal.«

Auch ich hatte schon daran gedacht, mich diesem Thema zu nähern, mich intensiv nicht nur mit dem Leben und Wirken von Hilde Coppi, sondern auch mit den übrigen Frauen, die zur Widerstandsgruppe gehört hatten, zu beschäftigen. Diese Arbeit würde schwierig und sehr zeitraubend sein, zumal es noch keine Archive gab, in denen man forschen konnte. Aber es gab Überlebende. Frieda Coppi hatte mir Greta Kuckhoff genannt, sowie die Ärztin Elfriede Paul, die Lebensgefährtin von Walter Küchenmeister. Beide Frauen waren ursprünglich zum Tode verurteilt worden, doch wurde das Urteil in Lebenslänglich umgewandelt. Ich müsste also versuchen, mit ihnen in Kontakt zu treten, musste weitere Quellen aufzuspüren suchen – doch konnte ich das alles neben der Redaktionsarbeit bewältigen? Oder durfte ich meine feste Stellung einfach hinwerfen? Das war nicht nur eine finanzielle Frage. J. B. wurde für seine Filmarbeit gut bezahlt, und kürzlich hatte Michael Tschesno-Hell, der Leiter des neu gegründeten Verlages »Volk und Welt«, ihm die Stellung des Cheflektors angeboten. Falls J. B. zusagte, hieß das, dass er sein Arbeitsleben damit zubringen musste, Manuskripte zu lesen, zu begutachten und in einen druckreifen Zustand zu versetzen – alles Arbeiten, für die er die Augen brauchte, und die hatten ihm nun vollends den Dienst versagt. J. B. versuchte zwar immer noch, seinen Zustand vor der Umwelt zu verheimlichen, aber ein Zufall hatte uns kürzlich die schlimme Wahrheit enthüllt. Wir hatten abends, zusammen mit Stenbock-Fermor, lange auf der Terrasse gesessen und flüchteten nun aus der Kühle in die behagliche Wärme des Zimmers hinüber. J. B. saß in der Sofaecke auf seinem gewohnten Platz. Bevor er jedoch das unterbrochene Gespräch fortsetzte, sah er sich unruhig um und fragte dann, den Kopf zur Decke erhoben: »Wollt ihr nicht endlich mal das Licht einschalten?« Der Graf und ich wechselten einen stummen Blick: Der Kronleuchter strahlte bereits mit drei Glühbirnen von der Zimmerdecke herab. Jetzt wussten wir, wie es um den Kranken stand: Selbst der schwache Lichtschimmer, den er bis vor kurzem noch hatte wahrnehmen können, war für ihn erloschen. Er sah keine Farben und keine Umrisse mehr und war nun völlig auf den Beistand anderer Leute angewiesen, also auf Hilfe von mir, denn von Annegret hatten wir seit ihrer Reise zu ihren Eltern nichts mehr gehört – für mich ein untrügliches Zeichen, dass sie sich anders besonnen hatte und nicht wieder zu uns zurückkehren würde. Ich war es also, die J. B. die Augen ersetzen musste. Das war die Wahrheit, an der nicht mehr zu rütteln war, und darum war es auch unmöglich für mich, ein so eigenständiges Projekt, wie es ein Buch über die Coppis darstellte, in Angriff zu nehmen. Als J. B.s Frau musste ich mich damit begnügen, seine Hilfskraft zu sein, ihm zuzuarbeiten, bestenfalls mit ihm zusammen einen Stoff zu entwickeln, um daraus einen Film oder ein Buch zu machen. Hatten wir nicht schon erfolgreich an dem Semmelweis-Film zusammengearbeitet? Warum sollten nicht weitere gemeinsame Arbeiten denkbar sein?

Wir unternahmen jetzt viel zusammen. Da J. B.s Filmarbeit meist gegen Mittag beendet war, brachte ihn der Graf öfter mit in die Stadt und wir gingen gemeinsam in den »Club der Kulturschaffenden« zum Mittagessen. Die Sowjets hatten das ehemalige Haus des reaktionären »Herrenklubs« den Kulturschaffenden Berlins zur Verfügung gestellt und einige der im Kulturbereich Tätigen, wie auch Redakteure des »Sonntag«, erhielten von ihnen zusätzliche Essentalons, die zu fünfzehn Mahlzeiten im Monat berechtigten. Hauptsächlich des markenfreien Essens wegen herrschte im Klub ein reges Leben, Kulturschaffende aus Ost und West trafen sich hier, Vertreter der verschiedensten politischen Richtungen, und oft wurde bis in die Nacht hinein heiß diskutiert. Es gab Veranstaltungen, zu denen nur Auserwählte geladen wurden, sowie Konzerte und Filmvorführungen. Einmal ging ich mit J. B. zu dem Vortrag eines sowjetischen Autors, dessen Name mir leider entfallen ist, aber was er sagte, ist mir noch lebhaft in Erinnerung. Er erzählte uns, wie er vor dem Krieg in der Sowjetunion als Autor gelebt hatte. Er hätte einen Wagen gehabt, mit dem er zu seinen Recherchen oder zu Lesungen gefahren sei. Seine Frau hatte einen Zweitwagen, um mit ihm ihre Einkäufe zu erledigen. Ihren Hauptwohnsitz hatten sie in Moskau, aber die schöne Jahreszeit verbrachten sie in Sotschi in ihrem Sommerhaus. Wir trauten unseren Ohren nicht: So gut ging es den Schriftstellern im Sozialismus?

Ihre Bücher erschienen in Auflagen, von denen wir bisher nur hatten träumen können. Die Sowjetunion, sagte der Autor, sei ein Leseland; jede Verkäuferin, jeder Straßenbahnfahrer, jeder Arbeiter und jede Büroangestellte trügen neben ihrem Frühstücksbrot ein Buch bei sich, um sich in einer Ruhepause darein zu vertiefen. Die Schriftsteller genössen in der Bevölkerung ein hohes Ansehen, und die besten Bücher erhielten den jährlich verliehenen Stalinpreis. »Gibt es bei euch Zensur?«, fragte einer der Zuhörer dazwischen, und ein anderer fragte: »Bekommen die Autoren Tantiemen oder Bogenhonorare?« Die erste Frage schien der Autor überhört zu haben, aber auf die zweite ging er ausführlich ein, indem er auf die Vielfalt der Verlage verwies, deren Praktiken in der Honorierung voneinander abwichen. Aber in einem seien sich alle einig: Wer Bücher schreibe, die gern und viel gelesen würden, der solle auch selber gut leben. Jedem nach seinen Leistungen!, heiße es im Sozialismus und nicht etwa, wie es in manchen unserer Köpfe noch herumgeistern möge: Sozialismus sei identisch mit Gleichmacherei, so dass der Faule auf Kosten des Fleißigen lebe.

Auch im Ostteil Berlins wurden Künstler und Schriftsteller hoch geschätzt. Fast alle erhielten die Lebensmittelkarte I und dazu das monatliche »Pajok«, ein zusätzliches Lebensmittelpaket oder die schon erwähnten fünfzehn Klubmahlzeiten. Warum taten die Sowjets dies alles? Warum behandelten sie uns so großzügig, obwohl sie selber noch Mangel an allem litten? »Es könnte doch sein«, erwiderte einmal der Kulturoffizier Alexander Dymschitz auf eine entsprechende Frage, »dass unter Ihnen ein Gorki ist. Sollen seine unsterblichen Werke ungeschrieben bleiben, nur weil ihm der Magen knurrt?« Auch die Bücher der zurückgekehrten Emigranten, die jetzt herausgebracht wurden, erschienen in Erstauflagen von zwanzigtausend Exemplaren. Um den ungeheuren Hunger nach Lesestoff zu erfüllen, war eigens eine »Bibliothek fortschrittlicher deutscher Schriftsteller« gegründet worden, in der die gefragtesten Titel Aufnahme fanden. Die Regale in den Buchhandlungen, aus denen man die Nazibücher entfernt hatte, mussten neu aufgefüllt werden, und wir konnten zum ersten Mal die Bücher der Antifaschisten, von Anna Seghers, Bodo Uhse, Johannes R. Becher, Erich Weinert und vielen anderen lesen, die in den zurückliegenden Jahren im Ausland erschienen waren. Wo aber waren die Bücher von Autoren, die in Nazideutschland geblieben waren, die die Schrecken des Tausendjährigen Reiches hautnah miterlebt hatten?

Eines Tages suchte mich die Lektorin des Reclam-Verlages in Leipzig auf. Hillers hatte ihr meine Novelle »Die Umkehr« eingesandt, die ihr gut gefiel und die sie gern drucken würde – allerdings müsste ich eine zweite Geschichte schreiben, um den Band auf mindestens hundert Seiten zu bringen. Ich hatte einige Stoffe im Kopf, doch wann sollte ich die Zeit finden, sie aufzuschreiben? Abends war ich jetzt immer mit J. B.s Manuskripten beschäftigt, das heißt mit Texten, die Tschesno-Hell ihm zur Begutachtung zugeschickt hatte und die ich ihm vorlesen musste. Darunter war »Die Heimkehr der Kumiaks« von Hans Marchwitza, einem Grubenarbeiter, der für unsere Leser ebenfalls neu zu entdecken war, und Kurzgeschichten von Theo Harych, einem Landarbeiter, der nur zwei Jahre die Volksschule besucht hatte und sich jetzt die Erlebnisse seiner schweren Jugend von der Seele schrieb. Die Kurzgeschichten waren nicht zu gebrauchen und wimmelten von grammatikalischen Fehlern, aber wir spürten doch die Kraft des geborenen Erzählers, die in ihnen steckte. Sollte man Harych ermuntern, ein Buch zu schreiben? Allerdings würde man ihm dabei helfen müssen. Wir baten Tschesno-Hell, den angehenden Autor nach Berlin zu holen, und in langen Spaziergängen durch den Grunewald diskutierte J. B. mit Harych, der vor einiger Zeit aus Posen ins Braunkohlerevier bei Halle übersiedelt war, um Inhalt und Form seiner Bücher, die später unter dem Titel »Hinter den schwarzen Wäldern« und »Im Geiseltal« veröffentlicht wurden und stark autobiografische Züge trugen. Es ist J. B.s Verdienst, diesen Arbeiterdichter entdeckt zu haben, der schon bald nach 1945 zur Feder griff, also lange vor dem später so nachdrücklich geforderten »Bitterfelder Weg«, in dem die Schriftsteller angemahnt wurden, zur Erkundung des »echten Lebens« an die Basis zu gehen. Harych hatte die Basis schon als Kind kennengelernt, als Grausamkeiten und Prügel von Seiten des ewig betrunkenen Vaters, Elend, Krankheit und Tuberkulose zu den Grunderlebnissen seiner Existenz gehörten.

Meine Gefühle waren zwiespältig in diesen Wochen. Wir durchlebten ja eine Zeit, in der die Stoffe, wie es heißt, auf der Straße lagen, und am liebsten hätte ich Tag und Nacht an meiner Maschine verbracht. Aber daran hinderte mich einerseits die Redaktion, die mich acht Stunden des Tages in ihren Fängen hielt, und andererseits die Zusammenarbeit mit J. B., die mir aber durchaus auch Freude machte. Die Diskussionen, die wir führten, erinnerten mich an unsere ersten Ehejahre, als wir ständig Pläne von kommenden Büchern oder Filmen in unseren Köpfen wälzten. Jetzt befassten wir uns zwar meist mit fremden Manuskripten, denen wir zur Veröffentlichung verhelfen sollten, aber auch die Rolle von »Geburtshelfern« kann ja durchaus beglückend sein, wenn das fertige Produkt schließlich vor einem liegt. Was mir Sorge bereitete, war nur, dass die Arbeit mit J. B. ständig an Umfang zunahm. Bald reichten die Abende nicht mehr, um alles zu schaffen. Sollte ich beim »Sonntag« kündigen? Doch davon wollte J. B. nichts wissen. »Warte erst mal ab«, beschwor er mich. »Wir wissen doch noch gar nicht, wie sich alles entwickelt.« Was meinte er nur? Was mich betraf, so sah ich ganz klar in die Zukunft. Wir würden zusammenbleiben und eine Ehe führen, in der nicht so sehr Liebe und Erotik, sondern die gemeinsame Arbeit und die Freude an unserem Kind eine Rolle spielten. Arbeit, so redete ich mir ein, war ein verlässlicheres Bindemittel als das, was die meisten Ehen zusammenhielt, die Sexualität, denn die war zwischen uns äußerst schwach entwickelt. In dem Scheidungsurteil, das mir kürzlich wieder in die Hände fiel, steht vermerkt, dass der letzte eheliche Verkehr zwischen uns im November 1946 vollzogen wurde. Das mag stimmen, aber mit Sicherheit fand er statt, bevor Annegret wieder in unseren Gesichtskreis trat und die Entwicklung dadurch wieder in eine andere Richtung schob.

Ende der Ehe

Annegrets Rückkehr war für uns alle völlig überraschend gekommen. Sie hatte vorher nichts von sich hören lassen und erklärte ihre lange Abwesenheit nun damit, dass ihre Mutter krank geworden sei und ihre Pflege gebraucht habe. Darum habe sie nicht eher abkommen können. »Annegret ist voller geworden!«, verkündete J. B., und ich sah, wie er zärtlich über ihre Arme strich und lange seine Hand auf ihnen ruhen ließ, als koste es ihn Anstrengung, sie wieder von dort zu lösen. Er war völlig verwandelt, bestand darauf, dass wir unsere letzten Marken opferten, um ein würdiges Mahl zu Annegrets Empfang zustande zu bringen, und beim Essen, das ihm nun wieder Annegret vorlegen musste, war er gesprächig wie lange nicht und ließ sich allenfalls durch Christianes Geplapper kurz zum Verstummen bringen. »Seht nur«, sagte er, »selbst unsere Tochter freut sich, dass Annegret wieder bei uns ist.« Ich brachte das Kind dann zu Bett, wozu ich das Bettchen, das solange im Wohnraum gestanden hatte, in die Schlafstube hinüberrollte. Auf dem Sofa wurde nun für Annegret das Lager bereitet, doch vorerst saß sie mit J. B. noch lange zusammen und ließ sich berichten, was sich in ihrer Abwesenheit ereignet hatte. Später hörte ich ihre monotone Stimme, die offenbar aus einem Manuskript vorlas. Aus Bruchstücken, die zu mir herüberdrangen, konnte ich entnehmen, dass es sich um eine Erzählung von Theo Harych handelte, die wir schon als satzfertig abgelegt hatten. Aber Annegret sollte sie wohl kennen lernen. Es war weit nach Mitternacht, als sich die beiden endlich trennten und J. B. zu mir in die Schlafstube kam, wo ich mich in einen Winkel gekauert hatte, um allein zu sein. Denn drüben bei den beiden war ich überflüssig.

Auch in den Tagen, die nun folgten, war ich überflüssig, fühlte mich wie jemand, den man Knall auf Fall vor die Tür gesetzt hat, denn Annegret nahm wieder ihren Platz an J. B.s Seite ein, als ob ich gar nicht vorhanden wäre. »Sei doch froh, dass du entlastet bist«, sagte J. B., als ich mich einmal bei ihm beklagte, dass meine bisherige Mitarbeit so schnöde von ihm missachtet wurde. »Du willst doch selber schreiben«, sagte er, »also schreib!« Das hätte ich sicher getan, doch wieder konnte davon keine Rede sein, denn als ich einmal von der Redaktion nach Hause kam, überfiel mich J. B. mit der Nachricht, dass er meine Tante Martha an die Luft gesetzt habe. »Das Weib hat uns schamlos bestohlen!«, sagte er empört. »Annegret ist dahintergekommen. Deine liebe Verwandte hat sich an unserem Bohnenkaffee vergriffen, und wahrscheinlich hat sie auch auf unsere Marken für sich eingekauft. So was kann man nicht dulden – hier kommt sie nicht wieder her.« – »Und wer hilft uns jetzt im Haushalt?«, fragte ich dagegen. »Wer kümmert sich um Christiane?« Ich war außer mir. Dass Tante Martha nicht ganz ehrlich war, wusste ich längst. Auch ich hatte schon bemerkt, dass in unseren Vorräten Lücken klafften und dass sie rascher dahinschmolzen, als es nach meinen Berechnungen möglich war. Aber setzte man deswegen einen Menschen vor die Tür, dessen Hilfe man so dringend brauchte? Wer war denn schon ehrlich in Mangelzeiten wie diesen, wo es den Menschen am Nötigsten fehlte, nicht nur an Lebensmitteln, sondern auch noch am Heizmaterial, denn die ersten strengen Nachtfröste waren schon aufgetreten. Der härteste Winter seit Jahrzehnten stand uns bevor, und wir waren ihm schutzlos ausgeliefert.

Ich musste die Last des Haushalts nun wieder alleine tragen. Bevor ich früh in die Redaktion fuhr, nahm ich Christiane zu meinen Eltern mit, die während meiner Arbeitszeit das Kind versorgten, und abends holte ich Christiane wieder von ihnen ab, wobei ich jedes Mal von ihnen auch zwei Briketts erhielt – das Äußerste, was die Eltern aus ihrem kleinen Kohlenvorrat entbehren konnten. Wegen des Kohlenmangels arbeiteten J. B. und Stenbock-Fermor längst nicht mehr in unserer Wohnung, sondern sie waren in einen Raum übersiedelt, den ihnen die DEFA in ihrem Stadtbüro am Dönhoffplatz zur Verfügung stellte. Aber auch dort war es kalt. Die Autoren arbeiteten in Mänteln und mit Handschuhen, hatten Hals und Gesicht bis zur Nase mit einem Schal umwickelt und schlotterten vor Kälte, während sie im Drehbuch Bergarbeiter schilderten, denen in den tiefen, überhitzten Stollen der Schweiß in Bächen den Rücken hinunterlief.

Einmal kam ich auch von meinen Eltern mit leeren Händen zurück; ihr Kohlenvorrat war aufgebraucht. Bei uns zu Hause herrschte Stromsperre, das Gas war längst abgestellt. Wo konnte ich für unsere Tochter den Brei bereiten? Wo konnte ich auch nur einen Topf Wasser zum Tauen bringen? Das Wasser in den Eimern, das wir täglich einließen, um gegen eventuelle Rohrbrüche gefeit zu sein, war mit einer dicken Eisschicht bedeckt, die sich nicht einmal mit dem Hammer durchbrechen ließ. Ich musste etwas Brennbares herbeiholen, koste es, was es wolle. Suchend blickte ich mich um, und mein Blick blieb an Jahns Satztischchen hängen, die, der Größe nach ineinandergeschoben, mit ihren geschwungenen Beinen ganz possierlich aussahen. Ich ahnte wohl, dass diese Stilmöbel kostbar waren; auch Frau Hete hatte sich ähnlicher Tische bedient, um bei Gesellschaften Gläser und Aschenbecher darauf abzustellen, aber was sollten mir heute etwaige Hemmungen? Ich brauchte das Holz, das sich zum Glück leicht zerkleinern ließ, und bald bullerten und prasselten die Stücke im Ofen, dass es eine wahre Freude war; so warm hatten wir es seit Wochen nicht mehr gehabt. Allerdings sollte mein Frevel ein böses Nachspiel haben. Noch lange nach unserer Scheidung prozessierte J. B. mit Dr. Jahn, der wegen des Verlustes seiner Tische (die er ja leicht auch durch Bomben hätte loswerden können) ein horrendes Bußgeld verlangte, um dessen Höhe die beiden noch jahrelang feilschten. Klage und Widerklage gingen bis zum Landgericht, und schließlich waren die Gerichtskosten höher als die ursprüngliche Forderung, um die es ging.

Dr. Jahn war Anfang 1947 aus britischer Gefangenschaft entlassen worden und nach Berlin zurückgekehrt – für uns eine neue Heimsuchung. Denn unser Hauptmieter war wenig erbaut davon, statt seiner Frau, die ihn verlassen hatte, fremde Leute in der Wohnung vorzufinden. Hinaussetzen konnte er uns nicht, weil wir eine gültige Einweisung hatten, also mussten wir uns irgendwie arrangieren. Jahn kam aus Afrika. Aus der tropischen Gluthitze wurde er in unsere arktische Kälte versetzt – ein Wunder, dass er nicht ernstlich krank wurde. Aber er war stark und robust und verfügte über eine Bärennatur. Irgendwie gelang es ihm, einen Kanonenofen aufzutreiben, den er mitten ins Schlafzimmer stellte. Holz und Kohlen, die ihm als Heimkehrer zustanden, stapelte er rings um sich her, so dass dicht am Ofen eine mollige Wärme herrschte. Aber schon zwei Schritte weiter war es hundekalt, und die beiden Männer, Dr. Jahn und J. B., die nun einträchtig nebeneinander im Ehebett schliefen, setzten vor dem Einschlafen, wie J. B. spottete, den Hut auf den Kopf, damit ihnen nicht die Glatze erfriere. Eine skurrile Situation! Man hätte darüber lachen können, aber uns war nicht zum Lachen. Wie viele Menschen, hauptsächlich alte, sind in diesem Winter im Bett erfroren! Ich war mit meinem Bettzeug ins Wohnzimmer hinübergewechselt, hier hatte ich auf einer Liege ein primitives Lager, während Annegret auf dem Sofa schlief. Im Zimmer war es bitterkalt, und oft holte ich Christiane aus ihrem Kinderbett zu mir herüber, damit wir uns gegenseitig mit unseren Körpern wärmten.

Auch in der Redaktion lief nicht alles nach Wunsch. Mehr und mehr fühlte ich, dass ich fehl am Platze war, weil ich nicht das zu leisten vermochte, was man von mir verlangte und wofür ich am Monatsende mein Geld einsteckte. Das aber, was ich hätte bringen können, wurde hier nicht verlangt. Dennoch hätte sich der unerfreuliche Zustand noch länger hingezogen, wäre nicht ein Umstand eingetreten, der meiner Mitarbeit an dem Wochenblatt ein jähes Ende setzte. Ich hatte eines Tages im »Club der Kulturschaffenden« Hans Schwalm wiedergetroffen, den ehemaligen Leiter der Berliner Gruppe vom »Bund proletarisch-revolutionärer Schriftsteller«. Unversehens war er, während ich meine Suppe löffelte, neben mir aufgetaucht, unterm Arm einen Packen Bücher, die alle, wie er betonte, aus seiner Feder stammten. Ich warf meinen Löffel hin, stand auf, wollte ihn umarmen. »Hans! Wie lange haben wir uns nicht gesehen! Erzähl doch, wie es dir ergangen ist. Du warst zuletzt in England, habe ich gehört …?« Ich nahm ihm die Bücher ab, die er immer noch dicht an sich presste, und legte sie achtlos beiseite. Mich interessierten im Moment nicht die Bücher, sondern ihr Verfasser. »Weißt du noch … ?«, fragte ich immer wieder. »Erinnerst du dich …?« Hans wehrte mich spröde ab. »Also zunächst«, sagte er, wieder auf seine Bücher verweisend, »heiße ich jetzt Jan Petersen, wie du siehst. Das Pseudonym habe ich in England angenommen. Dort ist auch ›Unsere Straße‹ erschienen, die inzwischen in x Sprachen übersetzt worden ist. Ein Welterfolg, sage ich dir, ein Bestseller! Ich bin auch Mitglied im Pen-Klub – falls du von dem schon gehört hast? Nur bedeutende Schriftsteller sind im Pen ...« Er prahlte, das war neu an ihm und berührte mich unangenehm. Dennoch: Ich hatte inzwischen die Bücher näher zu mir herangezogen. »Unsere Straße«, ja, ich wusste noch, wie es entstanden war: in einer Laube bei Berlin, unter illegalen Bedingungen. Dann: »Sache Baumann und andere«, 1939 erschienen, und ein Jahr später: »Und ringsum Schweigen«, ein Band mit Erzählungen. Beide Bücher waren also mitten im Krieg entstanden. Sie handelten alle vom Widerstandskampf, erzählte Hans, nein Jan. Er hätte sie abends und nachts geschrieben, denn tagsüber habe er in der Fabrik arbeiten müssen. Ich bewunderte ihn, aber gleichzeitig beschlich mich ein Gefühl von Neid. Was hatten wir vorzuweisen, fragte ich mich; wir, die in Deutschland geblieben waren? Von den Schriftstellern der »inneren Emigration« war, so viel ich wusste, noch kein einziges Werk auf den Markt gekommen. Nur die Bücher der Emigranten lagen in den Buchhandlungen aus. Auch Jans Bücher, erfuhr ich nun, sollten in großen Auflagen bei uns erscheinen. Jan war gerade auf dem Weg in den Aufbau-Verlag, um die Verträge zu unterschreiben. Er hatte es eilig wegzukommen. »Kannst ja eine Notiz über meine Rückkehr in dein Blättchen setzen«, riet er mir noch zuletzt. »Publicity! Publicity! Wie wichtig die ist, habe ich in England gelernt.«

Ich brachte wirklich eine Notiz in den Kulturnachrichten: »Der bekannte Schriftsteller Jan Petersen ...« und so weiter. Am nächsten Tag wurde ich schon früh von den aufgeregten Kollegen in Empfang genommen: »Becher hat nach dir gefragt. Du sollst ihn unbedingt gleich anrufen. Es ist sehr wichtig!« – Becher? Noch nie hatte der Präsident des Kulturbundes von mir Notiz genommen. Ich wählte seine Nummer – und im nächsten Moment prasselte eine Flut von Schmähworten auf mich herunter: Was ich mir dabei gedacht hätte, diese Notiz zu veröffentlichen? »Jan Petersen ist kein so großer Schriftsteller«, sagte er wörtlich. »Es war instinktlos, ihn in einer Zeitung wie dem ›Sonntag‹ so herauszustellen«, und so weiter. Ich begriff, dass ich durch meine spontane Tat seinen heftigen Unwillen erregt hatte; aber ich begriff auch nicht. Wieso war Becher auf Petersen so schlecht zu sprechen? Er kannte ihn doch seit langem aus der Zeit im »Bund« und hätte ihn als seinen Vertreter hoch schätzen müssen. Denn als Becher längst emigriert und in Sicherheit war, hatte Petersen noch im Dritten Reich seine Haut zu Markte getragen. Er lebte und arbeitete illegal, leitete die Berliner Gruppe an, Beiträge für die »Neuen Deutschen Blätter« in Prag zu schreiben, gab unter den schwierigsten Bedingungen das illegale Blatt »Stich und Hieb« heraus und schrieb im Geheimen noch selber ein Buch – das einzige, das unmittelbar im Herzen Nazi-Deutschlands entstanden war und ihm im Ausland zum berechtigten Erfolg verhalf. Missgönnte ihm Becher etwa den Erfolg? Oder bahnte sich hier schon eine Feindschaft an, ein tiefes Misstrauen seitens der Emigranten aus der Sowjetunion gegenüber den Westemigranten, das erst Jahre später offen ausbrechen sollte? Ich fand damals keine Erklärung für Bechers Verhalten; aber ich wusste, ich war in Ungnade gefallen. Meine Stellung in der Redaktion war noch unhaltbarer geworden, so dass ich gezielt nach einer anderen Arbeit Ausschau hielt.

Wir jüngeren Autoren hatten uns inzwischen, auf Initiative von Peter Kast, der als Redakteur beim »Vorwärts« saß, zu einer Gemeinschaft zusammengefunden. »Arbeitsgemeinschaft sozialistischer Schriftsteller und Journalisten« nannten wir uns. Das war eine lose Verbindung Gleichgesinnter; wir erhoben keine Beiträge, hatten auch keine Statuten. Wir waren aber alle besessen von der Idee, schreiben zu wollen und endlich auch, wie wir glaubten, die Wahrheit schreiben zu dürfen! Doch wieder waren der Wahrheit, wie wir bald spürten, Grenzen gesetzt: Über Erfolge beim Aufbau sollte berichtet werden – und nicht etwa über die Demontagen, über Vergewaltigungen oder über den Schwarzen Markt. In der Arbeitsgemeinschaft diskutierten wir lange und erbittert; durfte man dies alles verschweigen? Aber wir waren durchdrungen von dem Wunsch, beim Aufbau zu helfen und Menschen, die bis vor kurzem noch an Hitler geglaubt hatten, davon zu überzeugen, dass wir jetzt das Richtige wollten, das wir ihnen mit unseren Reportagen, Glossen oder Kurzgeschichten nahezubringen versuchten.

Dabei störte uns, die das »Dritte Reich« im Inland erlebt hatten, so manches an der neuen Entwicklung. Der Personenkult um Stalin zum Beispiel, nachdem wir uns gerade erst des bisherigen »Führers« – nicht aus eigener Kraft, leider – entledigt hatten. Die lächerlichen Spruchbänder überall. »Jetzt die Sauen decken!«, hieß es da einmal. Oder: »Senkt die Waldbrände um 50 Prozent!« Und, als kabarettistischer Höhepunkt: »Jede künstlich besamte Sau – ein Schlag ins Gesicht der imperialistischen Kriegstreiber!« Wir genierten uns, wenn wir so etwas lasen. Konnte man nicht uns zu Rate ziehen, wenn man schon glaubte, auf Propaganda dieser Art nicht verzichten zu können? Eine wahre Plage waren auch die Lautsprecher, die, nach sowjetischem Vorbild, an allen Ecken montiert wurden und uns ihre Schmettermusik in die Ohren gellten. Doch diese Äußerlichkeiten wurden bald abgeschafft. Ein ernsteres Symptom sahen wir darin, dass die Bevölkerung durch die Einführung der Lebensmittelkarten I bis IV in mehrere Klassen gespalten wurde und in der Tatsache, die ich kürzlich in einem Betrieb entdeckt hatte: Dass es auch dort zwei verschiedene Kantinen gab, eine mit Eintopfessen für die Arbeiter und eine für Ingenieure und Abteilungsleiter, denen man sogar ein Menü anbot. So hatten wir uns den Sozialismus nicht vorgestellt. Aber wir hatten ihn uns auch nicht selber erkämpft. Wir mussten ihn hinnehmen, wie er uns von der Siegermacht geboten wurde.

Zu unserer Arbeitsgemeinschaft gehörten viele frühere »Bund«Mitglieder, wie Werner Ilberg, Jan Petersen, Georg W. Pijet, Kurt Huhn, Berta Waterstradt und ich selbst. Neu hinzugekommen waren Annemarie Auer und Eduard Zak, Resi Flierl, Martin Remané, Hans Müncheberg, Eugen Betzer und Heinz Rein. Wir alle wollten lernen, uns weiterbilden. Möglichkeiten der Veröffentlichung gab es in Hülle und Fülle. Eine beachtliche Zahl von Zeitungen und Zeitschriften wie der »Vorwärts«, der »Nachtexpress«, die »Deutsche Volkszeitung« und der »Ulenspiegel« waren gegründet worden, von denen die meisten allerdings bald unter dem Vorwand der Papierknappheit wieder eingestellt wurden.

Neben der Arbeitsgemeinschaft existierte auch der »Schutzverband Deutscher Autoren in der Gewerkschaft für Kunst und Schrifttum im FDGB«, dem damals viele von uns beitraten. Präsident war Professor Edwin Redslob, dem Vorstand gehörten unter anderem an: Günther Birkenfeld, Rudolf Pechel, Erik Reger, Karl-Friedrich Borée, Horst Lommer, Hedda Zinner, Günther Weisenborn und Friedrich Luft. Etwas später kamen Jan Petersen, Hermann Kasack, Anna Seghers, Ruth Hoffmann und Peter Huchel hinzu. In der ersten Zeit beschäftigte sich der Vorstand, wie man heute den Protokollen entnehmen kann, die in der »Stiftung Archiv der Akademie der Künste« aufbewahrt werden, mit der Haltung von Schriftstellern in der Nazizeit. In der Satzung des Schutzverbandes hieß es zwar eindeutig: »Die Aufnahme von Mitgliedern der ehemaligen NSDAP oder einer ihrer Gliederungen ist grundsätzlich ausgeschlossen« – aber selbst ein Hans-Friedrich Blunck, ehemaliger Präsident der Reichsschrifttumskammer, entblödete sich nicht, sich als Antifaschist zu bezeichnen und seine Entnazifizierung zu beantragen, was den Schutzverband zu einem energischen Protestschreiben an die zuständige Instanz veranlasste.

Auch wir Mitglieder der Arbeitsgemeinschaft hatten gegen Vorurteile zu kämpfen. Unter uns gab es nur zwei ehemalige Emigranten, Jan Petersen und Eugen Betzer, die aus England zurückgekehrt waren. Die namhafteren Rückkehrer wie Becher, Friedrich Wolf oder Anna Seghers kamen nicht zu uns. Ihre Zurückhaltung mochte zwei Gründe haben. Einmal glaube ich, dass sie uns, von denen sie noch kaum etwas gelesen hatten, einfach nicht ernst genug nahmen. Doch dazu kam noch etwas anderes, was wir schmerzlich empfanden. Man betrachtete uns, vor allem vonseiten der sowjetischen Kulturfunktionäre, mit Misstrauen, so wie ich es schon in Marienstuhl, bei den bei uns einquartierten NKWD-Offizieren, erlebt hatte. Wieso hatten wir überhaupt im »Dritten Reich« überleben können? Hatten wir nicht doch etwa mit den Nazis paktiert? – Auch Becher war die Arbeitsgemeinschaft suspekt. Er wollte keinen »Proletkult«, sondern die gesamtdeutsche Literatur, und 1950 wurde auf sein Betreiben im Kulturbund eine Sektion Schriftsteller gebildet, in der nun alle bisherigen Mitglieder der Arbeitsgemeinschaft Aufnahme fanden. Ende 1952 machte sich der Verband selbständig und existierte seitdem als »Deutscher Schriftstellerverband« und später als »Schriftstellerverband der DDR«, bis er im Dezember 1990 nach Auflösung der DDR ebenfalls ein stillschweigendes Ende fand.

Ich hatte inzwischen bei der Zeitschrift »Die neue Gesellschaft«, die neu aus der Taufe gehoben worden war, eine Arbeit gefunden, die aber auch nur von kurzer Dauer war. Die Zeitschrift sollte über das Leben und den Alltag in der Sowjetunion berichten. In der Redaktion war außer mir noch eine Kollegin tätig: Susanne Leonhard. Wir beide bemühten uns krampfhaft, Autoren zu finden; ein fast aussichtsloses Unterfangen, denn selbst die Rückkehrer aus der Sowjetunion, die wir ansprachen, zeigten sich wenig geneigt, etwas zu schreiben, oder hielten uns mit Ausreden hin. Einmal erwähnte Susanne wie beiläufig, dass sie gleichfalls einige Jahre in Russland verbracht habe. »Aber warum schreibst du denn nichts?«, fragte ich erstaunt. Ich konnte mir nicht erklären, warum sie diese Tatsache vor mir verheimlicht hatte. »Setz dich hin und schreib endlich!«, sagte ich noch. Aber sie schüttelte den Kopf. Sie könne nichts schreiben, sagte sie; sie sei zehn Jahre in Sibirien gewesen, in einem Straflager. »Aber frag jetzt nicht weiter«, bat sie mich. »Ich kann nicht darüber sprechen.« Sie war auch in der Folgezeit äußerst verschlossen, es war unmöglich, ihr näherzukommen. Ich wusste nur, dass sie allein lebte und dass sie die Wochenenden meist zusammen mit ihrem Sohn Wolfgang verbrachte, der als Dozent an der Parteihochschule in Klein-Machnow tätig war. Eines Montags fehlte sie in der Redaktion. Tage später sickerte durch, dass Wolfgang Leonhard zusammen mit seiner Mutter die »Zone« in Richtung Jugoslawien verlassen hatte. Susanne Leonhard hat später über ihre Erlebnisse ein Buch geschrieben, das unter dem Titel »Das gestohlene Leben« in der Bundesrepublik erschienen ist. Bei einem späteren »Westbesuch« verschaffte ich mir das Buch, las es aber mit äußerstem Misstrauen. Sollte man glauben, dass in der Sowjetunion Menschen grundlos verhaftet wurden? Das konnte nicht sein. Sicher hatte Susanne die Verbrechen unterschlagen, derer man sie beschuldigt hatte. Und war sie nicht zum Klassenfeind übergelaufen?

Auch ich machte mich wieder eines Vergehens schuldig, das meine fristlose Entlassung nach sich zog. Die Zeitschrift »Neue Gesellschaft« erschien im Verlag »Kultur und Fortschritt«, der von Irene Gysi geleitet wurde, der Mutter von Gregor Gysi, der nach der Wende so viel von sich reden machte. Eines Tages bestellte mich Irene Gysi in ihr Büro. Zitternd vor Aufregung wies sie auf die Fahnen eines von mir redigierten Artikels hin, in dem groß und unbeanstandet der Name Karl Radek prangte. »Weißt du nicht, dass Radek in den dreißiger Jahren als ›Feind der Sowjetunion‹ entlarvt und erschossen wurde?«, fragte sie mich. Ich musste verneinen. Was wusste ich von den sowjetischen Schauprozessen? Wenn der Londoner Rundfunk darüber berichtet hatte, hatten wir den Apparat ausgeschaltet – wir hielten solche Nachrichten für Gräuelmärchen. Und die Nazipresse hatten wir nie in die Hand genommen. Gewissermaßen hatten wir wie unter Glas gelebt, eingesponnen in unsere eigenen

Wünsche und Hoffnungen. »Aber was glaubst du, was die mit uns gemacht hätten, wenn der Artikel erschienen wäre?«, fragte mich Irene entsetzt. Zum Glück habe sie die Drucklegung noch verhindern können. Aber sie müsse sich nun von mir trennen – um einem ähnlichen Fehler vorzubeugen. Als meinen Nachfolger engagierte sie Harald Hauser, einen Mitkämpfer aus der französischen Résistance, der gerade einen Kurs an der Parteihochschule absolviert hatte. Bei ihm meinte sie wohl vor ähnlichen Pannen gefeit zu sein.

Ich nahm den Rausschmiss gelassen hin, zumal mir bereits eine andere Tätigkeit in Aussicht stand, die mir ungleich reizvoller erschien. Diesmal verdankte ich die Verbindung Michael Tschesno-Hell. Er war gerade kürzlich, neben seiner Funktion als Verlagsleiter, zum Chefredakteur einer Monatszeitschrift »Neue Heimat« ernannt worden, die von der »Zentralverwaltung für Umsiedler« herausgegeben wurde. Präsident der Verwaltung war Rudi Engel. Er kannte Tschesno-Hell aus der Emigration und wollte ihm wohl zu einem Posten verhelfen, der neben einem guten Gehalt ein großes Pajok im Hinterhalt hielt, was damals weitaus wichtiger war. (Ein weiteres Pajok stand Tschesno-Hell als Verlagsleiter zu.) Für die Zeitschrift suchte er nun – gegen Gehalt und ein kleines Pajok – einen Reporter, der willig war, die Hauptlast der Arbeit zu tragen. Seine Wahl fiel auf mich, und ich wechselte freudig für längere Zeit in ein Büro der sogenannten Wirtschaftskommission über, dem ehemaligen Luftfahrtministerium, wo vor kurzem noch Harro Schulze-Boysen gewirkt hatte, bevor ihn zwei Männer von der Gestapo diskret per Hausapparat in den Empfang bestellten, »um eine Dienstreise anzutreten«. Heute ist das Haus Sitz der Treuhand geworden.

Ich sagte, dass ich freudig übersiedelt bin, denn die Arbeit, die mich hier erwartete, war ganz nach meinem Geschmack. Ich durfte endlich schreiben! Die »Zentralverwaltung für Umsiedler« war gegründet worden, um die Millionen aus den ehemaligen Ostgebieten vertriebenen Anwohner aufzufangen, »umzusiedeln« und ihnen in der damaligen sowjetischen Besatzungszone eine neue Heimat zu bieten – eine kaum lösbar scheinende Aufgabe, die aber dennoch in etwa zwei Jahren bewältigt wurde. In der Zeitschrift »Neue Heimat« sollte nun über die Probleme der Umsiedlung berichtet werden, wobei gute Beispiele herausgestellt und schlechte gegeißelt werden sollten. Ich musste also ständig im Lande herumfahren, mit klapprigen Autos, die immer wieder mit Reifenpannen liegen blieben, vom Fahrer nur notdürftig repariert werden konnten und uns einige Kilometer weiter trugen, wo sie wiederum den Dienst versagten. Ich schrieb, zum Ansporn für andere, über die Spitzenklöpplerinnen aus dem Sudetenland, die an ihrem neuen Wohnort in Grünheide bei Berlin schon eine Genossenschaft gegründet hatten, und ich berichtete über engstirnige Bauern oder Bürgermeister, die sich weigerten, die Ärmsten der Armen in ihrer Gemeinde aufzunehmen, die neben ihrem Hab und Gut auch die Heimat verloren hatten. Aber die ortsansässigen Bauern, die, wie es damals hieß, sogar ihre Ställe mit Teppichen hätten auslegen können, die ihnen die Städter im Tausch gegen Speck oder Wurst ins Haus brachten, zeigten sich unbeeindruckt von fremder Not, verbarrikadierten sich in ihren Stuben und hetzten oft sogar die Hunde auf sie, um in ihrer behäbigen Ruhe nicht gestört zu werden.

Während ich also zwei- bis dreimal in der Woche »auf Reportage« fuhr, wurde zu Hause das Zusammenwohnen mit unserem Hauptmieter Jahn immer unerquicklicher und wuchs sich allmählich zur Katastrophe aus. Es stimmte ja, wir hatten seine Wohnung während seiner Abwesenheit in Besitz genommen, wir benutzten seine Möbel – aber hatten nicht auch wir aus der Not heraus handeln müssen, da unsere Wohnung von Fremden requiriert worden war? Jahn behandelte uns wie lästige Eindringlinge. Wenn wir früh aus dem Bad kamen, saß er schon im Wohnzimmer an seinem Schreibtisch und zwang uns so, in die Küche auszuweichen, wo wir hastig unser Frühstück hinunterwürgten. Aber wo konnten wir uns zur Arbeit niederlassen? Ich hatte meinen Platz im Büro, wo ich meist bis spätabends saß und meine Reportagen schrieb. Aber J. B. arbeitete jetzt hauptsächlich für den Verlag; Annegret musste ihm Manuskripte vorlesen und seine Gutachten tippen. Sie hatten schon Tisch und Stühle für einen provisorischen Arbeitsplatz in den Schlafraum geschleppt, aber Jahn hatte sie auch von dort wieder aufgescheucht, indem er ein Unwohlsein vortäuschte, das ihn zwinge, sich ins Bett zu legen. Und sie waren kaum wieder ins Wohnzimmer umgezogen, als er ihnen folgte und mürrisch bekannt gab, dass er jetzt wieder arbeiten müsse und seine Ruhe brauche – was einem Rausschmiss gleichkam. Es war klar, er legte es darauf an, uns den Aufenthalt in seiner Wohnung unmöglich zu machen. Ich war daher nicht überrascht, als mir J. B. eines Abends verkündete, Annegret habe »durch einen Glücksumstand« ganz in der Nähe ein Ausweichquartier ausfindig gemacht, ein möbliertes Zimmer bei einem jungen Ehepaar, wohin sie sich künftig zur Arbeit zurückziehen würden. Ich fand das ganz in Ordnung und freute mich, dass das Arbeitsproblem wenigstens vorübergehend gelöst zu sein schien. Im Sommer, so hoffte ich, würden die Differenzen zwischen uns und Dr. Jahn wieder an Schärfe verlieren, weil uns dann auch die Terrasse zur Verfügung stand. Und irgendwann würden wir wohl in unsere Wohnung zurückkehren können.

Auf den extrem kalten Winter folgte 1947 ein Jahrhundertsommer. Ich spürte wenig davon. Ich gestaltete die Hefte der »Neuen Heimat« fast ohne freie Mitarbeiter, schrieb alle Reportagen selbst und redigierte die Beiträge, die Rudi Engel oder ein anderer Angestellter der Umsiedlungsverwaltung schrieb. Das fertige Exemplar legte ich dem Chefredakteur vor, der selten einen Einwand vorbrachte und die Drucklegung durch seine Unterschrift genehmigte. War ich so tief in meine Arbeit vergraben, dass ich blind gegenüber meiner Umwelt geworden war? Ich hatte Christiane zu meinen Eltern gebracht, die den Sommer über auf ihrem Grundstück wohnten. J. B. und Annegret bekam ich nur zu Gesicht, wenn ich mal zufällig nicht »auf Dienstreise« war. Aber da beide ihren Arbeitsplatz jetzt auswärts hatten, fanden wir uns auch abends nur selten zusammen. Wir werden ja bald Urlaub machen, sagte ich mir zum Trost. Annegret fuhr sicher wieder zu ihren Eltern ins Rheinland – falls sie es wagte, schwarz über die grüne Grenze zu gehen – und dann würden J. B. und ich wieder Muße finden, uns unserem Kind und uns selbst zu widmen. Im Moment war mir anderes wichtiger. Ich schrieb in jeder freien Minute an einer zweiten Erzählung für den Reclam-Verlag, zu der die Lektorin, Frau Böttcher, mich ermutigt hatte, nachdem ich ihr die Fabel der Erzählung einmal kurz hatte skizzieren können. Es ging um die Krise im Zusammenleben zweier Menschen, die durch den Unfalltod ihres Kindes verursacht wurde. Erst als sich beide zur Adoption eines Flüchtlingskindes entschließen, hoffen sie selbst wieder zueinander zu finden. Hatte ich die Krise in meiner eigenen Ehe vorausgeahnt, ohne es mir bewusst zu machen? Die Erzählung »Das ist Agnes« ist 1948, zusammen mit der Novelle »Die Umkehr« in einem Bändchen bei Reclam erschienen. Es war meine erste Buchveröffentlichung in der Nachkriegszeit.

Im August erhielt ich den Auftrag, nach Frankfurt/Oder zu fahren, um eine Gruppe »Zivilinternierter« in Empfang zu nehmen, die aus der Sowjetunion kamen und mit einem Rotkreuzzug nach Pirna gebracht werden sollten, wo sie vorübergehend in einem Umsiedlerlager untergebracht werden mussten. Kurz vor meiner Abreise sagte mir J. B., dass er für einige Zeit nach Ahrenshoop fahren wolle. »Wie denn? Jetzt?«, fragte ich verwundert. »Du weißt doch, dass ich noch keinen Urlaub bekomme. Wir wollten doch erst Ende September reisen.« Wenn ich nicht könne, erwiderte er hitzig, müsse er eben Annegret mitnehmen. Er müsse dringend ein umfangreiches Manuskript durcharbeiten, das könne er aber genauso gut an der Ostsee tun – außerdem brauche er Luftveränderung und Abstand von den Streitereien hier in Berlin. »Du bist ja viel unterwegs und spürst das nicht so«, sagte er mit deutlichem Vorwurf. »Also leg mir jetzt nichts in den Weg.« Das tat ich auch nicht, und noch am selben Tag wurde ich Zeugin davon, wie er Annegret anwies, sich beim Kulturbund, der über etliche Zimmer in dem Künstlerort verfügte, um ein gutes Quartier zu bemühen. »Aber vergiss nicht zu sagen, dass es unbedingt zwei zusammenhängende Zimmer sein müssen«, schärfte er ihr ein. »Hörst du? Ich muss dich jederzeit rufen können, wenn ich etwas brauche.« Seine dringende Bitte um die zwei Zimmer, die »möglichst hintereinander liegen«, hätte mich warnen müssen. Aber noch immer kam mir nicht der Verdacht, dass er Annegrets Nähe weniger brauchte, um sie rufen zu können, als um selber ungehindert und ungesehen zu ihr zu gelangen. Mein blindes Vertrauen zu beiden war durch nichts zu erschüttern. Oder stemmte ich mich unbewusst gegen eine Tatsache, die ich unaufhaltsam auf mich zukommen sah? Ich weiß es bis heute nicht, so oft ich auch darüber gegrübelt habe, wie alles so hat kommen können, wie es kam.

Die beiden reisten ab, und ich fuhr nach Frankfurt/Oder, wo ich zum ersten Mal mit »Zivilinternierten« in Berührung kam. Was waren das für Menschen? Ich wusste nur, dass die Betreffenden eine weite Reise hinter sich hatten. Sie kamen aus dem nördlichen Russland, dem Komi-Gebiet, wo sie, wie man mir sagte, in einem Sägewerk gearbeitet hatten. Aber wieso waren sie dorthin gekommen? Wenn ich heute meine Reportage aus der »Neuen Heimat« wiederum lese, fällt mir die Naivität auf, mit der ich das Gesehene damals zur Kenntnis nahm. Ich traf auf eine Gruppe junger Mädchen und Frauen, die sich verschüchtert aneinander drängten, und denen kaum ein Wort zu entlocken war. Trotz der sommerlichen Wärme trugen sie dicke Wattejacken und an den Beinen Filzstiefel, die bis zu den Knien reichten. Die Haare hatten sie unter Kopftüchern versteckt, die sie im Nacken zu einem dicken Knoten zusammenbanden. Die primitiven Holzkoffer, die sie mit sich führten, enthielten offenbar ihre ganze Habe. Sie stammten aus Ostpreußen, wohin sie jetzt nicht zurückkehren konnten, so dass wir sie irgendwoandershin umsiedeln mussten. Aber wann und wieso waren sie nach Sibirien gekommen? Sie selber hielten mit Antworten auf meine Fragen zurück, zuckten nur mit den Schultern: nun, einfach so, sie wurden dorthin verschleppt ... Und als hätten sie schon zu viel verraten, beeilten sie sich, die Schönheit Sibiriens zu preisen: die Mitternachtssonne, das Nordlicht, den Beerenreichtum ... Ich machte mir eifrig Notizen. Und wie seien sie mit der Arbeit zurechtgekommen?, fragte ich dann. Auch jetzt kam die Antwort nur zögernd. Die Arbeit sei hart und ungewohnt gewesen, gaben sie zu, vor allem bei vierzig Grad Kälte. Dennoch bereuten sie es nicht, den Norden kennen gelernt zu haben. Es sei auch schön gewesen dort oben, betonten sie einstimmig. Und diesen Bericht, der offensichtlich schönfärberisch war, gab ich in meiner Reportage wortgetreu wieder, weil ich es damals nicht anders wusste. Belogen sie mich aus Angst, oder hatte man ihnen schon eingeschärft, dass sie über ihre Erlebnisse in Sibirien niemals und zu niemandem sprechen durften? Was diese jungen Männer und Frauen, die in den Tagen der Kriegswirren aus Ostpreußen nach Sibirien verschleppt worden waren, wirklich erlebt und erlitten hatten, das konnte ich erst annähernd nachvollziehen, als Mitte der fünfziger Jahre Trude Richter, die ehemalige »Bund«-Sekretärin, in die DDR zurückkam. Sie hatte zwanzig Jahre im äußersten Nordteil in Magadan, zugebracht, hatte aber auch jetzt nur zu engsten Freunden und zu Genossen von früher manchmal etwas von ihren Erlebnissen in den Straflagern verlauten lassen.

Ich begleitete meine Gruppe nach Pirna, lieferte sie im Umsiedlerlager ab und fuhr wieder nach Berlin zurück. Eine volle Woche war ich unterwegs gewesen. Zu Hause fand ich mehrere Briefe vor, von denen ich die an J. B. gerichteten verabredungsgemäß nachschicken sollte. Ein Brief, adressiert an Annegret, war aus unerfindlichen Gründen geöffnet worden. Hatte die Zensur, da er aus dem Westen kam, mitgelesen? Ich konnte nicht widerstehen und überflog den Inhalt – vielleicht enthielt er eine für Annegret wichtige Mitteilung, die ich ihr notfalls telefonisch übermitteln musste? Der Brief war von Annegrets Mutter. Auf der ersten Seite ging es um Belanglosigkeiten. Ich drehte das Blatt um, und beim Weiterlesen stockte mein Herzschlag. »Ahnt denn seine Frau noch immer nichts?«, konnte ich da lesen. »Wie lange soll das noch weitergehen? Du hast ein Recht auf Klarheit. Wenn Joachim sich nicht entschließt, mit seiner Frau zu sprechen, musst Du es tun …« Ich ließ den Brief sinken. Im ersten Impuls wollte ich ihn in Fetzen reißen, bis mir das Unsinnige meines Tuns zum Bewusstsein kam. Hätte das an den Tatsachen etwas geändert? Aber was sollte ich tun? Den Brief nachschicken? Nein. Ich beschloss, ihn als Pfand zurückzubehalten. Als Pfand wofür und wogegen? Ich wusste es nicht, ich war zu verwirrt. »Ahnt denn seine Frau noch immer nichts?«, hallte es in mir nach, während ich meine Jacke vom Haken nahm.

Fluchtartig verließ ich die Wohnung und stolperte ins Freie, an Gärten vorbei, in denen jetzt, Ende September, die Dahlien blühten und die Sträucher nach der langen Trockenheit schon Färbung zeigten. Ich hatte keinen Blick für das alles. Ich lief nur und lief, bog um die Ecke herum und suchte das Haus, in dem das Ausweichquartier lag, in dem J. B. und Annegret die letzten Monate über genistet hatten, vorgeblich um dort zu arbeiten, woran ich nicht den geringsten Zweifel gehegt hatte. Noch nie hatte ich das Zimmer betreten, das sie hier bei einem Ehepaar gemietet hatten, aber jetzt wollte ich es tun, ich musste mir Klarheit verschaffen. Aber Klarheit worüber? Wusste ich nicht längst alles? Ich wusste schon, wie vergeblich mein Handeln war, wie überflüssig, und es hätte gar nicht mehr der verschlossenen, ja argwöhnischen Miene der Vermieterin und ihres überraschten Ausrufs: »Ach, Sie sind seine Frau?« bedurft, um mir vor Augen zu führen, dass die beiden hier schon als legitimes Ehepaar gegolten hatten oder zumindest als ein Paar, das für seine Liebe eine Zuflucht brauchte. Ich stotterte eine Entschuldigung und schlich hinaus.

Einige Tage ging ich wie im Trance umher, konnte mich zu keinem Entschluss aufraffen. Sollte ich nach Ahrenshoop fahren, J. B. zur Rede stellen? Aber war nicht längst alles zu spät? Gewiss, auch ich hatte unsere Ehe gebrochen, hatte später J. B. meinen »Fehltritt« gebeichtet, und wir hatten beschlossen, darüber zur Tagesordnung überzugehen. J. B. hatte vernünftigerweise eingesehen, dass mein Vergehen eine einmalige Entgleisung gewesen war, in einer wirren Zeit, in der moralische Werte weniger galten als Wegwerfware. Hier aber, das spürte ich, ging es um mehr. Offenbar liebte er das Mädchen schon lange. Plötzlich musste ich daran denken, wie froh er über Annegrets Rückkehr gewesen war. Wie zärtlich hatte er ihren Arm gestreichelt und festgestellt, dass sie »voller geworden war«; wie gleichgültig hatte er mich wieder beiseite gedrängt, da er nun Annegret hatte; wie geschickt hatte er seine Reise vorverlegt in eine Zeit, in der ich an Berlin gebunden war, und wie eigensinnig hatte er darauf bestanden, dass Annegret beim Kulturbund »zwei zusammenhängende Zimmer« bestellte. War ich denn blind gewesen all die Zeit über? Wenige Tage später ging ich zu Ingeborg Gentz, einer Rechtsanwältin. Sie hörte mich ruhig und geduldig an. »Wollen Sie die Scheidung?«, fragte sie mich nach längerer Überlegung. Ich erschrak vor dem Wort, und sie schlug mir vor, zunächst einmal mit J. B. eine offene Aussprache herbeizuführen. Wollte er weiterhin mit mir leben? Dann müsste er allerdings auf Annegret verzichten, das war meine Bedingung.

Die Aussprache zwischen uns fand Anfang Oktober statt. In wenigen Tagen sollte der erste gesamtdeutsche Schriftstellerkongress eröffnet werden, zu dem der »Schutzverband deutscher Autoren« 250 Schriftsteller, Publizisten, Verleger und Lektoren geladen hatte; Berichterstatter aus verschiedenen Ländern und aus den vier Besatzungszonen Deutschlands sollten zugegen sein. J. B. und ich hatten uns schon seit Monaten auf den Kongress gefreut, auf dem zum ersten Mal wieder Autoren der inneren Emigration mit den Emigranten aus vielen Ländern zusammentreffen und ein Bekenntnis zur demokratischen Einheit Deutschlands ablegen sollten – ein Ziel, das dann doch nicht erreicht worden ist. Aber ich nahm alle die Diskussionen, die Reden der Alterspräsidentin Ricarda Huch, der Christin Elisabeth Langgässer, deren Tochter die Hölle von Auschwitz überlebt hatte, der Kommunistin Anna Seghers, die gerade aus dem mexikanischen Exil heimgekehrt war, und die Redeschlachten, die sich nach dem antikommunistischen Ausfall des Amerikaners Melvin J. Lasky entzündeten und der die leidenschaftliche Entgegnung von Valentin Katajew heraufbeschwor, nur undeutlich wahr; zu stark beschäftigte mich mein persönliches Schicksal. J. B. hatte mir sein Einverständnis zur Scheidung erklärt. »Du weißt ja selbst, dass wir uns auseinandergelebt haben«, sagte er. »Wir passen einfach nicht zueinander. Du bist ein unglücklicher Mensch.« Wie kam er zu dieser Einschätzung? Ich war nicht unglücklich – bisher noch nicht. Ich war im Gegenteil voller Tatendrang, freute mich, nach zwölf Jahren erzwungenen Schweigens endlich wieder arbeiten zu können, und wäre zu einem Neuanfang mit J. B. trotz der vorangegangenen Krise bereit gewesen – unter einer einzigen Bedingung: Dass wir Annegret nach Hause schickten! Aber es war schon zu spät, J. B. dieses Ultimatum zu stellen. Er wolle das Mädchen heiraten, sagte er, und er würde mir dankbar sein, wenn wir unsere Trennung so rasch wie möglich hinter uns brächten. Annegret wünsche sich Kinder.

Ein einziges Mal konnte ein Kongress-Ereignis noch mein Interesse wecken. Jan Petersen hatte die Bühne betreten. Unter frenetischem Beifall, mit dem man ihm huldigte, erzählte er, wie er 1935 auf dem »Ersten Internationalen Kongress zur Verteidigung der Kultur« in Paris aufgetreten war – mit einer schwarzen Maske vorm Gesicht, um von eventuell im Saal befindlichen Gestapo-Agenten nicht erkannt zu werden, denn er wollte ja nach Deutschland zurück. Er erzählte von seinem Buch »Unsere Straße«, das er im faschistischen Berlin unter ständiger Gefahr des Entdecktwerdens geschrieben hatte, und wieder wurde er vom Applaus unterbrochen, den er bescheiden entgegennahm, bis er langsam und gravitätisch, sich seiner Wirkung bewusst, von der Bühne stelzte. In der Pause sagte Berta Waterstradt, die neben mir saß, resolut: »So, jetzt gehe ich hin und rede mit ihm Tacheles. Wenn er nicht auf der Stelle noch mal das Wort ergreift und von uns erzählt – die, während er sich in Paris feiern ließ, in Berlin in den Knast mussten –, werde ich das tun.« Ihr energisches Eingreifen hatte Erfolg. Petersen bat noch einmal ums Wort und holte das Versäumte nach, so dass ein blasser Nachklang des vorangegangenen Beifalls auch noch uns Illegale erreichte, die Namenlosen unter den anwesenden Autoren, die bisher noch durch kein öffentliches Lob oder einen Verriss ins Scheinwerferlicht der Aufmerksamkeit gerückt worden waren.

Für den Abend hatten die sowjetischen Kulturoffiziere zu einem Empfang geladen. Das Buffet, das die erlesensten Delikatessen enthielt, wurde von den ausgehungerten Kongressteilnehmern im Nu gestürmt. Ich sah J. B., der triumphierend zwei Bananen ergrabscht hatte, die er nun fürsorglich Annegret in die Hände drückte. Auch ich hatte noch eine Banane ergattert, aber ich steckte sie zu mir, als Geschenk für Christiane.

Und dann reichte ich wirklich die Scheidung ein. J. B. und ich waren uns einig geworden, dass wir »auf Gegenseitigkeit« klagen wollten. Ich verklagte J. B. wegen Ehebruchs, und er führte in seiner Widerklage an, dass ich schon vor Aufnahme seiner ehewidrigen Beziehungen ihm grundlos den ehelichen Verkehr verweigert hätte. Diese Begründungen waren sorgfältig zwischen unseren beiden Rechtsanwälten vereinbart worden. Ein kurzes Gerangel gab es noch um die Frage des Sorgerechts für unsere gemeinsame Tochter Christiane. Doch in diesem Punkt war ich unerbittlich: Nie würde ich mich von meiner Tochter trennen! Und ich bestand darauf, dass J. B. mir schriftlich sein Einverständnis erklärte, dass das Erziehungsrecht für unser Kind für jetzt und alle Zeiten auf mich als Mutter übertragen würde. Weitere Forderungen, vor allem finanzieller Art, stellte ich nicht. Ich war gesund, und ich war stolz darauf, dass ich mich und mein Kind allein durch Arbeit ernähren konnte. Mich von J. B. unterstützen zu lassen, der ja immerhin einmal ein beträchtliches Erbe zu erwarten hatte, wäre mir absurd erschienen. Ich wollte mit seiner Familie nichts mehr zu schaffen haben.

Zu dem Termin vor dem Landgericht Berlin brauchten wir nicht einmal selbst zu erscheinen; die Anwälte nahmen unsere Rechte wahr. Ingeborg Gentz überreichte mir wenig später das Scheidungsurteil. Es hatte Rechtskraft erlangt am 27. Januar 1948, also genau zehn Jahre und drei Monate, nachdem wir geheiratet hatten.

Der Assessor des Westberliner Gerichts, bei dem ich Monate später vorstellig wurde, um das Umgangsrecht J. B.s mit seiner Tochter in vernünftige Bahnen zu lenken, starrte auf das Datum unseres Scheidungsurteils und rief überrascht: »Ach, 27. Januar – Kaisers Geburtstag!« Und er sah mich an, als müsste ich dem Datum nun eine ganz besondere Bedeutung beimessen. Für mich beinhaltete aber der 27. Januar nur einen Sinn: Ich war frei, war wieder auf mich selbst gestellt.

Mein Leben als Alleinstehende hatte begonnen.

Ein Menschenleben von mehr als 70 Jahren liegt zwischen beiden Aufnahmen. 1937 heiratete Elfriede Brüning den Schriftsteller Joachim Barckhausen, dessen Eltern in Egeln auf einem Gut lebten. Dort, in der Magdeburger Börde, verbrachte sie den Krieg. Mit 99 kehrte sie in das seit Jahrzehnten leerstehende Gutshaus zurück und las aus ihren Erinnerungen. Unten: Auf der Treppe des Gutshauses mit dem Bürgermeister von Egeln und Herbert Graf, 2009

Segeln auf Berliner Gewässern, 1936

Den Krieg heil überstanden, 1948

Schriftstellerische Herausforderung: ein Buch über die Arbeiter-und-Bauern-Fakultät. Die seit 1950 freischaffende Autorin recherchiert in der Einrichtung in der Geschwister-Scholl-Straße in Berlin. »Vor uns das Leben« erscheint 1952.

Entspannung im Grünen und Anspannung angesichts so vieler Bücher: Aufnahmen von 1952 und 1955

Budapest, 1962

Posen für den Fotografen: die Schriftstellerin und ihr Arbeitsinstrument, die Schreibmaschine, 1964

Mit 60 begann für Frauen in der DDR gewöhnlich das Rentenalter. Nicht für Elfriede Brüning. Aufnahme von 1970.
Rechts: Porträt aus dem Jahr 1980

Bei einer Lesung Ende der 80er Jahre, links, und in den 90ern, rechte Seite

Unvermindertes Interesse an der Autorin Brüning: Am Ende jeder Lesung müssen Bücher signiert werden, Egeln 2009

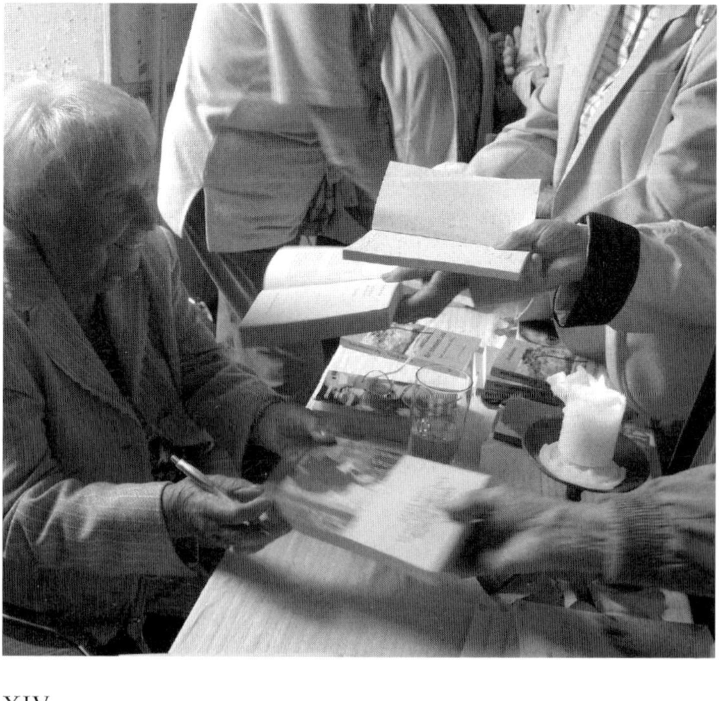

Egeln 2009

Daheim in der Neubauwohnung in der Berliner Koppenstraße, 2009

Bis heute hält sich Elfriede Brüning drei Tageszeitungen.

Sorgen mit dem Sorgerecht

»Und Sie wollen nun ganz allein leben?«, fragte Frau Fenske. Ich hatte bei ihr geklingelt, um mich zu verabschieden. Dr. Jahn hatte endgültig durchgesetzt, dass wir seine Wohnung zu räumen hätten, und nachdem J. B. mit Annegret schon vor Wochen in ein Zweifamilienhaus in Lichterfelde übersiedelt war, hatte das Wohnungsamt nun auch mir und dem Kind eine Bleibe vermittelt: zwei Zimmer in Untermiete in der Laubacher Straße; sicher keine Lösung, die erstrebenswert war, aber für den Übergang musste ich mich damit zufriedengeben. »Sie ziehen also ganz allein dorthin?«, wiederholte Frau Fenske. Ich deutete auf Christiane an meiner Hand: Ich hätte ja das Kind. »Ach Kinder ...«, sagte die Fensken. »Kinder werden erwachsen und gehen aus dem Haus. Dann sind Sie doch allein. Alleinsein ist grausam, das sage ich Ihnen.«

Ihre Neugier war so offenbar, dass sie mich dringlich »auf ein Tässchen Muckefuck« in ihre Küche bat. Sie habe sogar ein paar Bohnen hineingetan, verhieß sie mir, von der letzten Zuteilung – vielleicht könne man's sogar schmecken. Und sie ließ genießerisch einen Schluck über ihre Zunge gleiten, bevor sie auch mir davon eingoss. Sie habe gedacht, sagte sie dann lauernd, dass ich mich mit dem Herrn zusammentäte, mit dem ich damals hier ... na, ich wüsste schon ...? Mit Hillers? Ich schüttelte den Kopf. Davon könne gar keine Rede sein. Nein, ich bliebe gern allein. Ich hätte ja meine Arbeit ... Bevor wir weitersprachen, mussten wir erst Christiane in den Garten schicken. Das Kind hatte schon zu viel mitbekommen. Ich hatte es erlebt, dass sie in der S-Bahn fremde Leute, die zu ihr freundlich taten, freimütig an unseren Familienverhältnissen teilnehmen ließ. »Mein Pappele wohnt nicht mehr bei uns!«, hatte sie fröhlich verkündet in einer Lautstärke, dass es im ganzen Abteil zu vernehmen war. »Er heiratet jetzt Annegret, seine Sekretärin ...« Worauf ein verständnisvolles Schmunzeln über alle Gesichter ging und ich mich am liebsten in ein Mäuseloch verkrochen hätte. Seitdem bemühte ich mich, Christiane von meinen Problemen möglichst fernzuhalten, und auch das Gespräch mit der Hauswartfrau war nichts für Kinderohren. Zum ersten Mal betrachtete ich die Frau genauer: eine Mittvierzigerin – mir als der um zehn Jahre Jüngeren war sie bisher welk erschienen. Doch plötzlich war sie mir schicksalsmäßig nahegerückt. Auch sie war geschieden, wie ich; ihr Mann hatte seine neue Liebe aus der Emigration gleich mit in die Heimat gebracht, und sie hatte beiden kurzerhand die Tür gewiesen. Wovon lebte sie eigentlich? Wahrscheinlich vom Schwarzhandel, immer noch die leichteste Art, zu Geld zu kommen. Jedenfalls machte sie nicht den Eindruck, finanzielle Sorgen zu haben. Aber sie war tief verbittert. Als ich ihr die Vorzüge des Alleinlebens aufzuzählen begann – endlich war man frei und unabhängig, und man konnte einen Kreis Gleichgesinnter um sich scharen, also Freundschaften zu Menschen knüpfen, mit denen zu diskutieren oder Gemeinsames zu unternehmen mir reizvoller erschien, als mit einem ewig mürrischen Ehemann behaftet zu sein –, lachte sie nur höhnisch und schadenfroh. »Sie Kindskopf«, schalt sie mich gutmütig. »Ich will Ihnen ja Ihre Vorfreude nicht nehmen, aber die Wirklichkeit sieht anders aus. Wissen Sie, was das ist: eine Scheidung? Scheidung ist so schmerzhaft wie eine Amputation. Sie bleiben Ihr Leben lang eine Versehrte, ein Krüppel, dem die meisten am liebsten aus dem Wege gehen. Die Männer betrachten Sie als Freiwild; bestenfalls spielen sie den Tröster für eine Nacht, bevor sie artig wieder ins Ehebett kriechen. Die Alleinstehende muss ja noch dankbar sein für das Abfallprodukt, das er ihr gnädig gewährt. Und andere Ehepaare – als Freunde? Das schlagen Sie sich mal aus dem Kopf. Welche Angetraute holt sich denn eine alleinstehende Konkurrentin ins Haus? Oder Sie wollen allein ins Restaurant gehen? Da werden Sie aber scheel angesehen! Sie sind doch bloß gekommen, um sich einen Mann zu kapern. Der Ober straft Sie mit Nichtachtung, bedient alle anderen Tische zuerst, bevor er sich gnädig dazu herbeilässt, auch Sie nach Ihren Wünschen zu fragen. Ganz anders, wenn Sie ein Mannsbild zur Seite haben. Der kann getrost blind sein, wie Ihrer, oder sogar nicht mehr richtig im Koppe. Aber er ist ein Mann, dem man gefälligst mit Achtung zu begegnen hat. Und so etwas haben Sie freiwillig aufgegeben?« Sie starrte mir ins Gesicht, als verdächtige sie jetzt mich, nicht richtig »im Koppe« zu sein. »Und glauben Sie mir«, fuhr sie fort, »Sie sind als Geschiedene schlimmer dran als die trauernde Witwe. Die Witwe weint um einen Toten, dem man bekanntlich nichts Schlechtes nachsagen darf; das gehört sich nicht. Selbst wenn er ein Tyrann war, wird sie ihn in ihrer Erinnerung so lange blank polieren, bis er wie ein Phönix aus der Asche steigt, als strahlender Held. Ihr Exmann dagegen lebt. Sie können ihm jederzeit begegnen, im Kino oder im Theater. Sie sehen, wie er Ihrer Nachfolgerin galant in den Mantel hilft, ihr Näschereien kauft, mit ihr in ein Taxi steigt, um ins traute Heim zu fahren – während Sie frierend an der zugigen Ecke auf die Straßenbahn warten, nach Hause schuckeln, sich in Ihr einsames Bett legen, wo Sie nicht einmal jemanden haben, von dem Sie träumen können. Sie sind wirklich zu bedauern. Sie armes Geschöpf – und Sie ahnen es nicht mal.« Sie unterbrach ihren Monolog, um wieder nach der Tasse zu greifen, und ich benutzte die kurze Pause für ein paar Worte zum Trost. Die arme Frau war verbittert, wahrscheinlich hatte sie besonders schlechte Erfahrungen hinter sich, man musste versuchen, ihr Mut zu machen. »Sie finden sicher auch noch den richtigen Partner«, sagte ich zuversichtlich. Aber damit hatte ich Feuer an die Lunte gelegt. »Wo denn?«, empörte sie sich, »soll ich mir einen backen? Sie wissen wohl nicht, dass unsere Männer in Russland geblieben sind, auf der Krim oder in der Ukraine oder meinetwegen in Griechenland? Die Männer, die zu mir passen, Frau, oder zu Ihnen, die gibt es nicht mehr. Die sind irgendwo verreckt oder verfault, erfroren oder in Stücke gerissen. Von ihnen gibt es nicht einmal ein Grab, und Blümchen könnte man ihnen sowieso nicht bringen …« Sie brach ab, denn eben war Christiane aus dem Garten wieder hereingekommen, von Kopf bis Fuß nass, denn draußen goss es inzwischen in Strömen. Aber sie quengelte, sie wolle endlich die neue Wohnung sehen, und da machten wir uns auf den Weg, nachdem ich ein paar beschwichtigende Worte von mir gegeben hatte, um die in Rage geratene Frau zu beruhigen.

Aber unterwegs haderte ich mit Frau Fenske, hielt alles, was sie gesagt hatte, für übertrieben, für die Ausgeburt einer krankhaften Fantasie. So düster sollte sich meine Zukunft gestalten? Die Frau war beschränkt, ohne Beruf, saß immer nur in den engen vier Wänden, da war es kein Wunder, wenn sie langsam versauerte. Mir aber würden sich allein durch meine Arbeit ganz andere Möglichkeiten eröffnen. So dachte ich damals. Aber in den folgenden Jahren habe ich oft an Frau Fenske zurückdenken müssen, wenn ihre düsteren Prophezeiungen auch in meinem Leben Zug um Zug reale Gestalt annahmen.

Doch zunächst bezog ich meine neue Wohnung, in der ich aber auch nicht lange blieb, denn der Hauptmieter der »hochherrschaftlichen« Wohnung, in der ich die beiden Hinterzimmer bekam, war ein Schieber, der in seiner Umgebung keine Zeugen seiner krummen Geschäfte dulden wollte und danach trachtete, uns schnell wieder loszuwerden. Um dieses Ziel zu erreichen, schreckte er vor nichts zurück. Er stellte die Klingel ab, so dass kein Besucher mich erreichen konnte, er sperrte mir den Strom, er verweigerte meiner Mutter, die in meiner Abwesenheit das Kind betreuen sollte, den Zutritt zur Wohnung, so dass Christiane stundenlang unbeaufsichtigt in den Zimmern eingesperrt blieb. Ich war verzweifelt, denn alle Klagen, die ich höheren Ortes anbrachte, fruchteten nichts, da der Schieber mir stets überlegen war: Er konnte jeden Angestellten, der ihn gutwillig zur Raison bringen wollte, mittels seiner Schieberware zum Schweigen bringen. Ich konnte Hilfe von außen also nicht erwarten, sondern musste zur Selbsthilfe greifen. Und helfen konnte wieder nur ein neuer Umzug. Diesmal zog ich mit dem Kind und mit meinen Eltern, die inzwischen Rentner geworden waren, nach Birkenwerder bei Berlin. Ein Kollege aus der Zentralverwaltung hatte mir den Tipp gegeben. Birkenwerder sei »Zone«, sagte er, dort stünden zurzeit wegen der schlechten Versorgung ganze Häuser leer, weil ihre Besitzer sich lieber in Berlin zwischen Trümmern eine Bleibe suchten, statt bei Berlin zu verhungern. In der »Zone« gab es nur die Hungerkarte, weil die Behörden damit rechneten, dass sich die Gartenbesitzer einige Vitamine in Gestalt von Gemüse und Obst selber zogen.

Das Haus, das mir am besten gefiel, nannte man im Ort den Glaspalast, weil es unmöglich schien, die großen Räume warm zu bekommen. Die Vorderfront, die zur Terrasse ging, bestand nur aus Glas, und das dahinter liegende Wohnzimmer war neun Meter lang, ein Tanzsaal, in dem ein aus rotem Backstein gemauerter Kamin sofort ins Auge fiel, der sich jedoch bei genauerem Hinsehen als Attrappe erwies. Dennoch, das

Haus bezauberte mich auf den ersten Blick; die Räume waren so günstig gelegen, dass auch Menschen verschiedener Generationen sich gut darin ausbreiten konnten, ohne zu dicht aufeinander zu hocken. Der Hauseigentümer, ein Nazi-Bonze, hatte beim Anrücken der Roten Armee die Flucht ergriffen. Vielleicht werden neuerdings seine Kinder und Enkel die Rückgabe des Hauses beantragt haben.

Ich will mich über die Idylle des Hauses, das wir sechs Jahre bewohnten, hier nicht länger verbreiten; ich habe darüber in früheren Büchern geschrieben. Es waren schwere, literarisch indes äußerst fruchtbare Jahre. Zum ersten Mal konnte ich mich ungehindert meiner Arbeit widmen. Unser Tagesablauf war durch Arbeitsteilung aufs Beste geregelt. Meine Mutter versorgte den Haushalt und das Kind, und mein Vater werkte im Garten, falls er nicht, wie im Winter, ganze Tage im Heizungskeller zubringen musste, um unaufhörlich den klebrigen Braunkohleruß, das einzig verfügbare Heizmaterial, in den gefräßigen Ofen zu schütten. Ich fuhr früh am Morgen nach Berlin in die Redaktion. Da wir die besseren Lebensmittelkarten illegal weiter aus Berlin bezogen – Not macht bekanntlich erfinderisch –, kaufte ich nach Feierabend für uns ein, um anschließend die schweren Taschen mit den Zuteilungen für unsere vierköpfige Familie nach Hause zu schaffen, was nicht nur eine körperliche, sondern auch eine seelische Belastung war. In den überfüllten S-Bahnzügen, in denen sich die missgelaunten, schlecht ernährten und übel riechenden Menschen aneinander drängten, war nur Geschimpfe zu vernehmen. Man räsonierte über die schlechte Versorgungslage, über die Demontagen, über Vergewaltigungen, die immer noch vorkamen, und über andere Übergriffe – und ich, Genossin, Mitglied der kürzlich zur SED vereinigten beiden Arbeiterparteien, stand mitten unter ihnen und wagte kein Widerwort. Ich glaube, wenn damals jemand gewagt hätte, die Sowjets oder die Politik der SED in Schutz zu nehmen – man wäre über ihn hergefallen.

So war ich stets erleichtert, wenn ich endlich am Ziel war, aussteigen und mit meinem Gepäck den halbstündigen Weg zu unserem Häuschen antreten konnte, wo wir von Nachbarn umgeben waren, die uns wiederum nicht freundlich gesonnen schienen. Mit zwei von ihnen hatten wir über den Umweg über unsere Kinder Bekanntschaft geschlossen. Es waren Mütter,

Frauen in meinem Alter, deren Männer von »den Russen« abgeholt und verschleppt worden waren. Über die Gründe zur Verhaftung ließen sie nur vage verlauten, dass sie das Opfer von Denunziationen geworden waren, was wir, die Zugezogenen, nicht nachprüfen konnten. Nun saßen sie, verbittert und mittellos, Empfängerinnen der Karte IV, in ihren zur Nazizeit erbauten Häusern, deren Besitz sie verzweifelt verteidigten, während die unterbelegten Räume schon von Fremden, den Umsiedlern, mit Beschlag belegt wurden. Mit diesen ungebetenen Mitbewohnern lebten sie in ständigem Unfrieden. Die Lage der beiden Frauen war nicht beneidenswert. Sie verbesserte sich erst allmählich, als beide, in klarer Erkenntnis ihrer Situation, sich dazu aufrafften, in Berlin eine Bürotätigkeit aufzunehmen, die ihnen zu neuem Selbstbewusstsein verhalf. Damals aber waren sie noch tief verzagt, verteidigten verbittert das Paradies der letzten zwölf Jahre und höhnten über die Gegenwart, in der vorgeblich Gerechtigkeit walten sollte, tatsächlich aber schlimmstes Unrecht im Schwange sei. Und so kam es zwischen uns oft zu hitzigen Diskussionen.

Doch am liebsten ging ich solchen Auseinandersetzungen aus dem Wege; sie stahlen mir die Zeit. Ich hatte endlich begonnen, das Buch über die Coppis zu schreiben, und dazu blieben mir nur die Abend- und die Nachtstunden. Ich schrieb wie eine Besessene. Während eines kurzen Aufenthaltes im »Eibenhof«, einem ehemaligen Sanatorium, das jetzt vom »Kulturbund zur demokratischen Erneuerung Deutschlands« als Erholungsheim für seine Mitglieder genutzt wurde, war ich der Ärztin Elfriede Paul begegnet, der Gefährtin von Walter Küchenmeister. Auch sie, eine der wenigen Überlebenden der Widerstandsgruppe, verbrachte hier ein paar Urlaubstage mit ihrem Pflegesohn, und von ihr konnte ich viele Details erfahren. Außerdem hatte ich vor einiger Zeit Lotte Holzer kennengelernt, eine Jüdin aus der Widerstandsgruppe Herbert Baum, die auf abenteuerliche Weise ihrer Todesstrafe hatte entgehen können, während sich ihre kleine Tochter Eva, die von der nazistischen Großmutter im Hass gegen sie erzogen wurde, auf schmerzliche Weise ihr entfremdete. Die Schicksale dieser zwei Frauen, Hilde Coppis und Lotte Holzers, die einander in der Realität nie begegnet sind, habe ich in der Handlung meines Buches miteinander verknüpft, da ich einen tiefen inneren Zusammenhang zwischen ihnen zu erkennen meinte: Beide hatte man gewaltsam, auf tyrannische Weise, von ihrem Kind getrennt. Ich schrieb an dem Buch sechs Monate lang. Schon 1949 konnte es unter dem Titel »... damit du weiterlebst« im »Verlag Neues Leben« erscheinen. Es wurde von der Kritik günstig aufgenommen. Ein Bucherfolg wurde es dennoch nicht, da damals Bücher mit ähnlicher Thematik – ich erinnere nur an »Die Moorsoldaten« von Wolfgang Langhoff, »Die Prüfung« von Willi Bredel, »Das siebte Kreuz« von Anna Seghers und andere – im Überfluss vorhanden waren. Dennoch konnte sich mein Buch durchsetzen und errang im Laufe der Jahre sechzehn Nachauflagen. Die siebzehnte ist nach der Wende zu meiner Freude in einem kleinen Verlag erschienen. Ich hoffe, dass diese Ausgabe jetzt auch die Leserinnen in den alten Bundesländern erreicht, denen das Buch bisher unbekannt geblieben ist.

Ein Bestseller aber wurde mein Buch »Ein Kind für mich allein«, das ich schon gegen Ende des Krieges, als wir noch in Marienstuhl lebten, geschrieben hatte. Eines Tages erschien bei mir Frau Böttcher, die Lektorin des Reclam-Verlages. Meine beiden Novellen, meinte sie, seien bei den Leserinnen gut angekommen, und sie erkundigte sich, ob ich nicht noch weitere Manuskripte in der Schublade hätte. Zögernd gab ich ihr mein »Kind«. Sie las es und teilte mir genauso zögernd ihre Entscheidung mit. Sie habe lange mit sich gerungen; sei aber entschlossen, das Buch, gegen das sie einige Einwände hätte, herauszubringen, da es ein enorm wichtiges Thema behandle: Man müsse den vielen Frauen, die infolge des Krieges zum Alleinsein verurteilt seien, wieder eine Perspektive geben. Mein Buch erschien, nach geringfügigen Änderungen, schon im Herbst 1949 gleichzeitig mit dem Coppi-Buch und von da an zehn Jahre lang in weiteren Auflagen, mit denen es dem Verlag stets gelang, in die schwarzen Zahlen zu kommen. Die gesamte Auflage wurde jedes Mal sofort verkauft und von den Buchhändlern abgerechnet. Diese hielten das Buch unter dem Ladentisch und boten es nur bevorzugten Kundinnen an. Die Nachfrage war riesengroß und im Handumdrehen war jede Auflage wieder vergriffen.

Meinem literarischen Ruf hat das Buch aber eher geschadet. Die Kritik nahm es kaum zur Kenntnis oder beschränkte sich lediglich auf die Inhaltsangabe. Unter Literaturwissenschaftlern galt ich seither, zusammen mit Hildegard-Maria Rauchfuß und Marianne Bruns, als eine Autorin, die leichte Unterhaltung schrieb – ein Stempel, der uns Dreien für viele Jahre aufgedrückt wurde und gegen den anzukämpfen nahezu vergeblich war, obwohl sich eine Autorität wie Anna Seghers und auch Lilly Becher, die ehemalige Chefredakteurin der »AIZ«, bemüßigt fühlten, die Dinge vom Kopf wieder auf die Füße zu stellen. Denn waren es nur Frauen, die »leichte« Bücher schrieben, während die Männer hohe Literatur verfassten? Mussten flüssig geschriebene Bücher abgewertet und nur Langweiler zu literarischen Kostbarkeiten hochgelobt werden? Konnten nicht auch unterhaltsame Bücher literarisch sein? Die Leserinnen selbst kümmerten sich wenig um den Streit der Profis. Sie hatten den Liebsten im Krieg verloren, den Verlobten oder den Ehemann, und das Alleinsein erschien ihnen trübe und hoffnungslos. Ein Kind, meinten viele, könnte ihrem Leben wieder zu einem Sinn verhelfen. In den folgenden Jahren haben mich oft Frauen besucht, die mir anvertrauten, dass sie sich Schwester Johanna in meinem Buch zum Vorbild genommen und sich ein Kind angeschafft hätten, ohne mit dem Vater des Kindes, einem verheirateten Mann, zusammenzuleben. Sie waren keine Einzelfälle. Der große Frauenüberschuss in den Nachkriegsjahren zwang die Frauen, sich zu bescheiden. Meistens mussten sich die Alleinstehenden einen Mann mit der Ehefrau teilen, die ihrerseits der Nebenbuhlerin den Kampf ansagte, die es gewagt hatte, sich »ihrem Mann an den Hals zu werfen«. Die Verliererinnen in diesen Dreiecksdramen waren immer die Frauen, während sich ihre Partner den Männermangel zunutze machten und praktisch Vielweiberei betrieben. Auch ich sollte noch damit meine Erfahrung machen.

Zunächst aber hatte ich andere als Männersorgen. Als ich eines Tages von der Redaktion nach Hause kam, empfing mich Mutter in heller Aufregung. Eine Frau vom Jugendamt sei dagewesen, habe sich aufmerksam überall im Hause umgesehen und ihr peinliche Fragen gestellt. Ob ihr Enkelkind in einem eigenen Bett schlafe? Ob Christiane regelmäßig in die Schule ginge? Ob sie überhaupt ihre Ordnung hätte, da die Mutter doch offenbar berufstätig sei ... Ja, sei das ein Verbrechen?, habe sie aufgetrumpft. Die Dame sähe doch wohl, dass sie da sei, sie sorge tagsüber für das Kind, während sich die Mutter um die schulischen Belange kümmere und sogar im Elternbeirat sei. Was bedeute überhaupt diese Fragerei? Und da sei die Betreffende langsam mit der Wahrheit herausgerückt: Der Vater habe den Antrag gestellt, dass das Sorgerecht für seine Tochter auf ihn übertragen werden solle! Als Begründung habe er angeführt, dass sein Kind in der »Zone« verhungern müsse, während es ihm durch seine Beziehungen zur Landwirtschaft ein Leichtes sei, für eine bessere Ernährung zu sorgen. Auch würde das Kind hier nur von der Großmutter betreut, die schon zu alt sei, um ein Kind zu erziehen.

Besonders das letzte Argument brachte meine Mutter in Harnisch. Aber sie habe kräftig dagegengehalten, erzählte sie. Die Dame sähe ja wohl, habe sie erwidert, dass sie noch ganz gut beisammen sei. Dem Kind fehle es an nichts. Wenn es auch nach der Scheidung der Eltern keinen Vater habe, so habe es eben zwei Mütter! Und damit habe sie die Unterhaltung für beendet gehalten und die Dame nachdrücklich auf die Tür verwiesen. Aber die habe das Schlimmste leider noch in petto gehabt, meinte Mutter; allerdings sei sie nur ungern mit der ganzen Wahrheit herausgerückt. Sie sähe ja, habe sie gesagt, dass das Kind hier seine Ordnung habe, und das werde sie auch in ihrem Bericht zum Ausdruck bringen. Aber der Antrag laufe nun mal, und letztendlich müsse darüber das Gericht entscheiden. »Und nun erschrick nicht«, sagte Mutter und griff besorgt nach meiner Hand. »Wir müssen Christiane nämlich deinem Geschiedenen mit in den Urlaub geben. Er will wieder nach Ahrenshoop. Drei Wochen. Und das Kind muss mit – darüber hat er sich einen Gerichtsbeschluss ausstellen lassen. Einspruch ist nicht mehr möglich.« Und Mutter reichte mir das Papier herüber, den Beschluss eines Gerichts von Berlin-Lichterfelde. Ich starrte ungläubig darauf. Lichterfelde? Was hatte ein Gericht in Westberlin mit uns zu schaffen? »Dasselbe habe ich die Dame auch gefragt«, bestätigte Mutter, »aber sie sagte, das hätte seine Richtigkeit. Zuständig für das Umgangsrecht sei das Gericht, wo der Kindesvater seinen Wohnsitz habe. So stehe es im Bürgerlichen Gesetzbuch – das leider auch für uns noch seine Gültigkeit hat«, schloss Mutter grimmig.

Christiane sollte im September eingeschult werden. Für den letzten schulfreien Sommer hatten wir uns allerlei vorgenommen. Ich wollte Urlaub nehmen, und für einige Tage hatten wir in den »Eibenhof« fahren wollen ... Nun saß ich allein zu Hause, war nur in Gedanken bei meinem Kind, zählte die Tage, die noch bis zu seiner Rückkehr verstreichen mussten. Wie würde es der Kleinen dort ergehen? Würde Annegret genügend auf sie achtgeben können? Sie hatte den blinden Mann zu versorgen. Im Stillen verfolgte ich den gemeinsamen Tagesablauf: Christianes Frühstück mit ihrem »Pappele«, den sie doch noch immer sehr lieb hatte. Wie stürmisch war sie ihm auf dem Bahnhof Birkenwerder entgegengelaufen, wo ich sie fristgemäß am ersten Ferienmontag hatte abliefern müssen. Selig hing sie an seinem Hals, hüpfte dann eifrig plaudernd zwischen ihm und Annegret hin und her, ohne sich noch einmal nach mir umzusehen – und mir verkrampfte sich das Herz, als ich sie einträchtig zu dritt davongehen sah. Annegret hatte dem Kind das Köfferchen abgenommen, in das Mutter und ich sorgfältig die Blüschen, Pullis und Latzhosen eingepackt hatten, auch von der Unterwäsche nur das Allerbeste – niemand sollte uns eine Nachlässigkeit nachsagen können, vor allem Annegret nicht, die sicherlich mit kritischem Blick alles begutachten würde. »Annegret hat meine Füße auf Papier gemalt«, erzählte Christiane ein andermal, als sie von einem Wochenendbesuch bei ihrem Vater kam. »Wieso?«, fragte Mutter misstrauisch. »Wollten sie dir Schuhe kaufen?« Schuhe gab es nach der Währungsreform nur in Westberlin. Bei uns waren sie absolute Mangelware, und wir hatten an Christianes Schuhen, die ihr zu klein geworden waren. schon vorn die Kappe aufschneiden müssen. Doch vom Schuhkauf war nicht die Rede gewesen. »Annegret wollte nur sehen, ob meine Füße gewaschen sind«, erzählte Christiane wichtig.

Müssen geschiedene Eheleute verfeindet sein? Wir waren fair auseinandergegangen, wie es sich für zivilisierte Leute gehört. Jetzt aber, da es um das Kind ging, bekämpften wir uns bis auf Messer und gingen wie Todfeinde aufeinander zu. Inzwischen war mir vom Gericht der Beschluss über das Umgangsrecht zugestellt worden. Darin wurde ich angehalten, das Kind dem Vater an jedem zweiten Wochenende sowie an sämtlichen Feiertagen, also zu Ostern, Pfingsten und Weihnachten, für jeweils mehrere Tage zu überlassen. Das hieß, dass das Kind praktisch nur den Alltag bei mir verlebte, den Schulalltag mit Pflichten, die eher lästig waren. Das konnte ich so nicht hinnehmen.

Ich ging zu Ingeborg Gentz. Aber auch sie konnte mir nicht helfen, da sie als eine in Ostberlin zugelassene Anwältin auf das westliche Gericht keinen Einfluss hatte. »Gehen Sie selber hin«, riet sie mir. »Sprechen Sie mit dem zuständigen Richter, das hat zuweilen Erfolg. Und versuchen Sie, sich mit Ihrem Geschiedenen im Guten zu einigen. Denn wenn er sein Kind bei einem seiner Besuche einfach zurückbehält, können wir gar nichts tun, da wir mit dem Westen noch kein Rechtshilfeabkommen haben.«

Eine neue Schreckensnachricht für mich: die Möglichkeit, dass J. B. das Kind einfach dort behielt und ich es nie wieder zurückbekäme. Von jetzt an versuchte ich die Wochenendbesuche so weit wie möglich einzuschränken, schützte angebliche Erkrankungen des Kindes vor oder versteckte mich hinter Arzt- und Lehrerbesuchen, die wir nicht aufschieben konnten. Doch immer konnte ich die Besuche nicht verhindern, und wenn ich Christiane wieder mal an einem Samstag an die Bahn bringen musste, dann wusste ich schon, dass ich qualvolle Stunden vor mir hatte, eine schlaflose Nacht und einen sich endlos dahin schleichenden Sonntag, bis endlich die Stunde heran war, zu der Annegret und J. B. mir das Kind wieder zurückbringen sollten. Aber würden sie kommen? Einige Male erhielt ich wirklich nur ein Telegramm: »Rückkehr erst Montag möglich«, das mich in tausend Ängste stürzte. Warum erst Montag – was war geschehen? Sie wussten doch, dass Christiane in die Schule musste. Wollten sie Zeit gewinnen, sich einen Vorsprung verschaffen, um das Kind irgendwohin zu bringen, auf Nimmerwiedersehen? Ich war mit den Nerven am Ende, kaum noch zur Arbeit fähig. Ich weiß, tausende von Frauen, die sich scheiden ließen, machen mit dem Umgangsrecht für ihre Kinder Ähnliches durch. Sie müssen es zulassen, dass der Mann, der meist schon mit ihrer Rivalin lebt, das Kind in seinen Haushalt holt, wo er es oft sinnlos verwöhnt oder es sogar gegen die Mutter aufhetzt. Die Leidtragenden dieser Querelen sind immer die Kinder, die zwischen den Parteien pendeln und sich doch für keinen von beiden entscheiden können, was oft zu schweren Störungen in ihrem Verhalten führt. Wenn Christiane von ihrem Vater kam, wusste sie ganze Märchen auswendig herzusagen – so oft hatte man sie ihr offenbar vorgelesen. Dort hatte sie ein Kasperletheater, für das sie sich zu dritt, wie sie erzählte, Spiele ersannen, und sie verfügte über anderes Spielzeug im Überfluss. Aber nichts von allem durfte sie mit nach Hause bringen. Schon zeigten sich Schwierigkeiten auch in Christianes Verhalten. Sie langweilte sich bei uns, maulte, dass niemand Zeit hätte, um mit ihr Pilze zu sammeln oder ins Theater zu gehen. Du liebe Güte, ich hatte tagsüber meinen Beruf, und abends war ich zu abgespannt, um mich intensiv mit dem Kind zu beschäftigen. Theater? Kino? Ich kam ja selbst nie hin. Wir wohnten in einem Vorort, weitab vom Schuss, und die Zugverbindung zur Stadt war nach wie vor miserabel. Einmal erwischten wir Christiane dabei, wie sie mit beiden Händen in die Zuckerdose griff, um davon zu naschen. Als wir es ihr untersagten, schüttete sie mutwillig den ganzen Zucker über den Tisch und schleuderte uns entgegen: »Dann gehe ich eben zu meinem Pappele! Der verbietet mir nichts – weil er nämlich nicht sehen kann.«

So konnte es nicht weitergehen. An einem der nächsten Tage fuhr ich nach Berlin-Lichterfelde zum Gericht. Zur Verstärkung hatte ich Christianes Klassenlehrerin mitgenommen, Fräulein Schiller, eine lebenslustige junge Person, die Christiane, ihrer besten Schülerin, herzlich zugetan war. Doch der Richter ließ sich nicht sprechen. Zu seiner Vertretung schickte er den Assessor vor, denselben, dem Kaisers Geburtstag so wichtig war. Unsere Unterredung währte zwei Stunden, in denen ich immerhin durchsetzen konnte, dass ich Christiane von nun an nur alle vier Wochen und nicht an sämtlichen Feiertagen zum Vater schicken musste. Das war ein kleiner Erfolg, aber er reichte nicht aus, um mir die Angst zu nehmen, eines Tages für immer mein Kind an J. B. zu verlieren. Und die Ferien standen vor der Tür! Diesmal wollte J. B. zu Hause bleiben, seine Mutter hatte ihren Besuch angesagt, sie wollte unbedingt ihr Enkelkind sehen, und J. B. plante, das Kind für längere Zeit zu sich zu holen. Briefe gingen zwischen uns hin und her. Briefe, die immer gehässiger, unversöhnlicher wurden. Ich versteifte mich, pochte auf mein Recht, das diesmal auf meiner Seite war, weil J. B. versäumt hatte, sich rechtzeitig den entsprechenden Gerichtsbeschluss ausstellen zu lassen. Und die Feindschaft zwischen uns vertiefte sich noch, als sich J. B. um Rat und Beistand auch an andere wandte. Eines Tages erhielt ich einen Brief von Michael Tschesno-Hell, der mir, seiner Genossin, heftige Vorwürfe machte, weil ich seinem in Westberlin lebenden Lektor das Kind vorenthielte, so dass dieser zur Arbeit kaum noch fähig sei. Auch andere Kolleginnen aus J. B.s Umkreis zogen sich von mir zurück. Ich begriff allmählich, dass der blinde J. B. immer das Mitleid und die Teilnahme auf seiner Seite hatte, während ich vergeblich um Verständnis rang. In den Augen Außenstehender hatte ich ihn verlassen, und Annegret wurde gelobt, weil sie sich trotz ihrer großen Jugend seiner erbarmt und ihn geheiratet hatte. Gegen dieses Vorurteil anzukämpfen war mir nicht möglich, ich musste damit leben, aber es hat mich all die Nachkriegsjahre verfolgt, mir das Dasein vergiftet und letztendlich meine Gesundheit untergraben. Ich erkrankte an einer schweren Nervenentzündung, die sich über viele Monate hinzog – Monate, die ich nur überstehen konnte, weil ich mit meinen Problemen nicht alleine blieb. Wieder waren es meine Eltern, die zu mir hielten und die alle meine Handlungen unterstützten, selbst solche, die in den Augen anderer anfechtbar oder sogar verwerflich waren. Denn nach den Ferien schickte ich meine Tochter überhaupt nicht mehr zu ihrem Vater. Ich fühlte, dass ich der seelischen Belastung nicht länger gewachsen war; ich musste erst selbst wieder gesunden. Doch wie konnte das gelingen, da ich eine neue Gefahr auf mich zukommen sah? Ich musste damit rechnen, dass J. B. nun ebenfalls zum Äußersten schritt und das Kind einfach kidnappte. Die Schule lag von unserem Haus weit entfernt, in der Nähe des Bahnhofs. Es würde für J. B. ein Leichtes sein, Christiane vor der Schule abzufangen und mitzunehmen. Sträuben würde sie sich sicher nicht.

Ich entschloss mich also zu einer weiteren Verzweiflungstat: Ich behielt das Kind ganz einfach zu Hause. Ein volles Vierteljahr lang ließ ich es nicht zur Schule gehen. Mit der Klassenlehrerin war das Nötige abgesprochen. Sie stand auf meiner Seite. Christiane war eine gute Schülerin, die nicht allzu viel vom Pensum versäumen würde, wenn man sie täglich die Hausaufgaben erledigen ließ, die ihr eine Mitschülerin überbrachte. Tatsächlich erhielt Christiane zum Jahresende ein glänzendes Zeugnis und wurde in die nächsthöhere Klasse versetzt. Doch konnte ich sie endlos zu Hause behalten?

Die Lösung unseres Problems erfolgte von staatlicher Seite. Inzwischen war die Teilung Deutschlands manifestiert worden. Im Westen gab es die Bundesrepublik, und wir wohnten seit Oktober 1949 nicht länger in der »Sowjetisch Besetzten Zone«, sondern in der »Deutschen Demokratischen Republik«. Und als ich eines Morgens die Zeitung aufschlug, konnte ich lesen, dass das Justizministerium ein neues Gesetz erlassen hatte, das Gesetz zur »Gleichberechtigung der Frau«, das die Bestimmung enthielt, dass alle Paragraphen, die diesem Gesetz zuwiderliefen, außer Kraft gesetzt wurden. Was dies für mich bedeutete, wurde mir erst nach einem klärenden Gespräch mit Ingeborg Gentz bewusst. Denn von einem Tag zum anderen brauchte ich mich nicht länger an die Verfügungen der Westberliner Richter zu halten. Zuständig für Sorgerechts- und Umgangsfragen war von nun an für mich das Gericht in Oranienburg, das in der Nähe meines Wohnortes lag. Was für eine Erlösung für mich! In Oranienburg hatte ich es mit Richtern zu tun, die meine Sorgen verstanden. Sie legten fest, dass J. B. seine Tochter so und so oft treffen dürfe, aber nicht mehr wie bisher in Westberlin, sondern an jedem beliebigen Ort, den er selber bestimmen könne, in der DDR. Von dieser Möglichkeit hat J. B. nie Gebrauch gemacht. Er, der nach wie vor für die DEFA arbeitete und allmonatlich ein Pajok abholte, schrieb in einem Antwortbrief ans Gericht, dass in der DDR »seine Sicherheit nicht gewährleistet« sei. Tatsächlich hat Christiane ihren Vater bis zu ihrem sechzehnten Geburtstag nicht mehr gesehen – und wie es dazu kam, dass sie dann doch wieder zu ihm ging, darüber werde ich später berichten.

Kann man jetzt verstehen, dass ich voll und ganz die Politik unserer Regierung bejahte und mich nach Kräften für sie einsetzte – ungeachtet dessen, dass das Gros der Bevölkerung sie ablehnte und über Ungerechtigkeiten murrte, die zweifellos vorhanden waren und zum Himmel schrien? Den Kleingewerbetreibenden hatte man die Lebensmittelkarte entzogen! Hausfrauen und alte Menschen, die zur Arbeit nicht mehr taugten, erhielten die Hungerkarte! Dies alles sah ich mit Betrübnis, versuchte es aber vor meinem Gewissen zu verteidigen. Es reichte eben noch nicht für alle, und irgendwo musste man die Grenze ziehen. Leistung wurde honoriert, so besagte es das Gesetz des Sozialismus. Wer viel für die Gesellschaft tat, sollte auch besser leben. Und wollten wir nicht für alle das Allerbeste? In meinen Augen waren die, die uns in Scharen verließen, Unbelehrbare, die man zu ihrem Glück nicht hatte zwingen können. Die Bauern liefen uns davon, die das hohe Soll nicht erfüllen konnten;

die Geschäftsleute, die vor leeren Regalen standen; Arbeiter, die des ewigen Materialmangels, der sie zur Faulheit zwang, müde waren – aber auch ehemalige Nazirichter und -lehrer, Nazi-Bonzen und Kriegsverbrecher, die wir verfolgten oder davongejagt hatten und die »drüben« bald wieder zu Amt und Würden gelangten. Für die Gerichte bildeten wir Juristen aus im Schnellverfahren, die sogenannten Volksrichter, und auch Neulehrer wurden aus dem Boden gestampft – es gab genug Frauen, die sich in die Volksbildung drängten und die sich nun ihren Berufswunsch erfüllen konnten. Die übrigen jedoch, die uns verließen, schlugen uns Wunden und zwangen die, die geblieben waren, zu noch größeren Anstrengungen, wenn sie die Schienen auseinanderreißen, Gleise abbauen oder noch brauchbare Maschinen demontieren mussten, um die enormen Reparationskosten bezahlen zu können, die allein der DDR auferlegt worden waren. In der Bundesrepublik dagegen gab es schon den Marshallplan, der für raschen Aufschwung sorgte.

Ich hatte einen weiteren Konflikt mit mir auszufechten. J. B. war mir lange das Unterhaltsgeld für unser Kind schuldig geblieben. Nun sollte er monatlich sechzig Mark überweisen, den geringsten Satz. Aber das Geld lag – in westlicher Währung – auf einer Bank in Westberlin. Konnte ich als Genossin es von dort einfach abheben? Ich wusste wohl, dass ein Abkommen bestand, die Unterhaltsgelder gegenseitig zu verrechnen, da es auch im Osten Väter gab, die für ihre im Westen lebenden Kinder zahlen mussten. Ich hätte meine sechzig Mark also – 1:1 – in Ostmark umtauschen müssen, wenn, ja, wenn ich meine Ansprüche ordnungsgemäß beim zuständigen Referat Jugendhilfe gemeldet hätte. Dazu hatte ich mich aber nie entschließen können. Der Mangel im Osten war noch immer groß, es fehlte praktisch an allem, und obwohl ich gut verdiente, musste ich mein Kind in abgetragenen Hosen und Röcken und vor allem in allzu engem Schuhwerk herumlaufen lassen. Und in Westberlin gab es schon alles! Es war zu verführerisch, mit den sechzig Westmark, die damals mehr wert waren als heute, in die Geschäfte zu gehen und einzukaufen, nicht nur die so nötig gebrauchten Textilien, sondern auch mal die begehrten Bananen oder eine gute Tafel Schokolade. Ich tat es, aber immer mit Herzklopfen und mit schlechtem Gewissen. Ja, auch mit Angst, denn konnten nicht auch in der Bank im Westen Genossen der SED-West sitzen, die mich bei meiner Partei anschwärzen konnten? Heute, nachdem ich weiß, wie großzügig sich unsere hohen Funktionäre mit Westwaren versorgt haben, während sich in ihrer Nachbarschaft, im Dorf Wandlitz, die Bewohner nach einer raren Delikatesse noch die Hacken ablaufen mussten, erscheinen mir meine damaligen Bedenken übertrieben, ja geradezu lächerlich und kleinkariert. Aber in jener Zeit haben sie mich schwer belastet, denn wollten wir als Genossen nicht Vorbild sein? In Leitartikeln und auf Spruchbändern wurde ständig an das Bewusstsein der Menschen appelliert. Wie sollte ich aber Leute, die unsere Gegner waren, von der Richtigkeit unseres Weges überzeugen, wenn ich selber den eigenen Vorteil über den der Allgemeinheit stellte? Mit diesem Widerspruch habe ich mich jahrelang herumgeschlagen, und als J. B. eines Tages mit der Begründung, dass er sein Kind ja nie zu sehen bekäme, auch die Zahlungen einstellte, habe ich nicht protestiert, sondern den Dingen ihren Lauf gelassen. Ich war froh, mir auf diese Weise ein Problem vom Halse zu schaffen, das mich so lange in Gewissenskonflikte gestürzt und meinen Seelenfrieden beeinträchtigt hatte.

Frauen allein

»Wie kommen Sie zu Ihren Stoffen?« Diese Frage wird wohl immer wieder an Autoren gestellt, die zu Lesungen auf die Dörfer oder in die Betriebe fahren. »Haben Sie sich das alles ausgedacht, oder ist es so passiert?«, fragen sie weiter. Ja, wie entsteht ein Buch? Welche Rolle spielt für den Autor die Fantasie? Zola soll einmal gesagt haben, Fantasie sei exakte Beobachtungsgabe. Wer in damaliger Zeit, in den ersten Nachkriegsjahren, mit offenen Augen um sich sah, traf immer wieder auf Ehetragödien. Mit ihren Geschichten hätte man ganze Bücher zu füllen vermocht. Männer, die jahrelang im KZ oder im Gefängnis gesessen hatten, nahmen sich plötzlich das Recht heraus, lange Versäumtes nachzuholen, und stürzten sich in erotische Abenteuer. Die langjährige Gefährtin, die all die Jahre hindurch treu zu ihnen gehalten hatte, genügte ihnen nicht mehr und musste einer Jüngeren, Attraktiveren weichen – meist war es die Sekretärin im Betrieb. »Die Frauen am Arbeitsplatz sind das Unglück jeder Ehe«, sagte mir eine Frau, die über die Untreue ihres Ehemannes klagte. »Wenn die Frauen im Betrieb etwas mehr Zurückhaltung übten, gäbe es weniger unglückliche Ehen«, fügte sie hinzu. Kein Wort des Vorwurfs traf den Mann selbst, der in ihren Augen nur das Opfer eines liebestollen Mädchens war, das sich ihm »an den Hals geworfen« hätte.

Aber auch aus anderen Gründen gingen Ehen in die Brüche. So auch die meiner Freundin Berta Waterstradt, die sich noch kürzlich mir gegenüber gerühmt hatte, dass sie um Rudis Treue nicht zu bangen brauche; hatte er doch die ganze Nazizeit über zu ihr gehalten und sich standhaft geweigert, sich von ihr, der Jüdin, scheiden zu lassen. Nachdem Berta aber kürzlich für den Film »Die Buntkarierten«, der nach ihrem Hörspiel »Während der Stromsperre« gedreht worden war, gemeinsam mit dem Filmkollektiv den Nationalpreis erhalten hatte, war sie hochgerühmt, wurde zu Banketts geladen und auf Delegationsreisen ins Ausland geschickt, und Rudi fühlte sich an die

Wand gedrückt. Er tröstete sich bald mit einer neuen Frau, die er ebenfalls im Betrieb, dem Stahl- und Walzwerk Hennigsdorf, kennengelernt hatte, als er sich in der Bibliothek von ihr ein Buch auslieh. Aber noch war er unentschlossen. Mehrmals kehrte er reuig zu Berta zurück, die ihn auch willig wieder in ihre Arme nahm. Das wiederholte sich fünf-, sechsmal, bis er endgültig zu der anderen zog, sich von Berta scheiden ließ, mit der neuen Frau ein Kind zeugte und ein Eigenheim baute, dessen sie aber, als es nach Jahren fertig war, nicht mehr recht froh werden konnten, denn Gisela Waterstradt litt seit der Niederkunft unter einer fortschreitenden Schwerhörigkeit, so dass die Eheleute sich nur noch durch Zeichensprache verständigen konnten. Da ich alljährlich in den Betrieb zu Lesungen fuhr, habe ich die zunehmende Verschlechterung von Giselas Hörfähigkeit gut beobachten können. Nach wie vor leitete sie die Veranstaltungen, obwohl sie zuletzt stocktaub war und den Diskussionen nicht mehr zu folgen vermochte. Ihre Kolleginnen scheuten sich aber, sie von ihrem Platz zu verdrängen. So etwas, scheint mir, ist nur in einer Gesellschaft möglich, in welcher der Begriff Konkurrenzkampf noch ein Fremdwort ist. Gisela hat wirklich bis zu ihrer letzten schweren Erkrankung den Posten der leitenden Bibliothekarin innegehabt. Sie starb, ebenso wie Rudi, noch vor der Wende. Keiner von beiden hat die Abwicklung des großen volkseigenen Betriebes und die Auflösung der umfangreichen Bibliothek noch erleben müssen sowie die Arbeitslosigkeit, von der so viele ihrer ehemaligen Kollegen inzwischen betroffen sind.

Mitte der fünfziger Jahre schrieb ich für das »Neue Deutschland« einen Beitrag über die »Alleinstehenden Frauen«, ein Problem, das mich seit langem innerlich beschäftigte. Ich war ja nun selber allein, wusste, wie einsam und verloren man sich besonders an den Sonntagen fühlt, wenn alle Cafés, aber auch die Wege im Wald und in den Parks von fröhlichen Menschen bevölkert sind und von Ehepaaren, die ihr Zusammengehörigkeitsgefühl gerade an solchen Tagen zur Schau stellen wollen. Ich wusste, wie frustrierend es ist, allein ins Kino oder ins Theater zu gehen oder etwa gar allein ein Restaurant zu besuchen, und wie oft man sich nach einem Gefährten sehnt, mit dem man seine Sorgen oder auch Freuden austauschen kann – dass dieser Lebensgefährte aber für viele Frauen einfach nicht vorhanden ist. Ich schrieb über den neuen Typ der Junggesellin, die in nichts mehr der »alten Jungfer« von früher gleicht. Jetzt waren dies selbstbewusste, oft hochgebildete Frauen, die im Beruf Hervorragendes leisteten als Richterin, Ärztin oder Staatsanwältin und natürlich auch als Aktivistin im Betrieb.

Fast allen war es gelungen, ihrem Leben durch ihren Beruf einen neuen Inhalt zu geben, und an sechs Tagen in der Woche waren sie durchaus mit ihrem Leben zufrieden. Aber fühlten sie sich in ihrem Dasein wirklich ausgefüllt?

Ich ließ die Frage stehen, ohne eine Antwort zu geben. Die Antwort gaben später die Frauen selbst, nachdem der Artikel erschienen war. Die Vorsitzende des Frauenausschusses in Görlitz schrieb: »Ich habe durch meine Tätigkeit viele verbitterte Frauen kennengelernt, die oft recht impulsiv ihrem Herzen Luft machten. Eine Kollegin schrie mir entgegen: ›Bringen Sie uns lieber einen Sack voll Männer statt Ihrer guten Ratschläge. Wir wollen nicht mehr allein leben!‹ Auch als ich ihr die Ursachen ihres Alleinseins vor Augen führte, winkte sie ab. Das alles habe sie schon hundertmal gehört. Sie wisse, dass sie Hitler gewählt und damit den Tod ihres Mannes, der im Krieg gefallen sei, verschuldet habe. Dafür büße sie ja heute mit der Einsamkeit …«

Einige Frauen warfen ein weiteres Problem auf: jenes, dass die alleinstehende Frau den Nachstellungen mancher Männer schutzlos ausgeliefert sei. »Es gibt oft in den Betrieben Kollegen«, schrieb eine Frau aus Berlin, »die meinen, sich der alleinstehenden Frau annehmen, sie ›trösten‹ zu müssen (obwohl sie verheiratet sind), und die sich obendrein noch als Märtyrer fühlen, weil sie sich ›geopfert‹ haben. Oft fragt man uns, warum wir nicht wieder geheiratet haben? Was sollen wir darauf antworten? Dass wir auch ohne Mann auskommen? Ja, wie kommt eine Frau denn ›ohne‹ aus? Wenn sie nicht zu denen gehört, die leichtfertig eine Ehe gefährden, dann muss sie über eine gehörige Portion Mut und Selbstvertrauen verfügen, und vor allem muss sie einen Beruf haben, der sie ausfüllt. Dies alles trifft auf mich zwar zu, dennoch fällt mir der Verzicht auf Liebe, auf gegenseitige Zuneigung und Familienleben oft sehr schwer.« Und eine Frau aus Sachsen schrieb zum selben Problem: »Eine verheiratete Frau findet Schutz bei ihrem Mann. Eine Alleinstehende hat niemanden, der ihr zur Seite steht. Durch den Krieg sind wir Frauen im Leben stark benachteiligt worden. Aber sind wir denn Freiwild für Gemeinheiten, Erniedrigungen und das schmutzige Treiben mancher Männer, die uns Alleinstehenden keinerlei Achtung entgegenbringen? Was denken sich diese Männer überhaupt? Was gibt ihnen das Recht, so zu handeln? Nur weil sie Männer sind?«

Diese letzten Fragen hatte ich mir selber schon oft gestellt. Was dachten sich manche meiner männlichen Kollegen, die sich nur allzu gern bei mir anbiedern wollten, um für eine Nacht den Tröster zu spielen? Ludwig Turek, der »Käpt'n«, der viele Weltmeere befahren hat und der seine oft nur erdichteten, haarsträubenden Seemannsgeschichten jetzt in vielen spannenden Büchern den Lesern zur Kenntnis gab, war berüchtigt dafür, dass er jedem Rock nachlief. Ob bei Versammlungen, in Klubs oder bei Demonstrationen, nirgends konnte man als Frau vor seinen Nachstellungen sicher sein. Dabei war er pedantisch darauf bedacht, seine erwünschten, aber meist zum Scheitern verurteilten Eskapaden vor »der Schwarzen«, mit der er zusammenlebte und die er zur Sängerin ausbilden ließ, geheim zu halten. Andere befleißigten sich dezenterer Methoden.

Jan Petersen lud mich zu der Feier ein, die er zur Einweihung seines Häuschens veranstalten wollte. Die Partei hatte am Berliner Stadtrand, in einem Waldgebiet zwischen Grünau und Schmöckwitz, mehrere Einfamilienhäuser bauen lassen, die sie verdienten Genossen, vorwiegend den zurückgekehrten Emigranten, zu einem geringen Mietpreis zur Verfügung stellte. Eins davon sollte nun Jan übernehmen. Sein Fest war schon ziemlich weit fortgeschritten, als er mich plötzlich von einer Gruppe weg beiseite zog. »Du hast doch einen verdammt weiten Heimweg«, sagte er. »Willst du nicht hier übernachten? Oder kriegst du dann Krach mit deinem Mann?« Jan wusste noch nicht, dass ich geschieden war. Als ich es ihm jetzt sagte, schien er leicht irritiert. Oder war er sogar unangenehm berührt? Jedenfalls wiederholte er seinen Vorschlag nicht, und ich gesellte mich wieder zu den anderen. Doch während des allgemeinen Aufbruchs kam Jan erneut auf mich zu. »An der Ecke steht ein Kiosk«, sagte er. »Geh voraus und warte dort auf mich – ich komm' dich dann holen.« Wieder wusste ich nicht, was ich davon halten sollte, tat aber wie geheißen, denn ich wollte wirklich die Nacht lieber in Grünau verbringen, als mich so spät noch in die

S-Bahn zu setzen. Zuhause würden sie sich wegen meines Fortbleibens nicht beunruhigen, da ich schon öfter bei Freunden in Berlin übernachtet hatte, wenn es zu spät geworden war, um noch nach Hause zu fahren.

Jan hatte schon fürsorglich unser Lager gerichtet – das Lager für uns beide auf der Doppelbettcouch. Wollte er unsere lange zurückliegende Verbindung wieder aufleben lassen? Ich wollte keine feste Bindung, hätte aber nichts dagegen gehabt, mit ihm in ein lockeres, zu nichts verpflichtendes Verhältnis zu treten. Man hörte jetzt oft, dass Jugendfreunde nach Jahren der Trennung wieder zueinanderfanden. Auch wir beide waren älter und reifer geworden, erfahrener auch und toleranter in Liebesdingen. Ich wusste, dass Jan in England geheiratet hatte. Doch offensichtlich plante er nicht, seine Frau nachkommen zu lassen; vielleicht hatten sie sich schon auseinandergelebt. Und warum sollten wir beide nicht gelegentlich die Wochenenden zusammen verbringen oder miteinander auf Reisen gehen? Diese Nacht schliefen wir zusammen, wieder vorsorglich mit Kondom, wie ich es bei Jan von früher gewöhnt war. Damals war er ein guter, verlässlicher Kamerad gewesen, ein durch und durch gewissenhafter Funktionär, bei dem alle Fäden der illegalen Arbeit zusammenliefen; dennoch war er immer bescheiden geblieben. Die Jahre im Exil schienen ihn von Grund auf verändert zu haben. Diesmal prahlte er sogar im Bett mit seinen großen Erfolgen, schwätzte von den acht wichtigen Stoffen, die er im Kopf habe und demnächst aufschreiben werde, sowie ihm die Auslandsreisen, zu denen man ihn delegieren wolle, dazu die Muße ließen. Und keinen einzigen Gedanken verschwendete er an mich und meine literarischen Ziele, mit keinem Wort ging er auf die drei Bücher ein, die auch von mir schon kürzlich erschienen waren. Wusste er überhaupt, mit wem er im Bette lag?

Am nächsten Tag hatten wir Verbandsversammlung. Wir fuhren zusammen nach Berlin hinein, aber schon vor dem Eingang trennte sich Jan von mir, und auch drinnen war er eifrig darauf bedacht, nicht in meine Nähe zu kommen. Offenbar wollte er vermeiden, dass die Kollegen, wenn sie uns zusammen sahen, uns für ein Liebespaar hielten. Plötzlich begriff ich auch, warum er mich heute Nacht zum Kiosk vorausgeschickt hatte: Niemand der übrigen Gäste sollte durchschauen, dass er mich dortbehielt. Nur mühsam gelang es mir, meine Wut niederzukämpfen. Mir war, als ob man mich geprügelt hätte. Wusste er gar nicht, wie sehr er mich durch sein Verhalten beleidigt hatte?

Noch unverfrorener verfuhr er mit Berta Waterstradt. Er kannte sie ja seit langem, länger als mich, und auch mit Rudi war er herzlich befreundet gewesen. Jetzt frischte er zwar die Freundschaft mit Berta auf, unternahm mit ihr, die selbst kein Auto hatte, weite Fahrten über Land, aber er beleidigte sie ständig, indem er, während sie neben ihm saß, unaufhörlich nach »Puppsis« Ausschau hielt, die er auftun wollte, und indem er ihr die Vorzüge anderer Frauen pries, die sicher alle schöner als Berta waren, ihr in Geist und Witz aber nicht das Wasser hätten reichen können. Ich ahne nicht, ob Jan und Berta jemals intim miteinander waren. Berta antwortete ausweichend auf meine Frage, aber ich kannte sie zu gut, um mich von ihr belügen zu lassen. Jan war kein Kostverächter, und auch andere Mädchen aus unserem damaligen »Bund« hatten seine Gunst genossen. Dass Berta an ihm hing, war ganz offensichtlich. Sie suchte stets seine Nähe und war immer für ihn da, wenn er nur mit dem kleinen Finger winkte. Jan hat später ein sehr schönes, elegantes »Puppsi« erobert, nein, eine Dame, Leiterin des Modeinstitutes, eine Frau Professor, die ihn aber bald verließ, um Alfred Kantorowitz in den Westen zu folgen. Ihre Flucht fiel gerade mit meinem Geburtstag zusammen, zu dem wie gewöhnlich auch Berta erscheinen sollte. »Hast du Petersen eingeladen?«, fragte sie mich vorher am Telefon. Und als ich verneinte, bat sie mich dringlich: »Ach bitte, ruf ihn an, lass ihn kommen. Tu mir den Gefallen, bitte, bitte!« Ich hatte sie noch nie so erlebt, so völlig außer sich. Aber wenn ihr so viel daran lag … Natürlich lud ich ihn ein, und Berta wich den ganzen Abend nicht von seiner Seite, schmiegte sich an ihn, sprach ihm gut zu. Hoffte sie, bei ihm nun endlich zur »First Lady« zu avancieren? Jan suchte sich Ersatz bald anderswo; diesmal war es eine Ärztin, die zu ihm zog und ihre kleine Tochter mit in den Haushalt brachte. Aber es heißt, er sei auch mit ihr nicht glücklich geworden. Er verfolgte sie mit seiner Eifersucht.

Jan war ein schwieriger Mensch, er stand sich selbst im Wege. Ich habe ihn auf Gesellschaften erlebt, wo er als Plauderer brillierte. Er erzählte anschaulich und pointenreich, aber jeder Episode, die er zum besten gab, fügte er im Nachsatz hinzu: »Copyright bei mir!« Er fürchtete ständig, plagiert zu werden. So flüssig er erzählte, so schwer tat er sich damit, seine Erlebnisse niederzuschreiben. Schreiben war ihm eine Qual, die ihn misslaunig und für seine Umgebung unleidlich machte. Wie oft haben wir bedauert, nicht gleich ein Tonband parat zu haben, wenn er ins Erzählen kam. Als Plauderer formulierte er druckreif, während sein Geschriebenes oft den Eindruck machte, als ob sich jemand nicht auf seinen zwei Beinen, sondern auf Stelzen bewege. Bedeutendes hat er ohne Zweifel als Chronist geleistet, wie er überhaupt nur Selbsterlebtes zu Papier bringen konnte. Und eine weitere Begabung muss man ihm attestieren: die Fähigkeit, seine Erzeugnisse, und seien sie noch so geringfügig, gut zu verkaufen. Jedes Schreibprodukt wusste er wirkungsvoll zu platzieren, in Zeitungen oder Zeitschriften als Vorabdruck, lange bevor das Buch erschien, so dass sein Name immer im Gespräch blieb. Publicity! Publicity! Das war das Wort, das sich ihm am tiefsten aus seinem britischen Exil eingeprägt hatte – und er hat ausgiebig von der Öffentlichkeit Gebrauch gemacht. Auch dafür brauchte er die Gesellschaft attraktiver Frauen. »Eine Frau schmückt sich mit Pelzen«, hat er einmal gesagt. »Ein Mann wird nach der Frau beurteilt, die er zur Seite hat.« Ach, Jan Petersen – wärst du doch Hans Schwalm geblieben, dachte ich oft.

Ich hatte schon Ende der vierziger Jahre meine Redaktionsstelle aufgegeben und war seitdem »freischaffende Schriftstellerin«. Hatte ich zu leichtsinnig eine sichere Existenz aufs Spiel gesetzt? Nun, auf einige Einnahmen konnte ich durch den Absatz meiner Bücher rechnen, und außerdem schrieb ich Reportagen. Ich hatte immer gern journalistisch gearbeitet, und jetzt faszinierte es mich, im Land herumzufahren und über die Veränderungen zu berichten, die sich überall vollzogen. Einige Reportagen, veröffentlicht in »Deutschlands Stimme«, der Zeitung der »Nationalen Front«, sind mir erhalten geblieben, und wenn ich sie heute wiederum zur Hand nehme, berührt mich ihr Inhalt ganz eigenartig. Was wissen denn unsere Landsleute aus den alten Bundesländern, die heute so naserümpfend auf unsere angeblich vertanen vierzig Jahre herabsehen, von den enormen Schwierigkeiten unseres Neuanfangs und von dem bewundernswerten Elan, mit dem viele die Schwierigkeiten zu überwinden suchten? Gewiss, es gab auch manche, die nur abwartend beiseite standen oder sich sogar offen allem Neuen widersetzten. Doch über diese schrieben wir nicht. Ich berichtete beispielsweise von Neulehrern, die mit einem Monatsgehalt von zweihundert Mark nach Hause gingen, und die dennoch besessen waren von ihrem Beruf. »Wir bekommen jetzt die Karte II und eine Zusatzkarte«, erzählte ein Neulehrer aus Schwante stolz. »Und für den Winter hat man uns vier Zentner Kohlen versprochen. Sind wir nicht zu beneiden?«

Eine andere Reportage führte mich nach Boitzenburg. Ich sollte berichten, wie dort – im September 1949 – der Weltfriedenstag begangen wurde. »Alle Häuser in den Dörfern, die wir durchfahren, sind mit Laub geschmückt«, schrieb ich damals. »Fahnen blähen sich im Wind. Vor den Türen stehen Kinder in Sonntagskleidern. Ein junger Vater schiebt geruhsam den Kinderwagen. Plötzlich belebt sich die Straße. Lastwagen, vollgestopft mit Jugendlichen, tauchen vor uns auf. Wir winken ihnen zu, und sie sehen die Friedenstaube auf unserem Wagen und winken zurück. Dann schwenken sie ein – und um uns herum ist wieder Stille. Die wohltuende Stille eines weiten Landes, dem der Frieden seine sichtbaren Spuren schon eingeprägt hat: in den Neubauernhäusern, in den neu errichteten Maschinen-Ausleih-Stationen, in den gefüllten Scheunen, in den Gutshäusern, die zu Kindertagesstätten umgewandelt wurden, in den neuen Traktoren, die die Sowjetunion uns zu Hilfe geschickt hat. ›Gestern hätten Sie hier sein sollen‹, sagt mir ein Mann, als ich schließlich in Boitzenburg angelangt bin. ›Da war die Grenze offen, und die von Lauenburg kamen alle zu uns herüber, um den Stapellauf des Friedensloggers mitzuerleben: Arbeiter und FDJler. Es ist der neunzehnte Logger, der von Stapel lief. Unser Jahressoll beträgt 25 Stück, die wir auch schaffen könnten, wenn genügend Arbeitskräfte vorhanden wären. Wir brauchen Schweißer, Maurer, Bootsbauer. In Lauenburg ist jeder vierte Arbeiter arbeitslos, aber hierher nach Boitzenburg, in den Nachbarort, dürfen sie nicht zur Arbeit kommen. Mit eigenen Händen möchte man diesen Schlagbaum niederreißen!‹, schließt er empört.«

Bewegt lege ich die Reportage beiseite. Inzwischen haben die Söhne und Enkel dieses Mannes die Schlagbäume niedergerissen, geht es mir durch den Kopf. Aber kein Arbeitsloser aus

Lauenburg wird heute in Boitzenburg noch Arbeit finden. Die Werften wurden stillgelegt. In die Gutshäuser von Mecklenburg ziehen erneut die Barone ein; Kindertagesstätten werden geschlossen, und das Land, das uns damals mit seinen Traktoren zu Hilfe kam, ist selber in Auflösung begriffen. Zwischen damals und unserer Gegenwart liegen vierzig Jahre, die mit dem 7. Oktober 1949 ihren Anfang nahmen, dem Tag der Gründung der DDR. Vierzig Jahre lang wurde dieser Tag als Nationalfeiertag begangen, wurden Arbeiter und Bauern ausgezeichnet, an Künstler, Schriftsteller und Wissenschaftler Nationalpreise verliehen, defilierten begeisterte oder sich begeistert gebärdende Massen an den Tribünen vorbei. Damals, in Boitzenburg, hofften wir noch auf ein vereinigtes Deutschland unter sozialistischen Vorzeichen. Inzwischen hat uns die Marktwirtschaft eingeholt. Den Beweis dafür, dass sie auch sozial sein kann, ist sie uns bisher schuldig geblieben.

Chefredakteur von »Deutschlands Stimme« war Albert Norden, ein Altkommunist, ebenfalls ein ehemaliger Emigrant. Auch sein Stellvertreter, Bruno Heilig, kam aus englischer Emigration. Er hatte einige Zeit an der von Amerikanern herausgegebenen »Neuen Zeitung« mitgearbeitet, war aber nach einem Eklat von dort zu uns übergesiedelt. Angeblich hatte er den Sowjets sogar wichtige Dokumente übergeben können. Heilig war bedeutend älter als ich, schon über die sechzig; wir wurden oft für Vater und Tochter gehalten. Da Albert Norden viel unterwegs war, an Sitzungen und Konferenzen teilnehmen musste oder ins »Hohe Haus«, das Zentralkomitee, gerufen wurde, um Weisungen entgegenzunehmen, musste ich mit meinen Manuskripten zu Heilig gehen, der mir auf Anhieb sympathisch war, und auch er schien mich nicht ungern bei sich zu sehen. Seine Augen leuchteten auf, wenn ich ins Zimmer kam, lange hielt er meine Hand, länger, als es zur Begrüßung notwendig war, und dann machte er sich mit Eifer über mein Geschriebenes her. Selten fand er etwas zu kritisieren, allenfalls setzte er hier und da den Rotstift an, um notwendige Kürzungen vorzunehmen, dann gab er die Blätter in die Setzerei. »Trinken wir einen Kaffee zusammen?« Das war schon zur Standardfrage geworden, und einträchtig steuerten wir zusammen den »Club der Kulturschaffenden« an, der nur über die Straße lag. Hier erfuhr ich allmählich Heiligs Lebensgeschichte. Auch er hatte ein Buch geschrieben, »Menschen am Kreuz«, seine Erlebnisse im KZ, in das er, der Jude, gleich nach der Machtergreifung durch die Nazis geschleppt worden war. Seine Frau war Ungarin, sie hatten zwei Söhne. Nach seiner Freilassung hatte er nach England emigrieren können, während seine Frau mit den zwei Jungen aus Gründen, die ich nie ganz durchschaut habe, in Italien blieb. Elf Jahre waren sie getrennt, und als sie jetzt hier in Berlin wieder zusammenkamen, fanden sie nicht mehr zueinander. Sie seien sich fremd geworden, meinte er seufzend, auch sexuell stimme es nicht mehr zwischen ihnen beiden, so dass sie nur noch aus Anstand zusammenblieben.

Ich war voller Verständnis und erinnerte ihn daran, dass er mich doch einmal in Birkenwerder hatte besuchen wollen. »Sie können sogar über Nacht bleiben«, sagte ich, »wir haben Platz genug.« Und das ließ er sich nicht zweimal sagen. Schon am nächsten Wochenende rückte er in Birkenwerder an, in der Hand ein Köfferchen, das seinen Pyjama und das Rasierzeug enthielt. Christiane, die nun sieben war, lief ihm bis zur Pforte entgegen. »Wollen Sie bei uns bleiben?«, fragte sie sofort. »Heiraten Sie meine Mutti? Wir haben nämlich keinen Pappele mehr.« – Der Besucher lachte etwas gequält. Von Heirat zwischen uns konnte in der Tat nicht die Rede sein, denn – so erklärte er mir später wortreich, als wir allein in meinem Zimmer saßen –, er hätte einen zwingenden Grund, bei seiner Frau zu bleiben, einen, der zur Tragik seines Lebens gehöre: Sie hätten einen geistig behinderten Sohn, den ältesten, der schon über die Dreißig sei. Denn während der Jüngere, der im Ausland lebe, wohl gewachsen sei, ein sportlicher Typ und geistig hellwach, sei der andere auf dem Bildungsstand eines Vierjährigen stehen geblieben; ja, schlimmer noch, er müsse wie ein Baby gewindelt werden und seine Frau habe ihre ständige Not mit ihm. Er bringe es nicht über sich, ihr allein die Sorge um den Sohn aufzubürden – darum könne er sich nie von ihr scheiden lassen.

Wer verstünde das nicht? Ich fand seine Haltung hochherzig und war gerührt. Und so erhob ich auch keinen Einwand, als er mich plötzlich in seine Arme riss und mir unmissverständlich bedeutete, wonach es ihn gelüstete: sich mit mir zu vereinigen; und hatte ich nicht das gleiche Verlangen? Ich hatte Heilig im Souterrain unseres Häuschens sein Bett gerichtet, aber in dieser Nacht blieb er oben bei mir, und ich hatte Gelegenheit, die

Potenz eines Mannes kennenzulernen, den ich mit der Überheblichkeit der um zweiundzwanzig Jahre Jüngeren schon als greisenhaft eingestuft hatte. In dieser Nacht und in vielen folgenden überzeugte er mich vom Gegenteil, und wir blieben viele Jahre ein Paar. Waren es glückliche Jahre?

Vieles von den Empfindungen einer Frau, die eine Partnerschaft mit einem verheirateten Mann eingeht, ist in mein Buch »Septemberreise« eingeflossen, das ich Jahre später geschrieben habe. Auch die Hauptperson Vera in dem Buch ist jahrzehntelang einem Mann verbunden, der sich nicht offen zu ihr bekennt. Sie durchlebt alle seelischen Nöte einer Frau, die »zur linken Hand getraut« ist, ringt immer mit ihrer unterschwelligen Eifersucht, die sie nie völlig unterdrücken kann. Ich kannte aus eigenem Erleben das stete Misstrauen dem geliebten Mann gegenüber und die Demütigungen, denen man sich als Nebenfrau ausgesetzt fühlt. Dabei war meine Lage relativ unproblematisch. Heilig verbrachte jedes Wochenende bei mir, und wir verlebten auch alle Urlaube zusammen, in den ersten Jahren in Ahrenshoop, wo sich im Sommer die Kulturschaffenden Berlins von Abusch und Becher bis zu Brecht und Heym ein Stelldichein gaben, und zu Neujahr waren wir meistens im »Eibenhof« am Scharmützelsee, wo sich jedes Mal die gewohnte Clique der Antifaschisten und ehemaligen Emigranten zusammenfand, zu denen Jan Petersen und Jan Koplowitz mit ihren wechselnden Partnerinnen ebenso gehörten wie Li Weinert und einige andere ältere Damen, die kurz zuvor Witwen geworden waren, und die ihren einsamen vier Wänden an den Festtagen zu entkommen suchten. Bei allen galten Bruno und ich als ein Paar; die meisten wussten gar nicht, dass er irgendwo zu Hause eine Frau hatte, die für einen behinderten Sohn sorgen musste; auch ich habe seine Familie nie kennengelernt. Seine Frau blieb für mich ein Phantom, ein gestaltloses Wesen, das ich weit aus meinem Bewusstsein zu verdrängen suchte. Und auch er nahm ja kaum Notiz von ihr. Er, der sich aus Rücksichtnahme nicht scheiden ließ, führte nichtsdestotrotz sein eigenes Leben. Tagsüber arbeitete er in der Redaktion, so dass er nur die kurzen Abende zu Hause verbrachte. Und an den freien Tagen suchte er seine Zerstreuungen anderswo. Das änderte sich erst, als er Knall auf Fall seines Postens bei der Zeitung enthoben wurde. Es war die Zeit, als die Westemigranten verdächtigt wurden, mit dem angeblichen amerikanischen Spion Field konspiriert zu haben, so dass – nach dem Slansky-Prozess in der Tschechoslowakei und dem Raijk-Prozess in Ungarn – nun auch in der DDR ein Schauprozess großen Stils befürchtet wurde. Zum Glück ist es dazu nicht gekommen, aber die Westemigranten zitterten um ihre Existenz, und Bruno Heilig war nicht der einzige, der seine Stellung verlor. Von einem Tag auf den anderen war er arbeitslos und versuchte nun, sich als Übersetzer aus dem Ungarischen einen Namen zu machen, was ihm, flexibel wie er war, auch bald gelang.

Für unsere Beziehung stellte Heiligs Berufswechsel eine schwere Belastung dar. Ich wusste jetzt, dass er tagsüber zu Hause arbeitete, von früh bis spät von seiner Frau umsorgt, was sie sicherlich einander wieder näherbrachte. Offensichtlich schien sich sein Verhalten mir gegenüber auch abzukühlen. Immer häufiger schützte er dringende Arbeiten vor, die ihn daran hinderten, übers Wochenende zu mir herauszukommen. Und einige Male glaubte ich schon bemerkt zu haben, dass er sich unruhig umsah, bevor er am Ort unseres Rendezvous zu mir ins Auto stieg. Wahrscheinlich fürchtete er, von einem möglichen Zuträger gesehen zu werden. »Der Teufel schläft nicht«, sagte er einmal offen, als ich ihn wegen seiner übergroßen Vorsicht zur Rede stellte. Hatte er seiner Frau versprochen, mit mir zu brechen? »Ist es so?«, fragte ich drängend, denn die schlimmste Wahrheit wäre mir lieber gewesen als die Ungewissheit. Aber er beteuerte, dass sich in seinen Gefühlen für mich nichts geändert hätte. War das wieder nur eine Ausflucht? Öfter als früher geschah es jetzt, dass er als kranker Mann zu mir kam. Er litt an Magengeschwüren, musste Fett und Fleisch meiden, sehnte sich nach dem Bett mit Wärmflasche und feuchtwarmen Umschlägen, die er sich selber um den Leib schlang, da ich nur hilflos und untätig daneben stand.

Ich war denkbar ungeeignet als Pflegerin. In unserer Familie hatte es nur selten Krankheiten gegeben: noch seltener hatten wir den Arzt bemüht: Einmal war mein Bruder, als er noch ganz klein war, an Diphtherie erkrankt, und ein andermal litt mein Vater an einer schweren Bronchitis. Alle anderen Krankheiten in der Familie hatten wir selbst behandelt, mit bewährten Hausmitteln. Mutter hatte erst kürzlich, mit nun 65, zum ersten Mal einen Arzt aufgesucht, weil sie den rechten Arm schlecht bewegen konnte. Bei der Untersuchung stellte es sich heraus, dass sie einen enorm hohen Blutdruck hatte, dessen Werte den Arzt fast in Panik stürzten. »260 zu 80, Frau«, sagte er, »und Sie wollen gar keine Beschwerden haben?« Nein, Mutter fühlte sich äußerst wohl, litt weder unter Schwindel noch unter Ohrensausen. Sie hielt sich für kerngesund, musste von jetzt an allerdings täglich ihre Tabletten schlucken. Bruno, der Magenkranke, der mit leidender Miene seinen Kamillentee trank, war für mich also etwas ganz Ungewohntes, ein Fremdkörper, mit dem ich nichts anfangen konnte. Er spürte meine Hilflosigkeit und stand seufzend auf. »Ich glaube, ich fahre besser nach Hause«, sagte er, und er fügte hinzu: »Pflegen tut sie mich ja ...« – »Sie«, sagte er, ohne ihren Namen zu nennen, den ich bis heute nicht erfahren habe.

Unsere Beziehung lockerte sich, und wie immer, wenn ich unglücklich war – denn ich litt unter unserer Entfremdung –, flüchtete ich in die Arbeit. Kürzlich war in Berlin die »Arbeiter- und Bauern-Fakultät« gegründet worden. Die Einrichtung dieser »Universität«, die den einfachen Menschen die Chance bot, sich von der Werkbank oder vom Acker weg in oft schon vorgerücktem Alter noch mal auf die Schulbank zu setzen, um das Abitur nachzuholen, hatte mich fasziniert. Wochenlang wohnte ich im Studentenheim, um den Alltag dieser Studenten aus größter Nähe mitzuerleben, und so oft ich konnte, nahm ich auch am Unterricht teil. Die Milieustudien zogen sich lange hin, zumal ich sie immer wieder unterbrechen musste, wenn Albert Norden mir den Auftrag für eine Reportage gab, den ich aus finanziellen Gründen nicht ablehnen konnte. Doch endlich konnte ich mit dem Schreiben beginnen. Der Verlag war an dem Buch sehr interessiert und erkundigte sich fast täglich telefonisch nach dem Fortgang meiner Arbeit, da er das Buch zur Frühjahrsmesse herausbringen wollte. Er hielt das Thema für wichtig und versprach sich einen großen Bucherfolg, ja er prophezeite sogar, dass das Buch im Herbst wegen der Wichtigkeit des Sujets den begehrten Nationalpreis erringen könne. Ich war also voll im Stress, geizte mit jeder Minute und ärgerte mich über die geringste Ablenkung, die im Alltagsleben gar nicht zu vermeiden ist, sei es, dass eine Nachbarin irgendein Anliegen hatte oder dass größere Einkäufe zu tätigen waren, die nun mal ich zu bewältigen hatte.

So sehnte ich mich schon immer nach den Wochenenden, an denen ich vor Ablenkungen solcher Art sicher war, es sei denn, Bruno hatte mal wieder seinen Besuch angesagt; doch das war, wie gesagt, nur noch selten der Fall. Doch eines Tages überraschte er mich mit der Nachricht, dass er – mein Einverständnis vorausgesetzt, an dem er aber gar nicht zu zweifeln schien – beschlossen habe, seinen Urlaub diesmal bei mir in Birkenwerder zu verleben. Er hätte eine größere Übersetzerarbeit gerade abgeschlossen und sei reif für eine Erholung! Ich war verblüfft. Einesteils freute ich mich über seinen Entschluss und hoffte, dass sich unsere Beziehung in den vor uns liegenden Wochen wieder bessern würde: andererseits saß mir der Abgabetermin im Nacken. Wie sollte ich mein Schreibpensum schaffen, wenn mein lieber Dauergast im Garten saß, der ungeduldig darauf wartete, dass ich die Maschine endlich beiseiteschob und ihn zu einem ausgedehnten Spaziergang begleitete? Ich wurde zwischen Liebe und Pflicht hin- und hergerissen, wurde immer nervöser und war sicher keine gute Gefährtin für jemanden, der ausspannen und sich erholen wollte. Mich trieb es mit Macht an die Schreibmaschine. Wie haben es eigentlich frühere Schriftstellerinnen verstanden, ihren Beruf mit den Pflichten als Ehefrau und Mutter zu vereinen?, habe ich mich oft gefragt. Bettina von Arnim, Clara Viebig oder Hilde Spiel – alle waren verheiratet und hatten Kinder; wie haben sie sich die Ruhe zum Schreiben verschafft?

Unser Urlaub wurde ein Fehlschlag, ebenso wie das Buch, das ich unter so ungünstigen Umständen beendet hatte; zuletzt hatte ich mir die wenigen Stunden zur Arbeit buchstäblich abgerungen. Und die hochfliegenden Prophezeiungen des Verlegers zerstoben in Nichts, als das Buch »Vor uns das Leben« im Verlag »Das Neue Berlin« endlich erschien und die ersten niederschmetternden Kritiken veröffentlicht wurden.

Als Erste meldeten sich die Betroffenen selbst zu Wort, die jungen Männer und Frauen aus dem Studentenheim, die sich in der einen oder anderen Gestalt meines Romans wiederzuerkennen meinten und sich falsch behandelt fühlten. In Diskussionen, zu denen sie mich einluden, warfen sie mir vor, dass ich sie so geschildert hätte, wie sie seien, aber nicht so, wie sie sein sollten! In der Studentenzeitung »Forum«, die einen Vorabdruck brachte, entbrannte eine lebhafte Diskussion, die in der

Forderung gipfelte, dass auf ein Buch über die Arbeiter-und-Bauern-Fakultät die Methode des sozialistischen Realismus angewendet werden müsse, das heißt, die Autorin müsse die jungen Menschen »in ihrer Entwicklung« zeigen, müsse sie »mit den Augen von morgen« sehen. Auch in der Zeitschrift »Frau von heute« schrieb eine Kritikerin: »Das Buch vermittelt nicht die Kraft, den Elan, die Begabung und die Stärke unserer Arbeiterstudenten.« Immerhin räumte sie ein, dass »die Form und die Sprache des Romans gekonnt« seien. »Dieses Buch bildet eine Ausnahme in unserer Literatur«, schrieb sie. »Wir haben jetzt oft den Fall, dass eine gute, fortschrittliche Thematik in einer unkünstlerischen Form anzutreffen ist. Hier ist es umgekehrt. Die Autorin versteht es zweifellos, Charaktere zu zeichnen, aber sie sind leider nicht typisch.« Einzig das »Börsenblatt für den deutschen Buchhandel« hob in seiner Besprechung hervor, dass mein Buch »nicht an jener Konfliktlosigkeit krankt, die sich noch so häufig in den Werken unserer jungen Nachwuchsautoren findet«, und es hieß dort weiter: Die Autorin bemühe sich, »Menschen zu zeigen in ihrer All- und Vielseitigkeit, mit ihren Fehlern und Schwächen, mit ihren positiven und negativen Seiten. Sie gebraucht keine Schemata für ihre Menschengestaltung, und sie versucht vor allem, durch Handlung und Entwicklung der Charaktere – nicht durch ›Agitationsreden‹, wie das noch zu oft der Fall ist – zu überzeugen.« Doch diese positive Kritik blieb eine Einzelerscheinung. Den Todesstoß versetzte mir schließlich die Einschätzung des Dozentenkollegiums der ABF, das sich ebenfalls gründlich mit dem Roman beschäftigt hatte. Wieder wurde darin zum Ausdruck gebracht, dass »das Typische der ABF im Roman nicht erfasst« sei, und man bemängelte besonders, dass ich die »FDJ- und Parteiarbeit als treibende Kraft« nicht genügend gewürdigt hätte. Auch war man unzufrieden damit, dass von den rund fünfzig Dozenten und Dozentinnen, die in Berlin lehrten, nur ein »recht kümmerliches Häuflein« im Roman in Erscheinung träte! Das Kollegium schloss seine Kritik mit der »ernsten Frage an das Amt für Presse und Verlagswesen, ob das Buch einen Gewinn für unseren Büchertisch bedeute, was es leider verneinen müsse«.

Es ist klar, dass solche massive Kritik von höchster Stelle nicht ohne Folgen blieb. Die Zeitung, die den Vorabdruck begonnen hatte, brach den Druck unvermittelt nach der fünften Fortsetzung ab. Immerhin gaben mir die Redakteure der Zeitschrift »Forum« noch die Gelegenheit, mich selbst zu den Kritiken zu äußern, und ich schrieb in meiner Stellungnahme, dass ich nie der Ansicht gewesen sei, das gültige Buch über die Arbeiter-und-Bauern-Fakultät verfasst zu haben, da ich mich immer nur als Außenstehende dem Thema hätte nähern können. Ich hoffe dagegen, dass dieses Buch einmal aus den Reihen der Studenten selbst entstehen werde – was ja dann durch Hermann Kants Buch »Die Aula« viele Jahre später auch geschehen ist.

Man musste sich also, wenn man schrieb, eine dicke Haut zulegen. Ich hatte sie nicht, und es dauerte geraume Zeit, bis ich den Schock über den Verriss meines Buches, an dem ich so lange und qualvoll gearbeitet hatte, einigermaßen verwunden hatte. Doch keinen Augenblick kam mir der Gedanke aufzugeben. Was hätte ich auch anderes tun können als weiterzuschreiben? Am 20. Februar 1952 war mein Vater gestorben. Zwei Tage hatten ausgereicht, um den kleinen schmächtigen Mann, der gegen Erkältungen seit Jahren äußerst anfällig war, durch eine schwere Lungenentzündung, die ein Scharlatan von Arzt nicht rechtzeitig erkannt hatte, dahinzuraffen. Und nun, da er nicht mehr da war, zeigte sich erst, wie viele Lasten er uns von den Schultern genommen hatte. Mit größter Ausdauer hatte er im Garten zweihundert Astern gepflanzt, ohne ein einziges Mal aufzusehen, und wenn wir im Vorbeigehen fragten, ob ihm die Arbeit nicht zu viel würde, sagte er nur: »Es muss doch getan werden. Ihr wollt ja Blumen haben – oder nicht?«

Im kommenden Frühjahr würden wir unsere Blumen selber pflanzen müssen, so wie wir im Winter Koks und Kohlen, die die Händler nur vorm Garten abluden, in den Keller schaufeln und schließlich in den Ofen schütten mussten, vielmals am Tage, denn das schlecht brennbare Zeug musste ständig am Lodern gehalten werden. Vater hatte ganze Tage im Keller verbracht, um Holz zu zerkleinern und den Ofen zu füttern, damit im Haus eine angenehme Wärme herrschte. Aber statt ihm für seine Mühe dankbar zu sein, hatten wir ihn oft noch gescholten, wenn wir die kleinste Temperaturschwankung zu bemerken meinten, und undankbar hatten wir auch jede andere Hilfeleistung von ihm entgegengenommen, so wenn er für uns im Ort zum Schuhmacher ging oder zum Klempner oder sonstwohin. Jetzt musste ich nach jedem Schneefall selber die Wege frei schaufeln, was sonst Vater getan hatte. Vor allem der Pfad von der Garage bis zum Gartentor musste schnee- und eisfrei gehalten werden, damit ich beim Hinausfahren mit meinem Auto, das ich seit kurzem hatte, nicht ins Schlingern geriet.

Das Auto, einen Opel 1.2, hatte mir Bruno Heilig billig verkauft; er selber hatte es, als er noch für die Amerikaner arbeitete und im Magazin einkaufen konnte, im Tausch gegen zwei Stangen Zigaretten erworben. Als stellvertretender Chefredakteur bei »Deutschlands Stimme« stand ihm ein Dienstwagen zu, und er meinte nun auf sein Privatauto verzichten zu können. Das Gefährt, ein Cabriolet, war ein Modell der dreißiger Jahre; es hatte einen defekten Motor, abgefahrene Reifen und ein verbogenes Chassis. Die Tür hing schief in den Angeln und ließ sich von innen nicht schließen, so dass ich entweder durch das geöffnete Fenster einsteigen oder, falls ich schon am Steuer saß, Vorübergehende bitten musste, die Tür von außen kräftig zuzuknallen. Nach jeder Fahrt, die ich manchmal auch bis Berlin unternahm, war eine Reparatur fällig, und ich war jedes Mal froh, wenn ich es trotz der Panne schaffte, die rettende Werkstatt zu erreichen. Die Reparaturen konnte ich mit Naturalien bezahlen, also meistens mit Brot, das wir ab und zu von Christianes Zuteilung erübrigen konnten; das Kind aß ja noch nicht so viel. Ich glaube, ich war damals die erste Bürgerin der DDR, die schon privat ein Auto fuhr, was wahrhaftig keine reine Freude war, denn an jeder Straßenkreuzung standen vier Verkehrspolizisten, die mit Argusaugen jedes Gefährt aufs Korn nahmen, um den kleinsten Verstoß gegen die StVO zu ahnden, zumal sie in jedem Besitzer eines Privatautos einen Schwarzhändler, Schieber oder sonstigen Kriminellen zu vermuten schienen. Mit Strafzetteln aus jenen Jahren hätte ich ein ganzes Kabuff tapezieren können. Dennoch hätte ich auf das Auto nicht mehr verzichten mögen, da es mir den Alltag ungemein erleichterte. Mit dem Auto konnte ich, bequemer als mit dem Fahrrad, Einkäufe erledigen und die Waren den weiten Weg vom Ort bis nach Hause schaffen. Vor allem aber konnte ich nun problemlos nach Hennigsdorf kommen, dem Ort, den ich neuerdings ausgewählt hatte, um Studien für ein neues Buch zu treiben.

Zu diesem Buch hatte mich der Mitteldeutsche Verlag angeregt. Nach dem Fiasko mit dem Roman über die Arbeiter- und Bauernstudenten meinte er, dass ich die Scharte am ehesten auswetzen könnte, wenn ich mich mit einem Thema beschäftigte, das mir näher lag: nämlich mit den Problemen, mit denen die Frauen von heute zu ringen hätten. Nun, ich war selbst eine Frau, eine alleinstehende; eine Frau, die für den Lebensunterhalt für sich und ihr Kind allein aufkommen musste. Ich stand mitten im Leben, wie man so sagt, aber kannte ich die speziellen Sorgen und Sehnsüchte von Arbeiterinnen? Der Verlag wünschte aber, dass ich eine Arbeiterin in den Mittelpunkt der Handlung stellte. Ich fuhr in den volkseigenen Betrieb LEW-Hennigsdorf, um mich gründlich an Ort und Stelle umzusehen und mit möglichst vielen Arbeiterinnen in Kontakt zu kommen. Nach einigen Monaten hielt ich meine Studien für abgeschlossen und begann zu schreiben – aber ich kam über den Anfang nur schwer hinaus. Wieder und wieder verwarf ich die ersten Seiten, versuchte neu zu beginnen, aber ich fühlte selbst, dass es mir auch diesmal nicht gelingen würde, die Gestalten, die mir vorschwebten, zum Leben zu erwecken. Allmählich dämmerte mir, wo der Ursprung zu der Hemmung, die ich nicht zu überwinden vermochte, lag: Ich hatte mit Dutzenden von Frauen gesprochen, aber gewissermaßen nur im Vorübergehen. Um ihnen wirklich nahe zu kommen, musste ich neben ihnen an der Werkbank stehen, Schulter an Schulter mit ihnen arbeiten. Ich bat also die Betriebsleitung, mir die Möglichkeit dazu zu verschaffen, und sie verwiesen mich an die Frauen, die als Glimmerlegerinnen am Band arbeiteten – eine Tätigkeit, die auch ich als Ungeübte leicht würde bewältigen können.

Schon bei meinen ersten Recherchen im Werk, die nun Monate zurücklagen, war mir die schlechte Stimmung unter den Arbeiterinnen aufgefallen. Wohin ich auch kam, wurde geschimpft: über die schlechte Versorgung in den Läden; die schleppende Lieferung von Arbeitsmaterial, die die Werktätigen zu Mußestunden verurteilte, während man ihnen andererseits die stete Erhöhung der Arbeitsproduktivität abverlangte; über das miserable Essen in der Werkskantine oder über die ewigen Zugverspätungen, unter denen vor allem diejenigen zu leiden hatten, die aus den umliegenden Orten zur Arbeit nach Hennigsdorf kamen. Jetzt, da ich zum zweiten Mal meine Studien aufnahm, war vom Politbüro gerade eine weitere Normerhöhung verfügt worden, die die Stimmung im Betrieb bis zum Siedepunkt anheizte. Überall spürte ich Missmut und

Missbehagen, Unruhe und offenes Aufbegehren. Schimpfworte wie »Antreiber« und »Ausbeuter« wurden laut, und der Parteisekretär, der die Stimmung in den Abteilungen zu besänftigen suchte, hatte einen schweren Stand. In einigen Abteilungen sei es bereits zu Warnstreiks gekommen, munkelten die Frauen in der Brigade, zu der auch ich nun gehörte und in der ich verzweifelt nach der »positiven Heldin« meines Frauenbuches Ausschau hielt. Aber wenn ich den Reden der Frauen zuhörte, schien es mir, als seien sie nicht weit entfernt davon, sich mit den Streikenden zu solidarisieren und das Glimmerband abzustellen.

Für einen der nächsten Tage hatte ich mir im Werk Urlaub erbeten, weil ich einen wichtigen Arzttermin in Berlin nicht verschieben konnte. Nachmittags war ich mit meiner Kollegin Berta Waterstradt in einem Café verabredet, das in der Nähe unseres Verbandsbüros lag. An allen Ecken, an denen ich vorbeikam, hatten sich Gruppen von Menschen versammelt, die erregt diskutierten. Volkspolizisten beobachteten das Geschehen gelassen, ohne die Menge auseinanderzutreiben. Im Vorbeigehen schnappte ich Fetzen der Debatten auf: Immer wieder ging es darin um die Normenerhöhung, die zwar gerade von der Regierung wieder annulliert worden war, aber die Bevölkerung schien den Zusicherungen derer »von oben« zutiefst zu misstrauen, und Wut und Empörung über den unerträglichen Druck, dem sich die meisten ausgesetzt sahen, brachen sich ungehemmt Bahn. Ich blieb diese Nacht, um den weiten Heimweg zu sparen, in Bertas Wohnung in Adlershof. Am nächsten Morgen fuhren wir zusammen mit der S-Bahn in die Stadt zurück. Berta hatte am Kiosk eine Zeitung gekauft. »Unruhe und Tumulte in Bonn!«, lautete die Schlagzeile in unserem Parteiorgan. Als wir unversehens aus dem Fenster sahen, erblickten wir auf der parallel mit uns verlaufenden Straße die demonstrierende Menge, eine Menschenschlange, deren Anfang und Ende uns verborgen blieb. Fahnen wurden geschwenkt, vielstimmige Rufe »Der Spitzbart muss weg!« drangen durch das Rattern der S-Bahn bis zu uns herauf. »Ein Aufstand!« rief Berta, die es als Erste erfasst hatte. Ihre Miene drückte tiefste Bestürzung aus. Dann aber siegte in ihr die Satirikerin. »Das haben die Genossen mal wieder schön hingekriegt«, spottete sie, auf die Schlagzeile in der Zeitung verweisend. »Tumulte in Bonn – und in

Ostberlin revoltiert das Volk. Ob es schon bis ins Politbüro gedrungen ist?«

Die S-Bahn-Fahrt verlief noch störungslos. Wir fuhren bis Bahnhof Friedrichstraße und eilten sofort ins Verbandsbüro, wo wir Näheres zu erfahren hofften. Wirklich hörten wir, dass die Bauarbeiter von der Stalin-Allee den Streik begonnen hätten; spontan hätten sich andere Werktätige angeschlossen. Kuba (Kurt Barthel), unser damaliger Verbandsekretär, war fassungslos: Wie konnten die Arbeiter streiken – gegen sich selbst? Es war doch ihr Staat, in dem sie lebten, des Volkes eigener? Er forderte alle Kollegen, die sich inzwischen im Verband versammelt hatten, auf, zurück auf die Straße zu gehen und mit den Demonstranten zu diskutieren. Es musste doch möglich sein, sie zur Vernunft zu bringen! Er selbst wollte inzwischen versuchen, eine Verbindung zum Zentralkomitee herzustellen; möglich, dass es Anweisungen von oben gab. Wir verabredeten, zu einer bestimmten Zeit hier wieder zusammenzukommen.

Über den Volksaufstand von 1953 ist in der Zwischenzeit viel geschrieben und gedeutelt worden. Heute, da ich diese Zeilen zu Papier bringe, liegt er fast auf den Tag genau vierzig Jahre zurück, und sicher werden auch am diesjährigen 17. Juni wieder Reden geschwungen, Erinnerungsartikel geschrieben und Meinungen von Zeitzeugen eingeholt werden. Man kann darüber streiten, ob es besser gewesen wäre, wenn die Arbeiter damals gesiegt hätten und der kleinere Teil Deutschlands sich schon seinerzeit dem größeren und mächtigeren Bruderstaat hätte unterwerfen müssen. Vierzig Jahre eines Versuchs, der nun gescheitert ist, wären uns erspart geblieben. Aber war es den Versuch nicht dennoch wert? Waren alle, die sich damals mit ganzer Kraft dafür einsetzten, dass der Aufstand niedergeschlagen wurde und man wieder zu normalen Verhältnissen unter sozialistischen Vorzeichen zurückkehren konnte – was nur mit Hilfe sowjetischer Panzer gelang –, weltfremde Fantasten, Träumer oder auch Karrieristen, die um ihre Privilegien bangten? Auch solche mag es gegeben haben. In der Mehrheit aber waren es die Antifaschisten, die den Terror des »Tausendjährigen Reiches« gerade hinter sich hatten, ihn zum Teil am eigenen Leibe bitter hatten erfahren müssen und die sich schworen, dass sich Ähnliches nie wiederholen dürfe – und in Westdeutschland sahen sie einen Globke, den Mitautor der Nürnberger Rassengesetze, schon wieder in Amt und Würden. Wir hatten genaue Vorstellungen von dem Staat, den wir schaffen wollten, einen Staat, in dem jeder ein Recht auf Arbeit und Bildung hat und auch darauf, offen seine Meinung zu sagen, vorausgesetzt, dass er keine militaristischen oder revanchistischen Thesen verficht. Einige unserer Ziele hatten wir schon verwirklicht. Schickten wir nicht Arbeiterkinder auf die Universitäten? Und wir hatten auch die Frauen aus ihrer Unmündigkeit befreit, ihnen den Zugang zu allen Berufen eröffnet und ihnen die gleichen Rechte wie den Männern gesetzlich zugesichert, einschließlich des gleichen Lohnes für gleiche Arbeit – eine Forderung, die in dem westlichen Staat bis heute nicht erfüllt worden ist. Wir waren also, wie wir meinten, der bessere Staat, der allerdings noch mit großen Schwierigkeiten zu ringen hatte, zumal wir keinen Marshallplan im Rücken hatten. Wir waren stolz auf unsere vermeintliche Unabhängigkeit und glaubten uns auf dem richtigen Weg. Wer das nicht so sah, den meinten wir mit Recht zur Einsicht zwingen zu müssen.

Als im Lande wieder Ruhe herrschte – eine durch Panzer erzwungene Ruhe –, nahm ich meine Fahrten nach Hennigsdorf wieder auf, und allmählich formte sich die Fabel zu meinem Buch, mit dessen Niederschrift ich endlich beginnen konnte. In den Mittelpunkt der Handlung stellte ich eine Frau, die nach fünfzehn Ehejahren, in denen sie nur Hausfrau und Mutter war, eines Tages den Entschluss fasst, ebenfalls arbeiten zu gehen, um den kargen Verdienst ihres Mannes etwas aufzubessern. Aber auch als ihr Mann in eine bessere Lohnklasse aufrückt und ihre Mitarbeit eigentlich nicht mehr nötig wäre, weigert sie sich, wieder nur das Heimchen zu spielen. Sie hat inzwischen Freude an der Arbeit gefunden, Freude an ihrer neuen Selbständigkeit und an dem Miteinander mit den Kolleginnen. Doch während sie im Betrieb sogar zur Aktivistin aufsteigt, droht ihr Familienleben zu zerfallen. Der dreizehnjährige Sohn geht geheime Wege, und der sich vernachlässigt fühlende Mann tröstet sich mit einer anderen Frau. Die drohende Scheidung ist bereits in Sicht – aber schließlich wandelt sich alles zu einem guten Ende. Wegen dieses Happy Ends wurde ich später von der Kritik scharf angegriffen. Wieso hatte ich es mir wirklich so leicht gemacht und alle Konflikte, die ich vorher realistisch geschildert hatte, letztendlich zum Wohle aller vom Tisch gefegt?

Heute scheint mir, dass ich damals alle Probleme, die mit der Berufstätigkeit der Frauen verbunden sind, einfach noch nicht gesehen habe. Ich hatte zwölf Nazi-Jahre hindurch schwer darunter gelitten, dass die Frauen zu Gebärmaschinen herabgewürdigt worden waren. Jetzt, da sie gleichberechtigt neben den Männern im Berufsleben standen, sah ich nur den Fortschritt, das Positive. Dass das übertriebene Streben der Frauen, sich zu emanzipieren, auch seine Nachteile haben kann, wenn es nämlich zu Lasten anderer, meistens der Kinder, geht, habe ich erst viel später erfasst und in zweien meiner späteren Bücher, in »Partnerinnen« (1978) und in »Wie andere Leute auch« (1981) zu behandeln versucht.

Mein Buch »Regine Haberkorn« erschien 1955, also zu einer Zeit, als in der DDR Betriebsromane im Schwange waren. »Stahl« von Maria Langner, das im Stahlwerk Brandenburg spielt, hatte gerade den Nationalpreis erhalten, und Hans Marchwitza schrieb in »Roheisen« über den Aufbau des Walzwerkes in Eisenhüttenstadt. Beide Romane spielten ausschließlich im Betrieb und behandelten Probleme der Produktion wie Planerfüllung, Bummelantentum und Ähnliches. Dass in meinem Roman private Konflikte dargestellt wurden, missfiel einigen Kritikern und brachte mir den Vorwurf der Kleinbürgerlichkeit ein. So warf mir Marianne Lange, Dozentin an der Parteihochschule, vor, dass ich mich in meinem Roman nur »der Kulisse eines volkseigenen Betriebes bedient« hätte, um einen ganz privaten Ehekonflikt abzuhandeln. Ihre Kritik stieß auf Widerspruch. Vor allem war es Willi Lewin, ein Funktionär des Schriftstellerverbandes, der sich in seinem Artikel: »Ist das kleinbürgerlich?« lebhaft für mich ins Zeug legte, indem er schrieb: »Ein Roman, der den Lesern unser Leben so nahebringt, für unser Leben Partei ergreift und dazu beiträgt, die Leser im sozialistischen Sinne zu erziehen, kann schwerlich als kleinbürgerlich bezeichnet werden. Das Buch hat eine spannende, bewegende Handlung. Die Anteilnahme des Lesers reicht bis auf die letzte Seite. Dies sind unter anderem die Ursachen, dass der Roman gern und viel gelesen wird.«

Dennoch sollte mir der schwerste Schlag gegen mein Buch noch bevorstehen. An einem trüben Novembertag läutete in aller Frühe das Telefon. Am Apparat war meine Kollegin Resi Flierl. »Hast du schon die Berliner Zeitung gelesen?«, fragte sie mich. Und als ich verneinte, fuhr sie fort: »Sie haben dich mal wieder beim Wickel. Aber mach dir nichts draus. Der Kongress steht vor der Tür. Offenbar brauchen sie einen Prügelknaben.« – Böser Ahnungen voll schlug ich die Zeitung auf und sah auf der Literaturseite, gut platziert, eine ausführliche Rezension meines Buches unter der Überschrift: »Vor dunkelroten Rosen wird gewarnt«. Verfasserin war Ursula Püschel, eine junge Wissenschaftlerin, die frisch von der Hochschule kam. Ihre Besprechung war ein glatter Verriss. »Wir müssen hier fragen«, schrieb sie, nachdem sie eine Inhaltsangabe vorausgeschickt hatte, »welchen Horizont die Menschen in dem Roman überhaupt haben. Wofür arbeiten Erwin und Regine? Wir hören von Regine ganz allgemein, sie gedenke, ihre Pflicht zu tun, oder: Das Bewusstsein, ihre Pflicht zu tun, sporne sie an. Erwin ist ein Tüftler. Wir sind nicht ganz sicher, ob Freude am Basteln und an der Prämie nicht seine einzigen Triebkräfte sind. … Um nicht missverstanden zu werden: Die Wirklichkeit, in der es ja solche Menschen gibt, soll nicht schöngefärbt werden. Ebenso ist es mit zeitbedingten Hindernissen und Widerwärtigkeiten. Sie sollen unter keinen Umständen verschwiegen werden. Aber nur die Beschäftigung mit ihnen zum Ziel unserer Arbeit zu machen, erscheint uns falsch.« Am meisten aber missfielen Ursula Püschel die Rosen, die Regines Arbeitskollege ihr in den Arm legt, als sie ihn in seinem Garten besucht, um seinen Rat einzuholen. Die Rosen fand Püschel oberkitschig. Ihr Artikel entfachte jedoch eine lebhafte Diskussion, die sich wochenlang hinzog. In jeder Samstagsausgabe wurden Stellungnahmen von Kollegen veröffentlicht, die die Art der Püschelschen Kritik heftig ablehnten. »Vor solchen Kritiken wird gewarnt«, überschrieb Rudolf Hirsch seine Erwiderung, und er fragte zuletzt: »Hätte der Kollege Regine besser einen Band Politökonomie in den Arm legen sollen?« Auch Ludwig Turek, Karl Mundstock und Georg W. Pijet sowie viele Leser meldeten sich zum Wort. Und schließlich hörte ich, dass Lilly Becher sich auf einer Frauenkonferenz am Bogensee warm für einige zur Unterhaltungslektüre herabgewürdigte Bücher, darunter ganz besonders für meine, eingesetzt habe. Der Text ihrer Rede wurde mir erst viel später bekannt. »Marianne Bruns und E. B. sind bei unseren Frauen besonders populär«, hatte sie gesagt. »Es hat einen guten Grund, dass ihre Romane und Erzählungen zu den beliebtesten Büchern unserer Werktätigen gehören ... und dass selbst Zeitungsartikel von E. B. häufige Diskussionen auslösen, denn sie versteht es ausgezeichnet, alltägliche Fragen der Frauen zu behandeln. Sie spricht von den Berufssorgen der arbeitenden Frau, vom Leben der Studentin, sie befasst sich mit Problemen der Ehe, der Scheidung, der Kindererziehung, den Nöten der alleinstehenden Frauen. Sie behandelt diese Probleme mit leichter, die Leserin fesselnder Art. Sie kennt keine Scheu vor sogenannten ›heißen Eisen‹ ... In ihren besten Werken erinnern beide an eine zu Unrecht fast vergessene Schriftstellerin, wie es Clara Viebig war. Deshalb scheint es mir eine für Sozialisten unzulässige Überheblichkeit zu sein, wenn man das Schaffen solcher Autorinnen hochmütig kritisiert, statt zu sehen, welch großer Fortschritt es ist, dass wir endlich auch eine die Frauen ansprechende Unterhaltungsliteratur mit unserem Ideengehalt besitzen.«

Lilly Bechers Rede hatte mir wieder etwas Auftrieb gegeben. Ich kannte Lilly aus unseren Verbandsversammlungen und schätzte ihre klugen Diskussionsbeiträge. Ich wusste auch, dass Lilly in der Weimarer Zeit die »Arbeiter-Illustrirte« geleitet hatte, die ein beliebtes Massenblatt geworden war. Sie war eine fähige Journalistin; schade, dass sie nach 1945 kaum noch als solche in Erscheinung trat, sondern sich mit Rolle der Ehefrau und Managerin ihres berühmten Mannes zufriedengab – Letzteres betrieb sie allerdings mit Vehemenz. Wehe dem, der es wagte, am Ruhm Johannes R. Bechers zu rühren oder ihn gar zu schmälern! Lilly verfügte aus ihrer Moskauer Zeit über die nötigen Verbindungen, um ihn zur Strecke zu bringen. Heinz Rein, Verfasser des Buches »Finale Berlin«, eines realistischen Romans über die letzten Kriegstage, wüsste davon ein trauriges Lied zu singen. Der massiven Pressekampagne, die gegen ihn eröffnet wurde, nachdem er sich keineswegs aus böser Absicht, sondern eher fahrlässig mit Becher angelegt hatte, war der sensible Mensch hilflos ausgeliefert, und er sah den Ausweg nur in der Flucht. Heinz Rein war der erste DDR-Schriftsteller, der, schon Anfang der fünfziger Jahre, sein Land verließ, weil ihm das Dasein hier unerträglich geworden war. Viele sollten ihm in den späteren Jahren noch folgen.

Ob die Fürsprache Lilly Bechers und die gewichtigere von Anna Seghers, die sich auf dem IV. Schriftstellerkongress ausdrücklich für Autorinnen einsetzte, die in ihren Büchern sogenannte ewige Themen wie Krankheit und Tod, Familienleben, Liebe und Untreue behandeln, meinen literarischen Ruf aufpoliert haben, weiß ich nicht. Bis zur ersten literarischen Auszeichnung – mit dem Literaturpreis des »Demokratischen Frauenbundes« – musste ich warten, bis ich siebzig war, und nur zögernd folgte danach der Kunstpreis des Gewerkschaftsbundes für mein Buch »Partnerinnen«, das von über 130 Betrieben, darunter so bedeutenden wie Leuna und Buna, zur Auszeichnung vorgeschlagen worden war. Und zu meiner größten Überraschung erhielt ich eines Tages die Einladung ins Rote Rathaus zur Entgegennahme des Goethepreises der Stadt Berlin. Doch meine Hochstimmung machte bald tiefer Enttäuschung Platz, als ich erfuhr, dass man mich nur eines Preises zweiter Klasse für würdig befunden hatte. Am liebsten wäre ich aufgesprungen und hätte den Saal verlassen. Doch leider besaß ich nicht die Unverfrorenheit einer Berta Waterstradt, die den Vaterländischen Verdienstorden in Bronze, den man ihr verleihen wollte, hochmütig zurückgewiesen hatte, woraufhin sich Henninger, der Sekretär des Schriftstellerverbandes, überstürzt bei ihr entschuldigte für »das Versehen«, das ihnen unterlaufen sei, – und ihr noch am selben Tage den Vaterländischen in Gold überbringen ließ! Ich dagegen ging gehorsam nach vorn, nahm vom Oberbürgermeister Dr. Krack die bewusste Rote Mappe entgegen und wechselte mit ihm einen Händedruck, so als sei ich über die Ehrung hocherfreut. Dabei wäre ich am liebsten vor Scham über meine Feigheit in den Boden versunken.

Doch das war alles viel später. Vorerst hatte ich wieder mal andere Sorgen: Meine Tochter war krank. Eines Tages weigerte sie sich, in die Schule zu gehen, quengelte herum – und als ich ihr das Thermometer unter den Arm schob, zeigte es über 38 Grad! Die Ärztin, die ich mit dem Kind aufsuchte, konnte sich die Ursache des Fiebers nicht erklären und wies uns zu weiteren Untersuchungen in eine Klinik ein. Doch auch diese verliefen erfolglos – das Kind schien kerngesund. Schließlich war es die Kinderärztin, die Christiane seit langem kannte, die als erste gewisse Zweifel hegte. »Geht sie nicht gern in die Schule?«, fragte sie mich eines Tages. Ich reagierte empört: Meine Tochter sei eine ausgezeichnete Schülerin. das Lernen mache ihr Spaß! Dennoch schien die Ärztin nicht überzeugt. Sie ordnete noch einmal eine Blutsenkung an, auch ein Blutbild – die Ergebnisse konnten nicht besser sein. Wir standen vor einem Rätsel, denn das Thermometer zeigte nach wie vor erhöhte Werte an. Inzwischen waren bereits zwei Wochen ins Land gegangen. Mutter und ich fuhren fort, dem Kinde die nahrhaftesten Bissen zuzustecken, wir behandelten es mit Vorsicht und stets voller Angst, dass doch noch eine tückische Krankheit zutage träte. Dabei schien sich das Kind, vom Fieber abgesehen, recht wohl zu fühlen. Wir hatten ihm zur Zerstreuung Malhefte und Bücher besorgt, mit denen es sich emsig beschäftigte. Manchmal kritzelte sie auch etwas in ihr Schreibheft.

Einmal kam meine Mutter, sichtlich erregt, aus dem Krankenzimmer. Sie hielt ein Blatt Papier in der Hand. »Sieh mal, was deine Tochter heute hier geschrieben hat«, sagte sie, mir den Bogen herüberreichend. Ich las die Überschrift: »Traum eines koreanischen Soldaten«, und danach die Verse:

»Lieg' ich im Felde so ganz allein,
denk' ich: Wie wird es zu Hause wohl sein?
Die Eltern liegen schon in der Gruft.
Bomben zerreißen die blaugraue Luft ...«

Ich erinnere mich nicht mehr genau, wie es weiterging. Vom Napalm war die Rede, vom Sterben, von Verstümmelungen. Im Traum kehrt der Soldat in das »vertraute kleine Dörfchen« zurück, wo alles noch so wie früher ist – doch zuletzt wacht er doch wieder im Felde auf. – Mir war es beim Lesen kalt über den Rücken gelaufen. Wie kam eine Zwölfjährige dazu, so etwas zu schreiben? Ich wusste, dass Christiane der Koreakrieg stark beschäftigt hatte. 1950 war ich mit ihr nach Berlin gefahren, wo die Weltfestspiele veranstaltet wurden – für das Kind ein tief greifendes Erlebnis. Wie berauscht waren wir durch die geschmückten Straßen gezogen, hatten mit den anderen gesungen: »Im August, im August blüh'n die Rosen«, hatten an einem der großen Plätze verharrt, wo die Kapellen spielten, hatten uns an den Händen gefasst zu einer langen Kette, die aus schwarzen und weißen und braunen Gesichtern geknüpft war, hatten uns eins gewusst mit allen friedliebenden Menschen auf dem ganzen Erdball, der von Murmansk bis nach Sidney oder Korea reichte, das damals im erbitterten Kampf gegen den amerikanischen Imperialismus stand. Abends waren wir zusammen mit den Koreanern, die im »Club der Kulturschaffenden« verpflegt wurden, die Jägerstraße, die damals wohl schon Otto-Nuschke-Straße hieß, hinaufgelaufen, als Kim, der Christiane an der Hand hielt, sich plötzlich von ihr löste und einem Amerikaner entgegenlief, den er mit allen Anzeichen von Freude in seine Arme schloss. Ich spürte, wie das Kind an meiner Seite erstarrte. Fassungslos sah es mich an: Wie konnte er – einen Amerikaner? Das war doch sein Feind?! Später erklärte ihr Kim, dass es auch ein anderes Amerika gab, ein Amerika mit Joe Hill und mit Martin Luther King, und zu ihm gehöre auch Bill, den Christiane nun gleichfalls zu ihrem Freund erkor.

Wie tief musste die damalige Bekanntschaft mit Kim, dem Koreaner, mit dem wir noch oft zusammenkamen, auf das Kind gewirkt haben, wenn sie sich noch jetzt, so lange danach, Verse wie diese von der Seele schrieb. Ich konnte nicht anders, ich ging an ihr Bett und umarmte sie – nie hatte ich mich ihr so innig verbunden gefühlt. Plötzlich aber spürte ich an meiner Schulter ihr tränennasses Gesicht. Sie schluchzte, konnte sich gar nicht beruhigen. »Ach Mutti«, stieß sie hervor, »ich bin so unglücklich. Das könnt ihr mir nie verzeihen …« Inzwischen war auch ihre Großmutter hereingekommen; hilflos starrten wir beide auf das weinende Kind. Was sollten wir ihr verzeihen?, fragten wir uns verstört. Schon hegten wir die schlimmsten Befürchtungen: Was hatte das Kind angestellt? Wenn es nur reden wollte! Endlich rückte Christiane stoßweise mit der Wahrheit heraus: Sie habe mutwillig das Thermometer in die Höhe getrieben, um als Kranke zu gelten. Sie wolle nicht länger in die Schule gehen. Jetzt verstanden wir überhaupt nichts mehr. »Aber wieso denn nicht?«, fragten wir. »Du lernst doch gut?« – Ja, sie wisse auch alles, gab Christiane zu, aber Fräulein Schiller nähme immer, obwohl sie sich melde, nur die anderen dran, darum langweile sie sich in der Schule zu Tode. Dürfe sie nicht wieder, wie damals, zu Hause bleiben, wenn sie uns verspräche, immer fleißig die Hausarbeiten zu erledigen?

Davon konnte natürlich keine Rede sein. Am nächsten Morgen begleitete ich Christiane in die Schule, wo die Lehrerin, mit der ich zuvor ein ernstes Gespräch geführt hatte, sie wie gewohnt am Unterricht teilnehmen ließ. Äußerlich schien alles wieder im Lot, doch mir machte das Vorgefallene noch lange zu schaffen. War mein Kind zu viel allein?, fragte ich mich. Mutter hatte mir kürzlich erzählt, wie sie ihre Enkelin öfter bei langen Selbstgesprächen ertappe. Offenbar hatte Christiane eine ganze Familie erfunden, einen Herrn Feller mit seiner Frau und sechs Kindern, die mit uns im Hause wohnten. »Herr Feller« stammte aus dem Sudetenland, seine Frau buk knusprige Buchteln, und ihre Kinder waren mal miss- und mal wohlgeraten. »Monika hat heute eine Eins geschrieben, Frau Feller!«, berichtete sie zum Beispiel strahlend, während sie die Treppe zu unserer Mansarde hinaufstieg, oder: »Hansi hat gestern eingepullert.« Ihre besondere Fürsorge galt »Herrn Feller«, der sich nur mühsam mit einem Holzbein fortbewegte, weil er sein richtiges Bein im Krieg verloren hatte. Nun war er traurig, weil er nie mehr würde Ski laufen können … Woher hatte mein Kind dies alles?, fragte ich mich. Ich wusste, dass in unserer Nachbarschaft eine Umsiedler-Familie lebte: Christiane war ab und zu dort zu Gast, wenn eins der Kinder Geburtstag hatte. Sehnte sie sich nach einer richtigen Familie? Vermisste sie doch ihren Vater? Allerdings war ihr Los kein Einzelfall:

In Christianes Schulklasse wuchsen 80 Prozent der Kinder ohne Vater auf. Ich hatte es mehrfach erlebt, wie es jedes Mal zu Konflikten mit den Kindern kam, wenn eine Mutter wieder einen Partner fand und erneut heiraten wollte; die Kinder fürchteten, die Liebe der Mutter teilen zu müssen, und sperrten sich gegen den fremden Mann – ein Stoff, der mich schon lange beschäftigte, den ich aber lange nicht zu packen vermochte. Jetzt plötzlich, nach Christianes Geständnis, kam mir die Idee zu einem Kinderbuch, in dem meine Hauptheldin Gabriele sich ebenfalls krank stellt, um die Hochzeit ihrer Mutter zu hintertreiben. Der Stiefvater ist in meiner Erzählung der Erste, der ihren Schwindel durchschaut. Da er aber sein Wissen für sich behält, gewinnt er Gabrieles Vertrauen, und die drei wachsen zu einer glücklichen Familie zusammen.

Als mein Kinderbuch »Gabriele – ein Tagebuch« 1956 erschien, wohnten wir bereits in Berlin. Der Alltag in dem relativ großen Haus mit Garten war für Mutter und mich doch zu schwierig geworden, und wir hatten die erste uns gebotene Gelegenheit ergriffen, um nach Berlin zu tauschen. Wir wohnten nun in Pankow, in einem Haus, das von den umliegenden Bewohnern als »Prominentenhaus« bezeichnet wurde, da unter anderen darin der Generalstaatsanwalt wohnte, eine Mitarbeiterin des Kultusministeriums sowie ein berühmter Hirnchirurg, dessen Frau, eine Internistin, nun die Hausärztin meiner Mutter wurde, deren hoher Blutdruck ständig ärztlich überwacht werden musste. Christiane wurde in die siebente Klasse der nahen Schule aufgenommen.

Mein Buch »Gabriele« erschien im Verlag Neues Leben, in dem damals Christa Wolf die Cheflektorin war. Christa hatte sich im Vorjahr den Kritikerinnen meines Buches »Regine Haberkorn« angeschlossen, indem sie den Roman als oberflächlich und mechanistisch verworfen hatte. Jetzt besuchte sie mich, um über eventuelle spätere Arbeiten mit mir ins Gespräch zu kommen. Ich las ihr die ersten Seiten des Kinderbuches aus dem Manuskript vor, von denen sie äußerst angetan war. »Das ist etwas ganz anderes«, rief sie aus, »mach nur weiter so.« Sie setzte durch, dass das Buch in einer hohen Auflage von 25 000 Exemplaren erschien, die sich schnell bis auf 80 000 erhöhte. Auch meine »Regine« hatte inzwischen, trotz oder vielleicht sogar wegen der vielen Diskussionen, die sich um das Buch gerankt hatten, die Hunderttausend überschritten. Der Gunst des Publikums konnte ich mich also bereits sicher wähnen. Aber würde mir endlich auch der literarische Durchbruch gelingen – die Anerkennung der maßgeblichen Päpste im Literaturbetrieb?

»Rom, hauptpostlagernd« und anderes

In Pankow wohnten wir nicht weit von der sogenannten Intelligenzsiedlung entfernt, einem Pendant zu der Siedlung in Grünau, wo auch mein Freund Jan Petersen ein Haus erhalten hatte. Hier im Norden Berlins wohnten ebenfalls viele Antifaschisten, aktive Kämpfer gegen das Hitlerreich, die, wie Ernst Busch, Zuchthaus oder KZ hatten überleben können, oder ehemalige Emigranten wie Erich Weinert, Henryk Keisch und viele andere. Zu den Ersteren gehörte auch Fritz Duda, ein Maler aus dem Ruhrgebiet, der schon vor vielen Jahren nach Berlin übergesiedelt war. Er war körperlich stark behindert, bewegte sich an Krücken, und auch seine Hände, mit denen er die farbenprächtigsten Gemälde auf die Leinwand bannte, waren verstümmelt, die Finger je zwei zu zwei zusammengewachsen, so dass man sich wunderte, wie er es zuwege brachte, mit den Stümpfen den Pinsel zu führen. Im Kollegenkreis war er als streitsüchtiger Geselle bekannt, der immer zu Diskussionen aufgelegt war. Nachmittags saß er oft in dem kleinen Café am Pankower Rathaus mit der Bildhauerin Hiltrud Hahne oder mit der Malerin Elisabeth Holz-Averdung, mit der ihn eine unglückliche Liebe verband – denn der Ärmste war nicht zur körperlichen Liebe fähig. Ich habe nie begriffen, dass der begabte Duda mit Karl, einem Bildhauer aus Potsdam, der ihm künstlerisch weit unterlegen war, eng befreundet sein konnte, aber er war es. Die beiden sahen sich oft, meist kam Karl aus Potsdam zu Fritz ins Atelier, wo sie lange erhitzte Debatten führten – und hier in Dudas Atelier war es auch, wo ich dem Bildhauer zum ersten Mal begegnet bin und wo unsere lange, unerquickliche Verbindung ihren Anfang nahm.

Viele meiner Freundinnen verstanden nicht, wieso ich mich so lange mit diesem Mann belastet habe. Ich glaube, ich wollte einfach mal wieder ein männliches Wesen zur Seite haben. Wie hatte Frau Fenske gesagt? Eine Frau allein gilt nichts in einem Männerstaat, zu dem man leider auch die DDR zählen musste.

Frauen an leitender Stelle konnte man auch hier mit der Lupe suchen, und Frauen allein, zumal wenn sie nicht mehr zu den Jüngsten gehörten, hatten den niedrigsten Stellenwert. Bestenfalls wurde man mit mitfühlenden Blicken bedacht. Ich hatte mitangehört, wie zwei meiner Kollegen, während ich an ihnen vorbeiging, einander zuraunten mit Blick auf mein neues Buch, das ich ihnen gerade in die Hand gedrückt hatte: »Na ja, schreiben kompensiert ja viel …« Nun bewies ich ihnen, dass ich eine Kompensation dieser Art nicht nötig hatte: Zur nächsten Verbandsveranstaltung konnte ich in männlicher Begleitung erscheinen!

Aber mit Karl war schwer auszukommen: Er war krankhaft eifersüchtig. An seiner Eifersucht war schon seine erste Ehe kaputtgegangen. Nun übertrug er seine übergroße Fürsorge, die er für Liebe hielt, auf mich, bewachte argwöhnisch jeden meiner Schritte, haderte mit mir, auch wenn ich mich nur für kurze Zeit zu einem harmlosen Rendezvous mit Verlagsleuten von ihm entfernen wollte. Ich kann unsere Beziehung nicht besser charakterisieren, als dass ich ein paar Zeilen aus einem Brief zitiere, die meine Freundin Annemarie Auer einmal an Karl gerichtet hat, nachdem sie Gelegenheit hatte, uns ein paar Tage in unserem Schriftstellerheim am Schwielowsee, die wir zusammen dort verbrachten, zu beobachten.

Annemarie schrieb: »Du, Karl, möchtest Deine Partnerin am liebsten unter eine Glasglocke setzen. Und da darf sie dann nur raus und Luft schnappen, wenn es Dir richtig erscheint. Du meinst, Du spürst tiefe Sorge um E. Aber wieso? Dieser Frau ist mit dem Glassturz nicht gedient. Sie ist ein selbständiges Wesen, das diese Art von Sorge, die Du Dir für sie einbildest, nicht gebrauchen kann. Im Gegenteil, solche Sorge beengt sie. Was E. braucht, ist ein vollkommen ruhiges Zutrauen Deinerseits, ist heiterer Seelenfrieden, ein harmonisches Miteinander. Und von Zeit zu Zeit, sonst kann sie ja gar nicht schreiben, neue frische bunte Eindrücke, sei es von Landschaften und Milieus, sei es von Menschen.« Und gegen Ende des Briefes, der zwei eng beschriebene Seiten umfasst, hatte sie angemerkt: »Es ist ein Irrtum von Dir zu glauben, Du könntest diese Frau, nur weil sie so sanft und geduldig ist, ganz und gar in Deinen Bann zwingen. Das kannst Du nicht, das kann niemand mehr! Denn die Selbständigkeit ist längst zur Bedingung ihres Daseins geworden. Sie ist die Grundlage ihrer Lebens- und Schaffenskraft. Wenn Du sie liebst mit dieser ihrer Grundbedingung, so könntet ihr doch noch herzlich froh miteinander werden. Also mach's gut, sei klug!«

Heute, da ich diese Zeilen wieder lese, drängt sich mir eine verblüffende Parallele auf. Karl war Stalinist, so wie auch die DDR nach stalinistischen Vorbildern gestaltet war. Auch die DDR hatte ihre Bevölkerung unter einer Glasglocke gehalten, hatte ihr vorgeschrieben, was sie zu denken und zu lesen und zu hören hatte; hatte ihr unter dem Vorwand, es geschähe aus Fürsorge und zu ihrem Schutz, den Blick in ferne Welten versperrt, hatte sie zu unselbständigen Kreaturen entmündigt. War es ein Wunder, dass das Volk sich endlich seiner Vormünder entledigt hatte?

Karl befolgte Annemaries Ratschlag nicht; er war zur Großzügigkeit nicht fähig. Er »beschützte« mich weiterhin, begleitete mich auf allen meinen Lesungen, er fuhr mit mir zur Kur, ja, er reiste mir nach, als ich vom Kulturministerium eine Reise nach Rom bewilligt bekam, um dem rätselhaften Tod einer Deutschen nachzuspüren, die angeblich Selbstmord begangen hatte. Ich hatte Ingrids Geschichte von ihrer Tante erfahren, die ich in Bad Elster kennengelernt hatte; sie war meine Tischnachbarin in dem Kurhotel. Die Tante hegte den Verdacht, dass man ihre Nichte ermordet hätte. Offenbar hätte die Familie des jungen Mannes, eines Diplomaten, in den Ingrid sich verliebt hatte, sie gewaltsam aus dem Wege geschafft. Die Tante lieh mir auch Ingrids Tagebuch: die Aufzeichnungen einer jungen Kunststudentin aus der DDR, der es gelungen war, über Westberlin nach Rom zu gelangen, und die nun begeistert die Schönheiten Roms auf sich wirken ließ. Mein Interesse war erwacht, und ich fasste den Entschluss, an Ort und Stelle dem Geheimnis von Ingrids Tod auf die Spur zu kommen und womöglich den Stoff literarisch zu verarbeiten. Damals war es noch relativ einfach, von unseren Behörden die Genehmigung für eine berufliche Ausreise zu erhalten, und ich bekam sogar einen Tagessatz 1:1 in Devisen umgetauscht. Leider lag meine Mutter gerade im Krankenhaus, so dass ich ihr die Obhut über meine Tochter nicht aufhalsen konnte; ich musste also Christiane mit auf die Reise nehmen. Und nun reiste, wenige Tage später, auch mein Freund noch an, der ebenfalls von dem schmalen Devisenbetrag zehrte, so dass wir gezwungen waren, jede Lira, bevor wir sie ausgaben, zehnmal umzudrehen. Das kleinliche Rechnen mit kleiner Münze, das ich von zu Hause nicht gewöhnt war, trug nicht gerade zur Harmonisierung unseres Aufenthaltes bei, zumal auch Christiane den Bildhauer ablehnte und durch ihr störrisches Verhalten die Atmosphäre weiter vergiftete.

Kurz vor unserer Abreise erreichte uns die Nachricht von dem Aufstand in Ungarn, die uns zutiefst verwirrte und uns Anlass zu vielen Kontroversen bot. Karl plapperte nach, was ich auch im »Neuen Deutschland« hätte lesen können: eine Konterrevolution, von ungarischen Intellektuellen provoziert und vom kapitalistischen Westen weitergeführt. Ich dagegen erinnerte mich an viele Berichte Bruno Heiligs und glaubte es anders zu wissen. Die kommunistische Partei hatte, ähnlich wie bei uns vor dem 17. Juni, den Bogen überspannt, hatte der Bevölkerung untragbare Lasten aufgebürdet, und das gebeutelte Volk hatte sich endlich zur Gegenwehr aufgerafft. Aber wie viele Opfer forderte der Aufstand, wie viel Blut wurde vergossen, auch von aufrechten Genossen, die schon lange voller Sorge das diktatorische Gebaren des Stalinisten Rakoczi beobachtet und im Stillen verurteilt hatten, ohne doch den Mut zu fassen, sich ihm entgegenzustellen und für normale Verhältnisse Sorge zu tragen.

Buchstäblich in letzter Minute, vor unserem Rückflug, erreichte mich die Bitte der Redakteurin einer italienischen Frauenzeitschrift, mit mir ein Gespräch führen zu können. Wie denn die Stimmung in der DDR sei?, wollte sie wissen. Huldige man dort noch immer dem alten Mann im Kreml, auch nach den Enthüllungen Chruschtschows auf dem 20. Parteitag, auf dem er Stalins Verbrechen offen dargelegt hatte? Bevor ich antworten konnte, schaltete sich Karl ein. Was man auch immer gegen Stalin vorbringen könne, dozierte er hitzig, Fakt sei, dass er den Krieg gegen den Hitlerfaschismus gewonnen habe. Dies sei allein sein Verdienst, wofür ihm die fortschrittlichen Menschen in Deutschland ewig dankbar sein müssten, und in der DDR wüsste man dies auch zu würdigen. – Nun ja, er habe trotz allem den Krieg gewonnen, erwiderte die Italienerin. Obwohl er bis zuletzt nicht an den Krieg geglaubt habe. Warnungen, die ihm Antifaschisten unter Lebensgefahr zukommen ließen, in den Wind geschlagen und hohe Militärs habe erschießen lassen. Oder wisse man das alles nicht in der DDR? Ich wechselte mit meiner Gesprächspartnerin einen stummen, verzweifelten Blick. Doch, wir wussten dies alles, in Parteiversammlungen hatten wir erschüttert den Bericht unseres Sekretärs Kuba zur Kenntnis genommen, hatten das Unfassbare nicht glauben wollen, dass »Väterchen Stalin«, das Idol von Millionen, an dessen Grab eine unabsehbare Menge von Trauernden, Männer und Frauen, vorbeidefiliert, in die Knie gesunken und dem Zusammenbruch nahe gewesen war, dass dieser zum »Halbgott« erhobene Generalissimus in Wahrheit im Verein mit dem NKWD-Chef Berija zahllose Verbrechen begangen hatte, indem er Millionen aufrechter Kommunisten in die Straflager geschickt oder sie kurzerhand nach einem Gerichtsverfahren, das eine Farce war, hatte erschießen lassen.

Die Verurteilung Stalins war zunächst in der DDR einhellig, seine Schriften wurden eingezogen, und sein Denkmal auf der Stalinallee, die man eiligst in Karl-Marx-Allee umbenannte, wurde entfernt. Aber nicht lange, da meldeten sich schon wieder Stimmen zu Wort, die erneut Stalins Verdienste priesen, seine Rolle während der Revolution 1917 und im Bürgerkrieg, bei der Errichtung des Sozialismus in der Sowjetunion und natürlich auch seine geniale Führung im »Vaterländischen Krieg« – so wie wir es eben aus dem Munde meines Begleiters hatten mitanhören müssen. Denn Karl war nur mein Begleiter, war keineswegs befugt, hier an meiner Stelle eine Auskunft zu geben, und die Unverfrorenheit, mit der er mich wie ein unmündiges Kind beiseite schob, um selber das Wort zu ergreifen, versetzte mich in Harnisch, empörte mich und brachte sozusagen das Fass meines Unbehagens zum Überlaufen. Stumm saß ich die ganze Zeit während unseres Heimflugs neben ihm; denn was sollten zwischen uns noch Worte? Innerlich war ich bereits meilenweit entfernt von ihm, und ich war entschlossen, unsere endgültige Trennung nun auch äußerlich herbeizuführen.

Mein Buch »Rom, hauptpostlagernd« erschien 1958. Wieder wurde es von der Kritik einmütig abgelehnt. Als ich einmal im Verband zur Versammlung kam, zog mich Liselotte Remané, eine Übersetzerin sowjetischer Literatur, die ab und zu auch Buchbesprechungen schrieb, hastig beiseite. »Du, ich komme gerade aus der Redaktion von ›Frau von heute‹«, erzählte sie mir; »die haben mich beauftragt, dein Buch zu verreißen. Was sagst du dazu?« – Ja, was sollte ich sagen? »Kennst du mein Buch denn schon?«, fragte ich dagegen. Nein, gab sie zu, sie hätte es noch nicht gelesen. Aber sowie sie dies getan hätte, würde sie mir dazu ihre Meinung sagen. Das tat sie schon wenige Tage später am Telefon. Ihrer Stimme nach zu urteilen, war sie leicht verstört. Sie verstünde die Redakteurin nicht, meinte sie. Sie habe das Buch gern gelesen, es sei spannend und zeige gut die Korruptheit der italienischen »oberen Gesellschaft« auf. Sie werde dies auch in ihrer Besprechung zum Ausdruck bringen – zu einem Verriss des Buches gebe sie sich nicht her.

Was dann aber wirklich in der Frauenzeitschrift erschien, war die Zusammenfassung von Besprechungen zweier Bücher, nämlich eines von Lori Ludwig: »Daniela« und des meinen, die die gemeinsame Überschrift trugen: »So ist doch unser Leben nicht!« Lori Ludwigs Buch spielte tatsächlich in der DDR. Aber hatte ich denn unser Leben geschildert? Ich hatte das tragische Schicksal eines jungen Mädchens erzählt, das an der harten Wirklichkeit eines kapitalistischen Staates zerbricht, weil es, nach einer kleinbürgerlich-spießigen Erziehung im Elternhaus, für den Lebenskampf nur ungenügend gerüstet war. »Hauptsächlich können wir E. B.s Buch als einen Beitrag zur Republikflucht auffassen«, schrieb L. Remané am Schluss ihrer Rezension, und sie bemängelte, dass ich »den gesellschaftlichen Hintergrund des Geschehens« nicht kritischer ausgeleuchtet und die zum Verlassen der Republik führende Vorgeschichte der Heldin nicht eingehender beschrieben hätte. Andere Kritiker verstiegen sich sogar zu der Behauptung, dass Rom in meinem Buch so verlockend geschildert sei, dass es junge Menschen zur Republikflucht verleiten könne! »Alle Leser sollten erkennen«, schrieb Frank Beer in der »Leipziger Volkszeitung«, »dass es für unsere Studenten keine bessere Heimat als den Staat der Arbeiter und Bauern und gegen die korrupte kapitalistische Gesellschaft nur eine wirksame Waffe gibt: die Organisation der Werktätigen zur Vernichtung von Produktionsverhältnissen, in denen der Satz ›Der Mensch ist des Menschen Wolf‹ zum obersten Gesetz erhoben wird. Aber diese Erkenntnis vermittelt E. B. leider nicht.« – Und auch Hans-Jürgen Rusch blies in das gleiche Horn, wenn er in der »Freien Presse« feststellte, dass mein Buch keineswegs geeignet sei, »der Jugend anhand der erschreckenden Tatsachen die Augen zu öffnen. Das neue

Verhältnis der Jugend zum Sozialismus kann das Buch nicht stärken«, schrieb er. »Wichtiger wäre es gewesen, die heutige politisch klare Arbeiterjugend und ihr Leben zu gestalten, denn sie ist es doch, die unserem Leben einen neuen und richtigen Inhalt gibt.«

Man forderte also nach wie vor von uns Schriftstellern, Propagandisten des Sozialismus zu sein, vorbildliche Arbeiterfiguren zu gestalten und die Wirklichkeit schönzufärben. In unserem Schriftstellerheim am Schwielowsee hatte sich Hans Schellenberger, ein Lektor, wochenlang mit dem Autor Herbert Jobst, einem Bergarbeiterkumpel, eingemietet, war sozusagen mit ihm in Klausur gegangen, um das Manuskript seines ersten Buches durchzuarbeiten, das später unter dem Titel »Der Findling« erschienen ist. Aber wie schmerzvoll waren die Geburtswehen dieser Ersterscheinung, wie hartnäckig verfocht der Geburtshelfer Schellenberger seine Verbesserungsvorschläge, die er unbedingt durchsetzen wollte, um einem passablen Buch ans Licht der Öffentlichkeit zu verhelfen! »Aber so war es doch!«, verteidigte sich der arme Jobst immer wieder. »Ich habe es genauso geschrieben, wie es geschehen ist. So habe ich es erlebt!« Aber er musste sich von seinem Lektor dahingehend belehren lassen, dass die Vorgänge, die er geschildert hatte, nicht typisch seien; nicht typisch in dem neuen Sinne, den wir dem Wort unterlegen sollten, nämlich als Synonym für vorbildlich, fortschrittlich und revolutionär – als ein Ansporn für alle, die etwa noch rückständig waren.

Inzwischen wurde »Eusebius«, mein alter Opel, immer klappriger, versagte häufig seinen Dienst, und ich konnte beobachten, wie die Mitbewohner unseres Wohnhauses hämisch mitansahen, wie ich mühsam durchs Fenster in mein Auto stieg, bevor ich glücklich am Steuer saß und auf den Starter drückte. So konnte es nicht weitergehen – ich brauchte ein neues Auto. Die Befürwortung dazu musste ich mir vom Schriftstellerverband holen, von der Abteilung Rechts- und Sozialwesen, die von Hanna Kaemmel geleitet wurde. Bei dieser Frau muss ich ein wenig verweilen.

Hanna Kaemmel war der ruhende Pol im Verbandsgetriebe. Ich versäumte es nie, bei ihr vorbeizuschauen, wenn mich mein Weg aus irgendeinem Grunde ins Verbandsbüro führte. Hanna hatte stets Zeit für uns. Geduldig schob sie den Aktenberg, mit dem sie gerade beschäftigt war, beiseite und wandte sich dem Besucher zu, dem sie sofort ihre größte Aufmerksamkeit zuteilwerden ließ. Als ich Hanna kennenlernte, kurz nach Gründung des Verbandes, war sie nicht mehr ganz jung, hatte die Mitte fünfzig schon überschritten, doch man sah ihr die Jahre nicht an. Ihr Gesicht war glatt, völlig ohne Falten, die Stirn war vom Pony verdeckt, und mir scheint heute, als ob sich in den dreißig Jahren, in denen wir uns erst regelmäßig, später in immer größeren Abständen sahen, ihr Äußeres kaum verändert hätte. Offenbar gehörte sie zu den Naturen, an denen tragische Geschehnisse scheinbar spurlos vorübergehen – denn an Tragik war ihr das Leben wahrhaftig nichts schuldig geblieben. Nur durch Zufall hatte ich von ihrem Schicksal erfahren: Die Frau eines guten Bekannten hatte in der Nazizeit mit Hanna bei Siemens gearbeitet; beide waren als Jüdinnen dienstverpflichtet. Hanna hatte zwei Kinder. Ihr Mann, der seine Karriere als Jurist nicht gefährden wollte, hatte sich in der Nazizeit von ihr scheiden lassen; erst nach '45 lebten sie wieder zusammen. Der Mann war ein hoch angesehener Wissenschaftler, Leiter der Rechtskommission beim Schriftstellerverband. In dieser Funktion hatte er viel zugunsten der Autoren bei den amtlichen Stellen durchsetzen können; der großzügige Normalvertrag für Autoren war zum größten Teil sein Werk. Doch im Familienkreis war er ein Tyrann. Ich war jedes Mal erschrocken, wenn ich die beiden privat zusammen sah – ich war gelegentlich Gast in dem Einfamilienhaus in Grünau, das man Professor Kaemmel zur Verfügung gestellt hatte. Damals waren ihre Kinder, Sohn und Tochter, bereits erwachsen, studierten irgendwo auswärts, so dass die Eltern, allein im Haus und Garten, ein beschauliches Leben hätten führen können. Doch Hanna vertraute den Haushalt, einschließlich der Betreuung ihres Mannes, einer Gehilfin an und ging früh aus dem Haus, das sie erst spät am Abend wieder betrat. Zu Hause sei sie das Dummchen, vertraute sie mir einmal an; sie brauche die Büroarbeit, um sich bestätigt zu sehen. Man verstand sie, wenn man erlebte, wie der Mann sie herumkommandierte. Hanna sah ihn, wenn er zur Tür hereinkam, stets furchtsam an, um zu erforschen, in welcher Laune er war. Widerspruchslos gehorchte sie ihm, kam jeder seiner Bitten nach, die er im Befehlston zu äußern pflegte, als spräche er zu seinem Hündchen, aber nicht zu seiner Frau, der er doch so vieles hätte abbitten müssen. Warum hatte sie ihn überhaupt wieder geheiratet?, fragte ich mich oft. Lockte sie die gute Versorgung, der Einzelvertrag? Aber sie verdiente alleine genug. Oder hatte sie an die Kinder gedacht, denen sie den Vater erhalten wollte, der sie selbst in gefahrvoller Zeit so herzlos verlassen hatte?

Einige Jahre später traf die Kaemmels ein weiterer Schlag: Die Tochter Tina, ein hochbegabtes Mädchen, das vorübergehend durch gute Beziehungen ihres Vaters zur Parteispitze sogar an der Sorbonne hatte studieren dürfen, erkrankte schwer und wurde in eine psychiatrische Klinik eingewiesen. Doch trotz dieses größten Unglücks, das Eltern treffen kann – das Bewusstsein, dem geisteskranken Kind niemals helfen zu können –, blieb Hanna äußerlich ruhig: Niemals ließ sie sich ihren Kummer anmerken. Statt zu klagen, hörte sie sich die Klagen anderer an und versuchte zu helfen, wo es nur ging – obwohl sie Trost am ehesten hätte gebrauchen können. Als ihr Mann starb, überließ sie das Einfamilienhaus ihrem Sohn, der nun selbst schon Familie hatte, und zog mit Tina in eine kleine Wohnung auf der Fischerinsel, die der Sohn solange innegehabt hatte. Nun musste sie auch ihre Verbandsstellung aufgeben, um Zeit für die Tochter zu haben, die sie rund um die Uhr betreute. Wir sahen uns damals nur noch selten. Meist trafen wir uns in einem Café, denn Hanna wagte nicht, Gäste zu sich einzuladen; Tina konnte plötzlich einen Anfall bekommen und die Freundinnen ihrer Mutter gewaltsam an die Luft befördern. Und dann hörte ich eines Tages, dass Hanna auch diese Wohnung hatte aufgeben müssen. Sie lag im Krankenhaus – nur zögernd ließ sie sich von Berta Waterstradt und mir, die sie dort besuchten, die Wahrheit entreißen. Tina hatte sie tätlich angegriffen, die Wohnung demoliert und hatte erneut in eine Klinik gebracht werden müssen. Als Hanna aus dem Krankenhaus entlassen wurde, war sie praktisch obdachlos, da sie sich weigerte, in die Wohnung zurückzukehren, in der sie so viel Schweres erlebt hatte. Schließlich bot ihr eine unserer Kolleginnen, Margarete Neumann, an, zu ihr ins Waldhaus zu kommen, nahe bei Neubrandenburg, wo sie blieb, bis ihr Sohn sie in sein Haus nach Berlin-Grünau holte. Hier wohnte sie bis zu ihrem Tode im Jahr 1985. Ihre Tochter befindet sich seitdem im Griesinger-Haus, zusammen mit Suchtkranken und AlkoholikerInnen.

Ich habe es nie versäumt, zu Hanna Kaemmel hereinzusehen, habe ich vorhin gesagt, und in der Tat: Hanna war die Beraterin der AutorInnen in allen Lebensfragen, Beichtmutter, Trösterin nach Verrissen und hilfreiche Vermittlerin, falls es um einen Streit mit Verlagen ging. Mir war Hanna in all den Jahren eine wirkliche Freundin geworden, zu der ich mit allen meinen Sorgen ging. Doch einmal stand ich mit einem Problem völlig allein, da ich mich blitzschnell entscheiden musste, ohne mir erst bei Hanna Rat und Trost holen zu können. Christianes sechzehnter Geburtstag stand vor der Tür. Am Abend zuvor hatten wir eine heftige Auseinandersetzung, weil ich dahintergekommen war, dass sie mich belogen hatte. Der Anlass war nichtig, doch sie beharrte auf ihrer Lüge, und das brachte mich zur Weißglut, machte mich hart in meinem Urteil und vielleicht auch ungerecht ihr gegenüber. Ich drohte ihr an, alle ihre Freundinnen, die sie zu ihrem Ehrentag eingeladen hatte, wieder nach Hause zu schicken und den Tag wie jeden anderen verstreichen zu lassen. Stumm und verzweifelt ging sie von mir weg. Nachdem sie sich am nächsten Morgen vor dem Schulweg von mir verabschiedet hatte, fand ich auf dem Flur ein Briefchen vor: adressiert an »Frau E. B.«. Düsterer Ahnungen voll, riss ich den Umschlag auf und überflog die wenigen Zeilen. Nicht nur ich und ihre Oma, schrieb sie, hatten eine unruhige Nacht hinter sich; auch sie habe nicht schlafen können, da sie die wenigen Freundinnen, die sie endlich gefunden hatte, wieder verlieren solle. Sie könne die Schmach nicht ertragen und habe sich nun entschlossen, zu ihrem Vater zu gehen. »Ich werde nie unsere gute Sache verraten«, schrieb sie wörtlich, »aber ich kann ja nichts dafür, dass er im Westen wohnt …« Und ganz am Schluss stand da, wie ein Verzweiflungsruf: »Hilf mir doch …!«

Ich war wie gelähmt, zu keiner Bewegung fähig, zumal mir die Angst um meine Mutter im Nacken saß, der jede Aufregung erspart werden musste. Sie durfte auf keinen Fall erfahren, dass ihre Enkelin von hier fortgehen wollte. Wie aber konnte ich den kindlichen Entschluss vereiteln? Ich rief den Direktor ihrer Schule an. Meine Tochter war Mitglied im Freundschaftsrat der FDJ, auch der Schule musste daran gelegen sein, sie hierzubehalten. Ich hatte mich nicht geirrt: Der Schulleiter zögerte nicht einen Augenblick, mir zu Hilfe zu kommen. Er beorderte sogleich zwei Lehrkräfte, Christianes Klassenlehrerin sowie einen Fachlehrer, sich am U-Bahn-Eingang und an der Bushaltestelle zu postieren, um das Mädchen gegebenenfalls abzufangen. Meine anfängliche Erleichterung wich neuer Angst. Würde das Unternehmen gelingen? Konnten die Lehrer ihre Schülerin zur Umkehr zwingen? Was konnte ich tun, falls das Mädchen sich weigerte, zu mir zurückzukommen? Sollte ich es durch Gerichtsbeschluss zurückholen lassen? Hatte ich dazu überhaupt die Möglichkeit? Um meine Verzweiflung zu verstehen, muss man sich in die damalige Zeit zurückversetzen. Es herrschte der kalte Krieg, und die Bundesrepublik war in unseren Augen – die Propaganda paukte es uns täglich ein – eine Lasterhöhle, in der junge Menschen den schlimmsten Verlockungen ausgesetzt waren. Dass es Jugendliche gab, die auch dort in der relativen Geborgenheit eines intakten Elternhauses aufwuchsen, habe ich damals gar nicht wahrhaben wollen. Es gab nur schwarz-weiß. In der Bundesrepublik gab es Drogen, Jugendkriminalität und Prostitution. Und solchen Verführungen sollte ich mein Kind aussetzen? Schließlich hatte ich nicht umsonst um das Sorgerecht für unser Kind gekämpft. Es sollte bei mir aufwachsen, in unserem Staat, in dem es meiner Meinung nach eine glücklichere Zukunft hatte.

Die Lehrer haben meine Tochter nicht abfangen können. Sie war mit der S-Bahn gefahren, bis Charlottenburg, weil sie wusste, dass ihr Vater in Charlottenburg wohnte. Doch bis zu seiner Wohnung in Neuwestend war noch ein weiter Weg. So war es fast Mittag, als sie endlich bei ihm angelangt war. Ich hatte in der Zwischenzeit zahllose Telefonate geführt – mit Bekannten und mit Freunden von Bekannten, weil ich immer noch hoffte, Christiane hätte bei einem von ihnen Zuflucht gesucht, statt wirklich zum Vater zu gehen. Als alles vergeblich war, rang ich mich schweren Herzens dazu durch, bei J. B. anzurufen. Dazu musste ich selbst in den Westsektor fahren, um seine Nummer aus dem Telefonbuch herauszusuchen – unsere Verbindung war ja seit Jahren abgebrochen, und auch unsere letzten Kontakte waren nur über das Gericht zustande gekommen. J. B. war selber am Apparat. »Ach, du bist es«, rief er ganz freundlich, als er meine Stimme erkannte. Ja, Christiane sei soeben bei ihnen eingetroffen, bestätigte er. Sie habe wohl eine Dummheit gemacht, fuhr er fort; natürlich werde er sie bald nach Hause schicken, nur wollten sie noch zusammen Mittag essen. Ich traute meinen

Ohren nicht. So viel Entgegenkommen hatte ich kaum erwartet. Erst später erzählte mir meine Tochter, dass ihr Vater und Annegret nach ihrer Ankunft sofort beschlossen hätten, sie ins Rheinland ins Kühnesche Internat zu geben, was sie natürlich empört abgelehnt hätte.

Annegret hatte inzwischen selber zwei Kinder, vier und sechs Jahre alt, und sie verspürte wohl wenig Lust, sich zusätzlich eine Halbwüchsige ins Haus zu holen. Doch der Bann zwischen uns war gebrochen, wir blieben seither in losem Kontakt. J. B.s Familie besuchte uns sogar einige Male in unserer Pankower Wohnung, bis dies durch den Bau der Mauer nicht mehr möglich war, und ich machte später, wenn ich als Rentnerin nach Westberlin fuhr, hin und wieder einen Abstecher zu ihnen hinauf, zumal sie seit Neuestem im Hansaviertel wohnten, also nahe der Staatsbibliothek, die ich gelegentlich aufsuchen musste …

Hier mache ich einen Gedankensprung über viele Jahre hinweg. Als Ende 1990 der Schriftstellerverband der DDR aufgelöst wurde, erhielt ich eines Tages einen Anruf von der einzigen Mitarbeiterin, die dort noch tätig war. Ob ich Wert darauf lege, meine Bücher zurückzuerhalten, fragte sie mich. Dann müsste ich sie schnellstens abholen, da die Verbandsbibliothek geräumt würde. Natürlich fuhr ich eiligst in die Friedrichstraße. Die Bücherei befand sich in der ersten Etage. Schon auf dem Weg dorthin, den langen Gang entlang, schnürte mir die Beklemmung über das, was ich sah, die Kehle zu. Die Türen zu den einzelnen Zimmern standen weit offen, alle waren leer, als harrten sie der Renovierung; die Schreibtische und Regale waren auf dem Flur übereinandergestapelt, so dass kaum ein Durchkommen war – das Ganze erinnerte mich fatal an die Weimarer Zeit, die Weltwirtschaftskrise, als man die Möbel der Armen, die ihre Miete nicht bezahlen konnten, brutal auf die Straße geworfen hatte, und sie selbst dazu. In den Regalen der Bibliothek klafften große Lücken, als hätte jemand mit roher Hand wahllos hineingegriffen, Bücher herausgezerrt und wie wertlosen Plunder auf den Boden geschleudert, den sie nun weithin bedeckten wie ein bunter und unregelmäßiger Flickenteppich. Die Angestellte hatte meine Bücher schon bereitgelegt: zwanzig Bände, und fast alle waren in der DDR entstanden. Von jeder Neuerscheinung hatte ich folgsam ein Exemplar an den Verband geschickt und mit einer Widmung versehen: »Für meine Verbandskollegen«. Jetzt kamen sie alle zu mir zurück. Keiner der Kollegen hatte sie offenbar haben wollen, nun da sie so wohlfeil waren, und auch ich dachte nicht eine Minute daran, unter dem noch Vorhandenen nach Schätzen zu suchen, die man früher nur unter dem Ladentisch hätte ergattern können. Das Angebot war zu groß: Bücher aus vierzig Jahren, von Hunderten von Verbandsmitgliedern. Viele Autoren hatten ihre Werke nur unter Schwierigkeiten, unter Qualen und Selbstzweifeln schreiben können, die erste Fassung verworfen und eine zweite und dritte niedergeschrieben, bis endlich das fertige Buch vor ihnen lag. Und oft waren es Bücher, an denen sich Diskussionen entzündet hatten, um die man stritt, um die Freundschaften unter Gleichgesinnten geschlossen wurden, während sich andere Freunde ihretwegen entzweiten; Bücher, die Prämien erlangen, die hochgelobt wurden oder totgeschwiegen, Bücher, die unser Leben ausmachten.

Das alles war jetzt vorbei, war Schnee vom vergangenen Jahr, den man anderen Orts, in den Buchhandlungen, eilig an den Rinnstein kehrte, auf den Müllhaufen warf. Wenigstens diese Bücher habe ich noch gerettet!, dachte ich aufsässig, während ich die Bände aus dem Verband in die Mappe stopfte. Die Angestellte kam gerade mit einer Akte an. »Nehmen Sie die auch noch mit«, sagte sie, »Ihre Kaderakte.« Meine Kaderakte? Mir wurde flau im Magen. Natürlich wusste ich, dass es im Verband eine Kaderleiterin, Frau Sudrow, gegeben hatte, ich hatte aber nie mit ihr zu tun gehabt, und offen gesagt hatte ich mir auch nie vorstellen können, worin die Arbeit dieser Dame bestand; nun endlich würde das Geheimnis gelüftet werden: Es bestand also auch von mir – vielleicht von sämtlichen Mitgliedern? – eine Kaderakte. Was mochte sie enthalten? Auf dem Nachhauseweg zermarterte ich mir den Kopf darüber. Ob man die Kritiken zu meinen Büchern gesammelt hatte? Doch dazu war die Akte zu schmal. Oder die Elogen zu den runden Geburtstagen, die die Abgesandten des Verbandes, meist der Sekretär des Berliner Bezirksverbandes, zuletzt war es Günter Görlich, und ein hauptamtlicher Funktionär feierlich aus der Roten Mappe geschält und vor den versammelten Gästen verlesen hatten? Auch einige Vergehen bei der Grenzüberschreitung, der versuchte Schmuggel eines Buches von Simone de Beauvoir und eines dringend benötigten Autoersatzteils, kamen mir in den Sinn, die der Grenzer vielleicht dem Verband gemeldet hatte.

Ich konnte es kaum erwarten, nach Hause zu kommen, um in Ruhe in der Akte zu lesen. Doch beim Blättern löste sich meine Spannung zusehends – als ob aus einem Ballon die Luft entweicht. Immer wieder stieß ich auf Fragebogen: nach Namen, Geburtsdatum, Namen der Eltern, deren Geburtsjahr, nach Namen von Kindern und Ehegatten wurde gefragt, und da die Angaben zu meiner Person stets die gleichen blieben, fragte ich mich, warum der Verband sich genötigt sah, sie immer neu von mir einzufordern. Auch Umfragen kehrten vielmals wieder. Sauber abgeheftet fand ich vorgefertigte Bogen vor, auf denen wir gewissenhaft beantworten sollten a) was im letzten Jahr von uns erschienen, uraufgeführt oder gesendet worden war; b) welches Buch oder Theaterstück oder Hörspiel wir gerade beendet hätten; und c) welche Vorhaben wir für das laufende Jahr eingeplant hätten? Aus den Blättern war ersichtlich, dass ich mich um redliche Beantwortung der Fragen stets bemüht hatte. Aber was tat der Verband mit allen diesen Angaben? Wozu dienten sie ihm? Brauchte er den Nachweis einer regen Tätigkeit seiner Mitglieder zur Rechtfertigung der eigenen Existenz, eines Verbandes, der immerhin vierzig Mitarbeiterinnen beschäftigte? Und warum verlangte er immer wieder von uns die Abfassung von Kurzbiographien, die mit monotoner Beständigkeit stets dasselbe enthielten, ob es um die Frage meiner sozialen Herkunft ging, um meine Schulbildung, meine berufliche und politische Entwicklung, um Auszeichnungen und, ganz zuletzt, um stattgefundene Veröffentlichungen?

Bei der Frage nach dem »erlernten Beruf« hatte ich immer gezögert: Sollte ich schreiben »keiner«? Was hatte ich denn gelernt? Auf der Schreibmaschine tippte ich nach wie vor mit drei Fingern – das Zehn-Finger-System hatte ich nie beherrscht. Die Einheitskurzschrift hatte ich einmal in einem Schnellkursus erlernen sollen. Da ich aber den Kursus vorzeitig abbrach, kostete es mich seitdem die größte Mühe, meine Hieroglyphen zu entziffern. Meine Rechenkünste reichten gerade so weit, um meine Einnahmen und Ausgaben zu addieren, und auch im Stricken und Häkeln bin ich über die bewussten Topflappen mit Mausezähnchen nie hinausgekommen. Was konnte ich also wirklich? Natürlich habe ich in der Schule lesen und schreiben gelernt, und so begann ich schon mit acht Jahren, ausgedachte Geschichten in ein Heft zu schreiben. Und dieser Beschäftigung bin ich bis heute treu geblieben. Zu meiner Erleichterung fragte man stets als Nächstes nach dem »ausgeübten Beruf«, und da hatte ich jedes Mal hingeschrieben: Schriftstellerin. Aber war das Ausspinnen von Geschichten wirklich ein ernsthafter Beruf?

Den größten Platz in dem Blätterwald meiner Kaderakte nahm aber anderes ein, nämlich die Bitten um Befürwortungen für … beinahe für alles, was der berufstätige Mensch in seinem Alltag benötigt, brauchte man die Hilfe des Berufsverbandes. Das Schreibpapier ging zu Ende? Der Verband musste uns die Berechtigung für den Bezug bescheinigen. Auch für ein Farbband mussten wir die Bestätigung durch den Verband erbitten, dass ein neues Band dringend vonnöten wäre. Vor Erwerb einer Reiseschreibmaschine bemühte sich der Verband darum, von der DHZ – Deutsche-Handels-Zentrale – einen Materialzuweisungsschein zu erhalten, und ebenso verfuhr er, wenn ein Autor einen PKW beantragte, um mit ihm zu Lesungen zu fahren, die ihn oft in weit entlegene Orte führten. Der Verband schaltete sich ein, wenn man eine Garage oder eine neue Wohnung zu erhalten hoffte, da die bisherige »wegen verschiedener Mängel der schriftstellerischen Arbeit nicht zuträglich« war; und auch die Notwendigkeit einer Heilkur musste nicht nur der behandelnde Arzt, sondern auch der Berufsverband bestätigen. Ja, unter dem Datum des 22. Juli 1953 fand ich sogar ein Schreiben des Verbandes an das Verkehrspolizeiamt in Oranienburg mit der Bitte, mir für meine Fahrten von Birkenwerder nach Berlin eine »Globalberechtigung zur Benutzung eines Personenkraftwagens« auszustellen. Man lege großen Wert darauf, hatte man in der Begründung hinzugefügt, dass ich »meine kulturpolitischen Aufgaben innerhalb des Verbandes erfüllen könne, ohne genötigt zu sein, mit der S-Bahn durch den Westsektor zu fahren«. Worin meine kulturpolitischen Aufgaben bestanden, weiß ich nicht mehr; ich erinnere mich nur an zahllose Sitzungen, an denen man teilnehmen sollte. Unterschrieben waren die Befürwortungen stets von dem gerade amtierenden Verbandssekretär und von Hanna Kaemmel, die als Leiterin der Rechts- und Sozialabteilung für diese Art unserer Anliegen zuständig war.

Vergeblich aber habe ich in meiner Kaderakte nach einem Hinweis auf meine »Westkontakte« gefahndet, die auch Schriftstellern nur ungern gestattet wurden, die ich ja aber offen seit der oberflächlichen Versöhnung mit meinem geschiedenen Mann und seiner Familie aufrechthielt. So viel ich auch blätterte – nirgends entdeckte ich einen Vermerk aus der Normannenstraße, so dass ich enttäuscht, tief frustriert, meine Kaderakte wieder beiseitelegte. Deutlicher als durch das Fehlen einer Stasinotiz hätte man mir meine Unwichtigkeit nicht attestieren können.

Vom Kommen und Gehen

Wir wohnten zehn Jahre in Pankow. Wir feierten dort den 75. Geburtstag meiner Mutter, die nach Vaters Tod in meinem Haushalt lebte, und hier erhielt Christiane ihre Jugendweihe. Wir verlebten hier den 13. Oktober 1957, einen Sonntag, an dem die Menschen vor den Banken Schlange standen, um das wertlos gewordene Geld gegen neue Scheine einzutauschen – ein Finanzmanöver, das empfindlich die Schieber traf und das mich später zu meinem Berlin-Roman »Sonntag, der Dreizehnte« inspirierte, der 1961 erschien, als uns wieder mal ein Sonntag, der Dreizehnte, in helle Aufregung versetzte: der Mauerbau! Dieser Tag, bedeutsam genug für alle, war für unser Haus von besonderer Spannung: Würde das Arzt-Ehepaar aus dem zweiten Stock, beide gläubige Katholiken, die gerade an einem Kongress in Westdeutschland teilnahmen, die Gelegenheit ergreifen und »drüben« bleiben? Doch nein, sie kehrten zurück. Der Chirurg nahm seinen gewohnten Platz in der Klinik ein, und seine Frau erschien pünktlich am nächsten Tag bei meiner Mutter zum Blutdruckmessen. »Sie dachten wohl, uns sehen Sie nicht wieder?«, fragte sie spöttisch. »Ich gebe zu, wir haben geschwankt. Aber wir brachten es nicht über uns, unsere Patienten im Stich zu lassen.«

Wie hatte ich selbst die Hiobsbotschaft aufgenommen? Ich war zunächst erleichtert. So beschämend es war, dass wir uns auf diese Weise vom Westen abschirmen mussten – es war damals die einzige Möglichkeit, die DDR zu erhalten. Zu gewaltig war der tägliche Flüchtlingsstrom von Ost nach West: zu anormal das Leben der Grenzgänger, die im Westen arbeiteten, aber im Osten Wohnung und Versorgung in Anspruch nahmen; zu gravierend die Abwerbung von Fachkräften, die unseren Staat Millionen gekostet hatten. Die DDR war in Gefahr auszubluten, wenn wir ihr nicht gewaltsam die Adern abschnürten, um ihr das Leben zu retten. Die Operation war schmerzlich, am schmerzlichsten für die Menschen diesseits und jenseits der

Mauer, die durch verwandtschaftliche Bande eng zusammengehörten, nun aber nicht mehr zueinander gelangen konnten.

Auch die Verbindung zu meinem Bruder war abgebrochen. Er hatte sich nach Kriegsende sofort nach Westberlin abgesetzt, wo er sich beruflich bessere Chancen versprach. Seitdem waren wir nicht mehr allzu häufig zusammengekommen. Meine Beziehung zu ihm war zusehends schlechter geworden. Noch immer konnte ich ihm nicht verzeihen, dass er durch seine Desertion auch die Eltern in Gefahr gebracht hatte, und der kalte Krieg trug das Weitere zu unserer Entfremdung bei, so dass der Graben zwischen uns kaum noch zu überbrücken war. Seine seltenen Besuche, die hauptsächlich wohl Mutter galten, endeten meist im Streit. Damals wusste ich noch nicht, dass mein Bruder unter Alkohol stand, wenn er cholerisch aufbrauste, mich und meine Lebensart verhöhnte und provozierende Reden gegen unsere Regierung hielt und gegen unsere Bemühungen um eine gerechtere Gesellschaftsordnung, über die er nur herablassend und mit Verachtung sprach. Unbefriedigend verliefen auch meine Gegenbesuche, die ich später als Rentnerin unternehmen konnte. Mich schockierte seine Verschwendungssucht. Sicher, mein Bruder verdiente als viel beschäftigter Cutter gut, aber er lebte immer über seine Verhältnisse. Seine zweite Frau Eva, die er nach der ersten missglückten Ehe mit einer Schauspielerin überstürzt geheiratet hatte, war anspruchsvoll und wollte durchaus in ein Haus übersiedeln, das oberhalb der Havel in Weinmeisterhöhe gelegen und entsprechend teuer war. Da beide – auch seine Frau war Cutterin – von früh bis spät vorm Schneidetisch hockten, musste für die zwei Söhne eine Kinderfrau her. Doch die Gehilfin hatte wochenlang kein Gehalt bekommen, und auf der Terrasse stapelten sich die Wein- und Whiskyflaschen. Ich war immer bemüht, die wackelige Existenz meines Bruders vor unserer Mutter zu verbergen, und tatsächlich hatte sie bis zu ihrem Tode die Illusion, dass ihr Sohn in gesicherten Verhältnissen lebe, als glücklicher Vater und Ehemann. Doch zu ihrem Begräbnis konnte Wolfgang schon nicht mehr kommen; nach einem schweren Zusammenbruch lag er im Krankenhaus. Nun oblag es seiner Frau, den kostspieligen Haushalt in Pichelsdorf aufzulösen und in eine bescheidenere Wohnung umzuziehen. Sie reichte die Scheidung ein und brach jede Beziehung zu ihm und seinen Angehörigen ab.

Ich ahnte immer noch nicht, wie schlimm es um Wolfgangs Gesundheit stand, als er mich einmal – das war viel später, als die Einreise von Westberlinern zu uns nach Zahlung des Mindestumtausches schon wieder möglich war – wissen ließ, dass er gern einmal nach Zühlsdorf, auf unser Grundstück, käme. Ob ich Zeit und Lust hätte, ein paar Tage dort mit ihm zu verbringen und ihn ein wenig aufzupäppeln – er hätte Erholung sehr nötig. Natürlich sagte ich zu, und wir verabredeten, dass ich ihn an einem bestimmten Tag vom Bahnhof Friedrichstraße abholen sollte. Doch ich wartete lange vergeblich auf ihn. Schon wollte ich resignieren und wieder umkehren, als ich ihn endlich von ferne heranwanken sah: Er bot einen bejammernswerten Anblick. Sein Anzug war zerdrückt und mit Flecken besät. Die heftig zitternden Hände, die er trotz sichtlicher Anstrengung nicht bändigen konnte, hielten lose ein paar Blätter umfasst, offenbar die Reisedokumente, die ich ihm nun eilig, um sie sicherzustellen, aus den Fingern wand. Aber ich sah sofort, dass er stocknüchtern war. Aber wieso war er in diesem erbärmlichen Zustand? »Der Kreislauf«, flüsterte Wolfgang matt. »Die Pumpe, weißt du …?« Ich fasste nach seinem Arm, um ihn behutsam die Stufen hinunter und bis in mein Auto zu bringen. Aber konnte ich überhaupt wagen, mit ihm in seinem Zustand wegzufahren? Sollte ich nicht besser in ein Krankenhaus? Doch als habe er meine Absicht erraten, drängte er jetzt: »Komm, komm, wir fahren. Es geht schon wieder.« Und wirklich schien er sich nun zusammenzureißen. Die immer noch zitternden Hände zwischen die Knie gepresst, blickte er erwartungsvoll vor sich hin; der ganze Körper drückte Spannung aus. Erst als die Stadt hinter uns lag und uns Grünes umfing, schien er sich zu entkrampfen.

Jetzt schwelgte er in Erinnerungen. Jedes am Wege liegende Gasthaus, jede Kirche und jedes Schulhaus, das er wiederzuerkennen glaubte, versetzte ihn in Entzücken. Und diese Hochstimmung hielt an, als wir das Grundstück mit dem Holzhäuschen erreicht hatten und er mit allen Einzelheiten Wiedersehen feiern konnte: mit der Küche, unter deren Dielen er sich einst hatte versteckt halten müssen, dem Schuppen am Ende des Grundstücks, an den Vater dann den Luftschutzkeller angebaut hatte, ja, sogar mit dem winzigen Verschlag hinter dem Haus, in dem sich die Latrine befand. Alles begeisterte ihn, weckte Erinnerungen an frühere Erlebnisse, die wir nun gemeinsam auskramten, während wir uns an den Abendbrottisch setzten. Doch nun wurde er bereits unruhig, sah sich suchend um, und da ich wohlweislich nichts Trinkbares herbeigeschafft hatte, schob er plötzlich seinen Stuhl zurück mit einer Hast, die nur mit Gier zu erklären war. Er wolle sich ein wenig in der Umgebung umsehen, erklärte er mir kurz – und schon war er an der Tür und stolperte hinaus.

Ich lag schon im Bett, als er wiederkam, tat so, als ob ich schliefe, konnte aber durch die offene Verbindungstür zu dem Raum, in dem ich ihm seine Bettstatt gerichtet hatte, seine Bewegungen genau verfolgen. Fürsorglich hatte ich ihm das Waschwasser hingestellt, in der blechernen Schüssel, und ich sah, wie er sich gleichsam in Zeitlupe, wie es schwer Trunkene tun, seiner Kleidungsstücke zu entledigen suchte, wobei sich ihm immer wieder unvorhergesehene Schwierigkeiten, Verhedderungen oder verknotete Schuhbänder, entgegenstellten. Endlich gelang es ihm, das Hemd über den Kopf zu streifen. Sein Oberkörper war nun nackt, und ich sah mit Entsetzen, dass der Rücken über und über mit Blasen und blauen Flecken besät war, wie sie nach Stürzen oder Unfällen zutage treten. Auch jetzt konnte sich der Arme auf seinen dürren Beinen nur mühselig im Gleichgewicht halten, sein Körper schwankte wie ein Rohr hin and her, ohne dass es ihm gelang, sich irgendwo festzuklammern, und plötzlich – ich hatte wohl für Sekunden die Augen von ihm abgewandt – hörte ich ein dumpfes Geräusch, wie wenn ein massiger Körper zu Boden fällt, dann einen Schrei, der mehr dem Brüllen eines Tieres glich, den es in höchster Todesangst von sich gibt, hörte auch das Scheppern von Blech, und ehe ich noch recht zur Besinnung kam, sprang ich aus dem Bett und rannte nach nebenan, und da sah ich meinen Bruder auf dem Boden liegen. Seine Glieder streckten und krümmten sich im zuckenden Rhythmus, vor seinem Mund stand Schaum, und ein dünnes, blutiges Rinnsal floss von seinen Lippen bis auf den Hals herab und auf die nass glänzende Brust. Überall um ihn her standen Pfützen. Offenbar hatte er im Sturz die Waschschüssel umgerissen, die ihren Inhalt über ihn ergossen hatte. Ich tastete Stirn und Wangen nach Verletzungen ab, konnte aber nichts finden, warf mich über ihn, um mit meinem Gewicht die wie rasend zuckenden Glieder zur Ruhe zu bringen: aber es gelang mir nicht, ich musste Hilfe holen.

Zum Glück wohnte eine Ärztin nicht weit von uns. »Ist Ihr Bruder Epileptiker?«, fragte sie mich, nachdem sie einen Blick auf den Patienten geworfen hatte. Ich hob hilflos die Schultern, ich wusste es nicht. »Ich glaube, er hat getrunken«, sagte ich nur. »Von Krämpfen ist in unserer Familie nie die Rede gewesen.« – »Nein? Es scheint aber doch ein epileptischer Anfall zu sein«, meinte sie. »Er hat sich beim Sturz auf die Zunge gebissen, das tun Fallkranke oft. Hatte er besondere Aufregungen in letzter Zeit?« Ich schilderte ihr kurz die Zusammenhänge: seinen Besuch hier auf dem Grundstück nach so langer Zeit … Die Ärztin nickte. »Dann ist mir alles klar. Die Emotionen hier, die ihn stärker mitnehmen als gesunde Menschen …« Sie überwies meinen Bruder zur weiteren Beobachtung ins nächste Krankenhaus. Dort tobte er die halbe Nacht, schlug auf die Möbel ein, bettelte um Alkohol – erst eine Spritze konnte ihn zur Ruhe bringen. Er blieb noch drei Tage in dem Ambulatorium. Dann wurde er nach einem umständlichen Verfahren in ein westliches Klinikum überführt, wo ich ihn nicht einmal besuchen konnte, denn meine den Rentnern zugebilligten Reisetage waren abgelaufen. Unsere gemeinsamen Ferien, auf mindestens zwei Wochen geplant, hatten so ein vorzeitiges und trauriges Ende gefunden.

Danach habe ich meinen Bruder lebend nicht mehr gesehen. Ich hatte Besuche zu ihm immer wieder aufgeschoben; zu schwer hatte der Gedanke an den Alkoholiker, der längst seine Arbeit verloren hatte und geistig dahinvegetierte, seit Jahren auf mir gelastet, zumal ich durch die geteilte Stadt und die zweierlei Währungen keine Möglichkeit sah, ihm zu helfen. Seine Frau Eva hatte die Scheidung von ihm betrieben, als er sich gerade einer Entziehungskur unterzog. Krank wie er war, von Halluzinationen gepeinigt und an die strengen Regeln der Klinik gebunden, war er außerstande, vor Gericht zu erscheinen und seine Ansprüche geltend zu machen, und so sah er sich nach der Entlassung wie ein räudiger Hund auf die Straße verbannt. Die Wohnung war versiegelt, die geschiedene Frau mit den beiden Jungen offenbar verreist, und auch später wurde ihm der Umgang mit seinen Söhnen konsequent verwehrt – bis Stefan, der Ältere, eines Tages von sich aus den Kontakt mit dem Vater suchte, der in einer Parterrewohnung auf dem zweiten Hof einer Mietskaserne eine primitive Unterkunft gefunden hatte. Hier habe auch ich meinen Bruder Wolfgang einige Male besucht. Viel lieber hätte ich ihn bei uns zu Hause bewirtet, schon Mutter zuliebe, aber er war schon zu energielos und krank, um sich den Strapazen einer Fahrt nach Ostberlin auszusetzen. Einige Male hatte er uns auch einfach versetzt, weil sein armer verwirrter Kopf sich den Besuchstermin nicht hatte merken können, und dann war es wieder an mir, nach Mariendorf hinauszufahren und nach ihm zu sehen – eine Unternehmung, die mich jedes Mal Überwindung kostete, war es doch äußerst bedrückend für mich zu sehen, wie ein Mensch in Armut und Unordnung lebte, weil er jede Unterstützungsmark, die er in die Hand bekam, in flüssige Nahrung umsetzte, die seinen Geist verwirrte, seine Sprache ins Stottern geraten ließ und die Hand, die er mir hinstreckte, konvulsivisch erzittern machte. Was für ein Wrack war mein Bruder geworden, dieser vielseitig begabte Mensch, der einst, wie wir gemeint hatten, zu den größten Hoffnungen berechtigte!

Stefan teilte mir eines Tages den Tod meines Bruders mit. Er hatte ihn am Morgen bei einem seiner Besuche, die er pflichtgemäß absolvierte, tot im Bett aufgefunden. Der Arzt hatte Herzversagen als Todesursache attestiert. Ich fuhr nach Westberlin, um zusammen mit Stefan, der als Sechzehnjähriger schon recht verständig war, die nötigen Formalitäten zu erledigen. Sein jüngerer Bruder Oliver befand sich auf einem Lehrgang, und weitere Angehörige gab es nicht. Stefan wollte es übernehmen, die Wohnung zu räumen und die letzten Habseligkeiten seines Vaters an sich zu nehmen. Ein Problem gab es noch mit den Leuten vom Bestattungswesen. Da kein Geld vorhanden sei, meinten sie, käme die Urne ins Massengrab. Ich setzte daher alles daran, um die Urne nach Ostberlin überführen zu lassen, wo ich alle Kosten in Ostmark begleichen konnte. Nach vielem Hin und Her ist die Manipulation auch gelungen, und seitdem ruht die Asche meines Bruders, neben den Gebeinen unserer Eltern, auf dem Waldfriedhof in Birkenwerder. Er ist letztlich also doch wieder zur Familie zurückgekehrt, von der er sich zu Lebzeiten so weit entfernt hatte.

Ich habe vorgegriffen. Als mein Bruder starb, war ich siebzig. Jetzt aber war ich gerade erst über die Fünfzig hinaus, und Christiane war achtzehn. Sie hatte soeben ihr Abitur bestanden und ihr Studium an der Humboldt-Universität aufgenommen. Lieber hätte sie Außenpolitik in Potsdam studiert, aber die dortige Hochschule nahm Mädchen nur an, wenn sie das 25. Lebensjahr bereits überschritten hatten. Es hieß, dass man bei den Frauen, die später als Diplomatinnen ins Ausland gingen, schon eine gewisse Reife voraussetzen müsse, die man den männlichen Studenten offenbar eher zutraute. Christiane war empört – und enttäuscht, ihr ganzes Interesse galt nun mal den Vorgängen in fremden Ländern. Sie belegte jetzt das Studienfach Völkerkunde, das aber wiederum nicht ihren Erwartungen zu entsprechen schien: In den Semesterferien sollte sie ihr Praktikum in einem Museum absolvieren, sich also, wie sie meinte, mit toten Dingen befassen. Sie aber brauchte den Kontakt zu den Menschen! In ihrer Seminargruppe war Stefan Kurella, einer der vielen Söhne des Kulturfunktionärs, der ebenso wie Christiane für Fidel Castro entflammt war, den Revolutionär, der den Diktator Batista davongejagt hatte. Kürzlich hatte die Invasion der Amerikaner in der Schweinebucht, die zum Glück misslungen war, sie beide in Atem gehalten. Und als sie hörten, dass einige schwerverwundete Kubaner in die DDR geflogen wurden, um in hiesigen Kliniken medizinisch versorgt zu werden, waren sie Hals über Kopf nach Buch gefahren, um die kubanischen Compañeros kennenzulernen.

Dem ersten Besuch folgten weitere, und bald wurde es ihnen zur Gewohnheit, drei- bis viermal in der Woche in die Klinik zu fahren und sich mit den kubanischen Freunden im Gespräch zu üben, indem sie die Gegenstände um sich her mit den deutschen und spanischen Worten benannten – denn auch die Kubaner waren begierig, die deutsche Sprache zu erlernen. Sie paukten die Vokabeln mit großem Eifer, so krank sie waren – Roger war querschnittsgelähmt und musste im Rollstuhl sitzen. Jedoch lernte er als einer der Eifrigsten, und Christiane bemühte sich, nicht hinter ihm zurückzubleiben. Zuhause versuchte sie anhand einer Schallplatte mit einer Rede Fidel Castros, die sie zufällig entdeckt hatte, hinter die Tücken der spanischen Grammatik zu kommen, und als Roger nach Monaten in seine Heimat zurückflog, beherrschte sie die spanische Sprache bereits so gut, dass der Chef der damaligen kubanischen Mission – eine Botschaft gab es noch nicht – sie dazu überredete, ihr Studium aufzugeben und als Dolmetscherin in sein Büro zu kommen, das Anlaufstelle für alle LateinamerikanerInnen war, die aus irgendeinem Anlass die DDR besuchten. Viele Flüchtlinge waren darunter, die nicht mehr in ihre Heimat zurückkehren konnten, aber auch solche, die nur in der DDR studieren oder einen Beruf erlernen wollten, und Christiane bemühte sich nach Kräften, ihnen zu helfen, sich in dem ihnen fremden Lande zurechtzufinden. Am intensivsten kümmerte sie sich um Franzisco, einen Chilenen, der in seinem Land eine Bombe auf die amerikanische Botschaft hatte werfen wollen, die jedoch vorzeitig explodiert war und ihm die rechte Hand zerschmettert hatte. Auch Franzisco wurde in der DDR operiert, und während er auf die Prothese wartete, die ihm die Hand ersetzen sollte, begleitete Christiane ihn ins Konzert und in die Museen und verbrachte überhaupt jede freie Minute mit ihm, so dass sie sich zu Hause kaum noch blicken ließ.

Auch ich hatte damals wieder eine Liebesaffäre. Im Verband war Franz Leschnitzer aufgetaucht, der erst jetzt aus sowjetischer Emigration in die DDR zurückgekehrt war. Warum er erst so spät kam, habe ich nie erfahren. Über seine in Moskau und Taschkent verbrachten Jahre sprach er nur selten und flüchtig, und ich mochte ihn nicht mit indiskreten Fragen belästigen, zumal sich uns Gesprächsthemen aus früheren Jahren in Hülle und Fülle boten. Leschnitzer war ein ausgezeichneter Kenner der literarischen Welt, die auch ich noch in den Jahren der Weimarer Republik flüchtig kennengelernt hatte. Als ehemaliger Mitarbeiter der »Weltbühne« hatte er den Herausgeber Siegfried Jacobsohn, den Publizisten Carl von Ossietzky und Kurt Tucholsky noch persönlich gekannt und wusste viel von ihnen zu erzählen. Er hatte in der Sowjetunion Schriftstellerporträts von Börne, Karl Kraus, Erich Mühsam und anderen veröffentlicht, die nun gesammelt als »Aufsätze aus dreißig Jahren Literaturgeschichte« in hiesigen Verlagen erschienen. Leschnitzer hatte mich schon in unseren Versammlungen durch die geschliffene Art seiner Diskussionsbeiträge beeindruckt, und nachdem wir festgestellt hatten, dass wir beide in Pankow wohnten, traten wir meist gemeinsam den Heimweg an, den wir fast immer in irgendeiner Kneipe zu unterbrechen pflegten, um ein begonnenes Gespräch zu Ende zu führen.

Leschnitzer war kein Mann, der durch sein Äußeres bestach. Mittelgroß und untersetzt, wirkte er mit seinem grauen, stacheligen Igelhaar, das er auch im härtesten Winter ohne Bedeckung trug und mit seinen kleinen, immer unruhig um sich blickenden Äuglein eher unscheinbar. Aber er gewann, sowie er den Mund auftat. Er hatte ein fundamentales Wissen und ein glänzendes Gedächtnis. Aus dem Stegreif konnte er Verse von Gottfried Keller, Stefan George oder Erich Weinert hersagen, und er brachte es fertig, Kontroversen, die er in den dreißiger Jahren mit dem Pazifisten Hellmut von Gerlach oder mit Kurt Hiller geführt hatte, noch heute wortgetreu wiederzugeben – oder mich wenigstens glauben zu lassen, dass sich das zwischen ihnen gelieferte Wortgefecht so und nicht anders abgespielt hatte. Ich fühlte mich, im Zusammensein mit Leschnitzer, in meine Jugendjahre zurückversetzt, und wahrscheinlich ist es ihm mit mir ähnlich gegangen. So viele gemeinsame Bekannte holten wir aus der Versenkung hervor! Unser Gesprächsstoff ging nie aus, und wahrscheinlich waren es auch unsere gemeinsamen frühen Erlebnisse, die einen Mann wie Franz Leschnitzer bewogen, meine Nähe zu suchen, denn im Allgemeinen wählten Männer seines Alters zur Partnerin weit jüngere Frauen. Leschnitzer aber fuhr fort, sich, wenn auch auf eine etwas täppische Weise, um mich zu bemühen, was ich nicht ungern geschehen ließ.

Leschnitzer lebte allein, hatte aber zum Glück eine eigene Wohnung, so dass jeder von uns unabhängig vom anderen sein Leben würde fortsetzen können. Ich hatte nicht die Absicht, mit ihm zusammenzuziehen. Ich lebte harmonisch mit Mutter und Tochter zusammen, und ich wollte unser ausgewogenes Miteinander durch niemanden stören lassen. Ich wusste nicht einmal, ob Leschnitzer geschieden war, oder ob seine in Moskau lebende Frau, von der er gelegentlich erzählte, sich nur geweigert hatte, mit ihm in die DDR zu kommen. Ich wusste es nicht, und es interessierte mich auch nicht. Ich wollte Leschnitzer nicht heiraten, aber eine Freundschaft mit diesem geistig gebildeten, literaturbewanderten Mann, der auch Interesse für meine Arbeit bezeugte, hätte ich durchaus begrüßt, und ich sah schon halb ungeduldig, halb ängstlich dem Tag entgegen, an dem sich auch unsere körperliche Übereinkunft würde beweisen müssen. Bisher waren wir über einen keuschen Abschiedskuss, auf Wange oder Nase getupft, noch nicht hinausgekommen.

An einem tristen Dezembertag war es dann endlich so weit: Franz lud mich für den Abend in seine Wohnung ein. »Und –

bring deine Zahnbürste mit!«, schärfte er mir ein. »Falls es zu spät wird für dich, noch nach Hause zu fahren.« Ich war abends pünktlich zur Stelle, freute mich schon auf den festlich gedeckten Tisch, auf liebevolle Bewirtung – doch Franz, schon im Mantel, ließ mich gar nicht erst über die Schwelle treten. »Gehen wir vorher – noch ins Kino?«, fragte er mich. Na ja, warum nicht? Ich hatte mir den Verlauf des Abends zwar anders gedacht, verspürte auch kräftigen Hunger, da ich noch nichts zu mir genommen hatte, aber schließlich, wenn er es so wollte ... Einträchtig begaben wir uns also ins »Tivoli« und sahen einen belanglosen Streifen an. Danach würde wohl unserem gemeinsamen Abendessen – bei Kerzenschein – nichts mehr im Wege stehen, hoffte ich. Doch wieder befand ich mich im Irrtum. In seine Behausung zurückgekehrt, stellte es sich heraus, dass der Hausherr außer magerem Quark und etwas Milch nichts im Hause hatte – er selbst war wegen seines Magenleidens auf strenge Diät gesetzt. Und enthaltsam benahm er sich auch im Bett, das wir schließlich miteinander teilten. Nichts regte sich in dem Fleischklumpen neben mir. Nach ein paar ungeschickten Versuchen, sich mir zu nähern, drehte mir Franz den Rücken zu, und ich konnte bald seinem Schnaufen entnehmen, dass er sich im seligen Schlafe wiegte. »Bist du sehr enttäuscht?«, fragte er mich am nächsten Morgen.

Ja, ich war enttäuscht, fühlte mich hintergangen. Hätte er nicht ehrlich über seine Neigung mit mir sprechen könne, um mir die Peinlichkeit dieser Nacht zu ersparen? Er sei bisexuell, gestand er mir jetzt, und er vertraute mir auch an, wem die große Liebe seines Lebens galt: Jewtuschenko, dem gerade aufgehenden Stern am Lyrikerhimmel der Sowjetunion! Alle seine Poeme wusste er auswendig herzusagen; jede Rezension seiner Gedichte, jede kleine Notiz über sein Auftreten in der Öffentlichkeit bewahrte er sorgfältig in der Brieftasche auf, wie Heiligtümer, die er nur in weihevollen Stunden ans Tageslicht zog. Ich war wie versteinert. Aber – er sei doch verheiratet gewesen?, fragte ich nun. Für seine Frau musste die Ehe mit ihm die Hölle bedeutet haben. Jetzt verstand ich, warum sie ihm nicht hierher gefolgt war. Sie hätte sich schon oft von ihm trennen wollen, erzählte mir Franz. Aber sie habe sich immer wieder dazu überreden lassen, bei ihm zu bleiben – bis jetzt.

Wie sollte es nun mit uns weitergehen? Ich hatte nicht die Absicht, für Leschnitzers Image die Alibifrau abzugeben. Und sein schroffes, unhöfliches Benehmen, die aggressive Art seines Diskutierens und seine Rechthaberei stellten auch unsere Freundschaft auf eine harte Probe. Dazu kam, dass er zunehmend zum Hypochonder wurde. Mehrmals musste ich ihn wegen eines angeblichen Herzanfalls oder wegen einer Kolik ins Krankenhaus fahren, von wo er meist schon nach kurzer Zeit wieder entlassen wurde. Einmal verlebten wir Silvester in Warnemünde zusammen, im »Stolteraa«, dem exklusiven Hotel an der Steilküste, das später Gästehaus der SED-Bezirksleitung von Rostock wurde, so dass »gewöhnliche« Gäste dort nicht mehr unterkamen. Die Stimmung im Saal war schon fortgeschritten, der Karpfen längst verspeist, Mitternacht rückte heran – aber ich saß schon den ganzen Abend mutterseelenallein an dem uns zugewiesenen Tisch, denn Leschnitzer hatte sich, unter unbestimmten Beschwerden, in sein Zimmer zurückgezogen, wo er sich mit Tabletten und Heizkissen zu kurieren hoffte, um rechtzeitig zum Jahresausklang wieder bei mir erscheinen zu können, wie er mir, schon vor Stunden, versprochen hatte. Aber nun ging es auf zwölf, die Menge um mich her wurde immer lauter und fröhlicher, die ersten Sektpfropfen knallten, Konfetti rieselte herab, Papierschlangen zischelten durch die Luft, und ich saß noch immer einsam und verlassen da, im Stich gelassen von meinem Galan und von den Pärchen, die an meinem Tisch vorbei zur Tanzfläche drängten, mit mitleidigen Blicken bedacht. Leschnitzer, so erwies sich später, hatte das neue Jahr 1964 verschlafen! Ausgeruht erschien er morgens am Frühstückstisch, wünschte mir unbefangen ein gutes neues Jahr, fand kein Wort der Entschuldigung für sein unmögliches Verhalten – mir aber hatte dies Ereignis den Rest gegeben. Ich zog mich mehr und mehr von diesem »Freund« zurück, der mich so sehr enttäuscht hatte und dessen Kuriositäten ich nicht länger hinnehmen mochte – zumal mich in diesem Jahr ganz anderes in Anspruch nahm: Ich sollte Großmutter werden!

Als ich aus Warnemünde zurückkam, öffnete mir Christiane die Wohnungstür, und zum ersten Mal sah ich, was mir so lange verborgen geblieben war und was mir jetzt alles Blut zum Herzen trieb: Christiane, meine Tochter, sollte Mutter werden! Sie hängte sich schluchzend an meinen Hals. Sie wisse es auch noch nicht lange, sei erst in der letzten Woche beim Arzt gewesen. Vorher habe sie immer nur gedacht, eine Unregelmäßigkeit ... Sie war schon im fünften Monat. Damit schwand die Hoffnung dahin, die sofort bei Christianes Anblick in mir aufgekeimt war: zu unterbrechen, so wie ich es getan hatte, als ich etwa in dem Alter war wie Christiane jetzt. Aber konnten wir uns wirklich miteinander vergleichen? Ich war seinerzeit, als ich schwanger wurde, arbeitslos. Mein Freund war Jude, und das Dritte Reich, in dem wir uns beide verfolgt fühlten, war schon zum Greifen nahe. Christiane aber lebte in einem Land, in dem sie sich geborgen fühlte, und mit dem Geld, das sie verdiente, konnte sie sich und das Kind ernähren. Ihr Freund – wer war überhaupt der Vater des Kindes? Was sagte er dazu? Sollte nun in Bälde geheiratet werden? Christiane schwieg eine Weile, holte tief Atem. »Franzisco weiß es«, sagte sie endlich. »Aber er sagt, er könne es sich noch nicht leisten, eine Familie zu gründen. Erst müsse er in Chile Revolution machen. Er fliegt nächste Woche zurück.«

Christiane würde also ebenfalls eine alleinstehende Mutter sein. Ihr Kind kam Ende April zur Welt. Ein Mädchen, das sie Jasmina nannte, nach einer algerischen Freiheitskämpferin, mit der sie als Schulmädchen korrespondiert hatte. Wenn sie jemals ein Kind bekäme, hatte sie ihr geschrieben, ein Mädchen, so würde sie es nach ihr benennen.

Am 9. Mai, Christianes Geburtstag, holte ich sie und das Kind aus der Klinik zu mir nach Hause. Wir waren inzwischen in eine Neubauwohnung umgezogen; sie war geräumiger als die bisherige, Jasmina würde ein eigenes Zimmer haben, und auch Uroma, meine Mutter, hatte ihr Reich für sich. Mutter, die sehr alt und hinfällig geworden war, schien beim Anblick der Urenkelin noch einmal aufzuleben. Ich aber blickte voll Rührung auf das winzige Bündel, das nun in dem schneeweißen Bettchen lag, und von dem ich in diesem Moment noch nicht ahnen konnte, wie gravierend es mein Dasein in den nächsten Jahren verändern würde – allein durch die Tatsache, dass es geboren war und Liebe und Fürsorge forderte.

Kinder ohne Eltern

Eins meiner Frauenporträts, die 1962 unter dem Titel »Wege und Schicksale« in einem Band erschienen, hatte ich über die Jugendrichterin Lisbeth Samain verfasst, eine ungewöhnliche Frau, mit der ich viele Jahre lang befreundet war. Lisbeth, das frühere Dienstmädchen, hatte sich mit über Vierzig noch einmal auf die Schulbank gesetzt, um sich das Rüstzeug zu holen für ihren Richterberuf, dem sie sich mit großer Hingabe gewidmet hat – nicht nur mit Hilfe von Paragraphen, sondern mit ihrem Herzen und ihrer Lebenserfahrung.

Unter allen meinen Freundinnen und Bekannten war Lisbeth diejenige, die die kommunistischen Ideale im persönlichen Leben am konsequentesten verfochten hat. Sie hat sich immer in den Dienst von Menschen gestellt, denen sie meinte helfen zu müssen, und sie hat eigene Wünsche zugunsten anderer zurückgestellt. Als ich sie kennenlernte, wohnte sie noch in einer geräumigen Dreiraumwohnung am Friedrichshain, die man ihr als Richterin zugeteilt hatte. Doch tauschte sie dieses Quartier bald gegen anderthalb Zimmer ein, in denen sich so lange eine vierköpfige Familie zusammengedrängt hatte. »Für mich reicht's doch«, meinte sie lakonisch, »und die anderen können sich endlich in einer richtigen Wohnung bewegen.«

Sie lebte äußerst bescheiden. Als sie später ihren Pflegesohn zu sich nahm – einen früheren Buntmetall-Schieber, den sie schweren Herzens ins Gefängnis hatte einweisen müssen –, überließ sie ihm den größeren Raum und begnügte sich selbst mit dem halben Zimmer, in dem außer ihrem Bett nur ein Schreibtisch Platz fand. »Mehr brauche ich doch nicht«, beteuerte sie, »aber ein junger Mensch muss Platz um sich haben, damit er sich entfalten kann.« Ihr Vertrauen auf das Gute im Menschen war nicht zu erschüttern. »Niemand wird als Verbrecher geboren«, sagte sie oft, und die Untaten der Jugendlichen, die sich vor ihrem Richtertisch verantworten mussten, lastete sie den Verhältnissen an: dem Krieg und den Wirren der ersten Nachkriegsjahre. Sie werde bald arbeitslos sein, meinte sie nach dem August 1961, denn mit Buntmetall oder anderem Krimskrams zu schieben, sei nun nicht mehr möglich, und woher sollten weitere Straftater kommen? Mit dem Sozialismus, den aufzubauen wir uns anschickten, würden wir auch allen Verbrechen den Boden entziehen; daran glaubte sie felsenfest. »Ändern wir die Verhältnisse«, sagte sie, »dann ändern sich auch die Menschen.« Und sie war verzweifelt darüber, dass sie als Richterin gezwungen war, fehlentwickelte Jugendliche ins Gefängnis zu schicken. »Bessert man einen Menschen, indem man ihn einsperrt?«, fragte sie. »Wir machen es uns zu leicht. In hundert Jahren wird man über unsere Methoden lachen.« Wäre es nach Lisbeth gegangen, so hätte sie alle Gefängnisse in große Lagerhallen verwandelt, in denen junge Menschen die Möglichkeit haben, einen handfesten Beruf zu erlernen. »Wer etwas kann im Leben«, sagte sie, »der wird nicht mehr straffällig.«

Arme Lisbeth – denke ich oft –, was würde sie wohl sagen, wenn sie miterlebt hätte, wie desillusionierte Jugendliche, die einmal vielleicht stolz ihr Pioniertuch trugen oder im Blauhemd mitmarschierten, mehr und mehr nach rechts abdriften? Wie sie rassistischen Parolen erliegen, und wie sie Menschen jagen, nur weil sie fremdartig aussehen, wie schon einmal Juden gejagt worden sind? Ja, wie sie die Wohnungen von Vietnamesen oder Türken in Brand stecken, wobei sie in Kauf nehmen, dass diese bei lebendigem Leibe verbrennen? Ich weiß nicht, wie Lisbeth, der in ihrer Jugend SA-Banden die Hände verstümmelt haben, diese erneute Verrohung der Jugend verkraftet hätte. Würde sie immer noch daran glauben, dass das Gute im Menschen über das Böse obsiegt?

Lisbeth war dreizehn Jahre älter als ich. Die »Gnade der frühen Geburt« erlaubte es ihr, ihre Ideale noch mit ins Grab zu nehmen, in dem sie nun schon so lange ruht, dahingerafft von einer Krankheit, an der sie schon seit ihrer Jugend litt, die sie aber immer wieder tapfer niedergekämpft hatte.

Damals aber war Lisbeth noch quicklebendig. Sie war oft mein Gast, und ich erinnere viele Male, an denen wir bis in die Nacht hinein diskutierten, so dass Lisbeth die letzte Bahn verpasste und bei mir zu übernachten gezwungen war. Lisbeth erlebte auch mit, welche Unruhe das Enkelkind in mein Leben brachte. Wenn das Baby nachts schrie, war meistens ich es, die aufstand, um es wieder zur Ruhe zu bringen, und morgens bereitete ich ihm das Fläschchen, denn ich wusste, Christiane, die Mutter, war erst spät von einer Veranstaltung nach Hause gekommen und brauchte ihren Schlaf. »Du verwöhnst deine Tochter«, meinte Lisbeth, »sie macht dich nach und nach zum Babysitter. Am besten wäre es, wenn Christiane mit ihrem Kind in eine eigene Wohnung zöge.« – »In eine schwervermietbare?«, fragte ich dagegen. »Auf eine bessere dürfte sie kaum Anspruch haben.« »Ihr könnt doch tauschen«, riet Lisbeth, »eure große Wohnung gegen zwei kleinere.« Doch auch davon wollte ich nichts wissen. Wie sollte Christiane allein mit dem Kind fertig werden? Sie hatte doch einen Beruf. »Hast du keinen?«, fragte mich Lisbeth mit einem langen Blick, dem ich mich hastig entzog, weil ich ihr im Innersten recht geben musste.

Aber hätte ich Christiane meine Unterstützung versagen sollen? Sie hatte gleich nach dem Schwangerschaftsurlaub ihr früheres tätiges Leben wieder aufgenommen. Tagsüber arbeitete sie bei den Kubanern, und abends jagte sie von einer Veranstaltung zur nächsten, weil sie meinte, bei keinem politischen Meeting fehlen zu dürfen. Oft musste sie dabei auch als Dolmetscherin wirken. Christianes Fähigkeit, frei und ohne Hemmungen vor einem großen Zuhörerkreis zu sprechen, blitzschnell die Synonyme zu finden und den spanischen Text fast gleichzeitig mit dem ausländischen Redner in deutscher Sprache wiederzugeben – oder auch umgekehrt das Deutsche ins Spanische zu übersetzen –, hatte sich rasch herumgesprochen, und viele Organisationen baten um ihre Mitarbeit. Ständig läutete das Telefon, und ich stellte erstaunt fest, dass der Anruf nicht mir, der Autorin, galt, sondern meiner Tochter, die doch eben noch ein Schulmädchen gewesen war. Jasmina war gerade ein Jahr alt geworden, als sich eines Tages der Schriftstellerverband bei mir meldete: die Auslandsabteilung! Der Mitarbeiter schien verlegen. Er wolle eigentlich nicht mich, sondern meine Tochter sprechen, erklärte er. Sie hätten einen ausländischen Gast bei sich, erzählte er weiter, einen spanischen Genossen, der zwanzig Jahre unter Franco im Gefängnis gesessen hätte. Er möchte nach Weimar fahren, mit Abstecher nach Buchenwald, und sie würden ihm gern eine besonders gute Dolmetscherin zur Seite geben. Ob meine Tochter vielleicht …? Der Einsatz solle in der nächsten Woche beginnen und etwa zehn Tage dauern. Zehn

Tage? Ich überlegte. Ende Mai sollte ich zu Lesungen nach Thüringen fahren. Die Bibliothekarin in Suhl hatte sich diesmal nicht abweisen lassen. Ich hätte schon im vorigen Jahr abgesagt, meinte sie, weil mein Enkelkind geboren werden sollte. Jetzt aber käme wohl das Enkelkind ohne mich aus. Sie hätte bereits alles in die Wege geleitet, die Plakate drucken lassen, das Hotelzimmer bestellt ... Also, sie würde sich einfach unmöglich machen, wenn ich wiederum ... Nein, ich durfte sie nicht noch einmal enttäuschen, ich musste hin. Aber im Stillen nahm ich mir vor, mich nicht wieder so lange im Voraus terminlich festzulegen. Ich konnte über meine Zeit nicht mehr frei verfügen. Das Kind war da, und auch meine Mutter, die immer hinfälliger wurde und meine Hilfe brauchte. Ende des Jahres mussten wir sie sogar ins Krankenhaus bringen.

Dieses Weihnachten sowie die Jahreswende verbrachten wir in aller Stille. Christiane hatte alle Einladungen ihrer kubanischen Freunde zum traditionellen Spanferkelessen abgesagt und blieb bei mir und dem Kind. Auch sie war niedergeschlagen, und ich sah jetzt, dass sie doch an ihrer Großmutter hing, mit der sie in letzter Zeit oft aneinandergeraten war, denn meine Mutter – so aufgeschlossen sie sonst war, beharrte darauf, dass ein uneheliches Kind für ein Mädchen eine Schande war. Nach Mutters Meinung hätte es sich für Christiane geziemt, demütig zu Hause zu sitzen; statt dessen wirbele sie, wie sie schalt, in der Welt herum. Großmutter begreife nicht, wie wichtig ihre Einsätze seien, maulte Christiane. Tatsächlich war sie damals die einzige Dolmetscherin, die man zu wichtigen Konferenzen heranziehen konnte. Bisher hatten die Organisationen auf die spanischen Genossen zurückgreifen müssen, die die deutsche Sprache aber nur unvollkommen beherrschten, und Nachwuchs aus dem eigenen Lande gab es kaum. Jetzt rächte es sich, dass man den Fremdsprachenunterricht in den Schulen so lange vernachlässigt hatte. Christiane hatte sich ihre Kenntnisse im Selbststudium angeeignet, doch als jetzt der Friedensrat bei ihr anfragte, ob sie einen Einsatz als Kabinendolmetscherin in Helsinki übernehmen könne, zögerte sie doch: Würde sie dieser Aufgabe schon gewachsen sein? Ein Kabinendolmetscher muss die Fremdsprache ebenso gut wie seine Muttersprache beherrschen. Konnte sie das wirklich? Natürlich reizte sie die Aufgabe. Weltfriedenskonferenz! Wie viele weltbekannte

Wissenschaftler und Künstler aus allen Ländern würden dort zusammenkommen: Neruda, der greise Pastor Niemöller und Konstantin Fedin! »Glaubst du, dass ich es schaffe, Mutter?«, fragte sie mich. Und ich selbst machte ihr Mut, redete ihr zu, den Vertrag zu unterschreiben. Die Chance durfte sie sich einfach nicht entgehen lassen. Das Kind? Unwillkürlich fragte ich mich, ob ich seinerzeit Christianes wegen eine Reportagefahrt unterlassen hätte. Ich hatte meine Pflichten dem Kind gegenüber bedenkenlos auf meine Mutter abgewälzt, die sie willig übernommen hatte. Aber meine Mutter war eine Großmutter vom alten Schlag, die sich freute, für ihr Enkelkind sorgen zu dürfen. Ich war zwischen zwei Pflichten hin- und hergerissen.

Denn ich kam kaum noch zum Schreiben. Unter größten Mühen hatte ich eine längere Erzählung, »Septemberreise«, zu Ende gebracht, mit der ich aber Schwierigkeiten hatte, sie unterzubringen, weil der Verlag Änderungen verlangte, die ich als unberechtigt zurückwies. Schließlich veröffentlichte die Zeitschrift »Neue Deutsche Literatur« die gesamte Erzählung von immerhin vierundachtzig zweispaltigen Seiten und forderte gleichzeitig alle Literaturinteressierten dazu auf, sich an der Diskussion um mein Buch zu beteiligen. Eine Kritik von Professor Hans-Jürgen Geerds, die meiner Erzählung angefügt war, sollte den Auftakt geben zu weiteren Meinungen, die im Heft 6/67 der Zeitschrift unter dem Titel »Unterhält die Unterhaltungsliteratur?« abgedruckt wurden.

Die Kritik des Professors war ein kaum verdeckter Verriss. Zwar hatte er einleitend geschrieben: »Die Ich-Erzählung der bekannten Autorin hat den Vorteil, dass sie eine ganze Reihe interessanter Probleme sichtbar macht ... Immerhin begegnet man nicht oft einer Geschichte, die sofort fesselt, die von starken Spannungsmomenten entwickelt wird, so dass man willig dem Erzählten folgt. Die angewandte Technik der schrittweisen Enthüllung der Charaktere und Geschehnisse trägt dazu bei, dass der Spannungsbogen bis zur letzten Seite durchgehalten werden kann. Ausgehend von der fiktiven Situation der erzählenden Person, Vera, die eine Reise nach Ungarn unternimmt, kommt es zu einer ansteigenden Spannungskurve dadurch, dass der Leser neugierig auf ihre Lebenstatsachen, ihre Biografie, gemacht wird« – aber anschließend an diese lobende Feststellung fand er an meiner Erzählung sehr viel Kritikwürdiges – so unter anderem wieder die altbekannte Ansicht: »So sind unsere Menschen doch nicht«. Annemarie Auer, eine von mir hochgeschätzte Kritikerin und Erzählerin, schrieb dann auch in ihrer Entgegnung: »Prof. Dr. Geerds hat mit ziemlicher Präzision festgestellt, was E. B. in ihrer Erzählung nicht geschrieben hat. Kritische Achtsamkeit verlangt aber, dass wir von dem, was im gegebenen Fall etwa mangelt, zunächst wahrzunehmen trachten, was vorhanden ist. Vorhanden ist die Tatsache, dass diese Autorin mit der Gesamtheit ihrer Bücher seit vielen Jahren in herzlicher Beziehung mit einem großen Leserkreis steht … und dass sie, ebenfalls seit langem, man kann sogar sagen: als eine der Ersten unter unseren Autoren, sich konsequent der Gegenwartsthematik verschrieb …« Und Berta Waterstradt bemerkte in ihrer direkten, zutreffenden Art: »E. B.s Erzählung in der NDL war mit so viel theoretischer Holzwolle umwickelt, dass mir ganz ängstlich zumute war und ich einen äußerst fragilen oder hochexplosiven Lese-(Spreng)stoff vorzufinden fürchtete. Ja, und dann las ich die Geschichte und fand sie durchaus handfest geschrieben, plastisch und gegenwartsnah und politisch äußerst wichtig.« Auch mein alter Freund und Genosse aus dem »Bund«, Werner Ilberg, meldete sich mit einer längeren Entgegnung zu Wort, in der er gegen Ende feststellte: »Formal ist diese Erzählung sicherlich ein Fortschritt, aber wenn E. B. sich, um einen pädagogischen Begriff auf literarisches Gebiet zu übertragen, qualifizieren wollte, muss gesagt werden, dass ihr das gelieferte Meisterstück nicht gelingen konnte, weil sie übersehen hat, dass die Form dem Inhalt dienen muss.« Damit setzte er sich in Gegensatz zu der Meinung einer großen Gruppe von ungarischen Germanistikstudenten, die mich nach Erscheinen des Buches 1974 nach Budapest einluden, um mir zu sagen, dass sie mein Buch für das interessanteste hielten, das seit Jahren in der DDR erschienen sei.

Worum ging es eigentlich in meinem Buch? Da es fraglich, ja wenig wahrscheinlich ist, dass es je durch eine Nachauflage eine Wiedergeburt erleben wird, möchte ich hier die Hauptstränge der Handlung kurz wiedergeben. Also: »Septemberreise« handelt von einer Frau, die in einen ungarischen Kurort, nach Heviz, reist, weil sie dort ihre Tochter zu treffen hofft, die sie seit zwanzig Jahren nicht gesehen hat, da Evelyn bei ihrem Vater in Westdeutschland lebt. Während Vera auf die Tochter wartet, zieht noch einmal ihr Leben an ihr vorbei, und sie wendet sich in ihren Erinnerungen an einen Mann, dem sie zehn Jahre lang verbunden war, der inzwischen tot ist, der sich aber niemals zwischen ihr und seiner Ehefrau entscheiden konnte. Mir lag daran, in diesem Mann den Spießer anzuprangern, einen hochgeschätzten Wissenschaftler und vorbildlichen Genossen, der im Privatleben immer ein Kleinbürger geblieben ist. Schon beim Schreiben war mir klar, dass diese Figur bei meinen männlichen Kollegen auf wenig Gegenliebe stoßen würde, da sich viele von ihnen, ohne es sich einzugestehen, getroffen fühlten. Unverständnis erregte aber auch bei vielen Leserinnen der Schluss der Erzählung, in dem ich schildere, wie Vera, die Mutter, sich der Tochter gegenüber gar nicht zu erkennen gibt, da sie meint, ihrer beider Lebenswege seien in den zwanzig zurückliegenden Jahren allzu verschieden verlaufen. »Ich fragte mich«, hatte ich geschrieben, »was wir beide noch miteinander reden könnten. Sollte ich Evelyn fragen, wie ihr das Leben gefällt oder wie sie sich eingerichtet hat in ihrem Leben oder wie es in München ist? Aber lieber Himmel, ich bin nie in München gewesen. Ich weiß allenfalls, dass es da den Englischen Garten gibt und die Isar und den Stachus und natürlich die Theresienwiese mit dem Münchener Oktoberfest, aber genügte das alles, um mir vorzustellen, wie sie dort lebte? Oder sollte ich ihr erzählen, wie schwer bei uns die ersten Jahre gewesen sind, nachdem sie geflüchtet waren: ihre Großmutter, ihr Vater und viele ihresgleichen, unter Mitnahme aller beweglichen Habe, denn selbst den letzten Traktor hatten sie noch hinübergeschafft, so dass die Umsiedler, die bei uns den Boden übernommen hatten, sich im Frühjahr selber vor den Pflug spannen mussten, denn der Boden musste bestellt werden. Auch das Vieh, das den Pflug hätte ziehen sollen, hatten die Herrschaften auf ihrer Flucht nach dem Westen vor sich hergetrieben oder noch in letzter Stunde verhökert, damit es nur nicht ›den Russen‹ in die Hände fiele – aber wozu das alles aufrühren, das war so lange her …«

Vera resigniert also und geht ihrer Wege, ohne mit ihrer Tochter ein Wort gewechselt zu haben. Das konnten viele nicht verstehen. Nur Berta Waterstradt schrieb: »Ich kann mich nicht erinnern, dass die Begegnung zwischen Ost und West so eindringlich schon einmal in einem Prosastück geschildert worden ist. Vera, die von ihrer Tochter nur wenige Meter entfernt sitzt, ist doch Welten von ihr entfernt ...« War Berta, ähnlich wie ich als Autorin, hellsichtig genug, um die kommende Entwicklung vorauszuahnen?

Fast alle Teilnehmer an der von der NDL angeregten Diskussion um meine Erzählung hatten mir geraten, das Manuskript noch einmal gründlich zu überarbeiten, vielleicht sogar neu zu schreiben. Ich habe, bis auf wenige stilistische Verbesserungen, nichts daran geändert, und das Buch erschien sieben Jahre später in der alten Form. Auch den Schluss hatte ich nicht verändert, und heute bin ich froh darüber. Erleben wir es nicht fast täglich, wie schwer die Menschen aus den alten und neuen Bundesländern zueinander finden? Man kann einfach nicht die Erlebnisse von vierzig oder auch nur zwanzig Jahren vom Tisch wischen. Sie haben uns geprägt, und sie haben Menschen hervorgebracht, die unterschiedliche Ansprüche ans Leben stellen. Es wird Jahrzehnte brauchen, bis aus den beiden Hälften ein Ganzes wird, das hoffentlich die positiven Merkmale beider Teile harmonisch in sich vereint.

Nach der »Septemberreise« hatte ich geplant, über Lisbeth zu schreiben. Ihr Lebenslauf war bemerkenswert und sie selber konnte sich nicht dazu aufraffen, den Text auf Tonband zu sprechen, wozu sie von Freunden immer wieder gedrängt worden war. Aber auch ich war bisher über die ersten Seiten nicht hinausgekommen. Ende 1966 starb meine Mutter. Sie hatte noch einmal mehrere Wochen im Krankenhaus gelegen, wo ich sie fast täglich besucht hatte. Glücklicherweise hatten wir jetzt für Jasmina einen Krippenplatz, so dass das Kind für mehrere Stunden untergebracht war. Nun sorgte ich dafür, dass Mutter würdig unter die Erde kam. Sie hatte gewünscht, neben dem Vater in Birkenwerder begraben zu werden – das bedeutete für mich, dass ich mehrmals in den Vorort fahren, Absprachen halten, alles für die Beisetzung arrangieren musste. Zum bewussten Tag reisten Verwandte an, ein Neffe meiner Mutter aus Holstein mit seiner Familie, die bei dieser Gelegenheit die Sehenswürdigkeiten von Ostberlin absolvieren wollten, zu denen ich sie natürlich begleiten sollte. Ich wusste zuletzt nicht mehr, wo mir der Kopf stand, denn neben dem Familientrubel lief die Alltagsroutine: Einladungen von Betrieben und Bibliotheken zu Lesungen, deren Absagen ich der Einfachheit halber hätte vervielfältigen mögen: »Leider sehe ich mich in nächster Zeit außerstande …«

Wann würde ich je wieder an meine Arbeit kommen? An mein Manuskript? Alles, was ich bisher geschrieben hatte, waren Bruchstücke, war unfertig, nicht ausgefeilt. Ich war mit meinen Gedanken nicht bei der Sache. Jasmina war in der Krippe, aber ich wusste, dass sie dort nicht gerne blieb. Sie weinte, wenn ich sie morgens hinbrachte, und sie weinte auch sonst, sagte die Kinderschwester, bei den geringsten Anlässen. Warum weigerte sich das Kind derart ungebärdig, in der Krippe zu bleiben? Fühlte es sich ausgestoßen, schlecht behandelt? Es gab Kinder, die durch das Krippenleben nervlich stark belastet waren. Gehörte Jasmina dazu? Sie war ein sehr zartes Kind. Sollte man sie nicht lieber zu Hause behalten? Aber dann müsste Christiane ihren Beruf aufgeben. Sie könnte Übersetzungen machen. Aber auch Übersetzungsaufträge wurden einem nicht ins Haus geliefert, sie müsste sich erst die Qualifikation erwerben. Hatte sie so viel Geduld? Und lag ihr überhaupt der Umgang mit dem geschriebenen Wort, und würde sie die Einsamkeit vertragen, zu der sie zu Hause verurteilt war – sie, die den Kontakt zu Menschen so dringend brauchte? Viele alleinstehende Mütter bezogen Sozialunterstützung, weil sie des Kindes wegen ihren Beruf zeitweilig aufgeben mussten. Sollte meiner Tochter das Gleiche beschieden sein?

Alle diese Fragen gingen mir bei der Arbeit durch den Kopf, lenkten meine Gedanken vom Eigentlichen ab. Unter solcher Belastung konnte man nicht schöpferisch tätig sein. Eines Morgens rief mich Lisbeth an, sie schien äußerst erregt. »Hast du heute schon die Zeitung gelesen?«, fragte sie, und sie erzählte gleich weiter, was in unserem Parteiorgan stand. »Leichtsinnige Mutter treibt sich herum«, hieß die Überschrift, und aus dem Text ging hervor, dass eine siebzehnjährige (17-jährige!) Mutter ihr zweijähriges Kind auf einem Hausboden in der Samariterstraße ausgesetzt hatte, um mit Freunden tanzen zu gehen. »Was sagst du dazu?«, fragt Lisbeth empört. »Von vornherein diese Verurteilung! Ist da nicht vielleicht auch die Gesellschaft schuld? Ich möchte mir diese Jutta mal ansehen.«

Lisbeth brauchte mich nicht dazu zu überreden mitzukommen. Ich war sofort bereit. Gemeinsam fuhren wir nach Frankfurt/Oder ins Jugendgefängnis, wohin Jutta, die »leichtfertige Mutter«, inzwischen verbracht worden war. So erfuhr ich, bruchstückweise und nach langem Zögern, Juttas Vorgeschichte, die ich später in einem langen Artikel unter der Überschrift »Warum setzte eine junge Mutter ihr Kind aus?« veröffentlicht habe. In meinem Aufsatz ging es mir nicht so sehr um Jutta selbst, eine robuste Person, die die anderthalbjährige Haft schon mit Anstand überstehen würde, als um die kleine Sonja-Marietta, ihr Kind, das nun in ein Kinderheim gekommen war. Lisbeth plädierte leidenschaftlich dafür, das Kind zur Adoption freizugeben. Nach Veröffentlichung meines Artikels meldeten sich sogar schon zwei Elternpaare, die das Kind gern zu sich genommen hätten – doch sie stießen auf hartnäckigen Widerstand beim Referat Jugendhilfe. Nur mit Einwilligung der Mutter könnten sie Sonja-Marietta adoptieren lassen, hieß es, und Jutta, der alles gleichgültig zu sein schien, war ja noch minderjährig.

An den Fall Jutta habe ich oft zurückdenken müssen, als nach der Wende die Nachricht durch die Presse ging, die DDR-Behörden hätten hunderte – oder sogar tausende – Kinder den leiblichen Eltern weggenommen und an Adoptiveltern übergeben. Tatsächlich sind mir sieben solcher Fälle bekannt, die sich alle zu Anfang der siebziger Jahre ereignet haben. Nicht ein Fall ist zu entschuldigen. Aber damals hat das Referat Jugendhilfe harte Kritik einstecken müssen, weil es Sonja-Marietta nicht adoptieren ließ. Denn wir alle waren der Meinung, dass Jutta an ihrem Kinde nichts lag, zu dem sie von Beginn an keine Bindung hatte. Juttas Entwicklung hat uns auch recht gegeben, und Sonja-Marietta konnte doch noch an liebevolle Adoptiveltern vermittelt werden – allerdings viel später.

Mir aber war das Ganze Veranlassung, mich näher mit der Arbeit der Referate Jugendhilfe zu beschäftigen und eine umfangreiche Reportage zu schreiben, die 1968 unter dem Titel »Kinder ohne Eltern« als Buch erschien. Aber in welche Abgründe konnte ich dabei blicken! Alkoholismus, Kindesmisshandlung, Drogenmissbrauch – niemals hatte ich für möglich gehalten, dass es all dies gab, auch bei uns, da man in unseren Medien konsequent darüber schwieg. »Die Autorin ist kaum glaubhaften Schicksalen auf die Spur gekommen«, hatte der Verlag auf dem Schutzumschlag des Bändchens vermerkt. »Sie will wachrütteln, zum Denken anregen, zur Anteilnahme herausfordern. Sie hat eine Menge guter Beispiele gefunden, aber auch viel Leid und Bitternis. Sie bringt ein Problem zur Sprache, das unsere Gesellschaft lösen kann.«

Konnte sie es wirklich lösen? Zum ersten Mal kamen mir, Ausklang der sechziger Jahre, Zweifel an der heilen Welt DDR. Und ein weiteres Ereignis sollte meinen Kinderglauben noch stärker erschüttern. Wir erlebten den Einmarsch von Truppen des Warschauer Paktes, darunter auch Soldaten der Volksarmee, in die Tschechoslowakei!

An diesem 21. August 1968 war ich mit Berta verabredet; wir wollten zusammen nach Westberlin fahren. Damals waren wir beide schon Rentnerinnen, also reisefähig, doch ein Seitensprung in das »verfemte Land«, das in vielem für uns, die es von früher kannten, so anziehend war, bedeutete immer noch so etwas wie ein Abenteuer, in das man sich nicht gern allein begab. Jetzt aber, da wir gerade die Nachrichten gehört hatten, zögerten wir: Sollten wir unser Vorhaben nicht besser aufgeben, auf einen anderen Tag verschieben? Doch wir waren mit Bekannten verabredet, mit früheren Freunden von J. B., dem Schriftsteller Hugo Kritz und dem Architekten Hans Schoßberger – sie wollten wir nicht unnötig warten lassen. Wir hatten geahnt, wie sie reagieren würden. Doch als sie nun laut und unflätig unsere Regierung beschimpften, die sich nicht scheute, Panzer in ein Land zu schicken, das deutsches Militär schon einmal verwüstet hatte, saßen Berta und ich nur stumm und verzweifelt dabei. Jede von uns wusste, was die andere dachte. Innerlich pflichteten wir den beiden doch bei, aber als Bürgerinnen der DDR und noch dazu als SED-Mitglieder hätten wir ihnen eigentlich widersprechen und die Aktion verteidigen müssen. Doch wie konnten wir das, da nun auch für uns alle Hoffnungen, die wir an den Prager Frühling geknüpft hatten, in nichts zerstoben waren? Früher als sonst trennten wir uns von unseren Bekannten, verließen auch den Ku'damm mit seinem bunten Gewimmel und setzten uns im Tiergarten auf eine einsame Bank. Sollten wir hierbleiben, in Westberlin?, fragten wir uns zum ersten Mal im vollen Ernst. Was konnten wir noch erwarten von unserer DDR, an deren Aufbau wir so begeistert mitgewirkt hatten, die aber mehr und mehr zu einem Polizeistaat entartete? Gab es nicht zahllose Ärgernisse im Alltag, die uns zu schaffen machten – Ärgernisse, die man leicht hätte beheben können? Aber hörten die Genossen im Politbüro – Antifaschisten wie wir, die durch die faschistischen Zuchthäuser und Konzentrationslager gegangen waren oder das Los des Exils hatten tragen müssen – überhaupt noch auf uns, die dem Volk und ihren Alltagssorgen näher waren? Seit langem beobachteten wir mit Sorge, wie sie sich abgeschirmt hatten, zu einem Klüngel zusammenwuchsen, der selbstherrlich seine Beschlüsse fasste, ohne auf Außenstehende zu hören, die ihnen wohlgesinnt waren: auf Soziologen und Ökonomen, die sich verzweifelt bemühten, das Staatsgefüge, das zu entgleisen drohte, wieder in die richtigen Bahnen zu lenken, indem sie kluge Analysen verfertigten. Im Politbüro jedoch weigerte man sich, ihre Berichte zur Kenntnis zu nehmen, und verbannte die Schriften ungelesen in den Panzerschrank.

Ich hatte es selbst vor kurzem erlebt, wie mein Bemühen, Missstände in der Jugendarbeit anzuprangern, um mögliche Veränderungen zu bewirken, leider erfolglos blieb. Auf unserem letzten Schriftstellerkongress hatte ich dringlich ums Wort gebeten, um auf bestimmte Mängel in der Behandlung straffällig gewordener Jugendlicher hinzuweisen. Niemand kümmerte sich um die jungen Menschen, wenn sie wieder in die Freiheit entlassen wurden.

Man wies sie in eine schwervermietbare Wohnung ein, überließ sie den kahlen vier Wänden und wunderte sich später, dass sie ihr unwirtliches »Heim« wiederum gegen die Straße und ihre Clique vertauschten und rückfällig wurden. Ein Kreislauf, aus dem es scheinbar kein Entrinnen gab. Warum baute man keine Wohnheime für diese Jugendlichen, die nicht nur ihnen, sondern auch den achtzehnjährigen Heimkindern, die in die Selbständigkeit entlassen wurden, Zuflucht und Geborgenheit hätten bieten können – zumindest für den Übergang? Diese und andere Probleme brannten mir auf den Nägeln, aber ich kam nicht zu Wort; angeblich waren die Anliegen anderer Kollegen wichtiger.

Da ich aber nicht locker ließ und eine schriftliche Eingabe machte, lud man mich einige Wochen später zu einer Aussprache ins Zentralkomitee ein. Alexander Abusch empfing mich. Aber nachdem er mich angehört hatte, sagte er nur achselzuckend: »Wir können nicht alles auf einmal. Eines Tages werden wir auch Wohnheime bauen, die dir so am Herzen liegen.« Die mir am Herzen lagen – ihm etwa nicht? Die Parteispitze gab das

Geld für anderes her, für Jubelfeste, Aufmärsche und Repräsentationskongresse. Christiane, die schon viel in Lateinamerika herumgereist war, erzählte erbittert von dem Aufwand, den manche unserer Reisekader im Ausland trieben. Die DDR unterhielt die pompösesten Botschaften; Mitarbeiter des Außenhandels saßen wochenlang in den teuersten Hotels herum und sonnten sich am Swimmingpool. Obwohl – oder vielleicht weil – sie ihre Arbeit offenbar nicht sehr wichtig nahmen, unterliefen ihnen immer wieder hanebüchene Fehler. So hatten die Nicaraguaner einmal soundso viele Tornister für die Armee bestellt, und durch einen Übersetzungsfehler lieferte man ihnen – Schulmappen! Und keinem war offenbar der Gedanke gekommen, dass Soldaten mit einer Schulmappe wenig anfangen könnten. Die Liste von sinnlos vergeudeten Geldern ließe sich beliebig verlängern. Warum trat die DDR nicht bescheidener auf? Fehlte es nicht im Inland an allen Ecken und Enden?

Berta stand endlich auf: »Na, komm ...« Schließlich könne nicht jeder, der an der DDR herummäkelte, meinte sie, einfach das Land verlassen. Und was erwartete uns im Westen? Wir beide, Berta und ich, kannten die Schattenseiten des Kapitalismus schon aus früheren Jahren und waren weit entfernt davon, uns durch volle Schaufenster blenden zu lassen. Zwar klappte die Versorgung im Westen einwandfrei, und wir erlebten auch immer wieder bei Besuchen, dass der Alltag hier durch intakte Dienstleistungen einfacher war als bei uns – aber wie stand es um die sogenannten inneren Werte? Gab es Arbeit und Bildungsmöglichkeiten für alle auch in diesem Staat? Die vielen Arbeitslosen boten ein anderes Bild. Wurde um die Gleichberechtigung der Frau ebenso intensiv gerungen wie in der DDR? Berta beobachtete mit besonderer Skepsis Erscheinungen des beginnenden Antisemitismus, die ihrer Meinung nach nicht energisch genug bekämpft wurden, und wir erinnerten uns an Nazigrößen, die von Anfang an in der BRD hohe Ämter bekleideten. Plötzlich schämten wir uns unserer Überlegungen, die wir ebenso rasch, wie sie in uns entstanden waren, wieder verwarfen, indem wir uns den Anschein gaben, als hätten wir sie nicht ernst gemeint. Denn hätten wir wirklich alle unsere Freunde, hätte ich meine Tochter und Enkelin verlassen können? Und wir hofften doch noch immer, in der DDR am ehesten unsere Ideale verwirklichen zu können.

Also setzten wir uns folgsam wieder in die S-Bahn und fuhren zum Bahnhof Friedrichstraße in die Hauptstadt der DDR, wo Polizisten sich gerade anschickten, Urlauber aus der Tschechoslowakei, die von dort nicht nur Sardinenbüchsen, sondern auch freiheitliche Plakate mit sich führten, in Haft zu nehmen und ins Gefängnis zu werfen.

Chile si – Yankee no!

Jeder Schriftsteller träumt davon, einmal im Leben das bedeutende Buch zu schreiben, das ihm Weltgeltung verschafft und ihn unsterblich macht oder, bescheidener, wenigstens ein Buch, das sich seine Zeitgenossen gegenseitig aus den Händen reißen. Mir schwebte seit langem vor, ein Buch zu schreiben, das den Lebensbogen einer Frau etwa meines Jahrgangs bis zu ihrem Tode umfasst. Ein Vorbild dazu hatte mir das Leben sozusagen »frei Haus« geliefert, als ich Anfang der siebziger Jahre zur Kur in Bad Brambach war. Dort lernte ich Erna Brock kennen; sie war im Sanatorium als Putzfrau tätig. Ihr offenes, fröhliches Wesen hatte mich sofort für sie eingenommen, und während sie mit Besen und Staubtuch in meinem Zimmer herumfuhrwerkte, hatte ich schon einiges aus ihrem Leben erfahren können, das mich neugierig auf Weiteres machte.

Erna hatte schon früh ihren Mann verloren und musste ihre drei Kinder allein großziehen. Nach '45 hatte sie in dem kleinen Dorf, in dem sie durch die Kriegswirren hängen geblieben war, zunächst als Verkäuferin im Konsum gearbeitet, und kurze Zeit hindurch war sie sogar als Bürgermeisterin tätig; doch diesen Posten hatte sie bald wieder aufgegeben. Über die Gründe schwieg sie sich aus, aber ich glaubte, die Ursache zu verstehen. Offenbar hatte sie sich überfordert gefühlt. In den fünfziger Jahren hatte man Menschen, wenn sie nur die richtige Gesinnung hatten, oft in hohe Ämter eingesetzt, denen sie, bei allem guten Willen, nicht gewachsen waren. Und es sprach für die Frau, dass sie aus ihrer Erkenntnis die Konsequenzen zog und lieber als Putzfrau ins Sanatorium ging, an einen Ort, der fünf Kilometer von ihrem Dorf entfernt war, so dass sie nun zweimal täglich, im Sommer bei glühender Hitze und im Winter bei Schnee und Eis, den weiten Weg bis zu ihrer Arbeitsstätte bewältigen musste. Doch sie hing an ihrer Arbeit, und ich verstand bald, warum. Erna brauchte den lebendigen Kontakt zu den Menschen, die aus allen Richtungen des Landes hierher angereist kamen, sich wie Zugvögel nur für die kurze Zeit ihrer Kur hier niederließen und wieder weiterzogen. Später sah ich, wie eng verwachsen Erna auch in ihrer Gemeinde war. Sie war mit vielen im Dorf befreundet, genoss überall hohe Achtung – obwohl es ihr auch nicht an Neidern fehlte, die ihr die Harmonie ihres Lebens missgönnten. Erna lachte nur über solche Äußerungen, die ihr zu Ohren kamen. »Haben sie nicht recht, mich zu beneiden?«, fragte sie mich. »Hätte ich je gedacht, dass es mir mal im Alter so gut gehen würde? Ich bekomme meine Rente, habe zusätzlich einen netten Verdienst, dazu drei wohlgeratene Kinder – und ich bin gesund! Kann man es besser haben? Besuchen Sie mich doch mal!«, forderte sie mich auf. »Damit Sie sehen, wie ich hier lebe. Und bringen Sie auch die anderen mit!«

»Die anderen«, das war die Gruppe von Kurpatienten, die der Zufall an einem Tisch zusammengeführt hatte. Ein Ökonom gehörte dazu, ein passionierter Jäger und Anja, die Sowjetrussin, die mit einem Mann aus der DDR verheiratet war. Wir vier hatten es uns zur Gewohnheit gemacht, unsere ärztlich verordneten Spaziergänge gemeinsam zu unternehmen. Gleich am selben Nachmittag wanderten wir nach Rohrbach, zu Erna Brock, hinaus. Ihr Haus, am Ende des Dorfes gelegen, glich einem Knusperhäuschen. Das tief herabhängende Dach konnte man mit dem ausgestreckten Arm erreichen. Und auch die zwei Stuben waren so niedrig, dass wir uns bücken mussten, um nicht an die Decke zu stoßen. Die Küche, in der mittendrin die Pumpe stand und neben der Tür ein Ungetüm von Küchenherd, war bar jeden Komforts. Erna, die unsere Verblüffung bemerkte, lachte vergnügt. Ja, so hause sie hier, sagte sie munter; bis vor kurzem habe sie im Haus nicht einmal Wasser gehabt, da hätte sie jeden Tropfen Wasser aus dem Bach schöpfen müssen. Erst als die Kinder im letzten Jahr hier ihren Urlaub verlebten, hätten sie das Wasser ins Haus legen lassen. Wir Besucher sahen einander vielsagend an: Jeder von uns schien sich zu fragen, warum sich Ernas Kinder, die allesamt Städter geworden waren, nicht nachdrücklicher um die Bequemlichkeit ihrer Mutter gesorgt hatten. Denn dass das Leben in dieser Kate nicht einfach war, konnte man leicht erkennen. Die Öfen waren schwer heizbar, das »Plumpsklosett« nur auf halsbrecherischen Wegen über Holz- und Kohlenberge erreichbar. Man brauchte nicht viel Fantasie, um sich Ernas Leben im Winter hier vorzustellen, wenn sich der Schnee bis an ihre Fenster türmte und sie sich früh den Weg bis zur Bushaltestelle erst mühselig durch dichte Schneemassen bahnen musste. Arbeite sie wirklich aus freiem Entschluss?, fragten wir uns unwillkürlich. Oder ging sie arbeiten, weil sie, die Jahrzehnte hindurch eine Familie ernährt hatte, weder gewohnt noch willens war, sich im Alter mit der Rente zufriedenzugeben? Aber hätten die Kinder sie nicht unterstützen können? Oder hatten die alle, wie man so sagt, »mit sich zu tun«?

Unser Ökonom, der sich vom Tisch entfernt hatte, um sich »ein bisschen die Beine zu vertreten«, blieb plötzlich vor dem Küchenspind stehen: hinter der Glasscheibe steckte eine Visitenkarte. »Professor Dr. Jürgen Brock«, las er laut vor. »Ein entfernter Verwandter von dir, Erna?«, fragte er. Die Befragte lachte verschmitzt. »Entfernt … ?«, wiederholte sie, um gleich darauf voller Stolz fortzufahren: »Jürgen ist mein Ältester. Professor der Philosophie. Er lehrt in Berlin an der Humboldt-Universität.« Sie genoss unsere Überraschung, sagte dann weiter: »Hedwig, meine Tochter, arbeitet als Agronomin in einem Kombinat. Mein Jüngster ist Mediziner. Er hat als Schiffsarzt schon die halbe Welt gesehen.«

»Alle Wetter!«, entfuhr es dem Ökonom, »da kann man dir zu deinen tüchtigen Kindern nur gratulieren, Erna.« Auch wir anderen wollten uns seinem Glückwunsch anschließen, doch Erna war schon hinausgerannt und kam gleich darauf wieder, im Arm einen großen viereckigen Kasten, den sie schwer atmend auf dem Tisch niederstellte. »Ein Radio-Kassettenrekorder«, sagte sie stolz. »Haben mir die Kinder zu meinem siebzigsten Geburtstag geschenkt. Wollt ihr mal hören?« Sie drückte eine Taste herunter.

Alle drei Kinder hatten ihre Glückwünsche auf Band gesprochen. Sie hatten bewegende Worte gefunden, mit denen sie ihrer Mutter für ihre langjährige Fürsorge dankten, ihr Gesundheit und ein langes Leben wünschten … Als das Tonband schwieg, herrschte auch zwischen uns beklommenes Schweigen. Wir wussten nicht recht, was wir sagen sollten. Perfekte Technik – statt einer liebevollen Umarmung? Der jüngere Sohn hatte seinen Glückwunsch gesprochen, während er sich auf hoher See befand. Tochter und Schwiegersohn entschuldigten ihr Fernbleiben am Ehrentag der Mutter durch dringende Arbeiten. Hatte der ältere Sohn ihr das Tonband gebracht? Aber auch er war allein gekommen, ohne seine Frau und die Kinder, die noch schulpflichtig waren. Alle standen im Stress. Sollte man es ihnen verübeln, dass der Alltag auch an diesem Tag rücksichtslos von ihnen seinen Zoll erhob?

Mir ging Ernas Geschichte lange im Kopf herum. War hier nicht ein Stoff verborgen, den ich packen musste, nach dem ich schon so lange auf der Suche war? Unwillkürlich wurde ich an ein Buch erinnert, das ich schon in meiner Jugend gelesen hatte: An »Katrina« von der finnischen Autorin S. Salminen, das das Leben einer Frau von der Jugend bis zum Tod beschreibt. Katrina, die an einen Luftikus von Mann gerät, meistert mit Geschick den Daseinskampf, zieht praktisch allein ihre Kinder groß, die alle aus den engen Verhältnissen hinausstreben, zu Amt und Würden gelangen und die elterliche Kate verlassen. Der Mann stirbt, und als die vereinsamte Katrina ihr Ende nahen fühlt, rafft sie sich noch einmal zu einem Besuch bei ihren Kindern auf. Doch sie vermag nirgends heimisch zu werden, die Kinder sind ihr fremd geworden. Sie kehrt in ihre Kate zurück, um dort zu sterben.

Hatte dieses Frauenschicksal, so fragte ich mich, nicht in Ernas Leben eine verblüffende Parallele gefunden? Hier wie dort der Ehemann, der seiner Frau keine Stütze ist. Hier wie dort die Sorge um die Kinder, die es zu etwas bringen sollen, die vorankommen und die Mutter verlassen. In meiner Fantasie ließ ich auch den ältesten Sohn an Ernas siebzigstem Geburtstag am Kommen verhindert sein. Ich sah Erna, die allein, vereinsamt, vor ihrem Tonbandgerät sitzt. War dieses Sujet nicht als Vorlage für ein Hörspiel geeignet, für ein Ein-Personen-Stück? Ich erfand eine weitere Version, malte mir aus, dass Ernas Arzt-Sohn zum Chefarzt des Sanatoriums berufen wird, in dem seine Mutter als Putzfrau arbeitet. Wie würde er reagieren? Würde er seine Mutter weiter in dem Knusperhäuschen wohnen lassen, während er in die Arzt-Villa einzieht? Würde er wegschauen, wenn er ihr im Arztkittel im Sanatorium begegnet, wo sie die Böden scheuert? Oder würde er sie dazu überreden, die Arbeit aufzugeben und von ihrer Kate zu ihm zu übersiedeln? Aber würde er Erna dadurch glücklicher machen, wenn er sie mit allen Wurzeln aus ihrem Erdreich zog?

Ich habe Ernas Geschichte nicht aufgeschrieben, weder in einem Roman noch als Hörspiel, und schließlich habe ich den Stoff in die Mappe verbannt, wo schon andere Fragmente lagen, die eines Tages von mir für eine literarische Arbeit verwandt werden sollten. Doch vorläufig war daran nicht zu denken, weil meine Großmutter-Pflichten mich voll in Anspruch nahmen. Christiane hatte zwar neuerdings eine eigene Wohnung, aber Jasmina war nach wie vor viel bei mir. Wenn ihre Mutter mit Delegationen ins Ausland fuhr, packte das Kind seine Sachen und zog zu mir, wo es immer noch sein Bett und seine Spielsachen hatte. Im Sommer waren wir beide viel unterwegs gewesen, um die wichtigsten Veranstaltungen während der Weltfestspiele wahrzunehmen, denn Christiane war durch Dolmetscher-Einsätze eingespannt. So waren wir beide dabei, als die sechzigtausend TeilnehmerInnen, Jugendliche aus allen Nationen, ins Stadion einzogen, unter ihnen Gladys Marín, die Leiterin des chilenischen Jugendverbandes, sowie Valentina Tereschkowa, die sowjetische Kosmonautin, die beide stürmisch begrüßt wurden. Am größten aber war der Beifall, als die chilenischen Gruppen kamen. »Chile si, Yankee no!«, erklang es aus tausend Kehlen, und »Chile tanzt, Chile tanzt!«, sangen überall die Jugendgruppen.

Auch Franzisco, Jasminas Vater, war aus Santiago gekommen. Seine Tochter verhielt sich ihm gegenüber reserviert. War sie enttäuscht, als sie nun den Helden, als den sie den Vater in ihrer Fantasie verehrt hatte, leibhaftig vor sich sah – einen Fremden, der ihr anstelle einer Hand nur eiserne Haken entgegenstreckte, vor denen sie erschrocken zurückwich? Christiane aber war glücklich; offenbar hatten sie und Franzisco wieder zueinandergefunden. Sie hoffte, ihm, der bald wieder abreiste, in Kürze nach Santiago folgen zu können, da sie sich um eine Anstellung im DDR-Kulturzentrum beworben hatte, das dort eröffnet werden sollte – vorausgesetzt, dass sich Salvador Allende mit seiner »Unidad popular« an der Macht halten konnte. Franzisco hatte ihn allerdings in den Diskussionen, die er fast täglich mit seinen Landsleuten führte, scharf kritisiert: Warum verteilte man nicht endlich Waffen an die Bevölkerung? Fast täglich gab es faschistische Bombenanschläge. In der Rechtspresse prahlten die »Momios«, die Reaktionäre, offen mit ihren Vorhaben: Sie wollten einen Streik der Transportarbeiter inszenieren, um die Lebensmittelzufuhr zu unterbinden und die Städte auszuhungern. Bekannte Sozialisten wurden bedroht, man prophezeite ihnen, dass man sie an den nächsten Baum hängen werde. »Das Vaterland ist in Gefahr«, hatte auch Luis Corvalan, der Vorsitzende der Kommunistischen Partei Chiles, kürzlich auf dem Plenum gewarnt. »Die nationale Unabhängigkeit und die Sicherheit des Landes sind schwer bedroht!« Aber was taten die Linken zur Verteidigung? Warum besetzten sie nicht die Straßen, die Betriebe, alle wichtigen Gebäude?

Die Atmosphäre war äußerst gespannt. Am 11. September sollte Christiane mit einer Delegation nach Chile fliegen – ein Beauftragter hatte ihr gestern Abend das Flugticket überbracht, die Delegationsteilnehmer sollte sie früh auf dem Flugplatz treffen. Sie hatte Jasmina zu mir gebracht und gleich hier übernachtet; jetzt war sie gerade dabei, die letzten Utensilien in ihren Koffer zu stopfen, als die Nachricht aus dem Radio kam: »Die Moneda brennt!« Entsetzt hielt sie im Packen inne. Hatte sie richtig gehört? Sie stürzte ans Telefon, wählte die Nummer des Zentralrates, ließ sich weiterverbinden, bis sie endlich den Delegationsleiter an der Strippe hatte. Natürlich hatte man auch dort schon die Nachricht vernommen, der Flug wurde storniert, eine Verabredung für den frühen Nachmittag vereinbart. In der Zwischenzeit telefonierte Christiane mit der halben Welt. Überall hatte sie Freunde, in Venezuela, Kolumbien, Peru, von denen sie Näheres über die Konterrevolution zu erfahren hoffte.

Und nach wenigen Tagen reisten schon die ersten Emigranten an. Die DDR-Regierung, unter Vorsitz von Honecker, hatte verkündet, dass sie jedem chilenischen Flüchtling, der zu uns käme, Asyl gewähre. Christianes Wohnung glich seitdem einem Taubenschlag; es war, als hätten die Chilenen untereinander ihre Adresse als Geheimtipp weitergegeben. Jeder wusste, dass sie gut Spanisch sprach und ihnen nach Möglichkeit half. Flüchtlinge kamen, die unter Lebensgefahr Tonbänder mit authentischen Erlebnisberichten von Verhafteten auf illegalen Wegen hierher gebracht hatten. Christiane übersetzte die Bänder ins Deutsche, damit sie so rasch wie möglich veröffentlicht werden konnten. Oft nahm sie für diese Arbeit sogar die Nacht zu Hilfe. Sie arbeitete äußerst angespannt, während irgendein Chilene in der Küche stand und Empanadas buk, die sich später zu Bergen auf dem Tisch türmten, aber unter den Händen der vielen Hungrigen, die sich inzwischen hier versammelt hatten, dahinschmolzen wie der Schnee unter der Sonne. Es war ein turbulenter Haushalt, kein geeigneter Ort für ein sensibles Kind, das noch dazu die für sie nun doch schockierende Nachricht verarbeiten musste, dass sich unter den Häftlingen in dem berüchtigten Stadion auch ihr Vater befand. Oft rebellierte sie, verfiel in Weinkrämpfe, weil sie gezwungen war, ständig unter spanisch sprechenden Menschen zu leben, mit denen sie sich nicht verständigen konnte. Als sich die Merkmale von Verhaltensstörungen häuften, holte ich das Kind wieder zu mir, und in den Oktoberferien fuhr ich mit Jasmina in unser Schriftstellerheim, wo ich glücklicherweise noch einen Platz hatte ergattern können.

Die Verteilung der Ferienplätze geschah ebenfalls durch Frau Kaemmel. Wir Verbandsmitglieder konnten unter zwei Heimen wählen: der Arbeits- und Erholungsstätte Schloss Wiepersdorf, das aber auch von den Mitgliedern anderer Künstlerverbände genutzt wurde, und unserem Heim in Petzow am Schwielowsee. Zusammen verfügten beide Häuser über etwa siebzig Betten, die im Sommer und zu den Feiertagen stark gefragt waren, so dass wir möglichst schon im Januar für das Jahr buchen sollten. Wenn wir aber zögerten, uns so frühzeitig festzulegen, ermunterte uns Frau Kaemmel: »Buchen Sie nur, buchen Sie! Absagen können Sie immer.« Und schon schrieb sie unsere Namen in ihre Kladde ein. Da es aber immer wieder passierte, dass man absagen musste, da wichtige Aufträge dazwischenkamen, musste Hanna Kaemmel ständig ihren Plan revidieren, Namen ausstreichen und durch andere ersetzen oder bei den Mitgliedern herumtelefonieren, um ein frei gewordenes Zimmer doch noch an den Mann – oder an die Frau – zu bringen. Bei alledem ließ sie sich nie aus der Ruhe bringen, und ihr Standardwort »Absagen können Sie immer« blieb weiter bestehen und verführte uns Autorinnen zu leichtfertigen Dispositionen, obwohl wir oft schon ahnten, dass wir sie schwer würden einhalten können.

In Wiepersdorf hatte ich schon bald nach '45, als Dr. Schendell vom Schutzverband noch das Heim leitete, zu den ersten Gästen gehört. Er blieb dort nicht lange, und auch später habe ich eine ganze Reihe von Heimleitern kommen und gehen sehen. Auch das Schloss musste mehrere Modernisierungen und Renovierungen über sich ergehen lassen. Zu Anfang schien es, zumindest hinsichtlich der sanitären Einrichtungen, noch ganz in dem Zustand zu sein wie zu Bettina von Arnims Zeiten. Es gab nur zwei Klosetts, so dass sich früh am Morgen unter den Gästen ein wahrer Wettlauf entwickelte, wer als Erster den rettenden Ort erreichen würde. Die Mahlzeiten wurden im Gartenzimmer eingenommen, wo alle an einer langen Tafel beisammensaßen. Abends fand man sich in kleinen Gruppen zu Gesprächen zusammen. Fernsehen gab es noch nicht, stattdessen konnte man manchmal Alfred Kurella lauschen, dem Kulturfunktionär und späteren Direktor des in Gründung begriffenen »Literaturinstituts Johannes R. Becher« in Leipzig, der, ungeachtet seiner Sprachstörung, amüsant Anekdoten zu erzählen verstand, oder man wurde Zeuge einer Debatte zwischen Anna Seghers und ihm. Letzteres gehörte zu den Sternstunden, denn Anna, die damals regelmäßig nach Wiepersdorf kam, wo ihr ständig ein Zimmer zur Verfügung stand, zog sich immer bald nach dem Abendbrot in ihre Räume zurück, und wir respektierten ihren Wunsch, allein zu sein. Auch Hedda Zinner mit ihrem Mann Fritz Erpenbeck war unter den Gästen, und meine Tochter Christiane tobte mit dem gleichaltrigen John Erpenbeck im Park herum, oder sie stöberten im Atelier, das später als Konzertsaal genutzt wurde, zwischen Briefschaften und Dokumenten aus vergangenen Zeiten, die noch immer nicht durch eine ordnende Hand hatten registriert werden können. Als das Fernsehen auch in Wiepersdorf seinen Einzug hielt, verbannte man den Apparat in einen der hinteren Räume, und da eine Vorrichtung am Gerät die Umschaltung auf einen Westsender verhinderte, machten die Gäste von der Neuerung nur wenig Gebrauch; was die Aktuelle Kamera vermeldete, konnten sie auch in ihrem Parteiorgan lesen. So konnte glücklicherweise die Kommunikation unter den Gästen noch lange Zeit erhalten bleiben.

Das änderte sich erst nach der Restaurierung des Schlosses, die Mitte der siebziger Jahre begonnen wurde und fünf lange Jahre in Anspruch nahm – Jahre, in denen wir den Aufenthalt in Wiepersdorf schmerzlich vermissten. Denn Wiepersdorf war nicht nur Erholungsort, sondern vor allem eine durch nichts zu ersetzende Arbeitsstätte vornehmlich für die AutorInnen, die hier aller Haushaltssorgen ledig waren, ungestört ihrer Arbeit leben und auf Spaziergängen im Wald und im Park neue Kraft für Einfälle schöpfen konnten. Ich habe ganze Partien meiner Bücher in Wiepersdorf geschrieben. Peter Edel hatte sich für viele Monate hier einquartiert, um seine Autobiografie fertigzustellen, was ihm im Getriebe der Großstadt nicht gelingen wollte. Hildegard-Maria Rauchfuß kam zur Arbeit her, Ursula Püschel forschte über Bettina von Arnim, Lilo Hardel und Anne Geelhaar, die Kinderbuchautorinnen, waren im Juni ständige Gäste, da sie in den umliegenden Schulen schon zu Lesungen erwartet wurden; andere bevorzugten für den Aufenthalt die Wintermonate, in denen das Haus am einsamsten war. Doch fünf Jahre lang, wie gesagt, war uns das Haus versperrt, und wir sehnten den Tag herbei, an dem es wieder für uns geöffnet sein würde, im neuen Glanz, wie man uns versprach. Man munkelte, der Staat habe es sich Millionen kosten lassen, um das Haus auf westlichen Standard zu bringen.

1980 war es dann endlich soweit. Ein neuer Leiter war eingestellt worden, ein Funktionär aus dem Staatsapparat, den man nach Wiepersdorf »abgestellt« hatte und der – aus eigenem Antrieb oder auf Anordnung »von oben« – plötzlich ein strenges Regiment einführte. Wir Autoren wurden im Anbau untergebracht, dem sogenannten Bettenhaus, während uns das Schloss nur noch zu den Mahlzeiten offenstand. Die dortigen Zimmer blieben hermetisch verschlossen, und wir konnten erst einen Blick hineinwerfen, nachdem wir uns mit einer der Putzfrauen verbündet hatten. Die Veränderungen im Inneren waren in der Tat verblüffend. Alle Räume, nein Appartements, waren mit Stilmöbeln ausgestattet, bestanden aus dem Schlafraum, einem angrenzenden Schrankzimmer und dem geräumigen Bad. Jede Wohneinheit war ein Kleinod, zu kostbar für uns, wie uns schien, denn wir fragten uns beklommen, ob die zierlichen Biedermeier-Möbel das Gewicht unserer Schreibmaschine würden tragen können. Oder waren die Zimmer gar nicht für uns bestimmt? Für wen aber sonst? Für Devisenbringer? Ich stellte diese Frage auch Klaus Höpcke, dem stellvertretenden Kulturminister, der für das Verlags- und Buchwesen verantwortlich war. Sollten im Schloss nur noch Kollegen wohnen, die sich durch Einnahmen aus kapitalistischen Ländern über Genex hier einkaufen konnten? Dann sollte man, bitte schön, aber auch offen bekennen, dass man beabsichtige, nun auch die Schriftsteller des Landes in zwei Lager zu spalten: in eins dürften die mit der guten D-Mark und in das andere alle übrigen. Der Riss ging ja durch die gesamte Bevölkerung. Wir hatten uns schon kürzlich in einer Verbandsversammlung energisch gegen die geplante Eröffnung weiterer Intershopläden zur Wehr gesetzt – aber ohne Erfolg. Der anwesende Funktionär aus der Bezirksleitung beharrte darauf, dass man die in der Bevölkerung vorhandene D-Mark, die durch Erbschaften, Zuwendungen von Westverwandten oder auch durch Schwarzarbeit erworben war, abschöpfen müsse, und kein Gegenargument von uns konnte ihn von seiner Meinung abbringen. Wir aber fühlten schon damals, dass dies der Anfang vom Ende war. Wie sollte ein Staat bestehen, der einen Keil durch die eigene Bevölkerung trieb? Der seine Ideale verriet? Wie sollte es einer Mutter oder den Lehrern in der Schule gelingen, den Kindern die Vorzüge des Sozialismus begreiflich zu machen, wenn sie doch tagtäglich erlebten, dass nur die D-Mark des vielgeschmähten Kapitalismus ihnen zu dem begehrten Kaugummi oder anderen schönen Dingen verhalf?

Mein Brief an Höpcke hatte Erfolg. Er solidarisierte sich mit mir und versprach, um rasche Abhilfe besorgt zu sein. Tatsächlich wurde der forsche Leiter bald wieder abgesetzt, und unter der neuen Ära wurde eine Hausordnung entworfen, die jedem der drei Künstlerverbände das Recht einräumte, über mehrere Zimmer im Schlossgebäude – ich glaube, es waren jeweils zwei, während ein Appartement ständig für den Minister reserviert blieb – nach eigenem Ermessen zu verfügen. Wir wurden also wieder wie ehedem »Schlossbewohner«. Doch mit der vornehmen Ausstattung der Räume schien sich auch das Leben der Gäste verändert zu haben. In jedem Raum stand neuerdings ein Farbfernseher mit Fernbedienung, so dass die Gäste nun nach dem Abendbrot eiligst nach allen Richtungen auseinandergingen, um nur ja rechtzeitig in ihre Zimmer und vor den Fernseher zu gelangen, wo sie jetzt sogar ungehindert den Westsender einschalten konnten. In den Aufenthaltsräumen herrschte gähnende Leere, abgesehen von den seltenen Tagen, an denen der neue Heimleiter ins Atelier zu einem Konzert einlud, zu dem Musikfreunde auch aus den umliegenden Kreisstädten kamen, so dass die zahlreichen Autos auf dem Parkgelände kaum noch Platz finden konnten.

Man mag die Veränderungen, die sich im Laufe der Jahre in Wiepersdorf vollzogen haben, nostalgisch bedauern – auch die beiden alten Linden vor der Terrasse hatten aus unerfindlichen Gründen weichen müssen –, aber die besondere, dem Schöpfertum so zuträgliche Atmosphäre ist erhalten geblieben, so dass wir immer wieder gern hinfuhren, zumal man jedes Mal liebe Bekannte traf, wie den Maler Duda, der sich nur mühselig an Krücken bis zu seinem Stammplatz unter der großen Kastanie schleppte; wie Herbert Sandberg, den Maler und Grafiker, oder immer wieder KollegInnen. Noch im September 1989 war ich eine Woche lang dort, und wie es aussieht, wird es wohl das letzte Mal gewesen sein. Auch in Wiepersdorf ist die Marktwirtschaft eingezogen. Raum ist dort nur noch für Stipendiaten jüngerer Jahrgänge oder für kapitalkräftige Manager und Unternehmer.

Auch das Heim am Schwielowsee ist uns nach der Wende verloren gegangen. Es hieß, dass sich Verwandte der Schauspielerin Marika Rökk, der das Haus früher gehört haben soll, bereits gemeldet hätten. Petzow bedeutete uns Berlinern viel, war eine Art zweite Heimat, die Datsche für alle, die keine eigene Datsche besaßen. Ich hatte zwar noch mein Häuschen in Zühlsdorf, aber dort musste ich mich selber verpflegen, hatte Haushaltssorgen wie in Berlin, nur unter primitiveren Bedingungen, und musste noch dazu den Garten in Ordnung halten. Da fuhr ich lieber nach Petzow, das mir die ungestörte Ruhe bot, um mich auf die Arbeit zu konzentrieren. Wir saßen alle von früh an vor der Schreibmaschine. Abends zündete der Heimleiter uns den Kamin an, oder wir saßen an verschiedenen Tischen in der Diele zusammen; einige lasen, andere vergnügten sich mit einem Spiel. Bloß über Literatur wurde kaum gesprochen, und schon gar nicht über Bücher der anwesenden KollegInnen oder über den gerade harten oder weichen Kurs in der Kulturpolitik. Warum das so war, ist schwer zu erklären. Ich denke mir, dass jeder, der nach Petzow kam, mit einer Arbeit befasst war, die er nach seinen Vorstellungen beenden wollte, und da mochte er sich durch keine Rücksichten verunsichern lassen. Kämpfe um die Druckgenehmigungen oder um dem Autor abverlangte Änderungen, die er nur unwillig befolgen oder sogar verweigern wollte, wurden auf später vertagt, auf Besprechungen mit den Verlagslektoren. In strittigen Fällen wurde sogar ein

Richterspruch vom Verband erbeten, der dann mehrere Kollegen aus dem Vorstand beauftragte, sich mit dem Manuskript zu beschäftigen.

Als ich nach der Wende, im März 1990, zur Kur in Neu-Fahrland war, machte ich einmal einen Abstecher nach Petzow, um in Erfahrung zu bringen, was aus unserem Heim geworden war. Vielleicht würde ich sogar noch Kollegen treffen, mit denen man sich über die Ereignisse austauschen konnte? Dass der ehemalige Heimleiter inzwischen Rentner geworden war, wusste ich; doch sicher würde man wohl einen Ersatz für ihn eingestellt haben. Der junge Mann indes, der mir nun entgegenkam, schien mit Schriftstellern nicht viel im Sinn zu haben, wie man schon seinen ersten Bemerkungen entnehmen konnte. Vor allem die Lyriker waren ihm offenbar ein Dorn im Auge. Die hätten doch alle nur gefaulenzt, dem lieben Herrgott den Tag gestohlen, meinte er – eine etwas seltsame Einstellung für einen Mann, der schließlich seine Lebensgrundlage unserer Existenz verdankte. Das Haus schien leer zu sein, doch in der Küche hantierten zwei Petzower Frauen, mit zierlichen Häubchen zu Serviermädchen herausgeputzt, mit riesigen Kuchenbergen. Ich nahm es als Zeichen, dass doch einige Kollegen übers Wochenende erwartet wurden. Es war ein wunderschöner Frühlingstag, die Sonne schien warm wie im Hochsommer. Ich würde mich eine Weile an den See setzen, sagte ich; zur üblichen Kaffeezeit würde ich zurück auf die Terrasse kommen. Doch der Heimleiter hielt mich fest. »Nein, bleiben Sie«, sagte er, und er schob mir beflissen einen Stuhl zurecht. Ich gehorchte verwundert. Mittag war eben vorbei, so früh hatten wir noch nie unseren Kaffee getrunken. Aber die Vorsorge des Leiters schien berechtigt zu sein. Ich hatte mich kaum richtig an meinem Tisch niedergelassen, als auch schon andere kamen. Männer und Frauen in ihrem Sonntagsstaat, zusammen mit Kindern, die lärmend die Stühle zusammenrückten; andere brachten ihre Hunde mit, kleine, possierliche Wesen oder andere, die groß wie Kälber waren, und im Nu waren alle Tische auf der Terrasse besetzt – doch nirgends entdeckte ich ein bekanntes Gesicht. Zuerst dachte ich noch, dass es vielleicht Kollegen aus anderen Bezirken waren – nicht alle Mitglieder des Verbandes, der damals noch bestand, konnte man kennen. Doch dann schloss ich aus der devoten

Haltung des Leiters, aus der besonderen Aufmerksamkeit, die er auf jeden verwandte und aus dem aufgeregten Hin und Her der Servierenden, die nicht schnell genug allen Wünschen nachkommen konnten, dass es sich um anderes handelte. Die heute hier saßen, waren Ausflügler aus dem westlichen Teil Berlins, die nach dem Fall der Mauer endlich auch unsere Gefilde besuchen konnten, und offensichtlich machten sie reichlich Gebrauch davon. Sie waren mit ihren Autos zu uns ausgeschwärmt, säumten die Ränder unserer Wälder, wie ich schon auf der Herfahrt hatte beobachten können, und Autos drängten sich auch hier auf dem Hof, die ganze Auffahrt hinauf bis zum Weg, der nach Petzow und zur »Holländer Mühle« führte, und wo der Leiter unseres Heimes, wie ich jetzt erst sah, ein Schild aufgestellt hatte mit einer gemalten Kaffeetasse darauf und mit einer Hand, deren ausgestreckter Finger auf die Terrasse wies. Fehlte nur noch der Hinweis: »Hier können Familien Kaffee kochen!« Doch solch Relikt aus den zwanziger Jahren war in den Neunzigern wohl hoffnungslos überholt.

Auf der Terrasse war es inzwischen etwas ruhiger geworden. Dafür tummelten sich die Gäste jetzt auf der Badewiese. Eltern spielten mit ihren Kindern Federball, einige Halbwüchsige hatten die Tischtennisplatte requiriert, und der rhythmische Aufprall der Bälle klang mit ihrem hellen Gekreisch zu einem nervtötenden Geräusch zusammen. Die Hunde wälzten sich im Gras oder pinkelten gegen die drei Platanen, die schattenspendend am Ufer standen und mit ihrem hohen und stolzen Wuchs ein Wahrzeichen unseres Geländes waren. Jetzt hatte ein Verwegener auch die Boote entdeckt, löste sie aus der Halterung und rief nach den Paddeln, und nachdem der Heimleiter sie hurtig herbeigeschafft hatte, begann ein Run auf die Plätze, die für alle nicht ausreichten, so dass es ein längeres Gedränge und Geschubse gab und immer wieder Schreie, die über das Wasser schallten. Ich verließ die Terrasse, holte mein Klappstühlchen aus dem Auto und verzog mich weitab ins Gebüsch, wo bisher der Spielplatz unserer Kinder gewesen war. Die Zweige waren hier so dicht, dass ich den Blicken der fröhlich Herumtobenden entzogen war. Ich mochte sie nicht mehr sehen, wollte aber auch von ihnen nicht gesehen werden, da ich nicht wusste, wie lange ich meine Fassung noch würde bewahren können. Mir war zum Heulen zumute. Nicht dass ich es den Ausflüglern missgönnte, dass sie hier waren und dass sie endlich die schöne Umgebung Berlins voll genießen konnten. Aber Petzow war seit Jahren unsere Arbeitsstätte. Wir konnten uns nicht vorwerfen, sie schlecht genutzt zu haben. Wer hergekommen war, hatte von früh bis spät gearbeitet. Sicher hatten wir in den Ferien auch mal gebadet oder lange Wanderungen unternommen. In unseren jungen Jahren waren wir rund um den See gelaufen, hatten im Komponistenheim am anderen Ufer Rast gemacht und waren, an der Dampferanlegestelle vorbei, müde und erschöpft wieder hier gelandet. Oder wir waren quer über die Felder gelaufen, bis zu dem nächsten See, bis uns die Obstplantagen den Weg dorthin versperrten. Und als wir mit unseren Kräften schon haushalten mussten, war uns immer noch der Weg geblieben, der parallel zum See verlief und in gerader Strecke bis zu dem Gewerkschaftsheim führte, wo früher ein Herr Kühne geherrscht hatte, von dem das Gerücht ging, dass er auf jeden, der ihm vor die Flinte gekommen war, blind geschossen hätte. Ob dem Herrn Kühne ähnlich zumute gewesen war wie jetzt mir, als man ihn aus seinem Hause vertrieb?

An jenem Tag brach ich früh auf und fuhr nach Neu-Fahrland zurück. Aber sobald ich meine Kur beendet hatte und wieder zu Hause war, unternahm ich aufs neue eine Fahrt nach Potsdam – es war, als ob Petzow mich magnetisch in seine Nähe zog. Diesmal lag das Haus wie ausgestorben. Auch der Heimleiter schien nicht mehr da zu sein, das Büro war verschlossen, und erst nachdem ich eine Weile unbehelligt in den unteren Räumen umhergeirrt war, auf der Suche nach einer lebenden Seele, sah ich vom See her eine Gestalt auf mich zukommen, einen Mann schon fortgeschrittenen Alters in einer Badehose, mit bloßem, noch nass glänzendem Oberkörper, über den er lose ein viel zu kurzes Badetuch geworfen hatte. Jetzt sah ich auch weitere Personen auf der Wiese lagern, zwei junge Mädchen, die ihre Liegen, zum Schutz gegen die Sonne, unter das Platanendach geschoben hatten, wo auch mein Lieblingsplatz gewesen war. Nach Höflichkeitsfloskeln hin und her erfuhr ich nun, dass es sich bei den Gästen um Stipendiaten handelte, die vom Senat auserkoren waren, hier zur Fortsetzung ihrer Arbeit ein halbes Jahr zu verbringen. Der ältere Kollege arbeitete an einem Roman, während eine der beiden jungen Damen Gedichte verfasste. Ein großzügiges monatliches Salär war ihnen, außer freier Kost und Logis, zugesichert, damit sie ihren laufenden Verpflichtungen nachkommen konnten. Da man den Heimleiter entlassen hatte, kümmerte sich eine Hausbesorgerin stundenweise um ihr leibliches Wohl: sonst aber waren sie Alleinherrscher über Haus und Hof, Küche und Keller, wovon sie freigebig auch jetzt Gebrauch machten, indem sie eine Flasche Wein auf den Tisch zauberten, um die Bekanntschaft mit mir zu vertiefen. Und dann sollte ich natürlich erzählen, wie es hier früher war ... Ja, was sollte ich sagen? Dass wir, die »Privilegierten«, unseren Aufenthalt in Petzow immer hatten bezahlen müssen, wenn auch zu erschwinglichen Preisen, und dass die Dauer unseres Hierseins drei Wochen möglichst nicht überschreiten durfte? Dass wir kein monatliches Salär erhalten hatten, und dass das Haus zu unseren Zeiten von mindestens zwanzig bis dreißig Kollegen genutzt worden war? Ich weiß nicht, ob sie mir geglaubt haben, sie sahen mich ungläubig an, wagten aber offenbar aus Höflichkeit nicht, ihren Zweifel über meinen Bericht zu äußern. Die Lyrikerin ging bald in ihr Zimmer, da sie, wie sie sagte, noch arbeiten wollte. Die zweite Dame entpuppte sich indes bald als die Muse des schon ältlichen Prosaisten, die hier nur besuchsweise anwesend war, während zwei weitere Stipendiaten, ebenfalls junge Autoren, heute nach Potsdam gefahren waren, um sich Sanssouci anzusehen.

Zurück in die siebziger Jahre. Ich habe in dem Jahrzehnt wenig zu Papier gebracht: den Jugendhilfereport und einige Erzählungen; zu mehr reichte mein Atem nicht. Denn auch nachdem es Christiane, die für einen längeren Einsatz nach Afrika ging, gelungen war, ihre Tochter in dem Internat unterzubringen, das eigentlich nur den Diplomatenkindern offenstand, war ich der Sorge um mein Enkelkind nicht enthoben, und ich fuhr zwei- bis dreimal in der Woche nach Königs Wusterhausen hinaus, um nach dem Rechten zu sehen. Das Klima im Internat war nicht das beste. Kinder, deren Eltern in kapitalistischen Ländern tätig waren, protzten mit ihren Reichtümern, mit denen die Eltern sie überschütteten, und sahen mitleidig auf die anderen herab, deren Vater als Botschafter nur in Moskau war, in Afrika oder in Lateinamerika. Es gab erbitterte Feindschaften zwischen den beiden Lagern, ja einmal war sogar der Selbstmord eines Mädchens zu beklagen, das die ständigen Hänseleien der Mitschülerinnen über die Tatsache, dass ihr Vater »nur«

als Fahrer an der Botschaft in Angola tätig war, nicht länger hatte ertragen können. Ihr tragischer Tod schreckte alle auf. Es gab Versammlungen im Lehrerkollektiv und Aussprachen mit den Eltern, die gerade im Lande waren. Ich hatte noch einen weiteren Grund, häufig ins Internat zu fahren. Jasmina, die sich offenbar in der neuen Umgebung tiefunglücklich fühlte, hatte begonnen, wieder einzunässen, so dass ich ihr mehrmals wöchentlich saubere Wäsche brachte. »Schalt doch mal ab!«, rieten mir meine Freundinnen. »Dein Enkelkind ist gut untergebracht – warum musst du dir ihretwegen ständig Sorgen machen?« Doch ich konnte nicht anders. Am liebsten hätte ich Jasmina wieder zu mir zurückgeholt. Aber ich konnte sie nicht mitten im Jahr aus der Schule reißen. Sie musste die siebente Klasse erst beenden.

Jasmina hat später ihrer Mutter vorgeworfen, dass sie sich nicht genug um sie gekümmert hätte, dass ihre Fürsorge eher anderen gegolten habe als ihr. Auch ich hatte es oft schmerzlich empfunden, dass das Interesse meiner Tochter mehr den Unterdrückten aller Völker galt als ihren nächsten Angehörigen, also auch mir. Sah sie gar nicht, dass ich älter wurde? Dass ich manche Pflichten gern auf jüngere Schultern hätte abladen wollen? Und Jasmina hatte wohl all die Jahre hindurch auch den Vater vermisst, der Frau und Kind »der politischen Aufgabe wegen« einfach im Stich gelassen hatte. Aber waren Jasminas Altersgenossen, die Vater und Mutter hatten, eigentlich besser dran? Die Eltern-Generation stand voll im Stress; viele machten von den Möglichkeiten der Weiterbildung regen Gebrauch, nahmen ein Fernstudium auf oder standen bereits im Beruf auf verantwortlichem Posten, der ihnen wenig Zeit für ihre Kinder ließ, die sie im Kindergarten wohlbehütet wähnten. Man hörte von Vätern, aber auch von Müttern, die regelrecht »vergaßen«, ihre Kinder pünktlich vom Kindergarten abzuholen, während sie im Betrieb Prämien für vorbildliche Arbeit entgegennahmen. Das »Pech« dieser Elterngeneration war, dass sie kaum noch auf Großmütter alten Stils zurückgreifen konnten, die sich um ihre Enkelkinder kümmerten; denn diese Frauen um die Fünfzig standen gleichfalls noch voll im Beruf. So blieben die Kinder sich selbst überlassen und entbehrten die Nestwärme, die jeder Heranwachsende so nötig braucht. Auch ich kann mich nicht völlig von dem Vorwurf freimachen, dass ich, die es unterschwellig immer an den Schreibtisch zog, Jasmina nicht die Großmutter war, die sie gebraucht hätte, und die in Gestalt meiner Mutter die Kindheit Christianes noch so wohltuend beschirmt und behütet hat. Aber ich habe in all den Jahren unter dem Konflikt gelitten, dass ich meine schriftstellerische Arbeit zugunsten von Jasmina vernachlässigen musste.

Haben schreibende Männer ähnliche Sorgen? Ich habe meine Kollegen immer beneidet, denn sie haben es leicht, produktiv zu sein. »Hinter jedem männlichen ›Genie‹«, schreibt auch die niederländische Autorin Anja Meulenbelt, »steht mindestens eine Person, meist ein ganzes Netzwerk von Menschen, die ihm den Rücken freihalten für seine Arbeit, indem sie ihm die aufdringliche Welt mit ihren banalen Problemen vom Halse halten.«

Und Annemarie Auer, die sich vorübergehend, um in Ruhe schreiben zu können, in Greifswald aufhielt, fern von ihrem Ehemann, schrieb mir einmal: »Es ist ein Jammer, Elfriede, dass die Gesellschaft noch immer so geartet ist, dass für uns Frauen Liebe und Ehe einerseits und Produktivität andererseits sich wie zwei Feinde gegenüberstehen. Das dürfte doch nicht so sein. Aber geistige und künstlerische Arbeit ist etwas Ungeselliges, und sie fordert den ganzen Menschen. Die Männer stellen sich nie auf etwas anderes ein als auf sich und ihre Gedanken. Danach hat sich gefälligst alles zu richten, sowohl die Daseinsorganisation als auch die Lebewesen um sie herum. Bloß wir blödsinnigen Weiber bilden uns ein, wir müssten erst mal unser Soll an familiärer Rücksicht erfüllen, ehe wir uns an die Arbeit setzen ›dürfen‹. Überdies ist die Folge davon, dass es einer Frau nur selten gelingt, in ihrer Arbeit die volle Höhe dessen zu erreichen, was eigentlich in ihrem Talent gelegen hätte. Es ist kein Zufall, dass es bis heute – auch in der Sowjetunion! – fast noch keine Komponistinnen gibt und dass es auf der ganzen Welt nur sehr wenig bedeutende Lyrikerinnen gegeben hat. Hingegen Übersetzerinnen, Virtuosinnen am Klavier und dergleichen gibt es. Weil diese reproduzierenden oder an ein schon Geschaffenes angelehnten Produktionsweisen Ablenkungen oder Zersplitterungen der Kräfte eher vertragen. Man kann den Faden vom schon gegebenen Gegenstand her eher wiederfinden und wiederaufnehmen. Dagegen etwa Musik erfinden oder bedeutende Lyrik, das erfordert eine solche tiefe Versenkung und

Versunkenheit in den Stoff, wie sie eine Frau – bei dem Leben, das ihr zugebilligt ist – fast niemals aufbringen kann.«

Ich muss in solchem Zusammenhang oft an das Kollegen-Ehepaar Strittmatter denken. Erwin hat nach '45, ich glaube in zweiter Ehe, eine junge Literaturwissenschaftlerin und Lektorin geheiratet, die ihm, dem Autodidakten, in seiner literarischen Entwicklung sicher von enormer Bedeutung war. Doch Eva Strittmatter hat, wie man ihrem Buch »Briefe aus Schulzenhof« entnehmen kann, die eigene Begabung zwanzig Jahre lang unterdrückt, um ihrem Schriftsteller-Mann Erwin »den Rücken freizuhalten« von Alltagssorgen und ihm zum Erfolg zu verhelfen. Erst heute ist auch Eva eine bekannte und beliebte Dichterin, nachdem sie sich endlich dazu durchgerungen hat, Eigenes aufzuschreiben. – Ähnlich hat uns auch Fred Wander, der in den fünfziger Jahren aus Österreich in die DDR übersiedelte, lange vorenthalten, welche begabte junge Schriftstellerin er mit Maxie, dem »herzigen Wiener Arbeitermadl«, an seiner Seite hatte. Oder wusste er es am Ende gar nicht? Es bedurfte erst Maxies Krebserkrankung und ihres frühen Todes – sie starb kurz vor ihrem vierzigsten Lebensjahr –, damit er bei Durchsicht ihrer Hinterlassenschaft ihre Tagebuchblätter entdeckte, die mehrere Ordner füllten. Und erst kurz vor ihrem Tode war ihr aufsehenerregendes Buch mit Tonbandprotokollen, »Guten Morgen, du Schöne«, erschienen. Wann hatte sie es geschrieben?

Ich habe Maxie Wander ein einziges Mal in unserem Schriftstellerhaus am Schwielowsee erlebt, wo sie sich, mit Papier und Füller bewaffnet, immer rasch in ihr Zimmer zurückzog, was mir ein nachsichtiges Lächeln entlockte: Sie wolle also ebenfalls schreiben?, fragte ich sie. Das Schreiben sei wohl ansteckend? Niemand von uns ahnte damals, dass Maxie Wander alle die Jahre hindurch, die sie mit Fred Wander in Klein-Machnow zusammenlebte, in einem Haus, das ständig für Freds Freunde gastfreundlich geöffnet war, einen zermürbenden Kampf darum führte, einen winzigen Platz für sich selbst zu erobern, einen Ruhepol, zu dem sie sich hätte flüchten können, um ihre Gedanken zu ordnen und aufzuschreiben. Ich fürchte, sie hat ihn niemals gefunden, es sei denn, sie hätte die Nächte zu Hilfe genommen, die ihr die Ruhe verschafften, die sie zum Schreiben brauchte. Fred hingegen zog sich jedes Mal, wenn ihm der

Trubel im eigenen Haus zu bunt wurde – Quartiergäste, die aus allen Himmelsrichtungen zu ihm angereist kamen, entarteten oft zu Dauergästen –, nach Petzow ins Schriftstellerhaus zurück, wo allein er in Ruhe arbeiten konnte, wie er uns oft versichert hat. In aller Unschuld ließ er Maxie allein in dem Haus, aus dem sie nicht entfliehen konnte, weil vielfache Pflichten sie banden, und wo es keinen einzigen Platz für sie gab, wo sie sich hätte einschließen können, um die störende Außenwelt auszusperren. Für eine Hausfrau und Gastgeberin, Mutter eines nicht leicht zu erziehenden Adoptivsohnes, der ihr als Ersatz für das eigene, ihr durch Unfalltod entrissene Kind – ein Verlust, den sie nie überwunden hat – hätte dienen sollen, gibt es eine solche Möglichkeit nicht. Sie bleibt die Gefangene der Verhältnisse um sie her.

Auch bei dem »Treffen schreibender Frauen« in Bremen, das Ende Juni 1981 stattfand und an dem zu meiner Freude auch Christiane teilnehmen durfte, ging es vorwiegend um die Frage, wie sich Frauen den Freiraum für ihre schriftstellerische Arbeit verschaffen können. Die meisten Teilnehmerinnen waren jung, hatten Kinder, die ihnen noch am Rockzipfel hingen; voller Neid blickten sie auf die Frauen in der DDR, wo es genügend Krippen und Kindergärten gab, so dass die Mütter wenigstens stundenweise entlastet waren. Doch wie sollten sie die Ruhe finden, um ihre Texte zu schreiben, die notwendigerweise alle nur kurz waren, wie die Beiträge bewiesen, die auf der Tagung verlesen wurden: Glossen, Feuilletons, Stimmungsberichte und kämpferische Artikel zu Frauenfragen. An umfangreiche Arbeiten wagten sie sich nicht; wer würde sie auch drucken, die Romanmanuskripte von Anfängerinnen, die sich auf dem Buchmarkt schwer verkaufen ließen? Hier kann nur veröffentlichen, wer einen Selbstverlag gründet oder zumindest die Druckkosten übernimmt, erfuhren wir – und wieder empfanden wir zwei aus der DDR unsere bevorzugte Stellung. Sicher, auch bei uns hatten es literarische Anfänger nicht gerade leicht. Wollten sie ein Stipendium vom Verband erhalten, so mussten sie ein Exposé und ein Probekapitel einreichen, und nicht jeder war imstande dazu. Doch selbst wenn sie das Verlangte geliefert hatten, mussten sie meist monatelang auf eine Entscheidung warten, die ihnen bestenfalls nur ein Halbjahresstipendium einbrachte. Genügte ihnen das nicht, so mussten sie um Verlängerung einkommen und wiederum warten. Also ein umständliches Verfahren, das viele scheuten. Wer aber durchhielt, der wusste, dass auf sein fertiges Manuskript schon die Verlage warteten, die frühzeitig ihre Fühler nach dem im Entstehen begriffenen Werk ausgestreckt hatten, und eine Erstauflage von zehntausend Exemplaren war dem Autor meist sicher. Die schreibenden Frauen Bremens lauschten unserem Bericht voll andächtigen Staunens und mit kaum verhülltem Neid …

Abends waren wir bei Elfi Hartenstein, einer der Veranstalterinnen, eingeladen, die zusammen mit einer Kollegin die Literaturzeitschrift »Zeichen und Spuren« herausgab – mit sehr wenig Geld, aber viel Elan und natürlich nur nebenberuflich. »Hauptberuflich« bezogen die meisten Frauen, die wir hier kennen lernten, Arbeitslosenunterstützung, oder sie hatten irgendeinen Job, den sie nicht wichtig nahmen. Umso wichtiger war ihnen das gesellschaftliche Leben, das Zusammensein, die Diskussion untereinander. Ich fühlte mich in meine Jugendzeit zurückversetzt. Auch hier redeten sich die Frauen die Köpfe heiß, wie wir es früher getan hatten. Sie diskutierten über die Rechte der Frau, den Paragraphen 218 und über die Friedensbewegung. Gerade wurden Frauen aus den skandinavischen Ländern erwartet, die auf ihrem Marsch nach Paris, das sie am 6. August, dem Jahrestag des Abwurfs der Atombombe auf Hiroshima, erreichen wollten, auch Bremen berühren würden. Die Begegnung mit den Frauen aus dem Norden wurde vorbereitet; sie mussten verpflegt und untergebracht werden. Ich sah mit Erstaunen, wie locker dies alles geschah. Einige Frauen erboten sich, für die warme Mahlzeit aus der Gulaschkanone zu sorgen, andere würden die belegten Brote beschaffen. Auch die Quartierfrage wurde im Umsehen gelöst; schließlich waren mehr Betten vorhanden, als man Gäste zu erwarten hatte. Hier erlebte man praktische Solidarität, die sich so vorteilhaft von der bei uns geübten unterschied, wo der Solidaritätsbeitrag seelenlos zu einem Posten des Lohnzettels degradiert worden war. Es gab auch andere krasse Unterschiede, die durchaus nicht zu unseren Gunsten sprachen. Das dreitägige Treffen schreibender Frauen hatte in einem Fabrikgebäude stattgefunden. Die Räume waren kahl und unwirtlich – aber hatte das die Stimmung der Frauen und ihre Begeisterung beeinträchtigen können? Wo war der Elan und die Einsatzbereitschaft, der ich hier auf Schritt und Tritt begegnet war, noch bei uns, wo Kongresse nur in prunkvollen Sälen veranstaltet wurden und die Teilnehmer in den teuersten Hotelzimmern wohnten? Wo wurde in der DDR überhaupt noch diskutiert? Wo wurden echte Probleme erörtert – und nicht nur Referate gehalten, die der Vortragende vom Blatt ablas, um nur nicht der Abweichung vom vorgegebenen Text geziehen zu werden? Ja, wir waren Spießer geworden, dachte ich. Spießer, die sich einbildeten, nach außen repräsentieren zu müssen, mehr zu scheinen, als zu sein, wobei sie Unebenheiten versteckten oder überhaupt nicht mehr zur Kenntnis nahmen. Aber Bescheidenheit und die Besinnung auf Werte, die wir sträflich vernachlässigt hatten, hätte uns besser zu Gesicht gestanden. Nie hatte ich das alles so klar empfunden wie hier bei den Frauen in Bremen – obwohl ich wusste, dass auch sie nur eine verschwindende Minderheit darstellten in der auf Profit bedachten Gesellschaft, in der sie leben mussten. Aber es gab sie. Und das war gut.

Wir waren vor kurzem wieder einmal umgezogen, diesmal nach Karlshorst, in eine geräumige Wohnung, die Platz für uns alle bot. Jasmina hatte inzwischen die Schule beendet und eine Lehre als Filmkopierfacharbeiterin begonnen. Bei unserem Einzug in die Wohnung hatte ich kaum bedacht, dass auch meine Enkelin älter und erwachsen wurde. Ihre Mutter arbeitete zur Zeit zusammen mit dem Exil-Chilenen Orlando Lübbert an einem Dokumentarfilm über verwundete Sandinisten, die aus Nicaragua zu uns gekommen waren, um in unseren Krankenhäusern behandelt zu werden. Oft nahm sie Jasmina zu den Aufnahmen mit, und so wiederholte sich, was ich schon einmal erlebt hatte, als meine Tochter ständiger Gast in einem Krankenhaus wurde, um den verwundeten Kubanern nahe zu sein.

Diesmal waren es junge Männer und Frauen aus Nicaragua, oft noch halbe Kinder, die Jasmina und einige ihre Freundinnen in ihren Bann zogen – waren dies doch wirkliche Revolutionäre, die sich ihre Verwundungen im Kampf gegen Somoza zugezogen hatten! Manche waren schon so weit geheilt, dass sie im Garten umhergehen oder mit dem Rollstuhl gefahren werden konnten, und die jungen Mädchen versuchten – genau wie sich Christiane und Stefan Kurella seinerzeit bemüht hatten –, mit den Menschen aus dem fernen Land ins Gespräch zu kommen, wobei Jasmina oft schon die Dolmetscherin abgeben konnte.

Jetzt erwies es sich, dass sie durch den ständigen Umgang mit LateinamerikanerInnen im Haus ihrer Mutter schon so viele spanische Vokabeln in ihrem Hirn gespeichert hatte, dass sie sich fast mühelos verständigen konnte. Und als sie ihre Lehrzeit beendet hatte, war sie in der spanischen Sprache schon so perfekt, dass sie als Dolmetscherin bei Jugendtourist angestellt wurde, wo sie oft mit einer ganzen Gruppe von KubanerInnen im Lande umherreisen musste.

Ja, meine Enkelin war flügge geworden. Eines Tages erzählte mir meine Ärztin, dass Jasmina kürzlich bei ihr gewesen sei, um sich die Antibabypille verschreiben zu lassen. Und als ich eines Morgens an ihrem Zimmer vorbeiging, um ins Bad zu gelangen, sah ich sie durch den offenen Türspalt ausgestreckt und so, wie die Natur sie geschaffen hatte, auf dem Bett liegen, eng umschlungen von einem jungen Mann, dessen dunkler Schopf dicht neben ihrem helleren lag. Mir stockte der Herzschlag. So war mir also auch die Enkelin schon entwachsen? Doch im selben Moment rief ich mir ins Bewusstsein, dass »das Kind« inzwischen achtzehn und bereits volljährig war. So brauchte sie mich also nicht länger? Mit gemischten Gefühlen setzte ich mich an die Schreibmaschine, um mir endlich mit meinem Buch »Wie andere Leute auch« den Frust von der Seele zu schreiben, der sich seit so vielen Jahren in mir angestaut hatte. Das Buch erschien 1982 und handelte von zwei Frauen, die beide einen Beruf haben, der den ganzen Menschen fordert. Es war die Geschichte dreier Generationen, von Mutter, Tochter und Enkelkind, also fast eine Autobiografie.

Freundinnen

Unter meinen Freundinnen waren mir drei besonders nahe. »Waren« muss ich schreiben, denn zwei von ihnen, Berta und Resi, leben nicht mehr. Resi hat Jugendbücher geschrieben, und Berta war Filmautorin und Satirikerin, deren Kurzgeschichten hin und wieder, leider viel zu selten, im »Magazin« erschienen. Wie schade, dass sie ihre Begabung nicht auch in größeren Erzählungen oder in einem Roman unter Beweis gestellt hat. Doch ihr fehlten dazu, wie sie selbstkritisch einräumte, die nötige Geduld und der lange Atem.

Dass ich mit Berta zusammen immer gerade die dramatischen »Höhepunkte« unseres DDR-Alltags erlebte, habe ich schon erwähnt. So verbrachten wir den 17. Juni 1953 gemeinsam wie auch den 21. August 1968, als die Truppen des Warschauer Paktes dem »Prager Frühling« zu Leibe rückten. Ob Berta einige Jahre später dabei war, als in einer Versammlung des Schriftstellerverbandes im Roten Rathaus der Ausschluss einiger Kollegen beschlossen wurde, weiß ich nicht. Ich habe an jener Sitzung, die am 7. Juni 1979 stattfand, nicht teilgenommen, da ich mich gerade auf einer Studienreise durch Spanien befand. Doch seither habe ich mir oft die Frage gestellt, wie ich mich wohl in jener Versammlung verhalten hätte, auf die alle Parteimitglieder in einer internen Sitzung programmiert worden waren. Hätte ich gegen den Ausschluss gestimmt, der, wie in solchen Fällen üblich, schon lange beschlossen war? Ich fürchte, ich hätte mich gleichfalls der Parteidisziplin gebeugt und die Hand für den Ausschluss gehoben, obwohl ich mich mit einigen der Verfemten, vor allem mit Stefan Heym, eines Sinnes wusste. Wie konnte man einen Mann wie ihn, einen bewährten Antifaschisten, der nie seine Gesinnung verleugnet hatte, aus unserer Mitte verbannen? Und doch hätte ich es vielleicht getan, auf Geheiß einer Partei, die »immer recht hatte«. Ein Einziger aus der Runde der Parteimitglieder hatte, wie ich kürzlich dem »Protokoll eines Tribunals«, herausgegeben von

Joachim Walther, entnehmen konnte, den Mut besessen, sich in seinem Diskussionsbeitrag gegen den Ausschluss auszusprechen. Das war Stefan Hermlin. Alle anderen SED-Mitglieder hatten zugestimmt.

Meine Freundin Berta hat die Wende noch miterlebt und auch die ersten antisemitischen Äußerungen, die auf den Montagsdemonstrationen in Leipzig zu vernehmen waren und die sie mit tiefer Sorge erfüllten. »Das hatten wir doch alles schon einmal!«, rief sie verzweifelt, und mit dem Skeptizismus jüdischer Menschen, der nur allzu berechtigt ist, spielte sie sogar mit dem Gedanken, nach Israel zu übersiedeln, um nicht erneut Opfer rechtsradikaler Randale zu werden. Aber sie war nun über achtzig. Sie hatte oft darüber geklagt, dass sie ihre Angehörigen in Israel nach ihrem Tode nicht mit der »müden DDR-Mark« als Erbschaft beglücken konnte, und hatte testamentarisch verfügt, dass ihr ganzes Vermögen, das beträchtlich sein musste, denn Berta hatte immer bescheiden gelebt, an staatliche Institutionen fiel. Nun aber stand die Umwandlung unseres Geldes in D-Mark bevor, also in eine konvertierbare Währung, und Berta plante den Weg zu ihrem Rechtsanwalt, um ihr Testament zugunsten ihrer Verwandten umzuändern. Es war Ende April, als sie zu mir von ihrer Absicht sprach. »Jetzt kann ich endlich meinen Nichten und Neffen etwas zukommen lassen!«, rief sie erleichtert. »Die sind alle nicht auf Rosen gebettet.«

Wie oft habe ich an diese Bemerkung zurückdenken müssen, denn Bertas plötzlicher Tod gibt mir Rätsel auf. Schon wenige Tage nach unserem Gespräch brachte ich meine Tochter Christiane zum Flugplatz. Auf dem Rückweg von Schönefeld wollte ich Berta besuchen, und ich rief vorher bei ihr an, um sie von meiner Absicht in Kenntnis zu setzen. Doch alle meine Versuche, sie telefonisch zu erreichen, blieben ohne Erfolg. Lag sie damals vielleicht schon hilflos am Boden, unfähig, sich zum Telefon zu schleppen und den Hörer abzunehmen? Oder war sie bereits im Krankenhaus, wo sie gar nicht mehr zu Bewusstsein gekommen war, wie ich später hörte? Die Berichte ihrer Freunde und Bekannten über die Todesursache sind ungenau. Das Frühstücksgeschirr habe noch auf dem Tisch gestanden, hieß es, als man sie endlich fand. Freunde von Berta, die sie wie verabredet nachmittags zu einem Spaziergang abholen wollten, hatten Verdacht geschöpft, als in der Wohnung nach ihrem energischen Klopfen und Klingeln alles ruhig blieb bis auf ein leises Stöhnen, das sie zu vernehmen meinten. Sie hatten den Hauswart gerufen, der schließlich die Tür aufbrach. Berta lag in einer Blutlache, in der Mitte des Flurs. Hatte sie sich vom Wohnzimmer, wo sie gestürzt sein soll, noch bis hierher geschleppt, sicher in der Absicht, sich den Nachbarn gegenüber bemerkbar zu machen? Als ihre Freunde sie fanden, war es bereits Nachmittag. Sicher ist sie aber bereits vormittags zu Fall gekommen, denn sie hatte es nicht mehr geschafft, den Tisch abzuräumen. Hatte sie stundenlang hilflos auf dem Boden gelegen? Und woher kam das Blut? Wenn man stürzt – und alte Menschen stürzen leicht –, bricht man sich Arme oder Beine oder den Schenkelhalsknochen; das sind Verletzungen, deren Schwere nur der Röntgenologe erkennen kann; äußerlich sind sie unsichtbar. Berta wurde bewusstlos ins Krankenhaus eingeliefert. Sie starb an ihren inneren Verletzungen, erklärte man mir zurückhaltend im Krankenhaus, als ich um Auskunft bat. Ob ich eine Verwandte sei? Nein, ich war nur die Freundin – und ich bin auch keine »Miss Marple«, der die Rätsel um Bertas Tod keine Ruhe lassen und die sich entschließt, der Sache auf den Grund zu gehen.

Zum Begräbnis war Bertas Lieblingsnichte angereist – ihre einzige Schwester Paula, nun auch schon über achtzig, fühlte sich der Reise und den mit ihr verbundenen Aufregungen nicht mehr gewachsen. Hannah besuchte mich. Ich kannte sie schon, seit sie noch ein junges Mädchen gewesen war, und ich wusste, dass sie seit vielen Jahren in einem Kibbuz in Israel lebt und nun schon selber fast erwachsene Kinder hat. Ob sie hierbleibe, bis die Wohnung aufgelöst sei?, fragte ich sie, aber Hannah winkte ab: Das sei alles bereits geschehen; die Wohnung sei schon ausgeräumt, die Möbel nach allen Richtungen hin verschenkt worden, so dass sie leider gezwungen sei, in einem Hotel zu wohnen, was ja nicht billig sei. Hannah fuhr mit leeren Händen in die Heimat zurück; nicht einmal ein Andenken an Berta hatte man ihr dagelassen.

Ein Jahr später, zu Bertas erstem Todestag, wurde auf dem jüdischen Friedhof in Weißensee der Stein aufgestellt, der eine hebräische Inschrift trug. Zu der Zeremonie war ein Vetter dritten Grades erschienen. »Ein Mensch, den Berta nie hat leiden mögen«, flüsterte mir die spottlustige Renate Holland-

Moritz zu, die zu Bertas engeren Freundinnen gehörte. Von den Schriftstellern waren außer uns beiden noch Stefan Heym und Rainer Kerndl gekommen, und im Übrigen alle die, die alljährlich zu Bertas Geburtstag erschienen waren: die Schauspielerin Steffi Spira, die hochbegabte Elizabeth Shaw, deren freche Illustrationen zu Bertas Versen jahrelang im »Magazin« erschienen waren, ein, zwei Ehepaare aus Berlin-Ost und eine langjährige Freundin aus Westberlin. Der Vetter, im Kaftan und mit bedecktem Haupt, las mit volltönender Stimme aus dem Talmud vor, und wir anderen hingen Erinnerungen an Berta nach. »Es war eine würdige Gedenkstunde«, sagte Renate Holland-Moritz, als wir später vom Friedhof aus auf das in der Nähe befindliche Restaurant zugingen, wo der Vetter für uns einen Tisch bestellt hatte. »Schade, dass Berta sie nicht erlebt hat. Sie wäre zufrieden gewesen.«

Eine ganz andere Art von Freundin war Resi Flierl. Das heißt, dass sie meine Freundin war, ist mir erst nach und nach aufgegangen, eigentlich erst nach Ausbruch ihrer schweren Krankheit, als ich sie regelmäßig besuchte, um ihr Mut zuzusprechen. Vorher hatten wir uns immer nur sporadisch gesehen, oft in langen Abständen, denn Resi verkroch sich gern in ihr Schneckenhaus, aus dem man sie dann gewaltsam hervorlocken musste.

Resi mag vierzig gewesen sein, als sie den Mann ihres Lebens traf: Eugen Betzer, der aus englischer Emigration zurückgekehrt war. Die spät geschlossene Ehe währte nur kurz, sei aber, nach Aussage von Resis Mutter, äußerst harmonisch gewesen. Das Paar wohnte im Hause der Eltern, wo Eugen eines Morgens, kurz nach einem munteren Wortgeplänkel zwischen ihm und seiner jungen Frau, wie ein vom Blitzschlag getroffener Baum zu Boden gestürzt war. Herzinfarkt! Und wenige Wochen später musste Resi auch den Vater begraben.

Die beiden Frauen, die alte und die junge, nun männerlos, räumten Hals über Kopf das zu weit gewordene Haus und zogen in eine kleinere Parterrewohnung. Dort bin ich in den folgenden Jahren oft aus- und eingegangen. Ich fuhr gern zu den beiden. Resis Mutter hatte noch meine Mutter gekannt, die schon einige Jahre tot war. Beide waren mütterlich von Natur, lebten harmonisch mit der Tochter und – seltsame Duplizität! – sorgten sich um den Sohn, der nicht zum Besten geraten war.

Resi hat ihren Bruder selten erwähnt. Er wohnte irgendwo auf dem Lande, und sie hielten nur losen Kontakt. Erst in den letzten Jahren hat Resis Bruder, den Dienstreisen öfter nach Berlin führten, seine Schwester gelegentlich besucht; aber auch über diese immer nur kurzen Besuche schwieg Resi sich aus – während es mich erleichterte, meine Sorgen über meinen Bruder, den Alkoholiker, offen vor ihr auszubreiten. Resi vergalt mir mein Vertrauen nicht in gleicher Art. Es war, als ob sie eine undurchdringliche Mauer um sich und die Ihren zog, sobald die Rede auf Persönliches kam. Ihre Zurückhaltung grenzte an Unhöflichkeit und hat sicherlich manchen, der ihre Freundschaft suchte, vor den Kopf gestoßen.

Doch ich habe von einer ganz anderen Resi erzählen wollen, von der heiteren und fantasievollen Gefährtin, als die sie sich bei so vielen Gelegenheiten erwiesen hat. Wie viele Späße hatten wir miteinander, ich denke nur an unsere hartnäckige Suche nach einem Bauernhaus! Eine Kate auf dem Lande billig zu erwerben und mit viel Aufwand an Geld und Arbeitskraft modisch herzurichten, lag seinerzeit in der Luft. Viele unserer Kollegen hatten es uns schon vorexerziert. Ich weiß nicht mehr, wer von uns beiden auf den Gedanken kam, ihnen nachzueifern; ich fürchte, ich selber war es, aber auch Resi entflammte sogleich für den Plan, selbst ihre Mutter stimmte zu. »Wie schön, der Natur nahe zu sein«, schwärmte sie, und sie krönte ihre Zustimmung mit dem Satz: »Das könnte später mal euer Alterssitz werden.« – Die Weichen für unsere Zukunft waren damit gestellt, nun galt es nur noch, das geeignete Objekt zu finden. Vielleicht hätten wir unsere Häusersuche noch jahrelang fortgesetzt. Denn noch längst hatten wir nicht jeden Winkel der Republik erforscht, nicht alle Möglichkeiten ausgeschöpft, die uns den Vorwand boten für neue unwägbare Abenteuer. Denn war nicht das Vergnügen an unseren Unternehmungen wichtiger als das Resultat? Ohne dass wir es einander eingestanden, wussten wir schon, dass wir uns niemals auf den Kauf eines alten Gemäuers würden einlassen dürfen – zwei Frauen ohne handwerkliche Fähigkeiten! Nur in der Fantasie konnten wir ein Haus erwerben, es umbauen, einrichten und darin heimisch werden. Und im Ausmalen unseres Luftschlosses stand keine der anderen nach. Ja, Resi schien sich um so fester an unsere Fiktion zu klammern, je dringlicher ihr Gesundheitszustand

Schonung erforderte und ihr zuletzt jede Beteiligung an unseren Fahrten strikt verbot.

Denn Resi war krank. Seit langem. Schon immer hatte sie unter Migräne gelitten. Nach dem Tod ihrer Mutter, den sie nie verwand, kam eine Allergie hinzu, deren Ursache die Ärzte lange nicht ergründen konnten. »Man muss lernen, mit seinen Gebrechen zu leben«, sagte sie oft, ohne zu ahnen, dass eben dies ihr nicht mehr lange möglich sein werde. Erst als der Arzt eine Blutkrankheit diagnostizierte und ihr zur chemotherapeutischen Behandlung in einem Krankenhaus riet, begehrte sie auf: Wenn schon, dann wolle sie zu Hause sterben, in der vertrauten Umgebung, den liebgewordenen vier Wänden! Da ließ man sie gewähren, wenn auch zunächst befremdet – voll Skepsis, ob sie durchhalten würde. Allmählich wandelte sich Unverständnis in Bewunderung: Nicht viele hätten wie sie alle Unbill ertragen, die Schmerzen mutig niedergezwungen. Erstaunlich, welche Kraft in ihr steckte. Noch in den letzten Monaten entwickelte sie eine emsige Geschäftigkeit; sie ließ die Decke ihres Wohnzimmers mit Holz verkleiden, kaufte auch für den Fußboden neuen Velours. Dachte sie gar nicht daran, wie wenig Zeit ihr noch blieb? Schon immer hatte sie sich gern mit schönen Dingen umgeben. Auch sie selbst wollte schön sein. Also versteckte sie ihre erschreckende Magerkeit unter bauschigen Stoffen, ging auch zu Hause nur in langen Kleidern umher, um ihre Greisinnenbeine zu verstecken. Als sie zuletzt, gefesselt an Schläuche, doch noch auf der Intensivstation lag, verwandte sie ihre ganze Kraft darauf, durch eine kaum merkbare Bewegung des Kopfes etwaige Besucher von sich fernzuhalten. Niemand sollte sie so in ihrer Hinfälligkeit und augenfälligen Vergänglichkeit in Erinnerung behalten.

Nach ihrem Tod reiste postwendend der Bruder an, um von ihrer Wohnung Besitz zu ergreifen. Die kostbaren Möbel ließ er auf einen Speicher bringen, Bücher und Manuskripte stopfte er in Säcke, die der Hauswart anderntags in den Container warf. Es war, als ob nichts mehr an die frühere Bewohnerin, seine Schwester, erinnern sollte, die ihm wohl zeitlebens als Vorbild hingestellt worden war. Jetzt war es an ihm zu triumphieren: Er hatte sie überlebt! Zur Urnenbeisetzung ließ er sich durch Krankheit entschuldigen. Eine einzige Nachbarin war auf dem Friedhof erschienen. Auch ich war nicht in Berlin, erhielt die

Nachricht erst, als schon alles vorüber war. Ahnungslos war ich zur Wohnung meiner Freundin gefahren, wo die Handwerker schon die Holzverkleidung und den Velours von der Decke und vom Boden rissen, auf Geheiß des neuen Wohnungsinhabers, übrigens des Sohnes der Nachbarin, dem es nicht schnell genug ging, sich den »Plunder«, wie er sagte, vom Halse zu schaffen.

So ist also nichts von Resi übrig geblieben – nichts als ihre zwei Jugendbücher, die vielleicht noch hier und da in den Bibliotheken zu finden sind? Nach ihrem Tode hat es viele Spekulationen gegeben, hieß es doch sogar, sie habe sich vermutlich (da man auf ihrem Balkon einige leere Flaschen fand) dem Trunk ergeben? Süchtige ziehen sich oft auf sich selber zurück, wie sie es tat. Ich glaube es besser zu wissen. Aber kennt man einen Menschen, nur weil man lange mit ihm zusammen war? Nur eines weiß ich: Mit Resi – wie auch mit Berta – ist auch ein Teil meines Lebens dahingegangen. Wieder hatte ich einen Menschen verloren, mit dem ich lachen oder weinen konnte über Ereignisse, die nur noch Angehörigen unserer Generation im Gedächtnis sind. Wie gern würde ich zum Telefon greifen und die Nummer von Resi wählen und ihr vorschlagen: »Nun, Resi, was meinst du? Wollen wir nicht wieder mal ein Bauernhaus suchen?«

Und nun muss ich wohl endlich von Annemarie Auer erzählen, deren kluge Aussprüche ich schon so oft zitiert habe. Annemarie konnte kürzlich ihren achtzigsten Geburtstag begehen. Dass sie dieses hohe Alter erreicht und hoffentlich noch weitere Jahre vor sich hat, verdankt sie ihrer großen Disziplin und der Genauigkeit, mit der sie die Anordnungen der verschiedenen Ärzte, die sie in Anspruch nehmen muss, stets befolgt hat; denn sie muss seit langem, eigentlich seit dem Tode ihres Mannes Ende der siebziger Jahre, mit vielen Beschwerden leben. Erst kürzlich war sie längere Zeit in einem Krankenhaus, wo ich sie mehrmals besucht habe und wo sie mich einmal beim Abschied hastig zurück in ihr Zimmer zog, meine Hand presste, als ob sie sich mühsam an ihr festhalten müsste, und mich bange fragte: »Glaubst du, dass ich schon sterben muss?« – Nein, ich glaubte es nicht, ich wollte es nicht glauben, denn Annemaries Geist ist lebendig wie eh und je, ihre Sätze sind geschliffen, ihr Urteil über Bücher, die auf ihrem Nachttisch lagen, oder über Tagesereignisse war wie früher treffend. Ihre scharfsinnigen, immer mit äußerster Präzision formulierten Kritiken hatten mich schon bestochen, lange bevor wir uns persönlich kennenlernten.

Annemarie lebte während des Dritten Reiches in Berlin und Kiel; sie hatte Buchhändlerin gelernt, wurde nach der Lehre dienstverpflichtet und arbeitete in einer Fabrik Seite an Seite mit Franzosen, sogenannten Fremdarbeitern, zusammen. Das Kriegsende hat sie in Goslar erlebt, also nicht weit von der Magdeburger Börde entfernt, wo ich damals gleichfalls im Keller hockte. Annemarie hat ihre Erlebnisse und Empfindungen während der letzten Kriegstage und während der Besatzung durch die Amerikaner in ihren Briefen an den Mann geschildert, den sie 1941 geheiratet hatte: den Antifaschisten Eduard Zak, Österreicher von Geburt, der, wie sie wusste, mit der ungeliebten deutschen Wehrmacht bis nach Italien gekommen war. Sie hat diese Briefe 1987 in dem schmalen Bändchen »Morgendliche Erscheinung« im Mitteldeutschen Verlag veröffentlicht. Sie sind so bewegend, poetisch und gleichzeitig aufschlussreich, ja, bewundernswert politisch klarsichtig für eine so junge Frau, wie sie damals war, dass ich nur jedem empfehlen kann, den Band wiederum zur Hand zu nehmen und ihre Briefe zu lesen. Vor allem vermitteln sie denen, die den Zweiten Weltkrieg nicht selber erlebten, ein eindrucksvolles Bild davon, wie Menschen mit antifaschistischer Gesinnung damals gelebt und gelitten haben; wie sie sehnsüchtig das baldige Ende des Krieges, so oder so, herbeigewünscht haben, ohne doch zu wissen, ob sie die eigene Haut aus dem Schlamassel noch würden retten können.

Das junge Paar hätte nach Kriegsende nach Wien gehen können. Vielleicht hätte es Eduard, ein »Schriftsteller der inneren Emigration« und begabter Poet, dort leichter gehabt. Aber er wählte zu ihrem Wohnort Berlin, den sowjetischen Sektor und den Staat, der in seiner übertriebenen Wachsamkeit sein Misstrauen gegenüber dem österreichischen Staatsbürger nie überwunden hat, was der junge Zak oft zu spüren bekam. Seine Gesuche um Stipendien, um ein begonnenes Jugendwerk ohne finanzielle Sorgen beenden zu können, wurden abgelehnt; für seine literarischen Vorhaben fand er keinen Verlag. Schließlich resignierte er und wich auf Übersetzungen aus, die ihm, der mehrere Fremdsprachen fließend beherrschte, leicht hätten von der Hand gehen müssen. Aber Zak war ein langsamer Arbeiter, der an jedem Satz feilte, und so geschah es ihm oft, dass er die vertraglich vereinbarten Termine nicht einhalten konnte und so die Verlage verprellte, die schließlich mit Aufträgen zurückhaltender wurden. Annemarie wiederum verdross es, dass der begabte Mann nie zu eigener Arbeit kam, so etwa zu dem großen Roman, der ihm seit Jahren vorschwebte.

Ich war damals mit den beiden nur selten zusammen, denn die geselligen Zaks hielten es nicht anders als andere Ehepaare und umgaben sich lieber mit Leuten, die zu Paaren erschienen als mit einer alleinstehenden Frau wie mir. So erlebte ich auch nur von Weitem mit, wie sehr sich Eduard um seine Frau sorgte, als Annemarie nach einer Krebsoperation lange im Krankenhaus lag. Er fuhr täglich nach Buch hinaus, scheute nicht den weiten Weg von Köpenick, wo sie damals wohnten, und saß stundenlang an ihrem Bett, oft ganze Nächte hindurch. Annemarie hat ihm seine Liebe und Fürsorge später hundertfach vergolten, als sie den todkranken Mann aus der Klinik zu sich nach Hause holte, wo sie ihn aufopfernd gepflegt hat – was sie, die zarte und ebenfalls schon von Krankheiten gezeichnete Frau, fast übermenschliche Anstrengungen gekostet haben mag. Aber sie hat tapfer durchgehalten. Erst nachher ist sie zusammengebrochen, und seither ist sie zerbrechlich wie ein Porzellanfigürchen, das man mit großer Behutsamkeit behandeln muss. Schon die kleinste Unregelmäßigkeit ihres Tagesablaufs, und sei es ein Spaziergang, zu dem ich sie in bester Absicht überreden möchte, kann sie aus dem Gleichgewicht bringen und würde ihr mehr schaden, als er ihr nützt. Schon seit langem kann sie sich nicht mehr in die S-Bahn setzen, um in die Stadt zu fahren. Auch die Besuche bei mir hat sie aufgeben müssen. Wollen wir jetzt einmal zusammen sein, so fahre ich zu ihr, wobei ich meinen Besuch zeitlich auf ein Minimum begrenzen muss. Schon wenn ich die vereinbarten anderthalb Stunden nur wenig überschreite, sehe ich, wie ihre Spannkraft nachlässt und wie das sonst noch überraschend glatte Porzellangesicht der nun Achtzigjährigen, als hätte es einen Sprung bekommen, plötzlich von vielen kleinen Fältchen durchzogen wird. Dann weiß ich, dass es höchste Zeit wird für Annemarie, sich in ihre Küche zurückzuziehen und sich das Insulin unter die Haut zu spritzen, das für sie so lebenswichtig ist wie die Luft zum Atmen.

Annemaries Fünfundsiebzigsten hatten wir noch in Wiepersdorf zusammen gefeiert. Da hatte sie diejenigen unter den

Pensionsgästen, die ihr die Liebsten waren, an ihre Kaffeetafel in Bettina von Arnims Zimmer gebeten – eine Umgebung, die so ganz für Annemarie geschaffen schien. Denn Annemarie bewegt sich gern in exklusiven Räumen. Wäre sie ein Jahrhundert früher geboren, so hätte sie gut einen Berliner Salon führen können wie die Rahel Varnhagen. Sie hat sich immer gern mit Menschen umgeben, trägt gern schöne Kleider und verfügt über den Esprit und den Charme, um Mittelpunkt einer erlesenen Gesellschaft zu sein, die sie alle durch ihren Geist bestrickt. Sicherlich hat ihr so etwas auch ihr Leben lang vorgeschwebt. Doch früher hinderten sie finanzielle Sorgen, die sie ständig quälten, viele Menschen zu sich einzuladen, obwohl der Rundbau mit den vielen kleinen Fenstern, den sie damals bewohnten und zu dem sogar ein kleiner Garten gehörte, den nötigen Rahmen dazu geboten hätte. Doch dieses Haus war auf die Dauer, ohne Dienstboten, nicht zu bewältigen, so dass sie es bald gegen eine kleinere Wohnung tauschen mussten. Für Annemarie muss dieser Umzug in plötzliche Enge eine herbe Enttäuschung gewesen sein; sie hat es immer als ein Unrecht empfunden, dass sie und Zak, trotz stetem Fleiß, sich einen Lebensstil nach ihren Wünschen und Ansprüchen niemals leisten konnten.

In der Tat ist Annemarie nie ihren Fähigkeiten und Gaben entsprechend gewürdigt worden. Auch Kritiker werden nach Zeilen bezahlt, und man bedenkt nicht dabei, dass es vieler Vorarbeiten bedarf, bevor eine Kritik zu Papier gebracht wird, und Annemarie hat sich ihre Arbeit nie leicht gemacht. Sie ist eine glänzende, einfühlsame Kritikerin – und eine Erzählerin von Format, was sie leider nur mit wenigen Veröffentlichungen bewiesen hat. Immer saß ihr das Muss im Nacken: zu schreiben, um rasch zu Geld zu kommen, und das waren eben doch die Gutachten oder Besprechungen von Büchern, die man ihr in Auftrag gab. Ich hatte mir oft gewünscht, eine Lektorin wie Annemarie zur Seite zu haben. Sie besitzt die Gabe, einen Stoff, den man ihr noch stammelnd und undeutlich vorträgt, intuitiv zu erfassen, das Wesentliche darin zu erkennen und ihn schöpferisch mit dem Autor weiterzuentwickeln. So verdanke ich Annemarie auch den Einfall, in mein Buch »Partnerinnen« die Lebensgeschichten von Barbara, Renate und Rita aufzunehmen, die in der ersten Erzählung über Johanna nur kurz erwähnt worden sind. Ich hatte nicht beabsichtigt, über sie zu schreiben, ließ mich aber von Annemarie davon überzeugen, dass gerade in der Gegenüberstellung von Frauen, die verschiedenen Generationen angehören, der besondere Reiz der Geschichten liegt. Wie recht sie damit hatte, hat die spätere Resonanz auf mein Buch gezeigt; immer wieder hoben Rezensenten wie auch Leserinnen hervor, dass die Verknüpfung der Lebensgeschichten von Frauen unterschiedlichen Alters und dementsprechender Erfahrungen ein besonders glücklicher Einfall der Autorin war – ein Einfall der Lektorin, korrigiere ich, für den ich Annemarie für immer Dank schuldig bin.

Was Annemarie, die von Krankheiten Geplagte, am Leben hält, was sie ans Leben bindet, ist die zarte Beziehung zu einem Mann, dem sie sich seit vielen Jahren verbunden fühlt – seit er ihr bei Eduards schwerer Erkrankung als Arzt und Freund hilfreich zur Seite stand. Ich scheue mich, von einer Liebesbeziehung zu sprechen, denn sie ist es nicht, ist nicht das, was man landläufig darunter versteht. Das Verhältnis der beiden zueinander ist keusch wie das von Kindern, die erstes Ahnen eines Liebesgefühls zueinander drängt. Aber hier ist es die bewusste Zurücknahme von Gefühlen zweier reifer Menschen, die sich dessen bewusst sind, dass sie auf Distanz bleiben müssen, um das hauchdünne Gebilde ihrer Beziehung nicht zu gefährden – ähnlich wie der leichteste Windstoß schon die Fäden eines Spinnennetzes zerreißen kann. Der Mann ist verheiratet und ganz in den Schoß seiner Familie eingebettet, aus dem er sich nicht befreien will. Annemarie weiß dies und achtet seine Familienbindung, die ihre Liebe zu ihm, so meint sie, in keiner Weise tangiert. Und so bescheidet sie sich, ist glücklich über jedes Beieinandersein, so kurz seine Besuche immer auch sind und so lang die Zeiten dazwischen, in denen sie sich auf die nächste Zusammenkunft schon vorbereitet. Selten nur fällt ein Wort zwischen ihnen, das als ein Liebesgeständnis zu deuten wäre, und sie meiden jede körperliche Berührung, so sehr es Annemarie auch danach verlangt, den Kopf an seine Schulter zu legen und sich an ihn zu schmiegen. Allenfalls gestatten sie sich einen Händedruck, ein längeres Ineinanderverhaken der Hände, bevor er sich wieder von ihr verabschieden muss.

Annemarie hat kürzlich ein Porträt ihres Freundes verfasst. Sieben Seiten nur sind es, aber diese sieben Seiten haben alle Kraft, die noch in ihr ist, aufgebraucht, und sie weiß nun endgültig, dass sie nicht mehr, wie andere unserer Profession, Trost im Alter beim Schreiben wird finden können. Das Herz versagt ihr den Dienst, obwohl ihr Geist zur schöpferischen Arbeit durchaus noch imstande wäre. Ich denke an die Annemarie früherer Jahre: an die aparte Erscheinung mit dem schwarzen Haar zu dem ebenmäßig blassen Gesicht, die uns in Verbandsversammlungen schillernde Wortgefechte geliefert hat, um gegen sture Funktionäre zu Felde zu ziehen; oder an den Charme, den sie noch vor wenigen Jahren in unserer Runde in Wiepersdorf entwickelt hatte, und der Herbert Sandberg, den Achtzigjährigen, zu dem begeisterten Ausruf hinreißen ließ: »Dich, Annemarie, würde ich heute noch heiraten!« Wozu er indes nicht in der Lage war, da er erst kürzlich eine um vierzig Jahre Jüngere geehelicht hatte. Aber die Annemarie seines Jahrgangs hatte ihn gleichwohl verzaubert, so dass er sich zusehends an jenem Nachmittag zu verjüngen schien.

Dass Annemarie, die Diabetikerin, die obendrein an Herzschwäche leidet und mehr und mehr die Beschwerden fühlt, die sich als Begleiterscheinungen der Zuckerkrankheit einzustellen pflegen, dennoch nicht lebensmüde ist, erfüllt mich mit großem Respekt. Wie sehr sie noch dem Leben verhaftet ist, hat sie mir kürzlich bewiesen, als sie mich einen Blick in ihren Kleiderschrank werfen ließ. Stolz zeigte sie mir ihre Neuerwerbungen, die sie vor Tagen in dem Modegeschäft im Parterre ihres Hauses erstanden hat: Hosen und Jäckchen und ein Kostüm und als Höhepunkt ein festliches Kleid, in dem sie an ihrem Achtzigsten geglänzt haben mag. »Versteh doch«, meinte sie ein wenig beschämt über die Verschwendung, die sie hatte walten lassen. »Ich musste jahrelang immer die gleichen Kleider tragen, weil ich ja nie mehr in die City kam. Und nun hat sich das Modeatelier direkt unter mir etabliert. Für mich ein ausgesprochener Glücksfall – das siehst du doch ein?«

Ja, ich sehe es ein, und ich gönne ihr die Freude an den schönen Sachen, eine der wenigen, die ihr im Leben geblieben ist. Ich gönne ihr auch das Glück, sich in Liebe einem Menschen verbunden zu fühlen. Ich kenne den Mann ihrer Sehnsucht nur flüchtig, und ich maße mir nicht an, seine Gedanken und Empfindungen durchschauen zu können. Mir genügt es, ihn mit Annemaries Augen zu sehen, mit den Augen einer achtzigjährigen, erfahrenen Frau, die sich den bestrickenden Liebreiz eines jungen Mädchens hat bewahren können. Ich bin stolz darauf und dankbar, ihre Freundin zu sein.

War es schwierig, sich als Autorin in der DDR zu behaupten? »Welche Erfahrungen haben Sie mit der Zensur gemacht?«, fragte mich kürzlich ein Professor der Germanistik aus Amerika, der sich offenbar mit seinem Rundschreiben an viele meiner Kollegen und Kolleginnen gewandt hat. Meine Antwort hat ihn vielleicht enttäuscht, denn es wäre gelogen, wenn ich behaupten würde, ich hätte unter der Zensur gelitten. Gelitten habe ich unter der Borniertheit von Kritikern und Kritikastern, die sich anmaßten, uns vorzuschreiben, wie wir unsere Bücher zu schreiben hätten. Mit dem »Amt für Literatur« oder dem »Buch- und Verlagswesen«, die die Druckgenehmigungen erteilten, bin ich nie aneinandergeraten. Allerdings hatte ich auch immer eine wachsame Lektorin zur Seite – jahrelang war das Dr. Ursula Steinhaußen, der ich freundschaftlich verbunden war –, die etwaig auf Unwillen stoßende Wendungen klug zu vermeiden wusste. Überdies waren meine Themen vorrangig Antifaschismus, also Widerstand gegen Hitler, sowie Alltagsprobleme von Frauen in der DDR, die sowieso nicht so ganz ernst genommen wurden – jedenfalls konnte man leicht diesen Eindruck gewinnen angesichts der Tatsache, dass niemals versucht wurde, den Frauen ihr Dasein zu erleichtern. Dennoch habe ich, wie wahrscheinlich die meisten meiner Kollegen, auch immer wieder Schlappen hinnehmen müssen, und viele Projekte, an denen ich jahrelang gearbeitet hatte, starben schon vor der Geburt – aus Gründen, die nicht immer zu durchschauen waren. So hatte der Fernsehfunk mein Szenarium zu dem Fernsehfilm »Die Jugendrichterin«, mit dem ich meiner Freundin Lisbeth Samain ein Denkmal setzen wollte, zwar angenommen, die Produktion aber immer wieder hinausgeschoben, bis die Wende das Vorhaben illusorisch machte. Ebenso erging es dem Szenarium zu einem DEFA-Film mit dem Titel »Ein Mädchen und zwei Romane«, das starke autobiografische Züge trug. Es wurde 1989 von der DEFA zwar angenommen, aber gleichfalls nicht mehr produziert.

Ein besonderes Schicksal erlitt mein Jugendstück »Hochverrat – Chronik einer Familie im Zweiten Weltkrieg«, das 1975 im »Theater der Freundschaft« in Berlin uraufgeführt wurde und dort vier Jahre lang auf dem Spielplan stand. Die Ereignisse, die ich in dem Stück schilderte, hatten sich in Leipzig abgespielt; darum hatte ich den Plan zu dem Stück auch zunächst dem Leipziger Jugendtheater vorgetragen, es mit der dortigen Dramaturgie entwickelt, und die Uraufführung war auch für Leipzig geplant. Man hatte bereits mit den Proben begonnen und bat mich eines Tages um meinen Besuch, um mich dem Ensemble vorzustellen. Doch einen Tag vor meiner Abreise erhielt ich ein Telegramm: »Stück abgesetzt – Brief folgt.« Statt eines erklärenden Briefes lud man mich wiederum nach Leipzig ein, wo mich ein Mitarbeiter der Abteilung Kultur der Stadt sichtlich betroffen davon unterrichtete, warum man sich gezwungen sah, die Aufführung meines Stückes in Leipzig zu unterlassen: Der erste Sekretär der Leipziger Bezirksleitung der SED hatte protestiert! Seiner Meinung nach hätte es wichtigere Widerstandsgruppen gegeben als diejenige, die ich in meinem Stück behandelt hätte, nämlich die seines Vaters Georg Schumann – und dessen hätte noch kein Literat gedacht. Er hatte also kurzerhand verboten, das Stück in Leipzig zu spielen, und nur meinen hartnäckigen Bemühungen konnte es schließlich gelingen, das Berliner Jugendtheater für mein Stück zu interessieren, das es dann doch noch zur Aufführung brachte.

Waren wir privilegiert? Ja, ich denke in dem Sinne, dass wir, im Gegensatz zu unseren westdeutschen KollegInnen, von den Erträgen unserer Arbeit leben konnten. Unsere Bücher erschienen in relativ hohen Auflagen und wurden immer wieder aufgelegt, obwohl man um jede Auflage kämpfen musste, denn die Anzahl der gefragten Titel wurde immer größer. Man hatte als Autorin in der DDR das sichere Gefühl, wirklich gebraucht zu werden. Viele LeserInnen holten sich bei ihren SchriftstellerInnen Lebenshilfen. In den Diskussionen, die sich nach Lesungen ergaben, ging es oft gar nicht mehr um die Literatur, sondern um Fragen, die die ZuhörerInnen unmittelbar bedrängten und auf die sie eine Antwort von uns erhofften. – Und wir durften ins Ausland fahren. Ja, das war tatsächlich ein Privileg, das wir, ebenso wie die WissenschaftlerInnen, die zu internationalen Tagungen reisten, genossen und das uns sicherlich von Teilen der Bevölkerung geneidet wurde. Doch jeder Reiseantrag musste von uns ausführlich begründet werden, und reisen konnte nur, wer selber über Devisen verfügte. Meine Tochter Christiane hatte von ihrem Vater, der 1978 gestorben war, etwas Bargeld geerbt, das sie ausschließlich für ihre Studienreisen verwandt hat, für Fahrten nach Mexiko, Spanien und die Niederlande, um den Spuren Tina Modottis zu folgen. Ohne ihr väterliches Erbe hätte sie die Biografie über diese faszinierende Frau, deren Leben sie mehr als fünf Jahre erforscht hat, niemals schreiben können. So ist das Kapital aus Feudalbesitz, das Barckhausen Senior Jahr für Jahr hat anhäufen können und das sein sparsamer Sohn haushälterisch über weitere Jahre verwaltet hat, durch seine Tochter doch noch einem guten Zweck zugeführt worden.

Verlust der Illusionen

Wann beginnt das Alter? Mit sechzig? Mit siebzig? Ist es da, wenn man spürt, dass einen niemand mehr braucht? Wenn uns keiner mehr befragt? Unseren Rat missachtet? Wenn uns Jüngere wohlmeinend an den Rand verweisen, wo wir ihrer Meinung nach hingehörten, als seien wir Minderjährige, die man bei den Gesprächen Erwachsener aus dem Zimmer entfernt? Diese Missachtung des Alters, die ich in meinem Bekanntenkreis dutzendfach beobachten konnte, scheint mir ein Kennzeichen unseres modernen Lebens zu sein, in dem das Zusammengehörigkeitsgefühl der Generationen verloren ging, die Kleinfamilie sich durchsetzt – eine Erscheinung, unter der vorwiegend wieder die alternden Frauen zu leiden haben. Ein alter Mann wird immer noch leichter jemanden finden – im Glücksfall eine weit jüngere Frau, die sich seiner annimmt und ihn bis zu seinem Tode versorgt – als eine einsame alte Frau, die die Angehörigen aus ihrer Mitte verbannt haben, so dass ihr letzten Endes nichts anderes übrig bleibt, als in einem Heim auf ihr Ende zu warten.

Auch unsere Wahltante Helene Thom, eine langjährige Freundin meiner Mutter, entschloss sich kurz nach ihrem achtzigsten Geburtstag, ihren Haushalt aufzulösen und in ein »Feierabendheim« zu übersiedeln. Ihre dortigen Erlebnisse haben mich zu der Erzählung »Das langsame Sterben der alten Frau Hulda« inspiriert, die später in meinem Erzählungsband »Altweiberspiele« (1985) veröffentlicht wurde. Auch die Erzählung »Himmel auf Erden«, die vom Zusammenleben einer alten Mutter mit ihren erwachsenen Kindern handelt, entstand in jenen Jahren, als ich selber das Alter auf mich zukommen sah und mich die Frage, wie unser Staat mit den greisen Menschen verfährt, immer nachdrücklicher beschäftigte. Ich habe Feierabendheime gesehen, die äußerlich Interhotels glichen. Die weiträumigen Empfangshallen waren mit Grünpflanzen bestückt, die Flure mit Teppichen ausgelegt, auf jeder Etage gab es eine Kaffeeküche und einen Raum, in dem die BewohnerInnen ihre BesucherInnen empfangen können. Aber in ihren Wohn- und Schlafräumen – also dem eigentlichen Intimbereich – wurden die alten Menschen paarweise zusammengesperrt, und unter jeder Zimmerdecke waren Lautsprecher montiert, die die Insassen zwangen, jede Begebenheit im Heim mittels ihres Hörorgans mitzuerleben, ob es Vorgänge im Empfangsbüro sind, Telefonate einzelner Mitbewohner, die nur von der Halle aus geführt werden können, oder einfach Radiomusik, die ihnen von früh bis spät in die Ohren plärrt. Abends um zehn wird das Haus geschlossen, und HeimbewohnerInnen, die später kommen, irren hilflos auf der Straße umher, bis die einzige Nachtschwester sich herablässt, die Treppe von der oberen Pflegestation herunterzukommen und ihnen die Tür wieder aufzuschließen. Doch wird sie dies in den meisten Fällen so unwillig tun, dass die verschüchterten Alten lieber auf ihre Zerstreuung verzichten und sich frühzeitig wie brave Kinder – der Schlaf vor Mitternacht soll angeblich der gesündeste sein – in ihr Bett verfügen. »Die Unmündigkeit, zu der die Menschen in vielen Heimen verurteilt werden (hier und da werden sie sogar geduzt und nur mit ihrem Vornamen angeredet)«, sagte mir auch Dr. Kay Blumenthal-Barby, Leiter der Gruppe perimortale Medizin am Institut für Sozialhygiene, »ist eins der Probleme, gegen das wir energisch ankämpfen. Eine weitere Aufgabe sehe ich darin, die alten Menschen aus ihrer Lethargie herauszureißen, in die sie durch den monotonen Tagesablauf unweigerlich verfallen. Der Sinn ihres Lebens kann sich doch nicht darin erschöpfen, von einer Mahlzeit auf die andere und schließlich nur noch auf den Tod zu warten. Wir müssen ihnen eine sinnvolle Beschäftigung geben.«

»Es ist ein großes Glück für einen alten Menschen, wenn er bis zu seinem Tod die Möglichkeit hat, seinen Unternehmungen nachzugehen«, schreibt auch Simone de Beauvoir in ihrem großen Essay über »Das Alter«. Die berühmte Autorin, Lebensgefährtin Jean-Paul Sartres, wusste von dem Privileg, das der Geistesarbeiter gegenüber anderen Alten genießt, und sie hat ihre Dankbarkeit darüber, dass es ihr bis ins hohe Alter hinein vergönnt war, schöpferisch zu arbeiten, mehrfach zum Ausdruck gebracht. Auch ich habe mich aus Phasen der Einsamkeit und Depression, die mich, je älter ich werde, immer öfter überfallen wollen, stets durch Arbeit herausretten können.

Denn ich lebte wieder allein. Unser Drei-Frauen-Haushalt hatte sich aufgelöst. Als Erste hatte uns Jasmina verlassen, die nun als Dolmetscherin bei »Jugendtourist« tätig war und viel im Lande herumreisen musste. Dass Jasmina fließend Spanisch sprach, erschien mir noch immer wie ein Wunder, denn vor mir und Christiane hatte sie diese Fähigkeit, die sie allein durch das ständige Anhören der fremden Sprache erworben hatte, lange verborgen gehalten. Doch eines Tages überraschten wir sie dabei, wie sie sich mit einem Freund aus Nicaragua fließend in seiner Landessprache unterhielt. Von nun an hatte sie auch ihrer Mutter gegenüber, von der sie wohl die Sprachbegabung geerbt hat, jede Scheu verloren, und beide unterhielten sich nun bald in fremder Zunge genau so unbefangen wie in ihrer Muttersprache.

Bei »Jugendtourist« herrschten strenge Vorschriften. So musste sich eine jede Mitarbeiterin dazu verpflichten, keine persönlichen Kontakte zu Bürgern aus kapitalistischen Ländern zu pflegen, und als die Vorgesetzten hörten, dass in unserem Haushalt seit Neuestem ein Italiener lebte, Dario Canale, mit dem Christiane seit einiger Zeit verbunden war, verhalfen sie ihr sofort zu einer eigenen Wohnung, damit sie dem »schädlichen Einfluss« im Haus ihrer Mutter nicht länger ausgesetzt war. Jasmina hat die Unsinnigkeit dieser Kontaktverbote zu Menschen, mit denen sie beruflich oft in bestem Einvernehmen fröhliche Tage verbrachte, zu jungen Leuten aus Marburg oder Frankfurt/Main, die begierig waren, die DDR kennenzulernen, oder zu den freimütigen Niederländern, mit denen sie unsere Museen und Restaurants durchstreifte, nie verwunden. Warum musste sie ihren neugewonnenen Freunden, wenn sie diese an der Grenze verabschiedete, das Versprechen abnehmen, ihr nie zu schreiben, nicht einmal eine einfache Ansichtskarte? Und wenn sich die jungen Leute über das Verbot hinwegsetzten und ihr dennoch einen Gruß schickten, an die Adresse von »Jugendtourist«, wurde ihr der Gruß einfach nicht ausgehändigt. Als Jasmina durch Zufall davon erfuhr, war sie so empört, dass sie auf der Stelle ihre Arbeit bei »Jugendtourist« kündigte, zumal ihr die Diskrepanz, die ihr bei ihren Reisen durch die DDR zwischen den Wunschvorstellungen der Propagandisten und der harten Wirklichkeit immer neu vor Augen trat, seit langem zu schaffen machte.

Sie arbeitete nun als Freischaffende, dolmetschte auch bei den alljährlich im November in Leipzig stattfindenden Dokumentarfilmtagen und lernte bei dieser Gelegenheit einen westdeutschen Filmemacher kennen, zu dem sie bald darauf als seine Frau nach Frankfurt/Main zu übersiedeln gedachte. Für mich war ihr Entschluss, die DDR zu verlassen, ein harter Schlag. War es nicht, als ob meine Enkelin alles, wofür ich mich mein Leben lang eingesetzt hatte, wie wertlosen Plunder beiseiteschob? Aber ich hatte es mir seit langem abgewöhnt, in das Leben Jüngerer hineinzupfuschen. Vielleicht musste sie wirklich ihre eigenen Erfahrungen machen. Obwohl mir das Herz schwer war, half ich ihr also nach Kräften, die bürokratischen Hemmnisse zu überwinden, richtete dem Paar in dem Pankower Gästehaus des Schriftstellerverbandes die Hochzeit aus und begleitete dann beide bis an die Grenze nach Westberlin, von wo sie mit ihrem alten klapprigen Auto, das bis obenhin mit Büchern aus der DDR, von denen sich Jasmina nicht trennen wollte, und mit weiteren ihr lieb gewordenen Utensilien angefüllt war, weiterfuhren. Die Ehe hatte keinen Bestand, und Jasmina zog lange von Stadt zu Stadt, um neue Freunde und vor allem auch Arbeit zu finden. Schließlich fand sie beides in Köln, wo sie sich einer WG anschloss, einer Gemeinschaft von Frauen, die ihr Geborgenheit gab, selbst als sie kurz darauf schwanger wurde. Im Frühjahr 1989 brachte sie ihr Kind zur Welt, einen Jungen, dem sie sich umso enger verbunden fühlte, als sie mit dem Vater des Kindes keinen Kontakt mehr hatte. Allein auf sich gestellt, war ihr Leben sicher nicht leicht, doch an eine Rückübersiedlung in die DDR dachte sie damals noch nicht. Sie sähe beide Deutschlands mit kritischen Augen, schrieb sie uns oft. Die Bundesrepublik sei keineswegs das Paradies für sie. Dennoch habe sie sich entschlossen, erst mal dort zu bleiben.

Auch Christiane wollte nun mit Dario, den sie inzwischen geheiratet hatte, alleine wohnen, und so tauschten wir unsere geräumige Etage in dem Zweifamilienhaus gegen zwei Wohnungen in Stadtmitte ein, die sogar im selben Stockwerk lagen, so dass ich Tochter und Schwiegersohn in meiner Nähe hatte. Was war Dario für ein Mensch? In Italien geboren, hatte er entscheidende Mannesjahre – von seinem zwanzigsten bis vierzigsten Jahr – in Brasilien verbracht, wo er als Kommunist gegen die dortige Diktatur gekämpft hat. Er wurde verhaftet und gefoltert und schließlich nur darum wieder frei gelassen, weil er sich als Bürger zu seinem Heimatland Italien bekannte. Statt aber nach Italien zurückzugehen, folgte er einem Ruf nach Mosambik, wo er als Lehrer wirkte, bevor er an die Universität nach Leipzig ging, wo er seine Doktorarbeit über die »Geschichte der kommunistischen Partei Brasiliens in den zwanziger Jahren« mit großem Erfolg verteidigen konnte. In Leipzig hatte Christiane ihn auch kennengelernt.

Dario war ein sehr angenehmer Hausgenosse. Er war zu jedem freundlich, höflich und hilfsbereit. Toleranz war seine hervorstechendste Eigenschaft. Beobachtete man ihn und seine Frau von ferne, so konnte man meinen, sie lebten nebeneinander her, so ausschließlich gewährten sie einander die Freiheit. Aber das störte nicht ihre Harmonie. »Ihr kamt mir immer wie eine Einheit vor«, schrieb ein Freund an Christiane, als Dario schon nicht mehr unter uns war. Und so war es auch. Die gemeinsame Weltanschauung, dieselben Ziele und Ideen hatten die beiden zusammengeführt und sie zu einer Ganzheit verschmolzen. Zwei Menschen, die in ihrem Wesen grundverschieden waren: meine Tochter, die muntere Gesprächspartnerin, die allen Genüssen des Lebens voll zugewandt ist, und Dario, der bedürfnislose Asket, der sich auf Partys zu vorgerückter Stunde meist in die kleine Küche zurückzog und dort hantierte, um später den Gästen selbst gefertigte Leckerbissen zu servieren, von denen er selber nichts zu sich nahm. Kam er in die Gesprächsrunde zurück, so saß er wieder nur stumm dabei, bis er plötzlich einen Satz in die Debatte warf, der alle aufhorchen ließ – er traf genau ins Schwarze! Danach verfiel Dario erneut in Schweigen. Man konnte ihm anmerken, dass er den Trubel nicht mochte; am liebsten zog er sich auch abends in sein Zimmer zurück, das einer Mönchsklause glich, so sorgsam hatte er alles Überflüssige daraus verbannt. Kein Bild schmückte die Wände, keine Blume stand je auf dem Fenstersims. »Blumen brauchen Pflege«, sagte er, wenn ich ihn auf die Kargheit des Raumes ansprach, »und die Pflege kostet mich Zeit.« So umgab er sich nur mit Büchern, die für ihn von Bedeutung waren, zu denen aber nicht die Belletristik gehörte. Ein Schrank verwahrte in unzähligen, sauber gestapelten Schallplatten und Kassetten die Musik, die er liebte und die er voll aufdrehte, sobald er allein in der Wohnung war und sicher sein konnte, niemanden zur Unzeit mit der Musik zu stören, mit der von Gustav Mahler vor allem, die ihm die liebste war.

Ist Dario gern in die DDR gekommen? Hoffte er, hier den perfekten Sozialismus zu finden? Und blieb er deshalb so wortkarg, weil er unseren Debatten entnahm, wie unzufrieden wir alle mit den Verhältnissen waren? »Merkwürdig«, sagte er einmal, »sowie zwei DDR-Bürger zusammen sind, klagen sie einander die Ohren voll.« Und leicht ironisch fügte er hinzu: »Man sollte meinen, die ganze DDR bestehe aus Gegnern des Arbeiterstaates.« Wir waren keine Gegner, aber wir erwarteten sehnlichst längst fällige Veränderungen. In der Sowjetunion hatte Michail Gorbatschow die Tore zur Meinungsfreiheit weit aufgestoßen, und schonungslos wurde mit den Fehlern der Vergangenheit abgerechnet. Wann würden auch bei uns die alten Männer im Politbüro aus ihrer Lethargie erwachen und »von der Sowjetunion lernen«, so wie sie es uns Jahrzehnte lang gepredigt hatten? Dario verfolgte auch die Reformbemühungen Gorbatschows mit tiefer Skepsis. »Es ist alles zu spät«, sagte er einmal. Gedachte er damals schon, aus seiner Depression die für ihn einzig mögliche Konsequenz zu ziehen? Seit wann trug er sich mit dem Gedanken, sein Leben zu beenden? Zu seiner Frau hatte er oft – im Scherz, wie sie meinte – von den drei Jahrzehnten gesprochen, die sie noch vor sich hätten; denn mit siebzig, meinte er, hätten sie lange genug gelebt. Er wollte kein Alters-Siechtum. Lächelnd hatte Christiane ihm beigepflichtet, immer noch im Scherz. Wer denkt in den Vierzigern schon ans Alter? An Krankheit und Tod? Sie, die voll im Leben stand, dachte nie daran. Er, wie wir später erkannten, wahrscheinlich oft.

Ich war wieder mit einer neuen Arbeit beschäftigt. Eines Tages war mir auf der Straße Anni Sauer begegnet, eine Tanzpädagogin, die ich schon vor Jahren kennengelernt hatte, als Jasmina zur Gymnastikstunde zu ihr ging. Später hatten wir einander aus den Augen verloren. Doch als ich die kleine gebückte Gestalt, die noch immer rüstig auf ihren dürren alten Beinen voranschritt, jetzt vor mir sah, fielen mir wieder die Gerüchte ein, die über Anni im Umlauf gewesen waren – die man einander aber immer nur hinter vorgehaltener Hand anvertraute.

Anni, hieß es, sei jahrelang in einem sibirischen Lager gewesen. Anni selbst hatte nie ein Wort über ihre Vergangenheit verlauten lassen. Sie dürften darüber nicht sprechen, sagte man, und ich wusste auch von anderen Betroffenen – meine alte Gefährtin Trude Richter war unter ihnen –, dass man ihnen befohlen hatte, über ihre schweren Erlebnisse eisernes Schweigen zu wahren. Jetzt aber wurde in der Sowjetunion über Stalins Verbrechen offen gesprochen, und auch Trude Richters Memoiren, die jahrelang in einem Archiv gelegen hatten, sollten dem Vernehmen nach bald veröffentlicht werden. Sollte jetzt nicht auch Anni Sauer ihre Erlebnisse aufschreiben? Die über Achtzigjährige schüttelte resigniert den Kopf. Nein, sie sei leider schon zu alt, ihre Hände zittrig, und tippen hätte sie sowieso nie gelernt. Doch erzählen würde sie gern! Wenn ich ihr zuhören wollte? Und wir verabredeten, dass ich sie an einem der nächsten Tage mit dem Tonbandgerät besuchen würde.

Anni Sauer war meine erste Gesprächspartnerin; andere sollten noch folgen. Es war, als sei plötzlich ein Damm gebrochen, hinter dem sich die Erlebnisse der Opfer angestaut hatten. Von mehreren Seiten wurden mir die Namen von Frauen genannt, von alten, jetzt hinfälligen Menschen, die gleiche Erlebnisse wie Anni Sauer hinter sich hatten. Sie blühten während ihrer Erzählungen auf, wenn sie von den Zeiten sprachen, in denen sie noch selbst unter roten Fahnen durch die Straßen gezogen waren, als sie Flugblätter druckten und Sonntag für Sonntag »Haus- und Hofpropaganda« betrieben, fest überzeugt davon, dass der Aufstand nahe und der Sieg der Revolution auch in Deutschland mit den Händen zu greifen war. Aber sie gerieten ins Stottern, wenn sie weiter erzählten, wenn sie lange Verdrängtes sich erneut ins Bewusstsein holten. Oft mussten sie ihren Bericht unterbrechen, weil sich ihnen die Kehle verengte und ihre Augen sich trübten. Erna, die bei ihrer Flucht vor den Nazis ihr todkrankes Kind im Krankenhaus hatte zurücklassen müssen, erlitt bei der erneuten Erinnerung an jenen Tag, den sie als den schwärzesten ihres Lebens bezeichnet, sogar einen Herzanfall. »Schreib nichts über mich«, bat sie mich später, nachdem sie mir ausführlich ihre Lagerhaft geschildert hatte. »Ich will nicht, dass ein Schatten auf die Sowjetunion fällt. Ich habe dort viele Freunde. Ohne die sowjetischen Menschen, die mir immer wieder geholfen haben, hätte ich nicht überlebt.«

Ja, würden denn diese Berichte überhaupt veröffentlicht werden? »Wann erscheint denn dein Buch?«, fragte mich Anni Sauer oft ungeduldig. »Die Zeit ist reif dafür«, sagte sie, »dass die Menschen auch bei uns endlich davon erfahren!« Eifrig sammelte sie Adressen von weiteren Opfern, die sie nach Moskau weitergab, wo man ein Mahnmal mit den Namen der Stalinopfer errichten wollte. Aber auch die Weitergabe der Adressen musste heimlich erfolgen, nicht offiziell durch die Post, sondern mit Hilfe von durchreisenden Sowjetbürgern. »Hier werden wir weiter totgeschwiegen«, sagte Anni Sauer erbittert. Kürzlich war der »Sputnik« verboten worden, die Zeitschrift aus der Sowjetunion, die schonungslos mit den Fehlern der Vergangenheit abrechnete, auch mit denen der kommunistischen Partei unter Leitung Ernst Thälmanns. Aber statt sich den Vorwürfen zu stellen, antworteten die Verantwortlichen bei uns nur mit dem Verbot des Gedruckten. »Ich begreife nicht, dass ihr das alles so hinnehmt«, räsonierte Anni Sauer. »Ihr seid doch Intelligenzler, habt Einfluss ...« Den eben hatten wir nicht. Alle unsere Proteste, auch der gegen das »Sputnik«-Verbot, den wir laut und vernehmlich in unserer Versammlung geäußert hatten, verhallten ungehört, versickerten wie einzelne Regentropfen im ausgedörrten Boden. Die Atmosphäre im Lande glich einer Gewitterschwüle, in der kein Lüftchen weht, alles stagniert, ein jeder nur auf Entladung hofft, die vielleicht Erleichterung bringt.

Ich fuhr noch eine Weile fort, meine Protokolle aufzunehmen; die Befragten waren alle schon alt, eines nahen Tages würden sie nicht mehr imstande sein, Auskunft über ihre Leiden zu geben. Doch die Arbeit war bedrückend für mich. War es nicht barbarisch, die Wunden dieser Menschen wieder aufzureißen, die sie durch rigoroses Vergessen schon vernarbt geglaubt hatten? Ich schloss die Arbeit ab, obwohl meine Namensliste noch weitere Adressen enthielt. An eine Veröffentlichung war nach wie vor nicht zu denken. Doch ich stellte gerade mit meiner Lektorin einen Band mit Erzählungen zusammen, der im nächsten Jahr, 1990, zu meinem 80. Geburtstag erscheinen sollte. Konnten wir nicht versuchen, wenigstens einen Bericht, den von Anni Sauer, in den Text einzuschmuggeln? »Versuchen wir's«, meinte die Lektorin zurückhaltend. Es war ja immerhin möglich, dass der Verlagsleiter den Mut besaß, sich gegenüber den Zensoren durchzusetzen. Wir ahnten im Sommer noch nicht, dass es gegen Ende des Jahres, also nach der Wende, keines Mutes mehr bedürfen würde, um ein Buch mit dieser Thematik herauszubringen. Das Manuskript ging in Satz, doch als das Buch, ein halbes Jahr später, endlich fertig vorlag, weigerten sich die BuchhändlerInnen bereits, die Buchsendungen von DDR-Verlagen entgegenzunehmen. Sie räumten gerade ihre Regale von der Literatur der letzten vierzig Jahre frei, um Platz für die Bücher westlichen Ursprungs zu schaffen. Mein Buch landete, wie so viele andere, auf dem Müll, und mir kam es so vor, als wollte man die Opfer der Stalinzeit, die auf den Seiten meines Buches endlich hatten reden dürfen, ein weiteres Mal zum Schweigen verurteilen.

Meine Tochter Christiane, die längst der Dolmetscherei überdrüssig geworden war und nun Bücher schrieb – eins über Mexiko und zwei über Nicaragua waren bereits erschienen –, erhielt im Frühjahr '89 den Literaturpreis des »Demokratischen Frauenbundes« für ihre Biografie über Tina Modotti, deren Leben sie fünf Jahre hindurch erforscht hatte. Sie hat es dem Einfluss Darios zu verdanken, dass sie ihre Studien so gründlich betrieb, mit wissenschaftlicher Akribie, wozu viele Reisen erforderlich waren, denn Tina, berühmte Fotografin der zwanziger und dreißiger Jahre, Mitarbeiterin der »Internationalen Roten Hilfe« und unermüdliche Helferin im Spanischen Bürgerkrieg, die in Udine/Italien geboren war, hatte in vielen Ländern gelebt, und Spuren ihres Schaffens sind in den Archiven zahlreicher Städte zu finden. Auf den Reisen nach Italien hat Dario seine Frau begleitet, was ihn, der am liebsten über seinen Büchern saß, sicherlich Überwindung gekostet hat, aber er wusste, wie wichtig ihr seine Verbindungen zu italienischen Archivaren waren, die ihr Türen öffneten, die ihr sonst wohl verschlossen geblieben wären. Andere Reisen, so nach Mexiko, Rotterdam und Moskau, hielten sie wochenlang von zu Hause fern, und Dario ertrug sein häufiges Alleinsein ohne Widerspruch. Nicht ein einziges Mal habe ich es erlebt, dass er Christiane zur Eile drängte oder zur vorzeitigen Rückkehr zu bewegen suchte. Er wusste, wie wichtig ihr diese Recherchen waren und schickte sich in sein Los des unfreiwilligen Junggesellen, der sich in seine Wohnung vergrub wie ein Tier, das sich zum Winterschlaf in seine Höhle verkriecht.

Aber draußen war Sommer! Mein Plan, Dario endlich einmal aus seiner Einsamkeit herauszureißen und zur Teilnahme an einem Ausflug mit ausländischen Teilnehmern zu überreden, schlug fehl. Nachdem er zunächst zögernd zugesagt hatte, schützte er dann doch wieder dringende Arbeiten vor, die ihn am Mitkommen verhinderten. Woran arbeitete er eigentlich so konzentriert? Wenn man sein Zimmer betrat, sah man ihn vor dem Computer sitzen – angeblich sollte er für einige Institutionen Programme entwickeln. Doch als sich Christiane vor ihrer Abreise nach Stuttgart, wo sie zu Lesungen erwartet wurde, von ihm verabschiedete, drückte er ihr plötzlich ein umfangreiches, mit ausgesuchten Bildern angereichertes Manuskript in die Hand. »Für dich«, sagte er dabei, »meine einzige Leserin.« Christiane blätterte überrascht in den Seiten, von deren Entstehen sie keine Ahnung gehabt hatte, las sich hier und da fest, war schon fasziniert – aber da sie wie immer in Eile war, legte sie das Manuskript einstweilen beiseite. »Das lese ich, wenn ich zurückkomme«, sagte sie. »Und ich werde dir ehrlich meine Meinung sagen.« Sie konnte nicht ahnen, dass es dazu niemals mehr kommen sollte.

Es war verabredet, dass Dario seine Frau aus Stuttgart abholte; gemeinsam wollten sie dann im Auto die geruhsame Rückreise antreten. In der Zwischenzeit telefonierten sie miteinander. »Vergiss nicht, im September die Bibliothek anzurufen«, schärfte er ihr ein. »Aber Dario«, erwiderte Christiane amüsiert, »warum sagst du mir das schon jetzt? Dazu ist doch immer noch Zeit. Wir haben erst Juni!« Doch Darios Lebenszeit zählte schon nach Tagen.

Auch mir, die nun wieder allein in seiner Nähe war, fiel sein verändertes Wesen auf, eine ungewohnte Unrast und tiefe Niedergeschlagenheit, die er, der immer Beherrschte, bisher so gut hatte verbergen können. Ich wusste, wie sehr ihn die politischen Ereignisse bedrückten. Die Vorkommnisse in China und die nervöse Hektik, mit der die Verantwortlichen auch bei uns die bescheidenen Aktionen einiger Christen, die sich vor einem ihrer Büros in unserer Nachbarschaft zusammenfanden, zu unterbinden suchten, indem sie ihnen ein Riesenaufgebot an Stasibürschchen, die paarweise in den Straßen flanierten, entgegenwarfen und den Eingang zu unserem Innenhof mit Polizeiautos blockierten, konnten den sonst so sanftmütigen Mann in rasenden Zorn versetzen, der ihn sogar gesprächig machte, und da niemand außer mir da war, wurde ich der Prellbock seiner Wutausbrüche. Fürchtete er, dass ein ähnliches Gemetzel wie am »Platz des himmlischen Friedens« auch bei uns stattfinden könnte? Fürchteten wir es nicht alle? Bilder verzweifelter Menschen, die sich in den ausländischen Botschaften zusammendrängten, um ihre Ausreise zu erzwingen, konnten wir tagtäglich auf dem Bildschirm sehen – aber das Politbüro schwieg dazu. Erich Honecker war krank, hatte gerade seine erste Krebsoperation hinter sich, und Egon Krenz, sein möglicher Nachfolger, hatte soeben in Peking den dortigen Greisen seine Reverenz erwiesen. Wir alle sahen düster in die Zukunft. Gewitterschwüle! Wann endlich würde sich das Unwetter entladen, würden die Wolken über uns aufreißen, um einer größeren Freiheit, wirklicher Demokratie auch in unserem Land zum Durchbruch zu verhelfen?

Inzwischen verlief das Leben in scheinbar gewohntem Gang. In Rostock wurde, wie in jedem Sommer, der Buchbasar vorbereitet. Für die Bewohner der Ostseestadt, aber auch für viele Urlauber aus den umliegenden Badeorten, war dies stets ein Ereignis, an dem sie rege Anteil nahmen, konnten sie doch hier »Bückware« erwerben, Bestseller, nach denen sie in den Buchhandlungen vergeblich suchten. Diesmal wurde der Stand von Landolf Scherzer am dichtesten umlagert. Scherzer hatte sich dem 1. Sekretär der SED-Kreisleitung in Bad Salzungen an die Fersen geheftet, ihn vier Wochen lang bei allen seinen Unternehmungen begleitet und in seinem Buch »Der Erste« minutiös alle Schwierigkeiten festgehalten, denen sich der Parteigewaltige bei seiner Arbeit gegenüber sah, ohne doch in den meisten Fällen helfen zu können, da die tiefen Risse im Gebälk der DDR durch Schönheitspflästerchen nicht mehr zu überdecken waren. Das Buch hatte durch Mundpropaganda rasch Verbreitung gefunden; die Leser dankten es dem Autor, dass er ohne Beschönigung die Unzulänglichkeiten geschildert hatte, die jeder Bewohner der DDR täglich am eigenen Leibe zu spüren bekam. Vor seinem Platz schlängelten sich die Käuferreihen, von denen ein jeder außer dem Buch auch eine Widmung des Autors zu erhalten wünschte, so dass der emsig seine Signatur kritzelnde Scherzer kaum einmal aufblicken, geschweige denn mit seinem Bücherkunden ein Gespräch führen konnte, obwohl dies ja der eigentliche Zweck unseres Unternehmens war: Die Autoren sollten mit ihren LeserInnen hautnah Kontakt aufnehmen, mit ihnen diskutieren, sich ihren Kritiken und Einwänden stellen. Der Rostocker Volksbuchhandel war angewiesen, gefragte Bücher monatelang in seinen Lagern zu horten, damit sie beim Buchbasar greifbar waren. Ein Propagandamanöver, zu dem man die Buchhändler missbrauchte. Eine Vorspiegelung falscher Tatsachen, wie jedermann wusste; aber die Käufer ließen sich gutmütig darauf ein und nutzten die ihnen gebotene Gelegenheit, ein wichtiges Buch hier zu erwerben.

Mein Stand war etwas abseits gelegen. Doch auch hier zogen die Kauflustigen in einer nicht abreißenden Reihe vorbei, blieben hier und da stehen, griffen nach einem Buch und begannen darin zu blättern. Einige Male fragte man nach Christiane, der Autorin von »Tina Modotti«, aber ich musste immer wieder bedauernd die Schultern heben: Sie war noch nicht da. Schon mehrmals hatte ich unruhig nach ihr ausgeschaut. Vielleicht war sie schon auf dem Gelände und irrte suchend umher. Sie hatte versprochen, pünktlich zur Eröffnung des Basars hier zu sein, und im Allgemeinen war sie zuverlässig, Sie hatte geplant, von Stuttgart aus über Berlin, wo sie Dario absetzen wollte, gleich nach Rostock weiterzufahren. War sie mit dem Auto liegen geblieben? Aber Christiane kam weder an diesem Tag, noch an einem der folgenden. Doch sie hatte mich inzwischen über die Buchhandlung verständigen lassen, dass sie nicht kommen könne – ein Auto hätte ihr in der Tiefgarage den Wagen lädiert, die Reparatur werde einige Tage in Anspruch nehmen. Ich solle mir keine Sorgen machen.

Wirklich war ich halbwegs beruhigt, ließ mir sogar auf der Rückfahrt Zeit und machte noch einen Abstecher nach Ahrenshoop, wo ich ein paar Freunde besuchte, die dort gerade Urlaub machten. Erst am Samstag spätabends erreichte ich wieder Berlin. Christiane kam mir weinend schon im Treppenhaus entgegengelaufen. Sie zog mich in ihre Wohnung und drückte mich in einen Sessel. »Bitte, reg dich nicht auf«, sagte sie tonlos; dann versagte ihr die Stimme. In mir stieg eine entsetzliche Ahnung auf. War etwas mit Dario? War er tot? Verunglückt? Und war Christiane, die Fahrerin, schuld daran? Wie konnte sie mit dieser Last weiterleben? Doch sie schüttelte den Kopf, so war es nicht. »Er hat selbst …«, begann sie stockend. Doch erst nach und nach konnte sie mir, immer wieder von Schluchzen unterbrochen, erzählen, was sich ereignet hatte.

Dario hatte selbst ein Ende gemacht. Er war schon einen Tag früher als verabredet nach Stuttgart gefahren, hatte aber seine Frau gar nicht mehr aufgesucht, sondern hatte sich in der Stadt ein Hotelzimmer genommen, es für drei Tage vorausbezahlt, ein einfaches Abendessen und eine Flasche Wein aufs Zimmer bestellt (er, der nie einen Tropfen trank, der jedes Glas Wein, das man ihm in fröhlicher Runde hinstellte, seiner Frau zuschob. Aber er wusste, dass der Alkohol die Wirkung der Medikamente verstärkte) und hatte sich eingeschlossen. Sie fanden ihn erst zwei Tage später, während derer Christiane immer wieder zum Bahnhof gelaufen war in der Hoffnung, dass er endlich ankommen werde. Am nächsten Vormittag war sie in einem Vorort von Stuttgart mit einigen Studenten verabredet. Von dem angeregten Disput mit ihnen nach Stuttgart zurückgerufen, erfuhr sie nun die schockierende Nachricht: Dass man ihren Mann tot aufgefunden hätte: Dass er hier, in derselben Stadt, wo sie ihn sehnsüchtig erwartete, leblos, entstellt in einem fremden Hotelzimmer lag, das er zielstrebig aufgesucht hatte, um sein Vorhaben auszuführen. Wie lange hatte er wohl schon den Plan zu seiner Selbsttötung in sich getragen, zu dem ihm die Reise nach Stuttgart eine hochwillkommene Gelegenheit zu bieten schien?

Er hatte keine Probleme, schrieb er in einem kurzen Abschiedsbrief. Und er entschuldigte sich für die Ungelegenheiten, die er seinen Nächsten, vor allem seiner Frau, bereiten müsse. Sein Entschluss sei die zwingende Konsequenz seiner philosophischen Überlegungen, seiner Auseinandersetzung mit unserer Zeit. Die Berliner Wohnung hatte er in perfekter Ordnung verlassen. Er habe zuletzt ständig in Fächern und Schüben gekramt, erzählte uns später die Frau, die hin und wieder bei ihm aufgeräumt hatte. Er habe leere Flaschen beiseitegeschafft, Zeitungen gebündelt, Briefe und Notizen vernichtet, Wäsche sortiert. Vieles habe er verschenkt, so auch einige Hemden, die noch in der Verpackung steckten. Die Hemden waren ein Geschenk seiner Mutter. Wir wussten, dass er sie nie gemocht hatte; sie waren ihm zu fein. Auf seiner letzten Reise trug er eins seiner beiden karierten Hemden, das andere steckte er in seine Aktentasche, das einzige Gepäckstück, das er mit sich nahm.

Mehr brauche er nicht für die kurze Zeit, hatte er zu unserer Nachbarin gesagt, der er den Wohnungsschlüssel übergab.

Christiane sagte später oft, dass sie sich nicht erinnern könne, wie sie die nächsten Tage überstanden hatte. Der Tote musste identifiziert werden. Christiane rief bei Jasmina an, und die junge Frau, die vor Monatsfrist gerade Mutter geworden war, reiste im Auto mit dem Säugling an, um ihrer Mutter diese schwere Pflicht abzunehmen – eine Pflicht, der sich zu unterziehen ihr, wie sie meinte, leichter fallen würde, doch das Bild des Toten hat ihr später noch monatelang vor Augen gestanden. Darios Geschwister kamen aus Italien, um alles Nötige für die Überführung des Leichnams in die Wege zu leiten, denn auf Wunsch der Verwandten sollte Dario in seiner Heimat beigesetzt werden. Als Christiane etwas ruhiger geworden war – als sie endlich wieder zu Hause lebte –, erinnerte sie sich an das Manuskript, das Dario ihr vor ihrer Abreise nach Stuttgart übergeben hatte, ihr, seiner einzigen Leserin. Sie fand das sauber eingebundene Buch auf seinem Tisch vor dem Computer und zwar, zu ihrer Überraschung, in mehreren Exemplaren; er hatte es also noch etliche Male ausgedruckt. Sollte sie doch nicht die einzige Leserin bleiben? Hatte er an eine Veröffentlichung gedacht, ihr darum das Manuskript anvertraut als sein Vermächtnis, mit dem sie nach eigenem Ermessen umgehen sollte? (Er hatte wohl gewusst, dass sie es nicht ungenutzt im Schreibtisch würde verschwinden lassen.) Christiane nahm seine Herausforderung an. Nachdem sie die philosophische Streitschrift mit tiefer Bewegung gelesen hatte, ging sie sofort daran, den italienischen Text ins Deutsche zu übertragen, so dass sie es einigen Verlagen anbieten konnte. So fühlte sie sich weiter mit ihrem Mann verbunden, durch sein Werk, das von ihm blieb, durch das er weiterlebte. Tätigsein ist die Art meiner Tochter, schwere Erlebnisse zu verdrängen. Ich beneide sie um diese Fähigkeit.

Und doch hat Darios Tod für uns die aufregenden Ereignisse überschattet, die in den nächsten Monaten mit ungeheurer Vehemenz über uns hereinbrechen sollten. Die Nachrichten jagten einander, überschlugen sich: der überraschende Entschluss der Ungarn, ihre Grenze nach Westen zu öffnen, so dass Tausende von DDR-Urlaubern über Österreich in das »gelobte Land Bundesrepublik« entkommen konnten, das sie mit scheinbar offenen Armen empfing und mit Händen, in denen materielle Zuwendungen lagen. Der endlich erfolgte Sturz Honeckers und die Interimsregierung von Egon Krenz, die schon nach wenigen Tagen wieder hinweggefegt wurde; der erzwungene Rücktritt weiterer Politbürogreise und schließlich die gewaltige Demonstration vom 4. November, als die Massen mit dem Ruf »Wir sind das Volk!« zusammenströmten. Mit welcher Hoffnung waren wir damals alle erfüllt, dass es doch noch möglich sei, den erstarrten, durch und durch brüchigen »real existierenden Sozialismus« der DDR in einen echten Sozialismus umzuwandeln, der meinungsoffen und demokratisch war! Aber dann erfolgte, statt annehmbarer Reisegesetze, die überstürzte Öffnung der Mauer und die daraufhin ausbrechende Euphorie, mit der sich unsere endlich aus ihrem Käfig entlassenen Landsleute der »freien weiten Welt« taumelnd entgegen warfen. Mich erfüllte Scham, wenn ich sah, wie sie gierig, als hätten sie seit Jahren gedarbt, den Topf mit dem Bohnenkaffee an sich rissen, den ihnen ihre westlichen Brüder und Schwestern entgegenstreckten; wie sie das Revolverblatt, das ihnen kostenlos offeriert wurde, vom Straßenrand pflückten und sich sensationslüstern darin versenkten; wie sie sich mit Büchsenbier volllaufen ließen. Waren das noch dieselben, fragte ich mich betroffen, die erst vor wenigen Tagen so selbstbewusst auf ihre Rechte als Volk gepocht hatten? Aus ihrem Ruf »Wir sind das Volk!« war sehr schnell »Wir sind ein Volk!« geworden. Die Montagsdemonstranten in Leipzig schwenkten plötzlich die Fahnen der Bundesrepublik. Die Reichskriegsflagge wurde entfaltet, während Schmährufe auf alles, was unser Leben in den letzten vierzig Jahren ausgemacht hatte, immer lauter, immer gehässiger zu vernehmen waren.

Jasmina besuchte uns in dieser Zeit häufig, aber sie sagte: »Glaubt doch nicht, dass der Westen zulassen wird, dass ihr hier euren ›wahrhaft demokratischen Sozialismus‹ ausprobieren könnt, ihr hattet lange genug diese Chance, und ihr habt sie vermasselt. Jetzt wird euch die Bundesrepublik einkassieren.« Trotz dieser Prognose, die sich als weitsichtiger erwies, als wir anderen es damals für möglich hielten, ist Jasmina im Sommer 1990 doch wieder nach Berlin zurückgekehrt, zu ihren langjährigen Freunden und zu ihrer Familie. Ihr Umzug fiel in die Zeit der Währungsreform, die zwar das in langen Jahren mühsam herangesparte Vermögen der DDR-BürgerInnen halbierte, sie aber nun in die Lage versetzte, mit der D-Mark alle die Dinge kaufen zu können, die sie so lange schmerzlich vermisst hatten: angefangen vom Videogerät bis zum neuen Auto, für das man notfalls großzügigen Kredit bekam. In Thüringen, Sachsen und Brandenburg hielten westliche Politiker zündende Wahlreden, und Helmut Kohl gab seine Versprechen ab: Niemandem werde es in Zukunft schlechter gehen, im Osten werde eine blühende Landschaft entstehen! War es ein Wunder, dass die große Mehrheit der Bevölkerung, vor allem junge Menschen, auf die Verheißungen hereinfielen? Dass sie Kohl und den »Christlich-Sozialen« am 18. März ihre Stimme gaben, weil sie in ihnen den Messias sahen? Und im Oktober sollte nun die Vereinigung der beiden deutschen Staaten vertraglich verankert werden.

Wir wollten den Tag nicht in Berlin verleben. Sie würden wieder Raketen loslassen, Freudenraketen, aber uns stand nicht der Sinn danach. Jemand erinnerte sich an den »Eibenhof« am Scharmützelsee; ob wir versuchen sollten, dort unterzukommen? Christiane rief an, und wirklich, dort war noch Platz, allerdings nicht im Haupthaus, das von einer Rentnergruppe aus Frankfurt/Oder belegt war, aber einige Bungalows seien noch frei. Wir ließen drei für uns reservieren. Vielleicht würden wir noch einen vierten dazumieten müssen, denn verschiedene Freunde hatten die Absicht bekundet, sich uns anzuschließen.

Für mich barg der »Eibenhof« viele Erinnerungen. Der »Kulturbund zur demokratischen Erneuerung Deutschlands« hatte bald nach seiner Gründung Bad Saarow, einstiges Dorado prominenter Künstler und Filmstars, die vor der Roten Armee geflüchtet waren, für sich entdeckt und eins der schönsten Seegrundstücke, auf einer Halbinsel gelegen, als Ferienheim für seine Mitglieder auserwählt. War es ein fairer Kauf? Oder eine ungerechtfertigte Enteignung? Merkwürdig, dass wir damals nie danach gefragt haben. Dass Kriegsverbrecher und Nazigrößen enteignet wurden, hielten wir für gerecht. Aber dieses Objekt war bisher ein Sanatorium gewesen, das vom Chefarzt Dr. Grabley geleitet wurde. Sollte auch er am Kriege verdient oder Menschen geschunden haben, wie die SS? Er war 1945 schon tot. Woran war er gestorben? Hatte er vielleicht, wie so viele damals, freiwillig seinem Leben ein Ende gesetzt, wie Dario es jetzt getan hatte, da er meinte, für ihn sei in dem Leben, das er vor sich sah, kein Platz mehr vorhanden? Dr. Grableys Witwe wohnte noch dort, eine siebzigjährige alte Dame, der man zuweilen auf dem Flur oder auf den Gartenwegen begegnen konnte, wo sie ihre drei weißen Hündchen spazieren führte. Sie bewohnte ein Zimmerchen im Parterre, das einzige, das man ihr gelassen hatte. Warum hatten wir nicht ihre nähere Bekanntschaft gesucht? Warum ging auch sie uns nach Möglichkeit aus dem Weg? Spürte sie, dass uns Welten trennten? Für uns war sie damals »die Kapitalistin«, und wir waren für sie wohl »der Plebs«. So verheerend können Ideologien wirken.

Wir fahren nach Bad Saarow mit dem Auto. Unsere Stimmung ist gedrückt, und das nicht nur wegen des hanebüchenen Zustands der Autobahn, die uns zwingt, hinter Storkow auf die Straße auszuweichen, die zwar enger ist, aber wenigstens eine glatte Fahrbahn aufweist. Wolfgang, mein früherer Grundstücksnachbar, sitzt neben mir, während seine Frau Erika und die siebzigjährige Else, ebenfalls eine Zühlsdorferin, sich im Fond zurücklehnen. Wolfgang erzählt mir gerade, dass sein Nachbar, an den ich kurz vor der Wende mein Grundstück verkauft habe und mit dem er bisher gut zurande kam, heute früh quer über den Dachfirst des Holzhäuschens ein Tuch gespannt hat, auf dem, weithin sichtbar, die Worte stehen: SED UND STASI RAUS! – Kein Zweifel für ihn, dass die Worte auf ihn gemünzt sind. Wolfgang, jetziger Rentner, hat in seinem Berufsleben als Finanzexperte viele Auslandsreisen unternommen und muss jetzt für seine Privilegien büßen. Und Else, die nach '45, ebenso wie meine Eltern, zusammen mit ihrem Mann unter großen Entbehrungen ihr kleines Haus gebaut hat, das leider nur auf Pachtland steht, bangt um ihren Besitz, da der Eigentümer an Grund und Boden schon seine Rechte angemahnt hat. Alles keine Nachrichten, die uns froh stimmen können.

Hinter Bad Saarow biegen wir ab, und schon überfallen mich wieder die Erinnerungen. Immer zu Silvester, das wir oft hier verlebten, machten wir es uns zur Gewohnheit, den dreiviertelstündigen Fußmarsch in den Ort zu unternehmen, um uns in einer der Kneipen bei mehreren heißen Grogs die nötige Silvesterstimmung zu holen. Dann mussten wir schon eilen, um zur Übertragung der »Neunten« zurechtzukommen. Fernsehen gab es noch nicht. Erst nach dem Konzert wurde der Karpfen serviert, und wenn das Essen vorbei war, versuchten wir uns durch allerlei Spielchen, wie auf Kindergeburtstagen, die vier oder fünf Stunden bis Mitternacht wach zu halten, um mit Sekt auf das neue Jahr anzustoßen, das uns, davon waren die meisten unter uns fest überzeugt, wiederum ein gutes Stück auf unserem Weg zu einem sozialistischen Vorzeige-Staat voranbringen würde. Einmal veranstalteten wir ein Bleigießen, Initiatorin dazu war Anna Maria Jokl, eine Österreicherin, die ich schon aus der Zeit vor '33 kannte; sie gehörte zu den jungen Autorinnen vom »Bund proletarisch-revolutionärer Schriftsteller«. In wallende Schleier gehüllt, die ihr tiefschwarzes Haar und das ebenmäßige, hellhäutige Gesicht halb verbargen, glich sie wirklich einer Pythia, die aus den bizarren Gebilden, die wir ans Licht zogen, unsere Zukunft enträtselte. Sie spielte ihre Rolle hervorragend, und wir anderen freuten uns, mit der schönen Anna Maria einen Zuwachs in unserem Kreis verbuchen zu können, der auf uns äußerst belebend wirkte. Doch es war das erste und letzte Mal, dass uns Anna Maria mit ihrer Gegenwart beglücken konnte. Kurz danach wurde sie aus der DDR ausgewiesen. Wir kannten die Gründe nicht, und es ist bezeichnend für die stalinistisch gefärbten fünfziger Jahre, dass wir gar nicht nach den Gründen zu ihrer Ausweisung fragten. Stillschweigend nahmen wir hin, dass eine aufrechte Gefährtin der Vor-Hitlerzeit, als die wir vom »Bund«, also Jan Petersen, Berta Waterstradt und ich, sie kennen und schätzen gelernt hatten, jetzt als Spionin verdächtigt wurde.

Zurück in die Gegenwart. Inzwischen sind auch die anderen bei den Bungalows eingetroffen. Christiane hat Mario mitgebracht, einen ausländischen Freund, sowie meine Freundin, die in meinem Wagen keinen Platz mehr gefunden hatte, während einem weiteren Auto, dem großen Wartburg-Tourist, außer Jasmina eine ganze Schar junger Leute entsteigt, deren Namen mir um die Ohren schwirren. Wir verabreden, uns alle am Abend in einem der Bungalows zusammenzusetzen; bei Wein und Keksen wollen wir die DDR begraben. Da bis dahin noch reichlich Zeit ist, raffen wir Älteren uns zu einem Spaziergang auf. Ich zeige meinen Freunden den Weg, den wir früher so oft gegangen sind, am Seeufer entlang, vorbei an den Wochenendhäuschen, von uns Datschen genannt, die den Blicken Vorübergehender allerdings durch dicht bewachsene Hecken entzogen werden. Hier am See ein Stückchen Land oder gar ein Haus zu erwerben, galt immer als ein besonderer Glücksfall, aber erstaunlicherweise haben es viele meiner männlichen Kollegen verstanden, sich eine dieser begehrten Immobilien zu sichern. Die meisten Häuser stehen auf Pachtland, auf »volkseigenem Boden«, der ihnen von der Gemeinde für 99 Jahre überlassen worden war, also, wie man damals glaubte, für die Ewigkeit. – Ich bin, während wir weitergehen, stiller geworden, fühle mich seltsam bedrückt. Bin ich enttäuscht, weil ich nirgends mehr ein bekanntes Gesicht entdecke? Wo sind Johannes R. Becher, Michael Tschesno-Hell, wo sind die anderen alle? Dann geht mir auf, dass die meisten, die sich hier vor Jahren ein Refugium geschaffen haben, nicht mehr unter uns sind. In ihren Häusern haben sich längst die Erben niedergelassen, junge Leute in Jeans und mit struppigem Schopf, die man hie und da im Garten herumhuschen sieht. Soll ich die Toten bedauern oder sie eher beneiden, weil sie den heutigen Tag nicht mehr erleben können? Was ist aus unseren Hoffnungen von ehemals geworden? Waren wir doch bloß Fantasten? Realitätsferne Idealisten? Wir wollten den Wohlstand für alle, auch Gerechtigkeit. Was haben wir falsch gemacht, dass wir heute gezwungen sind, die Trümmer unseres armen gebeutelten Staates zu Grabe zu tragen?

Als wir später die Jüngeren in ihrem Bungalow besuchen, ist die »Party« schon in vollem Gange. Um den Tisch herum sind alle Plätze vergeben, und die Männer müssen ein paar Hocker aus dem Haupthaus holen. Auf dem Tisch stehen Kerzen. Der Fernseher schweigt; über den Bildschirm hat jemand herausfordernd eine DDR-Fahne geworfen. Auch die Fensterbank ist mit Emblemen aus der DDR-Vergangenheit übersät. Jonas, mein Urenkel, krabbelt zwischen Stuhl- und Menschenbeinen herum, während das deutsch-kubanische Baby selig in seinem Wagen schläft. Eine der Frauen füllt Wein nach, und jemand fängt an zu singen: »Venceremos« und »Bella ciao, ciao, ciao«. Die anderen fallen ein, dennoch will eine rechte Stimmung nicht aufkommen. Dorothee, die mit einem Araber verheiratet ist, und Änne, die Frau des Kubaners, bemühen sich, nicht von ihren Zukunftssorgen zu reden und erzählen stattdessen Witze. Doch die Lachsalven, die sonst jeder Pointe folgten, geraten diesmal dünn. Keinem ist zum Lachen zumute, auch Mario nicht, dem Brasilianer, der in der DDR Zuflucht gesucht und gefunden hat. Noch haben wir Hoyerswerda, Rostock und Mölln nicht erlebt; aber Mario scheut sich schon jetzt, bei uns auf die Straße zu gehen, und er weiß nicht, wie lange oder ob er noch bleiben darf.

Wir Älteren ziehen uns zurück, obwohl noch lange nicht Mitternacht ist. Bevor wir in unseren Bungalow gehen, treten wir noch einmal auf den Bootssteg hinaus und blicken auf den See, auf dessen leicht bewegter Oberfläche ein paar Sterne tanzen. Aber es ist kühl, wir frösteln, und wir gehen hinein, um uns schlafen zu legen.

Als wir am nächsten Morgen erwachen, ist nichts mehr so, wie es vorher war. Wir gleichen Waisen, die ihre Eltern durch Unfall verloren haben. Und die großspurige Bundesrepublik hat uns zwangsadoptiert.

ENDE

Personenverzeichnis

Bibliografie

Literatur von Elfriede Brüning

Elfriede Brüning (Hrsg.): 40 Kunstwerke aus der DDR, Berlin 2009.

Romane:

Und außerdem ist Sommer, Leipzig 1934.

Junges Herz muß wandern, Berlin 1936.

Auf schmalem Land. Ein Roman von der Kurischen Nehrung, Leipzig 1938.

... damit du weiterlebst, Berlin 1949. // In: Frauenschicksale, Halle 1981.

Ein Kind für mich allein, Leipzig 1950.

Vor uns das Leben, Berlin 1952.

Regine Haberkorn, Berlin 1955.

Rom hauptpostlagernd, Berlin 1958.

Sonntag, der Dreizehnte, Berlin 1960.

Kleine Leute, Berlin 1970.

Wie andere Leute auch, Halle 1983.

Novellen, Erzählungen, Filmerzählung:

Die Umkehr. Das ist Agnes, Leipzig 1949.

Mutter und Sohn. Erzählende Prosa. In: Ost und West. Beitr. zu kulturellen u. polit. Fragen d. Zeit 3,12 (1949), S. 33–38. // In: Des Sieges Gewissheit. Ein Volksbuch vom Aufbau der

Deutschen Demokratischen Republik, Berlin 1959, S. 121–129.

Das böse Auge. Geschichte eines Kindes in dunkler Zeit. In: Heute und morgen. Literarische Monatsschrift 1951, S. 158–161.

Gabriele – ein Tagebuch, Berlin 1956.

Septemberreise, Halle 1974.

Jeden Mittwoch. Erzählung. In: Stefan Heym (Hrsg.): Auskunft. Neue Prosa aus der DDR 1 (1974), S. 79–87. // In: Horst Bosetzky (Hrsg.): Herz und Schmerz. Berliner Zehn-Minuten-Geschichten um die Liebe, Berlin 2006, S. 68–75.

Himmel auf Erden. Erzählung. In: ndl 22,4 (1974), S. 126-137. // In: Alltag. Zwei Erzählungen aus der DDR, Nürnberg 1977.

Johanna. Erzählung. In: ndl 25,1 (1977), S. 66–76. // In: Meta Borst (Hrsg.): Angst vor der Liebe und andere Geschichten über Frauen. Anthologie, Halle 1987, S. 111–122.

Partnerinnen, Halle 1978. // In: Frauenschicksale, Halle 1981.

Das langsame Sterben der alten Frau Hulda. Erzählende Prosa. In: ndl 32,8 (1984), S. 71–85. // In: Gerhard Rothbauer (Hrsg.): Jetzt. 50 Geschichten vom Alltag, Leipzig 1986, S. 231–248.

Altweiberspiele und andere Geschichten, Halle 1986.

Bilanz der Armut. In: Klaus Steinhaussen (Hrsg.): Der Geschichtenkalender 1990, Bd. 6, Rudolstadt 1990, S. 319–324.

Spätlese, Berlin 2000.

Ein Mädchen und zwei Romane, Rostock 2002.

Meine Berliner Wohnungen. In: Horst Bosetzky (Hrsg.): Berliner Zehn-Minuten-Geschichten, Berlin 2003, S. 35–41.

Stücke:

Rom, Via Margutta. Fernsehspiel zur Erzählung Rom hauptpostlagernd, 1962.

Die Heiratsanzeige. Lustspiel mit Musik, 1965.

Nach vielen Jahren. Fernsehspiel, 1965.

Hochverrat: Chronik einer Familie im Zweiten Weltkrieg, Berlin 1975.

Die Jugendrichterin. Szenarium für Fernsehspiel, 1989.

Kinderbuch:

Jasmina und die Lotosblume, Berlin 1976.

Autobiografisches:

Solidarität. Erinnerungen. In: Hammer und Feder. Deutsche Schriftsteller aus ihrem Leben und Schaffen; Berlin 1955, S. 28–34.

Um uns wurde es immer leerer. Erinnerungen. In: Hammer und Feder. Deutsche Schriftsteller aus ihrem Leben und Schaffen, Berlin 1955, S. 35–43.

Zu meiner Zeit. Ausgewähltes aus vier Jahrzehnten, Halle 1977.

Erinnerung an einen Streifen Land. Autobiographische Prosa. In: Sinn und Form. Beitr. zur Literatur 42 (1990), S. 76–83.

Und außerdem war es mein Leben. Autobiografie, Berlin 1994.

Jeder lebt für sich allein: Nachwende-Notizen, Berlin 1999.

»Ich mußte einfach schreiben, unbedingt …«. Briefwechsel mit Zeitgenossen 1930–2007, Essen 2008.

Porträts, Reportagen, Feuilletons, Tonbandaufzeichnungen:

Heldinnen des Alltags. Bericht. In: ndl 7,8 (1959), S. 87–92.

Eine westdeutsche Textilarbeiterin erzählt. In: ndl 9,11 (1961), S. 46–58.

Wege und Schicksale: Frauen unserer Zeit, Berlin 1962.

Das Antlitz unserer Zeit. Gedanken zum 8. Mai, Berlin 1965.

Kinder ohne Eltern. Aus der Arbeit unserer Jugendfürsorger, Halle 1968.

Ich glaube an das Gute im Menschen. Porträt einer Jugendrichterin. In: DDR-Reportagen. Eine Anthologie, Leipzig 1974, S. 225–233.

Mich nannte er Agnes. Über den ›Bund proletarisch-revolutionärer Schriftsteller‹ zu Beginn des Dritten ReichS. In: ndl 31,4 (1983), S. 11–20.

Erinnerung an Sally Gles. In: ndl 37,9 (1989), S. 119–125.

Lästige Zeugen? Tonbandgespräche mit Opfern der Stalinzeit, Halle 1990.

Sally Gles und die Seinen. Mit Abdruck von Erinnerungen an Sally Gles von Elisabeth Glesel und Alexander Glesel. In: ndl 38,6 (1990), S. 32–65.

Kinder im Kreidekreis. Ein Report über Zwangsadoptionen und Heimerziehung, Berlin 1992.

Zeit-Besichtigung: Feuilletons und Reportagen aus sieben Jahrzehnten, Wilhelmshorst 2003.

Gefährtinnen. Porträts vergessener Frauen, Berlin 2004.

Gedankensplitter. Von Freunden, Zeitläufern und Zeitgenossen, Berlin 2006.

Literatur über Elfriede Brüning:

Miszka Kruse: Großstädter im Nordseebad. [u. a. über Elfriede Brüning: Und außerdem ist Sommer]. In: Das Deutsche Wort 10,28 (1934), S. 5–7.

Interview mit Elfriede Brüning. Die Fragen stellte Elisabeth SimonS. In: Weimarer Beiträge. Zeitschrift für Literaturwissenschaft, Ästhetik und Kulturwissenschaften 30 (1984), S. 610–619.

Elisabeth Simons: »Eigenes Erleben von der Seele schreiben«. Bemerkungen zum literarischen Schaffen von Elfriede Brüning. In: Weimarer Beiträge. Zeitschrift für Literaturwissenschaft, Ästhetik und Kulturwissenschaften 30 (1984), S. 620–628.

Ursula Steinhaussen: 75. Geburtstag der DDR-Schriftstellerin Elfriede Brüning. In: Der Bibliothekar 39 (1985), S. 385–386.

Ruth Eberlein: Untersuchungen zur Darstellung der Persönlichkeitsentwicklung und des Ringens um Gleichberechtigung der Frau in den Büchern Elfriede Brünings und zu deren Aufnahme durch die Literaturkritik und die Leser der DDR 1950-1983. [Dissertation/ Habilitation], Magdeburg 1985.

Ilse Nagelschmidt: Literatur als Lebenshilfe. Elfriede Brüning als Wegbereiter und Wegbegleiter der sozialistischen Frauenliteratur der DDR; zum Werk der Autorin in der Literatur der 50er Jahre. In: Zwischen politischer Vormundschaft und künstlerischer Selbstbestimmung, Berlin 1989, S. 117–122.

Carsten Wurm: Brüning, Elfriede. In: Wer war wer in der DDR? Ein Lexikon ostdeutscher Biographien, Bd. 1, Berlin 2006.

Eine erste wissenschaftliche Monographie über Elfriede Brünings Leben und Werk ist in Vorbereitung, ebenso wie ein Dokumentarfilm der DEFA-Stiftung.

Bildnachweis:

Robert Allertz I, XIV, XV und XVI, Bankhardt II, Gerda Braehmer VIII, Franz Fabian V unten, Fischer VII, Hirschfeld IX, Helga Golz XI oben, Siegfried Kaden XII, Anselm H.-W. Müller XIII, privat I, III, IV, V oben, VI, X, XI

Nicht in allen Fällen konnten die Rechteinhaber ermittelt werden.
Berechtigte Honoraransprüche bleiben gewahrt.

ISBN 978-3-355-01766-4

Erstveröffentlichung: Berlin, 1994
Umschlaggestaltung: Buchgut, Berlin
Umschlagfoto: picture-alliance / akg-images
Druck und Bindung: CPI Moravia Books GmbH

Ein Verlagsverzeichnis schicken wir Ihnen gern:
Neues Leben Verlagsgesellschaft mbH & Co. KG
Neue Grünstr. 18, 10179 Berlin
Tel. 01805/30 99 99
(0,14 €/Min., Mobil abweichend)

Die Bücher des Verlags Neues Leben
erscheinen in der Eulenspiegel Verlagsgruppe.

www.verlag-neues-leben.de